D1433249

Openbare Bibliotheek

Dorpsplein 60
1115 CX Duivendrecht
Tel.: 020-6952282
E-mail : dvd@oba.nl

Morgenrood

morgenrood

Uit het Engels vertaald door Maria Postema

S T E P H E N I E   M E Y E R

Dit boek is opgedragen aan mijn ninja/agent, Jodi Reamer.
Zonder jou zou ik gillend gek geworden zijn.

En ik wil ook mijn favoriete band bedanken,
de heren met de zeer toepasselijke naam Muse,
omdat ze genoeg inspiratie geboden hebben voor een hele saga.

Vierde druk oktober 2011

ISBN 978-90-225-5718-1
NUR 285

Oorspronkelijke titel: *Breaking Dawn*
Vertaling: Maria Postema
Omslagontwerp: DPS design & prepress services, Amsterdam
Omslagbeeld: © 2011 Summit Entertainment, LLC en © 2011 Hachette Book Group, Inc.
Zetwerk: Mat-Zet bv, Soest

© 2008 by Stephenie Meyer
This edition published by arrangement with Little, Brown and Company (Inc.), New York, USA.
All rights reserved.
© 2010 voor de Nederlandse taal: De Boekerij bv te Amsterdam en Unieboek bv te Houten
Stephenie Meyer is een imprint van de uitgeverijen Boekerij en Van Goor.

www.boekerij.nl
www.van-goor.nl
www.unieboekspectrum.nl
www.stepheniemeyer.nl

Boek één

Bella

Inhoudsopgave

De kindertijd loopt niet van de geboorte tot een bepaalde leeftijd,
waarna op een bepaalde leeftijd
het kind volwassen is, en zich niet meer met kinderdingen bezighoudt.
De kindertijd is het koninkrijk waarin niemand sterft.

Edna St. Vincent Millay

Proloog

Ik had al meer dan genoeg bijna-doodervaringen meegemaakt, maar het was niet iets waar je ooit aan gewend raakte.

Toch leek het haast onvermijdelijk dat ik nu weer oog in oog stond met de dood. Alsof het noodlot het echt op me gemunt had. Het was me telkens weer gelukt om eraan te ontsnappen, maar het bleef me achtervolgen.

Alleen was het dit keer wel een heel andere situatie.

Je kon vluchten voor iemand voor wie je bang was, je kon proberen te vechten tegen iemand die je haatte. Op dat soort moordenaars was ik ingesteld – op de monsters, de vijanden.

Maar als je hield van degene die jou vermoordde, stond je machteloos. Hoe moest je vluchten, hoe moest je vechten als je daarmee je dierbare pijn zou doen? Als je leven het enige was wat je aan je geliefde kon geven, dan moest je dat toch geven?

Als het iemand was van wie je onvoorwaardelijk hield?

1. Verloofd

Niemand kijkt naar je, zei ik bezwerend tegen mezelf. *Niemand kijkt naar je. Niemand kijkt naar je.*

Maar omdat ik ook tegen mezelf niet overtuigend kon liegen, moest ik het toch even controleren.

Terwijl ik voor een van de drie stoplichten in de stad op groen stond te wachten, gluurde ik snel naar rechts. Mevrouw Weber zat in haar enorme gezinswagen met haar hele bovenlichaam naar me toe gedraaid. Haar ogen boorden zich in de mijne en ik kromp in elkaar terwijl ik me afvroeg waarom ze haar blik niet gegeneerd afwendde. Het was toch zeker nog altijd onbeleefd om naar mensen te staren? Gold dat soms niet meer voor mij?

Toen drong het tot me door dat deze ruiten zo donker waren dat ze waarschijnlijk geen flauw idee had dat ík achter het stuur zat, laat staan dat ik had gezien dat ze zo naar me keek. Ik probeerde mezelf een beetje te troosten met het feit dat ze niet naar mij, maar naar de auto staarde.

Míjn auto. Zucht.

Ik keek naar links en kreunde. Twee voetgangers waren stokstijf op de stoep blijven staan en hadden het zo druk met staren dat ze hun kans om over te steken lieten schieten. Achter hen tuurde meneer Marshall met open mond door de etalage van zijn souvenirwinkeltje. Het viel me nog mee dat hij zijn neus niet tegen het glas gedrukt had. Nog niet in elk geval.

Het licht sprong op groen en in mijn haast om weg te komen trapte ik zonder erbij na te denken hard op het gaspedaal, zoals ik normaal gesproken ook gedaan zou hebben om mijn stokoude Chevy pick-up in beweging te krijgen.

De motor gromde als een jagende panter en de auto schoot zo hard naar voren dat mijn lijf tegen de rug van de met zwart leer beklede stoel sloeg en mijn maag geplet werd tegen mijn ruggengraat.

'Aah!' hijgde ik terwijl mijn voet onhandig naar de rem tastte. Ik probeerde rustig te blijven en aaide heel zachtjes over het pedaal, maar de auto kwam desondanks onmiddellijk met een ruk tot stilstand.

13

Ik durfde niet om me heen te kijken om te zien hoe de toeschouwers reageerden. Nu wist iedereen wie er in deze auto zat, voor het geval dat nog niet duidelijk was. Met de neus van mijn schoen duwde ik het gaspedaal heel voorzichtig een halve millimeter naar beneden, en de auto stoof weer vooruit.

Uiteindelijk wist ik mijn doel te bereiken: de benzinepomp. Het was dat de tank bijna leeg was, anders was ik nooit de stad in gegaan. Ik miste tegenwoordig een hoop in mijn leven (crackers, schoenveters, dat soort dingen), omdat ik zo min mogelijk in het openbaar probeerde te verschijnen.

In een razend tempo, alsof het een wedstrijd was, deed ik het klepje open, schroefde de dop eraf, haalde mijn kaart door de gleuf en stak de slang in de tank, allemaal binnen een paar seconden. Maar de cijfers op de teller kon ik natuurlijk niet sneller laten gaan. Ze tikten traag voorbij, bijna alsof ze me expres probeerden te irriteren.

Het was niet zonnig – een typische druilerige dag in Forks, Washington – maar toch had ik het gevoel dat er een schijnwerper op me gericht was die alle aandacht naar de sierlijke ring aan mijn linkerhand leidde. Op dit soort momenten, met al die prikkende ogen in mijn rug, leek de ring haast als een neonreclame te knipperen: *kijk naar mij, kijk naar mij!*

Het was stom om me zo opgelaten te voelen, dat wist ik ook wel. Op de mening van mijn vader en moeder na was het toch helemaal niet belangrijk wat anderen van mijn verloving vonden? Of van mijn nieuwe auto? Van het feit dat ik op mysterieuze wijze was toegelaten tot een prestigieuze universiteit? Van de glanzende, zwarte creditcard die in mijn achterzak brandde?

'Het kan me heus niet schelen wat zij ervan vinden,' mompelde ik binnensmonds.

'Eh, mevrouw?' zei een mannenstem.

Ik draaide me om en had daar onmiddellijk spijt van.

Naast een luxe suv met een stel gloednieuwe kano's op het dak stonden twee mannen. Ze keken niet naar mij – ze staarden allebei naar de auto.

14 Zelf snapte ik al die ophef niet zo, maar ik was dan ook al blij als ik de logo's van Toyota, Ford en Chevrolet uit elkaar kon houden. Deze auto was glanzend zwart, gestroomlijnd en mooi, maar voor mij bleef het gewoon een auto.

'Sorry dat ik u stoor, maar wat is dat precies voor auto?' vroeg de langste man.

'Eh, een Mercedes, toch?'

'Ja,' zei de man beleefd terwijl zijn kleinere vriend met zijn ogen rolde. 'Dat weet ik. Maar ik vroeg me af of dat... Is dat een Mercedes *Guardian?*' De man sprak de naam eerbiedig uit. Ik had het idee dat deze kerel het heel goed zou kunnen vinden met Edward Cullen, mijn... verloofde (de waarheid viel nu echt niet meer te ontkennen: de bruiloft was al over een paar dagen). 'Die is zelfs in Europa nog niet eens officieel te koop,' ging de man verder, 'laat staan hier.'

Terwijl zijn ogen langs de contouren van mijn auto gleden (ik zag eigenlijk niet zo veel verschil met andere sedans van Mercedes, maar ja, wie was ik...) peinsde ik even over de moeite die ik had met woorden als 'verloofde', 'bruiloft', 'echtgenoot' en meer van dat soort dingen.

Mijn hersenen weigerden het gewoon te accepteren.

Ten eerste was er tijdens mijn opvoeding altijd op gehamerd dat je alleen al bij de gedáchte aan wijde witte jurken en bruidsboeketten in elkaar hoorde te krimpen. Maar bovenal kon ik zo'n serieus, degelijk, saai idee als 'echtgenoot' niet verenigen met mijn idee van Edward. Het was alsof je een aartsengel een accountant liet spelen: ik kon me hem gewoon niet voorstellen in zo'n burgerlijke rol.

Net als altijd wanneer ik aan Edward dacht, begon mijn hoofd te tollen in een wervelwind aan dagdromen. De man achter me moest zijn keel schrapen om mijn aandacht te trekken; hij stond nog steeds te wachten op mijn antwoord over het model en type van de auto.

'Ik weet het niet,' zei ik eerlijk.

'Zou ik er misschien mee op de foto mogen?'

Dat moest ik even verwerken. 'Echt? Wilt u op de foto met mijn auto?'

'Ja, niemand gelooft me als ik het niet kan bewijzen.'

'Eh... Oké dan. Best.'

Ik hing vlug de benzineslang terug en kroop achter het stuur om me te verstoppen terwijl de man enthousiast een enorm, professioneel uitziend fototoestel uit zijn rugzak opdiepte. Hij en zijn vriend poseerden om de beurt naast de motorkap, en vervolgens begonnen ze de achterkant te fotograferen.

'Ik mis mijn pick-up,' jammerde ik tegen mezelf.

O, hoe toevallig – té toevallig – dat mijn pick-up hijgend en puffend zijn laatste adem uitblies, slechts een paar weken nadat Edward en ik onze veel te eenzijdige overeenkomst hadden gesloten. Een van de punten van die afspraak was dat hij een vervanger voor mijn pick-up mocht kopen als die er de brui aan zou geven. Edward had me ervan proberen te overtuigen dat het nou eenmaal te ver-

15

wachten was; mijn pick-up had een lang en gelukkig leven gehad en was nu een natuurlijke dood gestorven. Zei hij. Ik kon zijn verhaal natuurlijk niet controleren en het had geen zin om in mijn eentje te proberen mijn pick-up weer tot leven te wekken. Mijn lievelingsmonteur...

Die gedachte kapte ik onmiddellijk af, en in plaats daarvan luisterde ik naar de stemmen van de mannen buiten, die gedempt doorklonken in de auto.

'...ging hem met een vlammenwerper te lijf in dat filmpje. Nog geen rimpeltje in de lak.'

'Natuurlijk niet. Zelfs met een tank krijg je deze schoonheid nog niet plat. Er is hier eigenlijk niet echt een markt voor. Hij is meer ontworpen voor diplomaten in het Midden-Oosten, en wapenhandelaars en drugsbaronnen en zo.'

'Denk je dat zij ook iets voorstelt?' vroeg de kleine fluisterend. Ik trok met brandende wangen mijn hoofd in.

'Tja,' zei de lange. 'Zou kunnen. Kan me niet voorstellen waar je hier raketwerend glas en achttienhonderd kilo bepantsering voor nodig zou hebben. Zeker op weg naar gevaarlijker oorden.'

Bepantsering. *Achttienhonderd kilo* bepantsering. En rakétwerend glas? Heel fijn. Was kogelwerend uit de mode of zo?

Nou ja, ergens was het ook wel logisch – als je een verknipt gevoel voor humor had.

Ik had heus wel verwacht dat Edward onze overeenkomst zou uitbuiten, dat hij zijn deel zou verzwaren zodat hij veel meer zou kunnen geven dan hij terug zou krijgen. Ik had gezegd dat hij mijn pick-up mocht vervangen zodra die daaraan toe was, maar ik had natuurlijk niet gedacht dat dat al zo snel zou zijn. Toen ik had moeten toegeven dat mijn auto alleen nog als een onbeweeglijk eerbetoon aan oldtimer-Chevy's langs de kant van de weg stond, wist ik al dat ik me waarschijnlijk zou generen voor de vervanging waar hij mee aan zou komen zetten. Dat iedereen fluisterend naar me zou staren. En dat was ook zo. Maar het was geen moment bij me opgekomen dat hij me twéé auto's zou geven.

De 'voor'-auto en de 'na'-auto, had hij uitgelegd toen ik door het lint was gegaan.

Dit was alleen nog maar de 'voor'-auto. Hij zei dat hij hem had gehuurd en had beloofd dat hij hem na de bruiloft terug zou brengen. Ik had het maar een raar verhaal gevonden, maar nu werd het me opeens allemaal duidelijk.

Ha ha. Omdat ik zo'n breekbaar mensje was, een brokkenpiloot die altijd het slachtoffer werd van haar eigen botte pech, had ik blijkbaar een tankbestendige auto nodig om me te beschermen. Om je dood te lachen. Ik wist zeker dat hij en zijn broers het achter mijn rug om een reuzegoede grap hadden gevonden.

Maar misschien is het wel helemaal geen grap, sufkop, fluisterde een stemmetje in mijn achterhoofd. *Misschien maakt hij zich echt wel zo veel zorgen om je. Het zou niet de eerste keer zijn dat hij een beetje doorschiet in zijn beschermingsdrang.*

Ik zuchtte.

De 'na'-auto had ik nog niet gezien. Die stond onder een laken ergens in de verste uithoek van de garage van de Cullens. Ik wist dat de meeste mensen onderhand wel een keer stiekem gekeken zouden hebben, maar ik hoefde het echt niet te weten.

Die tweede auto had vast geen bepantsering, want die zou ik na de huwelijksreis niet meer nodig hebben. Een van de vele voordelen van mijn nieuwe leven was dat ik praktisch onverwoestbaar zou zijn. Ik werd geen Cullen voor de dure auto's en imponerende creditcards.

'Hé,' riep de lange man en hij zette zijn handen als een kommetje tegen het glas in een poging naar binnen te kijken. 'We zijn klaar, hoor. Heel erg bedankt!'

'Geen dank,' riep ik terug, waarna ik gespannen de motor startte en héél voorzichtig het gaspedaal intrapte.

Ik was al ik weet niet hoe vaak over de vertrouwde weg naar huis gereden, maar ik kon de door de regen verbleekte posters nog steeds niet naar de achtergrond verdringen. Elke flyer, vastgeniet aan telefoonpalen en met plakband aan straatnaambordjes bevestigd, was een klap in mijn gezicht. Een verdiende klap. Ik werd onmiddellijk herinnerd aan de gedachte die ik zonet nog zo resoluut terzijde had geschoven en die ik op deze weg niet meer kon ontwijken. Niet nu er om de zoveel meter een foto van 'mijn lievelingsmonteur' voorbijflitste.

Mijn beste vriend. Mijn Jacob.

De WIE HEEFT DEZE JONGEN GEZIEN?-posters waren niet het werk van Jacobs vader. Het was míjn vader, Charlie, die de flyers had laten drukken en ze overal in de stad had opgehangen. En niet alleen in Forks, maar ook in Port Angeles, Sequim, Hoquiam, Aberdeen en elke andere stad op het Olympisch Schiereiland. Hij had er ook voor gezorgd dat dezelfde poster bij alle politiebureaus van de staat Washington aan de muur hing. Op zijn eigen kantoor had hij een heel prikbord gewijd aan de verdwijning van Jacob. Een prikbord dat, tot zijn grote teleurstelling en frustratie, nog vrijwel leeg was.

17

Mijn vader was niet alleen teleurgesteld over het gebrek aan reacties. Hij was vooral teleurgesteld in Billy, Jacobs vader en Charlies beste vriend.

Omdat Billy niet méér betrokken was bij de zoektocht naar zijn zestienjarige wegloper. Omdat Billy weigerde om de posters in La Push op te hangen, het reservaat aan de kust waar Jacob woonde. Omdat hij zich erbij neergelegd leek te hebben dat Jacob was verdwenen, alsof hij er verder niets aan kon doen. Omdat hij zei: 'Jacob is volwassen. Hij komt wel weer thuis als hij dat wil.'

En het frustreerde hem dat ik het met Billy eens was.

Ik hing ook geen posters op. Want Billy en ik wisten allebei waar Jacob was, zo ongeveer dan, en we wisten ook dat niemand deze 'jongen' had gezien.

De flyers zorgden zoals altijd voor een groot, dik brok in mijn keel en prikkende tranen in mijn ogen, en ik was blij dat Edward deze zaterdag aan het jagen was. Als Edward mijn reactie zag, zou hij zich ook alleen maar ellendig voelen.

Het had natuurlijk ook zo z'n nadelen dat het zaterdag was. Terwijl ik langzaam de bocht nam en mijn straat in reed, zag ik mijn vaders politieauto al op de oprit voor ons huis staan. Hij was weer niet gaan vissen vandaag: hij zat nog steeds te mokken over de bruiloft.

Dat betekende dus ook dat ik onze telefoon niet kon gebruiken. Maar ik móést bellen...

Ik zette mijn auto langs de stoeprand, achter het Chevystandbeeld, en pakte de mobiel die Edward me had gegeven voor noodgevallen uit het dashboardkastje. Ik belde en hield mijn vinger op de rode knop toen de telefoon overging. Gewoon voor het geval dat.

'Hallo?' zei Seth Clearwater toen hij opnam, en ik slaakte een zucht van verlichting. Ik was veel te schijterig om met zijn oudere zus Leah te praten. 'Iemand iets toebijten' was vaak net iets te letterlijk van toepassing op Leah.

'Hoi Seth, met Bella.'

'O, hé Bella! Hoe gaat het met je?'

Ik sta op het punt om in huilen uit te barsten en ik wil nu gerustgesteld worden. 'Prima.'

'Bel je voor een update?'

'Je bent helderziend.'

'Nee, hoor. Ik ben Alice niet – jij bent gewoon voorspelbaar,' zei hij grinnikend. In de Quileuteroedel van La Push was er behalve Seth niemand die de namen van de Cullens zonder moeite over zijn lippen kreeg, en hij was al helemaal

18

de enige die grappen maakte over dingen als mijn haast alwetende, aanstaande schoonzus.

'Ik weet het.' Ik aarzelde even. 'Hoe is het met hem?'

Seth zuchtte. 'Nog steeds hetzelfde. Hij wil niets zeggen, ook al weten we dat hij ons kan horen. Hij probeert om niet als mens te denken, als je begrijpt wat ik bedoel. Hij laat zich leiden door zijn instincten.'

'Weet je waar hij nu is?'

'Ergens in het noorden van Canada. Ik weet niet waar precies. Hij houdt zich niet zo bezig met de provinciegrenzen.'

'Heb je enig idee of hij...'

'Hij komt niet naar huis, Bella. Sorry.'

Ik slikte. 'Geeft niet, Seth. Ik wist het al voor ik het vroeg. Ik wil het gewoon zo graag.'

'Ja, dat willen we allemaal.'

'Fijn dat je me niet laat stikken, Seth. Dat nemen de anderen je vast niet in dank af.'

'Die zijn inderdaad niet zo'n fan van je,' beaamde hij opgewekt. 'Slaat nergens op, als je het mij vraagt. Jacob heeft zijn keuzes gemaakt, en jij de jouwe. Jake vindt ook dat ze stom reageren. Hoewel hij er natuurlijk ook niet erg blij mee is dat jij telkens naar hem blijft vragen.'

Ik hapte naar adem. 'Ik dacht dat hij niet met jullie praatte.'

'Hij doet z'n best, maar hij kan niet alles voor ons verborgen houden.'

Dus Jacob wist dat ik me zorgen maakte. Ik vroeg me af of ik dat erg vond. Nou ja, dan wist hij in elk geval ook dat ik niet met de noorderzon vertrokken was of nooit meer aan hem dacht. Daar had hij me vast wel voor aangezien.

'Zie ik je op... op de bruiloft?' vroeg ik, en ik moest mezelf dwingen om het woord uit te spreken.

'Ja, ik kom met m'n moeder. Echt heel leuk dat je ons hebt uitgenodigd.'

Ik glimlachte toen ik zijn enthousiasme hoorde. Het was eigenlijk Edwards idee geweest om de Clearwaters te vragen, maar ik was blij dat hij eraan gedacht had. Het zou fijn zijn om Seth in de buurt te hebben, als een soort verbinding, hoe oppervlakkig ook, met de jongen die eigenlijk mijn getuige had moeten zijn. 'Jij hoort er gewoon bij.'

'Doe Edward de groeten van me, goed?'

'Zal ik doen.'

Ik schudde mijn hoofd. Tussen Edward en Seth was een vriendschap opgebloeid waar ik nog steeds niets van snapte. Maar het bewees dat het niet hoefde te gaan zoals het nu ging. Dat vampiers en weerwolven heus wel met elkaar overweg konden, als ze maar wilden.

Maar niet iedereen vond dat een prettig idee.

'O,' zei Seth, en zijn stem schoot een octaaf omhoog. 'Eh, Leah is thuis.'

'Oké! Dag!'

De verbinding werd verbroken. Ik legde de telefoon op de stoel naast me en bleef even zitten om me geestelijk voor te bereiden voor ik naar binnen zou gaan, naar Charlie.

Mijn arme vader had ook wel erg veel aan zijn hoofd momenteel. Jacob-dewegloper was slechts een van de lasten op zijn toch al zwaarbeladen schouders. Hij maakte zich bijna net zo veel zorgen om mij, zijn nog-maar-net-meerderjarige dochter die op het punt stond mevrouw Cullen te worden.

Langzaam liep ik door de motregen, terwijl ik terugdacht aan de avond waarop we het hem verteld hadden...

Toen het geronk van Charlies surveillancewagen zijn terugkomst aankondigde, woog de ring om mijn vinger ineens vijftig kilo. Ik wilde mijn linkerhand in mijn zak steken (of misschien kon ik er beter op gaan zitten), maar Edwards koele, stevige greep hield hem recht voor me.

'Zit nou eens stil, Bella. Je hoeft geen moord op te biechten, hoor.'

'Jij hebt makkelijk praten.'

Ik luisterde naar het dreigende geluid van mijn vaders laarzen die over de oprit stampten. De sleutel rammelde in de deur, die niet eens op slot zat. Het deed me denken aan zo'n scène uit een horrorfilm waarin het slachtoffer beseft dat ze vergeten is de deur te vergrendelen.

'Rustig maar, Bella,' fluisterde Edward toen hij mijn hartslag hoorde versnellen.

20 De deur sloeg tegen de muur, en ik kromp in elkaar alsof ik een stroomstoot had gekregen.

'Hallo, Charlie,' riep Edward volkomen ontspannen.

'Niet doen!' protesteerde ik zachtjes.

'Waarom niet?' fluisterde Edward terug.

'Hij moet eerst zijn pistool ophangen!'

Edward grinnikte en haalde zijn vrije hand door zijn warrige, bronskleurige haar.

Charlie kwam de hoek om. Hij had zijn uniform nog aan en zijn wapen nog om, en hij probeerde geen scheef gezicht te trekken toen hij ons samen op het tweezitsbankje zag zitten. Hij had de laatste tijd erg zijn best gedaan om Edward aardiger te vinden, maar deze onthulling zou al die moeite uiteraard meteen weer tenietdoen.

'Hé, jongens. Alles goed?'

'We willen graag even met je praten,' zei Edward heel kalm. 'We hebben iets leuks te vertellen.'

Charlies geforceerd vriendelijke uitdrukking maakte op slag plaats voor duister wantrouwen.

'Iets leuks?' gromde Charlie terwijl hij me doordringend aankeek.

'Ga even zitten, pap.'

Hij trok een wenkbrauw op, staarde me vijf seconden aan, stampte vervolgens naar de leunstoel en ging met een kaarsrechte rug op het uiterste puntje zitten.

'Maak je geen zorgen, papa,' zei ik na een geladen stilte. 'Alles gaat prima.'

Edward trok een grimas, en ik wist dat hij bezwaar had tegen het woord 'prima'. Hij zou waarschijnlijk eerder iets als 'fantastisch', 'perfect' of 'schitterend' hebben gezegd.

'Tuurlijk, Bella, vast. Als alles zo goed gaat, waarom zweet je dan zo?'

'Ik zweet niet,' loog ik.

Ik kromp in elkaar onder zijn strenge blik en schoof nog wat dichter naar Edward toe, terwijl ik stiekem met de rug van mijn rechterhand over mijn voorhoofd veegde om het bewijsmateriaal te verwijderen.

'Je bent zwanger!' barstte Charlie uit. 'Je bent zwanger, hè?'

Hoewel die vraag overduidelijk aan mij gericht was, keek hij nu woedend naar Edward, en ik zou zweren dat ik zijn hand even naar zijn pistool zag gaan.

'Nee! Natuurlijk niet!' Ik wilde Edward een por geven, maar ik wist dat ik daar 21 alleen maar een blauwe elleboog aan zou overhouden. Ik had meteen tegen Edward gezegd dat dat het eerste was wat iedereen zou denken. Waarom zouden weldenkende mensen anders op hun achttiende gaan trouwen? ('Omdat ze van elkaar houden,' had hij geantwoord, waarop ik met mijn ogen had gerold. Tuurlijk.)

Charlie keek iets minder kwaad. Je kon over het algemeen meteen aan mijn gezicht zien of ik loog of niet, en hij geloofde me. 'O. Sorry.'

'Excuses aanvaard.'

Het was heel lang stil, en na een tijdje besefte ik dat iedereen zat te wachten tot ík iets zou zeggen. In paniek keek ik op naar Edward. Dit zou ik nooit over mijn lippen kunnen krijgen.

Hij glimlachte naar me, rechtte zijn schouders en wendde zich tot mijn vader.

'Charlie, ik ben me ervan bewust dat ik dit niet helemaal volgens het boekje heb gedaan. Traditioneel gezien had ik het eerst aan jou moeten vragen. Ik wil niet oneerbiedig overkomen, maar aangezien Bella al "ja" heeft gezegd en ik haar keuze niet wil bagatelliseren, vraag ik je niet om haar hand, maar om je zegen. We gaan trouwen, Charlie. Ik hou meer van haar dan van wie ook ter wereld, meer dan van mijn eigen leven, en als door een wonder houdt zij net zo van mij. Wil je ons je zegen geven?'

Hij klonk zo zeker, zo rustig. Toen ik het onwankelbare zelfvertrouwen in zijn stem hoorde, had ik heel even een helder moment. In een flits begreep ik hoe hij de wereld zag, en een fractie van een seconde lang was het volstrekt logisch dat we gingen trouwen.

En toen zag ik de blik in Charlies ogen, die nu strak op de ring gericht waren.

Ik hield mijn adem in terwijl zijn gezicht van kleur veranderde, van wit naar rood, van rood naar paars, van paars naar blauw. Ik wilde opstaan (ik weet niet precies wat ik wilde doen, misschien de heimlichmanoeuvre toepassen voor het geval hij stikte of zo) maar Edward gaf een kneepje in mijn hand en mompelde: 'Laat hem maar even,' zo zacht dat alleen ik het kon horen.

Het was nog veel langer stil dan zonet. Toen kreeg Charlies gezicht heel langzaam zijn normale kleur weer terug. Hij perste zijn lippen op elkaar en fronste zijn voorhoofd, zijn vaste 'ik denk heel hard na'-uitdrukking. Hij keek ons een tijdlang aan en ik voelde hoe Edward naast me ontspande.

'Verbaast me eigenlijk niks,' bromde Charlie. ''k Wist wel dat ik zoiets een keer voor m'n kiezen zou krijgen.'

Ik ademde uit.

'Weet je het zeker?' vroeg hij met een boze blik aan mij.

'Ik ben honderd procent zeker van Edward,' zei ik zonder aarzelen.

'Maar ook van dat trouwen? Waarom hebben jullie zo'n haast?' Opnieuw keek hij me wantrouwig aan.

We hadden zo'n haast omdat ik verdorie elke dag dichter bij de negentien kwam, terwijl Edward al meer dan negentig jaar zijn volmaakte zeventienjarige zelf bleef. Wat mij betreft was dat niet meteen reden voor een huwelijk, maar de bruiloft was onderdeel van de uitgebreide, ingewikkelde overeenkomst die Edward en ik hadden gesloten om bij het punt uit te kunnen komen waar we nu bijna waren aanbeland: mijn transformatie van sterfelijk naar onsterfelijk.

Maar dat kon ik allemaal niet aan Charlie uitleggen.

'We gaan in de herfst samen naar Dartmouth, Charlie,' hielp Edward hem herinneren. 'Ik wil alles graag doen zoals het hoort, om het zo maar te zeggen. Zo ben ik opgevoed.' Hij haalde zijn schouders op.

Hij overdreef niet: ouderwetse normen en waarden waren helemaal in tijdens de Eerste Wereldoorlog.

Charlie trok een scheef gezicht. Hij was op zoek naar een goed tegenargument. Maar wat moest hij zeggen? *Ik heb liever dat jullie eerst gewoon lekker zondig gaan samenwonen?* Hij was een vader, hij kon geen kant op.

'Ik wist wel dat het eraan zat te komen,' mompelde hij fronsend tegen zichzelf. Toen werd zijn gezicht opeens helemaal glad en uitdrukkingsloos.

'Papa?' vroeg ik bezorgd. Ik keek naar Edward, maar ook van zijn gezicht werd ik niets wijzer.

'Ha!' barstte Charlie uit, en ik schrok me wild. 'Ha ha ha!'

Ik staarde ongelovig naar Charlie, die dubbel lag van het lachen. Zijn hele lijf schudde ervan.

Ik keek naar Edward voor uitleg, maar die klemde zijn lippen stijf op elkaar, alsof hij zelf ook zijn best moest doen om niet te grijnzen.

'Best, toe dan maar,' hikte Charlie. 'Ga maar trouwen.' Er ging een nieuwe lachstuip door hem heen. 'Maar...'

'Maar wat?' wilde ik weten.

'Maar jíj moet het aan je moeder vertellen! Ik zeg niets tegen Renée! Dat mag je helemaal zelf doen!' En hij brulde het uit.

23

Met mijn hand op de deurkruk bleef ik even staan en ik glimlachte. Op dat moment was ik inderdaad doodsbang geworden van Charlies woorden. Ik moest het aan Renée vertellen: dat werd beslist mijn ondergang. Jong trouwen was in Renées ogen nog erger dan levende puppy's koken.

Wie had kunnen voorspellen dat ze zo zou reageren? Ik niet. En Charlie al helemaal niet. Alice misschien, maar ik had er niet aan gedacht om het aan haar te vragen.

'Nou, Bella,' had Renée gezegd nadat ik met horten en stoten het onmogelijke over mijn lippen had gekregen: 'Mam, ik ga met Edward trouwen.' 'Ik vind het wel een beetje vervelend dat je me het pas zo laat vertelt. De vliegtickets worden er niet goedkoper op, hoor. O,' had ze gepiekerd. 'Denk je dat Phils gips er tegen die tijd al af is? Het staat zo stom op de foto's als hij geen smoking aanheeft...'

'Wacht even, mam,' had ik vol verbazing gestameld. 'Hoe bedoel je, dat ik het pas zo laat vertel? Ik ben pas net ver... ver...' Het was me niet gelukt het woord 'verloofd' uit te spreken. 'Ik heb alles vandaag pas geregeld, hoor.'

'Vandaag? Echt? Goh. Ik dacht...'

'Wat dacht je? En wannéér dacht je dat?'

'Nou, toen jullie in april bij me langskwamen had ik al het idee dat jullie er helemaal klaar voor waren, als je begrijpt wat ik bedoel. Ik ken je langer dan vandaag, lieverd. Maar ik heb niets gezegd, want ik wist dat dat toch geen nut zou hebben. Wat dat betreft ben je net als Charlie.' Ze had een berustende zucht geslaakt. 'Als jij eenmaal iets in je hoofd hebt, valt er geen land meer met je te bezeilen. En net als Charlie kom jij niet meer terug op je beslissingen.'

En toen zei ze iets waarvan ik nooit gedacht had dat ik het mijn moeder ooit zou horen zeggen.

'Jij maakt niet dezelfde fout als ik, Bella. Je klinkt doodsbenauwd, en dat komt vast doordat je bang bent voor mij.' Ze had gegiecheld. 'Voor wat ik er wel niet van zal denken. Ik weet dat ik heel vaak tekeer ben gegaan tegen het huwelijk, en dat neem ik niet terug, maar je moet wel bedenken dat dat specifiek op míj van toepassing was. Jij bent heel anders dan ik. Jij maakt je eigen fouten, en ik weet zeker dat er later ook dingen zullen zijn waar je achteraf gezien spijt van hebt. Maar, lieverd, wat jij doet, daar ga je voor, dat is altijd zo geweest. Jouw huwelijk heeft een grotere kans van slagen dan dat van de meeste veertigjarigen die ik ken.' Renée lachte weer. 'Mijn kleine oude meisje. Maar volgens mij heb je een andere oude ziel gevonden, en daar ben ik blij om.'

'Ben je niet... boos? Vind je niet dat ik de grootste fout van mijn leven maak?'

'Ach, tja, ik had liever gezien dat je nog een paar jaar zou wachten. Zeg nou zelf, vind je mij echt al oud genoeg om schoonmoeder te worden? Nee, laat maar, ik wil het niet weten. Maar dit gaat niet om mij. Dit gaat om jou. Ben je gelukkig?'

'Ik weet het niet. Ik zweef ergens boven mijn lichaam momenteel.'

Renée had gegniffeld. 'Maakt hij je gelukkig?'

'Ja, maar...'

'Zul je ooit iemand anders willen?'

'Nee, maar...'

'Maar wat?'

'Maar ga je niet zeggen dat ik net zo klink als elke verliefde puber sinds het begin der tijden?'

'Jij bent nooit een puber geweest, lieverd. Jij weet wat voor jóú het beste is.'

De afgelopen weken had Renée zich onverwacht op de organisatie van de bruiloft gestort. Ze had elke dag uren aan de telefoon gehangen met Edwards moeder, Esmé, dus ik hoefde in elk geval niet bang te zijn dat de schoonmoeders niet met elkaar overweg zouden kunnen. Renée was dol op Esmé, maar ik kon me aan de andere kant ook nauwelijks voorstellen dat iemand níét dol zou zijn op mijn lieve bijna-schoonmoeder.

Ik had er geen omkijken naar. Edwards familie en mijn familie namen samen alle zorg voor het huwelijk op zich en ik hoefde er nauwelijks iets aan te doen, over te weten of er zelfs maar over na te denken.

Charlie was uiteraard woedend, maar het mooie was dat hij niet boos was op míj. Renée was de grote verraadster. Hij had erop gerekend dat zij me de wind van voren zou geven. Nu zijn grootste troef – 'vertel het maar aan je moeder' – een volstrekt loos dreigement was gebleken, stond hij met lege handen, en dat wist hij maar al te goed. Daarom liep hij nu de hele tijd chagrijnig rond, mopperend dat je ook niemand meer kon vertrouwen tegenwoordig...

'Pap?' riep ik terwijl ik de voordeur openduwde. 'Ik ben thuis.'

'Wacht even, Bells, nog niet binnenkomen.'

'Hè?' vroeg ik, en ik bleef automatisch staan.

'Heel even nog. Au, Alice, je prikt me.'

Alice?

'Sorry, Charlie,' antwoordde Alice' zangerige stem. 'Zo beter?'

'Straks komt er een bloedvlek in.'

'Niks aan de hand. Hij ging niet door de huid heen, geloof mij maar.'

'Wat zijn jullie aan het doen?' vroeg ik vanuit de deuropening.

'Nog een half minuutje, Bella,' zei Alice. 'Je geduld zal beloond worden.'

'Pffft,' voegde Charlie daaraan toe.

25

Ik begon met mijn voet te tikken en telde elke slag. Nog voor ik bij de dertig was zei Alice: 'Oké Bella, kom maar binnen!'

Heel behoedzaam liep ik het hoekje om, onze woonkamer in.

'Zo,' zei ik terwijl ik mijn adem uitblies. 'Jemig. Pap. Wat zie jij er...'

'Stom uit?' zei Charlie voor ik mijn zin kon afmaken.

'Ik dacht meer aan "charmant".'

Charlie kreeg een kleur. Alice pakte hem bij zijn elleboog en liet hem een langzaam rondje draaien om zijn lichtgrijze smoking te showen.

'Hou nou maar op, Alice. Ik zie er belachelijk uit.'

'Mensen die door mij gekleed zijn zien er nóóit belachelijk uit.'

'Ze heeft gelijk, pap. Je ziet er fantastisch uit! Waar is het voor?'

Alice rolde met haar ogen. 'Dit is de laatste passessie. Voor jullie allebei.'

Nu pas scheurde ik mijn blik los van de ongewoon elegante Charlie en zag de gevreesde witte kledinghoes die zorgvuldig over de bank was gedrapeerd.

'Ieieie.'

'Denk maar aan iets fijns, Bella. Het is zo voorbij.'

Ik haalde diep adem, kneep mijn ogen dicht en strompelde nietsziend de trap op naar mijn kamer. Daar kleedde ik me uit tot op mijn ondergoed en stak mijn armen recht naar voren.

'Je zou haast gaan denken dat ik bamboesplinters onder je nagels duw of zo,' bromde Alice binnensmonds terwijl ze achter me aan de kamer in kwam.

Ik lette niet op haar. Ik dacht aan iets fijns.

In mijn fijnste droom was al dat bruiloftsgedoe achter de rug. Voorbij. Meteen verdrongen en vergeten.

We waren met z'n tweetjes, Edward en ik. De plek was nog niet duidelijk en veranderde telkens – van een nevelig bos naar een bewolkte stad naar een koude poolnacht – omdat Edward niet wilde zeggen waar onze huwelijksreis naartoe ging. Maar het maakte me niet bijster veel uit wáár het precies was.

Edward en ik waren samen, en ik had me aan alle punten van mijn deel van ons compromis gehouden. Ik was met hem getrouwd. Dat was het voornaamste. Maar ik had ook al zijn buitensporige cadeaus aangenomen en ik stond, ook al had dat geen enkele zin, voor het komend studiejaar ingeschreven bij Dartmouth. Nu was het zijn beurt.

Voor hij me in een vampier veranderde – zíjn deel van het compromis – moest hij nog één afspraak nakomen.

26

Edward maakte zich haast obsessief zorgen over de mensendingen die ik zou opgeven, de ervaringen die ik van hem niet mocht missen. De meeste – zoals het eindejaarsbal bijvoorbeeld – vond ik helemaal niet belangrijk. Er was maar één menselijke ervaring die ik niet wilde missen. En dat was natuurlijk net die ene die ik als het aan hem lag zo snel mogelijk uit mijn hoofd zou zetten.

Maar voor mij was het heel simpel. Ik wist het een en ander over hoe ik zou worden als ik geen mens meer was. Ik had met eigen ogen gezien hoe jonge vampiers waren, en ik had van mijn toekomstige familieleden alle verhalen gehoord over die eerste tijd waarin je jezelf nauwelijks onder controle had. Een paar jaar lang zou mijn hele persoonlijkheid ondergeschikt zijn aan de dorst. Het zou wel even duren voor ik weer mezélf kon zijn. En zelfs als ik mijn zelfbeheersing weer terughad, zou ik me nooit meer zo voelen als ik me nu voelde.

Menselijk... en hartstochtelijk verliefd.

Ik wilde die ervaring tot het uiterste beleven voor ik mijn warme, kwetsbare, van de feromonen barstende lijf inruilde voor iets wat mooi, sterk en... onbekend was. Ik wilde een échte huwelijksnacht met Edward. En hij had beloofd dat hij het zou proberen, ook al was hij bang dat het veel te gevaarlijk voor me zou zijn.

Ik was me alleen heel in de verte bewust van Alice en het satijn dat langs mijn huid gleed. Op dit moment kon het me even niets meer schelen dat de hele stad over me roddelde. Ik dacht niet meer aan het hele bruiloftscircus waarin ik al veel te snel mijn kunsten zou moeten vertonen. Ik was niet bang meer dat ik over mijn sleep zou struikelen of op het verkeerde moment zou gaan giechelen, ik maakte me geen zorgen meer over dat ik te jong was, en ook niet over de starende toeschouwers, en zelfs niet over de lege stoel waar mijn beste vriend zou moeten zitten.

Ik droomde over Edward, en ik was gelukkig.

2. Lange nacht

'Ik mis je nu al.'

'Ik hoef niet weg. Ik kan ook blijven...'

'Mmm.'

Het was heel lang stil, op het gebonk van mijn hamerende hart, het hortende ritme van onze hijgende ademhaling en het fluisterzachte geluid van onze perfect synchroon bewegende lippen na.

Soms was het zo makkelijk om te vergeten dat ik met een vampier zoende. Niet omdat ik hem dan opeens als een gewoon mens zag – ik zou nooit ook maar één seconde kunnen vergeten dat de jongen die in mijn armen lag meer engel dan mens was –, maar omdat hij het deed voorkomen alsof het hem helemaal geen moeite kostte om zijn lippen tegen de mijne te drukken, tegen mijn gezicht, mijn hals. Hij beweerde dat mijn bloed hem allang niet meer in de verleiding bracht, dat hij zo bang was om mij kwijt te raken dat hij er totaal niet meer naar verlangde. Maar ik wist dat de geur van mijn bloed hem nog steeds pijn deed, nog altijd brandde in zijn keel, alsof hij vlammen inademde.

Ik deed mijn ogen open en zag de zijne naar mijn gezicht staren. Ik vond het altijd heel raar als hij zo naar me keek. Alsof ík de hoofdprijs was, in plaats van de absurd gelukkige winnaar.

Onze blikken ontmoetten elkaar even; zijn gouden ogen waren zo diep dat ik het idee had dat ik helemaal tot in zijn ziel kon kijken. Onvoorstelbaar eigenlijk dat er ooit twijfel had kunnen bestaan over de aanwezigheid van die ziel, ook al was hij dan inderdaad een vampier. Hij had een prachtige ziel, mooier nog dan zijn briljante geest, zijn weergaloze gezicht en zijn schitterende lichaam.

Hij keek naar mij alsof hij mijn ziel ook kon zien, en alsof het hem beviel wat hij zag.

Maar hij kon niet in mijn hoofd kijken, zoals hij dat bij anderen wel kon. Waarom, dat wist niemand – mijn hersenen hadden een of andere vreemde afwijking waardoor ze onvatbaar waren voor alle bovennatuurlijke en angstaanjagende krachten waar sommige onsterfelijken over beschikten. (Alleen mijn geest was immuun, mijn lichaam reageerde wel op vampiers met gaven die op een andere manier werkten dan die van Edward.) Maar ik was erg dankbaar voor dit mankement, of wat het dan ook was waardoor mijn gedachten geheim bleven. Ik moest er niet aan denken wat een gênante situaties het had opgeleverd als het anders was geweest.

Ik trok zijn gezicht weer naar het mijne.

'Nu blijf ik zeker weten,' mompelde hij even later.

'Nee, nee. Het is je vrijgezellenfeest. Je moet gaan.'

Dat zei ik wel, maar ondertussen grepen de vingers van mijn rechterhand zijn bronskleurige haar vast en drukte mijn linkerhand nog iets harder tegen de onderkant van zijn rug. Zijn koele vingers streelden mijn gezicht.

'Zulke feesten zijn bedoeld voor mensen die het jammer vinden dat ze hun vrijgezellenbestaan achter zich moeten laten. Ik kijk reikhalzend uit naar het moment waarop het voor mij zover is. Dus eigenlijk is zo'n feest voor mij helemaal niet nodig.'

'Dat is zo,' fluisterde ik tegen de ijzig koude huid van zijn keel.

Dit kwam aardig in de buurt van mijn dagdroom. Charlie lag nietsvermoedend te slapen in zijn kamer, dus we waren niet helemáál alleen, maar het scheelde niet veel. We lagen opgekruld op mijn smalle bed, zoveel mogelijk in elkaar verstrengeld, voor zover dat ging met de dikke sprei die als een soort cocon om me heen gewikkeld was. Ik vond het vreselijk dat ik die deken nodig had, maar het was ook niet erg romantisch als ik de hele tijd lag te klappertanden. En Charlie zou het meteen merken als ik midden in augustus de verwarming aanzette...

Het voordeel was dat ík ingepakt moest worden, omdat Edwards shirt op de grond lag. Ik was elke keer weer verbijsterd als ik zijn volmaakte lichaam zag – wit, koel, glad als marmer. Vol bewondering liet ik mijn hand over zijn stenen borst naar zijn platte buik glijden. Er ging een lichte sidddering door hem heen en zijn mond vond de mijne weer. Voorzichtig drukte ik het puntje van mijn tong tegen zijn spiegelgladde lip en hij zuchtte. Zijn zoete adem streek koud en heerlijk over mijn gezicht. 29

Hij wilde zich lostrekken – zo reageerde hij automatisch als hij besloot dat het te ver ging, in een soort reflex die hem tegenhield wanneer hij juist maar al te graag door zou willen gaan. Edward had zich het grootste deel van zijn leven onthouden van alle lichamelijke bevrediging. Ik wist dat hij het doodeng vond dat hij nu moest gaan proberen om die gewoonten te veranderen.

'Wacht,' zei ik terwijl ik hem bij zijn schouders greep en mezelf dicht tegen hem aan drukte. Ik worstelde één been los en sloeg het om zijn middel. 'Oefening baart kunst.'

Hij grinnikte. 'Nou, dan zouden we onderhand wel grote kunstenaars moeten zijn, denk je ook niet? Heb je überhaupt wel geslapen deze maand?'

'Maar dit is de generale repetitie,' hielp ik hem herinneren, 'en we hebben nog lang niet alle scènes geoefend. Dit is niet het moment om voorzichtig te zijn.'

Ik had gedacht dat hij zou lachen, maar hij gaf geen antwoord en zijn lichaam werd plotseling stil en gespannen. Het vloeibare goud in zijn ogen leek te stollen.

Ik dacht terug aan wat ik gezegd had en besefte wat hij erin had gehoord.

'Bella...' fluisterde hij.

'We hebben het hier al over gehad,' zei ik. 'Afspraak is afspraak.'

'Ik weet het niet. Ik kan me niet concentreren als jij zo bij me ligt. Ik... ik kan niet meer helder nadenken. Straks heb ik mezelf niet meer in de hand en doe ik je iets aan.'

'Dat zal heus wel meevallen.'

'Bella...'

'Ssst!' Ik drukte mijn lippen op de zijne om zijn paniekaanval te smoren. Het was elke keer hetzelfde liedje, maar hier kwam hij niet onderuit. Niet nu ik eerst per se moest trouwen van hem.

Hij kuste me even terug, maar ik merkte dat hij zich niet meer zo liet meeslepen als net. Hij maakte zich zorgen – altijd en eeuwig maakte hij zich zorgen. Wat zou het wennen worden voor hem als hij zich geen zorgen meer om me hoefde te maken. Wat moest hij dan in vredesnaam met al die vrije tijd aan? Hij mocht wel vast een nieuwe hobby gaan zoeken.

30   'Hoe voel je je? Geen koude rillingen?' vroeg hij.

Ik wist dat hij dat niet letterlijk bedoelde, en ik zei: 'Nee hoor, ik voel me reuze behaaglijk.'

'Zeker weten? Heb je je niet bedacht? Nu kun je nog van gedachten veranderen.'

'Wil je van me af of zo?'

Hij grinnikte. 'Ik vraag het maar even. Ik wil niet dat je iets doet waar je over twijfelt.'

'Over jou twijfel ik niet. En de rest overleef ik wel.'

Hij aarzelde, en ik vroeg me af of ik weer iets stoms had gezegd.

'Is dat zo?' vroeg hij zachtjes. 'En dan heb ik het niet over de bruiloft, want ik ben ervan overtuigd dat je je daar ondanks je zenuwen prima doorheen zult slaan, maar over daarna... Hoe moet dat met Renée, met Charlie?'

Ik zuchtte. 'Ik zal ze missen.' Het was nog veel erger dat zij míj ook zouden missen, maar ik wilde hem niet op ideeën brengen, dus dat zei ik maar niet.

'Angela, Ben, Jessica, Mike.'

'Mijn vrienden zal ik ook missen, ja.' Ik glimlachte in het donker. 'Vooral Mike. O, Mike! Wat moet ik zonder Mike?'

Hij gromde.

Ik lachte, maar toen werd ik weer ernstig. 'Edward, we hebben het hier uitgebreid over gehad. Ik weet dat het moeilijk zal worden, maar ik wil het. Ik wil jou, en ik wil jou voor altijd. Eén leven is gewoon niet genoeg voor me.'

'Voor altijd achttien,' fluisterde hij.

'De droom van elke vrouw,' zei ik plagerig.

'Je zult nooit veranderen... en dus voor altijd stil blijven staan.'

'Hoe bedoel je?'

Langzaam gaf hij antwoord. 'Weet je nog toen we tegen Charlie zeiden dat we gingen trouwen? En dat hij dacht dat je... zwanger was?'

'En hij dacht er vast ook over om je neer te schieten,' gokte ik lachend. 'Geef het maar toe – het is echt heel even door zijn hoofd gegaan.'

Hij gaf geen antwoord.

'Edward, wat is er nou?'

'Ik zou gewoon... Nou ja, ik had graag gewild dat hij gelijk had.'

'Waah,' stootte ik uit.

'Of meer dat hij gelijk had kúnnen hebben. Dat dat tot onze mogelijkheden zou behoren. Ik vind het verschrikkelijk dat ik je dat ook nog afneem.'

Het duurde even voor ik was bijgekomen. 'Ik weet wat ik doe.'

'Hoe weet je dat nou, Bella? Kijk naar mijn moeder, kijk naar mijn zus. Het is veel moeilijker om zoiets op te geven dan jij denkt.'

'Esmé en Rosalie redden zich prima. Als het later een probleem wordt, kunnen we altijd nog net als Esmé iemand adopteren.'

31

Hij zuchtte, en toen werd zijn stem fel. 'Het is gewoon niet goed! Ik wil niet dat je dat soort offers voor mij hoeft te brengen. Ik wil je dingen geven, niet dingen van je afpakken. Ik wil je jouw toekomst niet ontnemen. Als ik een mens was...'

Ik legde mijn hand over zijn mond. 'Jíj bent mijn toekomst, en nou ophouden. Niet zo treurig doen, anders bel ik je broers om te vragen of ze je komen halen. Misschien is een vrijgezellenfeest wel goed voor je.'

'Het spijt me. Ik klink inderdaad wel een beetje treurig, hè? Het zullen de zenuwen zijn.'

'Heb jíj koude rillingen?'

'Niet op die manier. Ik heb een eeuw gewacht om met u te kunnen trouwen, juffrouw Swan. De bruiloft is het enige waar ik niet op kan wach...' Hij brak zijn zin plotseling af. 'O godallemachtig, het zal ook eens niet!'

'Wat is er?'

Hij knarste met zijn tanden. 'Je hoeft mijn broers niet te bellen. Emmett en Jasper zijn kennelijk niet van plan me hier onderuit te laten komen.'

Ik trok hem nog even dicht tegen me aan en liet hem toen los. Als het op een krachtmeting met Emmett aankwam maakte ik geen schijn van kans. 'Veel plezier.'

Er snerpte iets langs het raam – iemand kraste expres met zijn stalen nagels over het glas om een afschuwelijk handen-over-je-oren-, kippenvel-langs-je-ruggengraatgeluid te maken. Ik rilde.

'Als je Edward niet naar buiten stuurt komen we hem halen!' siste een onzichtbare Emmett dreigend in het donker.

'Ga maar!' lachte ik. 'Voor ze mijn huis afbreken.'

Edward rolde met zijn ogen maar kwam soepel overeind en trok in dezelfde beweging zijn shirt weer aan. Hij boog zich voorover en gaf me een kus op mijn voorhoofd.

'Ga maar gauw slapen. Je hebt een grote dag voor de boeg.'

'En bedankt! Nou kan ik me echt heel goed ontspannen.'

'Ik zie je voor het altaar.'

'Ik ben dat meisje in die witte jurk.' Ik glimlachte omdat ik zo vreselijk blasé klonk.

Hij grinnikte, zei: 'Heel overtuigend,' spande zijn spieren aan en boog door zijn knieën. En toen was hij verdwenen – hij sprong zo snel uit mijn raam dat mijn ogen het niet konden volgen.

32

Buiten klonk een gedempte bons en ik hoorde Emmett vloeken.

'O wee als jullie hem te laat terugbrengen,' mompelde ik, en ik wist dat ze me konden horen.

Toen gluurde Jaspers gezicht opeens door mijn raam; zijn honingkleurige haar had een zilveren glans in het zwakke maanlicht dat zich door de wolken worstelde.

'Maak je maar geen zorgen, Bella. We brengen hem ruim op tijd weer naar huis.'

Plotseling was ik heel erg rustig, mijn zorgen leken niet belangrijk meer. Jasper was op zijn manier net zo begaafd als Alice met haar griezelig accurate voorspellingen. Jaspers talent had echter niet met de toekomst, maar met stemmingen te maken: hij kon bepalen hoe je je voelde, zonder dat je daar ook maar iets aan kon doen.

Ik lag nog steeds ingepakt in de deken en ging onhandig rechtop zitten. 'Jasper? Wat doen vampiers eigenlijk op hun vrijgezellenavond? Jullie gaan toch niet met hem naar een striptent, hè?'

'Niks zeggen!' gromde Emmett vanaf de grond. Er klonk weer een bons en Edward lachte zachtjes.

'Rustig maar,' zei Jasper, en ik wérd ook meteen rustig. 'Wij Cullens hebben zo onze eigen variant. Gewoon, wat poema's, een paar grizzlyberen. Eigenlijk wat we altijd doen tijdens een avondje stappen.'

Ik vroeg me af of ik ooit zo luchthartig over het 'vegetarische' vampierdieet zou kunnen praten.

'Bedankt, Jasper.'

Hij gaf me een knipoog en liet zich weer naar beneden vallen.

Buiten was het doodstil. Aan de andere kant van de muur hoorde ik Charlies zagende gesnurk.

Ik voelde me slaperig en ging weer achterover liggen. Met zware oogleden staarde ik naar de muren van mijn kleine kamer, bleekwit in het maanlicht.

Mijn laatste nacht in mijn kamer. Mijn laatste nacht als Isabella Swan. Morgennacht zou ik Bella Cullen zijn. Ondanks het feit dat ik vreselijk opzag tegen dat hele bruiloftsgedoe, moest ik toch toegeven dat me dat erg goed in de oren klonk.

Ik liet mijn gedachten nog een tijdje zomaar wat ronddwalen, in de verwachting dat ik snel in slaap zou vallen. Maar na een paar minuten merkte ik dat ik juist alleen maar wakkerder werd, dat de angst mijn buik weer in kroop en er on-aangename knopen in legde. Het bed leek te zacht, te warm zonder Edward erin. Jasper was ver weg, en het rustige, ontspannen gevoel was samen met hem ver-dwenen.

Het zou een lange dag worden morgen.

Ik was me ervan bewust dat het grootste deel van mijn angsten nergens op sloeg – ik moest gewoon niet zo moeilijk doen. Soms sta je in het leven nou een-maal in de schijnwerpers, daar doe je niets aan. Ik kon niet altijd een muur-bloempje zijn. Maar er waren ook een paar dingen waarover ik me volkomen te-recht zorgen maakte.

Ten eerste: de sleep van de bruidsjurk. Alice had haar creativiteit de vrije loop gelaten en even wat minder op de praktische aspecten gelet. Het leek me een on-mogelijke opgave om op hakken met die sleep de trap van de Cullens af te dalen. Ik had moeten oefenen.

En dan hadden we de gastenlijst.

Tanya's familie, de Denaliclan, zou in de loop van de ochtend arriveren.

Het zou nog wel eens spannend kunnen worden met Tanya's familie in de-zelfde ruimte als onze gasten uit het Quileutereservaat, Jacobs vader en de fami-lie Clearwater. De Denali's waren niet bepaald dol op de weerwolven. Tanya's zus Irina kwam zelfs helemaal niet naar de bruiloft. Ze koesterde nog steeds een diepe haat jegens de weerwolven omdat die haar vriend Laurent hadden ver-moord (toen die op het punt stond om míj te vermoorden). Vanwege die wrok hadden de Denali's Edwards familie laten zitten toen die hun hulp juist het hardst nodig hadden. Uiteindelijk waren onze levens gered door het onwaar-schijnlijke verbond met de Quileutewolven toen de horde jonge vampiers ons had aangevallen...

Edward had me bezworen dat er niets zou gebeuren tussen de Denali's en de Quileutes. Tanya en haar familie – behalve Irina dan – voelden zich allemaal vre-selijk schuldig over hun afvalligheid. Door nu een wapenstilstand met de weer-wolven te sluiten konden ze een klein deel van die schuld inlossen, en dat had-den ze er graag voor over.

Dat was het grote probleem, maar er was ook nog een klein probleempje: mijn wankele zelfvertrouwen.

Ik had Tanya nog nooit eerder ontmoet, en ik wist zeker dat mijn ego een flin-ke deuk zou oplopen. Ooit, heel lang geleden, nog voor mijn geboorte waarschijnlijk, had ze een poging gedaan om Edward te versieren. Ik nam het haar of iemand anders heus niet kwalijk dat ze hem aantrekkelijk vond, maar ze was natuurlijk op z'n minst beeldschoon, en in het ergste geval oogverblindend. Hoewel het duidelijk was dat Edward – hoe onvoorstelbaar ook – de voorkeur aan mij gaf, wist ik zeker dat ik me onwillekeurig toch met haar zou gaan vergelijken.

Ik had een beetje gemopperd totdat Edward, die al mijn zwakheden kende, me een schuldgevoel had bezorgd.

'Voor hen zijn we praktisch familie, Bella. Ze hebben niemand anders,' had hij me terechtgewezen. 'Ze voelen zich nog steeds wees, zelfs na zo'n lange tijd.'

Daarna had ik ingebonden en mijn fronsende blik afgewend.

Tanya had ondertussen een behoorlijk grote familie, bijna net zo groot als de familie Cullen. Ze waren met z'n vijven: op vrijwel hetzelfde moment dat Alice en Jasper zich bij de Cullens hadden gevoegd, hadden Carmen en Eleazar zich bij Tanya, Kate en Irina aangesloten. Ze vonden elkaar allemaal in hun verlangen om menslievender te leven dan normale vampiers.

Maar ondanks elkaars gezelschap voelden Tanya en haar zussen zich op een bepaalde manier nog steeds alleen. Ze waren nog steeds in de rouw. Omdat ze heel lang geleden ook een moeder hadden gehad.

Ik kon me goed indenken wat een gapend gat zo'n verlies achterliet, zelfs na duizend jaar. Ik probeerde me de familie Cullen voor te stellen zonder hun schepper, middelpunt en leider – hun vader, Carlisle. Het lukte niet.

Carlisle had me over Tanya's verleden verteld tijdens een van de vele avonden waarop ik nog tot laat bij de Cullens had gezeten om zoveel mogelijk te leren en me zo goed mogelijk voor te bereiden op de toekomst waar ik voor had gekozen. Het verhaal van Tanya's moeder was een van de vele, een afschrikwekkend voorbeeld bij slechts een van de regels die ik moest kennen voor ik me bij de onsterfelijke wereld voegde. Of eigenlijk was er maar één echte regel – één wet die zich uitsplitste in talloze verschillende facetten: *houd het geheim.*

Die geheimhouding kon verschillende gevolgen hebben: je moest een onopvallend leven leiden, zoals de Cullens, en verder trekken voordat mensen konden vermoeden dat je niet ouder werd. Of je kwam überhaupt niet bij mensen in de buurt, behalve dan rond etenstijd, zoals James en Victoria hadden geleefd en zoals Jaspers vrienden Peter en Charlotte nog steeds leefden. Het betekende ook dat je eventuele nieuwe vampiers die je had geschapen in toom moest houden, zoals Jasper had gedaan toen hij bij Maria woonde. Zoals Victoria had nagelaten bij háár nieuwelingen.

En het betekende ook dat je sommige dingen helemaal niet mocht scheppen, omdat sommige scheppingen niet in toom te houden waren.

'Ik weet niet hoe Tanya's moeder heette,' had Carlisle toegegeven, en zijn gouden ogen, die bijna dezelfde kleur hadden als zijn blonde haar, kregen een verdrietige uitdrukking bij de gedachte aan Tanya's leed. 'Ze praten nooit over haar als het niet per se hoeft en proberen zo min mogelijk aan haar te denken.

De vrouw die Tanya, Kate en Irina heeft geschapen – die van hen hield, daar ben ik van overtuigd – leefde vele jaren voor ik werd geboren. Het was een tijd waarin er in onze wereld een plaag heerste, de plaag van de onsterfelijke kinderen.

Wat deze voorouders bezielde kan ik nauwelijks bevatten. Ze veranderden mensen die nauwelijks ouder waren dan peuters in vampiers.'

Ik had geprobeerd me daar een beeld bij te vormen en had het gal moeten wegslikken dat in mijn keel omhoogkwam.

'Ze waren beeldschoon,' had Carlisle vlug uitgelegd toen hij zag hoe ik reageerde. 'Zo vertederend, zo betoverend, werkelijk ongelooflijk. Als je bij ze in de buurt kwam dan hield je al van ze, dat ging vanzelf.

Maar je kon ze niets leren. Ze zaten vast in de ontwikkelingsfase die ze hadden bereikt voor ze werden gebeten. Schattige dreumesen met kuiltjes in hun wangen en brabbelpraatjes, die in één wilde bui een half dorp konden uitmoorden. Als ze honger hadden dan dronken ze; ze luisterden naar niets of niemand. Ze werden gezien door mensen, er deden verhalen de ronde, de angst verspreidde zich als een lopend vuurtje...

Tanya's moeder heeft zo'n kind gemaakt. Haar beweegredenen, en die van anderen, zijn me nog altijd een raadsel.' Hij had diep ademgehaald om rustig te blijven. 'En natuurlijk werden de Volturi erbij betrokken.'

Zoals altijd wanneer ik die naam hoorde, was ik in elkaar gekrompen, maar het viel te verwachten dat dit legioen Italiaanse vampiers – die zichzelf als de koningen van de vampierwereld beschouwden – een centrale rol speelde in dit verhaal. Er kon geen wet bestaan zonder straf, en er kon geen straf bestaan zonder iemand om hem uit te voeren. De oude Aro, Caius en Marcus regeerden over de Volturi. Ik had ze slechts één keer gezien, maar tijdens die korte ontmoeting had ik het idee gekregen dat Aro, met zijn bijzonder sterke gave om gedachten te kunnen lezen (als hij iemand één keer aanraakte zag hij alle gedachten die diegene ooit had gehad), de echte leider was.

'De Volturi deden onderzoek naar de onsterfelijke kinderen, bij hen in Volterra en ook in de rest van de wereld. Caius besloot dat de kleintjes niet in staat waren om ons geheim te bewaren. En daarom moesten ze gedood worden.

Ik zei al dat ze er vreselijk lief uitzagen. Vampierfamilies vochten tot de laatste snik – en werden volledig uitgeroeid – om ze te beschermen. Er vielen hier in Amerika minder doden dan tijdens de zuidelijke oorlogen, maar op een bepaalde manier was het wel veel ingrijpender. Families die al eeuwenlang bij elkaar waren, oude tradities, vrienden... Er ging heel veel verloren. Uiteindelijk werd het verboden om nog onsterfelijke kinderen te maken. Er werd nooit meer over ze gesproken, ze werden een taboe.

Toen ik bij de Volturi woonde heb ik twee onsterfelijke kinderen ontmoet, dus ik heb met eigen ogen gezien hoe onweerstaanbaar ze waren. Aro heeft de kleintjes nog vele jaren bestudeerd, toen de ramp die ze hadden veroorzaakt allang achter de rug was. Je weet hoe nieuwsgierig hij is: hij had gehoopt dat ze getraind zouden kunnen worden. Maar uiteindelijk besloten ze unaniem dat de onsterfelijke kinderen niet mochten blijven leven.'

Ik was de moeder van de gezusters Denali al bijna vergeten toen het verhaal weer bij haar verderging.

'Het is niet helemaal duidelijk wat er met Tanya's moeder is gebeurd,' had Carlisle gezegd. 'Tanya, Kate en Irina wisten van niets tot de Volturi bij hen langskwamen; hun moeder en haar verboden kind waren toen al gevangengenomen. Die onwetendheid heeft uiteindelijk het leven van Tanya en haar zussen gered. Aro raakte hen aan en zag dat ze volkomen onschuldig waren, dus ze zijn niet gestraft voor hun moeder.

Ze hadden de jongen nog nooit gezien, hadden werkelijk geen flauw idee van zijn bestaan, tot de dag waarop ze hem in hun moeders armen zagen branden. Ik vermoed dat hun moeder hem daarom geheim heeft gehouden, juist om hun dit lot te besparen. Maar waarom had ze hem überhaupt gemaakt? Wie was hij, 37 en waarom was hij zo belangrijk voor haar dat ze de belangrijkste aller regels overtrad? Tanya en de anderen hebben nooit een antwoord op hun vragen gekregen. Maar het stond buiten kijf dat hun moeder schuldig was, en ik denk niet dat ze haar ooit helemaal vergeven hebben.

Zelfs nadat Aro hem gegarandeerd had dat Tanya, Kate en Irina onschuldig waren, wilde Caius nog dat zij ook op de brandstapel zouden eindigen. Omdat het hun moeder was, waren zij ook schuldig. Ze hadden geluk dat Aro die dag in een genadige bui was. Tanya en haar zussen werden vrijgesproken, maar ze gingen weg met een gebroken hart en een heilig ontzag voor de wet...'

Ik weet niet zo goed wanneer de herinnering precies in een droom overging. Het ene moment luisterde ik nog naar de Carlisle uit mijn herinnering en zag ik zijn gezicht voor me, en even later keek ik naar een grijze, kale vlakte en rook ik de zware geur van brandende wierook. Ik was niet alleen.

Ik zou doodsbang moeten zijn voor de gedaanten die gehuld in asgrijze mantels dicht bij elkaar op de vlakte stonden – het konden alleen maar Volturi zijn, en in weerwil van het bevel dat zij bij onze laatste ontmoeting hadden uitgevaardigd, was ik nog altijd mens. Maar ik wist, zoals je dat soms hebt in dromen, dat ik voor hen onzichtbaar was.

Overal om me heen lagen rokende bergjes. Ik herkende de zoete geur en hoefde de hopen verder niet te bestuderen. Ik had geen behoefte om de gezichten te zien van de vampiers die ze hadden gedood, bang dat ik misschien iemand zou herkennen in de smeulende brandstapels.

De Volturisoldaten stonden in een kring om iets of iemand heen, en ik hoorde hun zachte stemmen driftig over iets fluisteren. Ik sloop dichter naar de mantels toe; ik kon niet anders dan de droom gehoorzamen en kijken wie of wat ze zo aandachtig stonden te bestuderen. Behoedzaam kroop ik tussen twee van de lange, sissende figuren door en toen, op een klein heuveltje voor hen, zag ik eindelijk het onderwerp van hun discussie.

Hij was beeldschoon en vreselijk lief, precies zoals Carlisle al had gezegd. Het jongetje was nog maar een peuter, niet ouder dan twee. Zijn engelachtige gezichtje had bolle wangetjes en volle lippen en werd omlijst door lichtbruine krullen. En hij beefde, met gesloten ogen, alsof hij te bang was om te zien hoe de dood elke seconde naderbij sloop.

Ik werd overvallen door zo'n sterke behoefte om dit lieve, doodsbange jongetje te redden dat de Volturi, ondanks de allesverwoestende dreiging die er van hen uitging, me niets meer konden schelen. Ik duwde hen opzij, zonder me erom te bekommeren of ze mijn aanwezigheid opmerkten of niet. Toen ik me door de groep heen had geworsteld rende ik op het jongetje af.

Om vervolgens wankelend weer tot stilstand te komen toen ik het heuveltje zag waarop hij zat. Het bestond niet uit aarde en stenen, maar uit een berg leeggezogen, levenloze lichamen. Het was te laat: ik had de gezichten al gezien. Ik kende hen allemaal – Angela, Ben, Jessica, Mike... En recht onder het schattige jongetje lagen de lijken van mijn vader en mijn moeder.

Op dat moment deed het kind zijn fonkelende, bloedrode ogen open.

3. Grote dag

Mijn ogen vlogen open.

Ik bleef een paar minuten huiverend en hijgend in mijn warme bed liggen terwijl ik me aan de droom probeerde te ontworstelen. Buiten kleurde de hemel eerst grijs en toen lichtroze terwijl ik wachtte tot mijn hart weer tot bedaren kwam.

Toen ik weer helemaal terug was in de werkelijkheid van mijn rommelige, vertrouwde kamer, werd ik een beetje boos op mezelf. Dat droomde je toch niet op de nacht voor je ging trouwen? Dat kreeg je er nou van als je midden in de nacht over akelige verhalen lag te piekeren.

Om de nachtmerrie zo snel mogelijk van me af te schudden kleedde ik me aan en liep naar beneden, ook al was ik nog veel te vroeg. Eerst maakte ik het toch al onberispelijke huis schoon, en toen Charlie wakker werd bakte ik pannenkoeken voor hem. Zelf was ik veel te gespannen om aan ontbijt te kunnen denken – ik zat op en weer te wippen op mijn stoel terwijl Charlie at.

'Om drie uur moet je bij meneer Weber zijn,' zei ik voor de zekerheid nog een keer tegen hem.

'Ik hoef vandaag alleen maar de dominee op te halen, Bells. Ik denk niet dat ik mijn enige taak ga vergeten.' Charlie had de hele dag vrij genomen voor de bruiloft, en het was duidelijk dat hij verder niets omhanden had. Af en toe schoten zijn ogen stiekem naar de trapkast, waar zijn visspullen lagen.

'Dat is niet je enige taak. Je moet je ook nog mooi aankleden en er netjes uitzien.'

Hij keek boos naar zijn pannenkoeken en bromde iets over 'dat apenpak'.

Er werd kort op de voordeur geklopt.

'En jij denkt dat jij het zwaar hebt,' zei ik met een grimas terwijl ik opstond. 'Ik word de hele dag door Alice onder handen genomen.'

Charlie knikte bedachtzaam om toe te geven dat hij het inderdaad makkelijker had. Ik boog me voorover om hem in het voorbijgaan een kus op zijn kruin te geven – hij werd rood en maakte een protesterend geluid – en liep toen door om de deur open te doen voor mijn beste vriendin en bijna-zus.

Alice' korte zwarte haar stond niet zoals gebruikelijk in pieken overeind maar lag in glanzende krullen rond haar elfachtige gezichtje, een groot contrast met haar zakelijke uitdrukking. Ze trok me meteen het huis uit; er kon nog net een 'Hoi, Charlie' vanaf over haar schouder.

Ze keek me keurend aan toen ik haar Porsche in stapte.

'O, moet je je ogen nou toch zien!' Ze klakte afkeurend met haar tong. 'Wat heb je gedáán? Ben je de hele nacht wakker geweest?'

'Zo ongeveer.'

Haar gezicht betrok. 'Ik heb niet de hele dag de tijd om jou beeldschoon te maken, Bella – je had best iets beter voor het basismateriaal kunnen zorgen.'

'Niemand verwacht dat ik beeldschoon word. Ik ben eerder bang dat ik in slaap val tijdens de ceremonie zodat ik niet op het juiste moment 'Ja, ik wil' kan zeggen en dat Edward er dan vandoor gaat.'

Ze lachte. 'Ik gooi mijn boeket wel naar je toe als het bijna zover is.'

'Dank je.'

'Nou ja, morgen in het vliegtuig heb je alle tijd om te slapen.'

Ik trok een wenkbrauw op. Morgen, peinsde ik. Als we vanavond na de receptie vertrokken en we morgen nog steeds in een vliegtuig zouden zitten... nou, dan gingen we in elk geval niet naar Boise, Idaho. Edward had niets losgelaten. Ik maakte me er niet al te veel zorgen over, maar het was wel raar om niet te weten waar ik morgennacht zou slapen. Of waar ik hopelijk níét zou slapen...

Alice besefte dat ze een hint had gegeven en fronste haar voorhoofd.

'Je tas is al helemaal ingepakt,' zei ze om me af te leiden.

Het werkte. 'Alice, ik had veel liever zelf mijn spullen ingepakt!'

'Dat zou te veel verraden.'

'En dan had jij niet kunnen winkelen.'

'Nog maar tien uur, en dan ben je officieel mijn zus... Hoogste tijd dat je je eens over die weerzin tegen nieuwe kleren heen zet.'   41

Ik staarde met slaperige ogen chagrijnig naar buiten tot we bijna bij het huis waren.

'Is hij al thuis?' vroeg ik.

'Maak je maar geen zorgen, hij staat er heus wel als de muziek begint. Maar het maakt helemaal niet uit hoe laat hij terugkomt, want je mag hem toch niet zien. Dit wordt een traditionele bruiloft.'

Ik snoof. 'Traditioneel!'

'Nou ja, op de bruid en bruidegom na dan.'

'Je weet best dat hij stiekem toch al gekeken heeft.'

'Nee hoor – daarom ben ik de enige die jou in die jurk heeft gezien. Ik heb er telkens expres niet aan gedacht als hij in de buurt was.'

'Zo,' zei ik terwijl we het pad naar het huis op reden, 'ik zie dat je je eindexamenversieringen nog een keer van zolder hebt kunnen halen.' De vijf kilometer lange oprijlaan hing opnieuw vol met honderdduizenden twinkelende lichtjes. Dit keer had ze er ook nog witsatijnen strikken bij gedaan.

'Wie wat bewaart die heeft wat. Geniet er maar van, want de binnenversieringen mag je pas zien als het zover is.' Ze reed de enorme garage aan de noordzijde van het huis in; Emmetts grote jeep stond er nog niet.

'Sinds wanneer mag de bruid de versieringen niet meer zien?' protesteerde ik.

'Sinds de bruid mij de leiding heeft gegeven. Ik wil dat je overdonderd wordt als je de trap af komt.'

Ze legde haar hand over mijn ogen en duwde me de keuken in. Het eerste wat me opviel was de geur.

'Wat is dat in vredesnaam?' vroeg ik terwijl ze me door het huis leidde.

'Is het te sterk?' Alice klonk opeens ongerust. 'Je bent de eerste mens die hier binnenkomt, ik hoop maar dat ik het goed heb ingeschat.'

'Het ruikt heerlijk!' verzekerde ik haar. Bijna bedwelmend, maar niet te overheersend, en de verschillende geuren waren op een subtiele, volmaakte manier met elkaar in evenwicht. 'Oranjebloesem... seringen... en nog iets, klopt dat?'

'Heel goed, Bella. Je hebt alleen de fresia en de rozen niet geraden.'

Pas toen we in haar gigantische badkamer stonden haalde ze de hand voor mijn ogen weg. Ik staarde naar de lange kaptafel, waar een hele schoonheidssalon op uitgestald stond, en voelde opeens hoe weinig ik had geslapen vannacht.

42

'Moet dat echt? Naast hem ben ik toch maar een grijze muis.'

Ze duwde me in een lage roze stoel. 'Als ik klaar ben met je zal niemand jou een grijze muis durven noemen.'

'Alleen omdat ze bang zijn dat jij ze leeg zult zuigen,' mompelde ik. Ik leunde achterover in de stoel en deed mijn ogen dicht, in de hoop dat ik erdoorheen zou kunnen slapen. Ik doezelde inderdaad af en toe een beetje weg terwijl zij mijn hele lijf insmeerde, bijwerkte en oppoetste.

Na de lunch glipte Rosalie naar binnen in een glinsterende, zilverkleurige jurk, met haar gouden haar losjes opgestoken op haar hoofd. Ze was zo mooi dat ik wel kon huilen. Waarom zou ik me überhaupt optutten als Rosalie in de buurt was?

'Ze zijn terug,' zei Rosalie en mijn kinderachtige paniekaanval verdween als sneeuw voor de zon. Edward was thuis.

'Hij mag hier niet komen!'

'Hij zal je niet storen vandaag,' verzekerde Rosalie haar. 'Hij wil graag nog even blijven leven. Ze helpen Esmé met de laatste voorbereidingen in de achtertuin. Zal ik je helpen? Ik kan haar haar wel doen.'

Mijn mond viel open en ik probeerde verwoed te bedenken hoe ik hem ook alweer dicht moest doen.

Rosalie was nooit erg dol op me geweest, en om onze verstandhouding nog moeizamer te maken voelde ze zich ook nog eens persoonlijk beledigd door de keuze die ik nu maakte. Ze was onvoorstelbaar mooi, had een liefdevolle familie én haar zielsverwant Emmett, maar ze zou het allemaal opgeven om weer mens te kunnen worden. En vervolgens gooide ik alles wat zij zo graag wilde in het leven achteloos in de prullenbak. Alles bij elkaar was ze me er niet aardiger op gaan vinden.

'Prima,' zei Alice opgewekt. 'Je kunt het wel vast gaan invlechten. De sluier komt hier, aan de onderkant.' Haar handen kamden door mijn haar, tilden het op en draaiden het rond om precies te laten zien hoe ze het wilde hebben. Toen ze klaar was namen Rosalies handen het over; met vederlichte vingers brachten ze mijn haar in model. Alice ging verder met mijn gezicht.

Zodra Alice mijn kapsel had goedgekeurd stuurde ze Rosalie weg om mijn jurk te halen en vervolgens om Jasper op te sporen, die de opdracht had gekregen om mijn moeder en haar man Phil op te halen bij hun hotel. Beneden hoorde ik telkens de deur open- en dichtgaan. Het geluid van stemmen zweefde omhoog.

43

Ik moest opstaan van Alice zodat ze de jurk voorzichtig over mijn haar en make-up kon trekken. Mijn knieën knikten zo toen ze de lange rij parelknopen op mijn rug vastmaakte dat het satijn in kleine golfjes naar de grond trilde.

'Diep ademhalen, Bella,' zei Alice. 'En probeer je hartslag een beetje te verlagen. Straks zweet je je nieuwe gezicht er nog af.'

Ik probeerde haar zo sarcastisch mogelijk aan te kijken. 'Komt voor elkaar.'

'Ik moet me nu zelf ook even omkleden. Denk je dat je het twee minuten over-leeft in je eentje?'

'Eh... misschien?'

Ze rolde met haar ogen en vloog de kamer uit.

Ik concentreerde me op mijn ademhaling, telde elke beweging van mijn longen en staarde naar de patronen die de badkamerlamp op de glanzende stof van mijn jurk wierp. Ik durfde niet in de spiegel te kijken, bang dat ik bij het zien van mezelf in trouwjurk echt een paniekaanval zou krijgen.

Voor ik tweehonderd keer had kunnen ademhalen was Alice alweer terug, in een jurk die als een zilveren waterval over haar ranke lijf viel.

'Alice – wauw.'

'Het stelt niets voor. Vandaag kijkt er niemand naar mij. Niet zolang jij in de kamer bent.'

'Ha ha.'

'Maar goed, heb je jezelf onder controle of moet ik Jasper erbij halen?'

'Zijn ze terug? Is mijn moeder er?'

'Ze is net binnen. Ze komt zo naar boven.'

Renée was twee dagen geleden geland en ik had zo veel mogelijk tijd met haar doorgebracht – oftewel, telkens als ik haar kon losrukken van Esmé en de deco-raties. Ik kreeg het idee dat ze het beter naar haar zin had dan een kind dat 's nachts in Disneyland is opgesloten. Op een bepaalde manier voelde ik me eigenlijk net zo verraden als Charlie. Had ik helemaal voor niets al die doodsang-sten voor haar reactie uitgestaan...

'O, Bella!' jubelde ze nu, nog voor ze helemaal binnen was. 'O lieverd, wat ben je mooi! O, ik ga huilen! Alice, je bent geweldig! Jij en Esmé moeten samen brui-loften gaan organiseren. Waar heb je die jurk gevonden? Hij is prachtig! Zo gra-cieus, en zo elegant. Bella, je ziet eruit alsof je zo uit een Jane Austenverfilming bent gewandeld.' De stem van mijn moeder klonk ver weg en de hele kamer was een beetje wazig. 'Wat een origineel idee om het ontwerp op Bella's ring te base-ren. Zo romantisch! En dan te bedenken dat hij al sinds de negentiende eeuw in het bezit van Edwards familie is!'

Alice en ik wisselden een korte, samenzweerderige blik. Mijn moeder zat er meer dan honderd jaar naast wat de stijl van de jurk betreft. Het thema van de bruiloft was niet de ring, maar Edward zelf.

Er klonk een hard, kort gekuch in de deuropening.

'Renée, Esmé zegt dat het tijd wordt dat je beneden komt zitten,' zei Charlie.

'Jeetje, Charlie, wat zie jij er chic uit!' zei Renée bijna geschokt. Dat verklaarde misschien Charlies barse antwoord: 'Alice heeft me onder handen genomen.'

'Is het echt al tijd?' zei Renée tegen zichzelf, en ze klonk bijna net zo zenuwachtig als ik. 'Wat is het allemaal snel gegaan. Ik ben een beetje duizelig.'

Ze was niet de enige.

'Even een knuffel voor ik naar beneden ga,' zei Renée. 'Voorzichtig, pas op dat je niets scheurt.'

Mijn moeder sloeg even haar armen om mijn middel, wilde naar de deur lopen en draaide zich toen meteen weer om.

'Lieve hemel, bijna vergeten! Charlie, waar is het cadeau?'

Mijn vader rommelde even in zijn zakken en haalde toen een wit doosje tevoorschijn dat hij aan Renée gaf. Renée haalde het deksel eraf en stak het doosje naar me uit.

'Iets blauws,' zei ze.

'En iets ouds. Ze zijn van oma Swan geweest,' voegde Charlie eraan toe. 'We hebben de nepdiamanten bij de juwelier laten vervangen door saffieren.'

In het doosje lagen twee zware zilveren haarkammen. De bovenkant was versierd met ingewikkelde bloemfiguren van donkerblauwe saffieren.

Ik kreeg een brok in mijn keel. 'Mama, papa... dat had toch niet gehoeven.'

'Dit was het enige wat we mochten doen van Alice,' zei Renée. 'Elke keer dat we iets anders probeerden scheurde ze ons nog net niet de keel door.'

Er kwam een hysterisch gegiechel uit mijn mond.

Alice kwam naast me staan en schoof de twee kammen snel in mijn haar, onder de rand van de dikke vlechten. 'Nu heb je iets ouds en iets blauws,' peinsde ze terwijl ze een paar stappen achteruit deed om me te bewonderen. 'En je jurk is nieuw... dus bij deze...'

Ze gooide iets naar me toe. Ik stak automatisch mijn armen uit en de ragfijne, witte kousenband belandde in mijn handpalmen.

45

'Die is van mij en ik wil hem terug,' zei Alice.

Ik bloosde.

'Kijk eens aan,' zei Alice tevreden. 'Een beetje kleur, dat was het enige wat er nog aan ontbrak. Nu ben je officieel perfect.' Met een zelfgenoegzaam glimlachje draaide ze zich om naar mijn ouders. 'Renée, je moet naar beneden.'

'Ja mevrouw.' Renée blies me een kushandje toe en haastte zich de deur uit.

'Charlie, zou jij de bloemen willen halen?'

Zodra Charlie de kamer uit was trok Alice de kousenband uit mijn handen en dook onder mijn rok. Ik hapte naar adem en wankelde op mijn benen toen haar koude hand mijn enkel vastpakte en ze de band omhoog sjorde.

Voordat Charlie terugkwam met de twee weelderige witte boeketten stond ze alweer overeind. De geur van de rozen, oranjebloesem en fresia maakte me een beetje licht in mijn hoofd.

Rosalie – op Edward na de beste muzikant van de familie – begon beneden op de vleugel te spelen. De 'Canon in D' van Pachelbel. Ik begon te hyperventileren.

'Rustig maar, Bella,' zei Charlie. Hij draaide zich zenuwachtig om naar Alice. 'Ze lijkt een beetje misselijk. Denk je dat ze het gaat redden?'

Zijn stem kwam van heel ver weg. Ik voelde mijn benen niet meer.

'Dat is haar geraden.'

Alice ging op haar tenen voor me staan zodat ze me recht in de ogen kon kijken en pakte met haar harde handen mijn polsen vast.

'Concentreer je, Bella. Edward staat op je te wachten.'

Ik haalde diep adem en probeerde mijn zelfbeheersing terug te vinden.

De muziek ging langzaam over in een ander stuk. Charlie stootte me aan. 'Bells, we moeten.'

'Bella?' vroeg Alice terwijl ze me strak bleef aankijken.

'Ja,' piepte ik. 'Edward. Goed dan.' Ik liet me door haar de kamer uit trekken, met Charlie vlak naast me.

In de gang klonk de muziek harder. Hij zweefde de trap op, samen met de geur van duizenden bloemen. Door heel hard aan Edward te denken die beneden stond te wachten lukte het me om mijn voeten naar voren te laten schuifelen.

De muziek was bekend: Wagners traditionele bruidsmars, in een uitvoering vol versieringen.

46 'Mijn beurt,' zong Alice. 'Als jullie tot vijf geteld hebben komen jullie ook.' Langzaam en gracieus danste ze naar beneden. Ik had moeten weten dat het heel onverstandig was om Alice als enige bruidsmeisje te nemen. Na haar zag ik er natuurlijk extra klunzig uit.

Plotseling klonk er trompetgeschal door de aanzwellende muziek heen. Dat was mijn teken.

'Laat me niet vallen, papa,' fluisterde ik. Charlie trok mijn hand door zijn arm en hield hem stevig vast.

Eén tree per keer, zei ik tegen mezelf terwijl we op het langzame tempo van de mars de trap afdaalden. Ik keek pas op toen mijn voeten veilig op de grond stonden, hoewel het publiek meteen begon te mompelen en te ritselen toen ik in beeld kwam. Het bloed steeg naar mijn wangen – echt iets voor mij natuurlijk om een blozend bruidje te zijn.

Zodra mijn voeten de verraderlijke trap af waren, zocht ik naar hem. Heel even werd ik afgeleid door de overdaad aan witte bloemen die in slingers aan alles wat los en vast zat hingen, met lange linten van tule eraan. Maar ik rukte mijn ogen los van de prieelachtige bloemenhemel en zocht langs de rijen met satijn beklede stoelen – en ik werd nog roder toen ik al die gezichten naar me zag kijken – tot ik hem eindelijk gevonden had, voor een boog die vol hing met nog meer bloemen en nog meer tule.

Het drong nauwelijks tot me door dat Carlisle naast hem stond, met achter hen Angela's vader. Ik zag mijn moeder niet op haar plek op de voorste rij, ik zag mijn nieuwe familie en de gasten niet – die kwamen later wel.

Het enige wat ik echt zag was Edwards gezicht, dat mijn blikveld vulde en mijn gedachten bedwelmde. Zijn ogen waren van boterachtig, gloeiend goud, zijn volmaakte gezicht stond bijna streng door de intensiteit van zijn emoties. En toen, toen hij mijn ongelovige blik zag, kreeg hij een adembenemende, dolgelukkige glimlach om zijn lippen.

Plotseling was de greep van Charlies hand om de mijne het enige wat me ervan weerhield om niet halsoverkop naar het altaar te rennen.

De mars was te langzaam en ik had moeite om in de maat te blijven lopen. Gelukkig was het gangpad erg kort. En toen, eindelijk, éíndelijk, was ik er. Edward stak zijn hand uit. Charlie pakte de mijne en legde hem, in een gebaar zo oud als de wereld, in die van Edward. Ik voelde zijn koele, wonderbaarlijke huid, en ik was thuis.

Onze trouwbeloften waren de eenvoudige, traditionele woorden die al ontelbare malen waren uitgesproken, maar nog nooit door twee mensen zoals wij. We hadden tegen meneer Weber gezegd dat we slechts één klein dingetje wilden aanpassen. Hij had de regel 'tot de dood ons scheidt' welwillend vervangen door het toepasselijkere 'voor de rest van ons leven'.

Op dat moment, toen de dominee zijn tekst zei, leek mijn wereld, die nu al zo lang op zijn kop had gestaan, langzaam recht te draaien. Ik zag in hoe stom het was dat ik hier zo bang voor was geweest – alsof dit hetzelfde was als een ongevraagd verjaardagscadeau of een gênant evenement met veel mensen, zoals het eindbal. Ik keek in Edwards glanzende, triomfantelijke ogen en ik wist dat ik óók won. Want het enige wat ertoe deed was dat ik bij hem kon blijven.

Ik had pas in de gaten dat ik huilde toen het tijd was om het cruciale woord uit te spreken.

'Ja,' wist ik met verstikte stem bijna onverstaanbaar te fluisteren, en ik knipperde de tranen weg zodat ik zijn gezicht kon zien.

Toen het zijn beurt was, klonk het woord helder en trots.

'Ja,' beloofde hij.

Meneer Weber verklaarde ons tot man en vrouw en toen legde Edward zijn handen om mijn gezicht, heel voorzichtig, alsof het net zo teer was als de witte bloemblaadjes die boven ons hoofd heen en weer wiegden. Door de verblindende waas van tranen heen probeerde ik het onwerkelijke feit te bevatten dat deze onvoorstelbare man van míj was. Zijn gouden ogen keken alsof zij ook zouden huilen, als dat niet onmogelijk was geweest. Hij boog zijn hoofd naar het mijne, ik ging op mijn tenen staan en wierp mijn armen met boeket en al om zijn nek.

Hij kuste me teder, vol aanbidding, ik vergat de gasten, de plaats, de tijd, de reden... Ik wist alleen nog maar dat hij van me hield, dat hij me wilde, dat ik van hem was.

Hij begon de kus en hij was ook degene die ermee ophield, want ik klampte me aan hem vast en negeerde het onderdrukte gegiechel en het gekuch van het publiek. Uiteindelijk legde hij zijn handen op mijn wangen en trok hij zich – veel te vroeg – los om me aan te kunnen kijken. Op het eerste gezicht was zijn plotselinge glimlach vrolijk, bijna een grijns. Maar onder de kortstondige geamuseerdheid over het feit dat ik me in het openbaar zo liet gaan, zat de diepe vreugde die ik zelf ook voelde.

Het publiek begon luid te applaudisseren en hij draaide onze lichamen naar onze vrienden en familie toe. Ik zag ze niet, want ik kon niet wegkijken van zijn gezicht.

Mijn moeders armen waren de eerste die ik om me heen voelde, haar betraande gezicht was het eerste wat ik zag toen ik mijn ogen eindelijk met tegenzin losrukte van Edward. En toen werd ik van de een naar de ander geduwd, ik ging van omhelzing naar omhelzing en was me maar nauwelijks bewust van de mensen die me vastpakten, omdat al mijn aandacht gericht was op de hand van Edward, die ik stevig vasthield. Ik voelde nog net het verschil tussen de zachte, warme knuffels van mijn mensenvrienden en de voorzichtige, koele omhelzingen van mijn nieuwe familie.

Twee verzengend hete armen vielen meteen op tussen alle andere – Seth Clearwater had de menigte vampiers getrotseerd om mijn verdwenen weerwolvenvriend te vervangen.

4. Geste

Dankzij Alice' perfecte planning vloeide het huwelijk naadloos over in de receptie. Boven de rivier viel de schemering in: de ceremonie had precies lang genoeg geduurd om de zon achter de bomen te laten zakken. De lampjes in de bomen fonkelden en lieten de witte bloemen oplichten toen Edward me door de glazen achterdeuren naar buiten leidde. Daar hingen nog eens duizenden bloemen als een geurige, luchtige tent boven de dansvloer die op het gras onder twee van de oeroude ceders was neergelegd.

Alles kwam tot rust in de ontspannen sfeer van de zwoele augustusavond. De mensen verspreidden zich onder de zachte gloed van de twinkelende lichtjes en we werden opnieuw begroet door de vrienden die we net hadden omhelsd. Nu was er tijd om te praten, te lachen.

'Gefeliciteerd, jongens,' zei Seth Clearwater terwijl hij onder een bloemslinger door dook. Zijn moeder Sue stond vlak naast hem en hield de gasten met een argwanende blik in de gaten. De felle uitdrukking op haar magere gezicht werd nog eens versterkt door haar korte, strenge kapsel. Haar haar was net zo kort als dat van haar dochter Leah; ik vroeg me af of ze het zo had laten knippen als blijk van solidariteit. Billy Black, die aan de andere kant van Seth zat, was minder gespannen dan Sue.

Als ik naar Jacobs vader keek had ik altijd het gevoel dat ik twee mensen zag in plaats van één. Aan de ene kant had je de oude man in de rolstoel met zijn gegroefde gezicht en de blinkende glimlach, zoals iedereen hem zag. En aan de andere kant had je de directe afstammeling van een lange reeks machtige, magische opperhoofden die een aangeboren gezag uitstraalde. Hoewel de magie zijn generatie bij gebrek aan dreiging van buitenaf had overgeslagen, vormde Billy nog altijd een onderdeel van de kracht en de legende. Het zat in zijn bloed. Het zat in het bloed van zijn zoon, de erfgenaam van de magie, die zich ervan afgekeerd had. En daarom was Sam Uley nu het opperhoofd van de legendes en de magie...

Billy leek zich opvallend op zijn gemak te voelen, ondanks het gezelschap en de reden van ons samenzijn – zijn zwarte ogen glinsterden alsof hij net goed nieuws te horen had gekregen. Ik was onder de indruk van zijn zelfbeheersing. Dit huwelijk moest in Billy's ogen een vreselijke gebeurtenis zijn, het ergste wat de dochter van zijn beste vriend kon overkomen.

Het was vast niet makkelijk voor hem om zijn gevoelens te onderdrukken, want deze bruiloft en wat hierna zou volgen vormde immers een bedreiging voor het oude verdrag tussen de Cullens en de Quileutes, dat de Cullens verbood om ooit nog een nieuwe vampier te creëren. De wolven wisten dat het verdrag binnenkort geschonden zou worden, maar de Cullens hadden geen idee hoe ze daarop zouden reageren. Vóór de samenwerking zou het onmiddellijk tot een aanval geleid hebben. Een oorlog. Maar zouden de wolven het door de vingers kunnen zien nu ze elkaar beter kenden?

Het leek wel alsof Seth op mijn gepeins reageerde door zich met gespreide armen naar Edward toe te buigen. Edward beantwoordde de omhelzing met zijn vrije arm.

Er ging een lichte huivering door Sue heen.

'Mooi om te zien dat het zo goed met je gaat, joh,' zei Seth. 'Ik ben heel blij voor je.'

'Dank je wel, Seth. Dat vind ik echt heel fijn om te horen.' Edward liet Seth los en keek Sue en Billy aan. 'En jullie ook bedankt. Dat Seth mocht komen. En dat jullie hier vandaag zijn voor Bella.'

'Graag gedaan,' zei Billy met zijn zware, rasperige stem, en zijn optimistische toon verbaasde me. Misschien zou het bestand zelfs nog wel sterker worden.

Er was ondertussen een rij ontstaan, dus Seth nam met een zwaai afscheid en duwde Billy richting het buffet. Sue legde haar handen op hun rug.

Daarna kwamen Angela en Ben ons feliciteren, gevolgd door de ouders van Angela en toen Mike en Jessica, die tot mijn verbazing elkaars hand vasthielden. Ik wist niet dat ze weer bij elkaar waren. Leuk.

Achter mijn mensenvrienden stonden mijn kersverse aangetrouwde neven en nichten, de vampierclan uit Denali. Ik merkte dat ik mijn adem inhield toen de voorste vampier – ik nam aan dat het Tanya was, aan de rossige tint in haar blonde krullen te zien – haar armen uitstak om Edward te omhelzen. Naast haar staarden drie andere vampiers met goudkleurige ogen me met onverholen nieuwsgierigheid aan. Eén vrouw had lang, witblond haar, zo steil als maïspluimen. De andere vrouw en de man naast haar hadden allebei zwart haar en een krijtwitte huid met een olijfkleurige ondertoon.

En ze waren alle vier zo mooi dat ik er buikpijn van kreeg.

Tanya hield Edward nog steeds vast.

'Ah, Edward,' zei ze. 'Ik heb je gemist.'

Edward grinnikte en maakte zich soepel los uit haar omhelzing door zijn hand losjes op haar schouder te leggen en een stap achteruit te doen, alsof hij haar beter wilde bekijken. 'Het is ook veel te lang geleden, Tanya. Je ziet er goed uit.'

'Jij ook.'

'Ik wil je graag voorstellen aan mijn vrouw.' Het was de eerste keer dat Edward dat woord uitsprak sinds het officieel ook echt zo was, en hij leek haast te ontploffen van voldoening toen hij het zei. De Denali's moesten allemaal zachtjes lachen. 'Tanya, dit is mijn Bella.'

Tanya was net zo mooi als mijn ergste nachtmerries hadden voorspeld. Ze keek me aan met een blik die eerder onderzoekend dan berustend was en pakte toen mijn hand.

'Welkom in de familie, Bella.' Ze glimlachte een beetje spijtig. 'We beschouwen onszelf als familie van Carlisle en zijn gezin, en het spijt me oprecht dat we ons bij dat, eh, recente voorval niet als zodanig gedragen hebben. We hadden je eerder moeten ontmoeten. Kun je ons vergeven?'

'Natuurlijk,' zei ik ademloos. 'Wat fijn om jullie te zien.'

'De familie Cullen is nu helemaal even qua aantal. Misschien is het hierna eindelijk onze beurt, hè Kate?' Ze grijnsde naar de blondine.

'Ja, blijf jij maar lekker dromen,' zei Kate terwijl ze met haar gouden ogen rolde. Ze pakte mijn hand uit die van Tanya en gaf er een kneepje in. 'Welkom, Bella.'

De donkerharige vrouw legde haar hand op die van Kate. 'Ik ben Carmen, en dit is Eleazar. We vinden het allemaal heel erg leuk om je eindelijk te ontmoeten.'

'I-insgelijks,' stamelde ik.

Tanya wierp een blik op de mensen die achter haar stonden te wachten: Charlies hulpsheriff Mark en diens vrouw. Ze keken met grote ogen naar de Denali-clan.

'We praten later nog wel uitgebreider. We hebben nog eeuwen de tijd om elkaar te leren kennen!' Tanya lachte en ze liep verder met haar familie.

Alle standaardtradities werden in ere gehouden. Ik werd verblind door flits-lichten toen we het mes boven een spectaculaire taart hielden die me veel te groot leek voor ons relatief intieme gezelschap van vrienden en familie. We duw-den elkaar om de beurt een stuk taart in het gezicht en ik keek ongelovig toe hoe Edward manhaftig zijn portie doorslikte. Ik gooide mijn boeket opvallend han-dig recht in de handen van de verbaasde Angela. Emmett en Jasper lagen dubbel om mijn rode wangen toen Edward mijn geleende kousenband – die ik bijna tot aan mijn enkel naar beneden had weten te wurmen – héél voorzichtig met zijn tanden van mijn been trok. Hij gaf me een snelle knipoog en schoot de band toen recht in het gezicht van Mike Newton.

En toen de muziek werd ingezet trok Edward me in zijn armen voor de ge-bruikelijke eerste dans. Ik liet me gewillig meesleuren, ondanks mijn angst om te dansen – met name in het bijzijn van anderen –, want alleen al het feit dat hij me vasthield maakte me zielsgelukkig. Hij deed al het werk en ik zwierde moei-teloos rond in het zachte licht van de lampjes boven ons en de felle flitsen van de fototoestellen.

'Hebt u het een beetje naar uw zin, mevrouw Cullen?' fluisterde hij in mijn oor.

Ik lachte. 'Het zal wel even duren voor ik daaraan gewend ben.'

'We hebben ook wel even,' hielp hij me opgetogen herinneren, en hij bukte zich voorover om me tijdens het dansen te kussen. De camera's klikten koorts-achtig.

De muziek veranderde en Charlie tikte Edward op zijn schouder.

Het was veel lastiger om met Charlie te dansen. Hij bakte er net zo weinig van als ik en we schommelden in een veilig klein vierkantje heen en weer. Edward en Esmé daarentegen wervelden rond als Fred Astaire en Ginger Rogers.

'Ik zal je missen thuis, Bella. Ik ben nu al eenzaam.'

Ik gaf antwoord met een brok in mijn keel en probeerde er een grapje van te maken. 'Ik vind het ook vreselijk rot dat je nou voortaan je eigen kostje moet ko-ken – het is bijna verwaarlozing. Je moet me maar arresteren.'

Hij grijnsde. 'Dat eten overleef ik wel. Als je me maar zo vaak mogelijk belt.'

'Dat beloof ik.'

Het leek wel of ik met iedereen danste. Het was fijn om al mijn oude vrienden te zien, maar ik wilde eigenlijk niets liever dan bij Edward zijn. Ik was blij toen

hij eindelijk aftikte, nog geen halve minuut nadat er een nieuwe dans was ingezet.

'Je mag Mike nog steeds niet, hè?' merkte ik op terwijl Edward me bij hem
vandaan draaide.

'Niet als ik naar zijn gedachten moet luisteren. Hij heeft mazzel dat ik hem er
niet uit trap. Of iets ergers met hem doe.'

'Ja, vast.'

'Heb je wel de kans gekregen om jezelf te bekijken?'

'Eh... Nee, ik geloof het niet. Hoezo?'

'Dan besef je waarschijnlijk niet hoe oogverblindend en hartverscheurend
mooi je bent vanavond. Het verbaast me niets dat Mike met onzedelijke gedachten over een getrouwde vrouw worstelt. Maar ik ben wel teleurgesteld dat Alice
je niet gedwongen heeft om in de spiegel te kijken.'

'Jij bent bevooroordeeld hè, dat weet je.'

Hij zuchtte, stond even stil en draaide me toen om naar het huis. De glazen
wand weerkaatste het feest als een lange spiegel. Edward wees naar de twee
mensen die recht tegenover ons stonden.

'Dus ik ben bevooroordeeld?'

Ik ving nog net een glimp op van Edwards spiegelbeeld – een volmaakte kopie
van zijn volmaakte gezicht – met een donkerharige schone aan zijn zijde. Haar
huid was crèmekleurig en zacht als rozenblaadjes, haar ogen waren groot van
opwinding en omlijst door dikke wimpers. De nauwsluitende, glanzende witte
jurk liep subtiel uit, bijna als een omgekeerde aronskelk, in een perfect model
waar haar lichaam elegant en gracieus in leek – zolang ze niet bewoog, in elk geval.

Voordat ik met mijn ogen kon knipperen om de schoonheid weer in mij te laten veranderen, verstijfde Edward plotseling en hij draaide zich in een reflex om,
alsof iemand zijn naam had geroepen.

'O!' zei hij. Zijn voorhoofd trok even samen maar werd toen net zo snel weer
54   glad.

Plotseling liet hij een schitterende glimlach zien.

'Wat is er?' vroeg ik.

'Een verrassingscadeau voor ons huwelijk.'

'Hè?'

Hij gaf geen antwoord, maar begon weer te dansen. Hij draaide me de andere

kant op, weg van de lampjes, richting de donkere strook nacht die de helder verlichte dansvloer omringde.

Hij stopte pas toen we achter een van de hoge, donkere ceders waren beland.
Daar keek Edward strak naar de zwarte schaduwen.

'Dank je wel,' zei Edward tegen de duisternis. 'Dit is heel... aardig van je.'

'Ik ben de aardigheid zelve,' antwoordde een hese, vertrouwde stem uit de
donkere nacht. 'Mag ik aftikken?'

Mijn hand vloog naar mijn keel en als Edward me niet had vastgehouden, was
ik in elkaar gezakt.

'Jacob!' stootte ik uit zodra ik weer lucht kreeg. 'Jacob!'

'Hé, Bells.'

Ik struikelde richting zijn stemgeluid. Edward hield me vast bij mijn elleboog
tot ik in het donker werd opgevangen door twee andere sterke handen. De hitte
van Jacobs huid brandde dwars door de dunne satijnen jurk toen hij me dicht tegen zich aan trok. Hij deed geen poging om te dansen, hij hield me alleen maar
stevig vast terwijl ik mijn gezicht in zijn borst begroef. Hij boog zijn hoofd om
zijn wang tegen mijn kruin te drukken.

'Rosalie vergeeft het me nooit als ze niet officieel aan de beurt komt op de
dansvloer,' mompelde Edward terwijl hij zich omdraaide, en ik wist dat hij ons
expres alleen liet, dat híj me ook een cadeau gaf – dit moment met Jacob.

'O, Jacob.' Ik huilde en kon de woorden nauwelijks verstaanbaar uitspreken.
'Dank je wel.'

'Hou eens op met dat gesnotter, Bella. Straks verpest je je jurk nog. Ik ben het
maar, hoor.'

'Maar? O, Jake! Nu is alles perfect.'

Hij snoof. 'Ja hoor, het feest kan beginnen. De getuige is er eindelijk.'

'Nu zijn álle mensen van wie ik hou aanwezig.'

Ik voelde zijn lippen over mijn haar strijken. 'Sorry dat ik zo laat ben, lieverd.'

'Ik ben gewoon zo blij dat je er bent!'

'Dat was ook de bedoeling.'

55

Ik keek naar de gasten, maar de dansers belemmerden het zicht op de plek
waar ik Jacobs vader voor het laatst had gezien. Ik wist niet of hij er nog was.
'Weet Billy dat je hier bent?' Zodra ik het vroeg wist ik dat het antwoord 'ja' was:
dat verklaarde natuurlijk Billy's opgewekte stemming.

'Sam heeft het vast tegen hem gezegd. Ik ga straks wel even bij hem langs,
als... als het feest voorbij is.'

'Wat zal hij blij zijn dat je weer thuis bent.'

Jacob richtte zijn bovenlijf op en ging rechtop staan. Hij liet één hand onder op mijn rug liggen, pakte mijn rechterhand met zijn andere en drukte onze handen tegen zijn borst. Ik voelde zijn hart bonzen onder mijn handpalm, en ik had zo'n vermoeden dat hij mijn hand daar niet per ongeluk had gelegd.

'Ik weet niet of er voor mij meer in zit dan deze ene dans,' zei hij, en hij trok me mee in een langzaam rondje dat een heel ander tempo volgde dan de muziek achter ons. 'Ik kan er maar beter het beste van maken.'

We dansten op het ritme van zijn hart onder mijn hand.

'Ik ben blij dat ik ben gekomen,' fluisterde Jacob even later. 'Dat had ik niet verwacht. Maar het is fijn om je weer te zien... voor de laatste keer. Minder verdrietig dan ik had gedacht.'

'Ik wil niet dat je verdrietig bent.'

'Dat weet ik wel. En ik ben niet gekomen om je een schuldgevoel aan te praten.'

'Nee, ik ben juist heel blij dat je bent gekomen. Het is het mooiste cadeau dat je me had kunnen geven.'

Hij lachte. 'Mooi zo, want ik heb geen tijd gehad om iets te kopen.'

Mijn ogen waren nu aan het donker gewend en ik zag zijn gezicht, hoger boven me dan ik had verwacht. Groeide hij nou nog steeds? Ik had het idee dat hij onderhand minstens twee meter was. Het was een opluchting om zijn vertrouwde trekken na al die tijd weer te zien – zijn diepliggende ogen onder zijn borstelige zwarte wenkbrauwen, zijn hoge jukbeenderen, zijn volle lippen die zich over zijn blinkende tanden uitstrekten in een glimlach die net zo sarcastisch was als zijn toon. Zijn ogen knepen een beetje gespannen samen – ik kon zien dat hij voorzichtig was vanavond, heel voorzichtig. Hij deed zijn uiterste best om me gelukkig te laten zijn, en mij niet te laten merken hoeveel moeite dit hem kostte.

Jacob was veel te goed voor mij. Ik verdiende hem niet.

'Wanneer heb je besloten om weer terug te komen?'

'Bewust of onbewust?' Hij haalde diep adem voor hij zijn eigen vraag beantwoordde. 'Ik weet het niet precies. Ik zwierf al een tijdje deze kant op, en misschien was ik eigenlijk wel op weg hiernaartoe. Maar vanochtend ben ik pas echt gaan rénnen. Ik wist niet of ik het zou halen.' Hij lachte. 'Het is echt heel gek om weer op twee benen te lopen. En die kleren! En het is nog vreemder omdát het zo gek voelt. Dat had ik niet verwacht. Ik ben dat hele mensengedoe ontwend.'

We bleven rustig rondjes draaien.

'Maar ik ben heel blij dat ik je zo gezien heb. Dat alleen al is de reis meer dan waard. Je ziet er waanzinnig uit, Bella. Ongelooflijk mooi.'

'Alice heeft vanochtend erg veel tijd in me gestoken. En het is donker, dat scheelt ook.'

'Voor mij is het niet zo donker, hoor.'

'O ja.' Weerwolfzintuigen. Ik vergat telkens wat hij allemaal kon, omdat hij zo menselijk overkwam. Vooral nu.

'Je hebt je haar geknipt,' merkte ik op.

'Ja. Makkelijker zo. Ik dacht, ik zal meteen maar even gebruikmaken van mijn handen.'

'Het ziet er goed uit,' loog ik.

Hij snoof. 'Vast. Ik heb het zelf gedaan, met een roestige keukenschaar.' Hij grijnsde breed, en toen verflauwde zijn lach weer. 'Ben je gelukkig, Bella?'

'Ja.'

'Mooi.' Ik voelde dat hij zijn schouders ophaalde. 'Daar gaat het om, lijkt me zo.'

'En hoe gaat het met jou, Jacob? Echt?'

'Het gaat prima, Bella, echt. Je hoeft je geen zorgen meer om me te maken. Dan hoef je Seth ook niet de hele tijd lastig te vallen.'

'Ik val hem heus niet alleen lastig vanwege jou. Ik vind Seth aardig.'

'Het is een goeie jongen. Beter gezelschap dan sommige anderen. Als ik van die stemmen in mijn hoofd af zou kunnen komen, zou het leven als wolf perfect zijn, dat kan ik je wel vertellen.'

Ik moest lachen om hoe dat klonk. 'Ja, die van mij willen ook nooit hun mond houden.'

'In jouw geval zou dat betekenen dat je gek bent. Maar dat wist ik natuurlijk al,' zei hij plagerig.

'En bedankt.'

'Het is waarschijnlijk makkelijker om gek te zijn dan om een roedelgeest te moeten delen. Als je gestoord bent sturen je stemmen tenminste geen babysitters om je in de gaten te houden.'

'Pardon?'

'Sam is hier ook ergens. Met nog een paar anderen. Voor het geval dat, weet je wel.'

'Voor het geval dat wat?'

'Voor het geval ik me niet kan beheersen, zoiets. Voor het geval ik besluit de feestvreugde te verstoren.' Hij glimlachte even alsof hem dat wel een goed idee leek. 'Maar ik ben hier niet om je bruiloft te verzieken, Bella. Ik ben hier om...' Zijn stem stierf weg.

'Om mijn bruiloft perfect te maken.'

'Dat is misschien iets te hoog gegrepen.'

'Maar goed dat je zo lang bent.'

Hij kreunde om mijn slechte grap en zuchtte toen. 'Ik ben hier alleen om je vriend te zijn. Je beste vriend, nog één laatste keer.'

'Sam zou eens wat meer vertrouwen in je moeten hebben.'

'Ach, misschien zoek ik er wel te veel achter. Misschien waren ze hier anders ook wel geweest, om een oogje op Seth te houden. Er zijn wel érg veel vampiers in de buurt. Seth doet daar veel te luchtig over.'

'Seth weet dat hij geen enkel gevaar loopt. Hij begrijpt de Cullens beter dan Sam.'

'Tuurlijk, tuurlijk,' zei Jacob sussend, voor het op een ruzie zou uitdraaien.

Het was vreemd dat híj voor de verandering degene was die zich diplomatiek opstelde.

'Balen van die stemmen,' zei ik. 'Ik wou dat ik er iets aan kon doen.' In allerlei verschillende opzichten.

'Het valt wel mee. Ik zit gewoon een beetje te zeuren.'

'Ben jij... gelukkig?'

'Het scheelt niet veel. Maar genoeg over mij. Jij bent de ster van de avond.' Hij grinnikte. 'Dat vind je vast gewéldig. Het middelpunt van de aandacht.'

'Nou. Ik kan er geen genoeg van krijgen.'

Hij lachte en staarde toen over mijn hoofd naar het huis. Met samengeknepen lippen keek hij naar de flakkerende gloed van het feest, het gracieuze gezwier van de dansers, de bloemblaadjes die van de slingers dwarrelden. Ik keek met hem mee. Vanaf deze donkere, verlaten plek leek het allemaal heel ver weg. Het was bijna alsof we naar de witte vlokjes in een glazen sneeuwbol keken.

'Ik moet het ze nageven,' zei hij. 'Ze weten wel hoe ze een feest moeten geven.'

'Alice is niet te stuiten wat dat betreft.'

Hij zuchtte. 'Het nummer is afgelopen. Denk je dat ik nog een keer mag? Of is dat te veel gevraagd?'

Ik pakte zijn hand nog steviger vast. 'Jij mag net zo lang met me dansen als je wilt.'

Hij lachte. 'Dat klinkt wel heel aanlokkelijk. Maar ik hou het denk ik maar op twee. Straks gaat men er nog wat van denken.'

We draaiden nog een rondje.

'Je zou denken dat ik er onderhand wel aan gewend zou zijn om afscheid van je te nemen,' mompelde hij.

Ik probeerde het brok in mijn keel weg te slikken, maar het zat muurvast.

Jacob keek naar me en fronste zijn wenkbrauwen. Hij liet zijn vingers over mijn wang glijden en ving de tranen op die hij tegenkwam.

'Jij bent niet degene die zou moeten huilen, Bella.'

'Iedereen huilt op bruiloften,' zei ik gesmoord.

'Dit is toch wat je wilt?'

'Ja.'

'Lach dan.'

Ik deed mijn best. Hij moest lachen om mijn grimas.

'Ik ga proberen om me je te herinneren zoals je nu bent. Dan doe ik net alsof...'

'Alsof wat? Alsof ik dood ben?'

Hij klemde zijn kiezen op elkaar. Hij worstelde met zichzelf, met het besluit om van zijn aanwezigheid hier een cadeau en geen straf te maken. Ik kon wel raden wat hij wilde zeggen.

'Nee,' zei hij uiteindelijk. 'Maar ik zal aan je blijven denken zoals je nu bent. Roze wangen. Hartslag. Twee linkervoeten. Al die dingen.'

Ik trapte expres zo hard ik kon op zijn tenen.

Hij glimlachte. 'Zo ken ik je weer.'

Hij wilde nog iets zeggen en klapte toen zijn mond weer dicht. Knarsetandend probeerde hij zich te verzetten tegen de woorden die hij niet wilde uitspreken. 59

Mijn vriendschap met Jacob was altijd heel ongedwongen geweest. Het ging vanzelf, net als ademhalen. Maar sinds Edward weer terug was in mijn leven hing er een constante spanning tussen ons. Omdat ik, in Jacobs ogen, met mijn keuze voor Edward voor een lot koos dat nog erger was dan de dood, of in elk geval even erg.

'Wat is er, Jake? Zeg het maar. Je kunt alles tegen me zeggen.'

'Ik... Ik heb je niets te zeggen.'

'O, toe nou. Gooi het eruit.'

'Echt waar. Het is niet... Het is een vraag. Ik wil dat jíj iets tegen míj zegt.'

'Vraag maar.'

Hij leek nog even in gevecht met zichzelf en ademde toen uit. 'Beter van niet. Het doet er niet toe. Ik ben gewoon bloednieuwsgierig.'

Doordat ik hem zo goed kende begreep ik wat hij bedoelde.

'Vanavond nog niet, Jacob,' fluisterde ik.

Jacob was haast nog obsessiever met mijn menszijn bezig dan Edward. Hij koesterde elke hartslag, in de wetenschap dat ze geteld waren.

'O,' zei hij, en hij probeerde zijn opluchting te verdoezelen. 'O.'

Er begon weer een nieuw nummer, maar dit keer merkte hij het niet.

'Wanneer wel?' fluisterde hij.

'Ik weet het niet precies. Over een week of twee, waarschijnlijk.'

Zijn stem veranderde en kreeg een afwerende, spottende ondertoon. 'Waarom dan pas?'

'Ik had gewoon niet zo'n zin om mijn hele huwelijksreis te kronkelen van de pijn.'

'Wat ga je dan doen? Dammen? Ha ha.'

'Heel lollig.'

'Grapje, Bells. Maar ik zie er het nut niet van in. Je kunt tóch geen echte huwelijksnacht hebben met die vampier van je, dus waarom zou je doen alsof? Wind er nou maar geen doekjes om. Je hebt het al eerder uitgesteld. Dat is trouwens alleen maar goed,' zei hij, plotseling serieus. 'Je hoeft je er niet voor te schamen.'

'Ik stel helemaal niets uit,' snauwde ik. 'En ik kan wél een echte huwelijksnacht hebben! Ik kan alles doen wat ik wil! Bemoei je er niet mee!'

Hij brak ons rondje abrupt af. Heel even vroeg ik me af of hij eindelijk gemerkt had dat de muziek was veranderd, en ik probeerde wanhopig een manier te bedenken om een eind aan ons gekibbel te maken voor we afscheid zouden nemen. Zo mochten we niet uit elkaar gaan.

En toen werden zijn ogen opeens groot van een vreemd, verward afgrijzen.

'Wat?' stootte hij uit. 'Wat zei je nou net?'

'Waarover...? Jake? Wat is er?'

'Hoe bedoel je? Een echte huwelijksnacht? Terwijl je nog méns bent? Dat meen je toch zeker niet? Dit is wel een heel zieke grap, Bella.'

Ik keek hem woedend aan. 'Ik zei dat je je er niet mee moest bemoeien, Jake. Dit gaat je níks aan. Ik had niet... Ik wil hier niet eens met jou over praten. Dat is een privé...'

Zijn enorme handen grepen mijn bovenarmen vast en klemden zich er helemaal omheen, met zijn duimen over zijn vingers.

'Au, Jake! Laat me los!'

Hij schudde me door elkaar.

'Bella! Ben je gek geworden? Zo stom kun je niet zijn! Zeg dat het een grap was!'

Hij schudde me weer door elkaar. Zijn knellende handen trilden, ik voelde het tot in mijn botten.

'Jake – hou op!'

Het was opeens erg druk in het donker.

'Blijf van haar af!' Edwards stem was ijskoud en vlijmscherp.

Achter Jacob kwam een zachte grom uit de zwarte nacht, en toen nog een, door de andere heen.

'Jake, jongen, achteruit,' hoorde ik Seth Clearwater dringend zeggen. 'Je hebt jezelf niet meer in de hand.'

Jacob leek helemaal verstijfd, zijn ogen staarden groot van afgrijzen voor zich uit.

'Straks doe je haar pijn,' fluisterde Seth. 'Laat haar los.'

'Nu!' gromde Edward.

Jacob liet zijn handen langs zijn zij vallen en het deed bijna zeer toen het bloed plotseling weer door mijn smachtende aderen stroomde. Voor ik het goed en wel besefte werden de warme handen vervangen door koude en voelde ik de lucht langs suizen.

Ik knipperde met mijn ogen en stond opeens twee meter verderop, met Edward gespannen voor me. Twee gigantische wolven zetten zich schrap tussen hem en Jacob in, maar ze kwamen op mij niet agressief over. Meer alsof ze het gevecht probeerden te voorkomen.

En Seth – slungelige, vijftienjarige Seth – had zijn lange armen om Jacobs trillende lijf heen geslagen en trok hem met zich mee. Als Jacob zou veranderen met Seth zo dichtbij...

'Kom op, Jake. We gaan.'

61

'Ik vermoord je,' fluisterde Jacob met een door woede verstikte stem. Hij staarde Edward met ziedende ogen aan. 'Ik vermoord je met mijn eigen handen! Nu meteen!' Hij sidderde krampachtig.

De grootste wolf, de zwarte, liet een waarschuwend gegrom horen.

'Aan de kant, Seth,' siste Edward.

Seth begon weer aan Jacob te trekken. Jacob was zo buiten zinnen van woede dat Seth erin slaagde om hem nog een meter achteruit te sleuren. 'Doe het niet, Jake. We gaan. Kom op.'

Sam, de grootste, zwarte wolf, liep naar Seth en Jacob toe. Hij zette zijn enorme kop tegen Jacobs borst en gaf hem een stoot.

Met z'n drieën – Seth trekkend, Jake trillend en Sam duwend – verdwenen ze in het donker.

De andere wolf staarde hen na. In het zwakke licht kon ik de kleur van zijn vacht niet goed zien – chocoladebruin misschien? Zou het Quil zijn?

'Het spijt me,' fluisterde ik tegen de wolf.

'Het is al goed, Bella,' prevelde Edward.

De wolf keek naar Edward. Zijn blik was niet vriendelijk. Edward gaf hem een kort, koud knikje. De wolf snoof, draaide zich om en ging achter de anderen aan.

'Goed,' zei Edward tegen zichzelf, en toen keek hij naar mij. 'Zullen we teruggaan?'

'Maar Jake...'

'Sam heeft hem onder controle. Hij is weg.'

'Edward, het spijt me zo. Ik heb me heel dom...'

'Jij hebt niets verkeerd gedaan.'

'Ik met m'n grote mond ook altijd! Waarom zou ik... Ik had me niet zo door hem moeten laten opjutten. Hoe kon ik zo stom zijn?'

'Maak je er maar niet druk om.' Hij raakte mijn gezicht even aan. 'We moeten terug naar de receptie voordat iemand merkt dat we weg zijn.'

Ik schudde mijn hoofd en probeerde weer helder na te denken. Voordat iemand het merkte? Zou iemand dit niét zijn opgevallen dan?

Maar toen ik erover nadacht besefte ik dat de confrontatie, die in mijn ogen van catastrofale omvang was geweest, in werkelijkheid heel snel en stilletjes was verlopen hier in de duisternis.

'Heel even nog,' zei ik smekend.

Mijn hoofd kolkte van paniek en verdriet, maar dat deed er niet toe – op dit moment deed alleen de buitenkant ertoe. Binnenkort moest ik nog veel beter kunnen acteren.

'Hoe ziet mijn jurk eruit?'

'Piekfijn. Je bent prachtig.'

Ik haalde twee keer diep adem. 'Goed. We gaan.'

Hij sloeg zijn armen om me heen en bracht me terug naar het licht. Toen we weer onder de fonkelende lampjes stonden, draaide hij me met zachte hand de dansvloer op. We gingen moeiteloos op in de dansende menigte, alsof onze dans nooit was onderbroken.

Ik gluurde om me heen naar de gasten, maar niemand leek geschokt of bang. Alleen de allerbleekste gezichten keken enigszins gespannen, en zij hielden het goed verborgen. Jasper en Emmett stonden dicht bij elkaar aan de rand van de dansvloer, en ik had zo'n vermoeden dat ze tijdens de confrontatie niet ver weg waren geweest.

'Gaat het...'

'Ik voel me prima,' verzekerde ik Edward. 'Ik kan gewoon niet geloven dat ik dat heb gedaan. Wat mankeert me toch?'

'Jóú mankeert niets.'

Ik was zo blij geweest toen ik Jacob zag. Ik wist hoe moeilijk het voor hem was om hier te komen. En vervolgens had ik het helemaal verpest en zijn cadeau in een drama veranderd. Ik verdiende eenzame opsluiting.

Maar de rest van de avond liet ik niet verpesten door mijn idiote gedrag. Ik zou dit wegstoppen, in een la proppen en achter slot en grendel bewaren tot een later moment. Er zou nog tijd genoeg komen om mezelf hiervoor te kastijden, en ik kon er nu verder toch helemaal niets meer aan doen.

'Het is gebeurd,' zei ik. 'Vanavond denken we er niet meer aan.'

Ik verwachtte een snelle bevestiging van Edward, maar hij zei niets.

'Edward?'

Hij deed zijn ogen dicht en leunde met zijn voorhoofd tegen het mijne. 'Jacob heeft gelijk,' fluisterde hij. 'Wat bezielt me in vredesnaam?'

'Hij heeft géén gelijk.' Ik probeerde mijn gezicht rustig te houden voor al onze aanwezige vrienden. 'Jacob is veel te bevooroordeeld, die kan daar helemaal niet objectief naar kijken.'

Hij mompelde heel zacht iets wat bijna klonk als '...heeft het recht om me te vermoorden omdat ik het überhaupt overwéég...'

'Hou op,' zei ik fel. Ik nam zijn gezicht in mijn handen en wachtte tot hij zijn ogen opendeed. 'Jij en ik. Dat is het enige wat ertoe doet. Het enige waar je nu aan mag denken. Begrepen?'

'Ja,' zuchtte hij.

'Vergeet dat Jacob hier is geweest.' Ík kon het vergeten. En dat ging ik doen ook. 'Voor mij. Beloof me dat je het loslaat.'

Hij staarde even in mijn ogen voor hij antwoord gaf. 'Ik beloof het.'

'Dank je wel. Edward, ik ben niet bang.'

'Ik wel,' fluisterde hij.

'Dat hoeft niet.' Ik haalde diep adem en glimlachte. 'O, en trouwens, ik hou van je.'

Hij glimlachte heel flauwtjes terug. 'Daarom zijn we hier.'

'Je legt veel te veel beslag op de bruid,' zei Emmett, die achter Edward was komen staan. 'Ik wil ook even met mijn kleine zusje dansen. Dit is misschien wel mijn laatste kans om haar rode wangen te bezorgen.' Hij barstte in lachen uit – Emmett trok zich er nooit iets van aan als er ergens een serieuze stemming hing.

Uiteindelijk bleken er een heleboel mensen te zijn met wie ik nog niet gedanst had, en daardoor kreeg ik de tijd om echt te kalmeren en weer tot mezelf te komen. Toen Edward mijn danspartner weer werd, merkte ik dat de Jacob-la al lekker stevig dichtzat. Hij nam me in zijn armen en het lukte me om mijn eerdere gevoel van vreugde weer op te roepen, de zekerheid dat alles in mijn leven vanavond op de juiste plek terecht was gekomen. Ik glimlachte en legde mijn hoofd tegen zijn borst. Hij sloeg zijn armen nog strakker om me heen.

'Ik kan hier best aan wennen,' zei ik.

'Je gaat me toch niet vertellen dat je dansen opeens leuk vindt?'

'Dansen valt best mee – met jou. Maar ik dacht eigenlijk aan het feit,' en ik drukte mezelf nog dichter tegen hem aan, 'dat ik je nooit meer hoef te laten gaan.'

'Nooit,' beloofde hij, en hij boog zich voorover om me te kussen.

Het was een serieuze kus – intens, langzaam, maar steeds heftiger...

Ik wist nauwelijks nog waar ik was toen ik Alice hoorde roepen. 'Bella! Het is zover!'

Heel even voelde ik de irritatie oplaaien omdat mijn nieuwe zus ons onderbrak.

Edward negeerde haar. Ik voelde zijn harde lippen tegen de mijne, vuriger

64

dan zonet. Mijn hart sloeg op hol en mijn handpalmen gleden zweterig over zijn marmeren nek.

'Willen jullie soms je vliegtuig missen?' vroeg Alice, die nu vlak naast me stond, op hoge toon. 'Dat wordt een leuke huwelijksnacht, als jullie op het vliegveld moeten bivakkeren om op de volgende vlucht te wachten.'

Edward draaide zijn gezicht een heel klein beetje opzij en mompelde: 'Ga weg, Alice,' waarna hij zijn lippen weer op de mijne drukte.

'Bella, wil je die jurk soms aan in het vliegtuig?' vroeg ze.

Ik lette eigenlijk niet echt op haar. Op dat moment kon het me werkelijk niets schelen.

Alice gromde zachtjes. 'Edward, anders zeg ik waar je haar mee naartoe neemt. Echt, ik doe het, hoor.'

Hij verstarde. Toen keek hij op en wierp een boze blik op zijn lievelingszus. 'Je bent wel erg klein voor iemand die zo enorm irritant is.'

'Ik heb niet de perfecte jurk voor het begin van haar huwelijksreis uitgezocht om hem vervolgens in de kast te laten hangen,' snauwde ze terwijl ze mijn hand pakte. 'Kom mee, Bella.'

Ik verzette me tegen haar greep en ging op mijn tenen staan om hem nog één keer te kunnen zoenen. Ze trok ongeduldig aan mijn arm en sleurde me bij hem vandaan. Hier en daar werd gegrinnikt door gasten die stonden te kijken. Ik gaf het op en liet me door haar naar het verlaten huis slepen.

Ze keek geïrriteerd.

'Sorry, Alice,' zei ik verontschuldigend.

'Ik neem het jou niet kwalijk, Bella.' Ze zuchtte. 'Ik geloof dat je jezelf gewoon niet in de hand hebt.'

Ik giechelde om haar gekwelde blik en ze keek me boos aan.

'Dank je wel, Alice. Dit was de mooiste bruiloft die iemand ooit heeft gehad,' zei ik tegen haar, en ik meende het echt. 'Alles was precies goed. Je bent de beste, slimste, getalenteerdste zus van de hele wereld.'

Dat ontdooide haar weer en ze lachte breed. 'Ik ben blij dat je het mooi vond.' 65

Renée en Esmé stonden boven op ons te wachten. Met z'n drieën trokken ze snel mijn bruidsjapon uit en de helderblauwe jurk die Alice had uitgezocht aan. Ik was blij toen iemand de spelden uit mijn haar trok en het golvend van de vlechten op mijn rug viel, zodat ik straks geen haarspeldhoofdpijn zou hebben. Mijn moeder huilde aan één stuk door.

'Ik bel je zodra ik weet waar ik heen ga,' beloofde ik terwijl ik haar een af-scheidsknuffel gaf. Ze vond het vast verschrikkelijk dat ze niet wist waar mijn huwelijksreis naartoe ging: mijn moeder had een hekel aan geheimen, tenzij ze er zelf bij betrokken was.

'Ik vertel het je zodra ze veilig op weg is,' zei Alice om me de loef af te steken, en ze grijnsde toen ze mijn gekwetste blik zag. Wat oneerlijk dat ik er pas als laat-ste achter zou komen.

'Jullie moeten Phil en mij héél gauw komen opzoeken. Het is jouw beurt om naar het zuiden te komen, dan zie je de zon ook weer eens een keer,' zei Renée.

'Het heeft vandaag niet geregend,' zei ik, zonder op haar verzoek te reageren.

'Een wonder.'

'Alles is klaar,' zei Alice. 'Jasper haalt nu de auto op, jullie koffers liggen er al in.' Ze trok me mee naar de trap met Renée, die me nog steeds half omhelsde, op mijn hielen.

'Ik hou van je, mama,' fluisterde ik terwijl we naar beneden liepen. 'Ik ben zo blij dat je Phil hebt. Zorg maar goed voor elkaar.'

'Ik hou ook van jou, Bella, lieverd.'

'Dag, mama. Ik hou van je,' zei ik opnieuw met een dikke keel.

Edward stond onder aan de trap op me te wachten. Ik pakte zijn uitgestoken hand, maar speurde ondertussen het kleine groepje mensen af dat ons zou uit-zwaaien.

'Papa?' vroeg ik rondkijkend.

'Hier,' mompelde Edward. Hij trok me mee tussen de gasten door, die opzij gingen om ons erdoor te laten. Charlie bleek uiteindelijk een beetje opgelaten te-gen een muur te staan, achter alle anderen; het leek haast wel alsof hij zich ver-stopt had. Zijn rode ogen verklaarden waarom.

'O, papa!'

Ik sloeg mijn armen om zijn middel en de tranen begonnen weer te stromen – ik was alleen maar aan het huilen vanavond. Hij klopte op mijn rug.

'Rustig maar. Straks mis je je vliegtuig nog.'

Charlie en ik vonden het moeilijk om onze genegenheid voor elkaar te uiten – we leken ontzettend op elkaar wat dat betreft, en begonnen altijd over onbenul-ligheden om gênante emotionele scènes maar vooral te vermijden. Maar dit was niet het moment om stijf te doen.

'Ik zal eeuwig van je houden, papa,' zei ik tegen hem. 'Dat mag je niet vergeten.'

'Ik ook van jou, Bells. Dat heb ik altijd gedaan en ik zal het ook altijd blijven
doen.'

Ik gaf hem een kus op zijn wang, net toen hij mij ook een kus gaf.

'Bel me,' zei hij.

'Heel gauw,' beloofde ik, in de wetenschap dat dat het enige was wat ik kon beloven. Een telefoontje. Mijn vader en moeder mochten me niet meer zien: ik zou
te veel veranderd zijn, en veel, veel te gevaarlijk zijn.

'Nou, vooruit,' zei hij kortaf. 'Straks kom je te laat.'

De gasten maakten weer een paadje voor ons. Edward trok me dicht tegen
zich aan terwijl we naar buiten liepen.

'Ben je er klaar voor?' vroeg hij.

'Ja,' zei ik, en ik wist dat dat de waarheid was.

Iedereen klapte toen Edward me op de drempel kuste. Toen trok hij me vlug
mee naar de auto terwijl de rijstregen begon. De meeste korrels vielen naast ons
op de grond, maar iemand – Emmett waarschijnlijk – stond akelig goed te mik-
ken, en ik kreeg alles over me heen wat van Edwards rug afketste.

De auto was ook weer versierd met bloemen, die in slingers langs de zijkant
naar beneden hingen, en met lange linten van tule waar een stuk of tien schoenen aan vast waren geknoopt – dure merkschoenen die er gloednieuw uitzagen
– zodat ze achter de bumper bungelden.

Edward beschermde me tegen de rijst terwijl ik instapte, en toen zat hij naast
me en scheurden we weg. Ik zwaaide uit het raampje en schreeuwde: 'Ik hou
van jullie' naar de veranda, waar mijn familieleden terugzwaaiden.

Het laatste wat ik zag waren mijn ouders. Phil had zijn armen liefdevol om
Renée heen geslagen. Zij hield één arm om zijn middel, maar met haar andere
hand had ze die van Charlie gepakt. Zo veel verschillende soorten liefde, zo harmonieus op dit ene moment. Ik vond het een heel hoopgevend beeld.

Edward kneep in mijn hand.

'Ik hou van je,' zei hij.

Ik legde mijn hoofd tegen zijn arm. 'Daarom zijn we hier,' citeerde ik hem.

Hij gaf me een kus op mijn haar.

Toen we de donkere snelweg op draaiden en Edward het gaspedaal pas echt
stevig intrapte, hoorde ik iets boven het gesnor van de motor uit, een geluid in

het bos achter ons. En als ik het al kon horen, dan kon hij dat zeker. Maar hij zei niets terwijl het geluid langzaam wegstierf in de verte. Ik zei ook niets.

Het door merg en been gaande, diepbedroefde gehuil werd steeds zwakker en verdween toen helemaal.

5. Isle Esmé

'Houston?' vroeg ik met opgetrokken wenkbrauwen toen we in Seattle bij de gate aankwamen.

'Het is maar een tussenstop,' stelde Edward me grijnzend gerust.

Ik had het gevoel dat ik nog maar net was ingedommeld toen hij me alweer wakker maakte. Hij sleurde me in slaapdronken toestand door de terminals; elke keer dat ik knipperde moest ik bedenken hoe ik mijn ogen ook alweer open moest doen. Het duurde even voor ik doorhad wat er gebeurde toen we bij de internationale balie bleven staan om in te checken voor onze volgende vlucht.

'Rio de Janeiro?' vroeg ik iets ongeruster.

'Nog een tussenstop,' zei hij.

De vlucht naar Zuid-Amerika was lang maar comfortabel in de brede businessclassstoel met Edwards armen om me heen. Ik sliep bijna de hele reis en werd ongewoon helder wakker toen we in het licht van de ondergaande zon naar het vliegveld cirkelden.

We bleven niet op het vliegveld om vanaf daar verder te vliegen, zoals ik had verwacht. In plaats daarvan namen we een taxi door de donkere, drukke, bruisende straten van Rio. Ik verstond geen woord van de aanwijzingen die Edward de chauffeur in het Portugees gaf, maar ik nam aan dat we in een hotel zouden overnachten voor we aan het volgende deel van de reis zouden beginnen. Ik voelde mijn maag samenknijpen van iets wat verdacht veel op plankenkoorts leek toen ik daarover nadacht. De taxi reed door het krioelende verkeer tot het iets rustiger werd en we de uiterste westkant van de stad leken te naderen, vlak bij de oceaan.

We stopten bij de haven.

Edward ging voorop langs de lange rij witte jachten die in het zwarte water lagen aangemeerd. Hij bleef staan bij een boot die kleiner en gestroomlijnder dan de andere was, duidelijk gebouwd op snelheid en niet op ruimte. Maar hij was alsnog heel luxe en eleganter dan de rest. Ondanks de zware tassen die hij droeg

69

sprong Edward soepel aan boord. Hij legde de bagage op het dek en draaide zich om om me voorzichtig over de reling te helpen.

Ik keek zwijgend toe hoe hij de boot klaarmaakte voor vertrek, en het verbaasde me dat hij dat zo behendig en ontspannen deed, aangezien hij nog nooit had laten merken dat hij van varen hield. Maar ja, hij was natuurlijk ook bijna overal goed in.

Terwijl we in oostelijke richting de open zee op voeren, dacht ik terug aan mijn lessen aardrijkskunde. Voor zover ik me kon herinneren kwam je ten oosten van Brazilië niet zoveel tegen... tot je bij Afrika was.

Maar Edward liet de boot verder razen tot de lichten van Rio achter ons vervaagden en uiteindelijk helemaal uit het zicht verdwenen waren. Om zijn lippen lag die vertrouwde, opgetogen glimlach die elke vorm van snelheid altijd bij hem teweegbracht. De boot steigerde door de golven en ik kreeg een regen van schuim over me heen.

Uiteindelijk kon ik mijn nieuwsgierigheid niet langer bedwingen.

'Is het nog ver?' vroeg ik.

Hij zou niet zo snel vergeten dat ik mens was, maar ik vroeg me wel af of hij van plan was om ons nog heel lang op dit kleine bootje te laten zitten.

'Een halfuurtje nog ongeveer.' Zijn ogen bleven rusten op mijn handen die zich aan mijn stoel vastklampten, en hij grijnsde.

Tja, dacht ik bij mezelf. Hij was en bleef een vampier. Misschien gingen we wel naar Atlantis.

Twintig minuten later riep hij mijn naam boven het gebrul van de motor uit.

'Bella, kijk daar eens.' Hij wees recht voor zich uit.

Eerst zag ik alleen maar duisternis en de witte baan licht die de maan over het water wierp. Maar ik keek net zolang naar de plek die hij aanwees tot ik uiteindelijk een lage zwarte vorm ontdekte die in het maanlicht uit de golven opdoemde. Ik tuurde het donker in en de omtrek werd duidelijker. Langzaam veranderde de vorm in een gedrongen, onregelmatige driehoek, met een korte en een langgerekte zijde die in de golven verdwenen. Toen we dichterbij kwamen zag ik dat de veerachtige contouren zachtjes heen en weer wiegden in de zwakke bries.

En opeens keek ik er met andere ogen naar en snapte ik wat ik zag: er lag een klein eiland in het water voor ons, met wuivende palmbomen en een strand dat bleek oplichtte in de maneschijn.

'Waar zijn we?' mompelde ik verwonderd terwijl hij van koers veranderde en om de noordpunt van het eiland heen voer.

Hij hoorde me, ondanks het geronk van de motor, en glimlachte zijn blinkende tanden bloot.

'Dit is Isle Esmé.'

De boot minderde plotseling vaart en kwam precies langs een korte, van witte houten planken gemaakte aanlegsteiger te liggen.

Edward zette de motor uit en opeens werd het doodstil. Op de golven die zachtjes tegen de boot kabbelden en het geruis van de wind door de palmen na was er niets te horen. De lucht was warm, vochtig en rook heerlijk, als de stoom die is blijven hangen na een hete douche.

'Isle *Esmé*?' Ik zei het zacht, maar mijn stem klonk nog steeds te hard in de kalme nacht.

'Een cadeau van Carlisle – Esmé vroeg of we het wilden lenen.'

Een cadeau. Wie geeft er nou een eiland cadeau? Ik fronste mijn wenkbrauwen. Ik had me niet gerealiseerd dat Edwards buitensporige vrijgevigheid aangeleerd was.

Hij zette de koffers op de steiger en draaide zich toen met zijn volmaakte glimlach weer naar me om. In plaats van mijn hand te pakken tilde hij me zo in zijn armen.

'Moet je niet wachten tot we bij de drempel zijn?' vroeg ik ademloos terwijl hij soepel de boot uit sprong.

Hij grijnsde. 'Ik pak de dingen graag grondig aan.'

Met zijn ene hand greep hij de handvatten van de twee enorme hutkoffers vast en in zijn andere arm lag ik. Hij droeg me over de steiger en vervolgens over een bleek zandpad omzoomd met donkere begroeiing.

Een tijdlang was het aardedonker tussen de oerwoudachtige planten, en toen zag ik voor ons een warm lichtschijnsel. Zo rond het moment waarop ik besefte dat het licht een huis was – de twee felverlichte vierkanten waren grote ramen aan beide zijden van de voordeur – sloeg de plankenkoorts weer toe, heviger dan eerst, nog erger dan toen ik in de veronderstelling had verkeerd dat we op weg waren naar een hotel.

Mijn hart bonkte hoorbaar tegen mijn ribben en mijn adem stokte in mijn keel. Ik voelde Edwards blik op mijn gezicht, maar ik keek hem niet aan en staarde nietsziend voor me uit.

Hij vroeg niet waar ik aan dacht, en dat was niets voor hem. Waarschijnlijk was hij net zo zenuwachtig als ik opeens was.

Hij zette de koffers op de brede veranda om de deuren open te doen – ze zaten niet op slot.

Edward keek omlaag en wachtte tot ik hem in zijn ogen keek voor hij over de drempel stapte.

We waren allebei heel stilletjes terwijl hij me door het huis droeg en overal lampen aandeed. Mijn eerste, vage indruk van het huis was dat het wel erg groot was voor een klein eiland, en dat het opvallend vertrouwd aandeed. Ik was gewend geraakt aan de lichte kleurenschema's waar de Cullens van hielden en ik voelde me hier meteen thuis. Maar de verdere bijzonderheden gingen aan me voorbij. Alles werd een beetje wazig door het bloed dat ik woest door mijn oren hoorde suizen.

Toen bleef Edward staan en hij deed de allerlaatste lamp aan.

De kamer was groot en wit en de achterste muur was grotendeels van glas – het gebruikelijke decor voor mijn vampiers. Buiten viel het maanlicht op wit zand en glinsterende golven, op slechts een paar meter van het huis. Maar dat viel me verder nauwelijks op. Al mijn aandacht was gericht op het werkelijk gigántische witte bed dat midden in de kamer stond, omhuld door een wijd uitwaaierende klamboe.

Edward zette me op de grond.

'Ik... Ik ga de koffers halen.'

De kamer was te warm; het was hier benauwder dan buiten in de tropische nacht. Er gleed een zweetdruppel langs mijn hals. Ik liep langzaam naar voren, stak mijn arm uit en raakte de luchtige klamboe aan. Om de een of andere reden moest ik even controleren of het allemaal wel echt was.

Ik hoorde Edward niet terugkomen. Plotseling streelde zijn koude vinger over mijn hals om de druppel zweet weg te vegen.

'Het is hier een beetje heet,' zei hij verontschuldigend. 'Ik dacht... dat dat beter zou zijn.'

'Grondig,' mompelde ik binnensmonds, en hij grinnikte. Het klonk nerveus, en Edward was bijna nooit nerveus.

'Ik heb geprobeerd om aan alles te denken wat dit... makkelijker zou maken,' gaf hij toe.

Ik slikte moeizaam, nog steeds met mijn gezicht van hem afgewend. Had er ooit eerder zo'n huwelijksnacht plaatsgevonden?

Ik wist wat het antwoord daarop was. Nee. Die was er nog nooit geweest.

'Ik vroeg me af,' zei Edward langzaam, 'of je eerst... misschien een nachtelij-ke duik met me zou willen nemen?' Hij haalde diep adem en zijn stem klonk minder gespannen toen hij verderging. 'Het water is heel erg warm. Je vindt het vast een fijn strand.'

'Klinkt goed.' Mijn stem sloeg over.

'Je kunt vast wel een menselijk minuutje gebruiken... We hebben een lange reis achter de rug.'

Ik knikte wezenloos. Ik vóélde me nauwelijks mens; misschien zou het hel-pen om even alleen te zijn.

Zijn lippen streken over mijn hals, net onder mijn oor. Hij grinnikte kort en zijn koude adem kietelde op mijn oververhitte huid. 'Maar u mag best een beetje opschieten, mevrouw Cullen.'

Ik schrok even toen ik mijn nieuwe naam hoorde.

Zijn lippen gleden van mijn nek naar mijn schouder. 'Ik wacht in het water op je.'

Hij liep naar de openslaande deuren die recht op het zandstrand uit kwamen. Onderweg schudde hij met een schouderbeweging zijn overhemd uit, liet het op de vloer vallen en glipte toen door de deur de maneschijn in. De zwoele, zilte lucht wervelde na zijn vertrek de kamer in.

Was mijn huid in brand gevlogen? Ik moest even naar beneden kijken om het te controleren. Nee, geen vlammen. Niet zichtbaar in elk geval.

Ik zei tegen mezelf dat ik moest ademhalen en wankelde toen naar de reus-achtige koffer die Edward op een laag wit dressoir open had neergezet. Dat moest de mijne zijn, want mijn vertrouwde toilettas lag bovenop en ik zag een heleboel roze, maar ik herkende geen enkel kledingstuk. Terwijl ik door de keu-rig opgevouwen stapeltjes wroette – op zoek naar iets vertrouwds wat gewoon lekker zat, mijn oude joggingbroek of zo – drong het tot me door dat ik wel erg veel doorzichtig kant en weinig verhullend satijn in mijn handen had. Lingerie. Heel lingerieachtige lingerie, met Franse labels erin.

Ik wist niet hoe of wanneer, maar ooit zou Alice hiervoor boeten.

Ik gaf het op, liep naar de badkamer en gluurde door de hoge ramen die op hetzelfde strand uitkeken als de kamerdeuren. Ik zag hem niet; hij was vast er-gens onder water, zonder boven te hoeven komen om naar lucht te happen. In de hemel boven ons hing een scheve, bijna volle maan, en het zand lag helderwit in

73

het licht. Een kleine beweging trok mijn aandacht: in de kromming van een van de palmbomen die het strand omzoomden hing de rest van zijn kleren zachtjes te wiegen in de lichte bries.

Mijn huid werd opnieuw bloedheet.

Ik haalde een paar keer diep adem en liep toen naar de spiegels boven de ellenlange wastafel. Ik zag er inderdaad uit alsof ik de hele dag in een vliegtuig had liggen slapen. Ik vond mijn borstel en trok hem ruw door de warboel op mijn achterhoofd tot alles weer glad was en de borstel vol haren zat. Ik poetste mijn tanden uiterst zorgvuldig – twee keer. Daarna waste ik mijn gezicht en gooide wat water over mijn nek, die koortsig aanvoelde. Dat was zo fijn dat ik mijn armen ook waste, en uiteindelijk besloot ik het maar gewoon op te geven en een douche te nemen. Ik wist dat het belachelijk was om te douchen voor je ging zwemmen, maar ik moest rustig worden, en met warm water zou dat zeker lukken.

Bovendien leek het me een uitstekend idee om mijn benen ook nog maar een keertje te scheren.

Toen ik klaar was pakte ik een grote witte handdoek van de wastafel en sloeg die om me heen.

Vervolgens stond ik voor een dilemma waar ik geen rekening mee had gehouden. Wat moest ik aan? Geen badpak, dat was duidelijk. Maar het was ook suf om mijn kleren weer aan te doen. Aan de kleren die Alice voor me had ingepakt wilde ik niet eens denken.

Mijn ademhaling werd weer gejaagd en mijn handen trilden – daar ging de kalmerende werking van de douche. Ik werd een beetje duizelig, alsof ik elk moment een echte paniekaanval kon krijgen. Ik ging in mijn grote handdoek op de koele tegelvloer zitten, stak mijn hoofd tussen mijn benen en bad vurig dat hij niet zou komen kijken waar ik bleef terwijl ik mezelf probeerde te vermannen. Ik kon wel raden wat hij zou denken als hij me hier helemaal over de rooie zou zien zitten. Hij zou er meteen van overtuigd zijn dat we een vergissing begingen.

74 En ik was niet hysterisch omdat ik vond dat we een vergissing begingen. Absoluut niet. Ik was hysterisch omdat ik geen idee had hoe dit moest, en ik was bang om deze kamer uit te lopen en het onbekende tegemoet te gaan. Laat staan in Franse lingerie. Ik wist dat ik dáár in elk geval nog niet aan toe was.

Het voelde alsof er duizenden mensen in het theater op mijn opkomst zaten te wachten terwijl ik me geen woord meer van mijn tekst kon herinneren.

Hoe deden andere mensen dit? Hoe konden die zomaar al hun vrees wegslikken en zich met al hun onvolkomenheden en angsten overgeven aan iemand anders, zonder de absolute bevestiging die Edward mij had gegeven? Als dat Edward niet zou zijn daarbuiten, als ik niet met elke cel van mijn lichaam wist dat hij net zoveel van mij hield als ik van hem – onvoorwaardelijk, onherroepelijk en, om eerlijk te zijn, volstrekt onlogisch –, zou ik nooit van deze vloer kunnen komen.

Maar het was Edward wél daarbuiten, dus ik fluisterde 'Doe niet zo laf' tegen mezelf en krabbelde overeind. Ik trok de handdoek nog wat strakker om me heen en stampte vastberaden de badkamer uit. Langs de koffer vol kant en het grote bed, zonder beide ook maar een blik waardig te keuren. Door de open glazen deur, het fijne zand op.

De maan had alle kleur uit de nacht gezogen en alles zwart-wit gemaakt. Langzaam liep ik over het warme poederzand en bleef staan naast de kromme boom waaraan hij zijn kleren had opgehangen. Ik legde mijn hand op de ruwe bast en luisterde even of mijn ademhaling regelmatig was. Regelmatig genoeg, in elk geval.

Ik zocht hem in de kabbelende rimpelingen, die er in de duisternis zwart uitzagen.

Hij was niet moeilijk te vinden. Hij stond met zijn rug naar me toe tot aan zijn middel in het nachtelijke water naar de ovale maan te kijken. Het bleke licht kleurde zijn huid volmaakt wit, net als het zand en de maan zelf, en maakte zijn natte haar zo zwart als de zee. Hij stond doodstil, met zijn handpalmen op het water; de lage golven braken op hem alsof hij een rots was. Ik keek naar de gladde trekken van zijn rug, zijn schouders, zijn armen, zijn nek, zijn perfecte contouren...

Het vuur liep niet meer als een brandwond over mijn huid: het was nu langzaam en intens en smeulde al mijn ongemakkelijkheid en verlegen onzekerheid weg. Ik wikkelde de handdoek zonder aarzelen los, hing hem naast zijn kleren over de boomstam en liep het maanlicht in, waardoor ook ik zo bleek werd als het sneeuwwitte zand.

Zelf hoorde ik mijn voetstappen niet terwijl ik naar de zee liep, maar hij vast wel. Edward draaide zich niet om. Ik liet de branding over mijn tenen spoelen en merkte dat hij gelijk had gehad over de temperatuur van het water – het was heel warm, als badwater. Behoedzaam liep ik verder over de onzichtbare zeebodem, maar mijn voorzichtigheid was overbodig: het zand bleef spiegelglad en daalde langzaam af richting Edward. Ik waadde door de gewichtloze stroming tot ik naast hem stond en legde toen mijn hand losjes op de zijne, die nog steeds op het water lag.

'Wat mooi,' zei ik terwijl ik mijn blik ook op de maan richtte.

'Best aardig,' antwoordde hij, niet onder de indruk. Hij draaide zich langzaam naar me om, en zijn beweging veroorzaakte kleine golfjes die tegen mijn lijf klotsten. Zijn ogen leken wel van zilver in een gezicht van ijs. Hij draaide zijn hand om zodat hij zijn vingers onder de oppervlakte door de mijne kon vlechten. Het water was zo warm dat ik geen kippenvel kreeg van zijn koude huid.

'Maar ik zou het woord "mooi" niet willen gebruiken,' ging hij verder. 'Niet nu jij hier staat, want naast jou verbleekt alles.'

Ik glimlachte half, tilde mijn vrije hand op – hij trilde niet meer – en legde hem over zijn hart. Wit op wit: eindelijk pasten we bij elkaar. Hij huiverde heel even door mijn warme aanraking en begon zwaarder te ademen.

'Ik heb beloofd dat we het zouden probéren,' fluisterde hij, plotseling gespannen. 'Als... Als ik iets verkeerds doe, als ik je pijn doe, dan moet je het meteen zeggen.'

Ik knikte ernstig en bleef hem strak aankijken. Ik deed nog een stap naar voren door de golven en legde mijn hoofd tegen zijn borst.

'Je hoeft niet bang te zijn,' mompelde ik. 'Wij horen bij elkaar.'

Ik werd helemaal overweldigd door de waarheid van mijn eigen woorden. Dit moment was zo perfect, zo volmaakt, dat er simpelweg niet aan getwijfeld kon worden.

Hij sloeg zijn armen om me heen en drukte me tegen zich aan, als zomer en winter. Ik had het gevoel dat elk zenuwuiteinde in mijn lichaam onder stroom stond.

'Voor altijd,' beaamde hij, en hij trok ons voorzichtig naar dieper water.

76

Ik werd wakker van de zon die heet op mijn blote rug scheen. Het was laat in de ochtend of misschien zelfs al middag, dat wist ik niet. Maar behalve het tijdstip was alles me heel duidelijk: ik wist precies waar ik was, in de lichte kamer met het grote witte bed, terwijl het stralende zonlicht door de open deuren scheen. De klamboe verzachtte de felheid enigszins.

Ik deed mijn ogen niet open. Ik voelde me te blij om iets, hoe klein ook, te veranderen. De enige geluiden kwamen van de golven buiten, van onze ademhaling, mijn hartslag...

Ik lag heerlijk, ondanks de brandende zon. Zijn koele huid was de perfecte remedie tegen de hitte. Het voelde heel ontspannen en natuurlijk om zo over zijn ijzige borst te liggen met zijn armen om me heen, en ik vroeg me af waar ik me gisteravond eigenlijk zo druk over had gemaakt. Al mijn angsten leken opeens heel onzinnig.

Zijn vingers gleden zachtjes over mijn ruggengraat en ik wist dat hij wist dat ik wakker was. Ik hield mijn ogen dicht en sloeg mijn armen nog strakker om zijn nek om me dichter tegen hem aan te kunnen drukken.

Hij zei niets. Zijn vingers streken over mijn rug en raakten me nauwelijks aan terwijl hij heel lichtjes figuren tekende op mijn huid.

Ik zou daar graag voor altijd zijn blijven liggen om dat moment nooit te hoeven verbreken, maar mijn lichaam dacht daar anders over. Ik schoot in de lach om mijn ongeduldige maag. Het voelde haast een beetje banaal om honger te hebben na alles wat er vannacht was gebeurd. Alsof ik van een grote hoogte weer terug op de aarde werd gezet.

'Wat is er zo grappig?' mompelde hij terwijl hij mijn rug bleef strelen. Het ernstige, hese geluid van zijn stem bracht een stortvloed aan herinneringen aan de afgelopen nacht met zich mee en ik voelde een blos over mijn gezicht en hals trekken.

Mijn maag knorde als antwoord op zijn vraag. Ik lachte weer. 'Ik kan helaas niet heel lang ontkennen dat ik maar een mens ben.'

Ik wachtte, maar hij lachte niet met me mee. Langzaam drong het door de vele lagen gelukzaligheid die mijn geest vertroebelden tot me door dat er buiten de stralende cocon van vreugde die mij omhulde een heel ander soort sfeer hing.

Ik deed mijn ogen open en het eerste wat ik zag was de bleke, bijna zilverkleurige huid van zijn keel en de ronding van zijn kin boven mijn gezicht. Zijn kaak stond gespannen. Ik duwde mezelf op mijn elleboog overeind zodat ik zijn gezicht kon zien. 77

Hij staarde naar de luchtige hemel van ons bed en keek me niet aan terwijl ik zijn sombere trekken bestudeerde. Zijn blik kwam letterlijk als een schok – ik voelde mijn lichaam daadwerkelijk een stuiptrekkende beweging maken.

'Edward,' zei ik, met een vreemde hapering in mijn stem, 'wat is er? Wat is er aan de hand?'

'Moet je dat echt nog vragen?' Zijn stem klonk hard en cynisch.

Mijn eerste reactie, het gevolg van een leven lang vol onzekerheden, was me afvragen wat ik verkeerd had gedaan. Ik ging in gedachten na wat er allemaal was gebeurd, maar ik kon me niets vervelends herinneren. Het was allemaal veel makkelijker gegaan dan ik had verwacht; we hadden gepast als bij elkaar horende puzzelstukjes, waren gemaakt om samengevoegd te worden. Daar was ik stiekem heel blij om geweest – we waren fysiek gezien net zo aan elkaar gewaagd als op andere vlakken. Vuur en ijs gingen hier op de een of andere manier samen zonder elkaar te vernietigen. Nog meer bewijs dat ik bij hem hoorde.

Ik kon niets bedenken waardoor hij zo zou kijken, zo bars en koud. Had ik iets over het hoofd gezien?

Zijn vinger streek de zorgelijke rimpels in mijn voorhoofd glad.

'Waar denk je aan?' fluisterde hij.

'Voel je je niet goed? Ik begrijp het niet. Heb ik...?' Ik kon mijn zin niet afmaken.

Hij kneep zijn ogen samen. 'Hoe erg ben je gewond geraakt, Bella? Eerlijk zeggen – probeer het maar niet af te zwakken.'

'Gewond?' herhaalde ik, en mijn stem schoot omhoog omdat het woord me zo verraste.

Hij trok één wenkbrauw op en zijn lippen werden een smalle streep.

Ik deed even een snelle check door me uit te strekken en mijn spieren aan te spannen. Ik was inderdaad stijf en had ook behoorlijk wat pijnlijke plekken, maar ik had vooral het idee dat mijn botten allemaal bij hun gewrichten waren losgehaakt en ik in een soort slappe kwal was veranderd. Het was geen onprettig gevoel.

En toen werd ik een beetje boos, omdat hij met zijn pessimistische veronderstellingen een smet wierp op de mooiste ochtend van mijn leven.

'Waarom ga je er meteen van uit dat ik gewond ben? Ik heb me nog nooit zo goed gevoeld.'

78 Zijn ogen gingen dicht. 'Hou op.'

'Waarmee?'

'Met doen alsof ik geen monster ben omdat ik hiermee heb ingestemd.'

'Edward!' fluisterde ik, en ik begon nu echt overstuur te raken. Hij bezoedelde mijn prachtige herinnering, gaf haar een nare bijsmaak. 'Dat mag je nooit meer zeggen.'

Hij deed zijn ogen niet open, alsof hij me niet wilde zien.

'Kijk nou eens naar jezelf, Bella. Vind je dan nog steeds dat ik geen monster ben?'

Gekwetst en geschokt deed ik zonder erbij na te denken wat hij had gezegd en ik hapte naar adem.

Wat was er met me gebeurd? Er kleefde allemaal donzige, witte sneeuw aan mijn huid. Ik schudde mijn hoofd en er dwarrelde een witte waterval uit mijn haar.

Ik greep met mijn duim en wijsvinger een van de zachte witte pluisjes vast. Het was een veertje.

'Waarom zit ik onder het dons?' vroeg ik verward.

Hij ademde ongeduldig uit. 'Ik heb een kussen stukgebeten. Of twee. Maar daar gaat het niet om.'

'Heb... Heb je een kussen stukgebeten? Waarom?'

'Kijk nou, Bella!' gromde hij. Hij pakte mijn hand vast – heel voorzichtig – en strekte mijn arm. 'Dáár moet je naar kijken.'

En dit keer zag ik wat hij bedoelde.

Onder de laag veertjes schemerden grote, paarse bloeduitstortingen door de bleke huid van mijn arm. Mijn ogen volgden het spoor dat naar mijn schouder liep en vervolgens over mijn ribben weer naar beneden ging. Ik trok mijn hand los en prikte in een blauwe plek op mijn linkeronderarm. Hij vervaagde waar ik hem aanraakte en werd toen weer donker. Het bonsde een beetje.

Heel lichtjes, zo licht dat hij me nauwelijks aanraakte, legde Edward zijn hand achter elkaar over de verschillende kneuzingen op mijn arm – zijn lange vingers pasten er telkens precies op.

'O,' zei ik.

Ik probeerde me te herinneren of ik vannacht pijn had gehad, maar er kwam niets boven. Ik kon me geen enkel moment voor de geest halen waarop hij me te stevig had vastgepakt, waarop zijn handen te hard waren geweest. Ik kon me alleen nog maar herinneren dat ik wilde dat hij me steviger vasthield, en hoe fijn ik het vond dat hij dat deed... 79

'Het... Het spijt me zo, Bella,' fluisterde hij terwijl ik naar de blauwe plekken staarde. 'Ik had beter moeten weten. Ik had niet...' Er kwam een zacht geluid van walging uit zijn keel. 'Het spijt me meer dan ik kan zeggen.'

Hij sloeg zijn arm over zijn gezicht en bleef doodstil liggen.

Ik bleef heel lang volkomen verbijsterd op het bed zitten en probeerde te accepteren dat hij zich zo ellendig voelde, nu ik begreep waar het vandaan kwam. Het stond in zo'n schril contrast met mijn eigen gemoedstoestand dat ik het maar moeilijk kon bevatten.

De schok ebde langzaam weg en er kwam niets voor in de plaats. Leegte. Mijn hoofd was helemaal leeg. Ik wist niet wat ik moest zeggen. Hoe kon ik dit op de juiste manier aan hem uitleggen? Hoe kon ik ervoor zorgen dat hij zich net zo gelukzalig voelde als ik, of liever gezegd, zoals ik me net nog had gevoeld?

Ik raakte zijn arm aan, maar hij reageerde niet. Ik sloeg mijn vingers om zijn pols en probeerde zijn arm van zijn gezicht te trekken, maar ik had net zo goed aan een standbeeld kunnen rukken.

'Edward.'

Geen beweging.

'Edward?'

Niets. Goed, dan werd het dus een monoloog.

'Míj spijt het niet, Edward. Ik... Ik weet niet eens hoe ik het moet zeggen. Ik voel me zo ongelooflijk goed. Ik heb er gewoon geen woorden voor. Je moet niet boos zijn. Echt niet. Ik voel me pr...'

'Waag het niet om "prima" te zeggen.' Zijn stem was ijskoud. 'Tenzij je denkt dat ik achterlijk ben. Ik wil niet horen dat je je prima voelt.'

'Maar het is echt zo,' fluisterde ik.

'Bella,' zei hij bijna kreunend. 'Hou op.'

'Nee. Jíj moet ophouden, Edward.'

Hij haalde zijn arm weg en keek me met zijn gouden ogen achterdochtig aan.

'Verpest het nou niet,' zei ik tegen hem. 'Ik. Voel. Me. Fantastisch.'

'Ik heb het al verpest,' fluisterde hij.

'Kappen nou,' snauwde ik.

Ik hoorde zijn tanden knarsen.

'Bah!' gromde ik. 'Waarom kun je nou niet gewoon mijn gedachten lezen? Het is zo onwijs onhándig om een zwijgende geest te hebben!'

Dat verbaasde hem en zijn ogen werden iets groter.

'Die is nieuw voor me. Je vindt het altijd geweldig dat ik je gedachten niet kan lezen.'

'Vandaag niet.'

Hij staarde me aan. 'Waarom niet?'

Gefrustreerd gooide ik mijn handen in de lucht en negeerde de pijnscheut die door mijn schouder ging. Mijn handpalmen sloegen met een harde klets tegen zijn borstkas. 'Omdat al deze zorgen nergens voor nodig zouden zijn als je kon horen hoe ik me op dit moment voel! Of hoe ik me vijf minuten geleden in elk geval nog voelde. Ik wás volmaakt gelukkig. Ik zweefde ergens op een wolkje in de zevende hemel. En nu ben ik eerlijk gezegd behoorlijk geïrriteerd.'

'Je hóórt ook boos op me te zijn.'

'En dat ben ik ook. Voel je je nou beter?'

Hij zuchtte. 'Nee. Ik denk niet dat er iets is waardoor ik me op dit moment beter zou kunnen voelen.'

'Dát,' snauwde ik. 'Dat is precies waarom ik boos ben. Je verpest mijn roes, Edward.'

Hij rolde met zijn ogen en schudde zijn hoofd.

Ik haalde diep adem. Ik voelde mijn pijnlijke spieren, maar verder viel het best mee. Het was een beetje alsof ik de dag hiervoor met gewichten had getraind. Dat had ik wel eens met Renée gedaan tijdens een van haar fitnessperiodes. Vijfenzestig *lunges* met vierenhalve kilo in elke hand; ik kon niet eens meer lopen de volgende dag. Dit was lang zo pijnlijk niet.

Ik bedwong mijn ergernis en probeerde mijn stem sussend te laten klinken. 'We wisten dat het misschien lastig zou worden. Ik dacht dat we het daarover eens waren. En... Nou ja, het ging veel makkelijker dan ik had gedacht. En dit stelt echt niets voor.' Ik liet mijn vingers over mijn arm glijden. 'Volgens mij hebben we het voor een eerste keer, zonder te weten wat we konden verwachten, fantastisch gedaan. Met een beetje oefening...'

Hij keek plotseling zo woedend dat ik halverwege mijn zin ophield.

'Dat we het daarover eens waren? Had je dit verwácht, Bella? Ging je er al van uit dat ik je pijn zou doen? Had je gedacht dat het erger zou zijn? Vind je het een geslaagd experiment omdat je het nog kunt navertellen? Je hebt niets gebroken, dus daarmee was het een succes?'

81

Ik wachtte tot hij uitgeraasd was, en vervolgens tot zijn ademhaling weer regelmatig klonk. Toen zijn ogen weer rustig stonden gaf ik heel langzaam en zorgvuldig antwoord.

'Ik wist niet wat ik kon verwachten – maar ik had zeker niet verwacht dat... dat... dat het zo geweldig en perfect zou zijn.' Mijn stem werd heel zacht en mijn ogen gleden van zijn gezicht naar mijn handen. 'Ik weet natuurlijk niet hoe het voor jou was, maar voor mij was het wel zo.'

Een koele vinger duwde mijn kin weer omhoog.

'Ben je daar bang voor?' zei hij met opeengeklemde kaken. 'Dat ik het niet naar mijn zín heb gehad?'

Ik hield mijn ogen neergeslagen. 'Ik weet dat het anders is. Jij bent geen mens. Ik probeerde alleen maar uit te leggen dat het voor een mens... Nou ja, ik kan me niet voorstellen dat dit in mijn leven ooit nog overtroffen zal worden.'

Hij was zo lang stil dat ik uiteindelijk wel moest opkijken. Zijn gezicht was milder, bedachtzaam.

'Ik geloof dat ik me nóg ergens voor moet verontschuldigen.' Hij fronste zijn wenkbrauwen. 'Ik had er niet bij stilgestaan dat jij mijn reactie op wat ik jou heb aangedaan zou kunnen opvatten als een teken dat deze nacht niet... niet de beste nacht van mijn bestaan was. Maar ik wil er niet op die manier aan denken, niet als jij...'

Mijn mondhoeken krulden een beetje omhoog. 'Echt? De beste nacht ooit?' vroeg ik met een klein stemmetje.

Met een peinzende blik nam hij mijn gezicht in zijn handen. 'Nadat jij en ik ons akkoord hadden gesloten, heb ik met Carlisle gesproken, in de hoop dat hij me zou kunnen helpen. Hij heeft me toen uiteraard al gewaarschuwd dat dit heel gevaarlijk voor jou zou zijn.' Zijn gezicht betrok. 'Maar hij had vertrouwen in me – ook al verdiende ik dat niet.'

Ik wilde protesteren, maar voor ik iets kon zeggen legde hij twee vingers op mijn lippen.

'Ik heb hem ook gevraagd wat ik zélf kon verwachten. Ik had geen idee hoe het voor mij zou zijn... voor mij als vampier.' Hij glimlachte flauwtjes. 'Carlisle zei dat het een bijzonder intense ervaring is, die nergens mee te vergelijken valt. Hij zei dat lichamelijke liefde iets was waar ik niet te licht over mocht denken. Omdat we zo constant van aard zijn, kunnen heftige emoties ons blijvend veranderen. Maar hij zei dat ik me daar geen zorgen over hoefde te maken, aangezien jij me al zo radicaal veranderd had.' Dit keer was zijn glimlach oprechter.

'Ik heb er ook met mijn broers over gesproken. Zij zeiden dat het een groot genot was. Alleen het drinken van mensenbloed is nog lekkerder.' Er kwam een rimpel in zijn voorhoofd. 'Maar ik heb jouw bloed geproefd, en ik geloof niet dat er bloed bestaat dat dít kan overtreffen... Ik denk echt dat mijn broers meenden wat ze zeiden. Maar voor ons was het gewoon anders. Grootser.'

'Dat was het ook. Iets mooiers bestaat niet.'

'Maar dat doet niets af aan het feit dat het verkeerd was. Zelfs al had je het echt zo ervaren.'

'Waar slaat dát nou weer op? Denk je dat ik dit zit te verzinnen? Waarom zou ik dat doen?'

'Om mijn schuldgevoel te verzachten. Ik kan het bewijs niet negeren, Bella. Net zomin als al die eerdere keren dat je geprobeerd hebt mij vrij te pleiten als ik een fout had gemaakt.'

Ik pakte zijn kin vast en boog me naar voren tot mijn gezicht op een paar centimeter van het zijne was. 'Nu moet jij eens even goed naar me luisteren, Edward Cullen. Ik zeg heus niet dat ik het fijn vond om jou je beter te laten voelen, begrepen? Ik wist niet eens dat jij je slécht voelde tot je opeens zo depressief begon te doen. Ík ben nog nooit zo gelukkig geweest. Niet toen jij besloot dat je liefde voor mij sterker was dan de behoefte om me te vermoorden, of toen jij voor het eerst op me zat te wachten toen ik 's ochtends wakker werd... Niet toen ik jouw stem hoorde in de balletzaal...' Hij kromp even in elkaar toen hij terugdacht aan het moment waarop hij me op het nippertje uit de handen van James had gered, maar ik ging gewoon verder. 'Niet toen jij "ja" zei en ik besefte dat je op de een of andere manier voor altijd de mijne zou zijn. Dat zijn de mooiste herinneringen van mijn leven, en dit is mooier dan al die dingen. En jij hebt dat gewoon te accepteren.'

Hij raakte de fronsrimpel tussen mijn wenkbrauwen aan. 'Nu maak ik je ongelukkig. Dat wil ik niet.'

'Dat komt doordat jíj zo ongelukkig bent. Als je daarmee ophoudt is alles goed.'

Hij kneep zijn ogen samen, haalde diep adem en knikte. 'Je hebt gelijk. Wat gebeurd is, is gebeurd en daar kan ik nu niets meer aan doen. Het zou stom zijn om dit moment voor jou te verpesten met mijn slechte humeur. Ik zal er alles aan doen om je nu weer gelukkig te maken.'

Ik keek argwanend naar zijn gezicht en hij schonk me een serene glimlach. 83

'Alles?'

Op het moment dat ik dat vroeg begon mijn maag te knorren.

'Je hebt honger,' zei hij vlug. Hij stond in één snelle beweging naast het bed en er vloog een wolk van veren omhoog. Dat deed me opeens weer ergens aan denken.

'Maar vertel eens, waarom heb je nou eigenlijk besloten om Esmés kussens aan gort te scheuren?' vroeg ik terwijl ik rechtop ging zitten en nog meer dons uit mijn haar schudde.

Hij stond al in een wijde kakibroek bij de deur en woelde door zijn haar zodat hij zelf ook een paar veertjes in het rond strooide.

'Ik weet niet zeker of ik vannacht dingen beslóten heb,' mompelde hij. 'We mogen van geluk spreken dat het maar een paar kussens waren in plaats van jou.' Hij haalde diep adem en schudde zijn hoofd, alsof hij dat akelige beeld van zich af probeerde te zetten. Er gleed een heel oprecht uitziende glimlach over zijn gezicht, maar ik had zo'n vermoeden dat die hem heel veel moeite kostte.

Ik liet me voorzichtig van het hoge bed glijden en rekte me nog eens uit. Dit keer voelde ik mijn spieren en de pijnlijke plekken beter. Ik hoorde hem naar adem happen en hij wendde zich met gebalde vuisten van me af.

'Zie ik er zo afschuwelijk uit?' vroeg ik, en ik deed mijn best om mijn toon luchtig te houden. Zijn adem stokte, maar hij draaide zich niet om, waarschijnlijk omdat hij niet wilde dat ik de uitdrukking op zijn gezicht zag. Ik liep naar de badkamer om het met eigen ogen te aanschouwen.

Ik staarde naar mijn naakte lijf in de manshoge spiegel achter de deur.

Ik had er echt wel eens slechter uitgezien. Er liep een vage schaduw over een van mijn jukbeenderen en mijn lippen waren een beetje gezwollen, maar verder was er met mijn gezicht niets aan de hand. De rest van mijn lichaam zat onder de blauwe en paarse plekken. Ik concentreerde me op de bloeduitstortingen die het moeilijkst te verbergen zouden zijn: die op mijn armen en schouders. Het viel allemaal best mee. Ik kreeg altijd heel snel blauwe plekken, en meestal was ik tegen de tijd dat ze zichtbaar werden alweer vergeten hoe ik eraan was gekomen. Deze waren natuurlijk nog heel vers, en morgen zouden ze alleen nog maar heftiger lijken. Dat maakte de situatie er niet makkelijker op.

Toen keek ik naar mijn haar en kreunde.

'Bella?' Zodra ik een kik had gegeven stond hij al in de badkamer.

'Die krijg ik nooit allemaal uit mijn haar!' Ik wees naar mijn hoofd, dat wel een kippennest leek. Ik begon aan de veren te trekken.

'Jij maakt je uiteraard weer zorgen om je háár,' mompelde hij, maar hij kwam wel achter me staan en haalde de veren er veel sneller uit dan ik.

'Hoe heb je in vredesnaam je lachen in kunnen houden? Ik zie er niet uit.'

Hij gaf geen antwoord en bleef stug doorplukken. Ik wist het antwoord toch wel – als hij in zo'n bui was als nu vond hij niets grappig.

'Dit gaat niet lukken,' verzuchtte ik na een tijdje. 'Ze zitten helemaal vastge-klit. Ik probeer ze er wel uit te wassen.' Ik draaide me om en sloeg mijn armen om zijn koele middel. 'Heb je zin om me te helpen?'

'Ik kan beter op zoek gaan naar iets te eten voor je,' zei hij zacht terwijl hij voorzichtig mijn armen loshaakte. Ik slaakte een zucht toen hij veel te snel ver-dween.

Ik had het gevoel dat mijn huwelijksreis alweer voorbij was, en ik kreeg een dik brok in mijn keel.

Toen ik zo goed als veervrij was en een nieuwe witte katoenen jurk had aange-trokken die de ergste paarsblauwe plekken bedekte, ging ik op blote voeten mijn neus achterna richting de geur van eieren, spek en cheddarkaas.

Edward stond voor een fornuis van roestvrij staal en liet een omelet op het lichtblauwe bord glijden dat al klaarstond op het aanrecht. De etensgeur was overweldigend: ik had het gevoel dat ik het bord en de koekenpan er zo bij op kon eten. Mijn maag gromde.

'Hier,' zei hij. Hij draaide zich met een glimlach om en zette het bord op een kleine mozaïektafel.

Ik ging op een van de twee ijzeren stoelen zitten en viel op de hete eieren aan. Ze brandden in mijn keel, maar dat kon me niets schelen.

Hij ging tegenover me zitten. 'Ik geef je niet vaak genoeg te eten.'

Ik slikte en zei toen: 'Ik lag te slapen. Erg lekker dit, trouwens. Heel indruk-wekkend voor iemand die niet eet.'

'Kookprogramma's,' zei hij met mijn scheve lievelingsglimlach.

Ik was blij om hem te zien lachen, blij dat hij weer een beetje tot zichzelf geko-men leek te zijn.

'Waar komen die eieren vandaan?'

'Ik heb aan de schoonmakers gevraagd of ze een voorraad eten wilden klaar-zetten. Dat is voor het eerst hier. Ik zal hun ook maar vragen of ze iets aan die ve-ren kunnen doen...' Zijn stem stierf weg en hij staarde naar een plek boven mijn hoofd. Ik gaf geen antwoord, bang dat ik iets zou zeggen waardoor hij weer van streek zou raken.

Ik at alles op, ook al had hij voor twee personen gekookt.

'Dank je wel,' zei ik. Ik boog me over de tafel heen om hem een kus te geven.

Hij kuste me automatisch terug, maar toen verstijfde hij plotseling en trok zijn hoofd weg.

Ik knarste met mijn tanden en de vraag die ik had willen stellen klonk als een beschuldiging. 'Je gaat me niet meer aanraken zolang we hier zijn, hè?'

Hij aarzelde, glimlachte toen een beetje en bracht zijn hand omhoog om mijn wang te strelen. Zijn vingers bleven zachtjes op mijn huid hangen en ik kon het niet laten om mijn gezicht tegen zijn handpalm te drukken.

'Dat bedoelde ik niet, en dat weet je best.'

Hij zuchtte en liet zijn hand weer zakken. 'Dat is zo. En je hebt gelijk.' Hij wachtte even en stak zijn kin iets omhoog. En toen zei hij vastberaden: 'Ik zal niet meer met je vrijen tot je veranderd bent. Ik zal je nooit meer pijn doen.'

6. Afleiding

Leuke uitstapjes voor mij bedenken werd Edwards voornaamste zorg op Isle Esmé. We snorkelden (of nou ja, ik snorkelde terwijl hij opschepperig liet zien dat hij onbeperkt zonder zuurstof onder water kon blijven). We verkenden het stukje jungle dat de kleine, rotsachtige piek omringde. We gingen naar de papegaaien die in de bomen op de zuidpunt van het eiland woonden. We keken naar de zonsondergang vanaf de rotsinham in het westen. We zwommen met de bruinvissen die daar in het warme, ondiepe water speelden. Of liever gezegd: ik zwom met de bruinvissen, want zodra Edward in het water kwam gingen ze ervandoor alsof er een haai in de buurt was.

Ik wist heel goed waar hij mee bezig was. Hij probeerde me te vermaken, af te leiden, zodat ik niet de hele tijd over seks zou blijven zeuren. Zodra ik hem probeerde over te halen om eens lekker te ontspannen met een van de talloze dvd's die onder het enorme plasmascherm van de televisie lagen, lokte hij me het huis uit met toverwoorden als 'koraalriffen', 'onderwatergrotten' en 'zeeschildpadden'. We renden de hele dag van hot naar her zodat ik uitgehongerd en uitgeput was als de zon eindelijk onderging.

Ik zat elke avond na het eten te knikkebollen boven mijn bord; één keer viel ik zelfs aan tafel in slaap en moest hij me naar bed dragen. Het kwam deels doordat Edward altijd te veel kookte voor één persoon, en ik had telkens zo ongelooflijk veel honger na al dat gezwem en geklim de hele dag dat ik toch bijna alles opat. Vervolgens kon ik dan door de vermoeidheid en mijn volle maag mijn ogen nauwelijks openhouden. Hij had het ongetwijfeld allemaal van tevoren uitgedacht.

De uitputting was niet echt bevorderlijk voor mijn verleidingspogingen, maar ik gaf het niet op. Ik pleitte, smeekte en mokte, maar het mocht allemaal niet baten. Meestal was ik ook al onder zeil voor ik echt kon doordrammen. En vervolgens leken mijn dromen zo echt – het waren voornamelijk nachtmerries die, zo vermoedde ik, nog levendiger werden door de ongewoon felle kleuren op het eiland – dat ik altijd moe wakker werd, hoe lang ik ook sliep.

Toen we ongeveer een week op het eiland waren besloot ik voor een compromis te gaan. Dat had immers al eerder gewerkt voor ons.

's Nachts lagen we nu in de blauwe kamer. De schoonmakers zouden de volgende dag pas komen, dus de witte kamer was nog steeds bedekt met een sneeuwachtige laag dons. De blauwe kamer was kleiner en het bed had normalere afmetingen. De muren waren donker, met een teakhouten lambrisering, en het beddengoed was van luxe blauwe zijde.

Meestal sliep ik in iets uit de lingeriecollectie van Alice, waarvan het meeste uiteindelijk minder bloot bleek te zijn dan de nietsverhullende bikini's die ze voor me had ingepakt. Ik vroeg me af of ze in een visioen had gezien dat ik behoefte zou hebben aan dat soort dingen, en toen rilde ik opgelaten omdat ik dat dacht.

Ik was voorzichtig begonnen, met ivoorkleurig satijn. Ik was bang dat het alleen maar averechts zou werken als ik meer bloot liet zien, maar ik was tegelijkertijd ook bereid om alles uit de kast te halen. Edward leek het niet eens te merken, alsof ik gewoon dezelfde uitgezakte joggingbroek aanhad die ik thuis ook altijd droeg.

Met de blauwe plekken ging het al een stuk beter – op sommige plaatsen werden ze al gelig en op andere waren ze bijna verdwenen –, dus die avond, toen ik me in de gelambriseerde badkamer klaarmaakte voor de nacht, haalde ik een van de angstaanjagender setjes tevoorschijn. Het was zwart en van kant en ik werd al verlegen als ik er alleen maar naar keek. Toen ik terugliep naar de slaapkamer vermeed ik angstvallig de spiegel, bang dat ik anders de moed zou verliezen.

Tot mijn grote tevredenheid zag ik zijn ogen heel even groot worden van verbazing voor hij zijn gezicht weer in de plooi had.

'Wat vind je ervan?' vroeg ik terwijl ik een rondje draaide zodat hij me van alle kanten kon bewonderen.

Hij schraapte zijn keel. 'Je ziet er prachtig uit. Jij bent altijd prachtig.'

'Dank je,' zei ik een beetje gepikeerd.

88 Ik was te moe om me te verzetten tegen de aandrang om snel het zachte bed in te stappen. Hij sloeg zijn armen om me heen en trok me tegen zijn borst, maar dat was niets bijzonders – het was te warm om te kunnen slapen zonder zijn koele lichaam in de buurt.

'Ik wil een deal met je sluiten,' zei ik slaperig.

'Ik sluit geen deals met jou,' antwoordde hij.

'Je hebt nog niets eens gehoord wat ik te bieden heb.'

'Dat doet er niet toe.'

Ik zuchtte. 'Verdorie. En ik wilde nog wel zo graag... Nou ja, dan niet.'

Hij rolde met zijn ogen.

Ik deed de mijne dicht en wachtte tot hij zou toehappen. Ik gaapte.

Het duurde nog geen minuut – zo kort dat ik nog niet eens in slaap was gevallen.

'Goed dan. Wat wil je dan zo graag?'

Ik kneep mijn lippen op elkaar om niet te glimlachen. Als er iets was waar hij geen weerstand aan kon bieden, was het wel de kans om mij iets te geven.

'Nou, ik zat te denken... Ik weet dat dat hele Dartmouthverhaal gewoon bedoeld is als dekmantel, maar laten we wel wezen, van één semester studeren ga ik heus niet dood,' zei ik, in dezelfde bewoordingen waarmee hij mij ooit, lang geleden, mijn wens om vampier te worden uit mijn hoofd had willen praten. 'Charlie zal het vast fantastisch vinden om al mijn Dartmouthanekdotes te horen. Het wordt misschien wel een beetje gênant als ik al die nerds niet kan bijhouden. Maar ach, achttien, negentien... Zoveel maakt het nou ook weer niet uit. Ik zal het komende jaar heus niet ineens kraaienpootjes krijgen.'

Hij was heel lang stil. Toen zei hij zacht: 'Je bent bereid te wachten. Om langer mens te blijven.'

Ik zei niets en liet het aanbod tot hem doordringen.

'Waarom doe je me dit aan?' zei hij opeens boos. 'Is het zonder dit alles nog niet moeilijk genoeg?' Hij greep een handvol kant vast dat over mijn dij golfde. Heel even dacht ik dat hij het kapot zou scheuren. Toen ontspande zijn hand. 'Het doet er ook niet toe. Ik ga geen deal met jou sluiten.'

'Ik wil studeren.'

'Niet waar. En niets is het waard om jouw leven weer voor in gevaar te brengen. Om jou weer pijn te doen.'

'Maar ik wil echt naar de universiteit. Nou ja, het gaat me niet zozeer om de universiteit – ik wil gewoon nog wat langer mens blijven.'

Hij deed zijn ogen dicht en ademde uit door zijn neus. 'Ik word gek van je, Bella. Hoe vaak hebben we deze discussie nu al niet gevoerd? En jij hebt er elke keer om gesmeekt om zo snel mogelijk in een vampier veranderd te worden.'

'Jawel, maar... Maar nu heb ik een reden om mens te blijven die ik eerder niet had.'

89

'Te weten?'

'Raad eens,' zei ik en ik sleurde mezelf van mijn kussen om hem te kunnen zoenen.

Hij zoende me terug, maar ik kreeg niet het idee dat ik aan de winnende hand was. Het voelde meer alsof hij zijn best deed om me niet te kwetsen. Hij had zichzelf volledig onder controle – het was om gek van te worden. Na een tijdje duwde hij me voorzichtig van zich af en trok me weer tegen zijn borst.

'Je bent zo ontzettend menselijk, Bella. Eén bonk hormonen.' Hij grinnikte.

'Daar gaat het juist om, Edward. Dit is iets wat ik léúk vind aan het menszijn. Ik wil dat nog niet opgeven. Ik wil niet eerst jarenlang een bloeddorstige nieuweling zijn voor ik weer iets van dit gevoel terugkrijg.'

Ik gaapte en hij glimlachte.

'Je bent moe. Ga slapen, mijn liefste.' Hij begon het slaapliedje te neuriën dat hij voor me had geschreven toen we elkaar net ontmoet hadden.

'Ik vraag me af waarom ik zo moe ben,' mompelde ik sarcastisch. 'Dat kun jij toch niet zo bekokstoofd hebben.'

Hij grinnikte kort en neuriede toen weer verder.

'Want je zou toch denken dat ik beter zou slapen, zo moe als ik de hele tijd ben.'

Het liedje hield op. 'Je slaapt de laatste paar dagen als een os, Bella. Je hebt nog geen woord gezegd in je slaap sinds we hier zijn. Als je niet zo snurkte zou ik bang worden dat je in coma lag.'

Ik besteedde geen aandacht aan de snurkgrap; ik snurkte niet. 'Lig ik niet te woelen? Da's raar. Meestal rol ik het hele bed door als ik een nachtmerrie heb. Schreeuwend en wel.'

'Heb je nachtmerries?'

'Heel levendige. Daardoor ben ik zo moe.' Ik gaapte. 'Ik kan me haast niet voorstellen dat ik er niet de hele nacht over lig te kletsen.'

'Waar gaan ze over?'

'Over van alles – maar ze lijken ook op elkaar, vanwege de kleuren, weet je wel.'

'De kleuren?'

'Het is allemaal zo fel en echt. Meestal ben ik me ervan bewust dat ik aan het dromen ben. Maar bij deze weet ik niet dat ik slaap, en dat maakt ze nog enger.'

Bezorgd vroeg hij: 'Waar ben je bang voor?'

Ik huiverde licht. 'Vooral voor...' Ik aarzelde.

'Waarvoor?' drong hij aan.

Ik wist niet goed waarom niet, maar ik wilde hem niet vertellen over het kind uit mijn terugkerende nachtmerrie – dat angstaanjagende beeld was om de een of andere reden iets van mij alleen. Dus in plaats van hem het hele plaatje te schetsen, noemde ik slechts één onderdeel ervan. Sowieso genoeg om mij of wie dan ook de stuipen op het lijf te jagen.

'De Volturi,' fluisterde ik.

Hij trok me dichter tegen zich aan. 'Die zullen ons niet meer lastigvallen. Binnenkort ben je onsterfelijk, en dan kunnen ze niets meer tegen ons beginnen.'

Ik liet hem me troosten, maar voelde me een beetje schuldig dat hij het verkeerd begrepen had. Dat was niet helemaal waar mijn nachtmerrie over ging. Ik was niet bang voor mezelf, ik was bang voor het jongetje.

Het was niet hetzelfde ventje als uit die eerste droom – het vampierkind met de bloedrode ogen dat op een berg dode mensen zat, mensen van wie ik hield. Het jongetje over wie ik de afgelopen week vier keer had gedroomd was een mens; zijn wangetjes waren rood en zijn grote ogen hadden een zachtgroene kleur. Maar net als het andere kind beefde hij van angst en wanhoop terwijl de Volturi ons insloten.

In deze droom, die leek op de oude maar ergens ook helemaal nieuw was, móést ik het onbekende kind gewoon beschermen. Er was geen andere optie. Maar tegelijkertijd wist ik dat het me niet zou lukken.

Edward zag het verdriet op mijn gezicht. 'Wat kan ik doen om je te helpen?'

Ik zette het van me af. 'Het zijn maar dromen, Edward.'

'Zal ik voor je zingen? Ik zing de hele nacht als ik de akelige dromen daarmee kan verdrijven.'

'Ze zijn niet allemaal akelig. Sommige zijn fijn. Heel... kleurrijk. Onder water, bij de vissen en het koraal. Het lijkt net alsof het allemaal echt gebeurt – ik besef niet dat ik droom. Misschien ligt het wel aan dit eiland. Alles is hier zo fel.'

'Wil je naar huis?'

'Nee. Nee, nog niet. Kunnen we niet nog even blijven?'

'We kunnen net zo lang blijven als je wilt, Bella,' beloofde hij.

'Wanneer begint het collegejaar? Je hebt het wel verteld, maar ik luisterde eigenlijk nooit.'

Hij zuchtte. Misschien begon hij ook wel weer te neuriën, maar ik was al vertrokken voor ik het echt kon horen.

Later, in de duisternis, werd ik met een schok wakker. De droom was zo vreselijk echt geweest, zo levendig dat ik het in mijn hele lijf voelde... Ik snakte hardop naar adem, gedesoriënteerd door de donkere kamer. Een seconde geleden had ik in mijn slaap nog in het felle zonlicht gelegen.

'Bella?' fluisterde Edward met zijn armen strak om me heen, en hij schudde me zachtjes door elkaar. 'Gaat het wel, lieverd?'

'O,' hijgde ik. Gewoon een droom. Niet echt. Tot mijn stomme verbazing stroomden de tranen opeens over mijn gezicht.

'Bella!' zei hij harder, geschrokken. 'Wat is er?' Met koude, verwoede vingers veegde hij de tranen van mijn hete wangen, maar er bleven maar nieuwe komen.

'Het was maar een droom.' Ik kon de zachte snik in mijn stem niet onderdrukken. Die idiote tranen waren vervelend, maar ik kon het ontstellende verdriet dat me in zijn greep hield niet van me afschudden. Ik wilde zo graag dat de droom werkelijkheid was.

'Rustig maar, lieverd, alles is goed. Ik ben bij je.' Hij wiegde me heen en weer, net iets te snel om me te kalmeren. 'Heb je weer een nachtmerrie gehad? Het was niet echt. Het was niet echt.'

'Geen nachtmerrie.' Ik schudde mijn hoofd en wreef met de rug van mijn hand over mijn ogen. 'Het was een fijne droom.' Mijn stem sloeg weer over.

'Maar waarom huil je dan?' vroeg hij van zijn stuk gebracht.

'Omdat ik wakker werd,' jammerde ik. Ik sloeg mijn armen in een soort wurggreep om zijn nek en snikte tegen zijn hals.

Hij lachte even om mijn vreemde logica, maar het klonk gespannen en bezorgd.

'Alles is goed, Bella. Diep ademhalen.'

'Het was zo echt,' huilde ik. 'Ik wílde dat het echt was.'

'Vertel er eens over,' zei hij dringend. 'Misschien helpt dat.'

'We waren op het strand...' Mijn stem stierf weg en ik trok mijn hoofd terug om door de tranen heen naar zijn ongeruste engelengezicht te kijken, dat vaag te zien was in het donker. Ik staarde hem somber aan terwijl het absurde verdriet langzaam wegebde.

'En toen?' vroeg hij verder.

Verscheurd knipperde ik de tranen weg. 'O, Edward...'

'Vertel het me dan, Bella,' smeekte hij, en zijn ogen waren radeloos van ongerustheid door de pijn in mijn stem.

Maar ik kon het niet. In plaats daarvan klemde ik mijn armen weer om zijn hals en drukte mijn mond met een koortsachtige intensiteit op de zijne. Het was geen begeerte – het was een behoefte, zo sterk dat het bijna pijn deed. Hij reageerde onmiddellijk, maar zijn afwijzing volgde bijna net zo snel.

Hij verzette zich zo voorzichtig als zijn verbazing het toeliet, duwde me van zich af en greep mijn schouders beet.

'Nee, Bella,' hield hij vol, en hij keek alsof hij bang was dat ik krankzinnig was geworden.

Mijn armen zakten verslagen omlaag, de bizarre tranen stroomden in een verse waterval over mijn wangen en er borrelde een nieuwe snik omhoog in mijn keel. Hij had gelijk – ik was vast gek geworden.

'Het s-s-s-pijt me,' mompelde ik.

Maar toen trok hij me weer naar zich toe en drukte me stevig tegen zijn marmeren borst.

'Ik kan het niet, Bella, echt niet!' kreunde hij gekweld.

'Alsjeblieft,' zei ik in een gesmoorde smeekbede tegen zijn huid. 'Alsjeblieft, Edward?'

Ik wist niet of hij geraakt werd door de tranen die in mijn stem trilden, of dat hij niet goed met mijn plotselinge aanval kon omgaan, of dat zijn verlangen op dat moment simpelweg net zo ondraaglijk was als het mijne. Maar wat de reden ook was, hij trok mijn lippen weer tegen de zijne en gaf zich met een kreun gewonnen.

En we gingen verder waar mijn droom was gebleven.

Ik bleef heel stil liggen toen ik de volgende ochtend wakker werd en probeerde rustig te blijven ademen. Ik durfde mijn ogen niet goed open te doen.

Ik lag over Edwards borst heen, maar hij lag heel stil en had zijn armen niet om me heen geslagen. Dat was een slecht teken. Ik durfde niet te laten merken dat ik wakker was, want dan zou ik zijn woede onder ogen moeten komen – op wie die vandaag dan ook gericht was.

Voorzichtig gluurde ik door mijn wimpers. Hij staarde omhoog naar het donkere plafond met zijn armen achter zijn hoofd. Ik duwde mezelf op één elleboog overeind zodat ik zijn gezicht beter kon zien. Het stond glad en uitdrukkingsloos.

'Ben je boos op me?' vroeg ik kleintjes.

93

'Ontzettend,' zei hij, maar hij keek omlaag om naar me te grijnzen.

Ik slaakte een zucht van verlichting. 'Het spijt me echt,' zei ik. 'Het was niet mijn bedoeling om... Nou ja, ik weet niet precies waar dat vandaan kwam vannacht.' Ik schudde mijn hoofd bij de gedachte aan de onzinnige tranen en het verpletterende verdriet.

'Je hebt me helemaal niet meer verteld waar je droom over ging.'

'Nee, dat is zo. Maar ik heb het je wel min of meer laten zíén,' lachte ik nerveus.

'O,' zei hij. Zijn ogen werden groot en toen knipperde hij. 'Interessant.'

'Het was een erg fijne droom,' mompelde ik. Hij gaf geen antwoord, dus na een paar seconden vroeg ik: 'Vergeef je me?'

'Ik denk er nog over na.'

Ik ging overeind zitten om mijn lijf te controleren – de veren leken in elk geval afwezig dit keer. Maar toen ik me bewoog werd ik overmand door een vreemde draaierigheid. Ik zwaaide heen en weer en viel terug in de kussens.

'Wow... duizelig.'

Ik voelde zijn armen om me heen. 'Je hebt heel lang geslapen. Twaalf uur.'

'Twáálf?' Wat vreemd.

Tijdens het praten onderwierp ik mezelf zo onopvallend mogelijk aan een vluchtige inspectie. Ik zag er prima uit. De blauwe plekken op mijn armen waren nog steeds oud en gelig, er waren geen verse bij gekomen. Ik rekte me even uit om alles te testen. Ik voelde me ook prima. Of nee, beter dan prima, om precies te zijn.

'Alles gecontroleerd?'

Ik knikte schaapachtig. 'De kussens lijken het ook allemaal overleefd te hebben.'

'Dat kan helaas niet gezegd worden van jouw, eh, nachthemd.' Hij knikte richting het voeteneind, waar diverse repen zwart kant kriskras over de zijden lakens lagen.

94 'Ach, wat jammer nou,' zei ik. 'Ik vond deze wel leuk.'

'Ik ook.'

'Zijn er nog meer slachtoffers gevallen?' vroeg ik bedeesd.

'Ik vrees dat ik een nieuw bed zal moeten kopen voor Esmé,' bekende hij terwijl hij over zijn schouder keek. Ik volgde zijn blik en zag tot mijn schrik dat er blijkbaar grote stukken hout uit de linkerkant van het hoofdeinde waren geklauwd.

'Hmm.' Ik fronste mijn voorhoofd. 'Je zou toch denken dat ik dat wel gehoord zou hebben.'

'Je lijkt opvallend onopmerkzaam als je aandacht op andere dingen gericht is.'

'Ik werd geheel in beslag genomen, inderdaad,' gaf ik met een diepe blos toe.

Hij streelde even over mijn gloeiende wang en zuchtte. 'Dat zal ik echt gaan missen.'

Ik keek naar zijn gezicht, op zoek naar de tekenen van boosheid of wroeging waar ik zo bang voor was. Hij keek onverstoorbaar terug, met een kalme maar verder ondoorgrondelijke uitdrukking.

'Hoe voel jíj je?'

Hij lachte.

'Wat nou?' vroeg ik verontwaardigd.

'Je kijkt zo schuldbewust – alsof je een misdaad hebt gepleegd.'

'Ik vóél me ook schuldig,' mompelde ik.

'Je hebt je maar al te gewillige echtgenoot verleid. Dat is geen halsmisdaad.'

Volgens mij zat hij me te pesten.

Mijn wangen werden nog warmer. 'Het woord "verleid" lijkt een bepaalde mate van voorbedachte raad te impliceren.'

'Misschien was dat niet het goede woord,' gaf hij toe.

'Ben je niet boos?'

Hij glimlachte een beetje treurig. 'Nee, ik ben niet boos.'

'Waarom niet?'

'Nou...' Hij zweeg even. 'Ten eerste heb ik je geen pijn gedaan. Het was dit keer veel makkelijker om mezelf in bedwang te houden en de heftigste gevoelens in de juiste banen te leiden.' Zijn ogen schoten weer naar het beschadigde bed. 'Misschien omdat ik nu beter wist wat ik kon verwachten.'

Langzaam gleed er een hoopvolle glimlach over mijn gezicht. 'Ik zéí toch dat we veel moesten oefenen.'

Hij rolde met zijn ogen.

Mijn maag knorde en hij lachte. 'Ontbijt voor het mensenmeisje?'

'Graag,' zei ik terwijl ik het bed uit wipte. Maar ik stond te snel op en wankelde even volledig uit balans in het rond. Hij ving me op voor ik tegen het dressoir op kon botsen.

'Gaat het wel?'

'Als ik in mijn volgende leven geen beter evenwichtsgevoel krijg wil ik mijn geld terug.'

Die ochtend maakte ik zelf het ontbijt klaar door een stel eieren te bakken – ik had te veel honger voor iets uitgebreiders. Vol ongeduld liet ik ze na een paar minuten al op een bord glijden.

'Sinds wanneer eet jij spiegeleieren?' vroeg hij.

'Sinds vandaag.'

'Weet je wel hoeveel eieren je de afgelopen week al verslonden hebt?' Hij trok de vuilnisbak onder het aanrecht vandaan, die vol zat met lege blauwe eierdozen.

'Bizar,' zei ik nadat ik een gloeiend hete hap had doorgeslikt. 'Dit eiland doet rare dingen met mijn eetlust.' En met mijn dromen, en mijn toch al twijfelachtige evenwichtsgevoel. 'En toch vind ik het hier wel fijn. Maar we zullen binnenkort zeker wel weg moeten hè, willen we op tijd op Dartmouth zijn? Jeetje, we moeten natuurlijk ook nog woonruimte zoeken en dat soort dingen.'

Hij kwam naast me zitten. 'Je hoeft echt niet meer te doen alsof je wilt studeren, hoor – je hebt je zin gekregen. En we hebben geen deal gesloten, dus je hoeft er niets voor terug te doen.'

Ik snoof. 'Ik deed niet alsof, Edward. Ík besteed mijn tijd niet aan het smeden van allerlei plannen, zoals sommige andere mensen. *Wat zullen we vandaag eens doen om Bella uit te putten?*' zei ik in een gebrekkige poging zijn stem te imiteren. Hij schoot zonder enige schaamte in de lach. 'Ik wil echt nog wat langer mens zijn.' Ik boog me voorover en liet mijn hand over zijn naakte borst glijden. 'Ik heb nog niet genoeg gehad.'

Hij keek me bedenkelijk aan. 'Híérvoor?' vroeg hij terwijl hij mijn hand pakte die ondertussen bij zijn buik was aanbeland. 'Draaide het al die tijd om seks?' Hij rolde met zijn ogen. 'Waarom heb ik daar niet eerder aan gedacht?' mompelde hij sarcastisch. 'Dan had ik mezelf een hoop ruzies kunnen besparen.'

Ik lachte. 'Ja, waarschijnlijk wel.'

'Je bent zo ontzettend menselijk,' zei hij opnieuw.

'Ik weet het.'

Een zweem van een glimlach trok zijn mondhoeken omhoog. 'Dus we gaan echt naar Dartmouth?'

'Ik haal het eerste semester waarschijnlijk niet eens.'

'Ik geef je wel bijles.' Zijn glimlach werd breder. 'Ik weet zeker dat je het heel erg naar je zin zult krijgen.'

96

'Denk je dat we zo laat nog een appartement kunnen vinden?'

Hij trok een schuldbewuste grimas. 'Ehm, we hebben daar eigenlijk al een huis. Gewoon voor het geval dat, zeg maar.'

'Heb jij een huis gekocht?'

'Onroerend goed is een uitstekende investering.'

Ik trok een wenkbrauw op maar ging er verder niet op door. 'Nou, dan zijn we er dus klaar voor.'

'Ik zal eens even uitzoeken of we je "voor"-auto nog wat langer kunnen houden...'

'Ja, stel je voor dat er een tank over me heen rijdt.'

Hij grijnsde.

'Hoe lang kunnen we nog blijven?' vroeg ik.

'We hebben nog tijd zat. Nog een paar weken, als je wilt. En we kunnen nog bij Charlie langsgaan voor we naar New Hampshire vertrekken. We kunnen Kerstmis vieren bij Renée...'

Zijn woorden schetsten een prachtig toekomstbeeld voor de komende tijd, waarin niemand zich slecht zou voelen. Maar toen begon de diep weggestopte Jacob-la te rammelen en ik verbeterde mezelf: bíjna niemand.

Dit werd er niet makkelijker op. Nu ik had ontdekt hoe léúk het eigenlijk kon zijn om mens te zijn, was het erg verleidelijk om mijn plannen te laten varen. Achttien of negentien, negentien of twintig... Wat maakte het eigenlijk uit? Zoveel zou ik heus niet veranderen in een jaar. En de dingen die ik als mens met Edward kon doen... De keuze werd met de dag lastiger.

'Een paar weken,' stemde ik toe. En toen, omdat er nooit genoeg tijd leek te zijn, voegde ik eraan toe: 'Maar ik zat te denken – weet je nog wat ik over dat oefenen heb gezegd?'

Hij lachte. 'Kunnen we daar straks op terugkomen? Ik hoor een boot. Dat zal de schoonmaakploeg zijn.'

Hij wilde er straks op terugkomen. Betekende dat dat hij niet meer zo moeilijk zou doen als ik wilde oefenen? Ik glimlachte.

'Ik moet Gustavo even uitleggen waarom het zo'n troep is in de witte kamer en dan kunnen we naar buiten. Er is een plekje in de jungle op de zuid...'

'Ik wil niet naar buiten. Ik ga niet weer het hele eiland over sjouwen vandaag. Ik wil binnen blijven en een film kijken.'

Hij perste zijn lippen op elkaar en probeerde niet te lachen om mijn mopper-

97

toon. 'Ook goed, wat jij wilt. Als jij nou een dvd uitzoekt, dan ga ik de deur open-doen.'

'Ik heb ze niet horen kloppen.'

Hij hield zijn hoofd schuin en luisterde. Een halve seconde later werd er zacht en bedeesd op de deur geklopt. Hij grijnsde en draaide zich om naar de gang.

Ik liep naar de planken onder de grote televisie en begon de titels te lezen. Ik wist niet zo goed waar ik moest beginnen: er stonden meer dvd's dan in de video-theek.

Ik hoorde Edwards zachte, fluwelen stem toen hij weer terugkwam door de gang en een vloeiend gesprek voerde in wat naar ik aannam foutloos Portugees was. Een andere, hardere mannenstem antwoordde in dezelfde taal.

Edward bracht hen naar de kamer en wees ondertussen naar de keuken. De twee Brazilianen leken ontzettend klein en donker naast hem. De ene schoon-maker was een gezette man, de andere een tengere vrouw, en ze hadden allebei een gegroefd gezicht. Edward gebaarde met een trotse glimlach naar mij en ik hoorde ergens midden in een stortvloed aan onbekende woorden mijn naam vallen. Ik bloosde een beetje toen ik aan de puinhoop van dons in de witte kamer dacht waar ze zo meteen mee geconfronteerd zouden worden. De kleine man schonk me een beleefde glimlach.

Maar de frêle, koffiekleurige vrouw lachte niet. Ze staarde me aan met grote ogen van schrik, bezorgdheid en vooral... angst. Voor ik kon reageren wenkte Edward hen mee naar de kippenren en waren ze verdwenen.

Hij kwam in zijn eentje terug, liep snel naar me toe en sloeg zijn armen om me heen.

'Wat had zij?' fluisterde ik dringend terwijl ik terugdacht aan haar paniekeri-ge blik.

Hij haalde zorgeloos zijn schouders op. 'Kaure is deels Ticuna-indiaan. Ze is bijgeloviger opgevoed – je zou het ook alerter kunnen noemen – dan men-sen in de moderne maatschappij. Ze vermoedt wat ik ben, of iets wat daarop lijkt in elk geval.' Hij klonk nog steeds onbekommerd. 'Ze hebben hier zo hun eigen legendes. De "Libishomen" bijvoorbeeld, een bloeddrinkende duivel die het uitsluitend op mooie vrouwen gemunt heeft.' Hij grijnsde wellustig naar me.

Alleen maar mooie vrouwen? Hmm, dat was best een compliment.

'Ze keek alsof ze doodsbang was,' zei ik.

'Dat is ze ook – maar ze maakt zich vooral zorgen om jou.'

'Om mij?'

'Ze vraagt zich af waarom ik jou hier helemaal alleen mee naartoe heb genomen.' Hij grinnikte duister en keek toen naar de muur vol films. 'Maar goed,
zoek jij iets uit wat we gaan kijken? Dat is toch een reuzemenselijke activiteit.'

'Ja, ik weet zeker dat ze er meteen van overtuigd is dat je een mens bent als ze
je een dvd ziet kijken.' Ik lachte, klemde mijn armen stevig om zijn nek en ging
op mijn tenen staan. Hij boog zijn hoofd zodat ik hem kon kussen en toen sloeg
hij zijn armen om me heen en tilde me van de grond, zodat hij niet hoefde te
bukken.

'Die film kan me gestolen worden,' mompelde ik toen zijn lippen over mijn
hals gleden, en ik vlocht mijn vingers door zijn bronskleurige haar.

Toen hoorde ik iemand naar adem snakken en hij zette me meteen neer. Kaure stond als aan de grond genageld in de deuropening, met veren in haar zwarte
haar, een grote zak met nog meer veren in haar armen en een van afschuw vertrokken gezicht. Ze staarde me met wijd opengesperde ogen aan en ik sloeg blozend de mijne neer. Toen herstelde ze zich en mompelde iets wat overduidelijk
een verontschuldiging was, ook al kon ik het niet verstaan. Edward glimlachte
en zei op vriendelijke toon iets terug. Ze wendde haar donkere ogen af en liep
verder door de gang.

'Ze dacht wat ik denk dat ze dacht, hè?' mompelde ik.

Hij moest lachen om mijn ingewikkelde zin. 'Ja.'

'Hier,' zei ik terwijl ik een willekeurige film pakte. 'Zet deze maar op, dan
doen we net of we daarnaar kijken.'

Het was een oude musical met blije gezichten en petticoatjurken op het hoes-
je.

'Echt iets voor de wittebroodsweken,' zei Edward goedkeurend.

Ik hing lui op de bank in Edwards armen terwijl de acteurs op het scherm zich
door het opgewekte openingsnummer heen dansten.

'Gaan we nu weer in de witte kamer slapen?' vroeg ik tussen neus en lippen
door.

'Ik weet het niet... Ik heb het hoofdeinde van het bed in de andere kamer al on-
herstelbaar beschadigd – als we de molestering van het huis nou tot één gedeelte
beperken, mogen we hier misschien nog wel eens logeren van Esmé.'

Ik grijnsde breed. 'Dus er gaat nog meer gemolesteerd worden?'

Hij moest lachen om mijn gezicht. 'Volgens mij is het veiliger om het goed voorbereid te doen in plaats van te wachten tot jij je weer met geweld op me stort.'

'Daar kun je op wachten, inderdaad,' beaamde ik nonchalant, maar mijn bloed bonkte door mijn aderen.

'Is er iets met je hart aan de hand?'

'Nee hoor. Ik ben zo gezond als een vis.' Ik wachtte even. 'Wilde je het sloopterrein nu even inspecteren?'

'Het is misschien wel zo beleefd om te wachten tot we alleen zijn. Ik weet dat jij het nooit in de gaten hebt als ik dingen aan stukken scheur, maar voor hen is het waarschijnlijk tamelijk angstaanjagend.'

Ik was eerlijk gezegd alweer helemaal vergeten dat er mensen in de andere kamer waren. 'O ja. Balen.'

Gustavo en Kaure maakten geruisloos het huis schoon en terwijl ik met een half oog naar het zoetsappige sprookjesverhaal op het scherm keek, wachtte ik ongeduldig tot ze klaar waren. Ik begon net een beetje in te dommelen, ook al had ik volgens Edward al de halve dag geslapen, toen ik opschrok van een rauwe stem. Edward ging overeind zitten, met mij nog steeds tegen zich aan, en gaf Gustavo in vloeiend Portugees antwoord. Gustavo knikte en liep zachtjes naar de voordeur.

'Ze zijn klaar,' zei Edward.

'Betekent dat dat we weer alleen zijn?'

'Wil je eerst lunchen?' stelde hij voor.

Ik beet op mijn lip, verscheurd door het dilemma. Ik had inderdaad best wel trek.

Glimlachend pakte hij mijn hand en trok me mee naar de keuken. Hij kende mijn gezicht zo goed dat het niets uitmaakte dat hij mijn gedachten niet kon lezen.

'Dit loopt de spuigaten uit,' klaagde ik toen ik eindelijk vol zat.

100   'Wil je vanmiddag anders met de dolfijnen zwemmen om wat calorieën te verbranden?' vroeg hij.

'Straks misschien. Ik weet nog wel een andere manier om calorieën te verbranden.'

'O ja? Hoe dan?'

'Nou, er is nog een heel stuk hoofdeinde over...'

Maar ik maakte mijn zin niet af. Hij had me al van de grond getild en zijn lippen legden me het zwijgen op terwijl hij me bovenmenselijk snel naar de blauwe kamer droeg.

7. Onverwacht

De zwarte rij kwam door de sluier van mist op me af. Ik zag hun donkerrode ogen, fonkelend van moordlustig verlangen. Ze lieten hun scherpe, natte tanden zien – sommigen door te grauwen, anderen door te glimlachen.

Ik hoorde het kind achter me zachtjes jammeren, maar ik kon me niet naar hem omdraaien. Hoewel ik wanhopig graag wilde kijken of alles goed met hem was, kon ik het me nu niet veroorloven mijn concentratie ook maar een seconde te laten verslappen.

Ze kwamen als spoken dichterbij in hun zwarte, golvende mantels. Ik zag hoe hun handen zich omkrulden tot lijkwitte klauwen. Ze gleden langzaam uit elkaar, bogen af om ons van alle kanten in te sluiten. We waren omsingeld. We gingen dood.

En toen, letterlijk als in een flits, was de situatie opeens helemaal anders. Maar toch bleef alles hetzelfde – de Volturi kwamen nog steeds op ons af, klaar om ons te vermoorden. Het enige wat veranderd was, was hoe ik naar het tafereel keek. Plotseling had ik er zin in. Ik wílde dat ze aanvielen. De paniek veranderde in bloeddorst terwijl ik met een glimlach op mijn gezicht in elkaar dook voor de aanval, en er rolde een woest gegrom langs mijn ontblote tanden.

Ik ging met een ruk rechtop zitten, zo geschrokken dat ik er wakker van was geworden.

De kamer was donker. En bloedheet. Mijn haar kleefde nat van het zweet tegen mijn slapen en er rolden druppels langs mijn hals.

Ik tastte rond naar de warme lakens; het bed was leeg.

'Edward?'

Net op dat moment voelden mijn vingers een glad, plat, stijf voorwerp. Een dubbelgevouwen vel dik papier. Ik pakte het op en liep op de tast door de kamer naar het lichtknopje.

Op de buitenste flap van het papier stond MEVROUW CULLEN.

Ik hoop niet dat je wakker zult worden en mijn afwezigheid zult opmerken, maar mocht dat wel het geval zijn: ik ben zo terug. Ik ben even naar het vasteland om te jagen. Ga maar weer slapen. Als je straks wakker wordt ben ik er weer. Ik hou van je.

Ik zuchtte. We waren hier nu ongeveer twee weken, dus ik had kunnen verwachten dat hij weg zou moeten, maar ik had helemaal niet op de tijd gelet. Het leek wel alsof we hier buiten de tijd leefden en in een soort volmaakte staat van zijn voortzweefden.

Ik veegde het zweet van mijn voorhoofd. Ik was klaarwakker, ook al was het volgens de klok op het dressoir nog maar net één uur geweest. Het was veel te heet en plakkerig om weer in slaap te kunnen vallen. En bovendien wist ik zeker dat de zwarte figuren opnieuw door mijn hoofd zouden komen spoken als ik het licht uitdeed en mijn ogen sloot.

Ik stond op en liep doelloos door het donkere huis terwijl ik overal lampen aanknipte. Het voelde zo groot en leeg zonder Edward. Anders.

Uiteindelijk belandde ik in de keuken, waar ik besloot dat ik misschien wel wat troosteten kon gebruiken.

Ik rommelde door de koelkast tot ik alle benodigdheden voor gebraden kip had gevonden. Het geknetter en gesis van de kip in de pan klonk gezellig en huiselijk; ik was een stuk minder nerveus nu het geluid de stilte verdrong.

Het rook zo lekker dat ik rechtstreeks uit de pan begon te eten en mijn tong verbrandde. Maar bij de vijfde of zesde hap was de kip genoeg afgekoeld om er iets van te proeven. Ik begon langzamer te kauwen. Zat er nou een raar smaakje aan? Ik controleerde het vlees en dat was helemaal wit, maar ik vroeg me toch af of het wel echt gaar was. Ik nam nog een voorzichtig hapje en kauwde twee keer. Gatver, het was bedorven. Ik sprong overeind en spuugde het uit in de gootsteen. Opeens vond ik de geur van kip en olie weerzinwekkend. Ik pakte het bord, schoof alles in de vuilnisbak en zette de ramen open om de lucht te verdrijven. Buiten was een koel briesje opgestoken, dat lekker aanvoelde op mijn huid. 103

Ik was meteen doodmoe, maar ik wilde niet meer terug naar de hete slaapkamer. Daarom deed ik in de televisiekamer ook het raam open en ging op de bank eronder liggen. Ik zette dezelfde film op die we laatst ook hadden gekeken en viel al tijdens het luchtige openingslied in slaap.

Toen ik mijn ogen weer opendeed stond de zon al halverwege zijn hoogste punt, maar ik was niet wakker geworden van het licht. Ik voelde twee koele armen om me heen die me tegen een koel lijf aan trokken. Op hetzelfde moment ging er een felle pijnscheut door mijn buik, haast alsof ik een stomp in mijn maag had gekregen.

'Het spijt me,' prevelde Edward terwijl hij met een koude hand mijn klamme voorhoofd afveegde. 'En ik vond mezelf nog wel zo grondig. Ik had er niet aan gedacht dat je het zonder mij snikheet zou krijgen. Als ik nog een keer wegga laat ik eerst een airconditioning installeren.'

Ik kon me niet concentreren op wat hij zei. 'Pardon!' hijgde ik terwijl ik me los probeerde te worstelen uit zijn greep.

Hij liet zijn armen automatisch zakken. 'Bella?'

Ik rende met mijn hand voor mijn mond naar de badkamer. Ik voelde me zo afschuwelijk dat het me – in eerste instantie – niet eens kon schelen dat hij bij me zat terwijl ik me op mijn hurken over de wc-pot boog en hevig overgaf.

'Bella? Wat is er?'

Ik kon nog geen antwoord geven. Hij pakte me bezorgd vast, hield het haar uit mijn gezicht en wachtte tot ik weer kon ademen.

'Die gore kip ook,' kreunde ik.

'Gaat het wel?' Zijn stem klonk gespannen.

'Niks aan de hand,' hijgde ik. 'Gewoon voedselvergiftiging. Je hoeft hier niet naar te kijken. Ga weg.'

'Ik dacht het niet, Bella.'

'Ga weg,' kreunde ik nog een keer, en ik probeerde me overeind te worstelen zodat ik mijn mond kon spoelen. Hij hielp me liefdevol en negeerde mijn zwakke pogingen om hem weg te duwen.

Toen mijn mond weer schoon was droeg hij me naar het bed en zette me voorzichtig neer, maar hij bleef me ondersteunen met zijn armen.

'Voedselvergiftiging?'

'Ja,' zei ik schor. 'Ik had kip klaargemaakt vannacht. Het smaakte vies, dus ik heb alles weggegooid. Maar toen had ik al een paar happen gegeten.'

Hij legde een koude hand op mijn voorhoofd. Het voelde fijn. 'Hoe voel je je nu?'

Daar dacht ik even over na. De misselijkheid was net zo snel verdwenen als hij was opgekomen, en ik voelde me precies zoals elke ochtend. 'Best oké. Ik heb eigenlijk wel trek.'

104

Ik moest van hem eerst een uur wachten en een glas water binnenhouden voor hij een stel eieren voor me bakte. Ik voelde me prima, alleen een beetje moe omdat ik de halve nacht wakker was geweest. Hij zette CNN aan – we waren zo afgesloten van de buitenwereld dat de derde wereldoorlog wel had kunnen uitbreken zonder dat wij het wisten – en ik lag soezerig over zijn schoot.

Het nieuws verveelde me en ik draaide me om om hem een zoen te geven. Net als die ochtend voelde ik een scherpe pijn in mijn buik toen ik me bewoog. Ik wendde me met een ruk van hem af en sloeg mijn hand voor mijn mond. Ik wist dat ik de badkamer nooit zou halen, dus dit keer rende ik naar de gootsteen in de keuken.

Hij hield mijn haar weer vast.

'Misschien moeten we terug naar Rio, naar een arts,' stelde hij bezorgd voor toen ik na afloop mijn mond weer stond te spoelen.

Ik schudde mijn hoofd en schuifelde naar de gang. Artsen hadden naalden. 'Niets aan de hand, ik moet alleen even mijn tanden poetsen.'

Toen de vieze smaak uit mijn mond was, zocht ik in mijn koffer naar de kleine EHBO-doos die Alice voor me had ingepakt, vol menselijke dingen als pleisters, pijnstillers en de maagtabletten die ik nu wilde. Als mijn buik zou kalmeren werd Edward misschien ook weer wat rustiger.

Maar voor ik de maagtabletten vond, kwam ik iets anders tegen wat Alice voor me had ingepakt. Ik pakte het kleine blauwe doosje op en staarde er heel lang naar terwijl ik alles om me heen vergat.

Vervolgens begon ik in mijn hoofd te tellen. Eén keer. Twee keer. Nog een keer.

Ik schrok toen er op de deur werd geklopt en het doosje viel terug in de koffer.

'Gaat het?' vroeg Edward aan de andere kant van de deur. 'Ben je weer misselijk?'

'Ja en nee,' zei ik, maar mijn stem klonk gesmoord.

'Bella? Mag ik alsjeblieft binnenkomen?' Hij was ongerust.

'O... ké?'

105

Hij kwam binnen en keek onderzoekend naar de manier waarop ik met een wezenloze, starende blik in kleermakerszit naast mijn koffer op de grond zat. Hij ging naast me zitten en legde zijn hand meteen weer op mijn voorhoofd.

'Wat is er aan de hand?'

'Hoeveel dagen geleden was de bruiloft?' fluisterde ik.

'Zeventien,' antwoordde hij onmiddellijk. 'Bella, wat is er?'

Ik was weer aan het tellen. Ik stak een waarschuwende vinger omhoog om aan te geven dat hij even moest wachten en zei de getallen geluidloos voor mezelf op. Ik had me in de dagen vergist. We waren hier al langer dan ik dacht. Ik begon opnieuw.

'Bella!' fluisterde hij dringend. 'Ik word helemaal gek hier.'

Ik probeerde te slikken. Dat hielp niet, dus rommelde ik door de koffer tot ik het blauwe doosje tampons weer had gevonden. Ik hield ze zwijgend omhoog.

Hij staarde me verward aan. 'Wat? Je wou toch niet beweren dat je zo misselijk bent omdat je ongesteld moet worden?'

'Nee,' wist ik uit te brengen. 'Nee, Edward. Ik probeer te zeggen dat ik vijf dagen over tijd ben.'

Zijn uitdrukking veranderde niet. Het leek wel alsof ik niets had gezegd.

'Volgens mij is dit geen voedselvergiftiging,' voegde ik er nog aan toe.

Hij gaf geen antwoord. Hij was in een standbeeld veranderd.

'Die dromen,' mompelde ik op vlakke toon tegen mezelf. 'De hele tijd slapen. Dat gehuil. Al dat eten. O. O. Ó.'

Edward staarde met een glazige blik voor zich uit, alsof hij me niet meer zag.

In een reflex, bijna onwillekeurig, greep mijn hand naar mijn buik.

'O!' piepte ik nog een keer.

Ik sprong overeind en wrong me uit Edwards onbeweeglijke handen. Ik had nog steeds het korte zijden broekje en hemdje aan waarin ik had geslapen, dus ik trok de blauwe stof opzij en staarde naar mijn buik.

'Dat kan niet,' fluisterde ik.

Ik had absoluut geen ervaring met zwangerschappen en baby's en al dat soort dingen, maar ik was niet dom. Ik had genoeg films en tv-programma's gezien om te weten dat het zo niet werkte. Ik was pas vijf dagen over tijd. Zelfs áls ik inderdaad zwanger was geworden, dan zou mijn lijf zich daar nog niet eens bewust van zijn. Ik zou nog geen last hebben van zwangerschapsmisselijkheid. Mijn eet- en slaapgewoonten zouden nog niet veranderd zijn.

En er zou al helemaal geen kleine maar overduidelijke bolling te zien zijn tussen mijn heupbeenderen.

Ik draaide mijn bovenlichaam van achteren naar voren en bekeek het van alle kanten, alsof de bult in het juiste licht gewoon zou verdwijnen. Ik liet mijn vingers eroverheen glijden en was verbaasd toen ik merkte hoe hard hij aanvoelde onder mijn huid.

106

'Dat kan niet,' zei ik nog een keer, want bobbel of geen bobbel, ongesteld of niet ongesteld (en ik was zeker weten níét ongesteld, hoewel ik in mijn hele leven nog nooit een dag over tijd geweest was), ik kon gewoon onmogelijk zwanger zijn. De enige jongen met wie ik ooit seks had gehad was nota bene een vampier, verdorie.

Een vampier die nog steeds roerloos op de grond zat en eruitzag alsof hij nooit meer in beweging zou komen.

Er moest dus een andere verklaring voor zijn. Er was iets mis met me. Ik had een of andere zeldzame Zuid-Amerikaanse ziekte waardoor ik alle tekenen van een zwangerschap vertoonde, maar dan versneld...

En toen moest ik opeens ergens aan denken – aan een internetsessie op een ochtend in wat nu wel een vorig leven leek. Ik zat achter het oude bureautje in mijn kamer in Charlies huis terwijl het grijze licht door het raam viel, en was helemaal verdiept in de website *Vampier* A-Z. Nog geen vierentwintig uur daarvoor had Jacob Black, in een poging me te vermaken met de Quileutelegendes waar hij zelf nog niet in geloofde, me verteld dat Edward een vampier was. De eerste stukken van de site, die volledig gewijd was aan vampiermythen uit de hele wereld, had ik aandachtig bestudeerd. De Filippijnse *Danag*, de Hebreeuwse *Estrie*, de Roemeense *Varacolaci*, de Italiaanse *Stregoni benefici* (een legende die trouwens gebaseerd was op de tijd die mijn kersverse schoonvader lang geleden bij de Volturi had doorgebracht, maar daar had ik op dat moment natuurlijk nog geen enkele weet van gehad)... De verhalen waren steeds onwaarschijnlijker geworden en ik had ze steeds vluchtiger doorgelezen. Ik kon me van de latere hoofdstukken alleen nog maar wat vage dingen herinneren. Het leken voornamelijk verzinsels om dingen als kindersterfte en ontrouw mee te verklaren. 'Nee schat, ik ga helemaal niet vreemd! Die sexy vrouw die je net het huis uit zag sluipen was een kwaadaardige succubus! Ik heb mazzel dat ik nog leef!' (Nu ik de verhalen over Tanya en haar zussen had gehoord, vermoedde ik overigens dat zulke smoesjes soms wel degelijk waar waren.) Er was er ook een voor de dames geweest: 'Hoe durf je te beweren dat ik een ander heb, alleen omdat jij net twee jaar op zee bent geweest en ik bij jouw thuiskomst zwanger blijk te zijn? Het was de incubus. Hij heeft me gehypnotiseerd met zijn mystieke vampierkrachten...'

Dat stond namelijk in de beschrijving van de incubus – hij kon kinderen verwekken bij zijn slachtoffers.

107

Ik schudde verdwaasd mijn hoofd. Maar...

Ik dacht aan Esmé en vooral ook aan Rosalie. Vampiers konden geen kinderen krijgen. Anders had Rosalie ondertussen allang uitgevonden hoe. De incubusmythe was gewoon een fabeltje.

Maar... er was natuurlijk wel een verschil tussen Rosalie en mij. Het was logisch dat Rosalie niet zwanger kon raken, want ze was voor altijd bevroren in de staat waarin ze onsterfelijk was geworden. Onveranderlijk. En om een baby te baren móést het lichaam van een vrouw wel veranderen. In eerste instantie was er de constante verandering van de maandelijkse cyclus, en daarna de ingrijpender veranderingen die nodig waren om ruimte aan een steeds groter wordend baby'tje te bieden. Rosalies lichaam kon niet veranderen.

Maar dat van mij wel. En dat deed het ook. Ik voelde aan de bult op mijn buik die er gisteren nog niet had gezeten.

En mensenmannen – tja, die bleven van hun puberteit tot hun dood eigenlijk wel zo'n beetje hetzelfde. Ik moest opeens denken aan een totaal nutteloos feit dat ik blijkbaar ooit een keer ergens had opgepikt: Charlie Chaplin was zeventig toen hij zijn laatste kind verwekte. Mannen hadden geen vruchtbaarheidscycli en menopauzes.

En hoe zou iemand moeten weten of vampiermannen kinderen konden verwekken als hun partners onvruchtbaar waren? Welke vampier zou in hemelsnaam genoeg zelfbeheersing hebben om die theorie op een mensenvrouw te testen? Welke vampier zou daar überhaupt behoefte aan hebben?

Ik kon er maar één bedenken.

Een deel van mijn hoofd probeerde feiten, herinneringen en vermoedens te ordenen, terwijl de andere helft – het deel dat ervoor zorgde dat ik zelfs mijn kleinste spieren kon bewegen – zo verlamd was dat normale handelingen onmogelijk waren geworden. Ik kon mijn lippen niet van elkaar krijgen om iets te zeggen, hoewel ik maar al te graag aan Edward wilde vragen of hij alsjeblíéft even wilde uitleggen wat er aan de hand was. Ik wilde naar hem toe lopen, hem aanraken, maar mijn lichaam deed niet wat ik wilde. Ik kon alleen maar in de spiegel naar mijn geschokte ogen staren, met mijn vingers behoedzaam tegen mijn opbollende onderlijf gedrukt.

En toen, net als in de levensechte nachtmerrie van die nacht, veranderde de situatie op slag. Opeens zag ik alles in de spiegel in een heel ander licht, ook al was het in werkelijkheid precies hetzelfde gebleven.

En de reden voor die verandering was dat ik een zacht schopje tegen mijn hand voelde – vanuit mijn eigen lichaam.

Op hetzelfde moment ging Edwards telefoon, schel en dwingend. We bewogen geen van beiden. Hij bleef maar gaan. Ik probeerde het geluid te negeren terwijl ik mijn vingers afwachtend tegen mijn buik duwde. Mijn uitdrukking in de spiegel was niet langer verbijsterd: ik keek nu verwonderd. Ik had nauwelijks in de gaten dat er vreemde, geruisloze tranen over mijn wangen begonnen te stromen.

De telefoon ging nog steeds. Ik wou dat Edward hem opnam – dit was een heel belangrijk moment voor mij. Misschien wel het belangrijkste moment van mijn leven.

Tring! Tring! Tring!

Uiteindelijk kreeg de irritatie de bovenhand. Ik ging op mijn knieën naast Edward zitten – ik merkte dat ik veel voorzichtiger bewoog en me oneindig veel bewuster was van al mijn handelingen – en klopte op zijn zakken tot ik zijn telefoon gevonden had. Ik verwachtte min of meer dat hij zou ontspannen en zelf zou opnemen, maar hij bleef roerloos zitten.

Ik herkende het nummer, en ik kon wel raden waarom ze belde.

'Hoi, Alice,' zei ik. Mijn stem klonk nog niet veel beter. Ik schraapte mijn keel.

'Bella? Bella, is alles goed met je?'

'Ja. Ehm, is Carlisle er ook?'

'Ja. Hoezo?'

'Ik weet het niet... honderd procent... zeker...'

'Is alles goed met Edward?' vroeg ze argwanend. Ik hoorde haar Carlisles naam roepen en toen vroeg ze weer aan mij: 'Waarom neemt hij zelf niet op?' voor ik haar eerste vraag kon beantwoorden.

'Dat weet ik ook niet precies.'

'Bella, wat gebeurt daar allemaal? Ik heb net gezien dat...'

'Wat heb je gezien?'

Het was even stil. 'Hier komt Carlisle,' zei ze uiteindelijk.

Ik had het gevoel dat er ijswater in mijn aderen was gespoten. Als Alice een visioen had gehad van mij met een baby met groene ogen en een engelengezichtje in mijn armen, dan zou ze dat toch wel gezegd hebben?

In de fractie van een seconde die het duurde voor Carlisle iets zei, danste het visioen dat ik voor Alice had bedacht achter mijn oogleden. Een piepklein, beeldschoon baby'tje, nog mooier dan het jongetje uit mijn droom – ik hield een

109

mini-Edward vast. Er schoot een warme gloed door mijn bloed die het ijs verdreef.

'Bella, met Carlisle. Wat is er aan de hand?'

'Ik...' Ik wist niet goed wat ik moest zeggen. Zou hij me uitlachen als hij hoorde wat ik had bedacht, zeggen dat ik gek geworden was? Had ik gewoon weer een van mijn levensechte dromen? 'Ik maak me een beetje zorgen om Edward... Kunnen vampiers in shock raken?'

'Is hij gewond?' Carlisles stem klonk plotseling dringend.

'Nee, nee,' stelde ik hem gerust. 'Alleen... heel erg verrast.'

'Ik begrijp het niet, Bella.'

'Ik denk... Nou ja, ik denk dat ik... dat ik... dat ik misschien...' Ik haalde diep adem. 'Zwanger ben.'

Opnieuw voelde ik een klein schopje in mijn onderlijf, alsof mijn verklaring bevestigd werd. Mijn hand vloog naar mijn buik.

Na een heel lange stilte nam Carlisles doktersinstinct het over.

'Wanneer was de eerste dag van je laatste ongesteldheid?'

'Zestien dagen voor de bruiloft.' Ik had het net in mijn hoofd al zo grondig berekend dat ik nu met zekerheid kon antwoorden.

'Hoe voel je je?'

'Raar,' zei ik en mijn stem sloeg over. Er druppelde een vers stroompje tranen over mijn wangen. 'Dit klinkt vast heel gek – ik weet heus wel dat het hier allemaal nog veel te vroeg voor is. Misschien bén ik ook wel gek. Maar ik heb heel rare dromen en ik moet de hele tijd eten en huilen en overgeven en... en... ik zweer dat ik net iets voelde bewegen in mijn buik.'

Edward keek met een ruk op.

Ik slaakte een zucht van verlichting.

Edward stak met een wit en hard gezicht zijn hand uit naar de telefoon.

'Eh, ik geloof dat Edward je even wil spreken.'

'Geef hem maar,' zei Carlisle op gespannen toon.

110   Ik wist niet zeker of Edward wel zou kúnnen praten, maar ik legde de telefoon toch in zijn uitgestoken hand.

Hij duwde hem tegen zijn oor. 'Zou het kunnen?' fluisterde hij.

Hij luisterde heel lang terwijl hij nietsziend voor zich uit staarde.

'En Bella?' vroeg hij. Hij sloeg zijn arm om me heen en trok me dicht tegen zich aan.

Hij luisterde weer een hele tijd en zei toen: 'Ja. Ja, dat zal ik doen.'

Hij haalde de telefoon van zijn oor, zette hem uit en toetste meteen daarna een ander nummer in.

'Wat zei Carlisle?' vroeg ik ongeduldig.

Edward gaf op levenloze toon antwoord. 'Hij denkt dat je zwanger bent.'

Zijn woorden lieten een warme rilling over mijn rug lopen. De kleine schopper in mijn buik bewoog.

'Wie bel je nu?' vroeg ik toen hij de telefoon weer tegen zijn oor drukte.

'Het vliegveld. We gaan naar huis.'

Edward was meer dan een uur onafgebroken aan het bellen. Ik nam aan dat hij onze vlucht naar huis aan het regelen was, maar omdat hij in een vreemde taal praatte wist ik dat niet zeker. Het klonk alsof hij ruziemaakte; hij siste veel tussen zijn tanden door.

Tijdens het ruziemaken pakte hij ondertussen ook onze spullen in. Hij raasde als een boze wervelwind door de kamer en liet een spoor van netheid in plaats van vernieling achter zich. Zonder te kijken gooide hij een stel kleren van mij op bed, wat kennelijk betekende dat ik me aan moest kleden. Terwijl ik de kleren aantrok discussieerde hij met woeste, geagiteerde gebaren verder.

Toen ik de boze energie die hij uitstraalde niet langer aankon liep ik zachtjes de kamer uit. Ik werd niet goed van zijn manische concentratie – niet dat ik weer over hoefde te geven, maar ik voelde me gewoon niet lekker meer. Ik wachtte wel ergens anders tot zijn bui was overgewaaid. Met deze ijzige, verbeten Edward, voor wie ik eerlijk gezegd een beetje bang was, kon ik niet praten.

En zo kwam ik opnieuw in de keuken terecht. In een van de kastjes lag een zak zoutjes waar ik afwezig op begon te knabbelen terwijl ik uit het raam naar het zand, de rotsen, de bomen en de zee staarde. Alles lag te glinsteren in de zon.

Iemand schopte me.

'Ik weet het,' zei ik. 'Ik wil hier ook niet weg.'

Ik staarde nog een tijdje uit het raam, maar mijn schoppertje reageerde niet. 111

'Ik snap het niet,' fluisterde ik. 'Waarom is het zo érg?'

Verbazingwekkend, dat zeker. Verbijsterend zelfs. Maar érg?

Nee.

Waarom was Edward dan buiten zinnen van woede? Hij had nota bene hardop gezegd dat hij het liefst gewild zou hebben dat onze bruiloft een moetje was geweest.

Ik probeerde het rustig te beredeneren.

Misschien was het niet zo raar dat Edward wilde dat we meteen naar huis gingen. Hij wilde natuurlijk dat Carlisle me zou onderzoeken, om zeker te weten dat ik gelijk had – hoewel ik daar zelf absoluut niet aan twijfelde. Ze wilden waarschijnlijk uitzoeken waarom ik nu al zo érg zwanger was, met die bult en dat geschop en zo. Dat was niet normaal.

Zodra ik dat bedacht had, wist ik zeker dat dat erachter zat. Hij maakte zich vast heel veel zorgen om de baby. Ik was zelf nog niet eens aan flippen toegekomen. Mijn hersenen werkten langzamer dan de zijne en waren nog steeds het plaatje aan het bewonderen dat ze eerder tevoorschijn hadden getoverd: het kleine baby'tje met Edwards ogen – groen, net als die van hem toen hij nog mens was – dat zo lieflijk en mooi in mijn armen lag. Ik hoopte dat zijn gezichtje precies op dat van Edward zou lijken en niet door het mijne bezoedeld zou worden.

Het was grappig hoe volstrekt onontbeerlijk dit visioen zo plotseling was geworden. Toen ik dat eerste schopje voelde was mijn hele wereld veranderd. Daarvóór was er maar één persoon geweest zonder wie ik niet verder kon leven, nu waren dat er twee. Er was geen splitsing – ik hoefde mijn liefde niet opeens te verdelen, zo werkte het niet. Het voelde meer alsof mijn hart was uitgedijd en in dat ene ogenblik twee keer zo groot was geworden. En al die extra ruimte was nu al gevuld. Ik werd er bijna duizelig van.

Ik had Rosalies pijn en rancune nooit echt goed begrepen. Ik had mezelf nooit als moeder gezien, dat was nooit een droom geweest. Toen Edward had gevraagd of ik het niet erg vond dat ik met hem nooit kinderen zou kunnen krijgen, had ik daar zonder aarzelen 'nee' op geantwoord, want ik vónd het ook echt niet erg. Ik had kinderen in het algemeen ook nooit echt leuk gevonden. In mijn ogen waren het maar luidruchtige wezens waar meestal iets kwijlerigs vanaf droop. Ik had ook nooit zoveel met kinderen te maken gehad. Als ik fantaseerde over een eventuele broer had ik altijd een óúdere broer in gedachten. Iemand die 112 voor mij kon zorgen in plaats van andersom.

Maar dit kind, Edwards kind, was een heel ander verhaal.

Ik wilde hem zoals ik zuurstof wilde om te kunnen ademen. Het was geen keuze – het was een noodzaak.

Misschien had ik gewoon een heel slecht voorstellingsvermogen. Misschien kon ik me daarom pas voorstellen dat ik het léúk zou vinden om te trouwen toen het al gebeurd was, en besefte ik ook pas dat ik een kind wilde toen er daadwerkelijk een aan zat te komen...

Toen ik mijn hand op mijn buik legde en op het volgende schopje wachtte, stroomden de tranen weer over mijn wangen.

'Bella?'

Ik draaide me om, op mijn hoede door de manier waarop hij mijn naam uitsprak. Hij klonk te koud, te voorzichtig. Zijn gezicht paste bij zijn stem, uitdrukkingsloos en hard.

En toen zag hij dat ik huilde.

'Bella?' Hij stond onmiddellijk naast me en legde zijn handen om mijn gezicht. 'Heb je pijn?'

'Nee, nee...'

Hij trok me tegen zijn borst. 'Wees maar niet bang. Over zestien uur zijn we thuis. Het komt allemaal goed. Carlisle staat klaar als we aankomen. We regelen dit wel even, en dan komt alles goed. Alles komt goed met je.'

'We regelen dit wel even? Hoe bedoel je?'

Hij boog zich naar achteren en keek me aan. 'We gaan dat ding weghalen voor het je pijn kan doen. Wees maar niet bang. Ik zorg ervoor dat het je geen pijn kan doen.'

'Dat díng?' zei ik happend naar adem.

Hij keek met een ruk opzij naar de voordeur.

'Verdomme! Ik was vergeten dat Gustavo vandaag zou komen. Ik moet hem even wegsturen, ik ben zo terug.' Hij vloog de kamer uit.

Ik greep het aanrecht vast om niet te vallen. Mijn knieën knikten.

Edward had mijn kleine schopper zojuist een díng genoemd. Hij zei dat Carlisle het wel weg zou halen.

'Nee,' fluisterde ik.

Ik had het helemaal verkeerd begrepen. Hij gaf geen zier om de baby. Hij wilde hem píjn doen. Het prachtige plaatje in mijn hoofd veranderde abrupt in iets verschrikkelijks. Mijn mooie baby'tje huilde en mijn zwakke armen konden hem niet beschermen...

Wat kon ik doen? Zou ik hem kunnen ompraten? Stel dat dat niet lukte? Was dit de verklaring voor Alice' vreemde stilte aan de telefoon? Had ze dit gezien? Had ze gezien hoe Edward en Carlisle dat bleke, volmaakte kindje doodden voor hij kon leven?

113

'Nee,' fluisterde ik opnieuw, en mijn stem klonk krachtiger. Dat mocht niet. Ik zou het niet toestaan.

Ik hoorde Edward weer Portugees praten. Hij voerde weer een discussie. Zijn stem kwam dichterbij en ik hoorde hem grommen van ergernis. Toen hoorde ik een andere stem, zacht en bedeesd. Een vrouwenstem.

Hij liep voor haar uit de keuken in en kwam meteen naar me toe. Hij veegde de tranen van mijn wangen en prevelde door de dunne, harde streep van zijn lippen in mijn oor.

'Ze wil ons per se het eten geven dat ze heeft meegenomen – ze heeft voor ons gekookt.' Als hij niet zo gespannen en zo woedend was geweest, had hij ongetwijfeld met zijn ogen gerold. 'Het is een smoesje – ze wil met eigen ogen zien dat ik je nog niet vermoord heb.' Zijn stem werd ijskoud bij die laatste woorden.

Kaure kwam zenuwachtig de hoek om met een afgedekte schaal in haar handen. Ik wou dat ik Portugees sprak, of meer dan een paar woorden Spaans, zodat ik een poging kon doen om deze vrouw te bedanken die zich de woede van een vampier op de hals durfde te halen om te kijken of alles goed met me was.

Haar ogen schoten van Edward naar mij en weer terug. Ik zag dat ze de kleur op mijn wangen opnam, de nattigheid in mijn ogen. Ze mompelde iets wat ik niet verstond en zette de schotel op het aanrecht.

Edward snauwde haar iets toe; zo onbeleefd had ik hem nog nooit meegemaakt. Ze draaide zich om om weg te gaan, maar door de zwierende beweging van haar lange rok zweefde de geur van het eten mijn neusgaten in. Het rook heel sterk, naar uien en vis. Ik kokhalsde en draaide me vliegensvlug om naar de gootsteen. Ik voelde Edwards handen op mijn voorhoofd en hoorde hem sussende woordjes fluisteren terwijl het bloed door mijn oren raasde. Hij trok zijn handen heel even weg en ik hoorde hoe de koelkast werd dichtgeslagen. Daarna was de geur gelukkig verdwenen en lagen Edwards koele handen weer op mijn klamme gezicht. Het was snel voorbij.

Ik spoelde mijn mond onder de kraan terwijl hij over mijn wangen aaide.

114 Ik voelde een voorzichtig schopje in mijn baarmoeder.

Rustig maar. Alles komt goed met ons, dacht ik tegen de bult.

Edward draaide me om en trok me in zijn armen. Ik legde mijn hoofd op zijn schouder. Mijn handen vouwden zich instinctief over mijn buik.

Ik hoorde iemand zachtjes naar adem snakken en ik keek op.

De vrouw was er nog en stond aarzelend in de deuropening, met half uitgestrekte armen alsof ze me op de een of andere manier had willen helpen. Haar ogen staarden wijd opengesperd van schrik naar mijn handen. Haar mond hing open.

Toen hapte Edward ook naar adem en hij draaide zich plotseling om naar de vrouw, waarbij hij mij enigszins achter zich duwde. Hij sloeg zijn arm om mijn bovenlijf, alsof hij me tegenhield.

Plotseling begon Kaure hard en woedend tegen hem te schreeuwen; haar onverstaanbare woorden vlogen als messen door de keuken. Ze hief haar kleine vuistje en schudde ermee naar Edward terwijl ze twee stappen naar voren deed. Ondanks haar felheid was de angst in haar ogen duidelijk te zien.

Edward deed ook een stap naar voren en ik greep zijn arm vast, bang dat hij de vrouw iets zou aandoen. Maar de stem waarmee hij haar tirade onderbrak verbaasde me, al helemaal als je bedacht hoe bot hij haar behandeld had toen ze níét tegen hem aan het krijsen was. Nu klonk hij zacht en smekend. Het leek ook een heel ander geluid, met meer keelklanken en een vreemde intonatie. Volgens mij was dit geen Portugees meer.

De vrouw staarde hem heel even stomverbaasd aan, en toen kneep ze haar ogen tot spleetjes terwijl ze hem in diezelfde, onbekende taal een lange vraag toeblafte.

Ik zag hoe zijn gezicht verdrietig en ernstig werd, en hij knikte kort. Ze deed een snelle stap achteruit en sloeg een kruis.

Hij stak zijn arm naar haar uit, gebaarde naar mij en legde toen zijn hand tegen mijn wang. Ze gaf opnieuw op boze toon antwoord, wapperde verwijtend met haar handen en gebaarde naar hem. Toen ze uitgesproken was, zei hij weer iets met diezelfde smekende, zachte, dringende stem.

Haar uitdrukking veranderde. Ze staarde hem vol twijfel aan en haar ogen schoten een paar keer naar mijn verwarde gezicht. Edward zweeg en ze leek een afweging te maken. Ze keek ons om beurten aan en deed toen schijnbaar onwillekeurig een stap naar voren.

Ze beeldde iets uit met haar handen, alsof haar buik als een ballon opbolde. Ik 115 schrok – kwam dat óók voor in haar legendes over de vrouwenverslindende bloeddrinker? Had zij mogelijk een idee over wat er momenteel in mij groeide?

Ze deed nog een paar stappen naar voren, heel bewust dit keer, en stelde een paar korte vragen, die hij gespannen beantwoordde. Vervolgens vroeg hij zelf ook iets, in een paar woorden maar. Ze aarzelde en schudde toen langzaam haar hoofd. Toen hij verder vroeg klonk zijn stem zo gekweld dat ik geschrokken naar hem opkeek. Zijn gezicht was vertrokken van pijn.

In plaats van antwoord te geven liep ze langzaam naar ons toe tot ze zo dichtbij was dat ze haar smalle hand over de mijne op mijn buik kon leggen. Ze zei één woord in het Portugees.

'*Morte*,' zuchtte ze zacht. Toen draaide ze zich met gebogen schouders om, alsof het gesprek haar jaren ouder had gemaakt, en liep de kamer uit.

Ik had lang genoeg Spaans gehad op school om te weten wat dat betekende.

Edward staarde haar verstijfd na, nog steeds met die gemartelde uitdrukking op zijn gezicht. Even later hoorde ik de pruttelende motor van een boot aanslaan, waarna het geluid wegstierf in de verte.

Edward verroerde zich niet, tot ik naar de badkamer wilde lopen. Toen legde hij opeens zijn hand op mijn schouder.

'Wat ga je doen?' Zijn stem was schor van de pijn.

'Mijn tanden nog een keer poetsen.'

'Maak je maar geen zorgen over wat ze zei. Het zijn gewoon legendes, oeroude leugens om het volk mee te vermaken.'

'Ik begreep er niets van,' zei ik tegen hem, hoewel dat niet helemaal waar was. Alsof ik ook nog maar iets als onzin zou kunnen afdoen omdat het 'gewoon' een legende was. Ik werd in mijn leven van alle kanten omringd door legendes. En die waren allemaal waar.

'Ik heb je tandenborstel al ingepakt. Ik zal hem even halen.'

Hij liep voor me uit naar de slaapkamer.

'Wanneer gaan we weg?' riep ik hem na.

'Hierna.'

Hij wachtte tot hij mijn tandenborstel weer in de koffer kon doen en ijsbeerde zwijgend door de slaapkamer. Ik gaf hem terug zodra ik klaar was.

'Ik ga de koffers in de boot zetten.'

'Edward...'

116   Hij draaide zich weer om. 'Ja?'

Ik aarzelde en probeerde een manier te verzinnen om een paar seconden alleen te kunnen zijn. 'Zou je misschien... ook wat te eten willen inpakken? Voor het geval ik weer honger krijg, zeg maar.'

'Natuurlijk,' zei hij, en zijn ogen werden plotseling zacht. 'Je hoeft je nergens zorgen over te maken. Over een paar uur zijn we bij Carlisle, echt. Straks is dit allemaal voorbij.'

Ik knikte, bang dat mijn stem me zou verraden als ik iets zou zeggen.

Hij draaide zich om en liep met in elke hand een grote koffer de kamer uit.

Vliegensvlug griste ik zijn telefoon van het dressoir. Het was niets voor hem om dingen te vergeten – om te vergeten dat Gustavo zou komen, om zijn telefoon daar te laten liggen. Hij was zo gespannen dat hij nauwelijks zichzelf was.

Ik klapte hem open en keek in het telefoonboek. Ik was blij dat hij het geluid van de toetsen had uitgeschakeld, bang dat hij me anders zou betrappen. Zou hij nu bij de boot zijn? Of was hij alweer terug? Zou hij me vanuit de keuken kunnen horen als ik fluisterde?

Ik vond het nummer dat ik zocht, een nummer dat ik in mijn hele leven nog nooit had gebeld. Ik drukte op de groene knop en deed een schietgebedje.

'Hallo?' zei een stem als gouden windklokjes.

'Rosalie?' fluisterde ik. 'Met Bella. Je moet me helpen. Alsjeblieft.'

Boek twee

Jacob

Inhoudsopgave

Maar om je de waarheid te zeggen,
rede en liefde gaan nog maar zelden samen tegenwoordig.

William Shakespeare
Een midzomernachtsdroom
Akte III scène I

Proloog

Het leven is klote en daarna ga je dood.

Ja, dat mocht ik willen.

8. Wachten tot we nou eindelijk eens gaan vechten, verdomme

'Jezus, Paul, heb je zelf geen huis of zo?'

Paul, die languit míjn hele bank in beslag nam en een of andere stomme honkbalwedstrijd lag te kijken op míjn ouwe tv, grijnsde naar me, haalde vervolgens heel langzaam een Dorito uit de zak op zijn schoot en propte die in één keer in zijn mond.

'Ik mag hopen dat je die zelf hebt meegenomen.'

Kraak. 'Nee hoor,' zei hij al kauwend. 'Je zus zei dat ik alles mocht pakken waar ik zin in had.'

Ik deed mijn best om niet aan mijn stem te laten merken dat ik op het punt stond hem een mep te verkopen. 'Is Rachel er nog?'

Het lukte niet. Hij hoorde wat ik van plan was en duwde de zak achter zijn rug. De zak knisperde toen hij hem in de kussens propte en de krakende chips werden allemaal geplet. Paul hield zijn handen in vuisten voor zijn gezicht, als een bokser.

'Kom maar op, jongen. Ik heb Rachel niet nodig om me te beschermen.'

Ik snoof. 'Geloof je het zelf? Je kruipt meteen jankend naar haar toe zodra je de kans krijgt.'

Hij lachte, liet zijn handen zakken en ging weer achterover liggen. 'Ik klik niet tegen een meisje. Als jij mij toevallig zou weten te raken, dan zou dat tussen ons blijven. En andersom ook, toch?'

Aardig van hem dat hij er praktisch om vroeg. Ik liet mijn schouders hangen alsof ik het had opgegeven. 'Jep.'

Zijn ogen gingen weer naar de tv.

Ik viel aan.

Zijn neus kraakte net zo bevredigend als de chips toen mijn vuist ertegenaan kwam. Hij probeerde me vast te grijpen, maar ik sprong opzij voor hij me te pakken kon krijgen, met de verfrommelde chipszak in mijn linkerhand.

'Je hebt mijn neus gebroken, gek.'

'Het blijft tussen ons, hè Paul?'

Ik liep weg om de chips op te bergen. Toen ik me omdraaide zette Paul net zijn neus recht voordat hij scheef vast zou groeien. Het bloedde al niet meer, en de rode vloeistof leek vanuit het niets over zijn lippen en kin te druppelen. Paul vloekte en kromp in elkaar terwijl hij aan het kraakbeen trok.

'Wat ben je toch ook ongelooflijk irritant, Jacob. Echt, ik ben nog liever bij Leah.'

'Au. Sjonge, Leah vindt het vast fantastisch als ze hoort dat jij graag een mid-dagje met haar door wilt brengen. Wat zal ze daar gelukkig van worden.'

'Je weet niet meer dat ik dat heb gezegd.'

'Tuurlijk niet. Ik flap het er ook vast niet per ongeluk uit.'

'Bah,' gromde hij terwijl hij weer op de bank plofte en het restje bloed afveeg-de aan de hals van zijn shirt. 'Ik geef het toe, jongen, je bent wel snel.' Hij richtte zijn aandacht weer op de wazige wedstrijd.

Ik bleef even staan en beende toen naar mijn kamer terwijl ik iets mompelde over ontvoeringen en buitenaardse wezens.

Vroeger stond Paul altijd klaar om te vechten. Je hoefde hem niet eens te slaan – een onschuldige belediging was al genoeg. Bij het minste of geringste ging-ie al door het lint. Maar nu ik echt zín had in een lekker grommend, scheurend, sloop-de-bomengevecht moest hij natuurlijk opeens weer een zacht ei zijn.

Alsof het al niet erg genoeg was dat er alweer iemand van de roedel was inge-prent – dat waren er nu dus vier van de tien! Wanneer hield het eens op? Volgens die stomme mythe kwam het nota bene zelden voor! Ik werd kotsmisselijk van al die onverbrekelijke liefde op het eerste gezicht!

Waarom moest het per se mijn zús zijn? Met Páúl?

Toen Rachel aan het eind van het zomersemester thuiskwam van de Wash-ington State University – ze was vervroegd afgestudeerd, de nerd –, was ik vooral bang geweest dat ik het misschien niet geheim zou kunnen houden voor haar. Ik was het niet gewend om in mijn eigen huis stiekem te moeten doen. Ik leefde opeens heel erg mee met jongens als Embry en Collin, van wie de ouders niet wisten dat ze weerwolf waren. Embry's moeder dacht dat hij door een of andere rebelse periode ging. Hij had de hele tijd huisarrest omdat hij constant de deur uit sloop, maar daar kon hij verder natuurlijk weinig aan doen. Elke nacht kwam ze op zijn kamer kijken, en elke nacht was hij weer weg. Hij onderging haar geschreeuw gelaten, en de volgende dag begon het allemaal weer van voren af aan. We hadden geprobeerd om Sam zover te krijgen dat Embry het aan zijn moeder mocht vertellen zodat hij het wat minder zwaar zou krijgen, maar Embry had gezegd dat hij het niet erg vond. Het geheim was te belangrijk.

Maar goed, ik was er dus helemaal klaar voor om alles geheim te houden. Is Rachel twee dagen thuis, komt Paul haar tegen op het strand. Tatadaa, pats, boem, ware liefde! Geheimen zijn overbodig als je je wederhelft hebt gevonden, en meer van dat soort weerwolveninprentonzin.

Rachel kreeg het hele verhaal te horen. En ik kreeg Paul als zwager. Ik wist dat Billy ook niet stond te juichen, maar hij ging er beter mee om dan ik. Hij was opeens wel een stuk vaker bij de Clearwaters natuurlijk, maar ik had niet het idee dat het daar nou zoveel gezelliger was. Geen Paul, maar wel een heleboel Leah.

Zou ik door een kogel in mijn slaap echt doodgaan, of zou het alleen maar een hoop rotzooi geven die ik zelf allemaal weer zou moeten opruimen?

Ik liet me op mijn bed vallen. Ik was moe – had niet geslapen sinds mijn laatste wachtronde – maar ik wist dat ik niet zou kunnen slapen. Mijn hoofd was veel te onrustig. De gedachten bonkten als een gedesoriënteerde zwerm bijen tegen mijn schedel. Ze maakten herrie. Af en toe staken ze. Dan waren het waarschijnlijk horzels, geen bijen. Bijen gingen dood als ze hadden gestoken. En ik werd telkens opnieuw gestoken door dezelfde gedachten.

Ik werd gek van al dat wachten. Het was nu al bijna vier weken geleden. Ik had verwacht dat het nieuws ons nu toch op de een of andere manier wel bereikt zou hebben. Ik had nachten wakker gelegen, malend over hoe we het te horen zouden krijgen.

Charlie die huilend aan de telefoon hing – Bella en echtgenoot verongelukt. Een vliegtuigramp? Dat kon je moeilijk in scène zetten. Hoewel die bloedzuigers er vast geen problemen mee hadden om een paar omstanders te vermoorden om het echt te laten lijken. Misschien een klein vliegtuig anders. Dat hadden ze vast nog wel ergens staan.

Of zou de moordenaar alleen thuiskomen, na een mislukte poging om haar een van hen te laten worden? Misschien was het wel niet eens zover gekomen. Misschien had hij haar wel besprongen en vervolgens als een zak chips verpletterd. Omdat haar leven er voor hem minder toe deed dan zijn eigen genot...

Het zou vast een heel tragisch verhaal zijn – Bella omgekomen bij een afschu-

129

welijk ongeval. Slachtoffer van een uit de hand gelopen overval. Gestikt tijdens een etentje. Een auto-ongeluk, net als mijn moeder. Heel gewoon. Komt zo vaak voor.

Zou hij haar mee naar huis nemen? Haar begraven voor Charlie? In een gesloten kist, uiteraard. De kist van mijn moeder was dichtgespijkerd...

Ik kon alleen maar hopen dat hij terug zou komen, dan kon ik hem tenminste te grazen nemen.

Misschien zou er wel helemaal geen verhaal zijn. Misschien zou Charlie bellen om mijn vader te vragen of hij iets gehoord had van dokter Cullen, die op een dag gewoon niet meer op zijn werk was verschenen. Het huis verlaten. Geen enkele Cullen die zijn telefoon nog opnam. Het raadsel zou opgepikt worden door een of ander tweederangs nieuwsprogramma; men vermoedde dat er opzet in het spel was...

Misschien zou het grote witte huis tot de grond toe afbranden, met iedereen erin. Daar zouden ze natuurlijk wel lijken voor nodig hebben. Acht mensen van ongeveer de juiste grootte. Onherkenbaar verbrand, zelfs gebitsidentificatie was niet meer mogelijk.

Bij die laatste twee opties zou het lastig worden – voor mij, welteverstaan. Ze zouden moeilijk te vinden zijn als ze niet gevonden wilden worden. Maar ik kon tot in de eeuwigheid blijven zoeken. En als je de eeuwigheid tot je beschikking had, kon je elk strootje in de hooiberg een voor een bekijken om te zien of het een speld was.

Op dit moment zou ik het niet erg vinden om een hooiberg binnenstebuiten te keren. Dan zou ik in elk geval iets dóén. Ik vond het een afschuwelijk idee dat ik mijn kans misschien zou missen. Dat de bloedzuigers de tijd zouden krijgen om te ontsnappen, als ze dat van plan waren.

We zouden vanavond kunnen gaan, en elke Cullen vermoorden die we tegenkwamen.

Dat leek me wel wat, want ik kende Edward goed genoeg om te weten dat als ik een van zijn gezinsleden vermoordde, ik het ook tegen hem zou mogen opnemen. Hij zou terugkomen voor wraak. En die kon hij krijgen – ik zou niet samen met mijn broers als roedel tegen hem vechten. Het zou alleen tussen mij en hem gaan. Dat de beste maar moge winnen.

Maar Sam wilde daar niets van weten. *Wij gaan het verdrag niet verbreken. Laten zij dat maar doen.* Alleen omdat we geen bewijs hadden dat de Cullens iets verkeerds hadden gedaan. Nog niet. Dat laatste moest er wel achter, want we wisten allemaal dat het onvermijdelijk was. Of Bella kwam terug als een van hen, of ze kwam helemaal niet terug. In beide gevallen was er een mensenleven verspild. En dan konden wij los.

In de andere kamer hoorde ik Paul balken als een ezel. Misschien had hij een comedy opgezet. Misschien was de reclame grappig. Het deed er ook niet toe. Hij werkte me op mijn zenuwen.

Ik vroeg me af of ik zijn neus nog een keer zou breken. Maar ik wilde niet met Páúl vechten. Niet echt.

Ik probeerde naar andere geluiden te luisteren, de wind in de bomen. Luisteren met mensenoren was niet hetzelfde: er zaten duizenden stemmen in de wind die ik in dit lichaam niet kon horen.

Maar deze oren waren goed genoeg. Ik hoorde de weg achter de bomen, de geluiden van de auto's die die laatste bocht namen waarna je eindelijk het strand kon zien – het uitzicht op de eilanden, de rotsen en de grote blauwe zee die zich tot aan de horizon uitstrekte. Dat was ook precies de plek waar de agenten uit La Push graag rondhingen. Toeristen hadden het bord dat aan de overkant van de weg aangaf dat ze snelheid moesten minderen nooit in de gaten.

Ik hoorde de stemmen bij de souvenirwinkel aan het strand. Ik hoorde de koebel klingelen toen de deur open- en dichtging. Ik hoorde Embry's moeder die bij de kassa een bon uitsloeg.

Ik hoorde de golven tegen de rotsen slaan. Ik hoorde de kinderen gillen als het ijskoude water zo snel op hen af kwam dat ze niet meer op tijd weg konden rennen. Ik hoorde hun moeders klagen over hun natte kleren. En ik hoorde een bekende stem...

Ik was zo ingespannen aan het luisteren dat ik bijna van het bed viel toen Paul weer begon te hinniken.

'Rot op,' gromde ik. Aangezien ik wist dat hij toch niet zou luisteren, volgde ik zelf mijn advies maar op. Ik wrikte het raam open en klom aan de achterkant van het huis naar buiten zodat ik Paul niet meer zou tegenkomen. Het zou te verleidelijk zijn. Ik wist dat ik hem weer zou slaan, en Rachel zou nu al behoorlijk pissig zijn. Ze zou het bloed op zijn shirt zien en mij onmiddellijk de schuld geven, zonder te weten hoe of wat. Ze had natuurlijk wel gelijk, maar toch.

Met mijn vuisten diep in mijn zakken beende ik naar het strand. Niemand keek raar op toen ik over de parkeerplaats naar First Beach liep. Dat was een van de fijne dingen aan de zomer – niemand vond het gek als je alleen een korte broek aanhad.

Ik ging op het geluid van de bekende stem af en had Quil al snel gevonden. Hij stond aan de zuidkant van de baai om de grootste massa toeristen te ontlopen. Er kwam een eindeloze stroom waarschuwingen uit zijn mond.

'Niet in het water, Claire. Toe nou. Nee, niet doen. O! Heel fijn, meid. Straks krijg ik natuurlijk weer op m'n lazer van Emily. Ik neem je nooit meer mee naar het strand als je niet... O ja? Niet doe... gatver. Dus dat vind jij grappig? Ha! En wie lacht er nou, hè?'

Hij hield de gierende peuter aan haar enkel omhoog toen ik er aankwam. Ze had een emmer in haar hand en haar spijkerbroek was kletsnat. Er zat een grote natte plek op de voorkant van Quils shirt.

'Vijf dollar op Claire,' zei ik.

'Hé, Jake.'

Claire gilde en sloeg met haar emmertje tegen Quils knieën. 'Los, los!'

Hij zette haar voorzichtig op de grond. Ze rende naar me toe en sloeg haar armen om mijn been.

'Oom Jay!'

'Hoe gaat het, Claire?'

Ze giechelde. 'Qwil heeeelemaa nat!'

'Dat zie ik. Waar is je mama?'

'Weg, weg, weg,' zong Claire. 'Cwai heeeele dag me Qwil speele. Cwai nooooit mih naa huis.' Ze liet me los en rende weer naar Quil toe. Hij tilde haar met een zwaai op en zette haar op zijn schouders.

'Klinkt alsof er iemand in de peuterpuberteit is beland.'

'Al een tijdje geleden zelfs, ze is net drie geworden,' zei Quil. 'Je hebt het hele prinsessenfeest gemist. Ik moest een kroon op van haar, en toen kwam Embry met het idee om haar nieuwe speelgoedmake-up op mij uit te proberen.'

'Wauw, nou baal ik echt dat ik daar niet bij was.'

'Maak je geen zorgen, Emily heeft foto's gemaakt. Ik sta er stiekem onwijs sexy op.'

'Wat ben je toch ook een watje.'

Quil haalde zijn schouders op. 'Claire vond het geweldig. En daar ging het om.'

Ik rolde met mijn ogen. Het viel niet mee om bij ingeprente mensen in de

132

buurt te zijn. In welk stadium ze ook waren (of ze nou op het punt stonden om te trouwen, zoals Sam, of gewoon een zwaar misbruikte kinderoppas waren, zoals Quil), de rust en zekerheid die ze altijd uitstraalden was werkelijk om van te kotsen.

Claire zat te piepen op zijn schouders en wees naar de grond. 'Mooi steen, Qwil! Voh mij, voh mij!'

'Welke steen, meisje? Die rode?'

'Nie wood!'

Quil zakte door zijn knieën – Claire gierde het uit en trok aan zijn haar alsof het teugels waren.

'Deze blauwe dan?'

'Nee, nee, nee...' zong het meisje, dolblij met dit nieuwe spelletje.

Het rare was dat Quil het allemaal net zo leuk vond als zij. Hij had niet die uitdrukking die heel veel toeristenouders op hun gezicht hadden, de 'is-het-nou-eindelijk-eens-tijd-voor-een-slaapje?'-blik. Je zag nooit een echte ouder die zo enthousiast elk stom spelletje meespeelde dat hun onderkruipsel maar kon verzinnen. Ik had Quil eens een uur lang kiekeboe zien spelen zonder verveeld te raken.

En ik kon hem er niet eens mee pesten – daar was ik te jaloers voor.

Ik vond het wel klote dat hij nog zo'n veertien jaar als een soort monnik door het leven zou moeten tot Claire net zo oud was als hij, maar voor Quil was het in elk geval positief dat weerwolven niet ouder werden. En hij leek er niet eens mee te zitten dat het zo lang zou duren.

'Zeg Quil, heb je nou nooit zin om eens een keer met een meisje af te spreken?' vroeg ik.

'Hè?'

'Nee, nie geeeel,' kraaide Claire.

'Je weet wel. Een echt meisje. Gewoon voor nu, als je begrijpt wat ik bedoel. Als je eens een avondje niet hoeft op te passen.'

Quil staarde me met open mond aan.

'Mooi steen! Mooi steen!' schreeuwde Claire toen hij haar geen nieuwe liet zien. Ze mepte hem met haar kleine vuistje op zijn hoofd.

'Sorry, Clairtjebeer. Wat dacht je van deze mooie paarse?'

'Nee,' giechelde ze. 'Nie paaws.'

'Help me dan eens, meisje. Toe nou.'

133

Claire dacht er even over na. 'Gwoen,' zei ze uiteindelijk.

Quil staarde bedachtzaam naar de stenen. Hij pakte vier stenen met verschillende kleuren groen en liet ze haar zien.

'Zit hij erbij?'

'Jaa!'

'Welke dan?'

'Aaaaawlemaal!'

Ze maakte een kommetje van haar handen en hij liet de stenen erin vallen. Ze lachte en begon er onmiddellijk mee op zijn hoofd te bonken. Hij kromp overdreven in elkaar, stond op en begon terug naar de parkeerplaats te lopen. Zeker bang dat ze het koud zou krijgen in haar natte kleren. Hij was nog erger dan al die paranoïde, overbezorgde moeders.

'Sorry dat ik misschien iets te veel doorzeurde over die andere meisjes,' zei ik.

'Maakt niet uit,' zei Quil. 'Het overviel me gewoon een beetje. Ik heb er nog nooit over nagedacht.'

'Ik weet zeker dat ze het wel zou begrijpen. Als ze volwassen is, bedoel ik. Ze wordt heus niet boos omdat jij wel eens iets leuks voor jezelf wilde doen toen zij nog in de luiers zat.'

'Nee, dat weet ik wel. Dat zou ze zeker begrijpen.'

Hij zei niets meer.

'Maar jij wilt het niet?' raadde ik.

'Ik kan me er gewoon niets bij voorstellen,' zei hij zacht. 'Echt niet. Ik... Ik heb dat gewoon nooit bij iemand. Andere meisjes vallen me niet eens meer op. Ik zie hun gezichten niet eens.'

'Hmm, als ik dat zo hoor heeft Claire misschien meer te vrezen van een heel ander soort concurrentie, zeker met die tiara en die make-up erbij.'

Quil lachte en maakte kusgeluiden naar me. 'Kun je aanstaande vrijdag, Jacob?'

'Dat zou je wel willen,' zei ik, en daarna trok ik een grimas. 'Maar ik kan wel, hoor.'

Hij aarzelde even en zei toen: 'Heb jíj nooit zin om met een meisje af te spreken?'

Ik zuchtte. Die had ik natuurlijk kunnen zien aankomen.

'Weet je, Jake, misschien zou jij eens iets leuks voor jezelf moeten doen.'

Hij bedoelde het niet als grap. Zijn stem klonk meelevend, en dat maakte het alleen maar erger.

'Ik zie ze ook niet, Quil. Ik zie hun gezichten niet.'

Quil zuchtte ook.

Ergens ver weg, zo zacht dat behalve wij tweeën niemand het door het geluid van de golven heen kon horen, steeg een gejank op uit het bos.

'Verdorie, dat is Sam,' zei Quil. Zijn handen vlogen omhoog naar Claire, alsof hij wilde voelen of ze er echt nog zat. 'Ik weet niet waar haar moeder is!'

'Ik ga wel kijken wat er aan de hand is. Als we je nodig hebben laat ik het je weten.' Ik praatte zo snel dat ik bijna over mijn woorden struikelde. 'Hé, breng haar anders naar de Clearwaters! Dan kunnen Sue en Billy eventueel op haar passen. Misschien weten zij ook wel wat er is gebeurd.'

'Oké – wegwezen, Jake!'

Ik begon te rennen, niet richting het zandpad langs de groene heg, maar in een rechte lijn naar het bos. Ik sprong over de eerste rij drijfhout heen en baande me toen in een razend tempo een weg door de doornstruiken. Ik voelde de krassen die de stekels in mijn huid maakten, maar ik besteedde er verder geen aandacht aan. Voor ik bij de bomen was zouden ze alweer genezen zijn.

Ik sprintte achter de winkel langs en schoot de snelweg over. Er toeterde iemand naar me. Zodra ik veilig tussen de bomen was begon ik nog harder te rennen, met grotere passen. Als ik dit in het openbaar zou doen zou het te veel opvallen. Normale mensen liepen niet zo hard. Soms leek het me wel een grappig idee om met een wedstrijd mee te doen – de voorrondes voor de Olympische Spelen of zo. Ik zou de gezichten van al die topatleten wel eens willen zien als ik ze voorbij zou sjezen. Het zou me alleen niets verbazen als ze bij de dopingtest allerlei rare meuk in mijn bloed zouden vinden.

Zodra ik echt in het bos was, uit het zicht van wegen en huizen, kwam ik slippend tot stilstand en schopte mijn broek uit. Met snelle, geoefende bewegingen rolde ik hem op en bond hem aan het leren koordje rond mijn enkel. Nog terwijl ik de knoop aantrok begon ik al te veranderen. Het vuur sidderde langs mijn ruggengraat en zond korte stuiptrekkingen door mijn armen en benen. Het duurde maar een seconde. De hitte stroomde door me heen en ik voelde de geruisloze 135 flikkering waarmee ik in iets anders veranderde. Ik gooide mijn zware voorpoten op de samengeklonterde aarde en strekte mijn rug in één lange verlengende beweging.

Het veranderen ging heel makkelijk als ik zo geconcentreerd was. Mijn opvliegendheid zorgde niet meer voor problemen. Behalve als hij in de weg zat.

Heel even dacht ik terug aan dat afschuwelijke moment op de bruiloft, die verschrikkelijke aanfluiting. Ik was zo buiten mezelf van woede geweest dat ik mijn lichaam niet goed meer onder controle had. Ik had trillend en brandend gevangengezeten in mijn eigen lijf, niet in staat om te veranderen en het monster te vermoorden dat nog geen meter bij me vandaan stond. Het was zo ontzettend verwarrend geweest. Mijn angst om haar pijn te doen terwijl mijn handen jeukten om hem te vermoorden. Mijn vrienden die tussenbeide kwamen. En toen, net op het moment dat ik eindelijk de gedaante kon aannemen die ik wilde, het bevel van mijn leider. De order van de alfa. Als alleen Embry en Quil er die avond bij waren geweest, zonder Sam... had ik de moordenaar dan kunnen doden?

Ik haatte het als Sam ons op die manier de wet voorschreef. Ik haatte het gevoel dat je geen keus had. Dat je moest gehoorzamen.

En toen merkte ik dat ik publiek had. Ik was niet alleen met mijn gedachten.

Altijd alleen maar met zichzelf bezig, dacht Leah.

Hoezo hypocriet, Leah, dacht ik terug.

Kappen, jongens, zei Sam tegen ons.

We werden stil en ik voelde Leah vertrekken bij het woord 'jongens'. Meteen op haar teentjes getrapt, zoals gewoonlijk.

Sam deed net of hij het niet merkte. *Waar zijn Quil en Jared?*

Quil is bij Claire. Hij brengt haar nu naar de Clearwaters.

Mooi zo. Sue zorgt wel voor haar.

Jared is bij Kim, dacht Embry. *Grote kans dat hij je niet gehoord heeft.*

Er ging een zacht gegrom door de roedel. Ik kreunde met hen mee. Als Jared uiteindelijk kwam opdagen, zou hij nog steeds de hele tijd aan Kim denken. En niemand had behoefte aan een herhaling van wat die twee nu aan het doen waren.

Sam ging op zijn achterpoten zitten en stootte opnieuw een doordringend gejank uit. Het was een teken en een bevel tegelijk.

De roedel had zich een paar kilometer ten oosten van waar ik nu was verzameld. Ik sprintte door het dichte bos naar hen toe. Leah, Embry en Paul waren ook allemaal onderweg. Leah was vlak bij mij – algauw hoorde ik haar ergens in de buurt lopen. We liepen in een parallelle lijn verder en kozen ervoor om niet samen te rennen.

Nou, we gaan niet de hele dag op hem zitten wachten. Hij moet ons later maar inhalen.

Wat is er aan de hand, baas? wilde Paul weten.

We moeten praten. Er is iets gebeurd.

Ik voelde Sams gedachten naar me toe flakkeren, en niet alleen die van Sam, maar ook die van Seth, Collin en Brady. Collin en Brady, de jonkies, hadden vandaag wachtgelopen met Sam, dus die wisten al wat hij wist. Ik had geen idee waarom Seth bij hen was en waarom hij ook al op de hoogte was. Hij had geen wachtdienst gehad.

Seth, vertel ze maar wat je hebt gehoord.

Ik versnelde mijn pas, ik wilde erbij zijn. Ik hoorde dat Leah ook harder begon te lopen. Ze vond het vreselijk als iemand haar inhaalde. Haar snelheid was het enige sterke punt waar ze op kon bogen.

Wat dacht je hiervan, eikel, siste ze, en toen schakelde ze pas echt over op de hoogste versnelling. Ik zette mijn nagels in de lemen bodem en duwde mezelf vooruit.

Sam was blijkbaar niet in de stemming voor ons gebruikelijke gekibbel. *Jake, Leah, hou nou eens op.*

We verminderden geen van beiden vaart.

Sam gromde, maar ging er verder niet over door. *Seth?*

Charlie heeft rondgebeld tot hij Billy uiteindelijk bij mij thuis te pakken kreeg.

Ja, ik heb hem aan de lijn gehad, voegde Paul daaraan toe.

Ik voelde een schok door me heen gaan toen Seth Charlies naam dacht. Dit was het dan. Het wachten was voorbij. Ik rende nog sneller en dwong mezelf te blijven ademen, hoewel mijn longen opeens stijf aanvoelden.

Welk verhaal zou het zijn?

Hij is helemaal over de zeik. Edward en Bella zijn dus blijkbaar teruggekomen vorige week...

Mijn borstkas zwol weer op.

Ze leefde nog. Of ze was in elk geval niet dóód dood.

Ik had niet gedacht dat ik dat zo belangrijk zou vinden. Ik had de hele tijd net gedaan alsof ze al dood was, dat realiseerde ik me eigenlijk nu pas. Ik besefte dat ik ervan overtuigd was geweest dat hij haar niet levend terug zou brengen. Het zou niet uit moeten maken, want ik wist wat er nu ging komen.

Ja jongen, hier komt het slechte nieuws. Charlie heeft haar aan de telefoon gehad en zei dat ze heel slecht klonk. Ze heeft tegen hem gezegd dat ze ziek is. Daarna heeft hij Carlisle gesproken en die zei dat Bella in Zuid-Amerika een of ander zeldzaam virus

137

heeft opgelopen. Dat ze in quarantaine is. Charlie is helemaal over de rooie omdat zelfs hij haar niet mag zien. Hij zegt dat het hem niet kan schelen als hij ziek wordt, maar Carlisle was onvermurwbaar. Geen bezoek. Zei tegen Charlie dat het behoorlijk ernstig is, maar dat hij doet wat hij kan. Charlie heeft er dagen mee rondgelopen en nu Billy pas gebeld. Hij zei dat ze vandaag nog slechter klonk.

Er hing een doodse mentale stilte toen Seth uitgesproken was. We begrepen allemaal wat er aan de hand was.

Dus over een tijdje zou Charlie te horen krijgen dat ze aan die ziekte was overleden. Zouden ze hem het lijk laten zien? Haar bleke, roerloze, niet ademende witte lichaam? Hij zou de koude huid niet mogen aanraken, dan zou hij misschien voelen hoe hard ze was. Ze zouden moeten wachten tot ze heel stil kon blijven liggen, tot ze de aandrang om Charlie en de andere rouwenden te vermoorden kon weerstaan. Hoe lang zou dat duren?

Zouden ze haar begraven? Zou ze zichzelf uit haar graf klauwen, of zouden de bloedzuigers haar komen halen?

De anderen luisterden in stilte naar mijn overpeinzingen. Ik had hier al veel meer over nagedacht dan zij.

Leah en ik kwamen vrijwel precies tegelijk bij de open plek aan, maar zij wist natuurlijk zeker dat ze met een neuslengte verschil gewonnen had. Ze ging naast haar broer zitten terwijl ik naar voren draafde om rechts van Sam te gaan staan. Paul ging opzij om plaats voor me te maken.

Was ik weer sneller, dacht Leah, maar ik hoorde haar nauwelijks.

Ik vroeg me af waarom ik de enige was die niet was gaan zitten. Mijn nekharen stonden overeind van ongeduld.

Nou, waar wachten we op? vroeg ik.

Niemand zei iets, maar ik hoorde hun aarzelingen.

Hé, hallo! Het verdrag is geschonden!

We hebben geen bewijs — misschien is ze wel echt ziek...

O, KOM OP ZEG!

Oké, er zijn sterke aanwijzingen dat het verdrag inderdaad geschonden is. Maar toch... Jacob. Sams gedachten waren langzaam en weifelend. *Weet je zeker dat je dit wilt? Is dit echt de juiste koers? We weten allemaal wat zíj wilde.*

In het verdrag staat niets over de wensen van de slachtoffers, Sam!

Is ze echt een slachtoffer? Zou jij haar zo noemen?

Ja!

138

Jake, dacht Seth, *het zijn onze vijanden niet.*

Hou je mond, broekie! Het feit dat jij een of andere ongezonde heldenverering voor die bloedzuiger hebt opgevat doet niets af aan de wet, hoor. Het zijn onze vijanden wél. Ze zijn op ons grondgebied. We moeten er iets aan doen. Het kan me geen zak schelen dat jij misschien ooit een keer gezellig zij aan zij met Edward Cullen hebt gevochten.

En wat ga je doen als Bella met hen meevecht, Jacob? Nou? wilde Seth weten.

Ze is Bella niet meer.

Ga jíj haar dan uitschakelen?

Ik kromp onwillekeurig in elkaar.

Nee, dat wil je niet. Dus wat dan? Moet een van ons dat doen? Waarna jij vervolgens voor altijd een hekel aan diegene zult hebben?

Ik zal geen...

Tuurlijk niet. Je bent nog niet klaar voor dit gevecht, Jacob.

Mijn instinct kreeg de overhand. Ik dook aanvallend in elkaar en grauwde naar de slungelige, zandkleurige wolf aan de overkant van de kring.

Jacob! waarschuwde Sam. *Seth, hou eens even je mond.*

Seth knikte met zijn grote kop.

Verdorie, wat heb ik gemist? dacht Quil. Hij was zo hard hij kon op weg naar de verzamelplek. *Hoorde dat Charlie heeft gebeld...*

We staan op het punt om te vertrekken, zei ik tegen hem. *Waarom ren je niet even langs Kim om Jared met je tanden mee naar buiten te sleuren? We hebben iedereen nodig.*

Kom meteen hierheen, Quil, beval Sam. *We hebben nog niets besloten.*

Ik gromde.

Jacob, ik moet aan het belang van de hele roedel denken. Ik moet de koers bepalen die voor jullie allemaal het veiligst is. De tijden zijn veranderd sinds onze voorouders dat verdrag hebben opgesteld. Ik... Nou, ik geloof eigenlijk niet dat de Cullens een gevaar voor ons vormen. En we weten dat ze hier niet lang meer zullen blijven. Ik weet zeker dat ze zullen verdwijnen zodra dit achter de rug is. Dan kan ons leven weer normaal worden.

Normaal?

Jacob, als we ze uitdagen zullen ze zich goed verdedigen.

Ben je bang?

Wil je dan zo graag een broeder kwijtraken? Hij zweeg even. *Of een zuster?* dacht hij erachteraan.

139

Ik ben niet bang voor de dood.

Dat weet ik, Jacob. Dat is een van de redenen waarom ik vrees dat je deze situatie niet goed kunt beoordelen.

Ik staarde in zijn zwarte ogen. *Ben je van plan om het verdrag van onze voorvaderen te respecteren of niet?*

Ik respecteer mijn roedel. Ik doe wat voor hen het beste is.

Lafaard.

Zijn snuit verstrakte en hij liet zijn tanden zien

Genoeg, Jacob. Doe wat ik zeg. Sams mentale stem veranderde en kreeg dat vreemde dubbele timbre dat we niet konden negeren. De stem van de alfa. Hij keek elke wolf in de kring strak aan.

De roedel zal de Cullens niet aanvallen zolang we niet uitgedaagd worden. Het basisidee van het verdrag is nog intact. Ze vormen geen gevaar voor ons volk, noch voor de inwoners van Forks. Bella Swan heeft een weloverwogen keuze gemaakt en wij gaan onze voormalige bondgenoten niet straffen voor haar keuze.

Bravo, dacht Seth enthousiast.

Volgens mij had ik gezegd dat jij je mond moest houden, Seth.

Oeps. Sorry, Sam.

En waar ga jij opeens heen, Jacob?

Ik liep de kring uit, richting het westen, zodat ik hem mijn rug kon toekeren. *Ik ga afscheid nemen van mijn vader. Ik ben blijkbaar al die tijd voor niets gebleven.*

O, Jake, doe dat nou niet! Niet weer!

Hou je mond, Seth, dachten meerdere stemmen tegelijk.

We willen niet dat je weggaat, zei Sam tegen me, zachter dan eerst.

Dwing me dan om te blijven, Sam. Neem me mijn vrije wil maar af. Verander me in een slaaf.

Je weet dat ik dat niet zal doen.

Dan valt er niets meer te zeggen.

Ik rende weg en deed mijn uiterste best om niet te denken aan wat er voor me lag. In plaats daarvan concentreerde ik me op mijn herinneringen aan die lange wolvenmaanden die achter me lagen, waarin ik alle menselijkheid uit mijn lijf had laten sijpelen tot ik meer beest dan man was. Tot ik alleen nog in het hier en nu leefde, at als ik honger had, sliep als ik moe was, dronk als ik dorst had en rende om het rennen. Eenvoudige behoeften die eenvoudig gestild konden worden. Pijn nam makkelijk te bestrijden vormen aan. De pijn van honger. De pijn van koud ijs onder je poten. De pijn van scherpe klauwen als je avondeten tegen-stribbelde. Elke pijn had een simpele oplossing, een duidelijke handeling die er een eind aan maakte.

Heel anders dan als je mens was.

Toch nam ik zodra ik op loopafstand van mijn huis was mijn mensengedaan-te weer aan. Ik wilde in mijn eentje kunnen nadenken.

Ik maakte mijn korte broek los, trok hem aan en rende ondertussen naar huis.

Het was me gelukt. Sam had niet gehoord wat ik dacht en nu kon hij me niet meer tegenhouden. Hier was ik onbereikbaar.

Sam had een heel duidelijk bevel uitgevaardigd. De roedel zou de Cullens niet aanvallen. Prima.

Hij had niets gezegd over eventuele eenmansacties.

Nee, de roedel zou vandaag niemand aanvallen.

Maar ik wel.

9. Nou, die had ik in elk geval niet zien aankomen

Ik was eigenlijk niet serieus van plan geweest om afscheid te nemen van mijn vader.

Met één telefoontje naar Sam zou het immers alweer gedaan zijn. Ze zouden me afsnijden en terugdringen. Misschien zouden ze me boos proberen te maken, of me zelfs verwonden – om me te dwingen van gedaante te veranderen zodat Sam een nieuw bevel kon uitvaardigen.

Maar Billy verwachtte me en hij wist dat ik overstuur zou zijn. Hij zat in zijn rolstoel in de tuin en had zijn ogen precies op de plek gericht waar ik het bos uit kwam. Hij had meteen in de gaten dat ik rechtstreeks langs het huis naar mijn zelfgebouwde garage wilde lopen.

'Heb je even, Jake?'

Ik kwam slippend tot stilstand. Ik keek naar hem en vervolgens naar de garage.

'Toe nou, jongen. Je kunt me toch in elk geval wel even naar binnen duwen?'

Ik knarste met mijn tanden maar besloot toen dat ik beter een paar minuten tegen hem kon liegen, want dan was de kans kleiner dat hij Sam zou bellen.

'Sinds wanneer heb jij hulp nodig, ouwe?'

Hij lachte zijn bassende lach. 'Mijn armen zijn moe. Ik heb mezelf helemaal vanaf Sue hierheen geduwd.'

'Dat is heuvelaf. Je hebt je gewoon laten rollen.'

Ik duwde zijn rolstoel over de plank die ik bij de deur voor hem had neergelegd en reed hem de woonkamer in.

'Betrapt. Volgens mij ging ik vijftig kilometer per uur. Geweldig.'

'Je rijdt die rolstoel nog eens in de prak, weet je dat. En dan kun je je met je ellebogen voortslepen.'

'Ik dacht het niet. Dan mag jij me mooi dragen.'

'Dan ben ik bang dat je niet veel buiten de deur zult komen.'

Billy legde zijn handen op de wielen en stuurde zichzelf naar de koelkast. 'Is er nog wat te eten?'

'Geen flauw idee. Maar Paul heeft hier de hele dag gezeten, dus waarschijnlijk niet.'

Billy zuchtte. 'Het wordt tijd om de boodschappen te verstoppen als we niet willen verhongeren.'

'Dan zeg je toch tegen Rachel dat zij bij hém moet gaan logeren.'

Billy klonk opeens veel ernstiger en zijn ogen werden zacht. 'Ze is pas een paar weken thuis. Voor het eerst in een heel lange tijd. Het valt niet mee – de meisjes waren ouder dan jij toen jullie moeder stierf. Voor hen is het moeilijker om in dit huis te zijn.'

'Dat weet ik wel.'

Rebecca was niet meer thuis geweest sinds ze was getrouwd, hoewel ze wel een goed excuus had. Vliegtickets vanaf Hawaï waren niet goedkoop. Maar de Washington State University was een stuk dichterbij, dus voor Rachel ging die smoes niet op. Ze volgde de ene zomercursus na de andere en draaide in de vakantie dubbele diensten in een of ander campuscafé. Als Paul er niet was geweest, was het dit keer waarschijnlijk ook bij een bliksembezoek gebleven. Misschien dat Billy hem daarom niet het huis uit wilde schoppen.

'Nou, ik ga nog even wat doen...' Ik liep naar de achterdeur.

'Ho eens, Jake. Krijg ik nog te horen wat er precies is gebeurd? Of moet ik Sam bellen voor het laatste nieuws?'

Ik bleef met mijn rug naar hem toe staan zodat hij mijn gezicht niet kon zien.

'Er is niets gebeurd. Sam laat ze hun gang gaan. Blijkbaar zijn we opeens dikke maatjes met die bloedzuigers.'

'Jake...'

'Ik wil er niet over praten.'

'Ga je weg, jongen?'

Het was heel lang stil in de kamer terwijl ik probeerde te bedenken hoe ik het zou zeggen.

'Dan kan Rachel ook weer op haar oude kamer slapen. Ik weet dat ze een hekel heeft aan dat luchtbed.'

'Ze slaapt liever op de grond dan dat ze jou kwijtraakt. En ik ook.'

Ik snoof.

'Jacob, toe nou. Als je... Als je er even tussenuit moet, dan moet je dat gewoon doen. Maar blijf alsjeblieft niet weer zo lang weg. Kom terug.'

'Misschien. Misschien begin ik wel een bruiloftstraditie. Dat ik even opduik

143

op die van Sam, en dan op die van Rachel. Maar die van Jared en Kim komt misschien wel eerst. Ik moet denk ik maar eens een pak gaan kopen of zo.'

'Jake, kijk me eens aan.'

Ik draaide me langzaam om. 'Wat is er?'

Hij staarde me heel lang in de ogen. 'Waar ga je heen?'

'Ik heb niet echt een bepaalde plek in gedachten.'

Hij hield zijn hoofd schuin en kneep zijn ogen tot spleetjes. 'Niet?'

We keken elkaar strak aan. De seconden verstreken.

'Jacob,' zei hij. Zijn stem klonk gesmoord. 'Jacob, doe het niet. Het is het niet waard.'

'Ik weet niet waar je het over hebt.'

'Laat Bella en de Cullens met rust. Sam heeft gelijk.'

Ik dacht even na en liep toen met twee lange passen naar de andere kant van de kamer. Ik pakte de telefoon en trok de kabel uit het toestel en uit de muur. Ik rolde het grijze snoer op in mijn hand.

'Dag, pap.'

'Jake, wacht...' riep hij me na, maar ik was de deur al uit.

De motor ging langzamer dan mijn benen, maar hij viel wel minder op. Ik vroeg me af hoe lang Billy erover zou doen om naar de winkel te rijden en iemand aan de telefoon te krijgen die een boodschap aan Sam kon overbrengen. Ik durfde te wedden dat Sam nog steeds in zijn wolvengedaante was. Het werd alleen lastig als Paul weer snel naar mijn huis zou komen. Hij zou nog geen seconde nodig hebben om van gedaante te veranderen en Sam te laten weten wat ik van plan was...

Ik ging me er niet druk om maken. Ik zou zo snel rijden als ik kon, en als ze me te pakken kregen zag ik op dat moment wel hoe ik het zou oplossen.

Ik trapte de motor aan en scheurde over het modderige pad. Ik keek niet om toen ik langs het huis reed.

Het was druk op de snelweg door al het toeristenverkeer en ik zigzagde langs de auto's, wat me een hoop getoeter en een paar middelvingers opleverde. Ik nam de afslag naar de 101 met honderdtien kilometer per uur zonder zelfs maar te kijken, en ik moest even op de streep rijden om niet geplet te worden door een minibusje. Niet dat ik dood zou gaan, maar het zou me wel erg afremmen. Het duurde dágen voor gebroken botten – de grote in elk geval – weer helemaal genezen waren, daar wist ik alles van.

Het werd iets rustiger op de weg en ik gaf gas tot de motor bijna honderd-dertig reed. Ik remde pas af toen ik vlak bij het smalle bospad was, want ik ging ervan uit dat ik daar veilig zou zijn. Sam zou niet helemaal hierheen komen om me tegen te houden. Hij was al te laat.

Pas op dat moment – toen ik zeker wist dat ik het gehaald had – begon ik na te denken over wat ik nu eigenlijk precies ging doen. Ik minderde vaart tot ik nog maar dertig kilometer per uur reed en nam de bochten tussen de bomen voor-zichtiger dan nodig was.

Ik wist dat ze me aan zouden horen komen, met of zonder motor, dus een ver-rassingsaanval was uitgesloten. Mijn bedoelingen kon ik ook niet verhullen, want zodra ik in de buurt van het huis kwam zou Edward horen wat ik van plan was. Misschien hoorde hij me nu al. Toch dacht ik dat het zou kunnen lukken, dankzij die trots van hem. Ik wist zeker dat hij het dolgraag in zijn eentje tegen me wilde opnemen.

Ik zou dus maar gewoon naar binnen lopen om het bewijs waar Sam zo over zat te zeiken met eigen ogen te aanschouwen, en daarna zou ik Edward uitdagen voor een tweegevecht.

Ik snoof. Die parasiet zou al dat theatrale gedoe vast geweldig vinden.

Als ik klaar met hem was, zou ik proberen om zoveel mogelijk van de andere Cullens uit te schakelen voordat ze mij te pakken kregen. Hmm – ik vroeg me af of Sam mijn dood als een 'uitdaging' zou beschouwen. Hij zou waarschijnlijk zeggen dat ik mijn verdiende loon had gekregen. Stel je voor dat hij zijn bloed-zuigervriendjes zou beledigen.

Het bospad kwam uit op het gazon, en de geur sloeg me als een rotte tomaat in mijn gezicht. Gatverdamme. Meurende vampiers. Ik werd nu al misselijk. De stank zou moeilijk te verdragen zijn op deze manier – de vorige keer dat ik hier was werd hij nog verzacht door de geur van mensen –, maar het was minder erg dan wanneer ik hem met mijn wolvenneus zou ruiken.

Ik wist niet goed wat ik moest verwachten, maar ik zag geen enkel teken van leven rond de grote witte graftombe. Ze wisten natuurlijk al dat ik er was.

145

Ik zette de motor af en luisterde naar de stilte. Nu hoorde ik boos, gespannen gemompel aan de andere kant van de brede dubbele deuren. Er was iemand thuis. Ik hoorde mijn naam vallen en glimlachte, blij dat ik hun in elk geval wat stress bezorgde.

Ik zoog mijn longen vol lucht – binnen zou het nog erger zijn – en sprong met één grote stap de verandatrap op.

De deur ging al open voor mijn vuist ertegenaan kon bonken en daar stond de dokter, met een sombere blik in zijn ogen.

'Hallo, Jacob,' zei hij, rustiger dan ik had verwacht. 'Hoe gaat het met je?'

Ik haalde diep adem door mijn mond. De stank die door de deuropening golfde was overweldigend.

Ik was teleurgesteld dat Carlisle de deur opendeed. Ik had veel liever gehad dat Edward met ontblote hoektanden naar buiten was gestormd. Carlisle was gewoon zo… zo ménselijk of zo. Misschien kwam het door de huisbezoeken die hij dit voorjaar aan ons had afgelegd toen ik in het gevecht tot moes was geslagen. Het was hoe dan ook niet prettig om hem aan te kijken terwijl ik wist dat ik van plan was hem te vermoorden als ik de kans zou krijgen.

'Ik hoorde dat Bella heelhuids is teruggekomen,' zei ik.

'Eh, Jacob, je komt echt een beetje ongelegen.' De dokter leek zich ook niet op zijn gemak te voelen, maar op een andere manier dan ik had verwacht. 'Kan dit misschien ook een andere keer?'

Ik staarde hem met open mond aan. Stelde hij nou voor om de oorlog te verzetten naar een moment waarop het hem beter uitkwam?

En toen hoorde ik Bella's schorre, rauwe stem en kon ik nergens anders meer aan denken.

'Waarom niet?' vroeg ze aan iemand. 'Jacob mag het toch wel weten? Het heeft geen zin om het voor hem geheim te houden.'

Haar stem klonk heel anders dan ik me had voorgesteld. Ik probeerde me de stemmen van de jonge vampiers te herinneren met wie we in het voorjaar hadden gevochten, maar toen had ik eigenlijk alleen maar gegrauw gehoord. Misschien hadden die nieuwelingen ook nog niet die doordringende, schelle klank van hun oudere soortgenoten gehad. Misschien klonken alle nieuwe vampiers hees.

'Kom maar binnen, Jacob,' kraste Bella harder.

Carlisle kneep zijn ogen tot spleetjes.

Ik vroeg me af of Bella dorst had. Mijn ogen vernauwden zich ook.

146 'Pardon,' zei ik tegen de dokter terwijl ik hem voorbijliep. Dat viel niet mee – al mijn instincten verzetten zich tegen het feit dat ik hem dan mijn rug moest toekeren. Maar het was niet onmogelijk. Als er al zoiets bestond als een betrouwbare vampier, dan was het wel hun opvallend zachtaardige leider.

Ik zou uit de buurt van Carlisle blijven als het gevecht begon. Er zouden nog genoeg anderen over zijn om te vermoorden.

Ik liep zijwaarts het huis in, met mijn rug naar de muur. Mijn ogen gleden door de kamer, die me totaal niet bekend voorkwam. De vorige keer was hij helemaal versierd geweest voor een feest. Nu was alles heel bleek en licht. Ook de zes vampiers die rond de witte bank stonden.

Ze waren er allemaal, allemaal bij elkaar, maar dat was niet waarom ik als aan de grond genageld bleef staan en mijn mond openviel van verbazing.

Dat kwam door Edward. Door de uitdrukking op zijn gezicht.

Ik had hem boos zien kijken, ik had hem arrogant zien kijken, en één keer had ik hem pijn zien lijden. Maar dit – dit was erger dan doodsangst. Zijn ogen stonden bijna manisch. Hij keek niet met een woedende blik naar me op. Hij staarde naar de bank onder hem met een gezicht alsof iemand hem in brand had gestoken. Zijn handen hingen als verstarde klauwen langs zijn lijf.

Ik kon niet eens genieten van zijn lijden. Ik kon maar één ding bedenken waardoor hij zo zou kijken, en mijn ogen volgden de zijne.

Ik zag haar op hetzelfde moment dat ik haar rook.

Haar warme, pure, menselijke geur.

Bella lag half verborgen achter de armleuning van de bank, op haar zij, met haar armen om haar opgetrokken knieën geslagen. Een lang ogenblik zag ik alleen maar dat ze nog steeds de Bella was van wie ik hield, dat haar zachte huid nog steeds perzikroze was, dat haar ogen nog even chocoladebruin waren. Mijn hart bonkte in een vreemd, hortend ritme en ik vroeg me af of dit misschien gewoon een leugenachtige droom was waaruit ik elk moment wakker kon worden.

En toen zag ik haar écht.

Ze had diepe lijnen onder haar ogen, donkerblauwe kringen die extra opvielen doordat haar gezicht er zo afgetobd uitzag. Was ze afgevallen? Haar huid leek zo strakgespannen – alsof haar jukbeenderen hem elk moment kapot konden scheuren. Haar donkere haar werd grotendeels uit haar gezicht gehouden door een slordig knotje, maar een paar losse pieken plakten slierterig aan het glanzende zweet op haar voorhoofd en nek. Haar vingers en polsen zagen er op de een of andere manier eng breekbaar uit.

Ze was écht ziek. Heel erg ziek.

Het was geen leugen. Het verhaal dat Charlie aan Billy had verteld was niet zomaar een verhaal. Terwijl ik haar met uitpuilende ogen aanstaarde werd haar huid lichtgroen.

De blonde bloedzuigster – die overdreven troela, Rosalie – boog zich op een vreemde, beschermende manier over haar heen en onttrok haar aan mijn zicht.

Er klopte iets niet. Ik wist bijna altijd hoe Bella over dingen dacht – haar gedachten waren zo overduidelijk dat ze soms wel op haar voorhoofd leken te staan. Ik hoefde dus nooit elk minuscuul detail te horen om haar te begrijpen. Ik wist dat Bella Rosalie niet aardig vond. Ik had het gezien aan de stand van haar mond als ze over haar praatte. En ze vond haar niet zomaar onaardig. Ze was báng voor Rosalie. Vroeger wel, in elk geval.

Maar nu zag ik geen angst toen Bella naar haar opkeek. Haar uitdrukking was... verontschuldigend of zo. Toen griste Rosalie een bak van de vloer en hield die nog net op tijd onder Bella's kin, waarna Bella er luidruchtig in overgaf.

Edward viel met die enorm gekwelde blik van hem naast Bella op zijn knieën en Rosalie stak waarschuwend haar hand op, ten teken dat hij niet dichterbij moest komen.

Ik snapte er helemaal niets van.

Toen ze klaar was keek Bella op en schonk me een flauwe, wat opgelaten glimlach. 'Sorry, hoor,' fluisterde ze tegen me.

Edward kreunde heel zachtjes en zijn hoofd zakte tegen Bella's knieën. Ze legde een hand tegen zijn wang, alsof zij hém troostte.

Ik had pas door dat mijn benen naar voren waren gelopen toen Rosalie tegen me siste en plotseling tussen mij en de bank in stond. Ze was net iemand op een televisiescherm. Het kon me niets schelen dat ze er was. Ze leek niet echt.

'Rose, niet doen,' fluisterde Bella. 'Het is goed.'

Rosalie deed een stap opzij, hoewel ik kon zien dat ze dat vreselijk vond. Ze keek me woedend aan en ging ineengedoken bij Bella's hoofd zitten, klaar voor de aanval. Ik had nooit gedacht dat het zo makkelijk zou zijn om haar te negeren.

'Bella, wat is er aan de hand?' fluisterde ik. Zonder erbij na te denken merkte ik dat ik opeens ook op mijn knieën zat en over de rugleuning van de bank leunde, tegenover haar... echtgenoot. Ik nam haar vrije hand in de mijne. Haar huid was ijskoud. 'Gaat het wel goed met je?'

Domme vraag. Ze gaf geen antwoord.

'Ik ben blij dat je me vandaag bent komen opzoeken, Jacob,' zei ze.

Hoewel ik wist dat Edward haar gedachten niet kon lezen, leek hij daar iets in te horen wat mij ontging. Hij kreunde opnieuw, in de deken die over haar heen lag, en ze streelde zijn wang.

'Wat heb je, Bella?' drong ik aan, terwijl ik mijn handen nog steviger om haar koude, breekbare vingers sloeg.

In plaats van antwoord te geven keek ze de kamer rond alsof ze iets zocht, met een blik die tegelijkertijd een smeekbede en een waarschuwing bevatte. Zes paar bezorgde, goudgele ogen keken terug. Uiteindelijk wendde ze zich tot Rosalie.

'Wil je me even overeind helpen, Rose?' vroeg ze.

Rosalie ontblootte haar tanden en keek me aan alsof ze mijn keel wilde doorscheuren, wat ongetwijfeld ook inderdaad het geval was.

'Rose, alsjeblieft?'

Het blondje trok een grimas, maar boog zich wel weer over haar heen, vlak naast Edward, die geen vin verroerde. Voorzichtig legde ze haar arm om Bella's schouders.

'Nee,' fluisterde ik. 'Niet opstaan...' Ze leek zo broos.

'Ik geef antwoord op je vraag,' snauwde ze, en dat klonk al iets meer als de manier waarop ze normaal gesproken tegen me praatte.

Rosalie trok Bella van de bank. Edward bleef zitten waar hij zat en zakte slap naar voren tot zijn gezicht in de kussens verdween. De deken viel aan Bella's voeten op de grond.

Bella's lijf was opgezwollen, haar buik puilde uit, op een vreemde, lugubere manier. De vale grijze sweater die veel te groot was voor haar schouders en armen spande strak om haar middel. De rest van haar lichaam leek dunner, alsof de bult haar had leeggezogen om te kunnen groeien. Het duurde even voor ik doorhad waarom ze zo misvormd was – ik begreep het pas toen ze haar handen teder om haar dikke buik vouwde, een erop en een eronder. Alsof ze hem wiegde.

Toen zag ik het, maar ik kon het nog steeds niet geloven. Ik had haar een maand geleden nog gezien. Ze kon onmogelijk zwanger zijn. Niet zó zwanger.

Maar ze was het wel.

Ik wilde het niet zien, wilde er niet over nadenken. Ik wilde me hem niet in haar voorstellen. Ik wilde niet dat iets wat ik zo hartgrondig haatte zich in het lichaam had genesteld waar ik zo van hield. Mijn maag draaide zich om en ik moest mijn braaksel wegslikken.

Maar het was nog erger, nog veel en veel erger. Haar mismaakte lichaam, de botten die tegen de huid van haar gezicht prikten. Ik wist bijna zeker dat ze er zo

149

uitzag – zo zwanger en zo ziek – doordat het ding dat in haar zat, wat het ook was, zich voedde met haar leven...

Omdat het een monster was. Net als zijn vader.

Ik had altijd geweten dat hij haar zou vermoorden.

Hij keek met een ruk op toen hij mijn gedachten hoorde. Heel even zaten we allebei op onze knieën, en toen stond hij plotseling overeind zodat hij boven me uittorende. Zijn ogen waren inktzwart, de kringen eronder dieppaars.

'Naar buiten, Jacob,' gromde hij.

Ik kwam ook overeind. En keek op hém neer. Hiervoor was ik gekomen.

'Daar gaan we dan,' zei ik instemmend.

Die grote, Emmett, drong zich aan de andere kant van Edward naar voren met die gast met die hongerige blik, Jasper, achter hem aan. Het kon me echt niets schelen. Misschien zou mijn roedel de restjes komen opruimen als ze mij hadden afgemaakt. Misschien ook niet. Het deed er niet toe.

Eén heel kort ogenblik gleden mijn ogen naar de twee achterin. Esmé. Alice. Klein en heel erg vrouwelijk. Nou ja, ik wist zeker dat de anderen korte metten met me zouden maken voor ik het tegen hen zou moeten opnemen. Ik wilde geen meisjes vermoorden... zelfs geen vampiermeisjes.

Hoewel ik voor dat blondje misschien wel een uitzondering zou maken.

'Nee,' zei Bella hijgend, en ze struikelde wankelend naar voren om Edwards arm vast te pakken. Rosalie liep met haar mee, alsof ze met een ketting aan elkaar vastzaten.

'Ik wil alleen maar even met hem praten, Bella,' zei Edward heel zacht en alleen tegen haar. Hij stak zijn hand uit en raakte haar gezicht aan, streelde het. Ik kreeg een rood waas voor mijn ogen, de hele kamer stond opeens in vuur en vlam, omdat hij haar, na alles wat hij haar had aangedaan, nog steeds op die manier mocht aanraken. 'Je moet je niet inspannen,' ging hij smekend verder. 'Blijf alsjeblieft rustig liggen. We zijn allebei over een paar minuten terug.'

Ze keek onderzoekend naar zijn gezicht. Toen knikte ze en liet zich weer op de bank zakken. Rosalie hielp haar om weer te gaan liggen. Bella staarde me aan en probeerde mijn blik vast te houden.

'Gedraag je,' zei ze dwingend. 'En kom terug.'

Ik gaf geen antwoord. Vandaag deed ik geen beloften. Ik sloeg mijn ogen neer en liep toen achter Edward aan, de voordeur uit.

Even schoot het onwillekeurig door mijn hoofd dat het wel erg makkelijk was

150

om hem bij zijn familie weg te lokken.

Hij liep gewoon door en keek geen enkele keer achterom om te zien of ik niet op het punt stond om hem in zijn onbeschermde rug aan te vallen. Hij hoefde het natuurlijk niet te controleren: zodra ik besloot om toe te slaan zou hij het weten. En dat betekende dat ik die beslissing heel snel zou moeten nemen.

'Ik ben er nog niet aan toe om me door jou te laten doden, Jacob Black,' fluisterde hij terwijl hij snel bij het huis vandaan beende. 'Je zult een beetje geduld moeten hebben.'

Alsof zijn planning mij ook maar iets kon schelen. Ik gromde binnensmonds. 'Geduld is niet mijn sterkste punt.'

Hij bleef maar lopen, een paar honderd meter over de oprijlaan, met mij op zijn hielen. Ik was witheet, klaar voor de strijd. Mijn vingers trilden.

Toen stond hij zomaar ineens stil en draaide zich naar me om. Opnieuw verstijfde ik toen ik zijn blik zag.

Heel even voelde ik me een heel klein jochie – een jochie dat al zijn hele leven in hetzelfde kleine stadje woonde. Een kind. Want ik wist dat ik nog veel meer zou moeten leven, veel meer zou moeten lijden, om ooit de verschroeiende pijn in Edwards ogen te kunnen begrijpen.

Hij hief zijn hand alsof hij zweet van zijn voorhoofd wilde vegen, maar zijn vingers schraapten over zijn gezicht alsof ze zijn granieten huid eraf zouden scheuren. Zijn zwarte ogen gloeiden wezenloos in hun kassen, of misschien zagen ze dingen die er niet waren. Zijn mond ging open alsof hij wilde schreeuwen, maar er kwam niets uit.

Zo zou iemand kijken als hij op de brandstapel verbrand werd.

Heel even was ik met stomheid geslagen. Het was te echt, dit gezicht – ik had een schim ervan gezien in het huis, in haar ogen en in de zijne, maar deze blik maakte het definitief. Haar lot was bezegeld.

'Het vermoordt haar, hè? Ze gaat dood.' En ik wist toen ik het zei dat mijn gezicht een afgezwakte versie van het zijne was. Minder heftig, anders, omdat ik nog in shock was. Ik kon het nog niet goed bevatten – het ging allemaal te snel. 151 Hij had tijd gehad om dit punt te bereiken. En het was anders omdat ik haar in mijn hoofd al zo vaak, op zo veel verschillende manieren was kwijtgeraakt. En omdat ze nooit echt van mij was geweest.

En omdat dit mijn schuld niet was.

'Mijn schuld,' fluisterde Edward, en zijn knieën begaven het. Hij stortte voor mijn ogen in elkaar, kwetsbaar, het makkelijkste slachtoffer dat je je maar kon wensen.

Maar ik was ijskoud vanbinnen – er zat geen vuur in me.

'Ja,' kreunde hij in de aarde, alsof hij iets opbiechtte aan de grond. 'Ja, het vermoordt haar.'

Zijn geknakte hulpeloosheid irriteerde me. Ik wilde een gevecht, geen executie. Waar was zijn zelfgenoegzame superioriteit gebleven?

'En waarom heeft Carlisle dan nog niets gedaan?' gromde ik. 'Hij is toch arts? Laat hem het er dan uit halen.'

Hij keek eindelijk op en gaf op een vermoeide toon antwoord. Alsof hij dit voor de tiende keer aan een kleuter uitlegde. 'Dat mag niet van haar.'

Het duurde even voordat dat tot me doordrong. Jezus, het zou ook eens niet. Bella moest natuurlijk weer zonodig sterven voor het monstergebroed. Echt iets voor haar.

'Wat ken je haar toch goed,' fluisterde hij. 'Je hebt het meteen door... Ik had het niet door. Niet snel genoeg. Ze wilde niet met me praten op de terugreis, niet echt. Ik dacht dat ze bang was – dat leek me logisch. Ik dacht dat ze boos op me was omdat ik haar dit aandeed, haar leven in gevaar bracht. Alweer. Het kwam geen moment bij me op wat ze echt dacht, welke plannen ze aan het maken was. Totdat mijn familie ons opwachtte op het vliegveld en ze zich regelrecht in de armen van Rosalie stortte. Rosalie! En toen hoorde ik wat Rosalie dacht. Ik begreep het pas toen ik haar gedachten hoorde. En jij begrijpt het al na één seconde...' Hij slaakte een soort kreunende zucht.

'Wacht eens even. "Dat mag niet van haar."' Het sarcasme proefde zuur op mijn tong. 'Is het je ooit opgevallen dat ze net zo sterk is als elk ander meisje van nog geen vijftig kilo? Zijn jullie vampiers nou echt zo dom? Hou haar vast en spuit haar plat.'

'Dat wilde ik wel,' fluisterde hij. 'Carlisle zou het...'

Wat, waren ze soms te nobel?

152   'Nee. Niet nobel. Haar bodyguard maakt het allemaal wat lastiger.'

O. Ik had het eerst maar een vaag verhaal gevonden, maar nu viel alles op zijn plek. Dus daarom was Blondie de hele tijd in de buurt. Maar wat had zij eraan? Wilde de schoonheidskoningin Bella echt zó graag dood hebben?

'Zou kunnen,' zei Edward. 'Maar Rosalie ziet het heel anders.'

'Dan schakel je dus eerst die blonde uit. Je kunt jullie soort toch weer in elkaar zetten? Je legt het blondje even in een stel losse puzzelstukken apart en daarna houd je je met Bella bezig.'

'Emmett en Esmé staan aan haar kant. Emmett zou het nooit toestaan... En Carlisle wil me niet helpen als Esmé het er niet mee eens is...' Zijn stem stierf weg en hij viel stil.

'Je had Bella naar mij toe moeten brengen.'

'Ja.'

Maar daar was het nu wel een beetje laat voor. Hij had hier beter over na kunnen denken vóór hij haar met dat dodelijke monsterjong schopte.

Hij keek naar me op vanuit de hel waarin hij gevangenzat en ik zag dat hij het met me eens was.

'We hadden geen idee,' prevelde hij. 'Het is geen moment bij me opgekomen. Bella en ik zijn een volstrekt uniek stel. Hoe moesten wij weten dat een vampier een kind zou kunnen verwekken bij een mens...'

'Aangezien mensen normaal gesproken tijdens de daad aan stukken gescheurd worden?'

'Ja,' beaamde hij op een gespannen fluistertoon. 'Ze zijn er wel, de sadistische vampiers, de incubus, de succubus. Ze bestaan. Maar het verleiden is puur het voorspel voor het feestmaal. Niemand overlééft het.' Hij schudde zijn hoofd alsof hij het een walgelijk idee vond. Alsof hij zo anders was.

'Nooit geweten dat ze een speciale naam hebben voor types zoals jij,' beet ik hem toe.

Hij keek naar me op met een gezicht dat duizenden jaren oud leek.

'Zelfs jij, Jacob Black, kunt mij niet zo diep haten als ik mijzelf haat.'

Mis, dacht ik, te boos om te kunnen praten.

'Je redt haar niet door mij nu te vermoorden,' zei hij zacht.

'Hoe dan wél?'

'Jacob, je moet iets voor me doen.'

'Ik moet helemaal niets, vuile parasiet!'

Hij bleef me aankijken met die half vermoeide, half waanzinnige blik. 'Voor haar?'

Ik klemde mijn kaken op elkaar. 'Ik heb alles gedaan wat in mijn macht lag om haar bij jou vandaan te houden. Álles. Het is te laat.'

'Jij kent haar, Jacob. Jullie hebben zo'n sterke band dat jij haar op sommige punten beter begrijpt dan ik. Jij bent een deel van haar, en zij is een deel van jou.

Naar mij wil ze niet luisteren, omdat ze denkt dat ik haar onderschat. Ze denkt dat ze hier sterk genoeg voor is...' Zijn stem stokte en hij slikte. 'Misschien luistert ze wel naar jou.'

'Waarom zou ze?'

Hij sprong overeind en zijn ogen werden nog feller, nog wilder. Ik vroeg me af of hij echt zijn verstand aan het verliezen was. Konden vampiers gek worden?

'Misschien,' zei hij in antwoord op mijn gedachte. 'Ik weet het niet. Het voelt wel zo.' Hij schudde zijn hoofd. 'Ik probeer er tegenover haar niets van te laten merken, want als ze zich zorgen maakt wordt ze nog zieker. Ze houdt nu al niets binnen. Ik moet kalm blijven, anders maak ik het nog moeilijker dan het al is. Maar dat doet er nu niet toe. Ze móét naar jou luisteren!'

'Ik kan alleen maar herhalen wat jij al hebt gezegd. Wat wil je dat ik doe? Moet ik zeggen dat ze stom bezig is? Dat weet ze waarschijnlijk al. Dat ze doodgaat? Dat weet ze vast ook al.'

'Jij kunt haar geven wat ze wil.'

Hij raaskalde maar wat. Hoorde dit bij het gek worden?

'Het enige wat ik wil is dat ze blijft leven, de rest interesseert me niet,' zei hij plotseling veel helderder. 'Als ze een kind wil, dan kan ze dat krijgen. Al wil ze er vijf. Ze kan ze krijgen. Wat ze maar wil.' Hij zweeg even. 'Ze mag zelfs jonge hondjes, als het moet.'

Zijn ogen keken heel kort in de mijne, met een radeloze blik onder de beheerste oppervlakte. Mijn boze blik verschrompelde toen zijn woorden tot me doordrongen, en ik voelde hoe mijn mond openviel van verbijstering.

'Maar niet zo!' siste hij voordat ik weer bij kon komen. 'Niet met dat díng dat haar leven uit haar lijf zuigt terwijl ik machteloos moet toekijken! Terwijl ik zie hoe ze aftakelt en wegkwijnt. Hoe het haar píjn doet.' Hij ademde scherp in, alsof iemand hem in zijn maag had gestompt. 'Je móét haar overtuigen, Jacob. Naar mij luistert ze niet meer. Rosalie is de hele tijd bij haar en maakt haar gekte alleen maar erger, ze moedigt haar aan. Beschermt haar. Nee, ze beschermt hét. Bella's leven interesseert haar niets.'

154

Er kwam een geluid uit mijn keel dat klonk alsof ik stikte.

Wat bedoelde hij? Wát moest Bella doen? Een baby krijgen? Met míj? Hè? Hoe? Liet hij haar gaan? Of dacht hij dat ze het niet erg zou vinden om gedeeld te worden?

'Het kan me niet schelen. Als ze maar blijft leven.'

'Dat is het geschiftste wat ik je ooit heb horen zeggen,' mompelde ik.

'Ze houdt van je.'

'Niet genoeg.'

'Ze is bereid om te sterven voor een kind. Misschien gaat ze ook akkoord met een iets minder drastische oplossing.'

'Ken je haar dan echt zo slecht?'

'Ik weet het, ik weet het. Er zal heel wat voor nodig zijn om haar te overtuigen. Daarom heb ik jou nodig. Jij weet hoe ze denkt. Jij kunt haar tot rede brengen.'

Ik kon niet eens over zijn voorstel nadenken. Het was te veel. Onmogelijk. Verkeerd. Ziek. Moest ik Bella in het weekend even lenen en haar dan op maandag weer terugbrengen, alsof ik een dvd'tje huurde? Wat ontzettend fout.

Wat ontzettend verleidelijk.

Ik wilde het niet overwegen, wilde het me niet voorstellen, maar de beelden kwamen toch. Ik had te vaak op die manier over Bella gefantaseerd, toen er nog een kans was op 'zij en ik', en ook toen het allang duidelijk was dat die fantasieën alleen maar etterende zweren zouden achterlaten omdat die kans er helemaal niet was. Ik had ze toen niet tegen kunnen houden, en dat kon ik nu weer niet. Bella in míjn armen, Bella die míjn naam zuchtte...

En erger nog, dit nieuwe beeld dat ik me nooit eerder had voorgesteld, dat ik eigenlijk nooit gezien zou moeten hebben. Niet met Bella erin. Een beeld waar ik nu jaren onder zou moeten lijden omdat hij het nou eenmaal in mijn hoofd had geduwd. Maar het wilde niet meer weg en zette zich als woekerend onkruid giftig en onuitroeibaar vast in mijn hersenen. Bella, gezond en stralend, heel anders dan nu, maar één ding was hetzelfde gebleven: haar lichaam, alleen was het niet mismaakt, maar op een veel natuurlijker manier gegroeid. Met míjn kind in haar bolle buik.

Ik probeerde de giftige ranken in mijn hoofd te ontwijken. 'Ik moet Bélla tot rede brengen? In welk universum leef jij?'

'Probeer het in elk geval.'

Ik schudde verwoed mijn hoofd. Hij wachtte af en negeerde mijn weigering 155 omdat hij de tweestrijd hoorde die in mijn hoofd werd uitgevochten.

'Hoe kom je bij al die gestoorde onzin? Verzin je dit nu ter plekke?'

'Al vanaf het moment dat ik besefte wat ze van plan was, en dat ze bereid was daarvoor te sterven, heb ik me alleen nog maar beziggehouden met de vraag hoe ik haar zou kunnen redden. Maar ik wist niet hoe ik jou kon bereiken. Ik wist dat je niet zou luisteren als ik belde. Ik zou binnenkort naar jou toe gekomen zijn als jij vandaag niet hierheen was gekomen. Maar het is zo moeilijk om haar alleen te laten, al is het maar voor een paar minuten. Haar toestand... verandert telkens. Het ding... groeit. Snel. Ik moet bij haar blijven.'

'Wat ís het eigenlijk?'

'We hebben allemaal geen flauw idee. Maar het is sterker dan zij. Nu al.'

Plotseling zag ik het voor me – in gedachten zag ik hoe het monster opzwol en haar van binnenuit openscheurde.

'Help me om het tegen te houden,' fluisterde hij. 'Help me om dit niet te laten gebeuren.'

'Maar hoe dan? Door me als dékhengst aan te bieden?' Hij vertrok geen spier toen ik het zei, maar ik wel. 'Je bent gestoord. Ze zal er niets van willen weten.'

'Probeer het. We hebben niets meer te verliezen. Wat kan het voor kwaad?'

Het zou míj kwaad doen. Was ik nog niet vaak genoeg afgewezen door Bella zonder dit alles?

'Een beetje pijn om haar te redden? Is dat echt te veel gevraagd?'

'Maar ze zal er nooit mee instemmen.'

'Misschien niet. Maar misschien raakt ze er wel van in de war. Misschien brengt het haar vastberadenheid aan het wankelen. Ze hoeft maar heel even te twijfelen, meer heb ik niet nodig.'

'En vervolgens trek je het aanbod gauw weer in? "Grapje, Bella"?'

'Als ze een kind wil, dan krijgt ze een kind. Ik blijf bij wat ik heb gezegd.'

Ik kon niet geloven dat ik hier überhaupt over nadacht. Bella zou me een mep verkopen – niet dat ik dat erg vond, maar dan zou ze vast haar hand weer breken. Ik moest eigenlijk niet met hem in discussie gaan, dan kon hij me ook niet beïnvloeden. Ik kon hem beter gewoon nu meteen vermoorden.

'Niet nu,' fluisterde hij. 'Nog niet. Misschien heb je wel gelijk, maar zij zou er kapot aan gaan, dat weet jij ook. Die haast is nergens voor nodig. Als ze niet naar je luistert krijg je alsnog je kans. Zodra Bella's hart ophoudt met kloppen zal ik je smeken om me te vermoorden.'

156

'Ik zal je smeekbedes onmiddellijk verhoren.'

Er speelde een zweem van een afgetobde glimlach om zijn mondhoek. 'Daar reken ik ten zeerste op.'

'Dan hebben we een deal.'

Hij knikte en stak zijn koude granieten hand uit.

Ik slikte mijn afkeer weg en pakte hem vast. Mijn vingers sloten zich om de steen en ik schudde hem kort.

'We hebben een deal,' beaamde hij.

10. Waarom ben ik niet gewoon weggelopen? O ja, dat is waar ook, omdat ik een domme sukkel ben

Ik had het gevoel alsof – alsof ik weet niet wat. Alsof dit niet echt was. Alsof ik in een of andere gothic versie van een slechte comedyserie was beland. In plaats van de computernerd die op het punt stond de aanvoerster van het cheerleaderteam mee naar het eindbal te vragen, was ik de afgewezen weerwolf die op het punt stond aan de vrouw van de vampier te vragen of we eens even lekker zouden rollebollen om ons voort te planten. Fijn.

Nee, ik deed het niet. Het was gestoord en verkeerd. Ik zou vergeten wat hij had gezegd en er niet meer aan denken.

Maar ik zou wel met haar praten. Ik zou mijn best doen om haar te laten luisteren.

Ook al zou ze dat toch niet doen. Zoals gewoonlijk.

Edward gaf geen antwoord of commentaar op mijn gedachten terwijl hij vooropliep naar het huis. Ik vroeg me af waarom hij juist op die ene plek was blijven staan. Konden de anderen zijn gefluister daar niet horen, omdat het te ver bij het huis vandaan was? Was dat de reden?

Zou kunnen. Toen we weer binnenkwamen, hadden de andere Cullens een argwanende en niet-begrijpende blik in hun ogen. Niemand keek walgend of woedend. Dan hadden ze dus niet gehoord om welke twee gunsten Edward me had gevraagd.

Ik bleef aarzelend in de deuropening staan en wist niet goed wat ik nu moest doen. Bij de deur was het beter uit te houden, daar waaide tenminste nog wat frisse lucht naar binnen.

Edward liep met stijve schouders terug naar de anderen. Bella keek hem bezorgd aan en vervolgens schoten haar ogen even naar mij. Daarna keek ze weer naar hem.

Haar gezicht werd bleekgrijs en ik zag wat hij bedoeld had toen hij zei dat ze alleen maar zieker werd als ze zich zorgen maakte.

'Jacob en Bella moeten even onder vier ogen met elkaar praten,' zei Edward.

Zijn stem was volstrekt toonloos. Robotachtig.

'Over mijn berg as,' beet Rosalie hem toe. Ze stond nog steeds bij Bella's hoofd over de bank gebogen, met een van haar koude handen bezitterig op Bella's ingevallen wang.

Edward keurde haar geen blik waardig. 'Bella,' zei hij op diezelfde holle toon. 'Jacob wil met je praten. Durf je alleen te zijn met hem?'

Bella keek me verward aan. Toen keek ze naar Rosalie.

'Rose, toe maar. Jacob zal ons geen pijn doen. Ga maar met Edward mee.'

'Misschien is het wel een valstrik,' waarschuwde het blondje.

'Ik zou niet weten hoe,' zei Bella.

'Carlisle en ik blijven bij jou, Rosalie, dus je kunt ons de hele tijd in de gaten houden,' zei Edward. Zijn emotieloze stem sloeg over toen zijn boosheid even de overhand kreeg. 'Wij zijn degenen voor wie ze bang is.'

'Nee,' fluisterde Bella. Haar ogen waren vochtig, haar wimpers nat. 'Nee, Edward. Ik ben niet...'

Hij schudde zijn hoofd en glimlachte flauwtjes. Het deed pijn om te zien. 'Zo bedoelde ik het niet, Bella. Niets aan de hand. Maak je om mij maar geen zorgen.'

Misselijkmakend. Hij had gelijk – ze gaf zichzelf ervan langs omdat ze bang was dat ze hem had gekwetst. Dat kind was een ware martelares. Ze was gewoon helemaal in de verkeerde eeuw geboren. Ze had in een tijd moeten leven waarin ze zichzelf voor een of ander nobel doel voor een stel leeuwen had kunnen werpen.

'Vooruit,' zei Edward terwijl hij stijfjes met zijn hand naar de deur gebaarde. 'Alsjeblieft.'

De kalme houding die hij voor Bella probeerde te bewaren wankelde. Ik kon zien dat hij op het punt stond weer in de brandende man te veranderen die hij buiten was geweest. De anderen zagen het ook. Zwijgend liepen ze de deur uit terwijl ik een pas opzij deed. Ze waren snel: mijn hart klopte twee keer en toen was iedereen weg, behalve Rosalie, die aarzelend midden in de kamer was blijven staan, en Edward, die nog steeds bij de deur stond te wachten. 159

'Rose,' zei Bella zacht. 'Ik wil dat je gaat.'

Het blondje keek woedend naar Edward en gaf aan dat hij eerst moest. Hij verdween naar buiten. Ze wierp me een lange, dreigende blik toe en toen ging zij ook.

Zodra we alleen waren liep ik de kamer door en ging naast Bella op de grond zitten. Ik pakte haar koude handen en wreef ze warm tussen de mijne.

'Dank je wel, Jake. Dat is lekker.'

'Ik zal niet liegen, Bella. Je ziet er afschuwelijk uit.'

'Ik weet het,' zuchtte ze. 'Ik ben doodeng.'

'Monster-uit-het-moeras-achtig eng,' beaamde ik.

Ze schoot in de lach. 'Ik ben zo blij dat je er bent. Het is fijn om te lachen. Ik weet niet hoeveel ellende ik nog aankan.'

Ik rolde met mijn ogen.

'Oké, goed dan,' zei ze. 'Ik doe het mezelf aan.'

'Inderdaad. Wat bezielt je in vredesnaam, Bella? Ongelooflijk!'

'Heeft hij gevraagd of je tegen me wilde schreeuwen?'

'Zoiets. Hoewel ik niet begrijp waarom hij denkt dat je naar mij zou luisteren. Dat heb je nog nooit gedaan.'

Ze zuchtte.

'Zie je nou...' begon ik.

'Wist je dat "Zie je nou wel" een broertje heeft, Jacob?' zei ze dwars door me heen. 'Hij heet "Hou je klep dicht."'

'Goeie.'

Ze grijnsde naar me. Haar huid spande strak over haar botten. 'Niet zelf bedacht, helaas – ik heb 'm uit een aflevering van *The Simpsons*.'

'Niet gezien.'

'Hij was grappig.'

We zwegen een tijdje. Haar handen werden al iets warmer.

'Heeft hij echt gevraagd of je met me wilde praten?'

Ik knikte. 'In de hoop dat ik je misschien wat gezond verstand zou kunnen bijbrengen. Onbegonnen werk, natuurlijk.'

'Waarom heb je dan toegezegd?'

Ik gaf geen antwoord. Ik wist niet of ik dat zelf wel wist.

160 Maar dit wist ik wel – elke seconde die ik nu met haar doorbracht zou de pijn die ik later zou moeten lijden alleen maar erger maken. Ik was als een junkie met slechts een beperkte hoeveelheid drugs: het einde naderde met rasse schreden. Hoe meer shots ik nu nam, hoe zwaarder het zou zijn als ik straks door mijn voorraad heen was.

'Het komt wel goed, weet je dat,' zei ze na een stilte. 'Dat geloof ik echt.'

Ik kreeg weer een rood waas voor mijn ogen. 'Heb je ook nog last van zwakzinnigheid?' snauwde ik.

Ze lachte, hoewel ik zo boos was dat mijn handen trilden rond de hare.

'Zou kunnen,' zei ze. 'Ik zei niet dat het mákkelijk zou worden, Jake. Maar na alles wat ik heb meegemaakt kan ik toch moeilijk níét in magie geloven?'

'Magíé?'

'Vooral voor jou,' zei ze. Ze glimlachte. Ze trok een van haar handen uit de mijne en legde hem tegen mijn wang. Hij was warmer dan net, maar tegen mijn huid voelde hij koel, zoals de meeste dingen. 'Er hangt magie in de lucht voor jou waardoor alles goed zal komen, meer dan voor wie dan ook.'

'Waar heb je het over?'

Nog steeds die glimlach. 'Edward heeft me ooit verteld hoe het voelde – dat inprentding van jullie. Hij zei dat het net zoiets was als in *Een midzomernachtsdroom*, een soort magie. Jij vindt degene nog wel naar wie je echt op zoek bent, Jacob, en dan wordt de zin van dit alles misschien wel duidelijk.'

Als ze er niet zo breekbaar uit had gezien had ik geschreeuwd.

Maar ik moet eerlijk bekennen dat ik wel gromde.

'Als jij denkt dat je deze waanzin kunt verklaren met inprenten...' Ik kon nauwelijks uit mijn woorden komen. 'Denk je echt dat dit opeens oké wordt omdat ik op een dag misschien met een onbekend meisje zal inprenten?' Ik prikte met een vinger naar haar opgezwollen lichaam. 'Wat heeft het dan voor zin gehad, Bella? Wat heeft het voor zin gehad dat ik van jou gehouden heb? Wat heeft het voor zin gehad dat jíj van hém gehouden hebt? Hoe kan het ooit oké zijn,' grauwde ik, 'als jij doodgaat? Wat heeft deze pijn voor zin? Mijn pijn, jouw pijn, zijn pijn? Je sleurt hem mee de dood in – niet dat dat me iets kan schelen.' Ze kromp in elkaar, maar ik ging door. 'Wat heeft jullie verknipte liefdesverhaal dan uiteindelijk voor zin gehad? Leg me alsjeblieft uit welke logica hierachter zit, Bella, want ik snap er geen bal van.'

Ze zuchtte. 'Ik weet het nog niet, Jake. Ik heb gewoon... het gevoel... dat dit iets goeds zal opleveren, ook al lijkt het daar nu misschien nog niet op. Maar dat geloof ik echt.'

'Je sterft voor niets, Bella! Voor niets!'

Ze liet haar hand van mijn gezicht zakken en streelde ermee over haar opgeblazen buik. Zonder dat ze het hardop uit hoefde te spreken wist ik wat ze dacht. Ze stierf voor dat díng.

161

'Ik ga niet dood,' zei ze met opeengeklemde kaken, en ik wist dat ze dingen herhaalde die ze al eerder had gezegd. 'Ik zal er koste wat kost voor zorgen dat mijn hart blijft kloppen. Daar ben ik sterk genoeg voor.'

'Dat is echt gelul, Bella. Je hebt te veel bovennatuurlijke wezens om je heen. Geen enkel normaal mens kan dat. Je bent níét sterk genoeg.' Ik legde mijn hand om haar gezicht. Ik hoefde mezelf er niet aan te helpen herinneren dat ik voorzichtig moest zijn. Alles aan haar schreeuwde 'breekbaar!'.

'Ik kan het wel. Ik kan het wel,' mompelde ze – ze klonk net als dat kinderboek over de kleine locomotief die dacht dat hij het kon.

'Daar lijkt het anders niet op. Maar goed, wat is het plan? Ik hoop tenminste dat je een plan hebt.'

Ze knikte en ontweek mijn blik. 'Wist je dat Esmé van een klif gesprongen is? Toen ze nog mens was, bedoel ik.'

'En dus?'

'Dus was ze er zo slecht aan toe dat ze niet eens de moeite hebben genomen om haar naar de eerste hulp te brengen – ze hebben haar rechtstreeks naar het mortuarium gebracht. Maar haar hart klopte nog toen Carlisle haar vond...'

Dus dat bedoelde ze toen ze zei dat ze ervoor zou zorgen dat haar hart zou blijven kloppen.

'Je bent niet van plan om dit als mens te overleven,' constateerde ik toonloos.

'Nee. Ik ben niet achterlijk.' Eindelijk keek ze me aan. 'Hoewel jij daar misschien wel anders over denkt.'

'Noodvampirisatie,' mompelde ik.

'Bij Esmé heeft het ook gewerkt. En bij Emmett, bij Rosalie, zelfs bij Edward. Ze waren er allemaal niet best aan toe. Carlisle heeft hen alleen veranderd omdat ze anders zouden sterven. Hij doodt geen mensen, hij redt ze.'

Plotseling laaiden mijn schuldgevoelens over de goede vampierdokter weer op. Ik duwde de gedachte weg en ging op de smeektoer over.

'Luister nou, Bells. Doe het alsjeblieft niet op die manier.' En net als toen Charlie had gebeld besefte ik weer hoe belangrijk het voor me was dat ze bleef leven, hoe dan ook. In welke vorm dan ook. Ik haalde diep adem. 'Wacht nou niet tot het te laat is, Bella. Niet op die manier. Blijf leven. Goed? Blijf gewoon leven. Doe me dit niet aan. Doe hem dit niet aan.' Mijn stem werd ruwer, harder. 'Je weet wat hij zal doen als jij doodgaat. Je hebt het al een keer meegemaakt. Wil je dat hij teruggaat naar die Italiaanse moordenaars?' Ze kromp in elkaar op de bank.

162

Dat hij dit keer niet naar Italië zou hoeven zei ik er maar niet bij.

Ik deed mijn best om mijn stem weer zachter te laten klinken en vroeg: 'Weet je nog, toen ik zo toegetakeld was door die nieuwelingen? Wat je toen tegen me hebt gezegd?'

Ik wachtte, maar ze wilde geen antwoord geven. Ze kneep haar lippen stijf op elkaar.

'Je zei dat ik braaf moest zijn en moest doen wat Carlisle zei,' hielp ik haar herinneren. 'En wat deed ik? Ik heb gedaan wat de vampier zei. Voor jou.'

'Je hebt gedaan wat hij zei omdat dat het beste was.'

'Het gaat erom dat ik het gedaan heb.'

Ze haalde diep adem. 'Maar nu is het niet goed om naar Carlisle te luisteren.' Haar blik gleed naar haar dikke ronde buik en ze fluisterde binnensmonds: 'Ik ga hem niet vermoorden.'

Mijn handen begonnen weer te trillen. 'O, ik had het grote nieuws nog niet gehoord. Dus het wordt een blakend jongetje? Had ik nou maar een stel blauwe ballonnen meegenomen.'

Haar gezicht werd roze. Het was zo'n mooie kleur – hij stak als een mes in mijn buik. Als een gekarteld, roestig, puntig mes.

Ik zou deze strijd verliezen. Alweer.

'Ik weet niet of het een jongetje is,' gaf ze een beetje schaapachtig toe. 'De echo deed het niet. Het vlies om de baby is te hard – net als hun huid. Het blijft dus nog even spannend. Maar in gedachten zie ik altijd een jongetje voor me.'

'Je hebt niet een of ander schattig baby'tje in je buik, Bella.'

'Dat zullen we nog wel eens zien,' zei ze bijna zelfvoldaan.

'Jíj niet,' snauwde ik.

'Doe toch niet zo pessimistisch, Jacob. Er is wel degelijk een kans dat ik dit overleef.'

Ik kon geen antwoord geven. Ik sloeg mijn ogen neer en haalde diep en langzaam adem om mijn woede onder controle te krijgen.

'Jake,' zei ze, en ze aaide over mijn haar, streelde mijn wang. 'Alles komt 163 goed. Stil maar. Het komt goed.'

Ik keek niet op. 'Niet waar. Het komt niet goed.'

Ze veegde iets nats van mijn wang. 'Stil maar.'

'Hoe zit het nou, Bella?' Ik staarde naar het witte tapijt. Mijn blote voeten waren vies en hadden er vlekken op gemaakt. Mooi zo. 'Ik dacht dat het hele idee was dat je die vampier van jou liever wilde dan wat ook ter wereld. En nu geef je hem zomaar op? Ik snap er niets van. Sinds wanneer is het jouw grootste wens om moeder te worden? Als je dat zo graag wilde, waarom ben je dan met een vampier getrouwd?'

Ik was nu gevaarlijk dicht bij het aanbod dat hij me wilde laten doen. Ik zag dat de woorden me die kant op stuurden, maar ik kon hun richting niet meer veranderen.

Ze zuchtte. 'Zo is het niet gegaan. Ik was helemaal niet bezig met kinderen krijgen. Ik dacht er niet eens over na. Maar ik krijg niet zomaar een kind. Ik krijg... Nou ja... Ik krijg dít kind.'

'Het is een moordenaar, Bella. Moet je jezelf nou eens zien.'

'Niet waar. Het komt door mij. Ik ben maar een zwak mens. Maar ik sla me er wel doorheen, Jake, ik weet dat ik het kan...'

'O, alsjeblíéft! Hou je mond, Bella. Misschien kun je je bloedzuiger dit soort onzin wijsmaken, maar mij hou je niet voor de gek. Je weet dat je het niet zult redden.'

Ze keek me boos aan. 'Ik weet helemaal niets. Maar ik maak me er wel zorgen over, dat is waar.'

'Je maakt je er zórgen over,' herhaalde ik tandenknarsend.

Ze snakte naar adem en greep naar haar buik. Mijn woede was op slag verdwenen, alsof iemand plotseling het licht had uitgedaan.

'Niets aan de hand,' hijgde ze. 'Het stelt niets voor.'

Maar ik hoorde haar niet: haar handen hadden haar sweater opzijgetrokken en ik staarde vol afschuw naar de blote huid eronder. Haar buik zag eruit alsof er allemaal grote, paarszwarte inktvlekken op zaten.

Ze zag me kijken en trok gauw de stof weer naar beneden.

'Hij is gewoon sterk,' zei ze verdedigend.

De inktvlekken waren blauwe plekken.

Ik moest bijna kokhalzen, en ik begreep wat Edward had gezegd over dat hij moest toekijken hoe het haar pijn deed. Plotseling had ik het gevoel dat ik zelf ook een beetje krankzinnig werd.

'Bella,' zei ik.

Ze hoorde de verandering in mijn stem. Nog nahijgend keek ze met een vragende blik naar me op.

'Bella, doe dit nou niet.'

'Jake...'

'Luister. Niet meteen je stekels opzetten, goed? Gewoon even luisteren. Stel nou dat...'

'Stel dat wat?'

'Stel dat dit niet je enige kans was? Stel dat het niet alles of niets was? Stel dat je gewoon als een braaf meisje zou doen wat Carlisle zei, zodat je zou blijven leven?'

'Ik zal nooit...'

'Ik ben nog niet uitgepraat. Je blijft dus leven. Dan kun je opnieuw beginnen. Dit is niet gelukt. Probeer het gewoon nog een keer.'

Ze fronste. Ze tilde haar hand op en raakte de plek aan waar mijn wenkbrauwen zich tegen elkaar persten. Haar vingers streken mijn voorhoofd glad terwijl ze nadacht over wat ik had gezegd.

'Ik snap het niet... Hoe bedoel je, probeer het gewoon nog een keer? Je denkt toch niet dat Edward dat zou laten gebeuren? En het zou toch ook niets uitmaken? Ik weet zeker dat elk kind...'

'Ja,' snauwde ik. 'Elk kind van hém zou hetzelfde zijn.'

Haar vermoeide gezicht was een en al verwarring. 'Hè?'

Maar ik kon niet verder praten. Het had geen zin. Ik zou haar nooit tegen haarzelf kunnen beschermen. Dat was me nog nooit gelukt.

Toen knipperde ze met haar ogen, en ik zag dat het kwartje was gevallen.

'O. Bah. Jacob, alsjeblieft zeg. Vind je echt dat ik mijn baby moet vermoorden om er vervolgens zomaar even iets anders voor in de plaats te zetten? Kunstmatige inseminatie?' Ze was nu echt boos. 'Waarom zou ik een kind van een of andere onbekende willen? Dat maakt zeker niets uit? Elk kind is goed?'

'Zo bedoelde ik het niet,' mompelde ik. 'Niet van een onbekende.'

Ze boog zich voorover. 'Wat bedoel je dan wel?'

'Niets. Ik heb niets gezegd. Niks aan de hand.'

'Waar slaat dat nou weer op?'

'Laat maar, Bella.'

165

Er kwam een achterdochtige rimpel in haar voorhoofd. 'Heeft híj soms gezegd dat je dat moest zeggen?'

Ik aarzelde, verbaasd dat ze de link zo snel gelegd had. 'Nee.'

'Wel waar, hè?'

'Nee, echt niet. Hij heeft niets gezegd over kunstmatige dinges.'

Haar gezicht werd zachter en ze zakte met een uitgeputte blik terug in de kussens. Ze staarde opzij toen ze verder praatte, ze had het helemaal niet meer tegen mij. 'Hij zou alles voor me doen. En ik doe hem zo veel pijn... Maar wat denkt hij wel niet? Dat ik dit,' haar hand gleed over haar buik, 'voor een of andere vreemde...' Ze mompelde het laatste stuk en toen werd ze stil. Haar ogen waren vochtig.

'Je hoeft hem geen pijn te doen,' fluisterde ik. Het brandde als gif in mijn mond om voor hem te moeten smeken, maar ik wist dat ik met deze invalshoek waarschijnlijk de meeste kans maakte om haar in leven te houden. Nog altijd een kans van één op duizend. 'Je kunt hem weer gelukkig maken, Bella. En volgens mij begint hij door te draaien. Dat denk ik echt.'

Ze leek niet te luisteren; haar hand maakte kleine rondjes over haar mishandelde buik en ze kauwde op haar lip. Het was heel lang stil. Ik vroeg me af waar de Cullens eigenlijk waren. Stonden ze te luisteren naar mijn treurige pogingen om haar op andere gedachten te brengen?

'Geen onbekende?' prevelde ze tegen zichzelf. Ik kromp in elkaar. 'Wat heeft Edward precies tegen je gezegd?' vroeg ze zacht.

'Niets. Hij dacht gewoon dat je naar mij misschien wel zou luisteren.'

'Dat bedoel ik niet. Over dat opnieuw proberen.'

Haar ogen haakten zich in de mijne en ik zag dat ik al te veel had verraden.

'Niets.'

Haar mond viel een beetje open. 'Wow.'

Het was een paar seconden stil. Ik kon haar niet meer aankijken en staarde naar mijn voeten.

'Hij is echt tot álles bereid, hè?' fluisterde ze.

'Ik zei toch dat hij gek aan het worden is. Letterlijk, Bells.'

'Het verbaast me dat je het niet meteen tegen me gezegd hebt. Zodat ik boos op hem zou worden.'

Toen ik opkeek lag ze te grijnzen.

166 'Heb ik wel aan gedacht.' Ik probeerde terug te lachen, maar ik voelde hoe de grijns op mijn gezicht in een grimas veranderde.

Ze wist wat ik haar aanbood, en ze peinsde er niet over. Dat had ik van tevoren al geweten. Maar toch deed het zeer.

'Jíj bent voor mij ook tot bijna alles bereid, hè?' fluisterde ze. 'Ik begrijp echt niet waarom je al die moeite voor me doet. Ik verdien jullie geen van beiden.'

'Maar het verandert verder niets, hè?'

'Dit keer niet.' Ze zuchtte. 'Ik wou dat ik het goed kon uitleggen, zodat je het zou begrijpen. Ik kan hem,' ze wees naar haar buik, 'geen pijn doen. Het is net zoiets als wanneer je me zou vragen om jou neer te schieten. Het gaat gewoon niet. Ik hou van hem.'

'Waarom moet je toch altijd van de verkeerde dingen houden, Bella?'

'Volgens mij doe ik dat niet.'

Ik slikte het brok in mijn keel weg omdat ik mijn stem onbewogen wilde laten klinken. 'Geloof mij maar.'

Ik stond op.

'Waar ga je heen?'

'Ik maak het er allemaal alleen maar erger op.'

Smekend stak ze haar magere hand naar me uit. 'Niet weggaan.'

Ik voelde hoe mijn verslaving me terugzoog, me bij haar in de buurt probeerde te houden.

'Ik hoor hier niet. Ik moet terug.'

'Waarom ben je gekomen?' vroeg ze terwijl ze slapjes haar arm naar me bleef uitsteken.

'Gewoon om te kijken of je echt nog leefde. Ik geloofde niet dat je ziek was, zoals Charlie zei.'

Ik kon niet aan haar gezicht zien of ze me geloofde of niet.

'Kom je nog terug? Voordat...'

'Ik ga hier niet een beetje rondhangen om te kijken hoe je doodgaat, Bella.'

Ze kromp in elkaar. 'Je hebt gelijk. Je hebt gelijk. Het is beter als je gaat.'

Ik liep naar de deur.

'Dag,' fluisterde ze achter me. 'Ik hou van je, Jake.'

Ik ging bijna terug. Ik draaide me bijna om om op mijn knieën te vallen en verder te smeken. Maar ik wist dat ik van Bella moest afkicken, in één keer, cold turkey, voor ze me kapotmaakte zoals ze hem kapot zou maken.

'Tuurlijk, tuurlijk,' mompelde ik terwijl ik naar buiten liep. 167

De vampiers waren nergens te bekennen. Ik liet mijn motor eenzaam midden op het gazon staan. Die was nu niet snel genoeg voor me. Mijn vader was vast helemaal over de zeik – en Sam ook. Hoe zou de roedel gereageerd hebben op het feit dat ze me niet hadden horen veranderen? Zouden ze denken dat de Cullens me al te pakken hadden gekregen voor ik iets had kunnen doen? Ik kleedde me zonder me om eventuele toeschouwers te bekommeren uit en begon te rennen. Halverwege een sprong vervaagde ik in een wolf.

Ze wachtten op me. Natuurlijk.

Jacob, Jake, zeiden acht opgeluchte stemmen in koor.

Kom naar huis, nu meteen, beval de alfastem. Sam was woest.

Ik hoorde Paul wegvallen, en ik wist dat Billy en Rachel gespannen zaten te wachten tot iemand kon zeggen wat er met me was gebeurd. Paul wilde hun zo graag het goede nieuws meedelen dat ik geen vampiervoer was geworden, dat hij niet eerst het hele verhaal afwachtte.

Ik hoefde de roedel niet te vertellen dat ik er aankwam – ze zagen in mijn gedachten het bos langsflitsen terwijl ik naar huis sprintte. Ik hoefde hun ook niet te vertellen dat ik flink over de rooie was. De walging in mijn hoofd was overduidelijk.

Ze zagen allemaal de afschuwelijke beelden en hoorden de stemmen in mijn hoofd – Bella's gevlekte buik, haar schorre gefluister: 'Hij is gewoon sterk', de brandende man in Edwards gezicht: 'Terwijl ik zie hoe ze aftakelt en wegkwijnt... Hoe het haar pijn doet', Rosalie die beschermend over Bella's lichaam heen gebogen stond: 'Bella's leven interesseert haar niets' – en voor deze ene keer wist niemand iets te zeggen.

Hun ontzetting galmde als een geluidloze schreeuw door mijn hoofd. Woordeloos.

!!!!

Pas toen ik halverwege was, kwamen ze weer een beetje bij en renden ze me allemaal tegemoet.

Het was bijna donker, de zonsondergang ging volledig schuil achter de wolken. Ik besloot een risico te nemen door de snelweg over te steken en bereikte ongezien de overkant.

Zo'n vijftien kilometer buiten La Push kwamen we bij elkaar, op een afgelegen open plek waar houthakkers aan het werk waren geweest, ingeklemd tussen twee uitlopers van de berg, waar niemand ons zou zien. Paul kwam op hetzelfde moment aan als ik, dus de roedel was weer compleet.

Het was één grote chaos in mijn hoofd door al het geratel. Iedereen schreeuwde door elkaar.

Sams nekharen stonden recht overeind en hij gromde aan één stuk door terwijl hij langs de bovenrand van de cirkel heen en weer beende. Paul en Jared volgden hem op de voet met hun oren plat langs hun kop. De hele groep stond opgewonden in een kring en grauwde met korte uithalen.

In eerste instantie hoorde ik alleen hoe boos ze waren, en ik verwachtte dat ik er flink van langs zou krijgen. Ze konden alles met me doen nu ik Sams bevelen had omzeild, maar ik was te opgefokt om ermee te zitten.

En toen concentreerde de warrige brij van gedachten zich langzaam op één punt.

Hoe kan dit? Wat heeft dit voor gevolgen? Wat voor wezen gaat het worden?

Niet te vertrouwen. Verkeerd. Gevaarlijk.

Onnatuurlijk. Monsterlijk. Walgelijk.

We mogen dit niet toestaan.

De roedel liep nu als één wolf heen en weer, dacht als één wolf – iedereen behalve ik en nog iemand anders. Ik ging blindelings naast hem zitten, te verbouwereerd om met mijn ogen of gedachten te kijken wie mijn buurman was, terwijl de roedel om ons heen cirkelde.

Hier zegt het verdrag niets over.

Dit brengt iedereen in gevaar.

Ik probeerde de rondwervelende stemmen te begrijpen, probeerde het kronkelige pad dat de gedachten vormden te volgen om te zien waar ze heen gingen, maar ik begreep er niets van. De beelden waar hun gedachten omheen draaiden waren míjn beelden – de allerergste. Bella's blauwe plekken, Edwards brandende blik.

Zij zijn er ook bang voor.

Maar ze doen er niets aan.

Ze beschermen Bella Swan.

We mogen ons daar niet door laten beïnvloeden.

De veiligheid van onze gezinnen, van iedereen hier, is belangrijker dan één enkel mens.

Als zij het niet vermoorden moeten wij dat doen.

We moeten de stam beschermen.

Onze gezinnen.

We moeten het vermoorden voor het te laat is.

Nog een van mijn herinneringen, Edwards woorden dit keer: *het ding groeit. Snel.*

Ik probeerde me te concentreren om de afzonderlijke stemmen te kunnen onderscheiden.

169

Geen tijd te verliezen, dacht Jared.

Dat wordt vechten, waarschuwde Embry. *En niet zo'n beetje ook.*

We zijn er klaar voor, zei Paul dringend.

We moeten ze zien te verrassen, dacht Sam.

Als we ze uit elkaar kunnen drijven, kunnen we ze een voor een pakken. Dan heb-ben we een grotere kans om te winnen, dacht Jared, die al met de strategie bezig was.

Ik schudde mijn kop en kwam langzaam overeind. Ik voelde me wankel, alsof de cirkelende wolven me duizelig maakten. De wolf naast me stond ook op. Zijn schoft duwde tegen de mijne en hield me overeind.

Wacht, dacht ik.

De kring stond heel even stil en kwam toen weer in beweging.

We hebben niet veel tijd, zei Sam.

Maar... wat bezielt jullie? Vanmiddag dachten we dat ze het verdrag hadden ge-schonden en toen wilden jullie ze niet aanvallen. En nu bereiden jullie al een hinder-laag voor, terwijl het verdrag nog intact is?

Hier heeft het verdrag nooit rekening mee gehouden, zei Sam. *Dit brengt alle men-sen in de buurt in gevaar. We weten niet wat voor wezen de Cullens hebben geschapen, maar we weten wel dat het sterk is en snel groeit. En het zal te jong zijn om zich aan welk verdrag dan ook te houden. Je weet toch nog wel hoe die nieuwelingen waren met wie we gevochten hebben? Wild, gewelddadig, losgeslagen en met geen mogelijkheid in de hand te houden. Moet je je voorstellen: zo'n soort wezen, maar dan beschermd door de Cullens.*

We weten niet of... probeerde ik hem te onderbreken.

Dat weten we inderdaad niet, beaamde hij. *En met het onbekende kunnen we in dit geval geen enkel risico nemen. De Cullens mogen alleen blijven bestaan als we er blind op kunnen vertrouwen dat ze niemand kwaad zullen doen. Dit... ding is niet te vertrouwen.*

Zij zijn er anders ook helemaal niet blij mee.

Sam viste de beelden van Rosalies gezicht en haar beschermende houding uit mijn hoofd en liet ze aan iedereen zien.

Sommigen zullen er hoe dan ook voor vechten, wat het ook is.

Het is maar een báby, verdomme.

Niet lang meer, fluisterde Leah.

Jake, jongen, dit is echt een groot probleem, zei Quil. *Dit kunnen we niet zomaar negeren.*

170

Jullie maken het veel groter dan het is, wierp ik tegen. *Bella is de enige die in gevaar is.*

En daar heeft ze opnieuw zelf voor gekozen, zei Sam. *Maar dit keer heeft haar keuze gevolgen voor ons allemaal.*

Volgens mij niet.

We kunnen het risico niet nemen. We zullen niet toestaan dat er een bloeddrinker op onze grond jaagt.

Zeg dan dat ze weg moeten gaan, zei de wolf die me nog steeds ondersteunde. Het was Seth. Natuurlijk.

Zodat we het gevaar op anderen afschuiven? Als er bloeddrinkers op ons land komen dan doden we ze, waar ze ook willen gaan jagen. Wij beschermen iedereen.

Dit slaat nergens op, zei ik. *Vanmiddag was je nog bang om de roedel in gevaar te brengen.*

Vanmiddag wist ik nog niet dat onze gezinnen gevaar liepen.

Dit is toch niet te geloven! Hoe wou je dat ding doden zonder Bella ook te vermoorden?

Hij zweeg, maar zijn stilte zei genoeg.

Ik jankte. *Zij is óók een mens! Is onze bescherming soms niet op haar van toepassing?*

Ze gaat toch dood, dacht Leah. *We zetten er alleen een beetje vaart achter.*

Dat was de druppel. Ik sprong met ontblote tanden weg van Seth, op zijn zus af. Ik had bijna haar linkerachterpoot te pakken toen ik Sams tanden in mijn flank voelde en hij me achteruit trok.

Ik huilde van pijn en woede en wilde me op hem storten.

Ophouden! beval hij met het dubbele timbre van de alfa.

Mijn poten leken het onder me te begeven. Ik kwam met een schok tot stilstand en wist alleen door pure wilskracht overeind te blijven.

Hij wendde zijn blik van me af. *Je doet niet meer zo wreed tegen hem, Leah,* droeg hij haar op. *Met het verlies van Bella betalen we een hoge prijs en dat zullen we allemaal erkennen. Het druist tegen al onze principes in om een mens te doden. Het is vreselijk dat we nu een uitzondering op deze regel moeten maken. We zullen állemaal rouwen om wat we vannacht gaan doen.*

Vannacht? herhaalde Seth geschokt. *Sam — ik vind dat we dit nog iets uitgebreider moeten bespreken. Of in elk geval met de oudsten moeten overleggen. Je wilt toch niet serieus dat we...*

171

We kunnen ons jouw verdraagzaamheid jegens de Cullens nu niet permitteren. Er is geen tijd voor discussie. Je doet wat je gezegd wordt, Seth.

Seth zakte door zijn voorpoten en zijn kop klapte naar voren door het gewicht van het alfabevel.

Sam beende in een kleine kring om ons tweeën heen.

We hebben hier de hele roedel voor nodig. Jacob, jij bent onze beste vechter, en je vecht hoe dan ook met ons mee vannacht. Ik begrijp dat het moeilijk voor je is, dus ik wil dat jij je op hun vechters concentreert, op Emmett en Jasper Cullen. Je hoeft niet mee te doen aan het... andere. Quil en Embry vechten met je mee.

Mijn knieën knikten; ik deed mijn uiterste best om te blijven staan terwijl de stem van de alfa striemend op mijn wilskracht neerkwam.

Paul, Jared en ik zullen ons met Edward en Rosalie bezighouden. Afgaande op de informatie die Jacob ons heeft verschaft, ga ik ervan uit dat zij Bella zullen beschermen. Carlisle en Alice zullen eveneens in de buurt zijn, en Esmé misschien ook. Brady, Collin, Seth en Leah zullen zich op hen richten. Zodra iemand van ons een opening ziet naar – we hoorden hem allemaal in gedachten hakkelen bij Bella's naam –, *naar het wezen, dan moet hij die onmiddellijk benutten. Het wezen moet dood, dat is het allerbelangrijkste.*

De roedel liet een nerveus, instemmend gegrom horen. Door de spanning stonden bij iedereen de nekharen overeind. De wolven liepen nog sneller heen en weer en het geluid van de poten op de brakke grond klonk scherper, de nagels klauwden in de aarde.

Alleen Seth en ik bewogen niet, als het oog in een orkaan van ontblote tanden en platte oren. Seths neus lag bijna op de grond, neergedrukt door Sams bevelen. Ik voelde hoeveel pijn de naderende ontrouw hem deed. In zijn ogen pleegde hij verraad – Seth was die dag dat we een verbond hadden gesloten en hij zij aan zij met Edward Cullen had gevochten, oprecht bevriend geraakt met de vampier.

Maar hij verzette zich niet. Hij zou gehoorzamen, hoe erg hij er ook onder zou lijden. Hij had geen andere keus.

En wat had ik voor keus? De alfa had gesproken en de roedel moest doen wat hij zei.

Sam had zijn gezag nog nooit zo zwaar laten gelden en ik wist dat hij het verschrikkelijk vond om te zien hoe Seth voor hem knielde als een slaaf aan de voeten van zijn meester. Hij zou dit niet zo doordrijven als hij niet van mening was

172

dat hij geen andere optie had. Hij kon niet tegen ons liegen nu onze gedachten zo met elkaar verbonden waren. Hij geloofde echt dat het onze taak was om Bella en het monster in haar buik te doden, dat we geen tijd te verliezen hadden. Hij geloofde het zo stellig dat hij bereid was ervoor te sterven.

Ik zag dat hij het persoonlijk tegen Edward zou opnemen. In Sams ogen vormde Edward door het feit dat hij onze gedachten kon lezen de grootste dreiging, en hij weigerde iemand anders zo veel gevaar te laten lopen.

Hij zag Jasper als onze op een na grootste tegenstander, en daarom had hij hem aan mij gegeven. Hij wist dat ik van alle wolven in de roedel de meeste kans maakte om van hem te winnen. De minder moeilijke partijen had hij bewaard voor de jongere wolven en Leah. Kleine Alice vormde geen gevaar aangezien ze bij ons niet op haar vooruitziende blik kon vertrouwen, en uit de tijd van het bondgenootschap wisten we dat Esmé geen vechter was. Carlisle vormde een grotere uitdaging, maar zijn afkeer van geweld zou hem parten spelen.

Ik voelde me nog afschuwelijker dan Seth terwijl ik toekeek hoe Sam een plan uitstippelde en alle problemen probeerde te voorzien om de leden van de roedel een zo groot mogelijke overlevingskans te bieden.

Alles stond op zijn kop. Vanmiddag had ik nog staan popelen om hen aan te vallen. Maar Seth had gelijk – ik was nog niet klaar geweest voor dat gevecht. Ik had mezelf verblind door de haat. Ik had expres niet goed naar de situatie gekeken, want ergens had ik blijkbaar geweten wat ik dan zou zien.

Carlisle Cullen. Als ik naar hem keek zonder de haat mijn blik te laten vertroebelen, kon ik niet ontkennen dat we een moord zouden plegen door hem te doden. Hij was goed. Net zo goed als de mensen die we beschermden. Misschien nog wel beter. Dat gold waarschijnlijk ook voor de anderen, maar bij hen had ik dat gevoel niet zo sterk. Ik kende hen ook minder goed. Carlisle zou het verschrikkelijk vinden om terug te moeten vechten, zelfs als hij daarmee zijn eigen leven kon redden. En daarom zouden we hem kunnen doden – omdat hij niet wilde dat wíj, zijn vijanden, zouden sterven.

Dit was fout.

173

En niet alleen omdat het voelde alsof ik zelf zou sterven als we Bella zouden doden, alsof ik zelfmoord pleegde.

Verman je, Jacob, beval Sam. *De stam komt op de eerste plaats.*

Ik had het vanmiddag bij het verkeerde eind, Sam.

Je had de verkeerde argumenten. Maar nu hebben we een taak te vervullen.

Ik zette me schrap. *Nee.*

Sam grauwde en bleef met een ruk recht voor mijn neus staan. Hij staarde in mijn ogen en er kwam een diep gegrom uit zijn bek.

Jawel, verordonneerde de alfa, en zijn dubbele stem knetterde van zijn verschroeiende autoriteit. *Vannacht kom je er niet onderuit. Jacob, jij gaat met ons tegen de Cullens vechten. Jij, Quil en Embry nemen samen Jasper en Emmett voor je rekening. Je bent verplicht om de stam te beschermen. Daarom leef je. Je móét je plicht vervullen.*

Ik zakte in elkaar toen zijn bevel me verpletterde. Mijn poten begaven het en ik viel op mijn buik aan zijn voeten.

Geen enkel lid van de roedel kon zich tegen de alfa verzetten.

11. De twee dingen boven aan mijn van-ze-lang-zal-ze-leven-nietlijstje

Sam begon de anderen al op te stellen terwijl ik nog op de grond lag. Embry en Quil stonden naast me te wachten tot ik was bijgekomen en het voortouw zou nemen.

Ik voelde de drang, de behoefte om op te staan en hen te leiden. Het gevoel werd steeds dwingender en ik probeerde me er tevergeefs tegen te verzetten terwijl ik op de grond door het stof kroop.

Embry jankte zachtjes in mijn oor. Hij wilde de woorden niet denken, omdat hij bang was dat hij Sams aandacht dan weer op me zou vestigen. Ik voelde hoe hij me zwijgend smeekte om overeind te komen, om door de zure appel heen te bijten zodat we het maar zo snel mogelijk achter de rug zouden hebben.

De roedelleden waren bang, niet voor zichzelf, maar voor ons allemaal. We konden ons niet voorstellen dat iedereen het vannacht zou overleven. Welke broeders zouden we verliezen? Wiens gedachten zouden ons voor altijd verlaten? Welke rouwende gezinnen zouden we morgenochtend moeten troosten?

Mijn geest sloot zich langzaam bij hen aan terwijl we onze angsten gezamenlijk opzij probeerden te zetten. Ik duwde mezelf automatisch overeind en schudde mijn vacht uit.

Embry en Quil zuchtten van opluchting. Quil duwde even met zijn neus tegen mijn zij.

Hun hoofd was vol van onze uitdaging, onze taak. We dachten terug aan de nachten waarin we de Cullens hadden zien trainen voor het gevecht met de nieuwelingen. Emmett Cullen was het sterkst, maar Jasper zou het grootste probleem vormen. Hij was als de bliksem – sterk, snel en dodelijk tegelijk. Hoeveel eeuwen ervaring had hij al? Zoveel dat de andere Cullens hem om advies vroegen.

Ik ga wel voorop, als jij liever in de flank wilt, bood Quil aan. Er zat meer opwinding in zijn gedachten dan in die van de meeste anderen. Toen Quil die nachten naar Jaspers instructies had gekeken, had hij meteen staan popelen om zijn

175

krachten met die van de vampier te meten. Voor hem zou dit een wedstrijdje worden. Hij wist dat zijn leven op het spel stond, maar toch zag hij het zo. Paul had hetzelfde gevoel, net als die twee jochies die nog nooit gevochten hadden, Collin en Brady. Seth had er waarschijnlijk net zo over gedacht als zijn tegenstanders niet zijn vrienden waren geweest.

Jake? drong Quil aan. *Hoe wil je dit aanpakken?*

Ik schudde alleen maar mijn kop. Ik kon me niet concentreren – de drang om Sams bevelen op te volgen had zich als een stel marionettentouwtjes aan al mijn spieren vastgehaakt. Eerst de ene poot naar voren, dan de andere.

Seth stond achter Collin en Brady te treuzelen – bij hen ging Leah voorop. Ze negeerde Seth terwijl ze de plannen met de anderen besprak en ik zag dat ze hem het liefst buiten het gevecht zou houden. Haar gevoelens voor haar broertje hadden iets moederlijks, ze wou dat Sam hem gewoon naar huis zou sturen. Leahs twijfels drongen niet tot Seth door: hij moest ook wennen aan de marionettentouwtjes.

Misschien moet je niet zo tegenstribbelen... fluisterde Embry.

Concentreer je gewoon op wat wij moeten doen. Die grote gasten. We kunnen ze hebben. We pakken ze! Quil stond zichzelf op te fokken, als een peptalk voor een belangrijke wedstrijd.

Ik besefte hoe makkelijk het zou zijn om alleen aan mijn deel te denken en me af te sluiten voor de rest. Ik zag zo voor me hoe we Jasper en Emmett zouden aanvallen. Het was al een keer bijna zover gekomen. Ik had hen heel lang als vijanden beschouwd. Dat zou ik nu weer kunnen doen.

Ik moest gewoon vergeten dat zij degene beschermden die ik ook wilde beschermen. Ik moest vergeten waarom ik misschien wel wilde dat zij zouden winnen...

Jake, waarschuwde Embry. *Hou je kop erbij.*

Mijn poten sleepten zich voort, probeerden zich te onttrekken aan de rukkende touwtjes.

176 *Het heeft geen zin om je ertegen te verzetten*, fluisterde Embry weer.

Hij had gelijk. Uiteindelijk zou ik doen wat Sam wilde, als hij bereid was om het op de spits te drijven. En dat was hij. Duidelijk.

De alfa had niet voor niets zo veel gezag. Zelfs zo'n sterke roedel als de onze stelde zonder leider weinig voor. We moesten samen optrekken en samen denken om te kunnen slagen. En daarom moest het lichaam een hoofd hebben.

Maar stel dat Sam in dit geval ongelijk had? Niemand kon er iets aan doen. Niemand kon zijn besluit aanvechten.

Behalve.

En daar was het – iets waar ik vroeger nooit, maar dan ook nooit aan wilde denken. Maar nu ik aan al mijn poten gebonden was, besefte ik opeens vol opluchting dat er één uitzondering was. Met meer dan opluchting: met een woeste vreugde.

Niemand kon het besluit van de alfa aanvechten – behalve ík.

Ik had nooit iets gedaan om bepaalde rechten te verwerven. Maar sommige dingen had ik bij mijn geboorte meegekregen, dingen die ik nooit had opgeëist.

Ik had de roedel nooit willen leiden. Ik wilde het nog steeds niet. Ik wilde de verantwoordelijkheid voor al onze levens niet op mijn schouders hebben. Sam was daar beter in dan ik ooit zou worden.

Maar nu had hij de verkeerde beslissing genomen.

En ik was niet geboren om voor hem te knielen.

Zodra ik mijn geboorterecht had geaccepteerd vielen de boeien van mijn lijf.

Ik voelde het opzwellen in mijn binnenste, een soort vrijheid en tegelijkertijd ook een soort vreemde, lege macht. Leeg omdat een alfa zijn macht verkreeg door zijn roedel, en ik had geen roedel. Heel even werd ik overmand door eenzaamheid.

Ik had geen roedel meer.

Maar ik maakte me breed en sterk toen ik naar Sam toe liep, die met Paul en Jared stond te overleggen. Hij draaide zich om toen hij me aan hoorde komen, en zijn zwarte ogen werden spleetjes.

Nee, zei ik nog een keer tegen hem.

Hij hoorde het meteen, hoorde de keuze die ik had gemaakt aan het geluid van de alfastem in mijn gedachten.

Hij kefte geschrokken en sprong een halve pas achteruit.

Jacob? Wat heb je gedaan?

Ik ga niet met je mee, Sam. Dit is te fout.

Hij staarde me verbijsterd aan. *Maar... verkies je je vijanden boven je familie?*

Het zijn onze... Ik schudde mijn kop om hem helder te krijgen. *Het zijn onze vijanden niet. Dat zijn ze ook nooit geweest. Ik zag het pas in toen het tot me doordrong dat we ze zouden gaan vermoorden, toen ik er eindelijk echt goed over nadacht.*

Dit gaat niet om hen, grauwde hij naar me. *Dit gaat om Bélla. Ze is nooit de ware*

177

voor je geweest, ze heeft nooit voor jou gekozen, en toch blijf je je leven voor haar verpesten!

Het waren harde woorden, maar het was wel de waarheid. Ik haalde diep adem en zoog ze naar binnen.

Misschien heb je wel gelijk. Maar jij verpest de roedel voor haar, Sam. Wie het ook zullen overleven vannacht, er zal altijd bloed aan hun poten blijven kleven.

We moeten onze gezinnen beschermen!

Ik weet wat je besloten hebt, Sam. Maar je beslist niet voor mij, niet meer.

Jacob — je kunt de stam niet de rug toekeren.

Ik hoorde de dubbele galm van zijn alfabevel, maar dit keer woog het niets. Het gold niet meer voor mij. Sam klemde zijn kaken op elkaar en probeerde me in gedachten te dwingen om hem te gehoorzamen.

Ik staarde in zijn woedende ogen. *De zoon van Ephraim Black was niet geboren om de bevelen van de zoon van Levi Uley op te volgen.*

Dus dit was het dan, Jacob Bláck? Zijn nekharen gingen overeind staan en hij liet zijn tanden zien. Naast hem begonnen Paul en Jared boos te grommen. *Zelfs al zou je me kunnen verslaan, dan zal de roedel je nooit volgen!*

Nu sprong ík achteruit terwijl ik onwillekeurig een verbaasd jankgeluidje liet horen.

Je verslaan? Ik wil helemaal niet met je vechten, Sam.

Wat wil je dan? Ik ga niet aftreden zodat jij de roedel kunt opofferen om dat vampiergebroed te beschermen.

Ik zeg ook niet dat je moet aftreden.

Als je hun beveelt om jou te volgen...

Ik zal iemand nóóit zijn wil afnemen.

Met zwiepende staart deinsde hij terug voor mijn beschuldigende toon. Toen deed hij weer een stap naar voren, tot we recht tegen over elkaar stonden en zijn ontblote tanden slechts een paar centimeter van de mijne verwijderd waren. Ik merkte nu pas dat ik groter was dan hij.

178   *Er kan maar één alfa zijn. De roedel heeft mij gekozen. Ga je ons vanavond uit elkaar scheuren? Keer je je tegen je broeders? Of maak je nu een einde aan deze waanzin door je weer bij ons te voegen?* Elk woord stond bol van de bevelen, maar ze deden me niets. Er stroomde zuiver alfabloed door mijn aderen.

Ik snapte heel goed waarom er nooit meer dan één alfamannetje per roedel was. Mijn lichaam reageerde op de uitdaging. Instinctief voelde ik de oerdrift om mijn geboorterecht op te eisen. Diep in mijn wolvenziel spande ik mijn spieren aan voor het gevecht om het leiderschap.

Ik richtte al mijn energie op het bedwingen van die reactie. Ik weigerde in een zinloos, vernietigend gevecht met Sam terecht te komen. Hij was nog steeds mijn broer, ook al had ik me tegen hem gekeerd.

Er is maar één alfa voor deze roedel. Dat betwist ik ook niet. Ik kies er alleen voor om mijn eigen weg te gaan.

Hoor je nu bij een vampíérfamilie, Jacob?

Ik kromp in elkaar.

Ik weet het niet, Sam. Maar één ding weet ik wel...

Hij deinsde achteruit toen hij het alfaoverwicht in mijn stem hoorde. Het had meer invloed op hem dan het zijne op mij, want ik was écht geboren om hem te leiden.

Ik zal de Cullens hoe dan ook beschermen. Ik weiger lijdzaam toe te kijken hoe de roedel onschuldige – het viel niet mee om vampiers zo te noemen, maar het was nu eenmaal zo – *mensen doodt. De roedel is zoveel meer waard. Jij moet ze de juiste weg wijzen, Sam.*

Ik keerde hem mijn rug toe en onmiddellijk barstte er om me heen een woest gejank los.

Mijn nagels klauwden in de aarde terwijl ik wegsprintte van de opschudding die ik had veroorzaakt. Ik had niet veel tijd. Gelukkig was Leah de enige die me heel misschien zou kunnen inhalen, en ik had een voorsprong.

Het gejank werd zwakker naarmate ik verder weg rende en ik stelde mezelf gerust terwijl het geluid de stille nacht bleef doorklieven. Ze zaten nog niet achter me aan.

Ik moest de Cullens waarschuwen voor de roedel kon bekomen van de schrik en me zou tegenhouden. Als de Cullens voorbereid waren, zou Sam er misschien nog eens over nadenken en de aanval afblazen. Ik rende naar het witte huis waar ik nog steeds zo'n hekel aan had en liet mijn eigen thuis achter me. Mijn huis was niet meer van mij. Ik had het de rug toegekeerd.

Deze dag was begonnen als alle andere. Ik was thuisgekomen van mijn wachtronde tijdens de regenachtige zonsopgang, had ontbeten met Billy en Rachel, stomme tv-programma's gekeken, ruziegemaakt met Paul... Hoe had alles in hemelsnaam zo kunnen veranderen, zo onwerkelijk kunnen worden? Hoe had alles zo'n ongelooflijke rotzooi kunnen worden en zulke vreemde wendingen kunnen

179

nemen dat ik hier beland was, helemaal alleen, alfa tegen wil en dank, afgesneden van mijn broers terwijl ik partij koos voor de vampiers en niet voor hen?

Mijn verdwaasde gedachten werden onderbroken door het geluid waar ik al bang voor was geweest – grote poten die zachtjes op de grond neerkwamen en me achtervolgden. Ik stortte me naar voren en schoot door het zwarte bos. Ik moest dichterbij zien te komen zodat Edward de waarschuwing in mijn hoofd kon horen. Leah zou me in haar eentje nooit kunnen tegenhouden.

En toen ving ik de stemming van de gedachten achter me op. Ze waren niet boos, ze waren enthousiast. Ze achtervolgden me niet... Ze liepen met me mee.

Mijn passen haperden. Ik struikelde twee stappen voor ik weer in mijn ritme zat.

Wacht nou even. Mijn poten zijn niet zo lang als de jouwe.

SETH! *Waar ben jij in vredesnaam mee bezig? Ga naar* HUIS!

Hij gaf geen antwoord, maar ik voelde zijn opwinding terwijl hij gewoon achter me aan bleef rennen. Ik kon door zijn ogen kijken en hij door de mijne. Voor mij was de nachtelijke omgeving somber en grauw – vol wanhoop. Voor hem was hij juist veelbelovend.

Ik had niet gemerkt dat ik langzamer was gaan lopen, maar plotseling dook hij op bij mijn flank en rende met me mee.

Ik meen het, Seth! Jij hoort hier niet. Opzouten, nu.

De slungelige bruine wolf snoof. *Ik sta achter je, Jacob. Ik vind dat je gelijk hebt. En ik weiger Sam te steunen als...*

O, en of jij Sam gaat steunen! En nou ga je als de sodemieter op je harige pootjes terug naar La Push en je doet wat Sam zegt.

Nee.

Wegwezen, Seth!

Is dat een bevel, Jacob?

Zijn vraag overviel me. Ik kwam slippend tot stilstand en mijn nagels trokken groeven in de modder.

180 *Ik beveel helemaal niets. Ik zeg gewoon wat je allang weet.*

Hij ging naast me op de grond zitten. *Ik zal jou eens vertellen wat ik weet – ik weet dat het akelig stil is. Is je dat nog niet opgevallen?*

Ik knipperde met mijn ogen. Mijn staart zwiepte zenuwachtig heen en weer toen ik besefte wat hij eigenlijk bedoelde. Hierbuiten was het niet stil: ver weg in het westen was nog steeds gejank te horen.

Ze zijn nog niet terugveranderd, zei Seth.

Dat wist ik. De roedel zou nu wel in de hoogste staat van paraatheid zijn. Ze zouden de gedachteketen gebruiken om de hele omgeving in de gaten te houden. Maar ik kon niet horen wat ze dachten. Ik hoorde alleen Seth. Verder niemand.

Ik denk dat afzonderlijke roedels niet met elkaar verbonden zijn. Tja. Daar zullen onze vaders wel nooit achter gekomen zijn, want er is nooit een reden geweest voor afzonderlijke roedels. Daar waren ook nooit genoeg wolven voor. Zo hé, het is écht heel stil. Best eng. Maar ergens ook wel fijn, vind je niet? Ik durf te wedden dat het voor Ephraim, Quil en Levi een stuk makkelijker was zo. Lang niet zo veel geouwehoer met z'n drieën. Of z'n tweeën.

Hou je mond, Seth.

Ja meneer.

Hou nou eens op! Er zijn geen twee roedels. Je hebt dé roedel, en je hebt mij. Meer niet. Dus dan kun je nu naar huis.

Als er geen twee roedels zijn, waarom horen wij elkaar dan wel en de rest niet? Volgens mij heb jij een heel belangrijke stap gezet door je van Sam af te keren. Daardoor is er iets veranderd. En dat ik met je meegegaan ben was ook belangrijk, volgens mij.

Daar zit wel wat in, gaf ik toe. *Maar als iets kan veranderen, kan het ook weer in zijn oude staat hersteld worden.*

Hij stond op en begon op een drafje naar het oosten te lopen. *We hebben nu geen tijd om daarover te ruziën. We moeten verder voordat Sam...*

Daar had hij wel gelijk in. We hadden geen tijd voor deze discussie. Ik begon weer te rennen, maar ik hield mezelf een beetje in. Seth liep schuin achter me aan mijn rechterflank, op de vaste plek van de adjudant.

Ik kan ook wel ergens anders rennen, dacht hij, en zijn snuit zakte even naar beneden. *Ik ben niet met je meegegaan omdat ik zo graag bevorderd wil worden.*

Ren maar waar je wilt. Maakt me niks uit.

We hoorden nog geen andere wolven achter ons, maar we zetten toch allebei tegelijkertijd een tandje bij. Ik maakte me zorgen. Als ik niet in de roedelgeest 181 kon kijken zou het allemaal een stuk lastiger worden. Nu zouden de Cullens en ik de aanval helemaal niet kunnen zien aankomen.

Dan rennen we toch wachtrondes? stelde Seth voor.

En wat doen we als de roedel ons uitdaagt? Mijn ogen vernauwden zich. *Vallen we dan onze broeders aan? En jouw zus?*

Nee – dan slaan we alarm en trekken ons terug.

Goed geantwoord. Maar hoe moet het daarna dan? Ik denk niet...

Ik weet het, beaamde hij een stuk minder zelfverzekerd. *Ik denk ook niet dat ik tegen ze zou kunnen vechten. Maar zij zullen het net zo vervelend vinden om ons aan te vallen als andersom. Misschien is dat al genoeg om ze tegen te houden. En bovendien zijn ze nu nog maar met z'n achten.*

Doe eens niet de hele tijd zo... Het duurde even voor ik het juiste woord gevonden had. *Optimistisch. Ik word er bloednerveus van.*

Goed hoor. Zal ik dan maar heel ellendig doen, of gewoon m'n mond houden?

Gewoon je mond houden.

Komt voor de bakker.

O ja? Daar lijkt het anders niet op.

Hij werd eindelijk stil.

En toen waren we de weg over en kwamen we in het bos rond het huis van de Cullens. Zou Edward ons al kunnen horen?

Misschien moeten we iets denken als: 'We komen in vrede.'

Doe je best.

Edward? Hij riep de naam aarzelend. *Edward, ben je daar? Oké, nu voel ik me best dom.*

Je klinkt ook best dom.

Denk je dat hij ons kan horen?

We waren nu minder dan anderhalve kilometer bij het huis vandaan. *Ik denk het wel. Hé, Edward. Als je me hoort: te paard, bloedzuiger. Je hebt een probleem.*

Wíj hebben een probleem, verbeterde Seth.

Toen stormden we tussen de bomen door het grote gazon op. Het huis was donker, maar niet verlaten. Edward stond tussen Emmett en Jasper in op de veranda. Ze waren sneeuwwit in het bleke licht.

'Jacob? Seth? Wat is er aan de hand?'

Ik vertraagde en deed toen weer een paar stappen achteruit. De geur was zo 182 scherp door deze neus dat ik het gevoel had dat hij me echt verbrandde. Seth jankte zachtjes, twijfelde even en ging toen achter me staan.

Om Edwards vraag te beantwoorden liep ik in gedachten de confrontatie met Sam nog eens door, in omgekeerde volgorde, alsof ik terugspoelde. Seth dacht met me mee, vulde me hier en daar aan en liet de gebeurtenissen vanuit een ander gezichtspunt zien. We stopten even toen we bij de termen 'walgelijk' en 'monsterlijk' aankwamen, want Edward siste woedend en sprong de veranda af.

'Dus ze willen Bella vermoorden?' gromde hij vlak.

Emmett en Jasper, die het eerste gedeelte van het gesprek niet hadden gehoord, dachten dat zijn toonloze vraag een constatering was. Ze stonden in een flits naast hem en kwamen met ontblote tanden op ons af.

Ho eens even, dacht Seth terwijl hij achteruitdeinsde.

'Em, Jazz – zíj niet! De anderen. De roedel is onderweg.'

Emmett en Jasper bleven onmiddellijk staan; Emmett draaide zich om naar Edward en Jasper hield zijn ogen op ons gericht.

'Wat willen zíj dan?' wilde Emmett weten.

'Hetzelfde als ik,' siste Edward. 'Maar zij hebben hun eigen plan van aanpak. Ga de anderen halen. Bel Carlisle! Zeg dat Esmé en hij meteen terug moeten komen.'

Ik jankte ongelukkig. De roedel zou ze dus niet eens meer uit elkaar hoeven drijven.

'Ze zijn niet ver weg,' zei Edward met diezelfde doodse stem als zonet.

Ik ga even poolshoogte nemen, zei Seth. *Langs de westelijke grens.*

'Is dat gevaarlijk, Seth?' vroeg Edward.

Seth en ik wisselden een blik.

Ik denk 't niet, dachten we samen. En toen voegde ik eraan toe: *Maar misschien is het beter als ík ga. Voor het geval dat...*

Maar mij zullen ze minder snel aanvallen, merkte Seth op. *Voor hen ben ik nog maar een jochie.*

Voor mij ben je ook nog maar een jochie, jochie.

Ik ga. Jij moet overleggen met de Cullens.

Hij draaide zich om en spurtte de duisternis in. Ik was niet van plan om Seth te commanderen, dus ik liet hem gaan.

Edward en ik stonden tegenover elkaar op het donkere gazon. Ik hoorde Emmett in zijn telefoon mompelen. Jasper keek naar de plek waar Seth tussen de bomen was verdwenen. Alice kwam de veranda op, keek even met een ongeruste blik naar mij en ging toen snel naast Jasper staan. Ik nam aan dat Rosalie binnen was, bij Bella, en haar nog steeds beschermde – tegen de verkeerde gevaren. 183

'Dit is niet de eerste keer dat ik je mijn dank verschuldigd ben, Jacob,' fluisterde Edward. 'Ik zou dit nooit van je gevraagd hebben.'

Ik dacht aan wat hij eerder vandaag van me gevraagd had. Als het op Bella aankwam, ging niets hem te ver. *O jawel.*

Hij dacht er even over na en knikte toen. 'Daar zou je wel eens gelijk in kunnen hebben.'

Ik slaakte een diepe zucht. *Tja, dit is niet de eerste keer dat ik het niet voor jou doe.* 'Juist,' mompelde hij.

Het spijt me dat ik vandaag niets voor je heb kunnen betekenen. Ik zei toch dat ze niet naar me zou luisteren.

'Dat weet ik ook wel. Ik heb nooit echt geloofd dat ze dat wel zou doen. Maar...'

Je moest het proberen. Ik snap het. Gaat het al wat beter met 'r?

Zijn stem en ogen werden vlak. 'Slechter,' prevelde hij.

Ik wilde dat woord niet tot me laten doordringen en was dan ook blij toen Alice haar mond opendeed.

'Jacob, zou je misschien van gedaante kunnen veranderen?' vroeg Alice. 'Ik wil weten wat er aan de hand is.'

Ik schudde mijn kop terwijl Edward antwoord gaf.

'Dan kan hij niet meer met Seth praten.'

'Nou, zou jíj me dan in elk geval kunnen vertellen wat er aan de hand is?'

Hij legde het in korte, emotieloze zinnetjes uit. 'De roedel vindt dat Bella een probleem is geworden. Ze verwachten dat het... dat het wezen in haar buik gevaarlijk zal zijn. Ze zien het als hun plicht om dat gevaar uit de weg te ruimen. Jacob en Seth hebben de roedel verlaten om ons te waarschuwen. De rest is van plan om ons vannacht aan te vallen.'

Alice siste en deed een stap achteruit. Emmett en Jasper keken elkaar even aan en lieten hun ogen toen over de bomen glijden.

Niemand te bekennen hier, meldde Seth. *Van het westelijk front geen nieuws. Misschien gaan ze eromheen.*

Ik ga met een boog weer terug.

'Carlisle en Esmé zijn onderweg,' zei Emmett. 'Twintig minuten, hooguit.'

'We moeten bedenken hoe we ons gaan verdedigen,' zei Jasper.

Edward knikte. 'We gaan naar binnen.'

Ik ga met Seth de grens bewaken. Als je me niet meer kunt horen omdat ik te ver weg ben, luister dan of je me hoort janken.

'Zal ik doen.'

Hun ogen flitsten alle kanten op terwijl ze terug naar het huis liepen. Nog voor ze binnen waren had ik me al omgedraaid en koers gezet naar het westen.

Ik zie nog steeds niets, zei Seth tegen me.

Ik zal de andere helft van de cirkel doen. Schiet op – straks glippen ze er nog doorheen, en dat moeten we niet hebben.

Seth schoot als een speer naar voren.

We renden in stilte terwijl de minuten verstreken. Ik luisterde naar de geluiden om hem heen om te controleren of hij ze goed inschatte.

Hé – ik hoor iets rennen! waarschuwde hij na vijftien minuten stilte.

Ik kom eraan!

Blijf waar je bent – ik geloof niet dat het de roedel is. Het klinkt anders.

Seth...

Maar hij ving de naderende geur op in de wind en ik las het in zijn gedachten.

Vampier. Vast Carlisle.

Seth, terugtrekken. Het kan ook iemand anders zijn.

Nee, zij zijn het. Ik herken de geur. Wacht, ik ga van gedaante veranderen om het hun uit te leggen.

Seth, volgens mij is dat...

Maar hij was al weg.

Ongerust rende ik langs de westelijke grens. Zou het geen giller zijn als ik Seth verdorie nog geen nacht lang kon beschermen? Stel dat er iets met hem gebeurde tijdens mijn wacht? Leah zou me aan stukken scheuren.

Gelukkig hield het joch het kort. Nog geen twee minuten later hoorde ik hem alweer in mijn hoofd.

Jep, Carlisle en Esmé. Ha, waren die even verbaasd toen ze mij zagen! Ze zullen nu onderhand wel binnen zijn. Carlisle vroeg of ik je wilde bedanken.

Het is een goeie vent.

Inderdaad. Daarom is het goed dat we dit doen.

Laten we het hopen.

Waarom ben je zo somber, Jake? Ik durf te wedden dat Sam de roedel hier vannacht niet naartoe zal leiden. Hij stuurt ze heus niet op een zelfmoordmissie.

Ik zuchtte. Het maakte allemaal niet veel uit.

O. Dit gaat eigenlijk helemaal niet om Sam, hè?

Ik draaide me om aan het eind van mijn ronde. Ik rook Seths geur waar hij voor het laatst de bocht had genomen. We lieten geen gaten vallen.

Jij denkt dat Bella hoe dan ook doodgaat, fluisterde Seth.

Ja, en ik heb gelijk.

Arme Edward. Hij zal wel helemaal gek zijn.

Letterlijk.

Bij het horen van Edwards naam kwamen er ook weer andere herinneringen boven borrelen. Seth las ze vol verbijstering.

En toen begon hij te janken. *O, nee hè! Dat meen je niet! Heb je dat echt gezegd? Dat is echt niet oké, Jacob! En dat weet je dondersgoed! Ik kan gewoon niet geloven dat je beloofd hebt hem te vermoorden. Waar sláát dat op? Je moet tegen hem zeggen dat je het niet zult doen.*

Hou je mond, hou je mond! Idioot! Nu denken ze dat de roedel eraan komt!

Oeps! Hij zweeg abrupt, midden in een uithaal.

Ik draaide me om en begon met grote sprongen terug naar het huis te rennen. *Hou je erbuiten, Seth. Ik wil dat je voorlopig weer de hele cirkel voor je rekening neemt.*

Seth was witheet, maar ik negeerde hem.

Vals alarm, vals alarm, dacht ik toen ik dichterbij kwam. *Sorry. Seth is nog jong. Hij denkt soms niet goed na. We worden niet aangevallen. Vals alarm.*

Toen ik het grasveld op rende zag ik Edward bij een donker raam naar buiten staren. Ik rende nog dichterbij, omdat ik zeker wilde weten dat hij mijn boodschap had ontvangen.

Er is niets aan de hand – is het overgekomen?

Hij knikte kort.

Het zou een stuk makkelijker zijn als de communicatie niet zo eenzijdig zou verlopen. Maar aan de andere kant was ik ergens ook wel weer blij dat ik niet in zíjn hoofd zat.

Hij keek over zijn schouder, het huis in, en ik zag een rilling door zijn lijf trekken. Zonder nog naar me te kijken wuifde hij me weg en verdween uit het zicht.

Wat is er aan de hand?

Alsof ik antwoord zou krijgen.

Ik ging roerloos op het gras zitten en luisterde. Met deze oren kon ik zelfs bijna Seths zachte voetstappen kilometers verderop in het bos horen. Het was dus geen enkel probleem om alle geluiden in het donkere huis op te vangen.

'Het was vals alarm,' legde Edward op die doodse toon van hem uit; hij herhaalde gewoon wat ik had gezegd. 'Seth schrok van iets anders en vergat dat wij op een teken wachtten. Hij is erg jong.'

'Fijn dat we een stel kleuters hebben om het fort te bewaken,' bromde een zwaardere stem. Emmett, dacht ik.

'Ze hebben ons vanavond een enorme dienst bewezen, Emmett,' zei Carlisle. 'Waar ze een enorm offer voor hebben moeten brengen.'

'Dat weet ik wel. Ik ben gewoon jaloers. Ik wou dat ík in het bos rondliep.'

'Seth denkt niet dat Sam zal aanvallen,' zei Edward robotachtig. 'Niet nu wij gewaarschuwd zijn en hij twee roedelleden mist.'

'En hoe denkt Jacob erover?' vroeg Carlisle.

'Die is minder optimistisch.'

Niemand zei iets. Er klonk een zacht, druppelend geluid dat ik niet goed thuis kon brengen. Ik hoorde hun rustige ademhaling en ik pikte die van Bella er zo uit – hij was rasperig, moeizaam. Hij ging hortend en stotend, in een vreemd ritme. Ik hoorde haar hartslag. Hij klonk... te snel. Ik vergeleek hem met mijn eigen pols, maar ik wist niet zeker of dat wel een goede maatstaf was. Ik was zelf ook niet echt normaal te noemen.

'Blijf van haar af! Straks maak je haar wakker,' fluisterde Rosalie.

Iemand zuchtte.

'Rosalie,' prevelde Carlisle.

'Zet het maar uit je hoofd, Carlisle. We hebben je je zin gegeven, maar meer zit er niet in.'

Het leek wel alsof Rosalie en Bella nu allebei in het meervoud praatten. Alsof ze hun eigen roedel hadden opgericht.

Ik liep geruisloos voor het huis heen en weer. Elke bocht bracht me iets dichterbij. De duistere ramen waren als een televisie die aanstond in een saaie wachtkamer – ik moest er telkens weer naar kijken.

Een paar minuten en bochten later streek mijn vacht tijdens het lopen langs de veranda.

Ik kon door de ramen omhoogkijken; ik zag het bovenste stuk van de muren en het plafond, de kroonluchter waarvan de lampjes niet brandden. Ik was zo lang dat ik alleen maar mijn hals een beetje hoefde te strekken... en misschien één poot op de rand van de veranda hoefde te leggen....

Ik gluurde de grote, ruime woonkamer in, in de veronderstelling dat ik ongeveer hetzelfde tafereel als die middag zou aantreffen. Maar het was zo drastisch veranderd dat ik in eerste instantie in de war raakte. Heel even dacht ik dat ik de verkeerde kamer te pakken had.

De glazen wand was weg en leek nu van metaal te zijn. Alle meubels waren weggesleept, terwijl Bella midden in de open ruimte ongemakkelijk opgekruld op een smal bed lag. Geen gewoon bed, maar zo een met stangen langs de zijkant, als in een ziekenhuis. Wat ook net als in een ziekenhuis was, waren de monitoren die aan haar lijf gekoppeld waren en de buisjes die in haar huid staken. De lichtjes op de schermen knipperden, maar er kwam geen geluid uit. Het gedruppel kwam van het infuus dat in haar arm zat, met een of andere dikke, witte, ondoorzichtige vloeistof erin.

Ze hapte even naar adem in haar slaap, en Edward en Rosalie kwamen allebei dichterbij om zich bezorgd over haar bed te buigen. Haar lichaam schokte en ze jammerde. Rosalie gleed met haar hand over Bella's voorhoofd. Edwards lijf verstijfde – hij stond met zijn rug naar me toe, maar zijn uitdrukking moet boekdelen gesproken hebben, want voor ik met mijn ogen kon knipperen had Emmett zich tussen hen in gewrongen. Hij hief zijn handen op naar Edward.

'Nu niet, Edward. We hebben andere dingen aan ons hoofd.'

Edward draaide zich van hen af en veranderde weer in de brandende man. Heel even keek hij me recht in de ogen, en toen liet ik mijn poot weer op de grond zakken.

Ik rende terug naar het donkere bos, terug naar Seth, weg van wat er achter me lag.

Slechter. Ja, het ging slechter met haar.

12. Sommige mensen snappen het begrip 'ongewenst' gewoon niet

Ik stond op het punt om in slaap te vallen.

De zon was een uur geleden opgekomen achter de wolken; het bos was nu grijs in plaats van zwart. Seth was rond een uur of één gaan pitten en ik had hem bij het ochtendgloren wakker gemaakt voor de wisseling van de wacht. Mijn hersenen wilden hun mond niet houden en ik had moeite om de slaap te vatten, ook al had ik de hele nacht gerend, maar Seths ritmische passen hielpen wel. Eén, twee-drie, vier, één, twee-drie, vier – tam ta-dam tam: telkens weer kwamen zijn poten met een doffe plof neer op de vochtige grond terwijl hij in een wijde cirkel om het land van de Cullens heen rende. We sleten al een pad uit in de aarde. Seths hoofd was leeg, zijn gedachten bestonden alleen uit de groene en grijze flitsen van het bos dat voorbijschoot. Het was rustgevend. Ik liet me meevoeren door wat hij zag, zodat mijn eigen beelden niet op de voorgrond konden treden.

En toen werd de vroege ochtendstilte ruw verstoord door Seths snerpende gejank.

Ik sprong met een ruk overeind; mijn voorpoten kromden zich al om te rennen toen mijn achterpoten nog op de grond lagen. Ik sprintte naar de plek waar Seth stokstijf was blijven staan en luisterde samen met hem naar de poten die onze kant op kwamen.

Môgge, jongens.

Er kwam een geschrokken gejammer uit Seths bek. Toen drongen we dieper in de nieuwe gedachten door en begonnen we allebei te grommen.

O, nee! Ga weg, Leah! kreunde Seth.

189

Ik stopte toen ik bij Seth was. Hij had zijn kop in zijn nek gelegd, klaar om weer een gejank uit te stoten – klaaglijk, dit keer.

Kappen met die herrie, Seth.

O ja. Bah! Bah! Bah! Hij jammerde en klauwde over de grond zodat er diepe groeven in de aarde ontstonden.

Leah kwam op een drafje tevoorschijn, haar kleine grijze lijf zigzagde door de struiken.

Hou eens op met dat gejengel, Seth. Wat ben je toch ook een baby.

Ik gromde naar haar en legde mijn oren plat langs mijn kop. Ze deed automatisch een sprong achteruit.

Waar ben je mee bezig, Leah?

Ze slaakte een diepe zucht. *Nou, dat lijkt me duidelijk, hè? Ik kom bij die sneue, miezerige afvalligenroedel van jullie. De waakhonden van de vampiers.* Ze liet een sarcastisch, blaffend gelach horen.

O nee, ik dacht het niet. Wegwezen hier, voor ik een van je hamstrings kapot ruk.

Alsof je me ooit te pakken zou kunnen krijgen. Ze grijnsde en kromde haar lijf, klaar voor de start. *Wou je een wedstrijdje doen, o onverschrokken leider?*

Ik haalde diep adem en zoog mijn longen vol tot mijn borst helemaal opzwol. Toen ik zeker wist dat ik niet zou schreeuwen ademde ik met een diepe zucht weer uit.

Seth, ga tegen de Cullens zeggen dat het alleen maar die stomme zus van je was. Ik dacht de woorden zo hardvochtig mogelijk. *Ik handel dit wel af.*

Komt voor elkaar! Seth was maar wat blij dat hij weg kon. Hij verdween in de richting van het huis.

Leah jankte en leunde naar voren alsof ze hem achterna wilde gaan. Haar nekharen kwamen overeind. *Laat je hem zomaar in zijn eentje naar die vampiers toe gaan?*

Ik weet zeker dat hij liever door hen van kant wordt gemaakt dan dat hij nog een seconde langer bij jou in de buurt zou moeten blijven.

Hou je mond, Jacob. Oeps, sorry – ik bedoel: hou je mond, allerhoogste opperalfa.
Wat kom je hier in vredesnaam doen?

Dacht je dat ik gewoon rustig thuis bleef zitten terwijl mijn kleine broertje zich vrijwillig heeft aangemeld als vampierkauwspeeltje?

Seth zit niet op jouw bescherming te wachten en die heeft hij ook helemaal niet nodig. Sterker nog, niemand zit hier op jou te wachten.

Ooeeh, au, die hakt er echt in, blafte ze. *Ha, als er wél iemand op me zit te wachten ben ik er zo weer vandoor.*

Dus dit heeft eigenlijk helemaal niets met Seth te maken?

Natuurlijk wel. Ik wil alleen maar zeggen dat ik het wel gewend ben om ergens niet welkom te zijn. Daar krijg je me niet zo snel mee weg, als je begrijpt wat ik bedoel.

Ik knarste met mijn tanden en probeerde mijn gedachten op een rijtje te zetten.

Heeft Sam je gestuurd?

Als ik hier als Sams loopmeisje was, zou je me niet kunnen horen. Mijn loyaliteit ligt niet langer bij hem.

Ik luisterde zorgvuldig naar de gedachten tussen de woorden door. Als dit een afleidingsmanoeuvre of list was, moest ik waakzaam genoeg zijn om het door te hebben. Maar dat was het niet. Ze sprak de waarheid. De schoorvoetende, bijna wanhopige waarheid.

Dus van nu af aan ben je trouw aan mij? vroeg ik vol sarcasme. *Ja ja. Tuurlijk.*

Ik heb niet veel keus. Ik moet het doen met de mogelijkheden die ik heb. Ik vind dit net zo vervelend als jij, hoor.

Dat was niet waar. Haar gedachten hadden een scherpe, opgewonden ondertoon. Ze was hier niet blij mee, maar ze zat ook in een soort vreemde roes. Ik doorzocht haar hoofd in een poging er wijs uit te worden.

Ze verzette zich boos toen ik zomaar bij haar binnendrong. Meestal deed ik mijn best om Leah niet te horen – ik had nog nooit geprobeerd haar te begrijpen.

We werden onderbroken door Seth, die zijn uitleg aan Edward dacht. Leah jankte bezorgd. Edwards gezicht, omlijst door hetzelfde raam als vannacht, vertoonde geen enkele reactie op zijn nieuws. Het was emotieloos, doods.

Wow, wat ziet hij er slecht uit, mompelde Seth tegen zichzelf. Op die gedachte reageerde de vampier ook niet. Hij verdween in het huis. Seth draaide zich om en kwam weer naar ons toe. Leah ontspande een beetje.

Wat is er aan de hand? vroeg Leah. *Vertel eens wat er allemaal gebeurd is.*

Dat heeft geen zin. Jij gaat zo weer weg.

Nee, meneer de alfa, ik blijf. Blijkbaar móét ik bij iemand horen. Denk maar niet dat ik niet geprobeerd heb om er in mijn eentje mee te kappen, maar jij weet zelf ook dat dat gewoon niet gaat. Dus toen heb ik maar voor jou gekozen.

Leah, jij mag mij niet. Ik mag jou niet.

En bedankt, commandant Open Deur. Dat kan me niets schelen. Ik blijf bij Seth. 191

Je hebt een hekel aan vampiers. Vind je dat zelf ook niet een beetje tegenstrijdig?

Jij hebt ook een hekel aan vampiers.

Maar ik ben wél trouw aan dit bondgenootschap. Jij niet.

Ik zal wel een beetje bij ze uit de buurt blijven. Ik kan hier de grenzen bewaken, net als Seth.

En dan moet ik jou zomaar even vertrouwen?

Ze strekte haar hals, ging op haar tenen staan en probeerde net zo groot als ik te worden terwijl ze me strak aankeek. *Ik zal mijn roedel niet verraden.*

Ik had zin om mijn kop in mijn nek te gooien en te janken, net als Seth eerder had gedaan. *Dit is jouw roedel niet! Dit is niet eens een roedel! Dit ben ik, in mijn eentje! Wat hebben jullie Clearwaters toch? Waarom laten jullie me niet gewoon met rust?*

Seth, die net achter ons tevoorschijn kwam, jankte beledigd. Ook dat nog.

Maar ik heb je toch goed geholpen, Jake?

Je bent niet héél vervelend geweest, jochie, maar als ik Leah er gratis bij krijg... Als ik alleen van haar afkom door jou naar huis te sturen... Tja, dan kun je me het toch moeilijk kwalijk nemen als ik wil dat je weggaat?

Jemig, Leah, jij verpest ook altijd alles!

Ja, ik weet het, zei ze tegen hem, en ze klonk opeens vreselijk ellendig.

Ik voelde de pijn in die vier woordjes, en hij was heviger dan ik gedacht had. Ik wilde dat niet voelen. Ik wilde geen medelijden met haar hebben. Ze had het niet gemakkelijk in de roedel, dat was waar, maar ze maakte het er zelf naar met die verbittering die al haar gedachten vervuilde en ervoor zorgde dat het een nachtmerrie was om in haar hoofd te moeten zijn.

Seth voelde zich ook schuldig. *Jake... Je stuurt me toch niet echt weg, hè? Leah valt heus wel mee. Echt. Met haar erbij kunnen we een nog grotere ronde maken. En Sams roedel bestaat nog maar uit zeven wolven. Hij zal ons nooit aanvallen nu hij zo sterk in de minderheid is. Misschien is het juist wel goed...*

Je weet dat ik geen roedel wil leiden, Seth.

Dan leid je ons toch niet, stelde Leah voor.

Ik snoof. *Klinkt me als muziek in de oren. En dan nu gauw naar huis.*

Jake, dacht Seth. *Ik ben hier op mijn plek. Ik heb géén hekel aan vampiers. Niet aan de Cullens, in elk geval. Voor mij zijn het gewoon mensen en ik zal ze beschermen, want dat is onze taak.*

Misschien dat jij hier op je plek bent, knul, maar je zus niet. En als jij weggaat, gaat zij...

192

Ik zweeg toen ik plotseling iets opving. Iets wat Leah uit haar gedachten had willen houden.

Leah zou helemaal niet weggaan.

Ik dacht dat dit om Seth ging, dacht ik zuur.

Ze kromp in elkaar. *Natuurlijk ben ik hier vanwege Seth.*

En omdat je niet meer bij Sam wilt zijn.

Ze klemde haar kaken op elkaar. *Ik ben jou geen verklaring schuldig. Ik hoef alleen maar te doen wat me gezegd wordt. Ik hoor bij jóúw roedel, Jacob. Punt uit.*

Ik liep grommend bij haar vandaan.

Shit. Ik zou nooit meer van haar afkomen. Ze mocht dan een hekel aan me hebben, de Cullens haten, alle vampiers met plezier nu meteen een kopje kleiner maken en het verschrikkelijk vinden dat ze hen in plaats daarvan moest beschermen, maar vergeleken met hoe het voor haar voelde om verlost te zijn van Sam stelde het allemaal niets voor.

Leah vond mij niet aardig, dus vond ze het ook niet zo erg om mij de hele tijd te horen denken dat ze moest oprotten.

Maar ze hield van Sam. Nog steeds. En om hém te horen wensen dat ze zou oprotten deed zo veel pijn dat ze er niet meer mee wilde leven nu ze een keus had. Ze zou elke andere mogelijkheid hebben aangegrepen. Al had ze als schoothondje bij de Cullens moeten intrekken.

Ik weet niet of ik zó ver zou gaan, dacht ze. Ze probeerde de woorden stoer en strijdlustig te laten klinken, maar haar onverschillige houding begon diepe barsten te vertonen. *Ik denk dat ik eerst een paar goede pogingen zou doen om mezelf van kant te maken.*

Luister eens, Leah...

Nee, luister jíj maar eens, Jacob. Hou nou maar op met dat geruzie, want het heeft toch geen zin. Ik zal je niet voor de voeten lopen, goed? Ik zal alles doen wat je wilt. Behalve teruggaan naar Sam om de treurige ex-vriendin uit te hangen van wie hij maar niet afkomt. Als je wilt dat ik wegga – ze ging op haar achterpoten zitten en keek me strak aan –, *dan zul je me moeten dwingen.*

Ik grauwde lang en boos. Ik begon zowaar begrip te krijgen voor Sam, ondanks alles wat hij mij en Seth had aangedaan. Geen wonder dat hij de roedel altijd zo rondcommandeerde. Anders kreeg je toch nooit iets voor elkaar?

Seth, zou je boos worden als ik je zus vermoordde?

Hij deed net alsof hij er even over na moest denken. *Ehm... ja, waarschijnlijk wel.*

Ik zuchtte.

Goed dan, mevrouw Ik-Doe-Alles-Wat-Je-Wilt. Vertel maar eens wat je allemaal weet, dan maak je jezelf tenminste nog nuttig. Wat is er gebeurd nadat wij vannacht zijn weggegaan?

193

Een boel gejank. Maar dat hebben jullie ongetwijfeld gehoord. Het was zo'n herrie dat het even duurde voor we erachter kwamen dat we jullie niet meer konden horen. Sam was... Haar woorden stokten, maar we zagen het in haar hoofd. Seth en ik krompen ineen. *Daarna was het al vrij snel duidelijk dat we nog eens goed over onze plannen moesten nadenken. Sam wilde 's ochtends meteen met de andere oudsten overleggen. Het was de bedoeling dat we daarna weer bij elkaar zouden komen om een strategie uit te werken. Maar ik kon wel merken dat hij niet van plan was om meteen weer een aanval te organiseren. Het zou zelfmoord zijn nu Seth en jij weg waren en de bloedzuigers hadden gewaarschuwd. Ik weet niet precies hoe ze het willen aanpakken, maar ik zou niet in mijn eentje door het bos gaan wandelen als ik een bloedzuiger was. De jacht op de vampiers is geopend.*

Dus je bent niet naar de vergadering van vanochtend geweest? vroeg ik.

Toen we ons vannacht moesten opsplitsen om patrouille te lopen heb ik gevraagd of ik naar huis mocht, om mijn moeder te vertellen wat er was gebeurd...

O, nee hè! Heb je het aan mama verteld? gromde Seth.

Seth, even geen familiegedoe nu. Ga verder, Leah.

Dus zodra ik weer mens was besloot ik even de tijd te nemen om na te denken. Nou ja, even, de hele nacht eigenlijk. De anderen zullen wel gedacht hebben dat ik in slaap was gevallen. Maar dat hele 'twee afzonderlijke roedels dus ook twee afzonderlijke roedelgeesten'-idee hield me wel een tijdje bezig. Uiteindelijk heb ik Seths veiligheid en de, eh, andere voordelen afgewogen tegen het feit dat ik een verrader zou worden en ik weet niet hoe lang in die vieze vampierstank zou moeten zitten. Je weet waar ik voor gekozen heb. Ik heb een briefje voor mijn moeder achtergelaten. We zullen het wel horen als Sam erachter komt...

Leah spitste een van haar oren richting het westen.

Ja, dat zal wel, beaamde ik.

Dat is alles wat ik weet. Wat doen we nu? vroeg ze.

Seth en zij keken me allebei verwachtingsvol aan.

Dit was nou precies waar ik echt helemaal geen zin in had.

194   *Laten we voorlopig maar gewoon een oogje in het zeil blijven houden. Meer kunnen we ook niet doen. Ga jij maar even slapen, Leah.*

Jij hebt net zo weinig geslapen als ik.

Ik dacht dat je zou doen wat ik zei?

Juist. Die hebben we nou wel gehoord, morde ze, en toen gaapte ze. *Nou ja, wat jij wilt. Het maakt mij niet uit.*

Ik ga de grens wel bewaken, Jake. Ik ben helemaal niet moe. Seth was zo blij dat ik hen niet naar huis had gestuurd dat hij bijna op en neer stond te springen van opwinding.

Tuurlijk, tuurlijk. Dan ga ik zo even kijken hoe het bij de Cullens is.

Seth rende weg over het nieuwe pad dat we in de vochtige aarde hadden uitgesleten. Leah keek hem bedachtzaam na.

Misschien nog twee rondjes voor ik ga pitten... Hé, Seth, zullen we kijken hoe vaak ik je kan inhalen?

Nee!

Met een zwaar, grinnikend geblaf sprong Leah door de bomen achter hem aan.

Ik gromde gelaten. Daar ging m'n rust.

Leah deed haar best, voor haar doen dan. Ze probeerde haar honende opmerkingen zoveel mogelijk te beperken terwijl ze langs de grens sjeesde, maar je kon je niet onttrekken aan haar zelfingenomen stemming. Ik moest denken aan die uitdrukking die zegt dat drie te veel is. Die was nu niet echt van toepassing, want ik vond het met z'n tweeën eigenlijk al veel te druk. Maar ik als we dan per se met z'n drieën moesten zijn, dan niet met háár erbij. Volgens mij kon ik niemand bedenken die ik nog vervelender zou vinden.

Paul? opperde ze.

Misschien, gaf ik toe.

Ze lachte in zichzelf, te nerveus en te opgefokt om zich beledigd te voelen. Ze was in een roes omdat ze aan Sams medelijden was ontsnapt, maar ik vroeg me af hoe lang die nog zou duren.

Dan wordt dat mijn streven – om minder irritant dan Paul te zijn.

Ik zou zeggen: doe je best.

Een paar meter voor het gazon veranderde ik van gedaante. Ik was helemaal niet van plan geweest om hier veel als mens te zijn, maar ik was ook niet van plan geweest om Leah in mijn hoofd te hebben. Ik trok mijn versleten korte broek aan en liep naar het huis.

195

Nog voor ik bij het trapje was ging de deur al open, en tot mijn verrassing kwam niet Edward, maar Carlisle naar buiten. Zijn gezicht zag er uitgeput en verslagen uit. Mijn hart stond even stil. Ik bleef wankelend staan en kon niets zeggen.

'Gaat het wel goed met je, Jacob?' vroeg Carlisle.

'Gaat het wel goed met Bélla?' stootte ik uit.

'Haar toestand is nog vrijwel hetzelfde als gisteravond. Het spijt me als ik je heb laten schrikken. Edward zei dat je in je menselijke gedaante kwam en ik ben naar buiten gekomen om je op te vangen, want hij wilde haar niet alleen laten. Ze is wakker.'

En Edward wilde elke minuut bij haar zijn omdat er niet veel tijd meer was. Carlisle zei het niet hardop, maar ik wist zo ook wel wat hij bedoelde.

Het was alweer een tijdje geleden dat ik had geslapen – nog voor mijn laatste wachtronde. Dat begon ik nu echt te voelen. Ik deed een stap naar voren, ging op de verandatrap zitten en zakte tegen de leuning in elkaar.

Carlisle ging onhoorbaar, zoals alleen een vampier dat kon, op dezelfde tree zitten, tegen de andere leuning.

'Ik heb gisteravond niet de kans gekregen om je te bedanken, Jacob. Je hebt geen idee hoezeer ik je... medeleven waardeer. Ik weet dat het jou om Bella's veiligheid gaat, maar dankzij jou is ook de rest van mijn gezin gered. Edward heeft me verteld wat je ervoor hebt moeten doen...'

'Laat maar zitten,' mompelde ik.

'Als je dat liever hebt.'

We bleven zwijgend zitten. Ik hoorde de anderen in het huis. Emmett, Alice en Jasper stonden boven met zachte, ernstige stemmen te praten. Esmé neuriede wat voor zich uit in een andere kamer. De ademhaling van Rosalie en Edward klonk vlakbij – ik kon niet horen wie wie was, maar ik hoorde wel het verschil met Bella's moeizame gehijg. Ik hoorde haar hart ook. Het klonk... onregelmatig.

Het leek wel alsof het lot eropuit was om me in één etmaal alles te laten doen waarvan ik had gezworen dat ik het nooit zou doen. Daar zat ik dan, doelloos af te wachten tot ze dood zou gaan.

Ik wilde het niet meer horen. Praten was beter dan luisteren.

'Hoort ze voor jou bij het gezin?' vroeg ik aan Carlisle. Het was me opgevallen dat hij had gezegd dat ik de rést van het gezin ook had geholpen.

'Ja. Bella is voor mij nu al een dochter. Een zeer dierbare dochter.'

'Maar toch laat je haar sterven.'

Hij was zo lang stil dat ik opkeek. Zijn gezicht stond heel, heel erg moe. Ik wist hoe hij zich voelde.

'Ik kan me voorstellen dat je me dat heel erg kwalijk neemt,' zei hij uiteindelijk. 'Maar ik moet haar wens respecteren. Het zou niet juist zijn om die keuze voor haar te maken, om haar te dwingen.'

Ik wilde boos op hem zijn, maar hij maakte het me niet gemakkelijk. Het leek wel alsof hij me met mijn eigen woorden om mijn oren sloeg, alleen dan een beetje door elkaar gehusseld. Maar nu Bella's leven op het spel stond dacht ik er plotseling heel anders over. En toch... Ik dacht terug aan hoe het voelde om gebroken voor Sam op de grond te liggen, om tegen mijn wil betrokken te worden bij de moord op iemand van wie ik hield. Maar dit was anders. Sam vergiste zich. En Bella hield van dingen waar ze niet van zou moeten houden.

'Denk je dat er een kans bestaat dat ze het overleeft? Als vampier en zo, bedoel ik. Ze heeft me verteld over... over Esmé.'

'Ik zou zeggen dat het op dit moment fiftyfifty is,' antwoordde hij zacht. 'Ik heb zelf gezien dat vampiergif wonderen kan verrichten, maar soms is een toestand zo kritiek dat zelfs ons gif er niet tegenop kan. Haar hart werkt te hard – als het ermee ophoudt... dan kan ik niets meer voor haar doen.'

Bella's hartslag bonkte en haperde om zijn woorden nog eens akelig duidelijk te benadrukken.

Misschien was de aarde de andere kant op gaan draaien. Misschien verklaarde dat waarom alles opeens precies het tegenovergestelde van gisteren was – waarom ik hoopte op iets wat me ooit mijn grootste nachtmerrie had geleken.

'Wat doet dat ding met haar?' fluisterde ik. 'Gisteravond leek het opeens veel slechter te gaan. Ik zag... al die slangetjes en zo. Door het raam.'

'Haar lichaam kan de foetus niet aan. Hij is sowieso te sterk, maar dat zou ze waarschijnlijk wel een tijdje volhouden. Het grootste probleem is dat ze door hem geen voedingsstoffen meer binnenkrijgt, terwijl ze die wel nodig heeft. Haar lichaam weigert alle vormen van voedsel. Ik heb het met een infuus geprobeerd, maar ze neemt het simpelweg niet op. Daardoor gaat haar toestand nog sneller achteruit. Ik zie haar – en haar niet alleen, maar de foetus ook – per uur verder wegkwijnen. Ik kan er niets aan doen en ik kan het proces ook niet afremmen. Ik begrijp maar niet wat hij wíl.' Zijn vermoeide stem stokte.

197

Ik voelde me net zoals ik me gisteren had gevoeld toen ik de paarszwarte plekken op haar buik zag: woedend, en een beetje krankzinnig.

Ik balde mijn handen tot vuisten om het beven onder controle te krijgen. Ik haatte dat ding dat haar pijn deed. Het monster vond het niet genoeg om haar van binnenuit bont en blauw te schoppen. Nee, hij hongerde haar ook nog uit.

Hij wilde waarschijnlijk gewoon iets om zijn tanden in te zetten – een hals om leeg te zuigen. En omdat hij nog niet groot genoeg was om iemand anders te vermoorden, zoog hij Bella's leven maar uit haar lijf.

Ik wist precies wat hij wilde: lijken en bloed, bloed en lijken.

Mijn huid werd helemaal heet en kriebelig. Ik ademde diep in en uit en concentreerde me om mezelf te kalmeren.

'Ik wou dat ik wist wat het precies is,' prevelde Carlisle. 'De foetus is heel goed beschermd. Ik heb er geen echo van kunnen maken. Ik denk niet dat ik een naald door het vruchtvlies kan krijgen, maar dat mag ik van Rosalie toch nooit proberen.'

'Een naald?' mompelde ik. 'Wat moet je daar nou mee?'

'Als ik meer over de foetus te weten kom, kan ik ook beter inschatten waar hij toe in staat zal zijn. Ik zou heel wat overhebben voor een druppeltje vruchtwater. Al wist ik alleen maar hoeveel chromosomen hij heeft...'

'Ik volg je niet meer, dokter. Nu even voor de dommerds onder ons?'

Hij grinnikte kort – zelfs zijn lach klonk uitgeput. 'Goed dan. Hoeveel biologie heb je gehad? Hebben jullie chromosomen behandeld?'

'Ik geloof het wel. We hebben drieëntwintig paar, toch?'

'Mensen wel.'

Ik knipperde met mijn ogen. 'Hoeveel hebben jullie er dan?'

'Vijfentwintig.'

Ik keek met gefronste wenkbrauwen naar mijn vuisten. 'Wat betekent dat?'

'Ik dácht dat het betekende dat onze soorten volledig verschilden, dat ze nog minder verwant waren dan een leeuw en een huiskat. Maar dit nieuwe leven lijkt te suggereren dat we genetisch gezien toch meer met elkaar gemeen hebben dan ik vermoedde.' Hij slaakte een bedroefde zucht. 'Ik was me er niet van bewust dat ik ze had moeten waarschuwen.'

Ik zuchtte ook. Het was makkelijk om Edward te haten omdat hij zo onwetend was geweest. Ik haatte hem er nog steeds om. Maar het viel niet mee om
198 ook zo over Carlisle te denken. Misschien ook omdat ik niet stikjaloers op Carlisle was.

'Misschien zou het helpen als ik wist hoeveel chromosomen de foetus heeft – als ik wist of hij meer op ons of op haar lijkt. Als ik wist wat we konden verwachten.' Toen haalde hij zijn schouders op. 'En misschien zou het ook wel niets helpen. Eigenlijk wil ik gewoon iets kunnen onderzoeken, denk ik, iets kunnen dóén.'

'Ik vraag me af wat voor chromosomen ik heb,' mompelde ik terloops. Ik dacht weer aan die dopingcontroles bij de Olympische Spelen. Zouden ze daar ook aan DNA-onderzoek doen?

Carlisle kuchte een beetje opgelaten. 'Jij hebt vierentwintig paar, Jacob.'

Ik draaide me langzaam opzij en keek hem met opgetrokken wenkbrauwen aan.

Hij keek gegeneerd. 'Ik was... nieuwsgierig. Ik ben zo vrij geweest om ernaar te kijken toen ik je in juni behandelde.'

Ik dacht even na. 'Waarschijnlijk zou ik nu boos moeten worden. Maar het kan me eigenlijk niet veel schelen.'

'Het spijt me. Ik had het moeten vragen.'

'Maakt niet uit, dokter. Je had er geen kwade bedoelingen mee, toch?'

'O nee, absoluut niet. Ik... Ik vind jullie soort gewoon fascinerend. Ik denk dat ik de kenmerken van vampiers door de eeuwen heen als heel normaal ben gaan beschouwen. De manier waarop jouw familie van gewone mensen afwijkt is veel interessanter. Bijna magisch.'

'Bibbidi bobbidi boo,' mompelde ik. Hij klonk net als Bella met die magische onzin.

Carlisle liet opnieuw een vermoeid lachje horen.

Toen hoorden we Edwards stem in het huis, en we zwegen allebei om te luisteren.

'Ik ben zo terug, Bella. Ik wil heel even met Carlisle praten. Rosalie, zou jij misschien even mee kunnen komen?' Edward klonk anders. Er zat weer een heel klein beetje leven in zijn dode stem. Een zweem van iets – nog geen hoop, maar misschien de wíl om te hopen.

'Wat is er, Edward?' vroeg Bella schor.

'Niets om je zorgen over te maken, lieverd. We zijn zo weer terug. Ga je mee, Rose?'

'Esmé?' riep Rosalie. 'Wil jij even op Bella passen voor me?'

Ik hoorde een zachte windvlaag toen Esmé de trap af snelde.

'Natuurlijk,' zei ze.

Carlisle ging verzitten en keek verwachtingsvol naar de deur. Edward kwam eerst naar buiten, met Rosalie achter zich aan. Net als zijn stem was ook zijn blik minder doods. Hij leek intens geconcentreerd. Rosalie keek achterdochtig.

Edward deed de deur achter haar dicht.

199

'Carlisle,' mompelde hij.

'Wat is er, Edward?'

'Misschien hebben we dit verkeerd aangepakt. Ik zat naar jou en Jacob te luisteren, en toen jullie het hadden over wat... de foetus wil, dacht Jacob iets heel interessants.'

Ík? Ik had volgens mij alleen maar gedacht dat ik het ding hartgrondig haatte. Wat dat betreft was ik in elk geval niet de enige: ik zag dat Edward er al moeite mee had om de relatief onschuldige term 'foetus' te gebruiken.

'Vanuit die invalshoek hebben we het eigenlijk nog helemaal niet bekeken,' ging Edward verder. 'We hebben geprobeerd om aan Bella's behoeften tegemoet te komen, en haar lichaam accepteert die voeding net zomin als onze vampierlichamen zouden doen. Misschien moeten we ons in eerste instantie meer op de behoeften van... van de foetus richten. Als we zijn honger kunnen stillen, kunnen we haar misschien ook beter helpen.'

'Ik kan je niet volgen, Edward,' zei Carlisle.

'Ga maar na, Carlisle. Als dat wezen meer vampier dan mens is, dan kun je toch wel raden wat het het allerliefst wil, en niet krijgt? Jacob wist het ook.'

Is dat zo? Ik ging in gedachten het gesprek nog eens na en probeerde te bedenken wat ik niet hardop had gezegd. Op hetzelfde moment dat Carlisle het begreep, wist ik het ook weer.

'O,' zei hij verrast. 'Denk je dat het... dorst heeft?'

Rosalie siste zacht. Ze keek niet achterdochtig meer. Haar afschuwelijk volmaakte gezicht lichtte helemaal op en haar ogen werden groot van opwinding. 'Natuurlijk,' mompelde ze. 'Carlisle, we hebben nog een heleboel van dat o-negatief dat we voor Bella apart gehouden hebben. Het is een goed idee,' zei ze erachteraan, zonder mij aan te kijken.

'Hmm.' Carlisle legde peinzend zijn hand op zijn kin. 'Wie weet... En hoe zouden we haar dat dan het beste kunnen toedienen...'

Rosalie schudde haar hoofd. 'We hebben geen tijd voor een creatieve oplossing. Ik stel voor dat we gewoon met de ouderwetse manier beginnen.'

'Wacht eens even,' fluisterde ik. 'Time-out. Willen jullie – willen jullie Bella blóéd laten drinken?'

'Het was je eigen idee, hond,' zei Rosalie terwijl ze me een zijdelingse, chagrijnige blik toewierp.

Ik negeerde haar en keek naar Carlisle. Diezelfde glimp hoop die op Edwards gezicht had gelegen, blonk nu ook in de ogen van de dokter. Hij tuitte nadenkend zijn lippen.

'Dat is echt...' Ik kon niet op het juiste woord komen.

'Wanstaltig?' opperde Edward. 'Weerzinwekkend?'

'Zoiets, ja.'

'Maar stel nou dat ze er beter van wordt?' fluisterde hij.

Ik schudde boos mijn hoofd. 'Hoe zie je dat voor je? Wou je soms een slang in haar keel duwen?'

'Ik was van plan om te vragen wat ze er zelf van vindt. Ik wilde het alleen eerst met Carlisle bespreken.'

Rosalie knikte. 'Als je zegt dat de baby er beter van wordt doet ze alles. Zelfs als we hun door een slang bloed moeten voeren.'

Op dat moment – toen ik haar stem mierzoet hoorde worden bij het woord 'baby' – besefte ik dat Blondie overal mee in zou stemmen waar dat kleine, parasiterende monstertje bij gebaat zou kunnen zijn. Zat dat er soms achter, was dat het geheimzinnige element dat hen bond? Wilde Rosalie het kind?

Vanuit mijn ooghoek zag ik Edward een kort, afwezig knikje geven. Hij keek voor zich uit, maar ik wist dat hij mijn vragen beantwoordde.

Hmm. Ik had niet gedacht dat die ijskoude barbie moedergevoelens zou hebben. Dus ze wilde Bella helemaal niet beschermen – Rosalie zou die slang waarschijnlijk eigenhandig door Bella's keel proppen.

Edwards mond vertrok tot een harde streep, en ik wist dat ik alweer gelijk had.

'Nou, we hebben geen tijd om hier eindeloos over door te blijven discussiëren,' zei Rosalie ongeduldig. 'Wat zeg je ervan, Carlisle? Mogen we het proberen?'

Carlisle haalde diep adem en stond toen opeens op. 'We zullen het aan Bella vragen.'

Blondie glimlachte zelfgenoegzaam: ze wist zeker dat ze haar zin zou krijgen als Bella de knoop moest doorhakken.

Ik sleepte mezelf de veranda op en liep achter hen aan het huis in. Ik wist niet 201 goed waarom. Een soort ziekelijke nieuwsgierigheid misschien. Het was net een horrorfilm. Een en al monsters en bloed.

Of misschien kon ik gewoon geen nee zeggen tegen een vers shot van mijn steeds kleiner wordende drugsvoorraad.

Bella lag op haar rug in het ziekenhuisbed. Haar buik bolde als een berg op onder de deken en ze leek wel van was, zo bleek was ze, bijna doorschijnend. Je zou haast denken dat ze al dood was, tot je zag dat haar borst heel licht op en neer ging en ze oppervlakkig ademhaalde. En dat haar ogen ons met uitgeputte argwaan volgden.

De anderen schoten met plotselinge, snelle bewegingen door de kamer en stonden al naast haar. Het was een griezelig gezicht. Ik sjokte langzaam achter hen aan.

'Wat is er aan de hand?' vroeg Bella op een krasserige fluistertoon. Haar wasachtige hand kwam met een schokkerig gebaar omhoog – alsof ze haar ballonvormige buik probeerde te beschermen.

'Jacob had een idee dat wel eens zou kunnen werken,' zei Carlisle. Ik wou dat hij mij erbuiten liet. Ik had helemaal niets gezegd. Alle eer mocht naar die bloedzuigende echtgenoot van haar, aan wie hij toekwam. 'Het zal niet... prettig zijn, maar...'

'Maar het is goed voor de baby,' onderbrak Rosalie hem gretig. 'We hebben een betere manier bedacht om hem te voeden. Misschien.'

Bella's oogleden trilden even. Toen stootte ze een zwak, kuchend gegrinnik uit. 'Niet prettig?' fluisterde ze. 'Sjonge, dat zal wel even wennen zijn.' Ze keek naar het slangetje in haar arm en kuchte opnieuw.

Blondie lachte met haar mee.

Dat kind zag eruit alsof ze nog maar een paar uur te leven had, ze had ongetwijfeld ontzettend veel pijn, en toch lag ze nog grappen te maken. Typisch Bella. Ze probeerde de spanning te doorbreken en iedereen om haar heen een goed gevoel te geven.

Edward ging voor Rosalie staan, met een ernstig gezicht dat geen spoortje vrolijkheid vertoonde. Daar was ik blij om. Het hielp een heel klein beetje dat hij het nog zwaarder had dan ik. Hij pakte haar hand, maar niet de hand die nog steeds haar opgezwollen buik beschermde.

'Bella, lieverd, we gaan iets wanstaltigs van je vragen,' zei hij, en hij gebruikte dezelfde woorden die hij net tijdens ons gesprek had gesuggereerd. 'Iets weerzinwekkends.'

Nou, hij wond er in elk geval geen doekjes om.

Ze haalde gejaagd en oppervlakkig adem. 'Hoe erg dan?'

Carlisle gaf antwoord. 'We denken dat de smaak van de foetus misschien dichter bij de onze ligt. We denken dat hij dorst heeft.'

Ze knipperde met haar ogen. 'O. Ó.'

'Jouw toestand – die van jullie allebei – gaat heel snel achteruit. We hebben geen tijd te verliezen, geen tijd om een aangenamere oplossing te bedenken. De snelste manier om onze theorie te testen...'

'Is door het te drinken,' fluisterde ze. Ze knikte heel lichtjes – ze had nauwelijks genoeg energie om haar hoofd op en neer te laten gaan. 'Dat lukt me wel. Kan ik vast oefenen voor straks, hè?' Er verscheen een zwakke grijns om haar lippen terwijl ze naar Edward keek. Hij lachte niet terug.

Rosalie begon ongeduldig met haar voet te tikken. Het was een verschrikkelijk irritant geluid. Ik vroeg me af wat ze zou doen als ik haar nu door de muur zou gooien.

'En, wie gaat er een grizzlybeer voor me vangen?' fluisterde Bella.

Carlisle en Edward wisselden een snelle blik. Rosalie hield op met tikken.

'Wat is er?' vroeg Bella.

'We moeten de test zo goed mogelijk uitvoeren, Bella,' zei Carlisle.

'Áls de foetus bloed wil,' legde Edward uit, 'dan wil hij geen dierenbloed.'

'Voor jou maakt het niets uit, Bella. Je moet er gewoon niet over nadenken,' zei Rosalie bemoedigend.

Bella's ogen werden groot. 'Van wie?' fluisterde ze, en haar blik schoot even naar mij.

'Ik ben hier niet als donor, Bells,' gromde ik. 'En trouwens, dat ding wil mensenbloed, dus volgens mij is dat van mij niet geschikt om...'

'We hebben bloed in huis,' zei Rosalie nog voor ik mijn zin had afgemaakt, alsof ik er niet was. 'Voor jou – gewoon voor het geval dat. Jij hoeft je nergens zorgen om te maken. Alles komt goed. Ik heb hier een heel goed gevoel bij, Bella. Ik denk dat het veel beter zal zijn voor de baby.'

Bella's hand gleed over haar buik.

'Nou,' kraakte ze nauwelijks hoorbaar. 'Ík ben uitgehongerd, dus hij vast ook.' Ze probeerde er weer een grapje van te maken. 'We gaan ervoor. Mijn eerste vampierdaad.'

13. Maar goed dat ik zo'n sterke maag heb

Carlisle en Rosalie vlogen ervandoor en schoten pijlsnel de trap op. Ik hoorde hen overleggen of ze het voor haar moesten opwarmen. Gatver. Ik vroeg me af welke spookhuisattributen ik hier eigenlijk nog meer kon verwachten. Koelkast vol bloed, check. Wat hadden ze nog meer? Een martelkelder? Een kamer vol doodskisten?

Edward bleef bij het bed en hield Bella's hand vast. Hij had weer die doodse uitdrukking op zijn gezicht gekregen en leek zelfs geen puf meer te hebben om dat kleine sprankje hoop dat hij net nog had gehad in stand te houden. Ze staarden in elkaars ogen, maar niet op een kleffe manier. Het leek wel alsof ze een gesprek aan het voeren waren. Deed me ergens een beetje aan Sam en Emily denken.

Nee, ze waren niet klef, maar dat maakte het alleen nog maar moeilijker om naar te kijken.

Ik besefte nu opeens echt hoe het voor Leah was, die dat ook de hele tijd moest aanzien, in Sams hoofd moest aanhoren. En natuurlijk voelden we allemaal met haar mee, we waren heus geen beesten – niet op die manier in elk geval. Maar we namen haar eigenlijk vooral kwalijk hoe ze ermee omging. Hoe ze naar iedereen uithaalde en ons allemaal net zo ellendig probeerde te laten voelen als zij zich voelde.

Ik zou haar nooit meer iets verwijten. Iedereen zou dit soort ellende op zijn omgeving afreageren, daar kon je niets aan doen. Niemand zou níét proberen de last een beetje te verlichten door een deel ervan op iemand anders af te schuiven.

204 En als ik dan kennelijk zo nodig een roedel moest hebben, dan kon ik haar toch niet kwalijk nemen dat ze daar gebruik van maakte? Ik zou hetzelfde doen. Als ik de kans zou krijgen om aan de pijn te ontsnappen, zou ik die ook met beide handen aangrijpen.

Even later vloog Rosalie de trap weer af en ze schoot als een rukwind door de kamer, waardoor ze haar brandende geur nog eens extra verspreidde. Ze bleef in de keuken staan en ik hoorde een krakend kastdeurtje opengaan.

'Geen doorzíchtige, Rosalie,' mompelde Edward. Hij rolde met zijn ogen.

Bella keek vragend, maar Edward schudde alleen maar zijn hoofd naar haar.

Rosalie stormde de kamer weer door en verdween naar boven. '

'Dus dit was jouw idee?' fluisterde Bella. Haar stem klonk rauw doordat ze zich inspande om zo hard te praten dat ik het kon horen. Ze vergat dat ik een uitstekend gehoor had. Ik vond het eigenlijk wel leuk dat ze heel vaak leek te vergeten dat ik niet helemaal menselijk was. Ik kwam dichterbij zodat ze niet zo haar best hoefde te doen.

'Ik kon er niets aan doen. Die vampier van je zat gewoon hatelijke opmerkingen uit mijn hoofd te plukken.'

Ze glimlachte zwakjes. 'Ik had niet gedacht dat ik je nog terug zou zien.'

'Ik ook niet,' zei ik.

Het was raar om daar maar een beetje te staan, maar de vampiers hadden alle meubels opzijgeschoven voor de ziekenhuisopstelling. Ze hadden er zelf waarschijnlijk weinig last van – het maakte weinig uit of je zat of stond als je van steen was. Ik zou er normaal gesproken ook geen last van hebben gehad als ik niet zo verschrikkelijk moe was geweest.

'Edward vertelde wat je hebt moeten doen. Wat erg voor je.'

'Maakt niet uit. Vroeg of laat was ik waarschijnlijk toch wel geflipt door een of ander bevel van Sam,' loog ik.

'En Seth,' fluisterde ze.

'Die vindt het juist fijn dat hij kan helpen.'

'Ik vind het zo erg dat je door mij in de problemen zit.'

Ik lachte kort – het was meer een blaf dan een lach.

Ze slaakte een heel licht zuchtje. 'Dat is ook niets nieuws, hè?'

'Nee, niet echt.'

'Je hoeft niet te blijven als je het niet wilt zien,' zei ze haast geluidloos.

Ik kon weggaan. Dat was waarschijnlijk een heel verstandig idee. Maar als ik dat deed, nu ze er zo slecht uitzag, miste ik misschien wel het laatste kwartier 205 van haar leven.

'Ik kan toch nergens anders heen,' zei ik tegen haar, en ik deed mijn best om mijn stem vlak te houden. 'Dat hele wolvengedoe is een stuk minder leuk nu Leah erbij zit.'

'Leah?' hijgde ze verbaasd.

'Heb je dat niet verteld?' vroeg ik aan Edward.

Hij haalde zonder zijn blik van haar gezicht af te wenden zijn schouders op. Ik zag dat hij het geen bijster interessant nieuws vond, niet belangrijk genoeg nu er veel grotere dingen speelden.

Bella nam het minder licht op. Zo te zien was het in haar ogen slecht nieuws. 'Hoezo?' fluisterde ze.

Ik had geen zin om haar het hele boekwerk te vertellen. 'Om een oogje op Seth te houden.'

'Maar Leah haat ons,' fluisterde ze.

Óns. Lekker dan. Maar ik zag dat ze echt geschrokken was.

'Leah zal niemand lastigvallen.' Behalve mij. 'Ze zit in mijn roedel,' ik trok een grimas, 'dus ze doet wat ik zeg.' Bah bah.

Bella leek niet overtuigd.

'Ben je nou bang voor Leah terwijl die blonde psychopate je beste vriendin is?'

Er klonk een zacht gesis vanaf de eerste verdieping. Mooi zo, ze had me gehoord.

Bella keek me verwijtend aan. 'Niet doen. Rose... begrijpt het.'

'Nou en of,' gromde ik. 'Ze begrijpt dat je doodgaat en het kan haar niks schelen, zolang zij haar mutantengebroed maar krijgt.'

'Doe niet zo vervelend, Jacob,' fluisterde ze.

Ze zag er zo verzwakt uit dat ik niet boos kon blijven. In plaats daarvan probeerde ik te glimlachen. 'Maar ik ben toch altíjd vervelend.'

Bella deed nog even haar best om niet terug te lachen, maar uiteindelijk kon ze het niet tegenhouden en krulden haar krijtwitte mondhoeken omhoog.

En toen waren Carlisle en de psychopate in kwestie er weer. Carlisle had een witte plastic beker in zijn hand, met een deksel erop en een buigbaar rietje erin. O, 'geen doorzichtige', nu snapte ik het. Edward wilde dat Bella zo min mogelijk stil hoefde te staan bij wat ze deed. Je kon helemaal niet zien wat er in de beker zat. Maar ik kon het wel ruiken.

206 Carlisle stak de beker half naar haar uit maar aarzelde toen hij zag hoe bang Bella keek.

'We kunnen ook iets anders proberen,' zei Carlisle zacht.

'Nee,' fluisterde Bella. 'Nee, ik probeer eerst dit. We hebben geen tijd...'

Eerst dacht ik nog even dat ze eindelijk bij zinnen was gekomen en zich zorgen maakte om zichzelf, maar toen fladderde haar hand zwakjes over haar buik.

Bella reikte naar de beker en pakte hem vast. Haar hand trilde een beetje en ik hoorde de inhoud klotsen. Ze probeerde zich op één elleboog overeind te duwen, maar ze kon zelfs maar nauwelijks haar hoofd optillen. Er ging een hete siddering langs mijn ruggengraat toen ik zag hoe broos ze binnen een dag was geworden.

Rosalie legde haar arm om Bella's schouders en ondersteunde tegelijkertijd haar hoofd, zoals je bij een baby doet. Alles draaide om baby's bij Blondie.

'Dank je,' fluisterde Bella. Haar ogen schoten naar ons. Ze was nog altijd genoeg bij kennis om zich opgelaten te voelen. Als ze niet helemaal leeggezogen zou zijn, had ze vast en zeker gebloosd.

'Let maar niet op hen,' mompelde Rosalie.

Ik voelde me niet op mijn gemak. Ik had weg moeten gaan toen Bella me de kans gaf. Ik hoorde hier niet, hoorde hier geen deel van uit te maken. Even overwoog ik 'm te smeren, maar toen besefte ik dat ik het dan alleen nog maar zwaarder zou maken voor Bella, dat dit dan nog moeilijker voor haar zou worden. Ze zou denken dat ik wegging uit walging. Wat bijna waar was.

Maar toch. Ik wilde niet de verantwoordelijkheid voor dit idee op me nemen, maar ik wilde het ook niet verpesten.

Bella bracht de beker naar haar gezicht en rook aan het uiteinde van het rietje. Ze kromp in elkaar en trok een benauwd gezicht.

'Bella, lieverd, we verzinnen wel een makkelijker manier,' zei Edward, en hij stak zijn hand uit naar de beker.

'Knijp je neus dicht,' stelde Rosalie voor. Ze keek zo boos naar Edwards hand dat ik bijna dacht dat ze hem zou bijten. Deed ze dat maar. Ik durfde te wedden dat Edward dát niet zomaar over zijn kant zou laten gaan, en ik zou het prachtig vinden als Blondie een ledemaat zou kwijtraken.

'Nee, dat is het niet. Het...' Bella haalde diep adem. 'Het ruikt lekker,' gaf ze met een klein stemmetje toe.

Ik slikte moeizaam en probeerde de walging die ik voelde niet op mijn gezicht te laten zien.

'Mooi zo,' zei Rosalie enthousiast tegen Bella. 'Dat betekent dat we op de goede weg zijn. Probeer het maar eens.' Blondie keek zo blij dat het me verbaasde dat ze er geen doelpuntendansje bij deed.

Bella duwde het rietje tussen haar lippen, kneep haar ogen dicht en trok haar neus op. Ik hoorde het bloed weer door de beker in haar bevende hand klotsen.

207

Ze nam een klein slokje en kreunde toen zachtjes, haar ogen nog steeds gesloten.

Edward en ik deden allebei tegelijk een stap naar voren. Hij streelde haar gezicht. Ik hield mijn handen in geballde vuisten achter mijn rug.

'Bella, lieverd...'

'Niets aan de hand,' fluisterde ze. Ze deed haar ogen open en keek naar hem
op. Haar uitdrukking was... verontschuldigend. Smekend. Bang. 'Het smáákt
ook lekker.'

Mijn maagzuur kolkte en dreigde omhoog te komen. Ik klemde mijn kaken
op elkaar.

'Mooi zo,' herhaalde Blondie, nog steeds helemaal opgetogen. 'Dat is een
goed teken.'

Edward legde alleen maar zijn hand tegen Bella's wang en kromde zijn vingers om de vorm van haar breekbare botten.

Bella zuchtte en zette het rietje weer aan haar lippen. Dit keer zoog ze echt
flink wat naar binnen. De handeling was minder zwak dan de rest van haar voorkomen. Alsof een of ander instinct het overnam.

'Hoe is het met je maag? Ben je misselijk?' vroeg Carlisle.

Bella schudde haar hoofd. 'Nee, ik voel me helemaal niet ziek,' fluisterde ze.
'Weer eens iets nieuws, hè?'

Rosalie straalde. 'Geweldig.'

'Daar lijkt het me nog een beetje te vroeg voor, Rose,' prevelde Carlisle.

Bella nam nog een flinke slok bloed. Toen wierp ze een snelle blik op Edward.
'Gaat dit nou van mijn totaal af?' fluisterde ze. 'Of gaan we het pas bijhouden als
ik een vampier ben geworden?'

'Niemand houdt iets bij, Bella. En hier is sowieso niemand voor gestorven.'
Hij glimlachte levenloos. 'Je hebt nog steeds een schone lei.'

Ik kon hen niet meer volgen.

'Leg ik later nog wel uit,' zei Edward, zo zacht dat de woorden slechts een
208 ademtocht waren.

'Hè?' fluisterde Bella.

'Ik zei even iets tegen mezelf,' loog hij soepel.

Als dit ging lukken, als Bella bleef leven, dan zou Edward niet meer zo makkelijk met dit soort dingen wegkomen, want dan zouden haar zintuigen net zo
scherp worden als de zijne. Hij mocht wel eens aan zijn eerlijkheid gaan werken.

Edwards mondhoeken trilden en hij deed zijn best om niet te glimlachen.

Bella klokte nog een flinke hoeveelheid bloed naar binnen en staarde afwezig langs ons heen naar het raam. Ze deed waarschijnlijk alsof we er niet waren. Of misschien alleen alsof ik er niet was. Ik was ongetwijfeld de enige in dit gezelschap die dit walgelijk vond. De rest dacht er waarschijnlijk heel anders over – ze moesten vast hun uiterste best doen om die beker niet uit haar handen te rukken.

Edward rolde met zijn ogen.

Jemig, hoe hielden die lui het uit met hem? Het was echt balen dat hij Bella's gedachten niet kon horen. Dan zou zij hem ook strontvervelend gaan vinden, en dan was ze vast heel gauw klaar met hem.

Edward grinnikte kort. Bella's ogen schoten onmiddellijk zijn kant op en ze glimlachte een beetje om zijn vrolijke gezicht. Ik had zo'n vermoeden dat ze dat al een hele tijd niet meer had gezien.

'Wat is er zo leuk?' vroeg ze zachtjes.

'Jacob,' antwoordde hij.

Ze schonk mij ook een vermoeide glimlach. 'Altijd lachen met Jake,' beaamde ze.

Fijn, dus nu was ik opeens de hofnar. 'Tada béng,' mompelde ik in een zwakke drumroffel-imitatie.

Ze glimlachte weer en nam toen nog een slok uit de beker. Ik kromp in elkaar toen er alleen nog maar lucht door het rietje omhoogkwam en er een hard slurpend geluid klonk.

'Het is me gelukt,' zei ze tevreden. Haar stem was helderder – nog steeds rauw, maar dit was voor het eerst vandaag dat ze niet fluisterde. 'Carlisle, als ik dit binnenhoud, haal je dan de slangen uit mijn lijf?'

'Zo snel mogelijk,' beloofde hij. 'Ze helpen eerlijk gezegd toch niet erg veel.'

Rosalie gaf Bella een klopje op haar voorhoofd en ze keken elkaar hoopvol aan.

En iedereen kon zien dat de beker mensenbloed onmiddellijk effect had. De kleur keerde terug op haar gezicht: haar wasachtige wangen werden weer een heel klein beetje roze. Ze leek nu al minder op Rosalie te leunen, haalde makkelijker adem en ik zou zweren dat haar hartslag sterker en regelmatiger was geworden.

Alles veranderde opeens.

209

Er gloorde nu heel duidelijk hoop in Edwards ogen.

'Wil je nog wat meer?' drong Rosalie aan.

Bella liet haar schouders hangen.

Edward keek Rosalie boos aan en zei toen tegen Bella: 'Je hoeft niet meteen nog meer te drinken, hoor.'

'Nee, dat weet ik wel. Maar... ik wíl het wel,' gaf ze mismoedig toe.

Rosalie liet haar dunne, puntige vingers door Bella's slappe haar glijden. 'Daar hoef je je helemaal niet voor te schamen, Bella. Je lichaam heeft bepaalde behoeften. Dat begrijpen wij allemaal.' Haar toon was eerst sussend, maar toen zei ze er scherp achteraan: 'En iedereen die dat níét begrijpt kan maar beter gaan.'

Die was natuurlijk voor mij bedoeld, maar ik was niet van plan om me door Blondie op de kast te laten jagen. Ik was blij dat Bella zich beter voelde. Wat deed het ertoe dat ik het een gore methode vond? Ik had braaf mijn mond gehouden.

Carlisle pakte de beker uit Bella's hand. 'Ik ben zo terug.'

Bella staarde naar me terwijl hij wegliep.

'Jake, je ziet er vreselijk uit,' kraste ze.

'Moet je horen wie het zegt.'

'Nee, echt – wanneer heb je voor het laatst geslapen?'

Daar dacht ik even over na. 'Hmm. Ik weet het eigenlijk niet precies.'

'O, Jake. Nu breng ik jouw gezondheid ook nog in gevaar. Doe nou niet zo dom.'

Ik knarste met mijn tanden. Zíj mocht doodgaan voor een monster, maar ik mocht niet een paar nachten overslaan om haar te zien sterven?

'Ga nou alsjeblieft even liggen,' ging ze verder. 'Boven staan een paar bedden – die mag je allemaal gebruiken.'

Aan de uitdrukking op Rosalies gezicht te zien mocht ik die helemaal niet gebruiken. Ik vroeg me af waar onze schone slapeloze überhaupt een bed voor nodig had. Was ze echt zo bezitterig wat haar toneelattributen betrof?

'Bedankt, Bells, maar ik slaap liever op de grond. Even uit de stank, snap je.'

Ze trok een grimas. 'Ik snap het.'

Op dat moment kwam Carlisle terug, en Bella stak werktuiglijk haar hand uit naar het bloed, alsof ze eigenlijk aan iets anders dacht. Met dezelfde afwezige blik als net begon ze aan het rietje te zuigen.

Ze zag er echt al beter uit. Ze duwde zichzelf met slangetjes en al voorzichtig omhoog tot ze overeind zat. Rosalie was vlakbij en hield haar handen al klaar om Bella op te vangen als ze in elkaar zou zakken, maar Bella had haar niet nodig. Ze dronk snel, met diepe ademteugen tussen de slokken door, en algauw was ook de tweede beker leeg.

'Hoe voel je je nu?' vroeg Carlisle.

'Niet misselijk. Ik heb een soort honger... Al weet ik niet zeker of ik honger of dórst heb, als je begrijpt wat ik bedoel.'

'Carlisle, moet je haar nou toch eens zien,' mompelde Rosalie, zelfingenomen als een poes die net de kanarie verorberd heeft. 'Dit is duidelijk wat haar lichaam wil. Ze moet nog meer drinken.'

'Ze is nog steeds een mens, Rosalie. Ze heeft ook gewoon voedsel nodig. We geven haar even de tijd om te kijken welk effect dit heeft, en dan kunnen we misschien nog iets te eten proberen. Heb je ergens zin in, Bella?'

'In eieren,' zei ze onmiddellijk, en toen wisselde ze een blik en een glimlach met Edward. Zijn glimlach was een beetje bibberig, maar zijn gezicht stond veel levendiger dan eerst.

Ik knipperde met mijn ogen, en vergat toen bijna hoe ik ze weer open moest doen.

'Jacob,' prevelde Edward. 'Je moet echt even slapen. Je bent uiteraard van harte welkom in onze gastenkamers, zoals Bella al aangaf, maar waarschijnlijk wil je liever naar buiten. Maak je maar geen zorgen – ik beloof dat ik je weet te vinden als het nodig is.'

'Tuurlijk, tuurlijk,' mompelde ik. Nu Bella kennelijk nog wel een paar uur te leven had, kon ik hier weg, me ergens onder een boom nestelen... Ver genoeg uit de buurt om de stank niet meer te hoeven ruiken. De bloedzuiger zou me wakker maken als er iets misging. Dat was hij me wel verschuldigd.

'Dat is zo,' beaamde Edward.

Ik knikte en legde mijn hand op die van Bella. Hij was ijskoud.

'Ik hoop dat je je gauw weer beter voelt,' zei ik.

'Dank je wel, Jacob.' Ze draaide haar hand om en kneep in de mijne. Ik voelde **211** haar smalle trouwring los om haar magere vinger schuiven.

'Ze heeft een deken nodig,' mompelde ik terwijl ik me omdraaide naar de deur.

Nog voor ik over de drempel was werd de ochtendstilte verstoord door een snerpend, tweestemmig gejank. Het was meteen duidelijk dat het dringend was

– dit kon niet verkeerd geïnterpreteerd worden.

'Verdomme,' grauwde ik terwijl ik de deur uit rende. Ik gooide mezelf van de veranda af en liet het vuur me midden in de lucht kapot rijten. Er klonk een hard scheurend geluid toen mijn korte broek aan flarden werd getrokken. Shit. Dat was het enige kledingstuk dat ik had. Deed er nu niet toe. Ik kwam op poten neer en zette koers naar het westen.

Wat is er? schreeuwde ik in gedachten.

Ze komen eraan, antwoordde Seth. *Minstens drie.*

Hebben ze zich opgesplitst?

Ik ren zo snel ik kan langs de grens terug naar Seth, beloofde Leah. Ik voelde de lucht door haar longen gieren terwijl ze haar lijf met een ongelooflijke snelheid voortjoeg. Het bos schoot langs haar heen. *Tot nu toe vallen ze ons alleen daar aan.*

Seth, je mag ze niét uitdagen. Wacht op mij.

Ze minderen vaart. Bah, het is zo raar om ze niet te kunnen horen. Volgens mij...

Nou?

Volgens mij staan ze stil.

Wachten ze op de rest van de roedel?

Ssst. Voel je dat?

Ik liet mijn hoofd vollopen met zijn gewaarwordingen. Een flauwe geluidloze flikkering in de lucht.

Iemand die van gedaante verandert?

Zo voelt het wel, beaamde Seth.

Leah vloog de kleine open plek op waar Seth stond te wachten. Ze zette haar nagels in de grond en schoot door als een raceauto die uit de bocht vliegt.

Ik dek je, broertje.

Ze komen eraan, zei Seth zenuwachtig. *Langzaam. Lopend.*

Ben er bijna, zei ik tegen ze. Ik probeerde net zo te vliegen als Leah. Het was afschuwelijk om niet bij Seth en Leah te zijn terwijl er gevaar dreigde, gevaar dat dichter bij hen was dan bij mij. Het voelde verkeerd. Ik zou bij hen moeten zijn, tussen hen en datgene wat er aankwam in.

Kijk nou toch wie er allemaal vaderlijke gevoelens ontwikkelt, dacht Leah zuur.

Hou je kop erbij, Leah.

Vier, besloot Seth. Dat joch had goede oren. *Drie wolven, één man.*

Op dat moment kwam ik de open plek op en ik ging onmiddellijk voor hem staan. Seth slaakte een zucht van opluchting en rechtte vervolgens zijn rug; hij stond al op de juiste plek aan mijn rechterflank. Leah voegde zich iets minder enthousiast aan mijn linkerzijde.

Dus nu sta ik lager dan Seth, gromde ze tegen zichzelf.

Wie het eerst komt, die het eerst maalt, dacht Seth zelfgenoegzaam. *En bovendien ben jij nog nooit de derde wolf geweest. Ben je toch nog bevorderd.*

Onder mijn kleine broertje staan noem ik geen bevordering.

Ssst! zei ik geïrriteerd. *Het kan mij niks schelen waar jullie staan. Hou je mond en zet je schrap.*

Een paar seconden later kwamen ze tevoorschijn, lopend, zoals Seth al had gedacht. Jared voorop, in zijn mensenlichaam, met zijn handen omhoog. Paul, Quil en Collin op vier poten achter hem. Hun houding straalde geen agressie uit. Ze bleven een eindje achter Jared staan, hun oren gespitst, alert maar rustig.

Maar... het was raar dat Sam Collin stuurde in plaats van Embry. Dat zou ik niet doen als ik een diplomatieke afvaardiging naar vijandelijk terrein stuurde. Ik zou geen kind sturen, maar een ervaren soldaat.

Een afleidingsmanoeuvre? dacht Leah.

Waren Sam, Embry en Brady van plan om met z'n drieën aan te vallen? Dat leek me niet waarschijnlijk.

Zal ik gaan kijken? Ik kan in twee minuten heen en weer rennen langs de grens.

Moet ik de Cullens gaan waarschuwen? vroeg Seth zich af.

Stel nou dat ze ons juist uit elkaar willen drijven? vroeg ik. *De Cullens weten dat er onraad dreigt. Die zijn al voorbereid.*

Sam zou nooit zo stom zijn om... fluisterde Leah terwijl de angst door haar ziel sneed. Ze zag voor zich hoe Sam met slechts twee helpers de Cullens aanviel.

Nee, dat zou hij nooit doen, stelde ik haar gerust, hoewel ik zelf ook een beetje onrustig werd van het beeld in haar hoofd.

Al die tijd staarden Jared en de drie wolven ons afwachtend aan. Het was griezelig om niet te kunnen horen wat Quil, Paul en Collin tegen elkaar zeiden. Hun uitdrukkingen waren neutraal – ondoorgrondelijk.

Jared schraapte zijn keel en gaf me toen een knikje. 'We komen met een witte vlag, Jake. We willen praten.'

Zou dat waar zijn? vroeg Seth.

Het klinkt logisch, maar...

Inderdaad, beaamde Leah. *Maar.*

We ontspanden ons niet.

Jared fronste zijn wenkbrauwen. 'Het praat een stuk makkelijker als ik jou ook kan horen.'

Ik keek hem net zolang aan tot hij zijn ogen neersloeg. Ik zou pas veranderen als ik een beter gevoel had over deze situatie. Als ik de logica ervan inzag. Waarom Collin? Dat was het gedeelte dat me het meest dwarszat.

'Oké. Dan praat ik wel als enige,' zei Jared. 'Jake, we willen dat je terugkomt.'

Achter hem liet Quil een zacht, instemmend gejank horen.

'Je hebt onze familie verscheurd. Dit kan nooit de bedoeling zijn.'

Daar was ik niet geheel mee oneens, maar daar ging het verder niet om. Sam en ik hadden momenteel een aantal onopgeloste meningsverschillen.

'We weten dat de situatie met de Cullens je... aan het hart gaat. We weten dat dat een probleem is. Maar deze reactie is overdreven.'

Seth gromde. *Overdreven? En onze bondgenoten zonder waarschuwing aanvallen is niet overdreven?*

Seth, heb je ooit wel eens van een pokerface gehoord? Hou je hoofd koel.

Sorry.

Jareds ogen schoten naar Seth en weer terug naar mij. 'Sam is bereid om het rustig aan te doen, Jacob. Hij is gekalmeerd, heeft met de andere oudsten gepraat. Ze hebben besloten dat het op dit moment in niemands belang is om halsoverkop actie te ondernemen.'

Oftewel: ze waren het verrassingselement al kwijt, dacht Leah.

Het was vreemd hoe we ons al helemaal van hen hadden afgezonderd in ons gezamenlijke denken. De roedel was al Sams roedel, was al 'ze' geworden. Iets waar wij buiten stonden. Het was vooral vreemd om Leah op die manier te horen denken en te beseffen dat ze al volledig bij 'ons' hoorde.

'Jacob, Billy en Sue zijn het met je eens dat we kunnen wachten tot Bella... het probleem niet meer bij zich draagt. We vinden het allemaal geen prettig idee dat we haar zouden moeten doden.'

214 Hoewel ik Seth er nota bene net een uitbrander voor had gegeven, kon ik nu zelf ook een zachte grom niet binnenhouden. Dus ze vonden een moord 'geen prettig idee'?

Jared stak zijn handen weer in de lucht. 'Rustig maar, Jake. Je weet best wat ik bedoel. Het gaat erom dat we even afwachten en de situatie dan opnieuw bekijken. We besluiten later of het... ding een probleem is.'

Ja hoor, dacht Leah. *Wat een gelul.*

Geloof je het niet?

Ik weet wat ze denken, Jake. Wat Sám denkt. Ze gokken erop dat Bella toch wel doodgaat. En vervolgens gaan ze ervan uit dat jij zo boos zult zijn dat...

Dat ik zelf de aanval zal inzetten. Mijn oren lagen plat langs mijn schedel. Volgens mij sloeg Leah de spijker op zijn kop. En het zou goed kunnen dat het nog echt zo zou gaan ook. Als... áls Bella doodging door dat ding, was de kans groot dat ik vergat hoe ik op dit moment over Carlisles gezin dacht. Ik zou hen waarschijnlijk gewoon weer als vijanden, als parasiterende bloedzuigers beschouwen.

Ik help het je wel herinneren, fluisterde Seth.

Dat weet ik wel, jochie. De vraag is alleen of ik naar je zal luisteren.

'Jake?' vroeg Jared.

Ik slaakte een zucht.

Leah, maak eens een ronde om te checken of het echt veilig is. Ik zal echt even met hem moeten praten, en ik wil zéker weten dat er niets anders gebeurt als ik mens ben.

Alsjeblieft zeg, Jake. Je kunt best veranderen waar ik bij ben. Ik heb altijd mijn uiterste best gedaan om het te voorkomen, maar helaas heb ik je al vaker naakt gezien – ik word er niet echt wild van, dus maak je maar geen zorgen.

Jouw onbezoedelde blik kan me niets schelen, maar onze veiligheid wel. Rennen.

Leah snoof kort en schoot toen als een pijl uit een boog het bos in. Ik hoorde haar nagels in de aarde klauwen om haar sneller vooruit te stuwen.

Naaktheid was een ongemakkelijk maar onvermijdelijk onderdeel van het roedelleven. We hadden er allemaal nog nooit echt bij stilgestaan, tot Leah erbij kwam. Toen werd het gênant. Leah had haar opvliegendheid in het begin nog lang niet altijd onder controle – net als bij de rest duurde het een tijdje voor ze niet meer elke keer dat ze pissig werd uit haar kleren barstte. We hadden allemaal wel eens een glimp opgevangen. En het was beslist niet vervelend om naar haar te kijken, maar het was wel verschrikkelijk vervelend als ze je later betrapte terwijl je aan haar zat te denken.

215

Jared en de anderen staarden achterdochtig naar de plek waar ze tussen de struiken was verdwenen.

'Waar gaat zij heen?' vroeg Jared.

Ik negeerde hem, deed mijn ogen dicht en concentreerde me. De lucht om me heen leek te trillen, alsof hij in kleine golfjes uit me sidderde. Ik ging precies op het juiste moment op mijn achterpoten staan, zodat ik net rechtop stond toen ik flikkerend mijn mensengedaante aannam.

'O,' zei Jared. 'Hé, Jake.'

'Hé, Jared.'

'Fijn dat je met me wilt praten.'

'Ja.'

'We willen dat je terugkomt, joh.'

Quil jankte weer.

'Ik weet niet of het zo simpel is, Jared.'

'Kom naar huis,' zei hij en hij boog zich naar voren. Smekend. 'We komen er wel uit. Je hoort hier niet. En laat Seth en Leah ook naar huis komen.'

Ik lachte. 'Juist ja. Alsof ik ze daar niet van begin af aan om gesmeekt heb.'

Achter me liet Seth een snuivend geluid horen.

Jared liet het even bezinken en zijn ogen werden weer behoedzaam. 'Maar wat doen we dan nu?'

Ik dacht een tijdje na en hij wachtte af.

'Ik weet het niet. Maar ik weet sowieso niet of alles weer normaal zou kunnen worden, Jared. Ik weet niet hoe dit werkt – ik heb niet het gevoel dat ik dat alfage-doe zomaar even aan en uit kan zetten wanneer ik er zin in heb. Het voelt nogal blijvend.'

'Maar toch hoor je bij ons.'

Ik trok mijn wenkbrauwen op. 'Er kunnen niet twee alfa's in één roedel zitten, Jared. Je hebt toch zelf gezien dat het bijna op een gevecht uitliep gister-avond? Het instinct is te dominant.'

'Dus nu blijven jullie maar de rest van je leven bij die parasieten?' hoonde hij. 'Jullie hebben geen huis hier. Jij hebt zelfs al geen kleren meer,' merkte hij op. 'Wilde je de hele tijd wolf blijven? Je weet dat Leah er niet van houdt om als wolf te eten.'

'Leah mag doen waar ze zin in heeft als ze honger krijgt. Ze heeft er zelf voor gekozen om hier te zijn. Ík zeg niet tegen mensen wat ze moeten doen.'

Jared zuchtte. 'Sam heeft spijt van de manier waarop hij je behandeld heeft.'

Ik knikte. 'Ik ben niet boos meer.'

'Maar?'

'Maar ik kom niet terug, nu niet. Wij wachten ook af om te zien hoe dit zich gaat ontwikkelen. En we zullen de Cullens net zo lang beschermen als ons nodig lijkt. Want wat jullie ook mogen denken, dit gaat niet alleen om Bella. We beschermen degenen die beschermd moeten worden. En de Cullens vallen daar ook onder.' Een groot aantal van de Cullens dan in elk geval.

Seth kefte zacht om te laten merken dat hij het ermee eens was.

Jared fronste zijn wenkbrauwen. 'Dan vrees ik dat het hier ophoudt.'

'Voorlopig wel. We zien wel hoe het loopt.'

Jared wendde zich tot Seth en concentreerde zich nu helemaal op hem. 'Sue vroeg of ik je wilde vragen – nee, of ik je wilde smeken – om weer naar huis te komen. Ze is ontroostbaar, Seth. Helemaal alleen. Ik begrijp niet hoe jij en Leah haar dit aan kunnen doen. Dat jullie haar zo in de steek kunnen laten, terwijl jullie vader nog maar net is overleden...'

Seth jankte.

'Niet zo streng, Jared,' waarschuwde ik.

'Ik zeg gewoon de waarheid.'

Ik snoof. 'Vast.' Sue was een taaie, veel harder dan wie dan ook. Harder dan mijn vader, harder dan ik. Hard genoeg om op het gemoed van haar kinderen te spelen als ze ze daarmee naar huis kreeg. Maar het was niet eerlijk om Seth op die manier onder druk te zetten. 'Hoe lang weet Sue nu dat Seth en Leah bij mij zijn? En hoeveel uur heeft ze sinds die tijd met Billy, Oude Quil en Sam doorgebracht? Ja, ik weet zeker dat ze wégkwijnt van eenzaamheid. Maar je mag gaan wanneer je wilt, Seth, dat weet je.'

Seth snufte.

Een seconde later spitste hij een van zijn oren naar het noorden. Leah kwam er zeker aan. Jemig, wat was dat kind snel. Twee tellen later kwam Leah slippend tot stilstand in een bosje een paar meter verderop. Ze trippelde naar ons toe en ging voor Seth staan. Ze hield haar neus in de lucht en keek overduidelijk vooral niét mijn kant op.

Dat kon ik wel waarderen.

'Leah?' vroeg Jared.

Ze keek hem aan en trok haar bovenlip een beetje op om haar tanden te laten 217
zien.

Haar vijandigheid leek hem niet te verbazen. 'Leah, je wéét dat je hier niet wilt zijn.'

Ze gromde naar hem. Ik wierp haar een waarschuwende blik toe die ze niet opmerkte. Seth jankte en gaf haar een duw met zijn schouder.

'Sorry,' zei Jared. 'Misschien moet ik daar niet klakkeloos van uitgaan. Maar je hebt geen enkele band met die bloedzuigers.'

Leah keek heel overdreven naar haar broer en toen naar mij.

'Ja, je wilt Seth beschermen, dat begrijp ik,' zei Jared. Zijn ogen gleden over mijn gezicht en gingen toen weer terug naar haar. Hij vroeg zich waarschijnlijk af waar die tweede blik op sloeg – net als ik. 'Maar Jake zorgt er heus wel voor dat hem niets overkomt, en hij vindt het niet erg om hier te zijn.' Jared trok een grimas. 'Toe nou, Leah. Alsjeblieft. We willen dat je terugkomt. Sam wil dat je terugkomt.'

Leahs staart bewoog even.

'Sam zei dat ik moest smeken. Hij zei dat ik letterlijk op mijn knieën moest gaan als het nodig was. Hij wil dat je naar huis komt, Lee-lee, waar je thuishoort.'

Ik zag Leah in elkaar krimpen toen Jared Sams oude koosnaampje voor haar gebruikte. En daarna, toen hij die laatste drie woorden eraan toevoegde, kwamen haar nekharen overeind en stootte ze met opeengeklemde kaken een lange serie grommen uit. Ik hoefde niet in haar hoofd te zitten om te horen hoe ze hem er vloekend en tierend van langs gaf, en hij ook niet. Je kon bijna horen welke woorden ze precies gebruikte.

Ik wachtte tot ze klaar was. 'Ik wil graag even benadrukken dat Leah overal thuishoort waar ze zelf wil.'

Leah gromde, maar aangezien ze boos naar Jared bleef kijken nam ik aan dat het instemmend bedoeld was.

'Hoor eens, Jared, we zijn nog steeds familie. We komen hier heus wel uit, maar tot die tijd kunnen jullie misschien beter op je eigen land blijven. Zodat er geen misverstanden kunnen ontstaan. Niemand heeft toch zin in een familieruzie? Sam vast ook niet.'

'Natuurlijk niet,' snauwde Jared. 'We zullen op ons land blijven. Maar waar is jóuw land, Jacob? Is dat vampierland?'

'Nee, Jared. Op dit moment ben ik nergens thuis. Maar maak je maar geen zorgen – dit gaat niet eeuwig zo door.' Ik moest even ademhalen. 'Zo veel tijd is er niet... meer. Snap je? En dan zullen de Cullens waarschijnlijk vertrekken, en komen Seth en Leah naar huis.'

Leah en Seth jankten in koor en draaiden allebei tegelijk hun kop naar me toe.

'En jij dan, Jake?'

'Terug naar het bos, denk ik. Ik kan moeilijk in La Push blijven. Met twee alfa's ontstaat er te veel spanning. En ik was trouwens toch al van plan die kant weer op te gaan, voordat al deze ellende begon.'

'En als we willen overleggen?' vroeg Jared.

'Dan jank je – als je maar op de grens let, goed? Wij komen wel naar jullie toe. En Sam hoeft echt niet zo veel afgevaardigden te sturen. We zijn niet uit op een gevecht.'

Jared trok een chagrijnig gezicht, maar knikte wel. Hij vond het niet prettig dat ik voorwaarden stelde voor Sam. 'Ik zie je nog wel, Jake. Of niet.' Hij zwaaide halfhartig.

'Wacht even, Jared. Hoe gaat het met Embry?'

Hij keek verbaasd. 'Met Embry? Gewoon, prima. Hoezo?'

'Ik vroeg me gewoon af waarom Sam Collin heeft gestuurd.'

Ik keek goed naar zijn reactie, want ergens was ik er nog steeds op bedacht dat het een list was. Ik zag aan zijn ogen dat er iets aan de hand was, maar niet zoals ik had verwacht.

'Dat zijn jouw zaken niet meer, Jake.'

'Dat zal wel niet. Ik was gewoon benieuwd.'

In mijn ooghoek zag ik iets bewegen, maar ik ging er niet op in omdat ik Quil niet wilde verraden. Hij reageerde op ons gesprek.

'Ik zal je... instructies aan Sam overbrengen. Tot ziens, Jacob.'

Ik zuchtte. 'Ja. Dag, Jared. Hé, wil je tegen mijn vader zeggen dat alles goed met me gaat? En dat het me spijt, en dat ik van hem hou.'

'Ik zal het doorgeven.'

'Bedankt.'

'Kom, jongens,' zei Jared. Hij draaide zich om en liep weg om verderop van gedaante te veranderen, waar Leah hem niet kon zien. Paul en Collin volgden hem op de voet, maar Quil aarzelde. Hij kefte zacht en ik deed een stap naar hem toe.

'Ja, ik mis jou ook, bro.'

Quil draafde naar me toe en liet zijn kop mismoedig hangen. Ik klopte hem op zijn schouder. 219

'Het komt wel goed.'

Hij jankte.

'Zeg maar tegen Embry dat ik jullie mis aan mijn flanken.'

Hij knikte en drukte zijn neus tegen mijn voorhoofd. Leah snoof. Quil keek op, maar niet naar haar. Hij keek over zijn schouder naar de plek waar de anderen waren verdwenen.

'Ja, ga maar gauw,' zei ik tegen hem.

Quil kefte nog een keer en rende toen achter de anderen aan. Jared stond vast niet al te geduldig op hem te wachten. Zodra hij weg was liet ik de warmte uit het binnenste van mijn lijf door mijn ledematen stromen. In één hete flits stond ik weer op vier poten.

Ik dacht even dat jullie zouden gaan tongen, gniffelde Leah besmuikt.

Ik negeerde haar.

Was het goed zo? vroeg ik aan hen. Ik vond het lastig om voor hen te moeten praten terwijl ik niet precies kon horen wat ze dachten. Ik wilde niet zomaar klakkeloos van dingen uitgaan, zoals Jared. *Heb ik iets gezegd waar jullie het niet mee eens waren? Heb ik iets niét gezegd wat ik wel had moeten zeggen?*

Je was fantastisch, Jake! dacht Seth bemoedigend.

Je had Jared best mogen slaan, dacht Leah. *Had ik helemaal niet erg gevonden.*

Ik denk dat we nu wel weten waarom Embry niet mocht komen, peinsde Seth.

Ik begreep het niet. *Niet mócht komen?*

Jake, heb je Quil niet gezien? Hij was echt behoorlijk van slag. Ik durfte wedden dat Embry het er nog veel zwaarder mee heeft. En Embry heeft geen Claire. Quil kan niet zomaar zijn boeltje pakken en La Push de rug toekeren. Maar Embry wel. Dus Sam wil koste wat kost voorkomen dat hij misschien overloopt. Hij wil niet dat onze roedel nog groter wordt.

Echt? Denk je dat? Ik denk dat Embry best een paar Cullens aan stukken zou willen scheuren.

Maar hij is je beste vriend, Jacob. Hij en Quil staan liever achter je dan dat ze in een gevecht tegenover je komen te staan.

Nou, dan ben ik blij dat Sam hem thuis gehouden heeft. Deze roedel is groot genoeg. Ik zuchtte. *Goed dan. Voorlopig hoeven we ons geen zorgen te maken. Seth, vind je het erg om even een oogje in het zeil te houden? Leah en ik moeten echt even pitten.* Dit léék oprecht, maar wie zal het zeggen? Misschien was het wel een afleidingsmanoeuvre.

Normaal gesproken was ik niet zo paranoïde, maar ik wist nog goed hoe overtuigd Sam van zijn zaak was geweest. Hij was volledig geconcentreerd op het gevaar dat in zijn ogen uit de weg geruimd moest worden. Zou hij gebruikmaken van het feit dat hij nu tegen ons kon liegen?

Geen probleem! Seth was dolblij dat hij iets kon doen. *Zal ik het aan de Cullens uitleggen? Zij zitten waarschijnlijk nog best een beetje in spanning.*

Ik ga wel. Ik wil toch kijken hoe de situatie daar is.

Ze vingen een glimp op van de beeldenstorm in mijn doorgedraaide hoofd.

Seth jankte van verbazing. *Ieuw.*

Leah schudde haar kop alsof ze het beeld op die manier kwijt probeerde te raken. *Dat is echt het allervieste wat ik ooit heb gehoord. Gatver. Als er iets in mijn maag zat zou het er nu weer uit komen.*

Het blijven natuurlijk wel vampiers, gaf Seth na een tijdje toe om Leahs reactie een beetje af te zwakken. *Ik bedoel, het is eigenlijk wel logisch. En als Bella er beter van wordt is het toch goed?*

Leah en ik staarden hem allebei aan.

Wat nou?

Mama heeft hem heel vaak laten vallen toen hij nog een baby was, zei Leah tegen mij.

Op zijn hoofd, blijkbaar.

Hij knauwde ook vaak op de spijlen van zijn bedje.

Loodhoudende verf?

Zo te zien wel, dacht ze.

Seth snoof. *Heel grappig. Hou je mond en ga slapen, man.*

14. Je weet dat het foute boel is als je je schuldig voelt omdat je onbeleefd bent tegen een vampier

Toen ik terugkwam bij het huis stond er niemand buiten op me te wachten. Waren ze nog steeds op hun hoede?

Niks aan de hand, dacht ik vermoeid.

Opeens viel mijn blik op een kleine verandering in de ondertussen vertrouwde omgeving. Er lag een stapeltje lichtgekleurde stof op de onderste verandatree. Ik sprong ernaartoe om het te onderzoeken. Met ingehouden adem, want de stof was werkelijk doordrenkt met die gore vampierlucht, duwde ik met mijn snuit tegen het stapeltje.

Iemand had kleren neergelegd. Hmm. Edward had kennelijk gezien hoe geïrriteerd ik de deur uit was gerend. Nou. Dat was... aardig. En raar.

Ik nam de kleren voorzichtig tussen mijn tanden – gatver – en droeg ze terug naar de bomen, voor het geval dit een stomme grap van die blonde psychopate was en ik met een of andere meisjesoutfit zat opgescheept. Ze verheugde zich vast al op mijn gezicht als ik hier poedelnaakt met een zomerjurkje in mijn hand stond.

In de beschutting van de bomen liet ik het stinkende stapeltje vallen en veranderde weer in een mens. Ik schudde de kleren uit en sloeg ze tegen een boom om de geur er een beetje uit te krijgen. Het waren echt mannenkleren – een beige broek en een wit overhemd. Allebei te kort, maar zo te zien wel breed genoeg. Zeker van Emmett. Ik rolde de mouwen van het overhemd op, maar aan de broek kon ik verder weinig doen. Ach ja.

Ik moest toegeven dat ik me beter voelde met wat kleren aan mijn lijf, ook al stonken ze en zaten ze niet al te best. Het was lastig dat ik niet zomaar even naar huis kon sprinten om een van mijn oude joggingbroeken te pakken als ik die nodig had. Ik had geen thuis – geen plek om naar terug te gaan. En ook geen bezittingen, wat ik nu nog niet zo erg vond, maar wat me waarschijnlijk snel genoeg de keel uit zou gaan hangen.

Doodmoe liep ik in mijn dure nieuwe tweedehands kleren langzaam de

222

verandatrap van de Cullens op, maar toen ik bij de deur was bleef ik aarzelend staan. Moest ik kloppen? Beetje stom als ze toch al wisten dat ik er was. Ik vroeg me af waarom er niemand kwam zeggen dat ik binnen mocht komen of op moest rotten. Nou ja, dan niet. Ik haalde mijn schouders op en liep gewoon naar binnen.

Nog meer veranderingen. De kamer was in de afgelopen twintig minuten weer – bijna – in zijn oude staat hersteld. De grote flatscreentelevisie stond zachtjes aan, er was een of andere meidenfilm op waar niemand naar scheen te kijken. Carlisle en Esmé stonden bij de ramen aan de achterkant, die weer uitzicht op de rivier boden. Alice, Jasper en Emmett waren nergens te zien, maar ik hoorde ze boven mompelen. Bella lag net als gisteren op de bank, met nog maar één slangetje in haar lijf, en achter de rugleuning hing een infuus. Ze leek wel een burrito door alle dikke dekens waarin ze gewikkeld was, dus ze hadden in elk geval naar me geluisterd. Rosalie zat in kleermakerszit naast haar hoofd op de grond. Edward zat aan de andere kant van de bank met Bella's geburritode voeten op zijn schoot. Hij keek op toen ik binnenkwam en glimlachte naar me – meer dan een kleine beweging van zijn mond was het niet – alsof hij ergens tevreden over was.

Bella hoorde me niet. Ze keek pas op toen hij dat deed, en toen glimlachte zij ook. Vol energie, haar hele gezicht lichtte op. Ik kon me niet meer herinneren wanneer ze voor het laatst zo blij gekeken had toen ze me zag.

Wat hád dat kind toch? Ze was nota bene getrouwd, verdorie! En gelukkig getrouwd ook, want het was overduidelijk dat de liefde voor haar vampier alle grenzen van het gezond verstand te buiten ging. En dan was ze ook nog eens enorm zwanger, om het plaatje compleet te maken.

Dus waarom moest ze dan de hele tijd per se doen alsof ze dolblij was om me te zien? Alsof haar hele dag weer goed was omdat ik binnen kwam wandelen.

Ik wou dat ik haar gewoon koud liet... Of sterker nog – dat ze me nooit meer wilde zien. Dan zou het zoveel makkelijker zijn om niet meer langs te komen.

Edward leek het daarmee eens te zijn – we zaten de laatste tijd zo vaak op dezelfde golflengte dat het een beetje eng begon te worden. Nu zat hij met gefronste wenkbrauwen naar haar gezicht te kijken terwijl ze me een stralende lach toewierp.

'Ze wilden alleen maar praten,' mompelde ik met slepende stem omdat ik zo moe was. 'Geen aanval in zicht.'

'Ja,' antwoordde Edward. 'Ik heb het grotendeels gehoord.'

Daar werd ik weer een beetje wakker van. We hadden bijna vijf kilometer verderop gestaan. 'Hoe dan?'

'Ik hoor jou steeds duidelijker – een kwestie van gewenning en concentratie. Bovendien pik ik je gedachten net iets makkelijker op als je in je mensengedaante bent. Dus ik heb jullie conversatie bijna helemaal kunnen volgen.'

'O.' Ergens vond ik dat best irritant, maar omdat dat eigenlijk nergens op sloeg besteedde ik er verder geen aandacht aan. 'Mooi zo. Ik hou er niet van om mezelf te herhalen.'

'Ik zou kunnen zeggen dat je moet gaan slapen,' zei Bella, 'maar ik heb zo'n vermoeden dat je over een seconde of zes op de grond in elkaar stort, dus waarschijnlijk is dat overbodig.'

Ze klonk echt ongelooflijk veel beter, zag er ook veel sterker uit. Ik rook vers bloed en zag dat ze de beker weer vasthad. Hoeveel bloed zou er nodig zijn om haar op de been te houden? Zouden ze op een gegeven moment de buren naar binnen gaan duwen?

Ik liep naar de deur en telde ondertussen de seconden voor haar af. 'Eenentwintig, tweeëntwintig...'

'Hou je je adem soms in, hond?' mompelde Rosalie.

'Weet je hoe je een dom blondje moet verdrinken, Rosalie?' vroeg ik zonder te blijven staan of me naar haar om te draaien. 'Door een spiegel op de bodem van een zwembad te plakken.'

Ik hoorde Edward grinniken terwijl ik de deur achter me dichttrok. Zijn humeur scheen recht evenredig met Bella's gezondheid te verbeteren.

'Die kende ik al,' riep Rosalie me na.

Ik sjokte de trap af met als enige plan mezelf ver genoeg het bos in te slepen om weer schone lucht in te kunnen ademen. Ik wilde de kleren ergens op een praktische afstand van het huis verstoppen om ze in de toekomst weer te kunnen gebruiken in plaats van ze aan mijn been te binden, zodat ik ze ook niet hoefde te ruiken. Terwijl ik met de knoopjes van mijn nieuwe overhemd worstelde, bedacht ik afwezig dat knopen nooit de nieuwste rage zouden worden onder weerwolven.

Toen ik het gazon over sjokte, hoorde ik de stemmen.

'Waar ga je heen?' vroeg Bella.

'Ik wil nog iets tegen hem zeggen.'

'Laat Jacob nou slapen – dat komt later wel.'

Ja, laat Jacob nou alsjeblíéft slapen.

'Ik ben zo weer terug.'

Ik draaide me langzaam om. Edward stond al buiten. Er lag een verontschul-digende blik in zijn ogen toen hij naar me toe kwam.

'Jemig, wat nóú weer?'

'Het spijt me,' zei hij, en toen aarzelde hij, alsof hij niet goed wist hoe hij het moest formuleren.

Waar denk je aan, gedachtelezer?

'Toen je daarnet met Sams afgevaardigden praatte,' prevelde hij, 'heb ik Car-lisle, Esmé en de rest uitgebreid op de hoogte gehouden. Ze waren bang dat...'

'Luister eens, we blijven heus wel op onze hoede. Jullie hoeven Sam niet te ge-loven, ook al doen wij dat wel. We zullen onze ogen hoe dan ook goed openhou-den.'

'Nee, nee, Jacob. Dat is het niet. We vertrouwen op jouw oordeel. Maar Esmé is erg van slag door de ontberingen die jouw roedel hierdoor moet doorstaan. Ze vroeg of ik het even onder vier ogen met je wilde bespreken.'

Die had ik niet zien aankomen. 'Ontberingen?'

'Vooral over dat jullie geen thuis meer hebben. Ze vindt het heel erg dat jullie er zo... alleen voor staan.'

Ik snoof. De moederkloekvampier – niet te geloven. 'We redden het wel. Zeg maar dat ze zich geen zorgen hoeft te maken.'

'Maar ze wil toch helpen waar dat mogelijk is. Ik kreeg het idee dat Leah liever niet in haar wolvengedaante eet?'

'Hoezo?' wilde ik weten.

'Nou, we hebben hier ook gewoon menseneten, Jacob. Om de schijn op te houden, en voor Bella natuurlijk. Leah mag pakken wat ze wil. Dat mogen jullie allemaal.'

'Ik zal het doorgeven.'

'Leah haat ons.'

'Dus?'

'Dus misschien zou je het zo door kunnen geven dat ze erover nadenkt, als je het niet erg vindt.'

'Ik zal mijn best doen.'

'En dan hebben we de kledingkwestie nog.'

Ik keek omlaag naar mijn broek en overhemd. 'O ja. Bedankt.' Het zou wel niet zo beleefd zijn om hem erop te wijzen dat ze ontzettend stonken.

Hij glimlachte flauwtjes. 'Daar kunnen we jullie ook zonder enig probleem in bijstaan. We mogen van Alice haast nooit twee keer hetzelfde aan. We hebben hier stapels gloednieuwe kleren klaarliggen voor het Leger des Heils, en als ik me niet vergis heeft Leah ongeveer dezelfde maat als Esmé...'

'Ik vraag me af wat ze van bloedzuigerafdankertjes zal vinden. Ze is minder praktisch ingesteld dan ik.'

'Ik weet zeker dat jij het aanbod zo positief mogelijk zult weten over te brengen. Net als het aanbod voor alle materiële zaken die jullie wellicht nodig zullen hebben, of vervoer, of wat dan ook. En wasgelegenheid, aangezien jullie er de voorkeur aan geven om buiten te slapen. Alsjeblieft, Jacob... Jullie hebben alle voordelen van een huis tot je beschikking.'

De laatste zin zei hij heel zacht – niet omdat hij stil wilde zijn, maar omdat hij oprecht geëmotioneerd leek.

Ik staarde hem aan en knipperde slaperig met mijn ogen. 'Dat is, eh, heel aardig van jullie. Zeg maar tegen Esmé dat we haar, eh, bezorgdheid zeer waarderen. Maar de grens loopt op een paar plekken door de rivier, dus we blijven best schoon, bedankt.'

'Misschien wil je ons aanbod desondanks doorgeven.'

'Tuurlijk, tuurlijk.'

'Dank je wel.'

Ik draaide me om en bleef meteen weer staan toen ik een zachte, gekwelde schreeuw uit het huis hoorde komen. Toen ik achterom keek was Edward al verdwenen.

Wat nú weer?

Schuifelend als een zombie liep ik weer richting het huis. Ik gebruikte ook ongeveer evenveel hersencellen als een zombie. Ik had niet het gevoel dat ik een keus had. Er was iets mis. En dus ging ik kijken wat er aan de hand was. Ook al zou ik er niets aan kunnen doen. En daarna zou ik me nog ellendiger voelen.

Maar ik kon niet anders.

Ook dit keer liep ik gewoon naar binnen. Bella hijgde en lag opgekruld rond de bult in het midden van haar lijf. Rosalie hield haar vast terwijl Edward, Carlisle en Esmé er allemaal ongerust omheen stonden. Mijn aandacht werd getrokken door een snelle beweging in mijn ooghoek en ik zag Alice boven aan de trap staan; ze staarde de kamer in met haar handen tegen haar slapen gedrukt. Het was raar, net alsof ze niet naar beneden mocht komen of zo.

'Heel even nog, Carlisle,' hijgde Bella.

'Bella,' zei de dokter bezorgd, 'ik hoorde iets knappen. Ik moet het onderzoeken.'

'Volgens mij' – hijg – 'was het een rib. Au. Ja. Daarzo.' Ze wees voorzichtig naar haar linkerzij, zonder hem aan te raken.

Dus nu begon hij haar botten te breken.

'Ik moet een röntgenfoto maken. Misschien zijn er splinters afgekomen, en die kunnen hem verwonden.'

Bella haalde diep adem. 'Oké.'

Rosalie tilde haar voorzichtig op. Edward leek op het punt te staan er iets van te zeggen, maar Rosalie liet hem haar tanden zien en gromde: 'Ik heb haar al.'

Dus Bella was sterker geworden, maar het ding ook. Je kon de een niet uithongeren zonder de ander ook uit te hongeren, en andersom werkte het net zo. Je kon er niet van winnen.

Blondie droeg Bella snel de grote trap op. Carlisle en Edward volgden haar op de voet en niemand leek te zien hoe ik met stomheid geslagen in de deuropening stond.

Dus ze hadden een bloedvoorraad én een röntgenapparaat? De dokter nam z'n werk blijkbaar nogal eens mee naar huis.

Ik was te moe om achter hen aan te lopen, te moe om me te bewegen. Ik leunde met mijn rug tegen de muur en gleed langzaam naar de grond. De deur stond nog open en ik draaide mijn neus ernaartoe om dankbaar het zuivere briesje op te snuiven dat naar binnen waaide. Ik legde mijn hoofd tegen de deurpost en luisterde.

Ik hoorde het geluid van de röntgenapparatuur boven. Of misschien nam ik gewoon aan dat dat het was. En daarna voetstappen die heel zacht de trap af trippelden. Ik keek niet op om te zien welke vampier het was.

'Wil je een kussen?' vroeg Alice.

'Nee,' mompelde ik. Waarom waren ze toch zo opdringerig gastvrij? Ik werd er bloednerveus van.

'Dat ziet er niet erg comfortabel uit,' merkte ze op.

'Is 't ook niet.'

'Waarom ga je dan niet ergens anders zitten?'

'Moe. Waarom ben jij niet boven bij de anderen?' wierp ik terug.

'Hoofdpijn,' antwoordde ze.

Ik liet mijn hoofd de andere kant op rollen om haar aan te kunnen kijken.

Alice was een petieterig meisje. Ongeveer zo groot als mijn arm. Nu leek ze zelfs nog kleiner, want ze stond een beetje in elkaar gedoken. Haar smalle gezichtje keek zorgelijk.

'Krijgen vampiers hoofdpijn?'

'De gewone niet.'

Ik snoof. Gewone vampiers.

'Maar waarom ben jij nooit meer bij Bella?' vroeg ik, en ik liet de vraag beschuldigend klinken. Het was me nog niet eerder opgevallen doordat ik allerlei ander gezeik aan mijn hoofd had, maar het was raar dat ik Alice als ik hier binnen was nooit meer bij Bella in de buurt zag. Als Alice bij haar was, zou Rosalie daar misschien níet zijn. 'Ik dacht dat jullie zo waren.' Ik draaide mijn wijs- en middelvinger om elkaar.

'Zoals ik al zei...' Ze ging een paar meter bij mij vandaan op de tegels zitten en sloeg haar magere armen om haar magere knieën. 'Hoofdpijn.'

'Krijg je hoofdpijn van Bella?'

'Ja.'

Ik fronste mijn wenkbrauwen. Volgens mij was ik te moe voor dit soort raadseltjes. Ik liet mijn hoofd weer terugrollen naar de frisse lucht en deed mijn ogen dicht.

'Of eigenlijk niet van Bella,' verbeterde ze. 'Van... de foetus.'

Aha, iemand die er net zo over dacht als ik. Je merkte het meteen. Ze sprak het woord net zo knarsetandend uit als Edward.

'Ik kan hem niet zien,' zei ze tegen mij, of tegen zichzelf, dat kon ook. Misschien dacht ze dat ik ondertussen al in slaap gevallen was. 'Ik krijg niets over hem door. Net als bij jou.'

Ik kromp ineen en toen klemde ik mijn kaken op elkaar. Ik wilde niet met dat ding vergeleken worden.

'Bella zit in de weg. Ze is er helemaal omheen gevouwen, dus zij is... wazig. Alsof je televisie slechte ontvangst heeft en je je best moet doen om die vage, bibberende mensen op het scherm scherp te kunnen zien. Mijn hoofd barst uit elkaar als ik naar haar toekomst kijk. Ik kan sowieso niet langer dan een paar minuten vooruit kijken. De foetus is te onlosmakelijk met haar verbonden. Toen ze voor het eerst besloot... Toen ze wist dat ze het wilde houden werd ze meteen wazig in mijn hoofd. Ik schrok me wezenloos.'

Ze was heel even stil, en toen zei ze: 'Ik moet toegeven dat het een verademing is om bij jou in de buurt te zijn, ondanks die nattehondenlucht. Alles gaat weg. Alsof ik mijn ogen sluit. Het verdooft de hoofdpijn.'

'Tot uw dienst, mevrouw,' mompelde ik.

'Ik vraag me af wat het met jou gemeen heeft... Waarom jullie daarin hetzelfde zijn.'

Plotseling voelde ik de hitte door mijn botten schieten. Ik balde mijn vuisten om het beven tegen te gaan.

'Ik heb niets gemeen met dat monster,' zei ik tussen mijn tanden door.

'Nou, het moet toch íéts zijn.'

Ik gaf geen antwoord. De hitte ebde alweer weg. Ik was veel te uitgeput om boos te blijven.

'Je vindt het toch niet erg als ik bij jou blijf zitten, hè?' vroeg ze.

'Je doet maar. Het stinkt hier toch al.'

'Bedankt,' zei ze. 'Dit is volgens mij het beste medicijn, aangezien ik geen paracetamol kan slikken.'

'Mag het wat zachter? Ik probeer te slapen.'

Ze hield meteen haar mond en gaf geen antwoord. Binnen een paar seconden was ik onder zeil.

Ik droomde dat ik heel erge dorst had. En er stond een groot glas water voor mijn neus – heerlijk koud, de druppels liepen langs de zijkant naar beneden. Ik pakte het glas en nam een enorme slok, tot ik erachter kwam dat het geen water was – het was puur bleekmiddel. Ik spuugde het meteen weer uit, het vloog alle kanten op en er kwam zelfs wat uit mijn neus. Het brandde. Mijn neus stond in brand...

Ik werd wakker van de pijn in mijn neus en wist meteen weer waar ik in slaap was gevallen. De stank was behoorlijk hevig als je bedacht dat mijn neus zich niet eens in het huis bevond. Bah. En het was lawaaierig. Iemand lachte te hard. Een bekende lach, maar hij hoorde niet bij de geur. Paste er niet bij.

Ik kreunde en deed mijn ogen open. De lucht was egaal grijs – het was dag, maar ik had geen idee hoe laat. Waarschijnlijk tegen zonsondergang, het begon al te schemeren.

'Dat werd ook wel tijd,' mompelde Blondie ergens in de buurt. 'Die ketting-zaagimitatie kwam me m'n neus uit.'

Ik rolde opzij en worstelde me omhoog tot ik overeind zat. Ondertussen ontdekte ik ook waar de stank vandaan kwam: iemand had een groot donskussen onder mijn gezicht gepropt. Het was vast goedbedoeld geweest. Tenzij Rosalie het gedaan had.

Zodra mijn gezicht uit het stinkende beddengoed bevrijd was, ving ik ook andere geuren op. Spek en kaneel, bijvoorbeeld, allemaal vermengd met de vampierstank.

Ik knipperde met mijn ogen en keek de kamer rond.

Er was niet veel veranderd, behalve dat Bella nu rechtop midden op de bank zat en het infuus weg was. Blondie zat aan haar voeten met haar hoofd tegen Bella's knieën. Ik kreeg nog steeds kippenvel als ik zag hoe makkelijk ze haar aanraakten, hoewel dat eigenlijk natuurlijk nergens meer op sloeg. Edward zat naast haar en hield haar hand vast. Alice zat ook op de grond, net als Rosalie. Ze keek niet zo moeilijk meer. En ik zag ook meteen waarom – ze had een nieuwe pijnstiller gevonden.

'Hé, Jake wordt wakker,' jubelde Seth.

Hij zat aan de andere kant naast Bella, met één arm zorgeloos om haar schouders en een enorm bord eten op zijn schoot.

Wat kregen we nou?

'Hij kwam je zoeken,' zei Edward terwijl ik overeind kwam. 'En Esmé wist hem ervan te overtuigen dat hij echt even moest blijven om te ontbijten.'

Seth zag mijn uitdrukking en begon het haastig uit te leggen. 'Ja, Jake – ik kwam alleen even kijken om te zien of alles oké was omdat je niet was terugveranderd. Leah maakte zich zorgen. Ik zéí nog tegen haar dat je waarschijnlijk gewoon als mens in slaap was gevallen, maar je weet hoe ze is. Nou ja, goed, toen hadden ze dus een heleboel eten, en jemig,' hij draaide zich opzij naar Edward, 'man, wat kun jij koken.'

230   'Dank je,' mompelde Edward.

Ik haalde langzaam adem en probeerde mijn kaken van elkaar te krijgen. Ik kon mijn ogen niet van Seths arm afhouden.

'Bella kreeg het koud,' zei Edward zacht.

Juist. Ging me ook niks aan. Ze was niet van mij.

Seth hoorde Edwards opmerking, keek naar mijn gezicht en had opeens twee handen nodig om te eten. Hij trok zijn arm van Bella's schouders en viel aan. Ik liep naar hen toe en bleef een paar meter voor de bank staan, nog steeds een beetje van slag.

'Is Leah op patrouille?' vroeg ik aan Seth. Mijn stem klonk nog steeds slaperig.

'Ja,' zei hij al kauwend. Seth had ook nieuwe kleren aan. Die van hem zaten beter dan de mijne. 'Ze heeft alles onder controle. Geen zorgen. Ze jankt als er iets gebeurt. We hebben rond middernacht gewisseld. Ik heb twaalf uur achter elkaar gerend.' Daar was hij trots op, en dat was te horen.

'Rond middernacht? Wacht eens even – hoe laat is het nu dan?'

'Bijna ochtend.' Hij keek even naar het raam om het te controleren.

Halleluja. Ik had de rest van de dag en de hele nacht geslapen en hen zomaar aan hun lot overgelaten. 'Shit. Sorry, Seth. Echt. Je had me gewoon wakker moeten schoppen.'

'Nee joh, je had echt even rust nodig. Wanneer was de laatste keer dat je had geslapen? De nacht voor je laatste patrouille met Sam? Veertig uur geleden of zo? Vijftig? Je bent geen robot, Jake. En je hebt trouwens toch niks gemist.'

Helemaal niks? Ik wierp een snelle blik op Bella. Ze had haar oude kleur weer terug. Bleek, maar met een zachtroze tint erin. Haar lippen waren weer rozerood. Zelfs haar haar zag er beter uit – glanzender. Ze zag hoe ik haar opnam en grijnsde naar me.

'Hoe is het met je rib?' vroeg ik.

'Lekker stevig ingetapet. Ik voel hem niet eens.'

Ik rolde met mijn ogen. Ik hoorde Edward met zijn tanden knarsen en ik nam aan dat de manier waarop ze het wegwuifde hem net zo irriteerde als mij.

'Wat hebben we als ontbijt?' vroeg ik een beetje sarcastisch. 'O-negatief of AB-positief?'

Ze stak haar tong naar me uit. Weer helemaal de oude. 'Omeletten,' zei ze, maar haar ogen schoten naar beneden, en ik zag dat haar beker bloed tussen haar been en dat van Edward ingeklemd stond.

'Ga wat te eten halen, Jake,' zei Seth. 'In de keuken staat van alles. Je bent vast uitgehongerd.'

Ik keek onderzoekend naar het eten op zijn schoot. Een halve kaasomelet en nog een kwart van een kaneelbroodje zo groot als een frisbee, zo te zien. Mijn maag rammelde, maar ik negeerde het.

231

'Wat heeft Leah als ontbijt gehad?' vroeg ik streng aan Seth.

'Hé zeg, ik heb haar eten gebracht voor ik zelf ook maar íéts genomen had,' zei hij verdedigend. 'Ze zei dat ze nog liever doodgereden dieren zou eten, maar ik durf te wedden dat ze zwicht. Die kaneelbroodjes...' Hij leek er geen woorden voor te hebben.

'Dan ga ik wel met haar jagen.'

Seth zuchtte toen ik aanstalten maakte om naar buiten te lopen.

'Heb je even, Jacob?'

Dat was Carlisle, dus toen ik me weer omdraaide stond mijn gezicht waarschijnlijk minder onbeleefd dan als iemand anders me had tegengehouden.

'Wat is er?'

Carlisle kwam naar me toe terwijl Esmé naar de andere kamer liep. Hij bleef ongeveer een meter voor me staan, net iets verder weg dan de gebruikelijke afstand tussen twee pratende mensen. Ik waardeerde het feit dat hij me de ruimte gaf.

'Over jagen gesproken,' zei hij op sombere toon. 'Dat begint een beetje een probleem te worden voor mijn gezin. Ik begrijp dat onze eerdere wapenstilstand niet meer van kracht is momenteel, dus ik wilde je om advies vragen. Denk je dat Sam achter ons aan zal komen buiten de grens die jullie hebben ingesteld? We willen niet het risico lopen dat een van jouw familieleden gewond zal raken – of dat we een van de onze verliezen. Als jij in onze schoenen stond, hoe zou je dan te werk gaan?'

Ik leunde een beetje verbaasd achterover toen hij het me zo voor de voeten smeet. Hoe moest ik nou weten hoe het was om in de peperdure schoenen van een bloedzuiger te staan? Maar Sam kende ik natuurlijk wel, dat was waar.

'Het is een risico,' zei ik, en ik deed mijn best om de andere ogen die ik op me gericht voelde te negeren en alleen tegen hem te praten. 'Sam is enigszins tot bedaren gekomen, maar ik weet zeker dat de wapenstilstand in zijn ogen niet meer geldt. En zolang hij denkt dat de stam of andere mensen in gevaar zijn, zal hij niet eerst netjes vragen wat er aan de hand is, als je begrijpt wat ik bedoel. Maar dat betekent wel dat hij zich voornamelijk op La Push zal richten. Er zijn niet genoeg wolven om de mensen te bewaken en tegelijkertijd ook nog de bossen uit te kammen op zoek naar vampiers. Ik durf te wedden dat hij het dicht bij huis houdt.'

Carlisle knikte bedachtzaam.

232

'Dus ik zou zeggen: ga met z'n allen, gewoon voor het geval dat. En ik zou ook overdag gaan, omdat wij jullie eerder 's nachts zouden verwachten. Vampierclichés, om het zo maar te zeggen. Jullie zijn snel – ga de bergen over en jaag zo ver weg dat hij nooit iemand helemaal achter jullie aan zou sturen.'

'Maar dan zouden we Bella helemaal onbeschermd achterlaten.'

Ik snoof. 'Doen wij voor spek en bonen mee of zo?'

Carlisle lachte, maar toen werd zijn gezicht weer ernstig. 'Jacob, je kunt niet tegen je broeders vechten.'

Mijn ogen vernauwden zich. 'Ik zeg niet dat het niet moeilijk zou worden, maar als ze haar echt willen vermoorden, dan zou ik ze tegen kunnen houden.'

Carlisle schudde bezorgd zijn hoofd. 'Nee, ik bedoelde niet dat je... dat je daar niet toe in staat zou zijn. Maar dat het gewoon heel erg verkeerd zou zijn. Ik wil dat niet op mijn geweten hebben.'

'Ík krijg dat op mijn geweten, dokter, jij niet. En ik kan het wel aan.'

'Nee, Jacob. We zullen ervoor zorgen dat ons gedrag daar geen aanleiding toe zal geven.' Peinzend fronste hij zijn wenkbrauwen. 'We gaan met drie man tegelijk,' besloot hij even later. 'Dat is waarschijnlijk de beste optie.'

'Ik weet het niet, dokter. Het is nooit verstandig om je in gelijke groepen op te splitsen.'

'We hebben een paar extra kwaliteiten die dat goedmaken. Als Edward een van die drie is, zal hij binnen een straal van enkele kilometers onze veiligheid kunnen garanderen.'

We keken allebei naar Edward. Carlisle krabbelde onmiddellijk terug toen hij de uitdrukking op zijn gezicht zag.

'Er zijn natuurlijk ook nog andere mogelijkheden,' zei Carlisle. Het was wel duidelijk dat geen enkele lichamelijke behoefte, hoe sterk ook, Edward bij Bella vandaan zou kunnen houden. 'Alice, ik kan me zo voorstellen dat jij zou zien welke paden we beter niet kunnen nemen?'

'De paden die verdwijnen,' knikte Alice. 'Simpel zat.'

Edward, die verstard naar Carlisles eerste plan had geluisterd, ontspande weer. Bella staarde ongelukkig naar Alice, met dat rimpeltje tussen haar ogen dat ze altijd kreeg als ze zich zorgen maakte.

'Goed dan,' zei ik. 'Dat is dan geregeld. Ik ga ervandoor. Seth, ik verwacht jou terug rond zonsondergang, dus zorg ervoor dat je tussendoor even slaapt, oké?'

'Tuurlijk, Jake. Zodra ik uitgegeten ben word ik weer wolf. Tenzij...' Hij keek aarzelend naar Bella. 'Heb jij me nog nodig?'

'Ze heeft dekens,' beet ik hem toe.

'Ik red me wel, Seth, bedankt,' zei Bella vlug.

En toen schoot Esmé de kamer weer in, met een grote, afgedekte schaal in haar handen. Ze bleef weifelend vlak achter Carlisle staan en keek me met haar grote, donkergouden ogen aan. Ze stak de schaal naar me uit en kwam verlegen een stapje dichterbij.

'Jacob,' zei ze zacht. Haar stem was niet zo snerpend als die van de anderen. 'Ik weet dat je het... geen aanlokkelijk idee vindt om hier te eten, waar het zo vies ruikt. Maar ik zou me veel beter voelen als je wat eten mee zou nemen. Ik weet dat je niet naar huis kunt, en dat komt door ons. Toe – dan voel ik me iets minder schuldig. Neem iets te eten mee.' Met een smekend, liefdevol gezicht hield ze me het eten voor. Ik weet niet hoe ze het voor elkaar kreeg, want ze leek niet ouder dan halverwege de twintig en bovendien was ze lijkbleek, maar iets in haar uitdrukking deed me plotseling aan mijn moeder denken.

Jemig.

'Eh, oké, tuurlijk,' mompelde ik. 'Doe maar. Misschien heeft Leah nog honger, of zo.'

Ik pakte de schaal met één hand aan en hield hem op armlengte van me af. Ik gooide het wel onder een boom, of zo. Ik wilde haar niet kwetsen.

Toen dacht ik plotseling aan Edward.

Je mag het niet tegen haar zeggen! Laat haar maar in de waan dat ik het heb opgegeten.

Ik keek niet naar hem om te zien of hij zou doen wat ik zei. O wee als hij níét deed wat ik zei. Ik had nog wat te goed van die bloedzuiger.

'Dank je wel, Jacob,' zei Esmé glimlachend. Hoe kon een stenen gezicht kuiltjes in de wangen krijgen, verdorie?

'Eh, jij ook bedankt,' zei ik. Mijn gezicht was warm, warmer dan normaal.

234   Dat was het probleem als je te veel met vampiers omging: je raakte aan hen gewend. Ze zetten je vertrouwde wereldbeeld op z'n kop. Je ging hen als vrienden beschouwen.

'Kom je straks nog terug, Jake?' vroeg Bella toen ik snel weg wilde gaan.

'Eh, dat weet ik niet.'

Ze kneep haar lippen op elkaar, alsof ze haar best moest doen om niet te lachen. 'Alsjeblieft? Misschien krijg ik het wel weer koud.'

Ik ademde diep in door mijn neus en besefte te laat dat dat geen goed idee was. Ik kromp in elkaar. 'Misschien.'

'Jacob?' vroeg Esmé. Ik liep achteruit naar de deur terwijl ze verder praatte en een paar passen dichterbij kwam. 'Ik heb een mand met kleren op de veranda gezet. Die zijn voor Leah. Ze zijn net gewassen – ik heb geprobeerd ze zo min mogelijk aan te raken.' Ze fronste haar voorhoofd. 'Zou je ze alsjeblieft aan haar willen geven?'

'Doe ik,' mompelde ik, en toen dook ik vlug de deur uit, voor iemand me nog meer schuldgevoelens kon aanpraten.

15. Tiktak tiktak tiktak

Hé, Jake, ik dacht dat ik er rond zonsondergang weer moest zijn. Waarom heeft Leah me niet wakker gemaakt voor ze ging slapen?

Omdat ik je niet nodig had. Ik voel me nog prima.

Hij rende al langs de noordelijke helft van de cirkel. *Nog nieuws?*

Nope. Helemaal niets.

Ben je op verkenning geweest?

Hij had een van mijn zijwegen opgevangen en ging het nieuwe pad op.

Ja – ik ben een paar keer afgeslagen. Gewoon voor de zekerheid. Als de Cullens echt op jacht gaan...

Goed idee.

Seth keerde om en rende terug naar onze vaste route.

Wachtlopen met Seth was makkelijker dan wachtlopen met Leah. Hoewel ze echt haar best deed – heel erg zelfs – hadden haar gedachten altijd een scherpe ondertoon. Ze wilde hier niet zijn. Ze wilde niet horen hoe ik steeds milder tegenover de vampiers kwam te staan. Ze wilde niet hoeven nadenken over het feit dat Seth dikke vrienden met hen was, en dat die vriendschap alleen maar sterker werd.

Wel grappig eigenlijk, want ik had gedacht dat ze vooral problemen met míj zou hebben. We hadden elkaar altijd op de zenuwen gewerkt toen we nog in Sams roedel zaten. Maar ze voelde nu helemaal geen aversie meer tegen mij, alleen tegen de Cullens en Bella. Ik vroeg me af hoe dat kwam. Misschien was ze gewoon dankbaar dat ik haar niet had gedwongen om weg te gaan. Misschien kwam het doordat ik haar vijandigheid nu beter begreep. Hoe het ook zij, samen met Leah wachtlopen was lang niet zo erg als ik had verwacht.

Maar ze was natuurlijk ook weer niet écht toegeeflijk geworden. Het eten en de kleren die Esmé voor haar had meegegeven dreven momenteel stroomafwaarts in de rivier. Zelfs nadat ik mijn portie had opgegeten – heus niet omdat het bijna onweerstaanbaar rook toen het eenmaal uit de brandende vampier-

lucht was, maar om Leah het goede voorbeeld in zelfopofferende verdraagzaamheid te geven –, had ze het geweigerd. Het kleine edelhert dat ze rond het middaguur had gevangen had haar honger niet echt kunnen stillen, maar ze had er
wel een rothumeur van gekregen. Leah vond het verschrikkelijk om rauw voedsel te eten.

Misschien moeten we nog wat verder naar het oosten gaan, stelde Seth voor. *Een
flink eind, om te kijken of ze op de loer liggen.*

Daar zat ik ook al aan te denken, antwoordde ik instemmend. *Laten we dat gebied verkennen als we allemaal wakker zijn. Anders zijn we te kwetsbaar. Maar we
moeten het wel doen voor de Cullens op jacht gaan. Binnenkort.*

Oké.

Dat zette me aan het denken.

Als het de Cullens zou lukken om ongedeerd het gebied rond hun huis te verlaten, zouden ze eigenlijk ook gewoon echt moeten vertrekken. Ze hadden beter
meteen kunnen gaan toen wij hen kwamen waarschuwen. Ze waren vast wel
rijk genoeg voor een nieuw huis. En ze hadden toch vrienden in het noorden?
Hup, Bella mee en wegwezen. Het leek me de meest logische oplossing voor
hun problemen.

Ik zou het waarschijnlijk moeten voorstellen, maar ik was bang dat ze naar
me zouden luisteren. En ik wilde niet dat Bella zou verdwijnen, zonder dat ik
ooit te weten zou komen of ze het gehaald had of niet.

Nee, dat was stom. Ik zou tegen hen zeggen dat ze moesten gaan. Ze hadden
geen enkele reden om hier te blijven, en het zou voor mij ook beter zijn – niet
minder pijnlijk, maar een stuk gezonder – als Bella wegging.

Het was makkelijk praten nu Bella niet recht voor mijn neus zat en me stralend aankeek omdat ik er was, terwijl ze zich tegelijkertijd uit alle macht aan het
leven vastklampte...

O, dat heb ik allang aan Edward gevraagd, dacht Seth.

Wat?

Waarom ze nog niet weggegaan zijn. Naar Tanya of zo. Ergens ver weg waar Sam 237
ze nooit achterna zou komen.

Ik hield mezelf dringend voor dat ik net besloten had om precies hetzelfde tegen de Cullens te zeggen. Dat dat het beste was. Dus ik zou niet boos op Seth
moeten worden omdat hij dat vervelende klusje al voor me had opgeknapt. Helemaal niet boos.

En wat zei hij? Wachten ze nog op het juiste moment?

Nee. Ze gaan niet.

En dat zou ik ook helemaal geen goed nieuws moeten vinden.

Waarom niet? Dat is gewoon dom.

Dat is niet helemaal waar, zei Seth verdedigend. *Het kost best veel tijd om de medische voorraad op te bouwen die Carlisle hier heeft. Hier heeft hij alles wat hij nodig heeft om Bella te behandelen, en de juiste papieren om aan meer te komen. Dat is een van de redenen waarom ze op jacht willen. Carlisle denkt dat ze binnenkort meer bloed voor Bella nodig hebben. Ze drinkt al het o-negatief op dat ze voor haar hadden opgeslagen. Hij vindt het niet fijn om alle reserves op te maken en hij wil bijkopen. Wist je dat je bloed kunt kópen? Als je dokter bent.*

Ik was nog niet in staat om redelijk te reageren. *Klinkt nog steeds dom. Ze kunnen toch een heleboel meenemen? En onderweg stelen wat ze nog meer nodig hebben. Waarom zou je je druk maken om de wet als je een ondode bent?*

Edward vindt het te gevaarlijk om haar te verplaatsen.

Het gaat al veel beter met haar.

Dat is zo, beaamde Seth. In gedachten vergeleek hij mijn herinneringen aan Bella die aan allerlei slangetjes vastzat met de laatste keer dat hij haar bij het verlaten van het huis had gezien. Ze had naar hem geglimlacht en gezwaaid. *Maar ze kan nog niet veel bewegen, hoor. Dat ding schopt haar helemaal kapot.*

Ik slikte het maagzuur weg dat in mijn keel omhoogkwam. *Ja, ik weet het.*

Hij heeft nog een rib gebroken, zei hij somber.

Mijn poten haperden even en ik deed een struikelende pas voor ik mijn cadans weer teruggevonden had.

Carlisle heeft haar weer ingetapet. Het was gewoon een breuk, zei hij. *En toen zei Rosalie dat zelfs gewone mensenbaby's wel eens een rib van hun moeder breken. Edward keek alsof hij haar hoofd eraf wilde rukken.*

Jammer dat-ie dat niet gedaan heeft.

Seth was ondertussen helemaal op dreef; hij wist dat ik tot in detail wilde horen wat er allemaal gebeurd was, ook al zou ik er nooit naar vragen. *Bella heeft de hele dag al koorts. Geen hoge, hoor, gewoon zweten en dan weer koude rillingen. Carlisle weet niet zo goed wat hij ervan moet denken – het zou kunnen dat ze gewoon ziek is. De kans is groot dat haar afweersysteem verzwakt is.*

Tuurlijk joh, het is vast gewoon toeval.

Maar ze was wel in een goed humeur. Ze zat te kletsen en te lachen met Charlie...

Met Charlie? Hè? Hoe bedoel je, ze zat met Charlie te kletsen?

Nu haperde Seths pas even; mijn woede overviel hem. *Volgens mij belt hij elke dag even met haar. Soms belt haar moeder ook. Bella klinkt nu veel beter, dus ze heeft tegen hem gezegd dat ze aan de beterende hand is...*

Aan de beterende hand? Wat denken ze wel niet? Geven ze Charlie hoop zodat het nog harder aankomt als ze doodgaat? Ik dacht dat ze hem daar langzaam op voorbereidden! Zodat het minder onverwacht zou zijn! Waarom belazert ze hem dan zo?

Misschien blijft ze wel leven, dacht Seth zacht.

Ik haalde diep adem en probeerde rustig te blijven. *Seth, zelfs áls ze zich hierdoorheen slaat, dan doet ze dat niet als mens. Dat weet zij, en dat weten de anderen ook. Als ze niet doodgaat, dan zal ze een vrij overtuigende imitatie van een lijk moeten weggeven, jongen. Of dat, of ze moet verdwijnen. Ik dacht dat ze het makkelijker wilden maken voor Charlie. Waarom...?*

Volgens mij is het Bella's idee. Niemand zei er iets van, maar Edwards gezicht sloot erg goed aan bij wat jij nu denkt.

En alweer op dezelfde golflengte met de bloedzuiger.

We renden zwijgend een tijdje door. Ik sloeg een nieuwe zijweg in, richting het zuiden.

Niet te ver weg gaan, hoor.

Waarom niet?

Bella vroeg of ik wilde vragen of je nog even langskwam.

Mijn tanden klapten op elkaar.

Alice wil je ook graag zien. Ze zei dat ze het zat werd om de hele tijd als een vleermuis op zolder rond te moeten hangen. Seth lachte snuivend. *Edward en ik hebben om en om geprobeerd Bella's temperatuur constant te houden. Koud en warm, net wat ze nodig heeft. Maar als jij het niet wilt doen kan ik wel teruggaan, hoor...*

Nee, ik ga al, snauwde ik.

Oké. Seth ging er verder niet over door en concentreerde zich erg hard op het uitgestorven bos.

Ik bleef mijn zuidelijke koers volgen om te kijken of hier nog iets veranderd was. Ik draaide me om toen ik in de verte de eerste tekenen van bebouwing zag. Ik was nog niet bij de stad, maar ik wilde niet dat de wolvengeruchten weer de kop op zouden steken. We hadden ons al een hele tijd netjes gedragen en ons niet meer laten zien.

Op de terugweg rende ik dwars over de grens, rechtstreeks naar het huis. Ik wist dat het niet verstandig was, maar ik kon er niets aan doen. Blijkbaar was ik ergens nogal masochistisch aangelegd.

Er is heus niets mis met je, Jake. Dit is niet echt een normale situatie.

Hou alsjeblieft je mond, Seth.

Ik zeg al niets meer.

Dit keer liep ik zonder aarzelen gewoon naar binnen alsof het mijn huis was. Ik deed het eigenlijk vooral om Rosalie te stangen, maar het was verspilde moeite. Rosalie en Bella waren allebei nergens te bekennen. Ik keek een beetje verwilderd om me heen in de hoop dat ik hen ergens over het hoofd had gezien, en mijn hart trok op een rare, akelige manier samen tegen mijn ribben.

'Niks aan de hand,' fluisterde Edward. 'Niks nieuws, bedoel ik.'

Hij zat met zijn gezicht in zijn handen op de bank en keek niet op. Esmé zat naast hem met haar arm stevig om zijn schouders.

'Hallo, Jacob,' zei ze. 'Wat fijn om je weer te zien.'

'Zeg dat wel,' zei Alice met een diepe zucht. Ze huppelde de trap af en trok een scheef gezicht, alsof ik te laat was voor een afspraak.

'Eh, hallo,' zei ik. Het voelde raar om zo beleefd te doen.

'Waar is Bella?'

'Op het toilet,' zei Alice. 'Vloeibaar dieet, weet je wel. Bovendien heb ik gehoord dat je daar veel meer last van schijnt te hebben als je zwanger bent.'

'Aha.'

Ik bleef ongemakkelijk een beetje heen en weer staan wiebelen.

'O, geweldig,' mopperde Rosalie. Ik zwiepte mijn hoofd opzij en zag haar een half achter de trap verborgen gang uit komen. Ze droeg Bella voorzichtig in haar armen en wierp mij een boze, snerende blik toe. 'Ik dacht al dat ik iets ranzigs rook.'

En net als de vorige keer lichtte Bella's gezicht op als dat van een kind op kerstochtend. Alsof ik haar het mooiste cadeau ter wereld had gegeven.

Het was zo verschrikkelijk oneerlijk.

240 'Jacob,' zuchtte ze. 'Je bent er.'

'Hé, Bells.'

Esmé en Edward stonden op. Ik zag hoe Rosalie Bella heel behoedzaam op de bank legde. Ik zag ook hoe Bella desondanks wit wegtrok en haar adem inhield, alsof ze zich had voorgenomen geen kik te geven, hoeveel pijn het ook deed.

Edward streelde met zijn hand over haar voorhoofd en toen langs haar hals.

Hij deed net alsof hij alleen haar haar wegveegde, maar volgens mij was het stiekem een soort doktersonderzoek.

'Heb je het koud?' mompelde hij.

'Ik voel me prima.'

'Bella, denk aan wat Carlisle heeft gezegd,' zei Rosalie. 'Het is niet goed om je groot te houden. Dan kunnen we niet goed voor jullie zorgen.'

'Goed dan, ik heb het een beetje koud. Edward, wil je me die deken aangeven?'

Ik rolde met mijn ogen. 'Was dat niet zeg maar de reden van mijn aanwezigheid?'

'Je bent net binnen,' zei Bella. 'En je hebt vast de hele dag gerend. Ga even lekker zitten. Ik ben waarschijnlijk zo weer warm.'

Ik luisterde niet en ging op de grond naast de bank zitten terwijl zij nog steeds zei wat ik moest doen. Maar ik wist eigenlijk niet goed hoe ik het moest aanpakken... Ze zag er zo breekbaar uit, en ik was bang om haar te verplaatsen of zelfs mijn armen maar om haar heen te slaan. Daarom leunde ik alleen maar heel licht tegen haar zij, legde mijn arm langs de hare en pakte haar hand. Toen legde ik mijn andere hand op haar gezicht. Ik kon niet goed zeggen of ze kouder aanvoelde dan anders.

'Dank je wel, Jake,' zei ze, en ik voelde haar even huiveren.

'Graag gedaan,' zei ik.

Edward zat op de armleuning bij Bella's voeten en hield zijn ogen al die tijd strak op haar gezicht gericht.

Maar ik had met al die superoren in de kamer natuurlijk weer vergeefs gehoopt dat niemand mijn rammelende maag zou opmerken.

'Rosalie, als jij nou eens iets te eten ging halen voor Jacob?' zei Alice. Ik kon haar niet meer zien, ze was muisstil achter de bank gaan zitten.

Rosalie staarde ongelovig naar de plek waar Alice' stem vandaan was gekomen.

'Bedankt, Alice, maar ik geloof niet dat ik trek heb in iets waar Blondie in heeft gespuugd. Ik ben bang dat mijn lichaam niet zo goed reageert op gif.'

'Rosalie zou Esmé nooit voor schut zetten door zo'n gebrek aan gastvrijheid.'

'Natúúrlijk niet,' zei Blondie op een mierzoete toon die ik voor geen cent vertrouwde. Ze stond op en was in een oogwenk verdwenen.

Edward zuchtte.

'Je zegt het toch wel als het vergiftigd is, hè?' vroeg ik.

'Absoluut,' beloofde Edward.

En om de een of andere reden geloofde ik hem.

Er klonk een hoop gerammel in de keuken en – vreemd genoeg – het geluid van protesterend metaal dat werd mishandeld. Edward slaakte nog een zucht, maar hij glimlachte ook heel flauwtjes. Toen, voor ik er nog meer aandacht aan kon schenken, was Rosalie alweer terug. Met een zelfgenoegzame grijns zette ze een zilveren bak naast me op de grond.

'Eet smakelijk, hond.'

Ooit was het waarschijnlijk een grote beslagkom geweest, maar nu had ze de kom zo ingedeukt en omgebogen dat hij precies de vorm van een etensbak had. Ik moest toegeven dat ik onder de indruk was van haar snelle vakwerk. En haar oog voor detail. Ze had 'Fikkie' in de zijkant gekrast. Prachtig handschrift.

Omdat het eten er erg lekker uitzag – biefstuk, toe maar, en een grote gepofte aardappel met alles erop en eraan – zei ik: 'Bedankt, Blondie.'

Ze snoof.

'Hé, weten jullie hoe je een dom blondje met hersenen noemt?' vroeg ik, om vervolgens in één adem door het antwoord te geven: 'Een golden retriever.'

'Die kende ik ook al,' zei ze, maar de glimlach was van haar gezicht verdwenen.

'Ik blijf het proberen,' beloofde ik voor ik me op het eten stortte.

Ze trok een walgend gezicht en rolde met haar ogen. Toen ging ze in een van de leunstoelen zitten en begon zo snel langs de zenders van de grote televisie te zappen dat ze nooit echt op zoek kon zijn naar iets om te kijken.

Het eten was lekker, zelfs met de vampierstank die in de kamer hing. Ik begon er echt aan te wennen. Hmm. Dat was nou niet echt de bedoeling geweest...

Toen ik uitgegeten was – ik overwoog even om de bak uit te likken, alleen om Rosalie weer iets te zeuren te geven – voelde ik Bella's koude vingers zachtjes door mijn haar gaan. Ze streek het glad tegen mijn nek.

'Tijd voor een knipbeurt zeker?'

'Het wordt wel een beetje ruig,' zei ze. 'Misschien...'

'Laat me raden, iemand hier in huis heeft ooit in een Parijse kapsalon gewerkt?'

Ze grinnikte. 'Waarschijnlijk wel, ja.'

'Nee, bedankt,' zei ik voordat ze het echt kon aanbieden. 'Het kan er best nog een paar weken mee door.'

Daardoor vroeg ik me opeens af hoe lang zíj er nog mee door kon. Ik probeerde een beleefde manier te bedenken om het te vragen.

'Maar eh... Wat is de datum, zeg maar? Wanneer is het kleine monster uitgerekend?'

Ze gaf me een mep tegen mijn achterhoofd die ongeveer net zo hard aankwam als een ronddwarrelend veertje, maar ze gaf geen antwoord.

'Ik meen het,' zei ik tegen haar. 'Ik wil weten hoe lang ik hier nog moet blijven.' En hoe lang jíj hier nog zult blijven, voegde ik er in gedachten aan toe. Ik draaide me om om haar aan te kijken. Haar ogen stonden peinzend en de stressrimpel tussen haar wenkbrauwen was weer terug.

'Ik weet het niet,' mompelde ze. 'Niet precies. De negenmaandenregel is hier duidelijk niet van toepassing en we kunnen ook geen echo maken, dus Carlisle probeert het in te schatten aan de hand van mijn buik. Bij normale mensen is die ongeveer veertig centimeter,' ze liet haar vinger vanuit het midden van de bult naar beneden glijden, 'als de baby volgroeid is. Eén centimeter voor elke week. Die van mij was vanochtend dertig centimeter, en er komt over het algemeen twee centimeter per dag bij, soms iets meer...'

Twee weken in een dag, en de dagen vlogen voorbij. Haar leven werd in een razend tempo vooruitgespoeld. Hoeveel dagen had ze dan nog, als ze tot veertig zou gaan? Vier? Het duurde even voor ik wist hoe ik ook alweer moest slikken.

'Gaat het wel?' vroeg ze.

Ik knikte, want ik wist niet hoe mijn stem zou klinken.

Edward had zijn gezicht van ons afgewend terwijl hij naar mijn gedachten luisterde, maar ik zag zijn spiegelbeeld in de glazen wand. Hij was weer in de brandende man veranderd.

Het was vreemd hoe het door die deadline nog moeilijker zou worden om te gaan, of om haar te zien gaan. Ik was blij dat Seth daarover begonnen was, zodat ik wist dat ze hier zouden blijven. Ik zou gek worden als ik de hele tijd bang 243 moest zijn dat ze elk moment konden vertrekken, als ze me één of twee of drie van die vier dagen zouden afnemen. Míjn vier dagen.

En het was ook vreemd hoe ze me steeds sterker in haar greep leek te krijgen, ook al wist ik dat het bijna voorbij was. Het leek wel alsof het met haar uitdijende buik te maken had – alsof haar aantrekkingskracht toenam naarmate die groter werd.

Heel even probeerde ik mezelf los te scheuren en haar van een afstandje te bekijken. Ik wist dat ik het me niet verbeeldde, dat ik echt meer dan ooit naar haar verlangde. Waarom was dat? Omdat ze doodging? Of omdat ik wist dat zelfs als ze niet doodging, ze – in het beste geval – nog steeds in iets zou veranderen wat ik niet zou kennen of begrijpen?

Ze liet mijn vinger langs mijn jukbeen glijden. Mijn huid was nat op de plek waar ze hem aanraakte.

'Het komt wel goed,' zei ze bijna sussend. Het deed er niet toe dat de woorden niets betekenden. Ze zei het op de manier waarop mensen van die idiote rijmpjes en versjes zingen tegen baby's. Slaap, kindje, slaap.

'Vast,' mompelde ik.

Ze krulde zich op tegen mijn arm en legde haar hoofd op mijn schouder. 'Ik had niet gedacht dat je nog zou komen. Seth zei van wel, en Edward ook, maar ik geloofde ze niet.'

'Waarom niet?' vroeg ik kortaf.

'Je voelt je hier niet prettig. Maar je bent toch gekomen.'

'Jij wilde me zien.'

'Dat weet ik wel. Maar je had niet hoeven komen, want het is niet eerlijk van mij om dat van je te vragen. Ik had het heus wel begrepen.'

Het was een tijdje stil. Edward had zijn gezicht weer onder controle. Hij keek naar de televisie terwijl Rosalie nog steeds aan het zappen was. Ze had al meer dan zeshonderd zenders gehad. Ik vroeg me af hoe lang het zou duren voor ze weer bij de eerste was.

'Ik ben blij dat je er bent,' fluisterde Bella.

'Mag ik je iets vragen?' vroeg ik.

'Natuurlijk.'

Edward keek alsof hij helemaal niet op ons lette, maar hij wist wat ik wilde vragen, dus daar trapte ik mooi niet in.

'Waarom wíl je dat ik hier ben? Seth kan je ook warm houden, en dat is zo'n blije opdonder dat iedereen hem aardig vindt. Maar als ík binnenkom lach je alsof je van niemand zo gelukkig wordt als van mij.'

'Jij bent inderdaad wel een van de mensen van wie ik gelukkig word.'

'Dat is mooi klote, wist je dat?'

'Ja.' Ze zuchtte. 'Sorry.'

'Maar waarom? Je hebt nog geen antwoord gegeven.'

244

Edward keek weer weg, alsof hij uit het raam staarde. Zijn spiegelbeeld was uitdrukkingsloos.

'Het voelt... compléét als jij er bent, Jacob. Alsof mijn hele familie dan bij elkaar is. Ik denk tenminste dat het zo voelt – ik heb nog nooit eerder een grote familie gehad. Het voelt fijn.' Ze glimlachte heel even. 'Maar als jij er niet bent, ontbreekt er gewoon iets.'

'Ik heb nooit bij jouw familie gehoord, Bella.'

Het had gekund. Ik had er heel goed bij gepast. Maar dat was slechts ooit een verre toekomst geweest, een toekomst die al vervlogen was voor hij ook maar de kans gekregen had om werkelijkheid te worden.

'Jij hebt altijd bij mijn familie gehoord,' wierp ze tegen.

Mijn tanden maakten een knarsend geluid. 'Wat een flutantwoord.'

'Wat is dan een goed antwoord?'

'Wat dacht je van: "Jacob, het geeft me gewoon een kick om jou te zien lijden"?'

Ik voelde haar in elkaar krimpen.

'Zou je dat liever horen?' fluisterde ze.

'Dat zou het in elk geval makkelijker maken. Dat zou ik kunnen begrijpen. Daar zou ik mee om kunnen gaan.'

Ik keek omlaag naar haar gezicht, zo dicht bij het mijne. Ze had haar ogen dicht en haar wenkbrauwen gefronst. 'We zijn elkaar kwijtgeraakt, Jake. We zijn niet meer in balans. Jij hoort in mijn leven – dat voel ik, en jij voelt het ook.' Ze zweeg even zonder haar ogen open te doen, alsof ze wachtte tot ik het zou ontkennen. Toen ik niets zei ging ze verder: 'Maar niet op deze manier. We hebben iets fout gedaan. Nee. Ik. Ik heb iets fout gedaan, en toen zijn we elkaar kwijtgeraakt en...'

Haar stem stierf weg en de frons op haar gezicht vervaagde tot alleen haar mondhoeken nog een beetje naar beneden hingen. Ik wachtte tot ze nog wat meer citroensap over mijn wondjes zou gieten, maar er kwam een zacht gesnurk uit haar keel.

'Ze is uitgeput,' prevelde Edward. 'Het is een lange dag geweest. Een zware dag. Volgens mij wilde ze eigenlijk al eerder gaan slapen, maar ze heeft op jou gewacht.'

Ik keek hem niet aan.

'Seth zei dat het ding nog een van haar ribben heeft gebroken.'

245

'Ja. Het bemoeilijkt haar ademhaling.'

'Lekker is dat.'

'Ik hoor het wel als ze weer te warm wordt.'

'Ja.'

Ze had nog steeds kippenvel op de arm die niet tegen de mijne aan lag. Ik had mijn hoofd nog niet opgetild om rond te kijken naar een deken, of Edward griste er al een van de armleuning van de bank en schudde hem met een zwiepende beweging uit zodat hij over haar heen kwam te liggen.

Heel af en toe bespaarde dat gedachtelezen van hem wel wat tijd. Zo hoefde ik waarschijnlijk niet met veel bombarie beschuldigend te vragen wat ze in hemelsnaam met Charlie aan het doen waren. Edward zou meteen hóren hoe woedend ik...

'Ja,' knikte hij. 'Dat is inderdaad niet verstandig.'

'Maar waarom dan?' Waarom zei Bella tegen haar vader dat ze aan de beterende hand was als hij zich daar uiteindelijk alleen maar ellendiger door zou voelen?

'Ze kan niet tegen zijn ongerustheid.'

'En dus is het beter...'

'Nee. Het is níét beter. Maar ik ga haar nu niet dwingen om dingen te doen waar ze ongelukkig van wordt. Wat er ook gebeurt, hier voelt ze zich beter door. Ik los het later wel op.'

Dat klonk raar. Bella zou Charlies pijn nooit zomaar even vooruitschuiven, zodat iemand anders zich ermee bezig kon houden. Zelfs niet als ze stervende was. Zo was ze niet. Ik kende Bella langer dan vandaag; ze had vast een of ander plan in haar hoofd.

'Ze is ervan overtuigd dat ze zal blijven leven,' zei Edward.

'Maar niet als mens,' protesteerde ik.

'Nee, niet als mens. Maar ze hoopt wel dat ze Charlie terug zal zien.'

Ja joh, dat kon er ook nog wel bij.

'Charlie. Zien.' Ik keek hem eindelijk aan, met ogen zo groot als schoteltjes. 'Na de transformatie. Ze wil Charlie zien terwijl ze helemaal glinsterend wit is met felrode ogen. Ik ben geen bloedzuiger, dus misschien vergis ik me wel, maar het lijkt me toch een beetje vreemd om Charlie meteen als eerste op te eten.'

Edward zuchtte. 'Ze weet dat ze minstens een jaar niet bij hem in de buurt zal kunnen komen. Ze denkt dat ze het wel kan rekken. Ze wil tegen Charlie zeggen dat ze naar een speciaal ziekenhuis ergens aan de andere kant van de wereld moet of zo. En dan contact houden per telefoon...'

'Dat is gestoord.'

'Ja.'

'Charlie is ook niet achterlijk. Zelfs als ze hem niet vermoordt zal hij het verschil opmerken.'

'Daar rekent ze eigenlijk ook op.'

Ik bleef hem aanstaren en wachtte tot hij dat zou toelichten.

'Ze wordt natuurlijk niet ouder, dus er zit hoe dan ook een tijdslimiet aan, zelfs als Charlie haar smoesjes over de veranderingen zou accepteren.' Hij glimlachte flauwtjes. 'Weet je nog hoe jij haar probeerde te vertellen dat je een weerwolf was? Dat je haar toen hebt laten raden?'

Mijn vrije hand balde zich tot een vuist. 'Heeft ze je dat verteld?'

'Ja, om haar idee te illustreren. Ze mag Charlie namelijk niet de waarheid vertellen – dat zou heel gevaarlijk zijn voor hem. Maar het is een schrandere, praktisch aangelegde man. Ze denkt dat hij zelf een verklaring zal bedenken. En ze gaat ervan uit dat dat niet de goede zal zijn.' Edward snoof. 'We leven immers niet bepaald volgens de klassieke vampierregels. Hij zal met een of andere onjuiste oplossing komen, net als zij in eerste instantie, en wij zullen daarin meegaan. Ze denkt dat ze hem wel zal kunnen zien... af en toe.'

'Gestoord,' herhaalde ik.

'Ja,' beaamde hij opnieuw.

Wat zwak van hem dat hij haar op deze manier haar zin gaf, alleen om haar nu gelukkig te houden. Uiteindelijk zou het verkeerd aflopen.

En daaruit leidde ik af dat hij niet verwachtte dat ze lang genoeg zou blijven leven om haar krankzinnige plan uit te kunnen voeren. Hij hield haar gewoon tevreden zodat ze nog heel even gelukkig kon zijn.

Nog een dag of vier, bijvoorbeeld.

'Ik los het allemaal wel op,' fluisterde hij, en hij wendde zijn neergeslagen 247 blik af zodat ik zelfs zijn spiegelbeeld niet meer kon zien. 'Ik weiger haar nu pijn te doen.'

'Vier dagen?' vroeg ik.

Hij keek niet op. 'Om en nabij.'

'En dan?'

'Hoe bedoel je dat precies?'

Ik dacht aan wat Bella had gezegd. Over hoe dat ding dik ingepakt was in iets heel sterks, een soort vampierhuid. Hoe ging dat dan in zijn werk? Hoe kwam het eruit?

'We hebben maar heel weinig onderzoek kunnen doen, maar het schijnt dat de baby's hun eigen tanden gebruiken om uit de baarmoeder te komen,' fluisterde hij.

Ik zweeg even om de gal weg te slikken.

'Onderzoek?' vroeg ik zwakjes.

'Daarom heb je Jasper en Emmett zo weinig gezien. Carlisle is er al de hele tijd mee bezig. Hij probeert oude verhalen en mythen uit te pluizen, op zoek naar iets waarmee we het gedrag van het wezen misschien zouden kunnen voorspellen.'

Verhalen? Als er mythen waren, dan...

'Dan is dit ding dus niet de eerste in zijn soort?' vroeg Edward, vooruitlopend op mijn vraag. 'Misschien niet. Het is allemaal erg vaag. De mythen zouden ook makkelijk ingegeven kunnen zijn door angst en verbeelding. Maar...' Hij aarzelde. 'Jullie mythen zijn ook waar, toch? Misschien zijn deze dat ook wel. Ze lijken beperkt te blijven tot een bepaald gebied en allemaal verbonden met elkaar te zijn...'

'Hoe zijn jullie daarachter gekomen?'

'We kwamen een vrouw tegen in Zuid-Amerika. Ze was opgevoed volgens het geloof van haar stam en had waarschuwingen gehoord over zulke wezens, oude verhalen uit de overlevering.'

'Wat zeiden die waarschuwingen dan?' fluisterde ik.

'Dat het wezen onmiddellijk gedood moest worden. Voor het te sterk kon worden.'

Precies wat Sam ook had gezegd. Had hij gelijk?

'Hun legendes zeggen natuurlijk hetzelfde over ons. Dat we vernietigd moeten worden. Dat we zielloze moordenaars zijn.'

248   En alweer de spijker op z'n kop.

Edward liet een korte, harde lach horen.

'En wat zeiden die verhalen over de... moeders?'

Zijn gezicht vertrok van pijn. Ik schoof geschrokken achteruit en ik wist dat hij geen antwoord zou geven. Ik betwijfelde of hij wel in staat was om nog iets te zeggen.

Het was Rosalie – die zo stil en roerloos was blijven zitten nadat Bella in slaap was gevallen dat ik haar bijna vergeten was – die antwoord gaf.

Er kwam een minachtend geluid uit haar keel. 'Er waren natuurlijk geen over-levenden,' zei ze. Geen overlevenden, koud en onverschillig. 'Midden in een smerig moeras vol ziektekiemen een kind baren met een medicijnman die lui-aardspuug over je gezicht uitsmeert om de kwade geesten te verdrijven is nooit een erg veilige methode geweest. Zelfs bij de gewone bevallingen ging het de helft van de tijd mis. Geen van die moeders had wat deze baby wel heeft – verzor-gers die vermoeden waar het kind behoefte aan heeft en hun best doen om daarin te voorzien. Een dokter met een volstrekt unieke kennis van het vampierlichaam. Een uitgewerkt plan om de baby zo veilig mogelijk ter wereld te brengen. Gif dat alles zal herstellen als het misgaat. Het komt helemaal goed met deze baby. En die andere moeders zouden het hoogstwaarschijnlijk gewoon gered hebben als ze al die dingen ook hadden gehad – als ze überhaupt bestaan hebben. Wat ik betwij-fel.' Ze snufte hooghartig.

De baby, de baby. Alsof dat het enige was wat ertoe deed. Bella's leven was slechts een bijzaak in haar ogen, iets om weg te wuiven.

Edwards gezicht werd lijkbleek. Zijn handen kromden zich tot klauwen. Ro-salie draaide zich volstrekt egoïstisch en onverschillig om in haar stoel, zodat ze met haar rug naar hem toe kwam te zitten. Hij boog zich voorover, klaar voor de aanval.

Laat mij maar, stelde ik voor.

Hij wachtte en trok een wenkbrauw op.

Geruisloos tilde ik mijn etensbak van de grond. Vervolgens gooide ik hem met een snelle, krachtige polsbeweging zo hard tegen het achterhoofd van Blon-die dat hij met een oorverdovende *beng* werd platgeslagen voor hij terugkaatste, door de kamer vloog en de ronde knop boven op de dikke hoofdbaluster onder aan de trap eraf sneed.

Bella bewoog even maar werd niet wakker.

'Dom blondje,' mompelde ik.

Rosalie draaide langzaam haar hoofd om en haar ogen schoten vuur.

'Er. Zit. Eten. In. Mijn. Haar.'

Dat was de druppel.

Ik barstte in lachen uit. Ik draaide me weg van Bella zodat ik haar niet door el-kaar zou schudden en lachte zo hard dat de tranen over mijn wangen rolden.

249

Vanachter de bank hoorde ik hoe Alice' tinkelende lach zich bij de mijne voegde.

Ik vroeg me af waarom Rosalie niet aanviel. Dat had ik namelijk wel verwacht. Maar toen besefte ik dat Bella wakker was geworden van mijn gelach, ook al had ze door de echte herrie heen geslapen.

'Wat is er zo grappig?' mompelde ze.

'Er zit eten in haar haar en dat is mijn schuld,' zei ik grinnikend.

'Dit vergeet ik nooit, hond,' siste Rosalie.

"'t Is anders doodsimpel om het geheugen van een dom blondje te wissen,' kaatste ik terug. 'Gewoon even in haar oor blazen.'

'Bedenk toch eens een nieuwe grap,' snauwde ze.

'Toe nou, Jake. Laat Rose met...' Bella zweeg midden in haar zin en zoog haar adem naar binnen. Op hetzelfde moment stond Edward over me heen gebogen en rukte de deken weg. Ze leek te stuiptrekken en haar rug kromde zo dat hij de bank niet eens meer raakte.

'Hij,' hijgde ze, 'rekt zich alleen even uit.'

Haar lippen waren wit en ze klemde haar kiezen op elkaar alsof ze haar best deed om het niet uit te schreeuwen.

Edward legde zijn handen rond haar gezicht.

'Carlisle?' riep hij op een zachte, gespannen toon.

'Ik ben er al,' zei de dokter. Ik had hem niet binnen horen komen.

'Oké,' zei Bella, die nog steeds moeizaam en oppervlakkig ademhaalde. 'Over, geloof ik. Het arme jong heeft gewoon niet genoeg ruimte. Hij wordt ook zo groot.'

Ik kon het nauwelijks aanhoren, die liefdevolle toon waarmee ze dat ding dat haar kapotscheurde omschreef. Al helemaal niet na die onverschilligheid van Rosalie. Ik zou bijna ook iets naar Bella willen gooien.

Ze merkte mijn slechte humeur niet op. 'Hij doet me aan jou denken, Jake, wist je dat?' zei ze teder, al nahijgend.

'Wil je me alsjeblieft nóóit met dat ding vergelijken?' beet ik haar toe.

250 'Ik had het alleen maar over je groeispurt,' zei ze met een blik alsof ik haar gekwetst had. Mooi zo. 'Jij schoot op een gegeven moment recht omhoog. Ik zag je gewoon met de minuut langer worden. En hij is net zo. Hij groeit heel hard.'

Ik beet op mijn tong om niet te zeggen wat ik wilde zeggen, zo hard dat ik bloed proefde. Het zou uiteraard al genezen zijn voor ik kon slikken. Dát had Bella nodig. Was ze maar zo sterk als ik, kon ze maar genezen...

Ze ademde iets makkelijker en haar lichaam zakte ontspannen terug op de bank.

'Hmm,' mompelde Carlisle. Ik keek op en zag dat zijn blik op mij gericht was.

'Wat is er?' wilde ik weten.

Edward hield zijn hoofd een beetje schuin terwijl hij Carlisles gedachten op zich liet inwerken.

'Je weet dat ik me al een tijdje afvraag hoe de genetische samenstelling van de foetus eruitziet, Jacob. Hoeveel chromosomen hij heeft.'

'Wat is daarmee?'

'Nou, jullie overeenkomsten in ogenschouw genomen...'

'Overeenkomstén?' gromde ik, niet erg blij met dat meervoud.

'De versnelde groei, en het feit dat Alice jullie allebei niet kan zien.'

Mijn gezicht werd vlak. Dat laatste was ik even vergeten.

'Ik vroeg me af of dat betekent dat we een antwoord hebben gevonden. Of de overeenkomsten in de genen zitten.'

'Vierentwintig paar,' prevelde Edward binnensmonds.

'Dat weet je niet.'

'Nee. Maar het is wel interessant om over na te denken,' zei Carlisle sussend.

'Nou. Reuzefascinerend.'

Op dat moment begon Bella weer zacht te snurken, zodat mijn sarcastische opmerking nog even mooi benadrukt werd.

Daarna kwam er een gesprek op gang over genetica waarvan ik algauw alleen nog de woorden 'de', 'het' en 'en' begreep. En mijn eigen naam uiteraard. Alice deed ook mee en maakte af en toe een opmerking met haar zangerige stemmetje.

Ze hadden het over mij, maar ik deed geen moeite er wijs uit te worden. Ik had andere dingen aan mijn hoofd, een paar feiten die ik met elkaar in overeenstemming probeerde te brengen.

Feit één: Bella had gezegd dat het wezen beschermd werd door iets wat zo sterk en taai was als vampierhuid, waar zelfs naalden en ultrasone golven niet doorheen konden dringen. Feit twee: Rosalie had gezegd dat ze een plan hadden om het wezen veilig ter wereld te brengen. Feit drie: Edward had gezegd dat volgens de mythen andere, soortgelijke monsters zich met hun tanden een weg uit hun moeder vraten.

Ik huiverde.

251

En op een lugubere manier was het ook wel logisch, want, feit vier: vampier-huid was zo hard dat er maar weinig dingen sterk genoeg waren om erdoorheen te komen. De tanden van het halfwezen waren volgens de verhalen sterk ge-noeg. Mijn tanden waren sterk genoeg.

En vampiertanden waren ook sterk genoeg.

Iets wat er zo dik bovenop lag kon je moeilijk negeren, maar ik zou willen dat ik het kon. Want ik meende vrij zeker te weten hoe Rosalie van plan was dat ding 'veilig' ter wereld te brengen.

16. Te-veel-informatiealarm

Ik ging vroeg de deur uit, ver voor zonsopgang. Ik had maar heel weinig en ongemakkelijk geslapen tegen de zijkant van de bank. Edward maakte me wakker toen Bella's gezicht begon te gloeien, en hij ging op mijn plek zitten om haar weer af te koelen. Ik rekte me uit en besloot dat ik uitgerust genoeg was om weer aan het werk te gaan.

'Bedankt,' zei Edward zacht toen hij zag wat ik van plan was. 'Als de kust veilig is, gaan ze vandaag.'

'Ik laat het je weten.'

Het voelde goed om weer in mijn dierengedaante te veranderen. Ik was helemaal stijf omdat ik zo lang stil had gezeten. Ik nam nog grotere passen om alle kramp eruit te krijgen.

Môgge, Jacob, zei Leah.

Mooi, je bent wakker. Hoe lang ligt Seth al te pitten?

Nog niet, dacht Seth slaperig. *Bijna. Wat is er?*

Denk je dat je nog een uurtje kunt rennen?

Tuurlijk. Geen probleem. Seth kwam onmiddellijk overeind en schudde zijn vacht op.

Wij nemen de lange route, zei ik tegen Leah. *Seth, jij doet de grens.*

Check. Seth ging er op een ontspannen drafje vandoor.

Dus we moeten alweer een vampierklusje opknappen, gromde Leah.

Had je daar problemen mee?

Hoe kom je dáár nou bij. Ik doe alles voor die lieve bloedzuigertjes.

Mooi zo. Eens kijken hoe snel we kunnen rennen.

Kijk, daar heb ik in elk geval geen problemen mee!

253

Leah was momenteel op de uiterste westrand van de grens. In plaats van door te steken langs het huis van de Cullens bleef ze op de cirkel terwijl ze naar me toe rende. Ik zette als een speer koers naar het oosten, want ik wist dat ze me, zelfs al had ik een voorsprong, binnen een mum van tijd zou inhalen als ik ook maar een seconde zou verslappen.

Hou je neus op de grond, Leah. Dit is geen wedstrijd, dit is een verkenningstocht.
Zelfs dan kan ik je nog op je lazer geven.

Dat kon ik niet ontkennen. *Ik weet het.*

Ze lachte.

We namen een kronkelend pad door de oostelijke bergen. Het was een bekende route. We hadden in deze bergen gepatrouilleerd toen de vampiers een jaar geleden vertrokken waren, omdat we de mensen die hier woonden ook wilden beschermen. Toen de Cullens terugkwamen hadden we ons gebied weer ingekrompen. Volgens het verdrag was dit hun terrein.

Maar daar zou Sam zich nu waarschijnlijk weinig van aantrekken. Het verdrag was niets meer waard. Op dit moment was het vooral de vraag op hoeveel plaatsen hij tegelijk wilde zijn. Hield hij het land in de gaten om te zien of er een verdwaalde Cullen kwam stropen of niet? Had Jared de waarheid verteld, of misbruik gemaakt van de stilte tussen ons?

We kwamen steeds dieper in de bergen, maar we vonden nog steeds geen enkel teken van de roedel. Wel roken we overal zwakke vampiersporen, maar die geuren waren ondertussen vertrouwd. Ik ademde ze de hele dag in.

Op één route was de geur extra sterk en iets verser – ze hadden hier allemaal heen en weer gelopen, behalve Edward. Ze hadden kennelijk een reden gehad om hier samen te komen, maar waren daarmee opgehouden toen Edward zijn stervende zwangere vrouw thuisbracht. Ik knarste met mijn tanden. Wat het ook was, ik had er niets mee te maken.

Leah haalde me niet in, hoewel ze dat wel had kunnen doen. Ik besteedde meer aandacht aan alle nieuwe geuren dan aan de wedstrijd. Ze bleef aan mijn rechterflank en we renden samen verder, zonder nog te doen wie het snelst was.

We gaan behoorlijk ver, merkte ze op.

Ja. Als Sam op jacht is naar afgedwaalde vampiers, hadden we zijn spoor ondertussen wel moeten ruiken.

Ik denk dat hij zich eerder in La Push heeft verschanst, dacht Leah. *Hij weet dat de bloedzuigers door ons zes ogen en twaalf benen extra hebben. Hij zal ze nooit kunnen verrassen.*

Dit was ook meer uit voorzorg.

We willen onze lieve parasietjes natuurlijk geen onnodig risico laten lopen.

Zo is dat, beaamde ik, zonder op haar sarcasme te letten.

Je bent zo ontzettend veranderd, Jacob. Zeg maar gerust honderdtachtig graden gedraaid.

254

Jij bent ook niet echt meer dezelfde Leah van wie ik altijd zoveel gehouden heb.

Da's waar. Ben ik nu minder irritant dan Paul?

Verbazingwekkend genoeg… ja.

Ach, wat een heerlijk zoete overwinning.

Gefeliciteerd.

We renden zwijgend verder. Het was waarschijnlijk tijd om om te keren, maar daar hadden we allebei geen zin in. Het was fijn om zo te rennen. We staarden al dagen alleen nog maar naar het kleine cirkeltje van het grenspad, en het voelde goed om onze spieren te strekken en het ruige terrein te bedwingen. We hadden geen vreselijke haast, dus het leek me een goed idee om op de terugweg te jagen. Leah had nogal honger.

Heerlijk, dacht ze zuur.

Het zit allemaal tussen je oren, zei ik tegen haar. *Zo eten wolven nu eenmaal. Het is natuurlijk. Het smaakt prima. Als je er niet met een menselijke blik naar zou kijken…*

Laat de peptalk maar zitten, Jacob. Ik jaag. Daarom hoef ik het nog niet leuk te vinden.

Tuurlijk, tuurlijk, beaamde ik soepel. Ik kon er ook niets aan doen als zij het nog zwaarder voor zichzelf wilde maken.

Een tijdlang zei ze niets meer en ik overwoog of we om zouden keren.

Dank je wel, zei Leah plotseling op een heel andere toon.

Waarvoor?

Voor het feit dat je me mijn gang laat gaan. Dat je me laat blijven. Je bent veel aardiger geweest dan ik heb verdiend, Jacob.

Eh, geen probleem. En dat meen ik. Ik vind het lang niet zo erg dat je er bent als ik had gedacht.

Ze snoof, maar het klonk speels. *Wat een prachtig compliment!*

Als je het je maar niet naar je hoofd laat stijgen.

Goed dan – als jij dít dan maar niet naar je hoofd laat stijgen. Ze zweeg even. *Ik denk dat jij een prima alfa zou zijn. Anders dan Sam, maar op je eigen manier. Het is goed om jou als leider te hebben, Jacob.* 255

Ik was met stomheid geslagen. Het duurde even voor ik weer was bijgekomen en kon reageren.

Eh, bedankt. Ik weet alleen niet zeker of het me gaat lukken om dat niet naar mijn hoofd te laten stijgen. Waar komt dit ineens vandaan?

Ze gaf niet meteen antwoord, en ik volgde haar woordeloze gedachtegang. Ze dacht aan de toekomst en aan wat ik die ochtend tegen Jared had gezegd. Dat er niet veel tijd meer was, en dat ik dan terug naar het bos zou gaan. Dat ik had beloofd dat zij en Seth terug naar de roedel zouden gaan als de Cullens waren vertrokken...

Ik wil bij jou blijven, zei ze tegen me.

De schok schoot door mijn benen en blokkeerde mijn gewrichten. Ze stoof me voorbij en trapte toen op de rem. Langzaam liep ze terug naar de plek waar ik nog steeds aan de grond genageld stond.

Ik zal niet lastig zijn, ik zweer het. Ik zal je niet de hele tijd achterna lopen. We kunnen gewoon onze eigen gang gaan. Je merkt alleen dat ik er ben als we allebei wolf zijn. Ze ijsbeerde voor mijn neus heen en weer en zwaaide zenuwachtig met haar lange grijze staart. *En aangezien ik van plan ben om er zo snel mogelijk mee te kappen... zal dat misschien wel niet zo vaak zijn.*

Ik wist niet wat ik moest zeggen.

Nu, als lid van jouw roedel, ben ik gelukkiger dan ik in jaren ben geweest.

Ik wil ook blijven, dacht Seth zacht. Ik had niet beseft dat hij naar ons geluisterd had terwijl hij de grens bewaakte. *Ik vind deze roedel fijn.*

Ho eens even! Seth, binnenkort is dit helemaal geen roedel meer. Ik probeerde mijn gedachten op een rijtje te krijgen zodat ik hem echt zou overtuigen. *Nu hebben we een doel, maar zodra... Als dit achter de rug is, word ik gewoon een wolf. Jij hebt een doel nodig, Seth. Je bent een goeie knul. Jij bent zo iemand die altijd ergens voor gaat. En jij mag helemaal niet weg uit La Push. Je moet je middelbare school nog afmaken en iets gaan doen met je leven. Je gaat voor Sue zorgen. Je mag je toekomst niet door mijn problemen laten verpesten.*

Maar...

Jacob heeft gelijk, viel Leah me bij.

Ben je het met me eens?

Uiteraard. Maar dat is allemaal niet op mij van toepassing. Ik stond toch al op het punt om te vertrekken. Ik zoek wel ergens een baantje ver bij La Push vandaan. Misschien kan ik wat vakken volgen bij een plaatselijke universiteit. Yoga- en meditatielessen nemen om mijn opvliegendheid onder controle te krijgen... En ondertussen wil ik voor mijn geestelijke gezondheid bij deze roedel blijven horen, Jacob – daar zie je de logica toch wel van in? Ik zal jou niet tot last zijn, jij zult mij niet tot last zijn: iedereen gelukkig.

256

Ik draaide me om en zette met langzame sprongen koers naar het westen.

Dit is wel een beetje veel in één keer, Leah. Ik wil er even over nadenken, goed?

Tuurlijk. Neem de tijd.

De terugweg duurde langer dan de heenweg. Ik rende niet op volle snelheid. Ik probeerde me gewoon genoeg te concentreren om niet met mijn kop tegen de eerste de beste boom te knallen. In mijn achterhoofd hoorde ik Seth een beetje mopperen, maar ik deed mijn best om niet naar hem te luisteren. Hij wist dat ik gelijk had. Hij zou zijn moeder nooit echt in de steek laten. Hij zou terug naar La Push gaan en de stam beschermen, zoals het hoorde.

Maar bij Leah zag ik dat niet gebeuren. En dat was om doodsbenauwd van te worden.

Een roedel met z'n tweeën? Hoe ver we fysiek gezien ook uit elkaar zouden zijn, ik kon me gewoon niet voorstellen hoe... intíem dat zou zijn. Ik vroeg me af of ze er wel echt goed over na had gedacht, of dat ze gewoon wanhopig graag vrij wilde blijven.

Leah zei niets terwijl ik zo aan het peinzen was. Het leek wel alsof ze haar best deed om te bewijzen hoe makkelijk het met z'n tweeën zou zijn.

We kwamen een roedel muildierherten tegen, net toen het eerste zonlicht de wolken achter ons liet oplichten. Leah zuchtte inwendig maar aarzelde niet. Haar sprong was foutloos, efficiënt en zelfs gracieus. Ze doodde het grootste hert, de bok, voor het geschrokken dier echt besefte dat er gevaar dreigde.

Dat kon ik niet op me laten zitten, en ik haalde het op een na grootste hert neer. Ik beet haar snel de nek door zodat ze niet onnodig pijn zou lijden. Ik voelde Leahs walging en honger om voorrang strijden, en ik probeerde het makkelijker voor haar te maken door me over te geven aan de wolf in mij. Ik had zo lang als wolf geleefd dat ik wist hoe ik helemaal in hem kon opgaan, hoe ik op zijn manier kon kijken, kon denken. Ik liet me leiden door mijn instincten, zodat zij dat ook zou voelen. Ze aarzelde even, maar leek toen voorzichtig met haar gedachten in mijn geest te kruipen om door mijn ogen te kijken. Het voelde heel vreemd – onze zielen waren nog nooit zo verbonden geweest, omdat we allebei echt ons bést deden om samen te denken. 257

Het was vreemd, maar het hielp wel. Haar tanden gingen door de vacht en huid van de flank van haar prooi en scheurden een flink stuk nat vlees af. In plaats van in elkaar te krimpen, zoals haar menselijke gedachten wilden doen, liet ze haar wolvengeest instinctief reageren. Het had een soort verdovend, gedachteloos effect. Het liet haar in alle rust eten.

Voor mij was het makkelijk. En ik was blij dat ik niet vergeten was hoe het moest. Binnenkort zou mijn leven er weer zo uitzien.

Zou Leah onderdeel van dat leven worden? Een week geleden zou ik dat idee werkelijk afschuwelijk gevonden hebben. Ik zou er niet eens over na hebben kunnen denken. Maar nu had ik haar beter leren kennen. En nu ze van de constante pijn verlost was, was ze een andere wolvin. Een ander meisje.

We aten samen tot we allebei voldaan waren.

Bedankt, zei ze later toen ze haar snuit en poten schoonmaakte langs het natte gras. Ik deed geen moeite; het was net gaan miezeren en we zouden ook nog door de rivier komen. Dan was ik weer schoon genoeg. *Dat viel best mee, met jouw aanpak.*

Graag gedaan.

Seth sleepte met zijn poten toen we bij de grens kwamen. Ik zei dat hij moest gaan slapen; Leah en ik zouden wachtlopen. Zijn geest was al binnen een paar seconden verdwenen.

Ga je terug naar de bloedzuigers? vroeg Leah.

Misschien.

Het is zwaar om daar te zijn, maar ook zwaar om er niet te zijn. Ik weet hoe je je voelt.

Weet je, Leah, misschien moet je eens een beetje over de toekomst nadenken, over wat je echt zou willen. Mijn hoofd zal niet de vrolijkste plek ter wereld zijn. En jij zal met me mee moeten lijden.

Ze dacht na over hoe ze haar antwoord wilde verwoorden. *Sjonge, dit klinkt wel heel erg. Maar het zal eerlijk gezegd makkelijker zijn om jouw pijn te voelen dan om de mijne onder ogen te moeten zien.*

Daar zit wat in.

Ik weet dat je het zwaar gaat krijgen, Jacob. Dat begrijp ik – misschien wel beter dan je denkt. Ik mag haar niet, maar... ze is jouw Sam. Ze is alles wat je wilt en alles wat je niet kunt krijgen.

258 Ik kon geen antwoord geven.

Ik weet dat het voor jou erger is. Sam is tenminste gelukkig. Hij leeft en het gaat goed met hem. Ik hou zoveel van hem dat ik dat wil. Ik wil dat hij heeft wat het beste voor hem is. Ze zuchtte. *Maar ik stond erbij en ik keek ernaar, en dat wil ik niet meer.*

Moeten we het hier echt over hebben?

Volgens mij wel, want ik wil dat je begrijpt dat ik het niet erger zal maken voor je. Je-

mig, misschien kan ik je zelfs wel helpen. Ik ben niet altíjd een gevoelloze trut geweest. Vroeger was ik best aardig, hoor.

Da's zo lang geleden, dat kan ik me niet meer herinneren.

We lachten allebei even.

Ik vind het heel erg, Jacob. Ik vind het erg dat je zo moet lijden. Ik vind het erg dat het alleen maar erger wordt in plaats van beter.

Dank je wel, Leah.

Ze dacht na over de dingen die erger werden, de zwarte beelden in mijn hoofd, terwijl ik haar zonder veel succes probeerde buiten te sluiten. Ze was in staat om er van een afstandje naar te kijken, met een andere blik, en ik moest toegeven dat dat hielp. Ik kon me voorstellen dat ik er misschien ook op die manier naar zou kunnen kijken, over een paar jaar.

Ze zag de grappige kant in van de dagelijkse irritaties die ontstonden als je de hele tijd bij vampiers in de buurt was. Ze vond het leuk om te zien hoe ik Rosalie sarde, ze grinnikte in stilte en dacht zelfs aan een paar dommeblondjesmoppen die ik misschien nog zou kunnen gebruiken. Maar toen werd ze weer serieus, en ze bleef hangen bij Rosalies gezicht op een manier waarvan ik een beetje in de war raakte.

Weet je wat raar is? vroeg ze.

Nou, bijna alles is raar op dit moment. Maar wat bedoel je?

Die blonde vampier aan wie jij zo'n hekel hebt – ik begrijp haar volkomen.

Heel even dacht ik dat ze een belachelijk slechte grap maakte. En daarna, toen ik besefte dat ze het meende, kon ik de woede die door mijn lijf sidderde maar nauwelijks bedwingen. Het was maar goed dat we ons hadden opgesplitst voor onze wachtronde. Als ze op bijtafstand was geweest...

Wacht nou even! Laat het me uitleggen!

Ik wil het niet horen. De mazzel.

Wacht! Wacht! smeekte ze terwijl ik mijn best deed om te kalmeren zodat ik weer mens kon worden. *Jake, toe nou!*

Leah, dit is niet bepaald de beste manier om me ervan te overtuigen dat ik in de toekomst meer tijd met jou zou moeten doorbrengen. 259

Jemig hé! Stel je niet zo aan. Je weet niet eens waar ik het over heb.

Waar héb je het dan over?

En toen veranderde ze opeens weer in de door de pijn geharde Leah van vroeger. *Ik heb het over hoe het is om een genetisch eindstation te zijn, Jacob.*

Haar giftige toon bracht me van mijn stuk. Ik had niet verwacht dat mijn woede overtroffen zou worden.

Ik begrijp het niet.

Nee, omdat je net als al die andere stomme kerels bent. Zodra het over mijn 'vrouwendingen' gaat, ze dacht de woorden met een harde, sarcastische klank, *rennen jullie meteen hard weg, in plaats van je af te vragen wat het eigenlijk betekent. Dan zou je het wél begrijpen.*

O.

Tja, niemand vond het fijn om met haar over die dingen na te denken. Dat kon je ons toch niet kwalijk nemen? Natuurlijk kon ik me Leahs paniek nog herinneren in die eerste maand nadat ze bij de roedel was gekomen – en ik wist ook nog hoe ik er net als de anderen voor teruggedeinsd was. Omdat ze niet zwánger kon worden – tenzij er iets heel engs zou gebeuren met onbevlekte ontvangenis en zo. Na Sam had ze geen enkel vriendje meer gehad. En toen, toen de weken zich voortsleepten en niets in nog meer niets overging, besefte ze dat haar lijf de normale cycli niet meer volgde. De afschuw – wat wás ze nu dan? Was haar lichaam veranderd omdat ze een weerwolf was geworden? Of was ze een weerwolf geworden omdat haar lichaam niet goed werkte? De enige vrouwelijke weerwolf ooit. Kwam dat doordat ze niet zo vrouwelijk was als ze zou moeten zijn?

We hadden ons geen van allen met die inzinking bezig willen houden. We konden nou niet bepaald met haar meevoelen of zo.

Je weet waarom Sam denkt dat we inprenten, dacht ze een stuk rustiger.

Ja. Om de lijn voort te zetten.

Precies. Om nieuwe weerwolfjes te maken. Om het voortbestaan van de soort te waarborgen, de genen te verspreiden. Je voelt je aangetrokken tot degene bij wie je de meeste kans maakt om het wolven-gen door te geven.

Ik wachtte tot ze zou vertellen waar ze heen wilde.

Als ik daar geschikt voor was geweest, zou Sam zich tot míj aangetrokken gevoeld hebben.

Haar pijn was zo intens dat mijn ritme even haperde.

Maar dat ben ik dus niet. Er is iets mis met me. Ik ben blijkbaar niet in staat om het gen door te geven, ondanks mijn superstamboom. Dus word ik een of andere freak – de weerwolvin – die nergens anders goed voor is. Ik ben een genetisch eindstation en dat weten we allebei.

Niet waar, wierp ik tegen. *Dat is Sams theorie. We weten helemaal niet waarom we inprenten. Billy denkt dat het iets anders is.*

Dat weet ik wel. Hij denkt dat we inprenten om stérkere wolven te maken. Omdat jij en Sam zulke gigantische beesten zijn – groter dan onze vaders. Maar ik doe nog steeds niet mee. Ik ben... Ik zit in de overgang. Ik ben twintig en ik zit in de overgang.

Ieuw. Ik vond dit gesprek echt helemaal niks. *Dat weet je niet, Leah. Waarschijnlijk heeft het gewoon met dat hele tijdstilstandgedoe te maken. Als je ophoudt met wolf zijn en weer ouder wordt gaat je lijf vast gewoon eh... weer verder waar het gebleven was.*

Dat zou ik misschien ook denken – ware het niet dat niemand met míj inprent, ondanks mijn indrukwekkende voorouders. Weet je, voegde ze er peinzend aan toe, *als jij er niet was, zou Seth waarschijnlijk de grootste kans maken om alfa te worden, door zijn stamboom in elk geval. Aan mij zou natuurlijk nooit iemand denken...*

Wil je dan écht zo graag zelf inprenten, of dat er iemand met jou inprent? vroeg ik verontwaardigd. *Wat is er mis met gewoon verliefd worden, net als ieder ander, Leah? Inprenten betekent alleen maar dat je niet meer over je eigen leven kunt beslissen.*

Sam, Jared, Paul en Quil lijken dat anders helemaal niet erg te vinden.

Ze hébben ook niets te vinden.

Wil jij dan niet inprenten?

Alsjeblieft niet, zeg!

Dat zeg je alleen omdat je al op háár verliefd bent. Dat gaat over, hoor, als je inprent. Je zou je nooit meer zo ellendig hoeven voelen door haar.

Wil jij vergeten wat je voor Sam voelt?

Daar dacht ze even over na. *Ik geloof het wel.*

Ik zuchtte. Ze was al een stuk verder dan ik.

Maar even terug naar mijn eerste punt, Jacob. Ik begrijp waarom die blonde vampier van je zo koud is – figuurlijk. Ze heeft maar één doel voor ogen en ze is er bijna. Want je wilt altijd datgene wat je nooit, maar dan ook nooit zult kunnen krijgen.

Zou jíj je zoals Rosalie gedragen? Zou jij iemand vermoorden – want dat doet ze, door ervoor te zorgen dat niemand kan ingrijpen om Bella's leven te redden – om een baby te kunnen krijgen? Ik wist niet dat jij zulke moedergevoelens had. 261

Ik wil gewoon de keuzes die ik niet heb, Jacob. Als er niets mis met me was had ik er misschien wel nooit over nagedacht.

Maar zou je er iemand voor vermoorden? hield ik aan, want zo makkelijk kwam ze niet onder mijn vraag uit.

Dat doet ze niet. Volgens mij is ze meer bezig een soort plaatsvervangend leven te lei-
den. En... als Bella aan míj zou vragen om haar hiermee te helpen... Ze liet een pein-
zende stilte vallen. Ik mag haar niet, maar toch zou ik waarschijnlijk hetzelfde doen
als die bloedzuigster.

Er kwam een hard gegrom uit mijn keel.

Want als het andersom was, zou ik ook willen dat Bella dat voor míj zou doen. En
Rosalie ook. We zouden allebei precies hetzelfde doen als zij.

Gatver! Jij bent al net zo erg als zij!

Zo gaat het nou eenmaal als je weet dat je iets niet kunt krijgen. Daar word je wan-
hopig van.

En nu is het genoeg. Basta. Dit gesprek is afgelopen.

Best.

Maar dat was niet genoeg. Ik had een drastischer einde nodig.

Ik was op ongeveer anderhalve kilometer van de plek waar ik mijn kleren had
verstopt, dus ik veranderde terug in een mens en liep verder. Ik dacht niet meer
na over ons gesprek. Niet omdat er niets was om over na te denken, maar omdat
ik er niet tegen kon. Ik weigerde het op die manier te bekijken, maar dat was een
stuk lastiger nu Leah de gedachten en emoties rechtstreeks in mijn hoofd had
geplant.

Nee, ze mocht niet met me mee als dit achter de rug was. Ze kon zich lekker
ellendig blijven voelen in La Push. Van één kort alfabevel voor ik wegging ging
heus niemand dood.

Het was nog altijd heel vroeg toen ik bij het huis aankwam. Bella lag vast nog
te slapen. Ik zou even mijn hoofd om de hoek steken om te kijken of alles goed
ging, zeggen dat ze konden gaan jagen en dan op zoek gaan naar een strook gras
die zacht genoeg was om als mens op te kunnen slapen. Ik zou niet weer terug-
veranderen voor Leah sliep.

Maar ik hoorde allerlei zacht geroezemoes uit het huis komen, dus misschien
lag Bella wel helemaal niet te slapen. En toen hoorde ik de machinegeluiden van
262 boven weer – het röntgenapparaat? Geweldig. Nog vier dagen te gaan, en het af-
tellen was blijkbaar meteen al heftig begonnen.

Alice deed de deur voor me open voor ik naar binnen kon lopen.

Ze knikte. 'Hé, wolf.'

'Hé, kleintje. Wat is daarboven aan de hand?' De grote kamer was helemaal
leeg – alle stemmen kwamen van de eerste verdieping.

Ze haalde haar puntige schoudertjes op. 'Waarschijnlijk weer iets gebroken.' Ze probeerde het achteloos te zeggen, maar ik zag haar ogen diep vanbinnen opvlammen. Edward en ik waren niet de enigen die hieronder leden. Alice hield ook van Bella.

'Weer een rib?' vroeg ik schor.

'Nee. Bekken, dit keer.'

Raar hoe het me telkens weer overviel, alsof elke nieuwe wending een verrassing was. Wanneer zou ik me nou eens niet meer zo laten verrassen? Elke nieuwe ramp had ik achteraf van mijlenver kunnen zien aankomen.

Alice staarde naar mijn handen en keek hoe ze trilden.

Toen luisterden we naar Rosalies stem boven.

'Zie je wel, ik zéí toch dat ik niets hoorde knappen. Je moet je oren eens laten nakijken, Edward.'

Er kwam geen antwoord.

Alice trok een grimas. 'Ik denk dat Edward Rose binnenkort aan stukken scheurt. Het verbaast me dat ze dat niet inziet. Of misschien denkt ze dat Emmett hem wel kan tegenhouden.'

'Ik neem Emmett wel voor mijn rekening,' bood ik aan. 'Dan kun jij Edward helpen scheuren.'

Alice glimlachte flauwtjes.

Op dat moment kwam de stoet de trap af – dit keer werd Bella door Edward gedragen. Ze had haar beker bloed met beide handen vast en haar gezicht was wit weggetrokken. Ik kon zien dat ze pijn leed, ook al ving hij elke minieme beweging van zijn lichaam op om haar niet door elkaar te schudden.

'Jake,' fluisterde ze, en ze glimlachte ondanks de pijn.

Ik staarde haar zwijgend aan.

Edward legde Bella voorzichtig op de bank en ging bij het hoofdeinde op de grond zitten. Heel even vroeg ik me af waarom ze haar niet gewoon boven lieten, maar ik ging er onmiddellijk van uit dat dat Bella's idee was. Echt iets voor haar om net te willen doen alsof er niets aan de hand was, om geen ziekenhuisgevoel te creëren. En hij deed wat zij wilde. Uiteraard.

Carlisle kwam langzaam naar beneden, als laatste, zijn gezicht vol zorgelijke rimpels. Zag hij er eindelijk eens een keer oud genoeg uit om een dokter te kunnen zijn.

'Carlisle,' zei ik. 'We zijn tot halverwege Seattle gerend. De roedel is nergens te bekennen. Jullie kunnen gaan.'

263

'Dank je wel, Jacob. Dit is een goed moment. We hebben een heleboel nodig.' Zijn zwarte ogen schoten even naar de beker die Bella zo stevig vasthield.

'Eerlijk gezegd denk ik dat jullie wel met meer dan drie man kunnen gaan. Ik weet vrij zeker dat Sam zich op La Push concentreert.'

Carlisle knikte instemmend. Het verbaasde me dat hij mijn advies zo gewillig opvolgde. 'Als jij het zegt. Alice, Esmé, Jasper en ik zullen gaan. Dan kan Alice daarna met Emmett en Rosa...'

'Geen haar op mijn hoofd,' siste Rosalie. 'Emmett gaat nu wel met jullie mee.'

'Je moet jagen,' zei Carlisle vriendelijk.

Ze was onvermurwbaar. 'Ik ga alleen jagen als híj ook gaat,' gromde ze met een felle hoofdbeweging naar Edward, waarna ze haar haar weer naar achteren streek.

Carlisle zuchtte.

Jasper en Emmett waren opeens beneden en Alice stond gelijk met hen bij de glazen achterdeur. Esmé ging in een flits naast Alice staan.

Carlisle legde zijn hand op mijn arm. De ijskoude aanraking voelde niet prettig, maar ik trok mijn arm niet weg. Ik hield me stil, deels uit verbazing en deels omdat ik hem niet wilde kwetsen.

'Dank je wel,' zei hij nog een keer, en toen schoot hij met de andere vier naar buiten. Mijn ogen volgden hen terwijl ze het gazon over vlogen, en voor ik weer inademde waren ze al verdwenen. De nood was blijkbaar hoger dan ik me had gerealiseerd.

Heel even was het stil. Ik voelde iemands woedende blik in mijn rug, en ik wist wie het was. Ik was van plan geweest om buiten ergens te gaan tukken, maar deze kans om Rosalies ochtend te verpesten kon ik eigenlijk niet laten schieten.

Daarom slenterde ik naar de leunstoel naast die van Rosalie en ging er eens lekker op mijn gemak in liggen, zo uitgestrekt dat mijn hoofd naar Bella was gericht en mijn linkervoet voor Rosalies gezicht hing.

264   'Gatver. Kan iemand de hond even uitlaten?' mompelde ze met opgetrokken neus.

'Heb je deze al eens gehoord, psycho? Hoe sterven de hersencellen van een dom blondje?'

Ze zei niets.

'Nou?' vroeg ik. 'Weet je het antwoord of niet?'

Ze keek nadrukkelijk naar de televisie en deed of ik lucht was.

'Kent ze 'm al?' vroeg ik aan Edward.

Zijn gespannen gezicht lachte niet en hij hield zijn ogen strak op Bella gericht, maar hij zei: 'Nee.'

'Te gek. Dan vind je deze vast leuk, bloedzuiger: de hersencellen van een dom blondje sterven helemaal alléén.'

Rosalie keek me nog steeds niet aan. 'Ik heb al veel en veel meer levende wezens gedood dan jij, vies beest. Als je dat maar niet vergeet.'

'Op een dag, schoonheidskoningin, ben je het zat om me alleen maar te bedreigen. Daar kijk ik echt naar uit.'

'Zo kan-ie wel weer, Jacob,' zei Bella.

Ik keek omlaag en ze wierp me een boze blik toe. Zo te zien was haar opgewekte humeur van gisteren helemaal verdwenen.

Nou, ik wilde haar niet tot last zijn. 'Wil je dat ik ga?' stelde ik voor.

Voor ik kon hopen – of vrezen – dat ze me eindelijk zat was, knipperde ze met haar ogen en was haar frons verdwenen. Ze leek volslagen verbijsterd dat ik dat zou kunnen denken. 'Nee! Natuurlijk niet.'

Ik zuchtte en hoorde Edward heel zachtjes hetzelfde doen. Ik wist dat hij ook hoopte dat ze me eindelijk eens uit haar hoofd zou zetten. Jammer dat hij nooit iets van haar zou vragen waar ze misschien ongelukkig van zou worden.

'Je ziet er moe uit,' merkte Bella op.

'Ik ben gesloopt,' gaf ik toe.

'Ik wil jou best écht even slopen,' mompelde Rosalie, zo zacht dat Bella het niet kon horen.

Ik zakte alleen nog maar verder onderuit in de stoel tot ik echt lekker lag. Mijn blote voet kwam nog dichter bij Rosalie te hangen en ze verstijfde. Na een paar minuten vroeg Bella of Rosalie haar beker wilde bijvullen. Ik voelde de windvlaag toen Rosalie naar boven vloog om meer bloed voor haar te halen. Het was heel erg stil en ik bedacht dat ik eigenlijk net zo goed even kon slapen.

En toen zei Edward op een verbaasde toon: 'Zei je iets?' Vreemd. Want niemand had iets gezegd, en omdat Edwards gehoor net zo goed was als het mijne had hij dat toch moeten weten.

Hij staarde naar Bella en zij staarde terug. Ze keken allebei verward.

'Ik?' vroeg ze na een tijdje. 'Ik zei niets.'

Hij ging op zijn knieën zitten en boog zich over haar heen, met een ingespan-

265

nen blik die heel anders was dan daarnet. Zijn zwarte ogen richtten zich op haar gezicht.

'Waar denk je aan?'

Ze keek hem niet-begrijpend aan. 'Nergens aan. Wat is er aan de hand?'

'Waar dacht je zo-even aan?' vroeg hij.

'Aan... aan Esmés eiland. En aan veren.'

Ik had geen flauw idee waar ze het over had, maar toen bloosde ze en besloot ik dat ik het ook maar beter niet kon weten.

'Zeg nog eens iets,' fluisterde hij.

'Wat dan? Edward, wat is er aan de hand?'

Zijn gezicht veranderde weer en hij deed iets waardoor mijn mond met een plofgeluidje openviel. Ik hoorde iemand achter me naar adem snakken en wist dat Rosalie terug was, en dat zij net zo verbijsterd was als ik.

Edward legde zijn beide handen heel lichtjes op haar enorme, ronde buik.

'De f...' Hij slikte. 'Het... De baby vindt het fijn om je stem te horen.'

Heel even was het doodstil. Ik kon me niet verroeren, zelfs niet met mijn ogen knipperen. En toen...

'Lieve help, je kunt hem horen!' schreeuwde Bella. Meteen daarna kromp ze in elkaar.

Edwards hand gleed naar het bolste gedeelte van haar buik en wreef zachtjes over de plek waar het ding haar blijkbaar geschopt had.

'Stil maar,' mompelde hij. 'Je hebt het... hem laten schrikken.'

Haar grote ogen stonden vol verbazing. Ze klopte op de zijkant van haar buik. 'Sorry, baby.'

Edward luisterde ingespannen en hield zijn hoofd schuin richting de bult.

'Wat denkt hij nu?' vroeg ze gretig.

'Het... Hij of zij... is...' Hij zweeg even en keek haar aan. In zijn ogen stond eenzelfde soort ontzag als in de hare, alleen was zijn blik behoedzamer en terughoudender. 'Hij is blíj,' zei Edward op een ongelovige toon.

266 Haar adem stokte en we zagen allemaal de bezielde glans in haar ogen. De aanbidding en de toewijding. Grote, dikke tranen welden op en stroomden geruisloos over haar gezicht en haar glimlachende lippen.

Toen hij haar aanstaarde keek hij niet bang, boos of gekweld; hij keek zoals hij sinds hun thuiskomst nog geen moment had gekeken. Hij deelde haar verwondering.

'Natuurlijk ben je blij, mooi baby'tje, natuurlijk ben je blij,' kirde ze, en ze streelde haar buik terwijl de tranen over haar wangen liepen. 'Dat kan ook niet anders, zo lekker veilig en warm en geliefd als jij bent. Ik hou zoveel van je, kleine EJ, natuurlijk ben je blij.'

'Hoe noemde je hem?' vroeg Edward nieuwsgierig.

Ze bloosde opnieuw. 'Ik heb hem stiekem een naam gegeven. Ik dacht niet dat jij... Nou ja, je snapt wel wat ik bedoel.'

'EJ?'

'Jouw vader heette ook Edward.'

'Ja, dat is zo. En waar...' Hij zweeg even en zei toen: 'Hmm.'

'Wat is er?'

'Hij vindt het ook fijn om mijn stem te horen.'

'Natuurlijk.' Ze jubelde nu bijna. 'Jij hebt de mooiste stem van het heelal. Wie zou daar niet van houden?'

'Hebben jullie ook een plan B?' vroeg Rosalie, die met diezelfde eerbiedige, dweperige blik in haar ogen als Bella over de bank hing. 'Stel nou dat het een zij is?'

Bella haalde de rug van haar hand over haar natte ogen. 'Ik heb wel een paar ideetjes. Iets met Renée en Esmé. Ik dacht aan... Ruh-nés-mee.'

'Ruhnesmee?'

'R-e-n-e-s-m-e-e. Te raar?'

'Nee, heel mooi,' verzekerde Rosalie haar. Hun hoofden waren heel dicht bij elkaar, goud en mahonie. 'Prachtig. En uniek, dus dat past in elk geval.'

'Ik blijf erbij dat het een Edward is.'

Edward staarde met een wezenloos gezicht voor zich uit en luisterde.

'Wat?' vroeg Bella met dat stralende gezicht. 'Wat denkt hij nu?'

Eerst gaf hij geen antwoord, en toen – en weer schrokken we alle drie, en hapten we alle drie duidelijk hoorbaar naar adem – legde hij liefdevol zijn oor op haar buik.

'Hij houdt van je,' fluisterde Edward verdwaasd. 'Hij aanbidt je gewoon.'   267

En op dat moment wist ik dat ik alleen stond. Helemaal alleen.

Ik kon mezelf wel slaan toen ik besefte hoezeer ik op die verachtelijke vampier had gerekend. Wat ontzettend dom – alsof je ooit een parasiet kon vertrouwen! Natuurlijk zou hij me uiteindelijk verraden.

Ik had erop gerekend dat hij aan mijn kant zou staan. Ik had erop gerekend dat het voor hem nog erger was dan voor mij. En bovenal had ik erop gerekend dat hij dat afschuwelijke ding dat Bella vermoordde meer haatte dan ik.

Ik had oprecht vertrouwen in hem gehad.

Maar nu bogen ze zich met z'n tweetjes over dat groeiende, onzichtbare monster, met glanzende ogen, als een dolgelukkig gezinnetje.

En ik stond helemaal alleen in mijn haat en de pijn die zo hevig was dat het voelde alsof ik gemarteld werd. Alsof ik langzaam over een bed van scheermesjes werd getrokken. Pijn die zo hevig was dat je glimlachend dood zou gaan om er maar aan te kunnen ontsnappen.

Door de hitte kwamen mijn verstarde spieren weer los en ik ging overeind staan.

Ze keken alle drie met een ruk op, en ik zag mijn pijn over Edwards gezicht trekken toen hij weer in mijn hoofd binnendrong.

'Aah,' stootte hij uit.

Ik wist niet wat ik deed, ik stond daar maar, sidderend, klaar om de eerste de beste uitweg te nemen die ik kon bedenken.

Snel als een aanvallende slang vloog Edward naar een bijzettafeltje en griste iets uit het laatje. Hij gooide het naar me toe en ik ving het in een reflex.

'Gauw, Jacob. Wegwezen hier.' Hij zei het niet bot – hij wierp me de woorden toe alsof ze een reddingsboei waren. Hij hielp me de uitweg te vinden waar ik zo wanhopig naar op zoek was.

Ik had een stel autosleutels in mijn hand.

17. Waar zie je me voor aan? De tovenaar van Oz? Heb je een stel hersenen nodig? Een hart? Toe maar. Neem dat van mij maar. Pak maar gewoon alles wat ik heb

Ik had wel een soort plan in mijn hoofd toen ik naar de garage van de Cullens rende. Het tweede deel daarvan was om de auto van die bloedzuiger op de terugweg volledig in de prak te rijden.

Dus ik stond wel even met mijn mond vol tanden toen ik de knop van de afstandsbediening indrukte en het niet de Volvo was die piepte en met zijn lichten naar me knipperde. Het was een andere auto – een die zelfs in deze lange rij voertuigen, die bijna allemaal op hun eigen manier al om van te kwijlen waren, nog opviel.

Was het echt zijn bedoeling geweest om me de sleutels van een Aston Martin Vanquish te geven, of was dat een foutje?

Ik stond er verder niet bij stil en dacht er ook niet over na of dit iets aan het tweede deel van mijn plan zou veranderen. Ik wierp mezelf gewoon in de zijdezachte leren stoel en draaide de sleutel om terwijl mijn knieën nog opgepropt onder het stuur zaten. Normaal gesproken had ik waarschijnlijk wel even gekreund bij het spinnende geluid van de motor, maar nu moest ik me zelfs al uit alle macht concentreren om de versnellingspook op *drive* te zetten.

Ik vond de hendel om de stoel mee te verstellen en duwde mezelf naar achteren op hetzelfde moment dat mijn voet het pedaal intrapte. Het leek wel of de auto vloog toen hij naar voren sprong.

In een paar seconden scheurde ik over de smalle, kronkelige oprijlaan. De auto reageerde alsof hij door mijn gedachten in plaats van mijn handen werd bestuurd. Toen ik de groene tunnel uit schoot en de snelweg op reed, ving ik een flits op van Leahs grijze snuit die angstig door de varens gluurde.

Heel even vroeg ik me af wat ze dacht, en toen besefte ik dat het me geen bal interesseerde.

Ik sloeg af naar het zuiden, want vandaag had ik het geduld niet voor veerboten of veel verkeer of andere dingen waardoor ik mijn voet misschien van het gaspedaal moest halen.

Op een wrange manier was dit mijn geluksdag, als je definitie van geluk ten-minste was om met driehonderdtwintig kilometer per uur over de snelweg te kunnen razen zonder ook maar één politieagent tegen te komen, zelfs niet in de stadjes waar je maar vijftig kilometer per uur mocht en ze altijd zo streng contro-leerden. Wat een tegenvaller. Een kleine achtervolging was best leuk geweest, en bovendien zou het nummerbord hen uiteindelijk naar de bloedzuiger leiden. Edward zou het natuurlijk met een smak geld afkopen, maar misschien zou het hem toch een héél klein beetje last bezorgd hebben.

Het enige teken van toezicht dat ik zag was een donkerbruine vacht die door het bos schoot en ten zuiden van Forks een paar kilometer lang parallel met me opliep. Quil, zo te zien. Hij moet mij ook gezien hebben, want na een mi-nuut verdween hij weer zonder alarm te slaan. Ook bij hem vroeg ik me bijna af wat er door hem heen ging, tot ik me weer herinnerde dat het me niet kon schelen.

Ik stoof over de lange, u-vormige snelweg, op weg naar de grootste stad die ik kon vinden. Dat was het eerste deel van mijn plan.

Het leek eeuwen te duren, waarschijnlijk doordat ik nog steeds op de scheer-mesjes lag, maar in werkelijkheid reed ik al na twee uur door de kleurloze bebouwing die zich noordwaarts tussen Tacoma en Seattle uitstrekte. Daar min-derde ik vaart, want het was niet de bedoeling om onschuldige voorbijgangers dood te rijden.

Dit was een stom plan. Het zou niet lukken. Maar toen ik verwoed probeerde te bedenken hoe ik in vredesnaam van deze pijn moest afkomen, schoot me opeens te binnen wat Leah vandaag had gezegd.

Dat gaat over, hoor, als je inprent. Je zou je nooit meer zo ellendig hoeven voelen door haar.

Misschien was niet meer over je eigen leven kunnen beslissen niet het ergste wat je kon overkomen. Misschien was je voelen zoals ik me nu voelde wel het ergste wat je kon overkomen.

270 Maar ik had alle meisjes in La Push en het Makahreservaat en in Forks al ge-zien. Ik had een groter jachtgebied nodig.

Goed, hoe vind je een willekeurige zielsverwant in een mensenmassa? Ten eerste had ik dus een mensenmassa nodig. Ik reed een beetje rond, op zoek naar een goede plek. Ik kwam langs een paar winkelcentra, waar ik waarschijnlijk heel wat meisjes van mijn leeftijd zou kunnen vinden, maar ik kon mezelf er niet toe zetten om te stoppen. Wílde ik wel inprenten met een of andere griet die de hele dag in een winkelcentrum rondhing?

Ik reed verder naar het noorden, waar het steeds drukker werd. Uiteindelijk kwam ik bij een groot park vol kinderen en gezinnen en skateboards en fietsen en vliegers en picknickmanden en de hele mikmak. Het was me nog niet eerder opgevallen, maar het was een mooie dag. Zonneschijn, dat soort dingen. Iedereen was buiten om van de blauwe lucht te genieten.

Ik parkeerde schuin over twee gehandicaptenplaatsen – het was gewoon smeken om een bon – en begaf me in de menigte.

Voor mijn gevoel liep ik uren rond; het was in elk geval lang genoeg om de zon naar de andere kant van de hemel te zien gaan. Ik keek elk meisje dat ook maar enigszins bij me in de buurt kwam strak aan; ik dwong mezelf om echt goed te kijken, om te zien wie er knap was, wie er blauwe ogen had, wie er met een beugel toch nog leuk uitzag en wie er veel te veel make-up op had. Ik probeerde in elk gezicht iets interessants te ontdekken, zodat ik zeker zou weten dat ik het echt had geprobeerd. Dingen als: die heeft een heel rechte neus, die zou haar haar uit haar ogen moeten kammen, die zou reclame voor lippenstift kunnen maken als de rest van haar gezicht net zo volmaakt was als haar mond...

Soms staarden ze terug. Soms keken ze bang, alsof ze dachten: wie is die lange engerd die me zo woest aanstaart? Soms dacht ik dat ze me wel leuk vonden, maar misschien was dat gewoon mijn ijdelheid die met me op de loop ging.

Hoe dan ook: niets. Zelfs toen ik in de ogen keek van het meisje dat zonder enige twijfel het knapste meisje van het park en waarschijnlijk de hele stad was, en ze terugkeek met een onderzoekende blik die daadwerkelijk interesse leek te suggereren, voelde ik niets. Alleen maar diezelfde wanhopige drang om aan de pijn te ontsnappen.

Terwijl de tijd verstreek begon ik allerlei verkeerde dingen te zien. Belladingen. Die daar had dezelfde haarkleur. Haar ogen hadden ongeveer dezelfde vorm. Haar jukbeenderen doorsneden haar gezicht op precies dezelfde manier. Zij had hetzelfde fronsrimpeltje tussen haar ogen – waardoor ik me afvroeg waar ze zich zorgen over maakte...

Toen gaf ik het op. Omdat het werkelijk te belachelijk voor woorden was om te denken dat ik precies de goede plek en het juiste tijdstip had uitgezocht en ik zomaar even mijn zielsverwant zou tegenkomen omdat ik dat nu eenmaal zo verschrikkelijk graag wilde.

271

Het was ook helemaal niet logisch om haar hier te zoeken. Als Sam gelijk had, dan was La Push de beste plek om mijn genetische partner te vinden. En daar was duidelijk geen geschikte kandidaat. En als Billy gelijk had – wie zou het zeggen? Wat waren de criteria voor een sterkere wolf?

Ik slenterde terug naar de auto, zakte in elkaar tegen de motorkap en speelde met de sleutels.

Misschien was ik wat Leah dacht dat zij was. Een of ander eindstation dat geen genen zou moeten doorgeven aan een volgende generatie. Of misschien was mijn leven gewoon één grote, wrede grap, en zou ik niet ontkomen aan de clou.

'Hé, gaat het wel? Hallo? Jij daar, met die gestolen auto.'

Het duurde even voor ik doorhad dat de stem het tegen mij had, en toen nog iets langer voor ik besloot om op te kijken.

Er stond een meisje naar me te kijken dat me bekend voorkwam, met een ietwat bezorgde uitdrukking op haar gezicht. Ik wist waar ik haar van herkende – ik had haar al beoordeeld. Licht rossig haar, bleke huid, een paar goudkleurige sproetjes op haar wangen en neus, en ogen met de kleur van kaneel.

'Als je zo veel spijt hebt dat je die auto gejat hebt,' zei ze glimlachend, zodat er een kuiltje in haar kin kwam, 'kun je jezelf altijd nog aangeven.'

'Hij is geleend, niet gestolen,' snauwde ik. Mijn stem klonk afschuwelijk – alsof ik had gehuild of zo. Gênant.

'Tuurlijk, die doet het vast goed in de rechtszaal.'

Ik keek haar chagrijnig aan. 'Moet je iets van me?'

'Niet echt. Het was maar een grapje over de auto, hoor. Ik dacht alleen... Je ziet er zo verdrietig uit. O, trouwens, ik ben Lizzie.' Ze stak haar hand uit.

Ik keek ernaar tot ze hem liet zakken.

'Hoe dan ook...' zei ze opgelaten. 'Ik vroeg me gewoon af of ik je ergens mee kon helpen. Ik had het idee dat je naar iemand op zoek was net.' Ze gebaarde naar het park en haalde haar schouders op.

272 'Tja.'

Ze wachtte.

Ik zuchtte. 'Ik heb geen hulp nodig. Ze is er niet.'

'O. Vervelend.'

'Zeg dat wel,' mompelde ik.

Ik keek nog eens naar het meisje. Lizzie. Ze was knap. En aardig genoeg om te proberen een chagrijnige onbekende te helpen die vast gestoord leek. Waarom was zij niet gewoon de ware? Waarom moest alles zo verdomd ingewikkeld zijn? Aardig meisje, knap, best grappig. Waarom niet?

'Dat is echt een heel mooie auto,' zei ze. 'Echt zonde dat ze niet meer gemaakt worden. Ik bedoel, het design van de Vantage is natuurlijk ook prachtig, maar de Vanquish heeft gewoon iets...'

Een aardig meisje *met verstand van auto's*. Wauw. Ik staarde nog indringender naar haar gezicht; ik wou dat ik wist hoe het moest. *Kom op, Jake – inprenten, verdorie.*

'Hoe rijdt-ie?' vroeg ze.

'Ongelooflijk,' zei ik.

Ze lachte haar eenkuilige glimlach, duidelijk blij dat ze een semibeschaafd antwoord aan me had weten te ontlokken, en ik glimlachte een beetje onwillig terug.

Maar haar glimlach deed niets aan de vlijmscherpe, snijdende messen die over mijn lijf schraapten. Al wilde ik het nog zo graag, ik kon mijn leven niet zomaar even dwingen deze wending te nemen.

Leah was haar verdriet al aan het verwerken, maar ik nog lang niet. Ik zou nooit als een normaal mens verliefd kunnen worden. Niet als ik nog bloedde voor iemand anders. Misschien kon ik ooit, over een jaar of tien, als Bella's hart allang dood was en ik mezelf door het hele rouwproces had gesleept en er heelhuids weer uit was gekomen, misschien kon ik Lizzie dan vragen of ze een ritje in een snelle auto wilde maken en met haar over modellen en types praten om haar beter te leren kennen en te zien of ik haar leuk vond. Maar nu zat het er niet in.

Magie zou me niet redden. Ik moest de marteling gewoon manhaftig ondergaan. Doorbijten.

Lizzie wachtte nog steeds – misschien hoopte ze dat ik zou vragen of ze dat ritje wilde maken. Of misschien ook niet.

'Ik moet 'm maar eens terugbrengen naar de gast van wie ik hem geleend heb,' mompelde ik.

Ze glimlachte weer. 'Fijn om te horen dat je weer het rechte pad op gaat.'

'Ja, je hebt me overtuigd.'

Nog steeds een beetje bezorgd keek ze hoe ik in de auto stapte. Ik zag er waarschijnlijk uit alsof ik me zo van een klif ging storten. En dat had ik misschien nog wel gedaan ook, als dat gewerkt zou hebben voor een weerwolf. Ze zwaaide kort en volgde de auto met haar ogen.

In eerste instantie reed ik een stuk rustiger op de terugweg. Ik had geen haast. Ik wilde helemaal niet naar de plek waar ik heen ging. Terug naar dat huis, terug naar dat bos. Terug naar de pijn waarvoor ik was weggerend. Terug om die helemaal alleen te moeten verduren.

Oké, dat was een beetje overdreven. Ik zou niet helemááal alleen zijn, maar dat was niet positief. Leah en Seth zouden met me mee moeten lijden. Ik was blij dat Seth er snel vanaf zou zijn. Dat joch verdiende het niet dat zijn gemoedsrust zo bruut verstoord werd. Leah ook niet, maar zij begreep het tenminste. Leah wist alles van pijn.

Ik slaakte een diepe zucht toen ik nadacht over wat Leah aan me had gevraagd, omdat ik nu wist dat ze haar zin zou krijgen. Ik was nog steeds boos op haar, maar ik kon het feit dat ik haar leven makkelijker kon maken niet ontkennen. En nu ik haar beter kende, vermoedde ik dat zij het ook voor mij zou doen als het andersom was geweest.

Het zou in elk geval interessant zijn, en ook raar, om Leah als metgezel te hebben – als vriend. We zouden elkaar heel vaak irriteren, dat was een ding dat zeker was. Ze zou me niet laten zwelgen, maar dat leek me alleen maar goed. Ik zou waarschijnlijk wel iemand nodig hebben die me af en toe een schop onder mijn kont kon geven. En goed beschouwd was zij eigenlijk de enige vriend die misschien zou kunnen begrijpen wat ik momenteel doormaakte.

Ik dacht aan de jacht van vanochtend, aan onze zielen die heel even zo dicht bij elkaar waren gekomen. Het was niet vervelend geweest. Maar anders. Een beetje eng, een beetje onwennig. Maar op een rare manier ook prettig.

Ik hoefde niet helemaal alleen te zijn.

En ik wist dat Leah sterk genoeg was om de komende maanden met mij aan te kunnen. Maanden en jaren. Ik werd al moe als ik er alleen maar aan dacht. Ik had het gevoel dat ik over een zee uitkeek en helemaal naar de overkant moest 274 zwemmen voor ik weer mocht uitrusten.

Ik begon weer snel te rijden.

Toen ik over de toegangsweg naar Forks scheurde zag ik Sam en Jared, allebei aan een kant van de weg, als wachters. Ze waren nauwelijks te zien door de dikke takken, maar ik had ze al verwacht en ik wist waar ik op moest letten. Ik knikte toen ik hen voorbij stoof, en nam niet eens de moeite om me af te vragen wat ze van mijn uitstapje zouden denken.

Ik knikte ook naar Leah en Seth toen ik over het bospad naar het huis van de Cullens reed. Het werd al donker en de wolken hadden zich samengepakt aan deze kant van de baai, maar ik zag hun ogen glinsteren in het licht van de koplampen. Ik zou het hun later wel uitleggen. We hadden tijd genoeg.

Edward stond me op te wachten in de garage – dat verbaasde me, want hij week immers al dagen niet van Bella's zijde. Ik zag aan zijn gezicht dat er niets ergs gebeurd was met haar. Hij zag er zelfs rustiger uit dan eerst. Mijn maag kromp samen toen ik bedacht waardoor die rust veroorzaakt werd.

Beetje jammer dat ik door al mijn gepeins vergeten was om de auto total loss te rijden. Ach ja. Ik was waarschijnlijk toch niet in staat geweest om déze auto iets aan te doen. Misschien had hij daar wel op gerekend, en had hij hem juist daarom aan me uitgeleend.

'Een paar dingen, Jacob,' zei hij zodra ik de motor had uitgezet.

Ik zoog mijn longen vol en hield even mijn adem in. Toen stapte ik langzaam uit en wierp hem de sleutels toe.

'Bedankt voor het lenen,' zei ik bitter. Ik had me niet gerealiseerd dat er iets tegenover zou staan. 'Wat moet je nu weer?'

'Ten eerste... Ik weet dat je het heel vervelend vindt om je autoriteit te laten gelden bij je roedel, maar...'

Ik knipperde met mijn ogen, volkomen verrast dat hij hierover begon. 'Hè?'

'Als jij Leah niet onder de duim kunt of wilt houden, dan zal ik...'

'Leah?' onderbrak ik hem boos. 'Wat is er gebeurd?'

Edwards gezicht stond strak. 'Ze kwam hierheen om te kijken waarom je zo plotseling was vertrokken. Ik probeerde het uit te leggen. Waarschijnlijk kwam het niet helemaal goed over.'

'Wat heeft ze gedaan?'

'Ze werd mens, en...'

'Echt?' onderbrak ik hem opnieuw, dit keer geschokt. Ik snapte er niets van. Leah die zich zo kwetsbaar opstelde, midden in het hol van de leeuw?

'Ze wilde... met Bella praten.'

'Met Bélla?'

Opeens werd Edward bloedlink. 'Ik wil niet dat Bella ooit nog zo van streek raakt. Het interesseert me niets dat Leah vindt dat ze in haar recht staat! Ik heb haar geen pijn gedaan, dat zou ik nooit doen, maar als het nog een keer gebeurt gooi ik haar het huis uit. Ik smijt haar zo de rivier over en...'

275

'Wacht nou even. Wat heeft ze dan gezegd?' Dit sloeg helemaal nergens op.

Edward haalde diep adem en vermande zich. 'Leah was onnodig bot. Ik zal niet doen alsof ik begrijp waarom Bella jou niet kan loslaten, maar ik weet wel dat ze zich niet zo gedraagt om jou te laten lijden. Ze vindt het verschrikkelijk dat ze je zo veel pijn doet, en mij ook, door telkens te vragen of je wilt blijven. Wat Leah zei ging echt te ver. Bella huilt al...'

'Ho – heeft Leah Bella uitgekafferd vanwege míj?'

Hij knikte kort en afgemeten. 'Ze heeft het nogal hartstochtelijk voor je opgenomen.'

Jemig. 'Daar heb ik niet om gevraagd.'

'Dat weet ik.'

Ik rolde met mijn ogen. Natuurlijk wist hij dat. Hij wist alles.

Maar dat was nogal wat voor Leah. Ongelooflijk. Leah die als méns bij de bloedzuigers naar binnen wandelde om te klagen over hoe ík behandeld werd.

'Ik kan je niet beloven dat ik Leah onder de duim zal houden,' zei ik tegen hem. 'Dat zou ik nooit doen. Maar ik zal wel met haar praten, goed? En ik denk niet dat het nog een keer zal gebeuren. Leah is niet iemand die dingen opkropt, dus waarschijnlijk heeft ze haar hart nu wel gelucht.'

'Dat zou ik denken, ja.'

'Ik zal het ook aan Bella uitleggen. Ze hoeft zich er niet rot om te voelen. Dit is mijn ding.'

'Dat heb ik al tegen haar gezegd.'

'Uiteraard. Gaat het wel met haar?'

'Ze slaapt. Rose is bij haar.'

Dus de psychopate was nu opeens 'Rose'. Hij was echt volledig overgelopen naar de duistere kant.

Daar ging hij niet op in, maar hij gaf wel een uitgebreider antwoord op mijn vraag. 'Ze voelt zich op sommige punten beter. Afgezien van Leahs woedeuitbarsting en het daaruit voortvloeiende schuldgevoel.'

276 Beter. Omdat Edward het monster kon horen was alles opeens koek en ei. Heel fijn.

'Het gaat wel iets verder dan dat,' mompelde hij. 'Nu ik de gedachten van de baby kan horen, is het duidelijk dat hij of zij al een aantal bijzonder goed ontwikkelde mentale vaardigheden heeft. Hij begrijpt ons, tot op zekere hoogte.'

Mijn mond viel open. 'Meen je dat?'

'Ja. Hij lijkt nu enigszins te beseffen wat haar pijn doet. Dat probeert hij zoveel mogelijk te voorkomen. Hij... hóúdt van haar. Nu al.'

Ik staarde Edward aan met het gevoel dat mijn ogen uit hun kassen zouden rollen. En onder dat ongeloof begreep ik meteen dat dit de doorslaggevende factor was geweest. Dít had Edward veranderd – het feit dat het monster hem overtuigd had van zijn liefde. Hij kon het niet haten, omdat het van Bella hield. Daarom kon hij mij waarschijnlijk ook niet haten. Maar er was wel één groot verschil. Ik maakte haar niet langzaam kapot.

Edward deed net alsof hij dat allemaal niet gehoord had en vervolgde zijn verhaal. 'Ik ben ervan overtuigd dat hij al veel verder ontwikkeld is dan wij dachten. Als Carlisle terugkomt...'

'Zijn ze nog niet terug?' vroeg ik scherp. Ik dacht aan Sam en Jared die de weg in de gaten hielden. Zouden ze zich afvragen wat er allemaal aan de hand was?

'Alice en Jasper wel. Carlisle heeft al het bloed waar hij de hand op heeft weten te leggen naar huis gestuurd, maar het was niet zoveel als hij had gehoopt – Bella is hier zo doorheen met haar toegenomen eetlust. Carlisle probeert nu ergens anders nog meer bloed te krijgen. Ik denk niet dat het nog nodig is, maar hij wil voor de zekerheid een reservevoorraad aanleggen.'

'Waarom is het niet nodig? Je zegt toch zelf dat ze hier zo doorheen is?'

Ik merkte dat hij heel zorgvuldig naar mijn reactie keek en luisterde terwijl hij het uitlegde. 'Ik probeer Carlisle over te halen om zodra hij weer terug is de baby ter wereld te brengen.'

'Wát?'

'Het kind lijkt zijn best te doen om niet te wild te bewegen, maar dat valt niet mee. Hij is te groot geworden. Het is gekkenwerk om nog te wachten terwijl hij al zoveel verder ontwikkeld is dan Carlisle vermoedde. Bella is te kwetsbaar om het nog langer uit te stellen.'

Mijn hele wereld kwam vandaag op losse schroeven te staan. Eerst was ik er helemaal van uitgegaan dat Edward het ding zou blijven haten. En nu besefte ik dat ik die vier dagen als een vast gegeven had beschouwd. Ik had erop gerekend. 277

Ik zag de eindeloze oceaan van verdriet die zich voor me uitstrekte en deed mijn best om te blijven ademen.

Edward wachtte. Ik staarde naar zijn gezicht terwijl ik tot rust probeerde te komen, en toen merkte ik opeens nog een andere verandering op.

'Je denkt dat ze het gaat halen,' fluisterde ik.

'Ja. Daar wilde ik het ook nog even met je over hebben.'

Ik kon niets zeggen. Na een tijdje praatte hij verder.

'Ja,' herhaalde hij. 'Het was belachelijk gevaarlijk om te blijven wachten tot het kind er klaar voor was, zoals wij tot nu toe hebben gedaan. Het had elk moment afgelopen kunnen zijn. Maar als we zelf het initiatief nemen en snel handelen zie ik niet in waarom het niet goed zou gaan. Het helpt ontzettend dat ik kan horen wat het kind denkt. Gelukkig zijn Bella en Rose het met me eens. Ze weten nu dat het niet schadelijk is voor het kind als we in actie komen, en volgens mij moet het lukken.'

'Wanneer komt Carlisle terug?' vroeg ik fluisterend. Ik kreeg nog steeds geen lucht.

'Rond twaalf uur morgenmiddag.'

Mijn knieën begaven het. Ik moest de auto vastgrijpen om mezelf overeind te houden. Edward stak zijn armen naar me uit alsof hij me wilde ondersteunen, maar bedacht zich toen en liet zijn handen zakken.

'Het spijt me,' fluisterde hij. 'Het spijt me echt dat we je zo veel verdriet bezorgen, Jacob. Jij haat mij, maar ik moet eerlijk zeggen dat dat niet wederzijds is. Ik beschouw jou op een bepaalde manier als... als mijn broer. Als mijn wapenbroeder, in elk geval. Ik betreur jouw leed meer dan jij beseft. Maar Bella zál het overleven,' en zijn stem werd fel, agressief zelfs, 'en ik weet dat dat voor jou het allerbelangrijkste is.'

Hij zou wel gelijk hebben. Het was moeilijk te zeggen. Mijn hoofd tolde.

'Ik vind het dan ook heel vervelend om dit nu te doen, terwijl je al zoveel aan je hoofd hebt, maar het mag duidelijk zijn dat we nog maar weinig tijd hebben. Ik moet je iets vragen – ik zal je erom smeken, als het nodig is.'

'Ik ben helemaal leeg,' stootte ik uit.

Zijn hand ging weer omhoog, alsof hij hem op mijn schouder wilde leggen, maar hij liet hem opnieuw zakken en slaakte een zucht.

'Ik weet hoeveel je al gegeven hebt,' zei hij zacht. 'Maar dit is iets wat alleen jij kunt doen. Ik vraag dit aan de ware alfa, Jacob. Ik vraag dit aan de erfgenaam van Ephraim.'

Ik was allang niet meer in staat om te reageren.

'Ik wil dat je ons toestemming geeft om af te wijken van wat we in het verdrag met Ephraim hebben afgesproken. Ik wil dat je voor ons een uitzondering maakt. Ik vraag je toestemming om haar leven te redden. Je weet dat het hoe dan ook zal gebeuren, maar ik wil mijn uiterste best doen om me aan mijn woord houden. Het is nooit onze bedoeling geweest om onze belofte terug te nemen, en we doen dit nu niet zomaar. Ik vraag om je begrip, Jacob, want jij weet precies waarom we dit doen. Ik wil dat het bondgenootschap tussen onze families blijft bestaan als dit achter de rug is.'

Ik probeerde te slikken. *Sam*, dacht ik. *Je moet Sam hebben.*

'Nee. Sam heeft niet het echte gezag. Dat heb jij. Jij zult zijn plek nooit voor jezelf opeisen, maar jij bent de enige die mijn verzoek officieel kan inwilligen.'

Het is niet aan mij om die beslissing te nemen.

'Jawel, Jacob, en dat weet jij ook. Jouw antwoord zal ons veroordelen of vrijspreken. Jij bent de enige die me dit kan geven.'

Ik kan niet nadenken. Ik weet het niet.

'We hebben niet veel tijd.' Hij keek over zijn schouder, naar het huis.

Nee, er was geen tijd. Mijn paar dagen waren een paar uur geworden.

Ik weet het niet. Ik moet er even over nadenken, goed?

'Natuurlijk.'

Ik ging op weg naar het huis en hij kwam achter me aan. Vreemd hoe weinig moeite het kostte om naast een vampier door het donker te lopen. Het voelde niet onveilig, zelfs niet ongemakkelijk eigenlijk. Het voelde alsof ik naast iedere willekeurige ander liep. Nou ja, iedere willekeurige stinkerd dan.

Er bewoog iets in het struikgewas aan de rand van het grote gazon en er klonk een zacht gejank. Seth worstelde zich door de varens en kwam met grote sprongen op ons af.

'Hé, jochie,' prevelde ik.

Hij boog zijn kop en ik gaf hem een schouderklopje.

'Niks aan de hand,' loog ik. 'Ik leg het je later nog wel uit. Sorry dat ik er zo plotseling vandoor ging.'

Hij grijnsde naar me.

'Hé, zeg maar tegen je zus dat ze een beetje rustig aan moet doen, goed? Het is mooi geweest.'

Seth knikte kort.

Ik gaf hem een duwtje tegen zijn flank. 'Hup, aan het werk. Ik kom je zo aflossen.'

Seth leunde tegen me aan, duwde even terug en rende toen weer naar de bomen.

279

'Hij heeft een van de puurste, oprechtste, áárdigste zielen die ik ooit gehoord heb,' mompelde Edward toen hij uit het zicht was. 'Je mag jezelf gelukkig prijzen dat je zijn gedachten mag delen.'

'Dat weet ik,' gromde ik.

We liepen verder naar het huis, en keken allebei met een ruk op toen we iemand door een rietje hoorden zuigen. Edward kreeg opeens haast. Hij snelde de verandatrap op en was verdwenen.

'Bella, liefste, ik dacht dat je lag te slapen,' hoorde ik hem zeggen. 'Het spijt me, anders was ik nooit weggegaan.'

'Het is niet erg. Ik had gewoon zo'n dorst dat ik er wakker van werd. Het is maar goed dat Carlisle nog meer is gaan halen. Dat kind zal het nodig hebben als hij mijn buik uit is.'

'Dat is waar. Goed punt.'

'Ik vraag me af of hij ook iets anders zal willen,' peinsde ze.

'Daar komen we vanzelf wel achter, denk ik.'

Ik liep naar binnen.

Alice zei: 'Eindelijk', en Bella's ogen schoten mijn kant op. Heel even liet ze die gekmakende, onweerstaanbare glimlach zien. Toen verflauwde hij en haar gezicht betrok. Haar mondhoeken zakten naar beneden, alsof ze haar best moest doen om niet te gaan huilen.

Ik had zin om Leah recht in haar gezicht te stompen.

'Hé, Bells,' zei ik vlug. 'Hoe gaat-ie?'

'Prima,' zei ze.

'Grote dag vandaag, hè? Al die nieuwe dingen.'

'Doe nou maar niet, Jacob.'

'Ik weet niet waar je het over hebt,' zei ik terwijl ik op de armleuning naast haar hoofd op de bank ging zitten. Edward had de grond daar al in beslag genomen.

Ze keek me verwijtend aan. 'Het sp...' begon ze.

280 Ik klemde haar lippen tussen mijn duim en wijsvinger.

'Jake,' mompelde ze terwijl ze mijn hand weg probeerde te trekken. Het was zo'n zwakke poging dat ik bijna niet kon geloven dat ze echt haar best deed.

Ik schudde mijn hoofd. 'Je mag weer praten als je niet zulke stomme dingen zegt.'

'Best, dan zeg ik het niet,' leek ze te mompelen.

Ik trok mijn hand weg.

'Spijt me zo!' maakte ze snel haar zin af, en toen grijnsde ze.

Ik rolde met mijn ogen en glimlachte terug.

Toen ik in haar ogen keek, zag ik alles waar ik in het park naar had gezocht.

Morgen zou ze iemand anders zijn. Maar ze zou hopelijk nog wel leven, en daar ging het om, nietwaar? Ze zou me met ongeveer dezelfde ogen aankijken. Glimlachen met bijna dezelfde lippen. Ze zou me nog steeds beter kennen dan iedereen die niet recht mijn hoofd in kon kijken.

Leah zou vast interessant gezelschap zijn, misschien zelfs een echte vriendin – iemand die het voor me op zou nemen. Maar ze was niet mijn beste vriend zoals Bella dat was. Naast de onmogelijke liefde die ik voor Bella voelde, hadden we ook nog die andere band, en die ging tot op het bot.

Morgen zou ze mijn vijand worden. Of mijn bondgenoot. En blijkbaar was het aan mij om die beslissing te nemen.

Ik zuchtte.

Best! dacht ik, en ik gaf het allerlaatste wat ik nog te geven had. Ik kreeg er een heel hol gevoel van. *Toe maar. Red haar maar. Als erfgenaam van Ephraim Black hebben jullie mijn toestemming, mijn woord, dat dit het verdrag niet zal schenden. De anderen moeten mij de schuld maar geven. Je had gelijk – ze kunnen niet ontkennen dat het mijn recht is om dit toe te staan.*

'Dank je wel.' Edwards fluistertoon was zo zacht dat Bella het niet hoorde. Maar de woorden klonken zo hartstochtelijk dat ik vanuit mijn ooghoek zag hoe de andere vampiers zich verbaasd omdraaiden.

'En,' vroeg Bella in een poging tot een terloops gesprek. 'Hoe was jouw dag?'

'Geweldig. Stukje gereden. Beetje in het park gehangen.'

'Klinkt leuk.'

'Tuurlijk, tuurlijk.'

Plotseling trok ze een grimas. 'Rose?' vroeg ze.

Ik hoorde Blondie grinniken. 'Alweer?'

'Ik heb het afgelopen uur zevenenhalve liter gedronken,' legde Bella uit.

Edward en ik gingen allebei opzij toen Rosalie naar de bank kwam om Bella op te tillen en naar de wc te dragen.

'Mag ik lopen?' vroeg Bella. 'Mijn benen zijn zo stijf.'

'Weet je het zeker?' vroeg Edward.

'Rose vangt me wel op als ik struikel. Wat me trouwens niets zou verbazen, want ik zie mijn voeten niet meer.'

281

Rosalie zette Bella voorzichtig overeind en legde haar handen op Bella's schouders. Bella strekte haar armen voor zich uit en kromp even in elkaar.

'Dat voelt goed,' zuchtte ze. 'Bah, ik ben echt enorm.'

En dat was ook zo. Haar buik was een werelddeel op zich.

'Nog één dag,' zei ze en ze gaf een klopje op haar buik.

Ik kon de felle, plotselinge pijnscheut die door mijn lijf trok niet tegenhouden, maar ik probeerde het niet te laten merken. Ik kon nog wel één dagje doen alsof, toch?

'Daar gaan we dan. Oeps – o nee!'

De beker die Bella op de bank had laten staan viel om en het donkerrode bloed stroomde over de lichte stof.

Automatisch, hoewel drie paar handen haar voor waren, boog Bella zich naar voren om hem op te vangen.

Er klonk angstaanjagend, gedempt scheurend geluid vanuit het midden van haar lijf.

'O!' hijgde ze.

En toen werd ze helemaal slap en zakte in elkaar. Rosalie ving haar meteen op, voor ze kon vallen. Edward stond er ook al, met uitgestoken handen – de vieze bank was vergeten.

'Bella?' vroeg hij, en toen werden zijn ogen glazig en vertrok zijn gezicht van paniek.

Een halve seconde later begon Bella te schreeuwen.

Het was niet zomaar een schreeuw, het was een ijzingwekkende gil van pijn. Het afschuwelijke gekrijs eindigde in een gorgelend geluid en haar ogen rolden terug in hun kassen. Haar lichaam begon te schokken en kromde zich in Rosalies armen. En toen braakte Bella een fontein van bloed uit.

18. Hier zijn geen woorden voor

Bella's lichaam, helemaal nat en rood, begon te stuiptrekken en kronkelde zo heftig in Rosalies armen dat het leek alsof ze geëlektrocuteerd werd. Al die tijd bleef haar gezicht uitdrukkingsloos. Ze was buiten bewustzijn: haar lichaam bewoog door het wilde gespartel in haar buik. Terwijl ze bleef schokken klonken er felle kraak- en knapgeluiden, die precies samenvielen met de stuipen.

Rosalie en Edward stonden heel even als aan de grond genageld en kwamen toen weer bij hun positieven. Rosalie zwiepte Bella's lichaam omhoog in haar armen en rende, zo vlug schreeuwend dat het bijna onmogelijk was om de losse woorden te onderscheiden, samen met Edward de trap op naar de eerste verdieping.

Ik stoof achter hen aan.

'Morfine!' schreeuwde Edward tegen Rosalie.

'Alice – bel Carlisle!' krijste Rosalie.

De kamer waar ze naartoe waren gegaan zag eruit als een eerstehulpafdeling midden in een bibliotheek. De lampen waren fel en wit. Bella lag op de tafel, haar huid lijkbleek in het helle licht. Haar lichaam spartelde als een vis op het droge. Rosalie hield haar vast en scheurde haastig de kleren van haar lijf terwijl Edward een spuit in haar arm duwde.

Hoe vaak had ik me haar naakt voorgesteld? En nu kon ik niet kijken. Ik was bang dat ik die herinneringen niet meer kwijt zou raken.

'Edward, wat gebéúrt er?'

'Hij stikt!'

'Ik denk dat de placenta losgeraakt is!'

Ergens te midden van dit alles kwam Bella bij. Ze reageerde op hun woorden met een gil die bijna mijn trommelvliezen kapotscheurde.

'Haal hem ERUIT!' schreeuwde ze. 'Hij krijgt geen LUCHT! NU!'

Ik zag de rode vlekjes openbarsten toen de bloedvaten in haar ogen knapten.

'De morfine...' gromde Edward.

283

'NEE! NU!' Een verse stroom bloed smoorde haar gegil. Edward tilde haar hoofd op en probeerde wanhopig haar mond schoon te maken zodat ze weer kon ademhalen.

Alice schoot de kamer in en maakte een klein blauw oortje vast onder Rosalies haar. Toen trok ze zich met haar grote, gloeiende gouden ogen weer terug terwijl Rosalie als een razende in de telefoon begon te ratelen.

In het felle licht leek Bella's huid eerder paars en zwart dan wit. Donkerrood bloed sijpelde onder haar huid over haar enorme, sidderende buik. Rosalie had een scalpel vast.

'De morfine moet zich nog verspreiden!' schreeuwde Edward tegen haar.

'Er is geen tijd meer,' riep Rosalie. 'Hij gaat dood!'

Haar hand kwam neer op Bella's buik en er spoot een felrode fontein omhoog op de plek waar ze de huid doorboorde. Het leek wel alsof er een emmer werd omgekeerd, een kraan werd opengedraaid. Bella schokte, maar schreeuwde niet. Ze kreeg nog steeds geen lucht.

En toen verloor Rosalie haar concentratie. Ik zag de uitdrukking op haar gezicht veranderen, zag hoe ze haar tanden ontblootte en haar zwarte ogen glinsterden van de dorst.

'Rose, nee!' brulde Edward, maar hij had zijn handen vol aan Bella, die hij overeind moest houden zodat ze kon ademen.

Ik sprong over de tafel en stortte me op Rosalie zonder de moeite te nemen om van gedaante te veranderen. Toen ik tegen haar stenen lichaam op knalde en haar richting de deur duwde, voelde ik de scalpel diep in mijn linkerarm dringen. Ik sloeg met de palm van mijn rechterhand in haar gezicht om haar kaken op elkaar te houden en haar luchtwegen af te sluiten.

Ik maakte gebruik van mijn grip op Rosalies gezicht om haar lichaam opzij te zwaaien zodat ik haar eens goed in haar maag kon trappen – het voelde alsof ik tegen beton schopte. Ze vloog tegen de deurpost aan waardoor een van de zijkanten verboog. Het kleine hoofdtelefoontje in haar oor barstte aan stukken. En toen greep Alice haar plotseling vanuit het niets bij de keel om haar naar de gang te sleuren.

En ik moest het Blondie nageven – ze verzette zich geen moment. Ze wílde dat wij wonnen. Ze liet zich door mij in elkaar beuken om Bella te redden. Nou ja, om dat ding te redden.

Ik rukte de scalpel uit mijn arm.

'Alice, haal haar hier weg!' riep Edward. 'Breng haar naar Jasper en houd haar daar! Jacob, ik heb je nodig!'

Ik bleef niet staan kijken hoe Alice Rosalie de trap af duwde. Ik draaide me vliegensvlug om naar de operatietafel waar Bella met grote, starende ogen blauw aanliep.

'Kun je reanimeren?' gromde Edward kort en dwingend.

'Ja!'

Ik keek even snel naar zijn gezicht, bang dat hij misschien net zo zou reageren als Rosalie, maar ik zag alleen maar felle verbetenheid.

'Zorg dat ze ademhaalt! Ik moet hem eruit krijgen voor...'

Weer een verwoestend gekraak vanuit haar lijf, het hardste tot nu toe, zo hard dat we allebei verstijfden van schrik, in afwachting van het bijbehorende gegil. Niets. Haar benen, die ze verkrampt van pijn had opgetrokken, werden nu slap en vielen in een onnatuurlijke positie op tafel.

'Haar ruggengraat!' stootte hij vol afschuw uit.

'Haal het erúít!' grauwde ik terwijl ik hem de scalpel toewierp. 'Ze voelt nu toch niets meer!'

En toen boog ik me over haar hoofd. Haar mond leek leeg, dus ik duwde mijn lippen op de hare en blies een long vol lucht naar binnen. Ik voelde haar stuiptrekkende lichaam opzwellen, dus haar luchtpijp was niet verstopt.

Haar lippen proefden naar bloed.

Ik hoorde het onregelmatige gebonk van haar hart. *Hou het op gang,* dacht ik dwingend tegen haar terwijl ik een nieuwe stoot lucht haar lijf in blies. *Je hebt het beloofd. Zorg dat je hart blijft kloppen.*

Ik hoorde het zachte, soppende geluid van de scalpel die door haar buik sneed. Er druppelde nog meer bloed op de grond.

Toen schrok ik van een ander onverwacht, angstaanjagend geluid. Alsof er metaal kapot werd gescheurd. Het riep herinneringen op aan het gevecht op de open plek, maanden geleden alweer, aan de nieuwelingen die aan stukken werden gereten. Ik keek even op en zag dat Edward zijn gezicht tegen de bult had gedrukt. Vampiertanden – de beste manier om door vampierhuid heen te komen. **285**

Ik huiverde terwijl ik nog meer lucht in Bella's mond blies.

Ze begon te hoesten en knipperde met haar woest rollende ogen.

'Je blijft bij me hoor, Bella!' schreeuwde ik tegen haar. 'Hoor je me? Blijf! Waag het niet me alleen te laten. Laat je hart kloppen!'

Haar ogen schoten opzij, op zoek naar mij, of naar hem, maar ze zagen niets. Ik staarde er toch in en bleef haar strak aankijken.

En toen lag haar lichaam opeens stil onder mijn handen, hoewel haar ademhaling moeizaam weer op gang kwam en haar hart bleef bonken. Ik besefte dat die rust betekende dat het voorbij was. Het innerlijke pak slaag was achter de rug. Blijkbaar was het eruit.

En dat was het ook.

Edward fluisterde: 'Renesmee.'

Dus Bella had het mis gehad. Het was niet het jongetje dat ze had gedacht. Niet echt een verrassing. Was er iets waar Bella zich níét in had vergist?

Ik keek niet weg van haar bloeddoorlopen ogen, maar ik voelde hoe haar handen zwakjes omhooggingen.

'Ik...' kraste ze op een schorre fluistertoon. 'Geef haar aan mij.'

Ik had waarschijnlijk moeten weten dat hij haar altijd haar zin zou geven, hoe achterlijk haar verzoek ook was. Maar het was nooit bij me opgekomen dat hij ook nu naar haar zou luisteren. Dus ik deed ook niets om hem tegen te houden.

Ik voelde iets warms tegen mijn arm. Dat had meteen mijn aandacht moeten trekken. Op mijn huid voelde nooit iets warm.

Maar ik kon mijn ogen niet van Bella's gezicht afhouden. Ze knipperde met haar ogen en keek nog eens goed; ze leek eindelijk weer iets te kunnen zien. Ze stootte een vreemd, zwak, kirrend gekreun uit.

'Renes... mee. Wat ben je... mooi.'

En toen snakte ze naar adem – van de pijn.

Toen ik eindelijk keek was het al te laat. Edward had het warme, bloederige ding al uit haar verslapte armen getrokken. Mijn ogen schoten over haar huid. Ze zat onder het bloed – het bloed dat uit haar mond was gestroomd, het bloed waar het wezen helemaal mee besmeurd was, en het verse bloed dat opwelde uit een piepkleine beet in de vorm van twee halve maantjes, net boven haar linkerborst.

286 'Niet doen, Renesmee,' mompelde Edward alsof hij het monster een standje gaf.

Ik keek hem en dat ding niet aan. Ik keek alleen maar naar Bella terwijl haar ogen omhoogrolden tot het wit tevoorschijn kwam.

Haar hart haperde met een laatste, doffe *ka-boem* en werd toen stil.

Ze sloeg misschien een halve slag over voor ik mijn handen op haar borst zette en aan de hartmassage begon. Ik telde in mijn hoofd en probeerde een regelmatig ritme aan te houden. Eén. Twee. Drie. Vier.

Ik hield heel even op om haar longen weer vol te blazen.

Ik zag niets meer. Mijn ogen waren nat en wazig. Maar de geluiden in de kamer hoorde ik juist heel goed. Het tegenstribbelende *plof-plof* van haar hart onder mijn dwingende handen, het gebonk van mijn eigen hart, en nog iets – een trillend getik, heel snel en licht. Ik kon het niet thuisbrengen.

Ik perste meer lucht in Bella's keel.

'Waar wacht je nog op?' stootte ik buiten adem uit terwijl ik haar borstkas weer op en neer begon te pompen. Eén. Twee. Drie. Vier.

'Pak de baby,' zei Edward dwingend.

'Gooi maar uit het raam.' Eén. Twee. Drie. Vier.

'Geef haar maar aan mij,' zong een zachte stem in de deuropening.

Edward en ik begonnen tegelijkertijd te grommen.

Eén. Twee. Drie. Vier.

'Ik kan het aan,' beloofde Rosalie. 'Geef de baby aan mij, Edward. Ik zorg wel voor haar tot Bella...'

Ik haalde opnieuw adem voor Bella terwijl hij het ding aan haar gaf. Het fladderende *boenke-boenke-boenke* stierf weg in de verte.

'Haal je handen weg, Jacob.'

Ik keek op van Bella's witte ogen en bleef haar hart op en neer duwen. Edward had een zilverkleurige spuit in zijn hand; hij leek wel van staal.

'Wat is dat?'

Zijn stenen hand sloeg die van mij weg. Er klonk een zacht gekraak toen zijn klap mijn pink brak. Op hetzelfde moment duwde hij de naald recht in haar hart.

'Mijn gif,' antwoordde hij terwijl hij de spuit naar beneden duwde.

Ik hoorde haar hart opspringen, alsof hij haar een elektroshock had toegediend.

'Blijf bewegen,' beval hij. Zijn stem was ijskoud, doods. Fel en emotieloos. Als een robot.

287

Ik negeerde de pijn van mijn genezende vinger en begon weer te pompen. Het werd zwaarder, alsof haar bloed stolde en dikker, langzamer werd. Terwijl ik het stroperig geworden bloed door haar aderen duwde, keek ik wat hij aan het doen was.

Het leek wel alsof hij haar kuste, zoals hij met zijn lippen over haar hals, haar polsen, haar elleboog streek. Maar ik hoorde haar huid scheuren waar zijn tanden erdoorheen beten, telkens weer, om het gif op zoveel mogelijk verschillende punten in haar systeem te krijgen. Ik zag zijn bleke tong over de bloedende wonden glijden, maar voor ik daar misselijk of boos van kon worden, besefte ik wat hij deed. Hij verspreidde het gif over de beten om de huid af te sluiten, zodat het gif en het bloed in haar lichaam bleven.

Ik blies nog meer lucht in haar mond, maar er gebeurde niets meer. Alleen haar borst ging levenloos omhoog. Ik bleef op haar hart duwen en tellen terwijl hij als een bezetene over haar lijf ging in een poging het weer te herstellen. Met man en macht...

Maar we waren maar met z'n tweeën, alleen hij en ik.

Bezig met een lijk.

Want dat was het enige wat er nog over was van het meisje van wie we allebei hielden. Dit gebroken, leeggebloede, verminkte lijk. We konden Bella niet meer tot leven wekken.

Ik wist dat het te laat was. Ik wist dat ze dood was. Ik wist het zeker, want de aantrekkingskracht was weg. Ik had voor mijn gevoel geen enkele reden om nog langer bij haar te blijven. Zíj was weg, en dit lichaam deed me niets meer. Het idiote verlangen om bij haar in de buurt te zijn was verdwenen.

Of misschien was 'verplaatst' een beter woord. Het leek wel alsof de aantrekkingskracht nu uit de tegenovergestelde richting kwam, om me de trap af en de deur uit te lokken. Ik wilde hier weg en nooit, maar dan ook nooit meer terugkomen.

'Ga dan,' snauwde hij en hij sloeg mijn handen weer weg om mijn plek in te nemen. Drie vingers gebroken, zo te voelen.

Ik strekte ze verdoofd, zonder op de kloppende pijn te letten.

Hij duwde haar dode hart sneller op en neer dan ik had gedaan.

'Ze is niet dood,' gromde hij. 'Het komt allemaal goed.'

Ik wist niet zeker of hij nog tegen mij praatte.

288 Ik draaide me om, liet hem alleen met zijn dode en liep langzaam naar de deur. Heel langzaam. Ik kreeg mijn voeten niet sneller vooruit.

Daar was hij dan. De zee van verdriet. De overkant van het kolkende water was zo ver weg dat ik me er niets bij voor kon stellen, laat staan dat ik hem kon zien.

Ik voelde me weer helemaal leeg nu ik geen doel meer had. Ik had zo lang gevochten om Bella te redden. En Bella wilde niet gered worden. Ze had zichzelf vrijwillig opgeofferd en zich laten verscheuren door het jong van dat monster, en nu had ik de strijd verloren. Alles was voorbij.

Ik huiverde om van het geluid dat ik achter me hoorde terwijl ik de trap af sjokte – het geluid van een dood hart dat gedwongen wordt te blijven kloppen.

Ik zou willen dat ik bleekmiddel in mijn hoofd kon gieten om mijn hersenen te verschroeien. Om de beelden van Bella's laatste minuten weg te branden. Ik zou de hersenbeschadiging voor lief nemen als ik de herinneringen daarmee kwijt kon raken – het gegil, het bloed, het ondraaglijke kraken en knappen op het moment dat het babymonster zich vanuit haar buik een weg naar buiten scheurde...

Ik wilde wegrennen, met tien treden tegelijk de trap af denderen en de deur uit stormen, maar mijn voeten leken wel van lood en mijn lichaam was uitgeputter dan ooit tevoren. Als een kreupele oude man schuifelde ik naar beneden.

Ik bleef even uitrusten bij de onderste tree om mijn laatste krachten bijeen te schrapen, zodat ik naar buiten kon lopen.

Rosalie zat op de schone helft van de witte bank, met haar rug naar me toe, en kirde en murmelde tegen het in een deken gewikkelde ding in haar armen. Ze moest gehoord hebben dat ik was blijven staan, maar ze negeerde me, helemaal in beslag genomen door haar gestolen moederschap. Misschien zou ze nu eindelijk gelukkig zijn. Rosalie had haar zin gekregen, en Bella zou nooit meer terugkomen om haar het wezen af te pakken. Ik vroeg me af of die blonde slang daar al die tijd eigenlijk stiekem op gehoopt had.

Ze had iets donkers vast, en er kwam een gulzig zuiggeluid uit de piepkleine moordenaar in haar armen.

Er hing een geur van bloed in de lucht. Mensenbloed. Rosalie gaf het te drinken. Natuurlijk wilde het bloed. Wat moest je een monster dat meedogenloos zijn tanden in zijn moeder zette anders geven? Het had net zo goed Bella's bloed kunnen drinken. Misschien deed het dat ook wel.

Mijn kracht keerde terug terwijl ik luisterde hoe die kleine beul gevoed werd. 289

Kracht en haat en hitte – gloeiende hitte die mijn hoofd overspoelde en in lichterlaaie zette, maar niets uitwiste. De beelden in mijn hoofd waren brandstof die de vlammenzee aanwakkerden maar niet verteerd konden worden. Ik voelde de trillingen van top tot teen door mijn lijf rollen, en ik deed niets om ze te laten ophouden.

Rosalie ging helemaal op in het wezen en besteedde geen enkele aandacht aan me. Ze zou me nooit snel genoeg kunnen tegenhouden nu ze zo afgeleid werd.

Sam had gelijk gehad. Dit was verkeerd – het druiste tegen de natuur in. Dat ding was een zwarte, zielloze duivel. Het had geen bestaansrecht.

Het moest vernietigd worden.

Kennelijk was de aantrekkingskracht toch niet bij de deur vandaan gekomen. Ik voelde hem sterker nu, hij moedigde me aan, trok me naar voren. Hij dwong me om hier voor eens en altijd een einde aan te maken, om de wereld te verlossen van dit gedrocht.

Rosalie zou proberen me te vermoorden als het wezen eenmaal dood was, en ik zou terugvechten. Ik wist niet zeker of ik genoeg tijd zou hebben om haar te doden voor de anderen haar te hulp zouden schieten. Misschien wel, misschien ook niet. Het kon me eerlijk gezegd weinig schelen.

Het kon me ook niet schelen of de wolven, van welke roedel dan ook, me zouden wreken of dat ze zouden vinden dat de Cullens in hun recht hadden gestaan. Het deed er allemaal niet toe. Het ging mij alleen maar om mijn eigen recht. Om míjn wraak. Het ding dat Bella had vermoord zou geen minuut langer meer leven.

Als Bella het overleefd had, zou ze me hierom gehaat hebben. Ze zou me eigenhandig de nek om hebben willen draaien.

Maar dat interesseerde me niet. Het interesseerde haar ook niet wat ze zichzelf had aangedaan – dat ze zichzelf als een beest had laten afslachten. Waarom zou ik dan rekening houden met haar gevoelens?

En dan hadden we Edward nog. Hij was waarschijnlijk te druk – te ver doorgeschoten in zijn krankzinnige ontkenning en nog steeds bezig een lijk te reanimeren – om naar mijn plannen te luisteren.

Dan zou ik dus niet de kans krijgen om mijn belofte aan hem na te komen, tenzij – en daar durfde ik persoonlijk mijn geld niet op in te zetten – ik erin zou slagen om het gevecht tegen Rosalie, Jasper én Alice te winnen, drie tegen één. Maar zelfs áls me dat zou lukken, dacht ik niet dat ik Edward zou kunnen vermoorden.

Daar had ik niet genoeg mededogen voor. Waarom zou ik hem ongestraft laten wegkomen met alles wat hij had gedaan? Zou het niet veel eerlijker – en veel bevredigender – zijn om hem met niets verder te laten leven, met helemaal niets?

Ik moest bijna glimlachen toen ik eraan dacht, ondanks alle haat die ik voelde. Geen Bella. Geen moordenaarsgebroed. En als het aan mij lag ook een stuk minder gezinsleden, al naar gelang mijn succes in de strijd. Die zou hij trouwens wel weer in elkaar kunnen zetten waarschijnlijk, aangezien ik ze niet zou kunnen verbranden. Dit in tegenstelling tot Bella, die nooit meer heel zou worden.

Ik vroeg me af of het wezen ook weer in elkaar gezet zou kunnen worden. Ik betwijfelde het. Het was voor de helft Bella, dus het had vast wel iets van haar kwetsbaarheid geërfd. Ik hoorde het aan het zachte, gonzende getik van het hart.

Het hart van dat ding klopte. Dat van Bella niet.

Er was slechts een seconde verstreken terwijl ik deze eenvoudige beslissingen nam.

Ik begon steeds heviger en sneller te beven. Ik dook in elkaar, klaar om de blonde vampier aan te vallen en dat moordzuchtige ding met mijn tanden uit haar armen te rukken.

Rosalie koerde weer naar het wezen, zette het lege, ijzeren flesding opzij en hield het monster omhoog om haar gezicht tegen zijn wang te wrijven.

Perfect. Deze nieuwe houding was ideaal voor mijn aanval. Ik boog me naar voren en voelde hoe de hitte me begon te veranderen terwijl de aantrekkingskracht van het monster steeds sterker werd – het was sterker dan alles wat ik ooit had gevoeld, zo sterk dat het me deed denken aan een alfabevel, alsof het me zou vermorzelen als ik niet gehoorzaamde.

Maar dit keer wílde ik gehoorzamen.

De moordenaar staarde me over Rosalies schouder aan, en haar blik was scherper dan de blik van een pasgeboren wezen hoorde te zijn.

Warme bruine ogen, de kleur van melkchocolade – precies dezelfde kleur als Bella's ogen hadden gehad.

Ik hield abrupt op met trillen. Er ging een warme golf door me heen, heviger dan hiervoor, maar het was een nieuw soort warmte – geen brandende hitte.

Ik gloeide.

Mijn hele wezen viel uit elkaar toen ik in het piepkleine, porseleinen gezichtje keek van de baby die half vampier, half mens was. Alle banden waarmee ik aan mijn leven vastzat werden met een snelle beweging doorgeknipt, als de touwtjes van een tros ballonnen. Alles wat mij maakte tot wie ik was – de liefde voor het dode meisje boven me, de liefde voor mijn vader, mijn trouw aan mijn nieuwe roedel, de liefde voor mijn andere broeders, de haat jegens mijn vijanden, mijn thuis, mijn naam, mijn ík –, werd in die ene seconde van me losgesneden – *knip, knip, knip* – en zweefde de lucht in.

Maar ik dreef niet doelloos weg. Een nieuw touwtje hield me op mijn plek.

Niet één touwtje, maar een miljoen. Geen touwtjes, maar staalkabels. Een miljoen staalkabels die me allemaal met dat ene ding verbonden – met het middelpunt van het heelal.

Want dat begreep ik nu – dat het heelal om dit ene punt draaide. Nooit eerder had ik de symmetrie van het universum gezien, maar nu was hij overduidelijk.

Het was niet langer de zwaartekracht van de aarde die me aan de grond hield.

Vanaf nu werd mijn plek bepaald door het babymeisje in de armen van de blonde vampier.

Renesmee.

Van boven klonk een nieuw geluid. Het enige geluid dat tot me doordrong in dit eindeloze ogenblik.

Een verwoed gebons, een jagend geklop...

Een veranderend hart.

Boek drie

Bella

Inhoudsopgave

Liefde is een luxe die je je pas kunt veroorloven als al je vijanden zijn uitgeschakeld. Tot die tijd is iedereen van wie je houdt een gijzelaar die je moed ondermijnt en je beoordelingsvermogen aantast.

Orson Scott Card
Empire

Proloog

De nachtmerrie werd werkelijkheid toen de zwarte rij op ons afkwam door de ijzige mist die rond hun voeten kolkte.

We gaan dood, dacht ik in paniek. Ik wilde koste wat kost mijn lieveling beschermen, maar ik mocht er niet aan denken, mocht mijn aandacht niet laten verslappen.

Ze schreden dichterbij in hun golvende zwarte mantels. Ik zag hoe hun handen zich tot lijkbleke klauwen kromden. Ze gleden uit elkaar, sloten ons in om ons van alle kanten te kunnen aanvallen. We waren in de minderheid. Het was voorbij.

En toen, als in een flits, veranderde de hele situatie. En tegelijkertijd was alles nog hetzelfde – de Volturi slopen nog steeds naderbij, klaar om ons te doden. Het enige wat veranderd was, was hoe ik ernaar keek. Plotseling verlangde ik ernaar. Ik wílde dat ze aanvielen. De paniek veranderde in bloeddorst terwijl ik glimlachend in elkaar dook, en er rolde een grom door mijn ontblote tanden.

19. In brand

De pijn was verbijsterend.

Dat was precies het goede woord – ik was verbijsterd. Ik begreep er niets van, snapte niet wat er aan de hand was.

Mijn lijf probeerde de pijn af te weren, en ik werd telkens opnieuw in een zwart gat gezogen dat hele seconden en misschien zelfs wel minuten van de marteling opslokte, waardoor het nog moeilijker werd om grip op de werkelijkheid te houden.

Ik probeerde de onwerkelijkheid en de werkelijkheid van elkaar te scheiden.

De onwerkelijkheid was zwart en deed niet zo veel pijn.

De werkelijkheid was rood en voelde alsof ik doormidden werd gezaagd, overreden werd door een bus, in elkaar gemept door een bokskampioen, vertrappeld door een kudde stieren en ondergedompeld in zuur, allemaal tegelijk.

In de werkelijkheid voelde ik mijn lichaam kronkelen en spartelen terwijl ik me door de pijn met geen mogelijkheid kon bewegen.

In de werkelijkheid wist ik dat er iets veel belangrijkers was dan deze doodsstrijd, maar ik kon me niet meer herinneren wat het was.

De werkelijkheid was heel plotseling opgekomen.

Het ene moment was alles nog zoals het moest zijn. Ik was gelukkig, omringd door mensen van wie ik hield. Op de een of andere manier had het, hoe onwaarschijnlijk ook, geleken alsof ik op het punt stond om alles te krijgen waar ik zo hard voor gevochten had.

En toen was er één klein, onbeduidend dingetje misgegaan.

Ik had gezien hoe mijn beker omviel, hoe het donkere bloed eruit stroomde 301 en het zuivere wit besmeurde, en ik had automatisch mijn hand uitgestoken. Ik had andere, snellere handen gezien, maar mijn lichaam bleef zich strekken en naar de beker reiken...

Binnen in me was iets met een ruk de andere kant op gegaan.

Scheurend. Brekend. Pijn.

De duisternis had het overgenomen en ik was meegesleurd door een folterende golf van pijn. Ik kreeg geen lucht meer – ik was al eens eerder verdronken, en dit was anders; het was te heet in mijn keel.

Ik werd verbrijzeld, versplinterd, aan stukken gereten...

Nog meer duisternis.

Stemmen dit keer, schreeuwende stemmen, toen de pijn terugkwam.

'Ik denk dat de placenta losgeraakt is!'

Er sneed iets door me heen wat scherper was dan messen – woorden, die ik ondanks alle andere martelingen toch begreep. *Losgeraakte placenta*: ik wist wat dat betekende. Het betekende dat mijn baby doodging in mijn buik.

'Haal hem eruit!' schreeuwde ik tegen Edward. Waarom had hij dat nog niet gedaan? 'Hij krijgt geen lucht! Nu!'

'De morfine...'

Wilde hij wachten, me pijnstillers geven, terwijl onze baby doodging?!

'NEE! NU!' stootte ik uit, en toen kon ik niets meer zeggen.

Zwarte vlekken verdrongen het licht in de kamer toen mijn buik doorboord werd door een nieuwe, ijskoude pijn. Het voelde verkeerd en ik probeerde instinctief mijn baarmoeder te beschermen, mijn baby, mijn kleine Edward Jacob, maar ik was zwak. Mijn longen deden pijn, de zuurstof was opgebrand.

De pijn nam weer af, terwijl ik me er nu juist aan vastklampte. Mijn baby, mijn baby, mijn baby ging dood...

Hoeveel tijd was er verstreken? Seconden of minuten? De pijn was verdwenen. Verdoofd. Ik voelde niets meer. Ik kon ook nog steeds niets zien, maar ik kon wel horen. Er zat weer lucht in mijn longen, hij schuurde in ruwe bellen door mijn keel.

'Je blijft bij me hoor, Bella! Hoor je me? Blijf! Waag het niet me alleen te laten. Laat je hart kloppen!'

Jacob? Jacob was er nog steeds, en hij probeerde me te redden.

Natuurlijk, wilde ik tegen hem zeggen. Natuurlijk zou ik mijn hart laten kloppen. Dat had ik hun toch allebei beloofd?

302

Ik probeerde mijn hart te voelen, te vinden, maar ik was de weg kwijt in mijn eigen lichaam. Ik voelde niet wat ik hoorde te voelen, en niets leek op de juiste plek te zitten. Ik vond mijn ogen en knipperde ermee. Ik zag het licht. Niet waar ik naar op zoek was, maar beter dan niets.

Terwijl mijn ogen hun uiterste best deden om te wennen aan het licht, fluisterde Edward: 'Renesmee.'

Renesmee?

Niet de bleke, volmaakte zoon uit mijn fantasie? Heel even was ik geschokt. En toen werd ik overspoeld door warmte.

Renesmee.

Ik dwong mijn lippen om te bewegen, dwong de luchtbellen om op mijn tong in fluisteringen te veranderen. Ik gebood mijn verdoofde handen om zich uit te steken.

'Ik... Geef haar aan mij.'

Het licht danste en schitterde van Edwards kristallen handen. De fonkelingen waren rood door het bloed dat zijn huid bedekte. Hij had ook iets roods vast. Een klein, tegenstribbelend ding dat droop van het bloed. Hij hield het warme lijfje tegen mijn zwakke armen, zodat het bijna leek of ik haar vasthad. Haar natte huid was heet – zo heet als die van Jacob.

Mijn ogen concentreerden zich en plotseling zag ik alles heel scherp.

Renesmee huilde niet, maar haalde verschrikt en hijgerig adem. Ze had haar ogen open en keek zo geschokt dat het bijna grappig was. Haar kleine, volmaakt ronde hoofdje was bedekt met een dikke laag samengeklitte, bloederige krullen. Haar irissen hadden een vertrouwde – maar wonderschone – chocoladebruine kleur. Onder het bloed zag ik dat ze een romige, ivoorkleurige teint had, op haar vuurrode koontjes na.

Haar bleke gezichtje was zo volmaakt dat ik met stomheid geslagen was. Ze was zelfs nog mooier dan haar vader. Onvoorstelbaar. Onmogelijk.

'Renesmee,' fluisterde ik. 'Wat ben je... mooi.'

Het onmogelijke gezichtje glimlachte plotseling – een brede, welbewuste glimlach. Achter de zachtroze lipjes verscheen een volle rij sneeuwwitte tanden.

Ze boog haar hoofd voorover en nestelde zich tegen mijn warme borst. Haar huid was warm en zijdezacht, maar hij was niet soepel, zoals de mijne.

Toen voelde ik weer pijn – één warme scheut maar. Ik hapte naar adem.

En weg was ze. Mijn baby met het engelengezichtje was verdwenen. Ik zag en voelde haar niet meer.

Nee! wilde ik schreeuwen. *Geef terug!*

Maar ik was te zwak. Heel even voelden mijn armen als lege tuinslangen, en toen als helemaal niets meer. Ik voelde ze niet meer. Ik voelde mezelf niet meer.

De duisternis gleed weer over mijn ogen, nog zwaarder dan eerst. Als een dikke blinddoek, stevig en strak. Hij bedekte niet alleen mijn ogen maar verpletter-

303

de mijn hele ik. Het was verschrikkelijk vermoeiend om me ertegen te verzetten. Ik wist dat het veel makkelijker zou zijn om het gewoon op te geven. Om me door de duisternis naar beneden te laten duwen, dieper en dieper, naar een plek waar geen pijn bestond, geen uitputting of zorg of angst.

Als het alleen voor mezelf was geweest, had ik het nooit lang kunnen volhouden. Ik was maar een mens, helemaal niet sterk. Ik had te veel bovennatuurlijke wezens om me heen, zoals Jacob had gezegd.

Maar dit ging niet alleen om mij.

Als ik nu voor de makkelijke weg koos en me door het zwarte niets liet wegvagen, zou ik hun pijn doen.

Edward. Edward. Mijn leven en het zijne waren onlosmakelijk met elkaar vervlochten. Je kon het ene draadje niet doorknippen zonder het andere ook kapot te maken. Als hij zou sterven, zou ik niet verder kunnen leven. Als ik zou sterven, zou hij ook niet verder kunnen leven. En een wereld zonder Edward leek volslagen nutteloos. Edward móést blijven bestaan.

Jacob, die al zo vaak afscheid van me had genomen maar telkens weer terugkwam als ik hem nodig had. Jacob, die ik zo vaak had gekwetst dat het gewoon misdadig was. Zou ik hem nu opnieuw pijn doen, op de allerergste manier tot nu toe? Ondanks alles was hij altijd gebleven, voor mij. Nu vroeg hij alleen maar of ik voor hém wilde blijven.

Maar het was hier zo donker dat ik hun gezichten niet meer kon zien. Alles leek onwerkelijk. Daardoor werd het moeilijk om niet op te geven.

Toch bleef ik haast als in een reflex tegen het duister duwen. Ik probeerde het niet op te tillen. Ik bood alleen weerstand. Ik stond niet toe dat het me echt helemaal verpletterde. Ik was Atlas niet, en het duister was zo zwaar als een planeet, ik kon het niet dragen. Het enige wat ik kon doen was me niet helemaal laten wegvagen.

Zo ging het eigenlijk altijd in mijn leven – ik was nooit sterk genoeg om het op te nemen tegen de dingen waar ik geen controle over had, om mijn vijanden aan te vallen of hun te snel af te zijn. Om aan de pijn te ontkomen. Ik was altijd al menselijk en zwak geweest, en ik had nooit iets anders gekund dan gewoon maar doorgaan. Volhouden. Overleven.

Tot nu toe was dat genoeg geweest. En vandaag moest het ook genoeg zijn. Ik zou volhouden tot er hulp kwam.

Ik wist dat Edward alles deed wat in zijn macht lag. Hij zou het niet opgeven. En ik ook niet.

Ik hield het zwarte niets ternauwernood op afstand.

Maar mijn vastberadenheid was niet genoeg. Toen de tijd wegtikte en de duisternis steeds een millimeter terrein won, had ik meer nodig om kracht uit te kunnen putten.

Ik kon me Edwards gezicht niet eens meer voor de geest halen. En ook niet dat van Jacob, van Alice of Rosalie of Charlie of Renée of Carlisle of Esmé... Niets. Het maakte me doodsbang, en ik vroeg me af of het al te laat was.

Ik voelde hoe ik weggleed – ik kon me nergens aan vasthouden.

Nee! Ik moest dit overleven. Edward rekende op me. Jacob. Charlie Alice Rosalie Carlisle Renée Esmé...

Renesmee.

En toen, hoewel ik nog steeds niets kon zien, kon ik plotseling iets vóélen. Ik stelde me voor dat ik mijn armen weer voelde, als denkbeeldige ledematen. En in mijn armen had ik iets kleins en hards en heel, heel erg warms.

Mijn baby'tje. Mijn kleine schopper.

Het was me gelukt. Tegen alle verwachtingen in was ik toch sterk genoeg geweest om de bevalling van Renesmee overleven, om haar lang genoeg bij me te houden tot zij sterk genoeg was om zonder mij verder te kunnen.

Haar warmte in mijn denkbeeldige armen voelde zo ontzettend echt. Ik drukte haar nog steviger tegen me aan. De hitte zat precies op de plek waar mijn hart hoorde te zitten. Ik klampte me stevig vast aan de warme herinnering aan mijn dochter, en ik wist dat ik eindeloos tegen het donker zou kunnen blijven vechten als het nodig was.

De warmte naast mijn hart werd steeds echter, warmer en warmer. Heter. De hitte was zo echt dat ik bijna niet kon geloven dat ik het me maar inbeeldde.

Heter.

Pijnlijk. Te heet. Veel en veel te heet.

Alsof je het verkeerde uiteinde van een krultang vastgreep – instinctief wilde ik het verzengende ding in mijn armen laten vallen. Maar ik had niets in mijn armen. En mijn armen lagen ook niet opgevouwen over mijn borst. Mijn armen waren dode dingen die ergens langs mijn zij lagen. De hitte zat in me.

Het brandende gevoel werd sterker – het wakkerde aan, bereikte een hoogtepunt en laaide toen nog verder op tot het alles overtrof wat ik ooit had gevoeld.

Ik voelde iets bonken achter het vuur dat nu door mijn borstkas raasde en besefte dat ik mijn hart weer had gevonden, maar nu wou ik dat ik er nooit naar had

305

gezocht. Ik wou dat ik me door de duisternis had laten verzwelgen toen het nog kon. Ik wilde mijn armen optillen en mijn borstkas openklauwen en mijn hart eruit rukken – alles om een eind aan deze marteling te maken. Maar ik voelde mijn armen niet, kon niet één verdwenen vinger verroeren.

James die op mijn been ging staan om het te breken. Dat had niets voorgesteld. Dat was zo behaaglijk geweest als een lekker zacht donsbed. Ik zou het nu zonder morren honderd keer ondergaan. Ik zou honderd keer mijn been laten breken en er nog dankbaar voor zijn ook.

De baby die mijn ribben kapottrapte en zich stukje bij beetje een weg uit mijn lijf baande. Dat had niets voorgesteld. Dat had gevoeld alsof ik in een heerlijk koel zwembad dreef. Ik zou het duizend keer ondergaan. Dankbaar.

Het vuur werd steeds heter en ik wilde gillen. Ik wilde iemand smeken om me nú te vermoorden, voor ik ook nog maar één seconde langer met deze pijn zou moeten leven. Maar ik kon mijn lippen niet bewegen. Het drukkende gewicht was er nog steeds.

Ik besefte dat het niet de duisternis was die me neerduwde. Het was mijn lichaam. Het was zo zwaar. Het dompelde me onder in de vlammen die zich nu vanuit mijn hart een weg naar buiten vraten en zich met een onvoorstelbare pijn door mijn schouders en maag verspreidden, blakerend door mijn keel kropen en aan mijn gezicht likten.

Waarom kon ik me niet bewegen? Waarom kon ik niet schreeuwen? Hier had ik nooit iets over gehoord.

Mijn geest was ondraaglijk helder – extra scherp door de felle pijn – en zodra de vragen opkwamen wist ik het antwoord al.

De morfine.

Het leek wel iets uit een vorige dood, die keer dat we het erover gehad hadden – Edward, Carlisle en ik. Edward en Carlisle hadden gehoopt dat een grote hoeveelheid pijnstillers misschien zou helpen tegen de pijn van het gif. Carlisle had het bij Emmett ook al geprobeerd, maar toen was het gif sneller geweest dan het medicijn en had het zijn aderen afgesloten. De morfine had de kans niet gekregen om zich te verspreiden.

Ik had mijn gezicht strak in de plooi gehouden en geknikt en de paar sterren die me gunstig gezind waren bedankt dat Edward mijn gedachten niet kon lezen.

Want ik had al eens morfine en gif tegelijk in mijn lichaam gehad, en ik wist

wat er dan gebeurde. Ik wist dat de verdovende werking van de pijnstiller geen
schijn van kans maakte tegen het verschroeiende gif in mijn aderen. Maar ik piekerde er niet over om dat tegen hem te zeggen. Ik was als de dood dat hij me dan
helemaal niet meer wilde veranderen.

Ik had nooit gedacht dat de morfine dit effect zou hebben – dat hij me zou verlammen en verstommen. Dat ik machteloos zou moeten blijven liggen terwijl ik
brandde.

Ik had alle verhalen gehoord. Ik wist dat Carlisle zijn uiterste best had gedaan
om geen geluid te maken terwijl hij brandde, zodat hij niet ontdekt zou worden.
Ik wist dat het volgens Rosalie geen zin had om te schreeuwen. En ik had gehoopt dat ik misschien net als Carlisle zou kunnen zijn. Dat ik Rosalie zou geloven en mijn mond zou houden. Omdat ik wist dat elke schreeuw die over mijn
lippen zou komen een kwelling zou zijn voor Edward.

Nu leek het een afschuwelijke grap dat mijn wens in vervulling ging.

Als ik niet kon schreeuwen, *hoe moest ik dan tegen ze zeggen dat ze een einde aan
mijn leven moesten maken?*

Ik wilde alleen maar dood. Ik wou dat ik nooit geboren was. Mijn hele bestaan
kon niet op tegen deze pijn. Was het niet waard om dit nog langer dan één hartslag te moeten ondergaan.

Laat me doodgaan, laat me doodgaan, laat me doodgaan.

En in deze eindeloze ruimte was dat het enige wat er was. Deze vlammende
foltering en het geluidloze gegil waarmee ik om de dood smeekte. Verder niets,
zelfs geen tijd. Het had geen begin, geen einde – het was oneindig. Eén oneindig
moment van pijn.

De enige verandering kwam toen de pijn opeens – onmogelijk – nog heviger
werd. Plotseling stond ook de onderste helft van mijn lichaam in brand, waar in
eerste instantie, nog voor de morfine, al geen gevoel meer in had gezeten. Een of
andere verbroken verbinding was weer hersteld – aan elkaar gebreid door verzengende vlammenvingers.

En de eindeloze brand woedde voort. 307

Misschien was het na een paar seconden of een paar dagen, na weken of jaren,
maar uiteindelijk kreeg de tijd weer enige betekenis.

Er gebeurden drie dingen tegelijk; ze kwamen uit elkaar voort zodat ik niet
wist wat het eerst kwam: de tijd kwam weer op gang, de druk van de morfine
nam af en ik werd sterker.

Ik voelde hoe ik stukje bij beetje weer controle over mijn lichaam kreeg, en dat waren de eerste tekenen dat de tijd verstreek. Ik wist dat ik met mijn tenen kon wiebelen en mijn vingers tot vuisten kon knijpen. Ik wist het dat ik het kon, maar ik deed het niet.

Hoewel het vuur geen graad minder heet werd – ik ontwikkelde zelfs een nieuw vermogen om het te ervaren, een overgevoeligheid waarmee ik elke verschroeiende vlammentong die door mijn aderen likte afzonderlijk kon onderscheiden –, ontdekte ik dat ik eromheen kon denken.

Ik wist weer waaróm ik niet moest schreeuwen. Ik wist weer waarom ik me had voorgenomen om deze onverdraaglijke foltering te verdragen. Ik wist weer dat er iets was wat deze marteling misschien waard was, ook al leek het op dit moment onmogelijk.

Dat gebeurde net op tijd om me te kunnen inhouden toen het gewicht van mijn lichaam viel. Als mensen me in de gaten hielden, zouden ze geen verandering opmerken. Maar voor mij, terwijl ik mijn uiterste best deed om het gegil en gespartel binnen in mijn lichaam te houden, waar het niemand anders pijn kon doen, voelde het alsof ik eerst vastgebonden was aan de laaiende brandstapel, en nu de brandstapel zelf vastgreep om in het vuur te blijven.

Ik had net genoeg kracht om daar onbeweeglijk te blijven liggen terwijl ik levend verkoolde.

Mijn gehoor werd steeds scherper en ik kon de verwoede, bonkende slagen van mijn hart tellen om de tijd bij te houden.

Ik kon de oppervlakkige ademteugen tellen waar mijn mond naar hapte.

Ik kon de zachte, regelmatige ademhaling horen van iemand vlak naast me. Die ging het langzaamst, dus daar concentreerde ik me op, want daar verstreek immers de meeste tijd. Met de regelmaat van een tikkende klok trok die ademhaling me door de brandende seconden naar het einde toe.

Ik werd steeds sterker en mijn gedachten werden helderder. Toen ik nieuwe geluiden hoorde, kon ik luisteren.

308 Het waren lichte voetstappen, een zuchtje wind dat langs streek door een deur die opening. De voetstappen kwamen dichterbij en ik voelde iets tegen mijn pols duwen. Ik voelde niet hoe koel de vingers waren. Het vuur had al mijn herinneringen aan het begrip koelte verschroeid.

'Nog steeds hetzelfde?'

'Ja.'

Een o zo lichte druk – adem tegen mijn verbrande huid.

'Ik ruik geen morfine meer.'

'Ik weet het.'

'Bella? Kun je me horen?'

Ik wist honderd procent zeker dat ik me niet meer zou kunnen inhouden als ik mijn kaken van elkaar zou doen – ik zou krijsen en gillen en kronkelen en om me heen slaan. Als ik mijn ogen zou opendoen, als ik ook maar een vinger zou bewegen... Elke verandering, hoe klein ook, zou het einde van mijn zelfbeheersing betekenen.

'Bella? Bella, liefste? Kun je je ogen opendoen? Kun je in mijn hand knijpen?'

Druk op mijn vingers. Het was moeilijker om niet op deze stem te reageren, maar ik bleef roerloos liggen. Het verdriet dat nu in zijn stem lag had nog veel en veel erger kunnen zijn. Op dit moment was hij alleen maar báng dat ik pijn leed.

'Misschien... Carlisle, misschien was ik te laat.' Zijn stem klonk gesmoord en stokte bij het woord 'laat'.

Mijn vastberadenheid wankelde even.

'Luister naar haar hart, Edward. Het is nog sterker dan dat van Emmett was. Ik heb nog nooit zoiets vitaals gehoord. Het komt helemaal goed.'

Ja, het was goed dat ik niets zei. Carlisle stelde hem wel gerust. Hij hoefde niet met mij mee te lijden.

'En... en haar ruggengraat?'

'Haar verwondingen waren niet veel erger dan die van Esmé. Het gif zal haar genezen, net als het bij Esmé heeft gedaan.'

'Maar ze ligt zo stil. Ik heb vást iets verkeerd gedaan.'

'Of iets goeds, Edward. Je hebt het misschien nog wel beter gedaan dan ik het had kunnen doen, mijn zoon. Ik weet niet of ik wel de volharding en het vertrouwen gehad zou hebben dat nodig was om haar te redden. Je moet niet zo streng voor jezelf zijn. Bella redt het wel, heus.'

Een getergd gefluister. 'Ze heeft vast verschrikkelijk veel pijn.'

'Dat weten we niet. Ze had heel veel morfine in haar lichaam. We weten niet welk effect dat op haar ervaring zal hebben.' 309

Een lichte streling over de binnenkant van mijn elleboog. Weer gefluister. 'Bella, ik hou van je. Bella, het spijt me.'

Ik wilde hem zo graag antwoord geven, maar ik weigerde zijn pijn te verergeren. Niet nu ik de kracht had om stil te blijven liggen.

En ondertussen bleef het verwoestende vuur door mijn lijf razen. Maar er was nu veel meer ruimte in mijn hoofd. Er was plek om over hun gesprek na te denken, om me te herinneren wat er was gebeurd, om naar de toekomst te kijken, en dan was er ook nog meer dan genoeg plek over om te lijden.

En plek om me zorgen te maken.

Waar was mijn kind? Waarom was ze niet hier? Waarom praatten ze niet over haar?

'Nee, ik blijf hier,' fluisterde Edward als antwoord op een onuitgesproken gedachte. 'Ze komen er wel uit.'

'Een interessante situatie,' merkte Carlisle op. 'En ik dacht dat ik alles wel zo'n beetje had meegemaakt.'

'Ik los het later wel op. Wíj lossen het later wel op.' Er drukte zacht iets tegen mijn verschroeide handpalm.

'Ik weet zeker dat we met z'n vijven kunnen voorkomen dat het op bloedvergieten uitdraait.'

Edward zuchtte. 'Ik weet niet wiens kant ik moet kiezen. Ik zou ze er graag allebei eens flink van langs geven. Maar goed, dat komt nog wel.'

'Ik vraag me af wat Bella ervan zal vinden – wiens kant zij zal kiezen,' peinsde Carlisle.

Een kort, gespannen gegrinnik. 'Ik weet zeker dat ze me versteld zal doen staan. Dat doet ze altijd.'

Carlisles voetstappen stierven weer weg, en het frustreerde me dat er geen verdere uitleg werd gegeven. Praatten ze soms alleen in geheimtaal om mij te irriteren?

Ik richtte me weer op Edwards ademhaling om de tijd bij te houden.

Tienduizend negenhonderd en drieënveertig ademhalingen later kwam er een ander paar voeten heel zachtjes de kamer in. Lichter. Ritmischer.

Vreemd dat ik minuscule verschillen tussen voetstappen kon onderscheiden die ik tot vandaag nog nooit gehoord had.

310   'Hoe lang nog?' vroeg Edward.

'Bijna,' zei Alice tegen hem. 'Zie je hoe helder ze wordt? Ik zie haar al veel beter.' Ze zuchtte.

'Nog steeds een beetje verbitterd?'

'Ja, fijn dat je het er nog even inwrijft,' bromde ze. 'Jij zou het ook verschrikkelijk vinden als je erachter kwam dat je beperkt wordt doordat je nu eenmaal bent wie je bent. Ik zie vampiers het best, omdat ik er zelf een ben, en ik zie mensen redelijk goed, omdat ik er een ben geweest. Maar die rare halfbloedtypes zie ik helemaal niet omdat ik zelf nog nooit zoiets heb meegemaakt. Bah!'

'Concentreer je, Alice.'

'Je hebt gelijk. Ik zie Bella nu echt zonder enig probleem.'

Het was heel lang stil, en toen slaakte Edward een zucht. Het was een ander geluid – gelukkiger.

'Het komt echt goed met haar,' prevelde hij.

'Natuurlijk.'

'Twee dagen geleden was je daar anders een stuk minder zeker van.'

'Twee dagen geleden kon ik haar nog niet goed zíén. Maar nu alle blinde vlekken weg zijn is het een makkie.'

'Zou je je misschien héél even kunnen concentreren voor me? Op de tijd bijvoorbeeld – geef me eens een schatting.'

Alice zuchtte. 'Wat ben je toch ongeduldig. Best. Wacht even...'

Zachte ademhaling.

'Dank je wel, Alice.' Zijn stem klonk opgewekter.

Hoe lang? Konden ze het niet eens even hardop zeggen voor me? Was dat te veel gevraagd? Hoeveel seconden moest ik nog branden? Tienduizend? Twintig? Nog een dag – achtenzestigduizend vierhonderd? Meer?

'Ze wordt adembenemend.'

Edward gromde zacht. 'Dat is ze altijd al geweest.'

Alice snoof. 'Je weet best wat ik bedoel. Moet je haar nou toch eens zien.'

Edward gaf geen antwoord, maar door Alice' woorden kreeg ik weer hoop dat ik misschien toch minder op een stuk houtskool leek dan ik me voelde. Ik kon me haast niet voorstellen dat ik géén hoopje zwartgeblakerde botten was. Elke cel in mijn lijf was volledig in de as gelegd.

Ik hoorde Alice de kamer uit vlinderen. Ik hoorde de ruisende stof van haar kleding die tijdens het bewegen langs haar lichaam streek. Ik hoorde het zachte gezoem van de lamp die aan het plafond hing. Ik hoorde de zwakke bries die buiten langs het huis waaide. Ik hoorde álles. 311

Beneden zat iemand naar een honkbalwedstrijd te kijken. De Mariners stonden twee punten voor.

'Nu is het míjn beurt,' hoorde ik Rosalie tegen iemand snauwen, waar met een zacht gegrom op gereageerd werd.

'Ho ho, rustig aan,' waarschuwde Emmett.

Iemand siste.

Ik luisterde of er nog meer kwam, maar ik hoorde alleen de wedstrijd. Honk-bal was niet interessant genoeg om me af te leiden van de pijn, dus ik richtte me weer op Edwards ademhaling en telde de seconden.

Eenentwintigduizend negenhonderd en zeventienenhalve seconden later begon de pijn te veranderen.

Het goede nieuws was dat hij afnam in mijn tenen en vingertoppen. Láng-zaam, maar er gebeurde in elk geval iets nieuws. Het was nu vast bijna voorbij. De pijn was aan zijn aftocht begonnen...

En dan het slechte nieuws. Het vuur in mijn keel was anders dan eerst. Ik stond niet alleen meer in brand, ik was nu ook uitgedroogd. Kurkdroog. Ik ging kapot van de dorst. Brandend vuur en brandende dorst...

Nog meer slecht nieuws: het vuur in mijn hart werd heter.

Hoe was dat in vredesnaam mogelijk?

Mijn hart, dat toch al te snel klopte, ging nu als een razende tekeer – het vuur stookte het ritme op tot een nieuw, krankzinnig tempo.

'Carlisle,' riep Edward. Zijn stem was zacht maar helder. Ik wist dat Carlisle hem zou horen als hij ergens in of rond het huis was.

Het vuur trok zich terug uit mijn handpalmen en liet ze heerlijk pijnloos en koel achter. Maar het trok zich terug naar mijn hart, dat als de zon in lichterlaaie stond en bezeten aan het bonken was.

Carlisle kwam samen met Alice de kamer in. Hun voetstappen waren zo ver-schillend dat ik zelfs kon horen dat Carlisle rechts liep en Alice net een stap voor was.

'Luister,' zei Edward tegen hen.

Het hardste geluid in de kamer was mijn doorgedraaide hart dat bonsde op het ritme van het vuur.

'Juist,' zei Carlisle. 'Het is bijna voorbij.'

312 Mijn opluchting werd overschaduwd door de ondraaglijke pijn in mijn hart.

Maar mijn polsen waren koel, en mijn enkels ook. Daar was het vuur volledig geblust.

'Bijna,' beaamde Alice. 'Ik ga de anderen halen. Zal ik Rosalie...'

'Ja – hou de baby weg.'

Wat? Nee. Néé! Hoezo, de baby weghouden? Wat dacht hij wel niet?

Mijn vingers trilden – de irritatie verbrak mijn volmaakte façade. Op het ge-hamer van mijn hart na werd het helemaal stil in de kamer doordat ze allemaal even hun adem inhielden

Er kneep een hand in mijn eigenzinnige vingers. 'Bella? Bella, lieveling?'

Zou ik antwoord kunnen geven zonder te schreeuwen? Ik dacht er even over na, maar toen vlamde het vuur nog heter op in mijn borstkas, waar het naartoe werd gezogen vanuit mijn ellebogen en knieën. Beter om het er niet op wagen.

'Ik ga ze nu halen,' zei Alice met een dringende ondertoon in haar stem, en ik hoorde de windvlaag toen ze wegvloog.

En toen – o!

Mijn hart steeg op, bonkend als een helikopterpropeller die haast één lange, aangehouden toon voortbracht; het voelde alsof het door mijn ribben zou bre-ken. Het vuur laaide op in het midden van mijn borst en zoog de laatste restan-ten van de vlammen uit de rest van mijn lichaam om de hevigste vuurzee tot nu toe van brandstof te voorzien. De pijn was zo hevig dat hij me overweldigde en mijn ijzeren grip op de brandstapel verbrak. Mijn rug kromde zich, maakte zich hol alsof het vuur me aan mijn hart omhoogtrok.

Ik dwong alle andere delen van mijn lichaam om doodstil te blijven liggen toen mijn torso weer terug naar de tafel zakte.

Het werd een strijd binnen in mijn lichaam – mijn denderende hart dat het aanvallende vuur voor probeerde te blijven. Ze verloren allebei. Het vuur was ten dode opgeschreven omdat het alles wat kon branden al had verzwolgen, en mijn hart stevende in een moordend tempo op zijn laatste slag af.

Het vuur trok zich terug en concentreerde zich met een laatste, ondraaglijke uitbarsting op dat ene overgebleven menselijke orgaan. De steekvlam werd be-antwoord door een zware, hol klinkende bons. Mijn hart haperde even en klopte toen nog één zachte laatste keer.

Ik hoorde niets meer. Geen ademhaling. Zelfs niet de mijne.

Heel even was de afwezigheid van pijn het enige wat er tot me doordrong.

Toen deed ik mijn ogen open en keek verwonderd omhoog.   313

20. Nieuw

Alles was zo hélder.

Scherp. Duidelijk.

De stralende lamp boven me was nog steeds verblindend fel, en toch kon ik de brandende gloeidraden in het peertje allemaal zien zitten. Ik zag alle kleuren van de regenboog in het witte licht, en helemaal aan de rand van het spectrum een achtste kleur waar ik geen naam voor had.

Achter het licht kon ik de verschillende nerven in het donkere houten plafond boven me onderscheiden. Ervoor zag ik alle losse stofdeeltjes door de lucht zweven, met de kanten waar het licht op viel en de donkere kanten. Ze draaiden als kleine planeetjes rond en bewogen in een hemelse dans om elkaar heen.

Het stof was zo mooi dat ik geschokt inademde. De lucht floot door mijn keel en zoog de stofjes in een wervelwind mee. Het voelde raar. Ik dacht er even over na en besefte toen dat dat kwam doordat de handeling geen verlichting tot gevolg had. Ik had de zuurstof niet nodig. Mijn longen verlangden er niet naar. De lucht die naar binnen stroomde deed ze niets.

Ik hoefde niet te ademen, maar ik vond het wel préttig. Ik kon de kamer om me heen ermee proeven – ik proefde die prachtige stofdeeltjes, de stilstaande lucht die zich vermengde met de iets koelere lucht die door de open deur kwam. Ik proefde een weelderige zweem zijde. Ik proefde een zwak vleugje van iets warms en lekkers, iets wat vochtig zou moeten zijn maar dat niet was... Dat aroma liet mijn droge keel branden, een zwakke afspiegeling van het gif, hoewel deze lucht bezoedeld werd door de bijtende geur van chloor en ammoniak. En bovenal proefde ik een haast naar honing, seringen en zonneschijn smakende geur die het allersterkst was, het dichtst bij mij in de buurt.

Ik hoorde de geluiden van de anderen, die weer ademhaalden nu ik dat ook deed. Hun adem, vermengd met de geur die iets tussen honing en seringen en zonneschijn in was, bracht nieuwe smaken met zich mee. Kaneel, hyacint, peer, zeewater, rijzend brood, dennenbomen, vanille, leer, appel, mos, lavendel, chocola... Ik liet in gedachten wel twaalf verschillende vergelijkingen de revue passeren, maar ze waren het allemaal net niet. Zo zoet en lekker.

Beneden was het geluid van de televisie uitgezet, en ik hoorde hoe iemand – Rosalie? – ging verzitten.

Ik hoorde ook een vaag, bonkend ritme, en een boze stem die meeschreeuwde op de beat. Rapmuziek? Ik begreep er niets van, en toen stierf het geluid weg alsof er een auto voorbij was gereden met de raampjes open.

Geschokt besefte ik dat ik wel eens de spijker op zijn kop geslagen zou kunnen hebben. Kon ik helemaal tot aan de snelweg horen?

Ik had niet in de gaten gehad dat iemand mijn hand vasthield tot diegene er een heel zacht kneepje in gaf. Mijn lichaam verstarde weer, net als toen ik niet wilde laten merken hoeveel pijn ik had, maar nu van verbazing. Dit was niet de aanraking die ik had verwacht. De huid was spiegelglad als altijd, maar had de verkeerde temperatuur. Hij was niet koud.

Na die eerste, verstijfde seconde van schrik reageerde mijn lichaam op de onbekende aanraking op een manier waar ik nog erger van schrok.

Sissende lucht gleed door mijn keel omhoog en schoot met het lage, dreigende geluid van een bijenzwerm tussen mijn op elkaar geklemde kiezen door. Voor het geluid eruit was, trokken mijn gekromde spieren zich al samen om mijn lijf weg te draaien van het onbekende. Ik kwam zo snel omhoog dat de kamer een wazige vlek had moeten worden, maar dat was niet zo. Met microscopische precisie zag ik elk stofje, elke houtsplinter in de gelambriseerde muren en elk los draadje waar mijn ogen langs flitsten.

Tegen de tijd dat ik merkte dat ik in een verdedigende positie in elkaar gedoken tegen de muur zat – ongeveer een zestiende seconde later – had ik al begrepen waar ik van geschrokken was, en ook dat ik nogal overdreven reageerde.

O. Natuurlijk. Edward voelde niet meer koud aan. We hadden nu dezelfde lichaamstemperatuur.

Ik bleef nog ongeveer een achtste seconde zitten om het tafereel voor me in me op te nemen.

315

Edward stond over de operatietafel gebogen die mijn brandstapel was geweest, met zijn hand naar me uitgestoken en een bezorgde blik in zijn ogen.

Edwards gezicht was het allerbelangrijkste, maar vanuit mijn ooghoeken registreerde ik ook alle andere dingen, gewoon voor het geval dat. Iets had mijn verdedigingsinstinct in gang gezet, en ik speurde automatisch rond naar tekenen van gevaar.

Mijn vampierfamilie stond behoedzaam aan de andere kant van de kamer naast de deur tegen de muur te wachten, met Emmett en Jasper voorop. Alsof er inderdaad gevaar dreigde. Ik sperde mijn neusgaten wijd open, op zoek naar de dreiging. Ik rook niets vreemds. Die vage lucht van iets heerlijks – maar aangetast door scherpe chemicaliën – kietelde weer in mijn keel en liet hem schuren en branden.

Alice gluurde met een grote grijns om Jaspers elleboog heen; het licht weerkaatste fonkelend van haar tanden in alweer zo'n achtkleurige regenboog.

Die grijns stelde me gerust en toen vielen de stukjes op hun plek. Jasper en Emmett stonden voorop om de anderen te beschermen, zoals ik al vermoedde. Ik had alleen niet meteen doorgehad dat ík het gevaar vormde.

Dit nam ik allemaal zijdelings waar. Het overgrote deel van mijn zintuigen en gedachten was nog steeds op Edwards gezicht gericht.

Ik had het tot op dit moment nog nooit écht gezien.

Hoe vaak had ik al niet naar Edward gestaard en me verwonderd over zijn schoonheid? Hoeveel uren – dagen, weken – van mijn leven had ik doorgebracht met dromen over wat ik toen als perfectie had beschouwd? Ik dacht dat ik zijn gezicht beter kende dan dat van mijzelf. Ik had gedacht dat dit de enige tastbare zekerheid was in mijn hele wereld: de volmaaktheid van Edwards gezicht.

Ik had net zo goed blind kunnen zijn.

Nu, zonder de verduisterende schaduwen en de beperkende zwakte van het menszijn die mijn blik al die tijd vertroebeld hadden, zag ik zijn gezicht pas echt. Ik hapte naar adem en worstelde met mijn vocabulaire, niet in staat om de juiste woorden te vinden. Ik had mooiere woorden nodig.

Inmiddels had het andere deel van mijn aandacht geconcludeerd dat ik het enige gevaar was hier, en ik kwam automatisch uit mijn in elkaar gedoken houding. Er was bijna een hele seconde verstreken sinds ik van de tafel was gevlogen.

Heel even werd ik in beslag genomen door de manier waarop mijn lichaam bewoog. Zodra ik bedacht dat ik overeind ging komen, stond ik al rechtop. Er was geen kort ogenblik waarin de handeling plaatsvond, de verandering volgde onmiddellijk, bijna alsof ik helemaal niet bewoog.

Ik bleef roerloos naar Edwards gezicht staren.

Hij liep langzaam om de tafel heen – elke stap duurde bijna een halve seconde, en elke stap golfde vloeiend als water over de gladde stenen van een rivier – met zijn hand nog steeds naar me uitgestoken.

316

Ik keek hoe gracieus hij naar me toe kwam, nam hem met mijn nieuwe ogen in me op.

'Bella?' vroeg hij op een zachte, sussende toon, maar de bezorgdheid in zijn stem gaf mijn naam een gespannen lading.

Ik kon niet meteen antwoord geven, helemaal in de ban van de fluwelen plooien van zijn stem. Het was een volmaakte symfonie, een symfonie door één instrument, een grootser instrument dan iemand ooit gemaakt had...

'Bella, liefste? Het spijt me, ik weet dat het desoriënterend is. Maar er is niets aan de hand met je. Alles is goed.'

Alles? Mijn gedachten gingen in een razende spiraal terug naar mijn laatste menselijke uur. De herinnering was nu al vervaagd, alsof ik door een dichte, donkere sluier keek – omdat mijn menselijke ogen halfblind waren geweest. Ze hadden niets scherp gezien.

Hij zei dat alles goed was, maar gold dat dan ook voor Renesmee? Waar was ze? Bij Rosalie? Ik probeerde me haar gezicht voor de geest te halen – ik wist dat ze mooi was geweest, maar het was vervelend om haar in mijn menselijke herinneringen te moeten zien. Haar gezicht was in duisternis gehuld, nauwelijks verlicht...

En Jacob? Was met hém ook alles goed? Had mijn beste vriend, die zo veel pijn had moeten verduren, nu een hekel aan me? Was hij terug naar Sams roedel? Samen met Seth en Leah?

Waren de Cullens veilig, of had mijn transformatie een oorlog met de roedel ontketend? Viel dat allemaal onder Edwards algemene geruststelling? Of probeerde hij me gewoon te sussen?

En Charlie? Wat moest ik nu tegen hem zeggen? Hij had vast gebeld toen ik nog in brand stond. Wat hadden ze tegen hem gezegd? Wat dacht hij dat er met me was gebeurd?

Terwijl ik een fractie van een seconde nadacht over welke vraag ik eerst zou stellen, kwam Edward behoedzaam nog iets dichterbij en streelde met zijn vingertoppen over mijn wang. Glad als satijn, zacht als dons, en nu precies dezelfde 317 temperatuur als mijn eigen huid.

Zijn aanraking leek onder de oppervlakte van mijn huid door te glijden, recht tot in de botten van mijn gezicht. Het was een zinderend gevoel, dat als elektriciteit door mijn botten en langs mijn ruggengraat schoot en tintelingen in mijn buik veroorzaakte.

Wacht eens even, dacht ik terwijl de tintelingen uitgroeiden tot een warm gevoel, een verlangen. Dit zou ik toch kwijtraken? Dat hoorde toch bij de afspraak,
ik moest dit gevoel toch opgeven?

Ik was een jonge vampier. De droge, verschroeiende pijn in mijn keel was
daar het bewijs van. En ik wist wat het inhield om een nieuweling te zijn. Op een
gegeven moment zou ik weer menselijke emoties en verlangens krijgen, maar
ik had geaccepteerd dat ik die in eerste instantie niet zou hebben. Alleen maar
dorst. Dat was de deal, de prijs. Ik had ermee ingestemd hem te betalen.

Maar toen Edwards hand zich als door satijn omhuld staal om mijn gezicht
krulde, gierde de passie door mijn uitgedroogde aderen en zette me van top tot
teen in vuur en vlam.

Hij trok één volmaakte wenkbrauw op en wachtte tot ik iets zou zeggen.

Ik sloeg mijn armen om hem heen.

Opnieuw leek het alsof ik niet bewoog. Het ene moment stond ik nog stil en
roerloos als een standbeeld en op hetzelfde ogenblik had ik hem in mijn armen.

Warm – zo voelde hij voor mij in elk geval. Met die zoete, heerlijke geur die ik
met mijn zwakke menselijke zintuigen nooit echt goed had geroken, maar die
honderd procent Edward was. Ik duwde mijn gezicht tegen zijn gladde borst.

En toen leek hij zich opeens ongemakkelijk te voelen. Hij leunde naar achteren, weg uit mijn omhelzing. Ik keek omhoog naar zijn gezicht, in de war en
bang door zijn afwijzing.

'Eh... voorzichtig, Bella. Au.'

Zodra ik begreep wat hij bedoelde trok ik mijn armen met een ruk terug en
vouwde ze achter mijn rug.

Ik was te sterk.

'Oeps,' zei ik geluidloos.

Hij glimlachte, en als mijn hart nog geklopt zou hebben zou het op dat moment stil zijn blijven staan.

'Geen paniek, liefste,' zei hij terwijl hij zijn hand optilde en mijn lippen aan-
318 raakte omdat mijn mond van afschuw was opengevallen. 'Je bent op dit moment
gewoon net iets sterker dan ik.'

Mijn wenkbrauwen trokken samen. Dit had ik ook geweten, maar het voelde
onwerkelijker dan alles aan deze uiterst onwerkelijke situatie. Ik was sterker dan
Edward. Ik had hem 'au' laten zeggen.

Zijn hand gleed weer over mijn wang, en ik vergat bijna mijn ellende toen er een nieuwe golf van verlangen door mijn onbeweeglijke lichaam ging.

Deze emoties waren zoveel sterker dan ik gewend was dat het me moeite kostte om een bepaalde gedachtegang te blijven volgen, ondanks alle extra ruimte in mijn hoofd. Bij elke nieuwe gewaarwording werd ik overweldigd. Ik wist nog hoe Edward een keer had gezegd – en in mijn hoofd was zijn stem een zwakke afspiegeling van de kristalheldere, melodieuze toon die ik nu hoorde – dat zijn soort, ónze soort, makkelijk werd afgeleid. Nu begreep ik waarom.

Ik deed mijn uiterste best om me te concentreren. Ik wilde iets zeggen. Het allerbelangrijkste.

Heel voorzichtig, zo voorzichtig dat de beweging zowaar zichtbaar was, haalde ik mijn rechterarm achter mijn rug vandaan om zijn wang aan te raken. Ik weigerde mezelf te laten afleiden door de parelwitte kleur van mijn hand, de zijdezachte huid of de elektrische schok die door mijn vingertoppen sidderde.

Ik keek hem recht aan en hoorde mijn eigen stem voor de eerste keer.

'Ik hou van je,' zei ik, maar het klonk als een lied. Mijn stem galmde en zong als een klok.

Hij reageerde met een glimlach waar ik nog duizeliger van werd dan me ooit als mens was overkomen – nu zag ik hem pas echt.

'En ik van jou,' zei hij tegen me.

Hij nam mijn gezicht in zijn handen en boog zijn gezicht naar het mijne – langzaam, om me eraan te herinneren dat ik voorzichtig moest zijn. Hij kuste me, eerst heel zacht en toen opeens dwingender, heftiger. Ik probeerde eraan te denken dat ik rustig moest blijven, maar het viel niet mee om überhaupt ergens aan te denken of mijn hoofd koel te houden in dit bombardement van emoties.

Het was alsof hij me nog nooit gekust had – alsof dit onze eerste zoen was. En ergens was dat ook zo, want hij had me nog nooit op deze maniér gekust.

Ik voelde me er bijna schuldig door. Ik kon me niet voorstellen dat dit bij de afspraak hoorde. Het kon toch niet zo zijn dat ik dit er óók nog allemaal bij kreeg?

Hoewel ik geen zuurstof nodig had versnelde mijn ademhaling toch, hij raasde net zo door mijn longen als toen ik lag te branden. Maar dit was een ander soort vuur.

Iemand schraapte zijn keel. Emmett. Ik herkende de zware klank meteen, vrolijk en geïrriteerd tegelijkertijd.

Ik was vergeten dat we niet alleen waren. En toen besefte ik dat ik mijn lijf om Edward heen had gevouwen op een manier die niet erg netjes was in gezelschap.

319

Gegeneerd deed ik een halve stap naar achteren in weer zo'n onmiddellijke beweging.

Edward grinnikte en liep met me mee, met zijn armen nog steeds stevig om mijn middel geslagen. Zijn gezicht gloeide – alsof er onder zijn diamanten huid een witte vlam brandde.

Ik ademde diep en overbodig in om mezelf te kalmeren.

Wat was het anders, dit zoenen! Ik keek naar zijn uitdrukking terwijl ik de vage menselijke herinneringen vergeleek met dit onmiskenbare, intense gevoel. Hij keek een beetje... zelfgenoegzaam.

'Je hebt je al die tijd ingehouden,' zei ik beschuldigend met mijn zangerige stem, en mijn ogen vernauwden zich een piepklein beetje.

Hij lachte, stralend van opluchting dat het achter de rug was – de angst, de pijn, de onzekerheden, het wachten, allemaal voorbij. 'Het was nou eenmaal nodig toen,' hielp hij me herinneren. 'Nu is het jouw beurt om míj niet te vermorzelen.' Hij lachte weer.

Ik fronste mijn wenkbrauwen terwijl ik daarover nadacht, en toen was Edward niet meer de enige die lachte.

Carlisle kwam achter Emmett vandaan en liep snel naar me toe; zijn ogen hadden nog iets behoedzaams, maar Jasper volgde hem op de voet. Ik had Carlisles gezicht ook nog nooit gezien, niet echt. Ik voelde de vreemde aandrang om met mijn ogen te knipperen – alsof ik in de zon staarde.

'Hoe voel je je, Bella?' vroeg Carlisle.

Daar dacht ik een vierenzestigste van een seconde over na.

'Overweldigd. Het is zovéél...' Ik zweeg toen ik mijn welluidende stem weer hoorde.

'Ja, dat kan behoorlijk verwarrend zijn.'

Ik knikte kort en snel. 'Maar ik voel me wel mezelf. Een soort van. Dat had ik niet verwacht.'

Edward sloeg zijn armen nog iets strakker om mijn middel. 'Zie je nou wel,' fluisterde hij.

'Je hebt jezelf goed onder controle,' zei Carlisle peinzend. 'Meer dan ík had verwacht, ook al heb je ruim de tijd gehad om je hier mentaal op voor te bereiden.'

Ik dacht aan de hevige stemmingswisselingen en de concentratieproblemen en fluisterde toen: 'Dat weet ik nog zo net niet, hoor.'

Hij knikte ernstig, en toen lichtten zijn edelstenenogen geïnteresseerd op. 'Volgens mij hebben we het dit keer goed gedaan met de morfine. Vertel eens, wat kun je je nog herinneren van het veranderingsproces?'

Ik aarzelde en was me maar al te bewust van Edwards ademhaling die langs mijn wang streek en piepkleine elektrische schokjes door mijn huid liet gaan.

'Alles van vóór die tijd is... heel vaag. Ik weet nog dat de baby geen lucht kreeg...'

Ik keek even naar Edward omdat de herinnering me bang maakte.

'Renesmee is kerngezond,' verzekerde hij me, met een glans in zijn ogen die ik nog nooit eerder bij hem had gezien. Hij sprak haar naam uit met een ingehouden hartstocht. Eerbiedig. Zoals vrome mensen over hun god praten. 'En wat weet je nog van de periode daarna?'

Ik concentreerde me op mijn pokerface. Liegen was nooit mijn sterkste punt geweest. 'Ik kan het me niet zo goed meer herinneren. Het was eerst heel donker. En toen... toen deed ik mijn ogen open en zag ik álles.'

'Fantastisch,' prevelde Carlisle met schitterende ogen.

Ik baalde ontzettend en wachtte tot mijn rode wangen me zouden verraden. Maar toen besefte ik dat ik nooit meer zou blozen. Misschien zou Edward de waarheid dan toch bespaard blijven.

Maar ik moest wel een manier zien te vinden om Carlisle te waarschuwen. Later, als hij ooit nog eens een andere vampier zou moeten maken. Die kans leek nu heel klein, waardoor ik me iets minder schuldig voelde over mijn leugens.

'Denk eens goed na – ik wil alles horen wat je je nog kunt herinneren,' drong Carlisle enthousiast aan, en ik kon niet voorkomen dat mijn gezicht betrok. Ik wilde niet blijven liegen, want dan zou ik me op een gegeven moment misschien verspreken. En ik wilde ook niet aan het vuur denken. In tegenstelling tot de menselijke herinneringen stond dat deel me nog maar al te helder voor de geest, en ik merkte dat ik nog veel te veel details wist.

'O, het spijt me, Bella,' verontschuldigde Carlisle zich onmiddellijk. 'Dit is natuurlijk heel vervelend nu je zo'n dorst hebt. We hebben het er later nog wel over.' 321

Tot hij erover begon was de dorst eigenlijk nog best te doen. Er was zo veel ruimte in mijn hoofd – een apart gedeelte van mijn hersenen hield haast automatisch mijn brandende keel in de gaten. Zoals mijn oude hersenen zich met mijn ademhaling en het knipperen van mijn ogen hadden beziggehouden.

Maar door Carlisles veronderstelling ging alle aandacht in mijn hoofd opeens naar mijn dorst. Plotseling kon ik alleen nog maar aan de droge pijn denken, en hoe meer ik eraan dacht, hoe meer pijn het deed. Mijn hand vloog omhoog en greep mijn keel vast, alsof ik de vlammen van buitenaf kon doven. De huid van mijn hals voelde vreemd aan. Zo glad dat hij op de een of andere manier zacht was, ook al was hij tegelijkertijd zo hard als steen.

Edward liet zijn armen zakken, pakte mijn andere hand en trok er zachtjes aan. 'Kom, we gaan jagen, Bella.'

Mijn ogen werden groot, de pijn van de dorst nam af en werd vervangen door schrik.

Ik? Jagen? Met Edward? Maar... hóé dan? Ik wist niet wat ik moest doen.

Hij zag de paniek op mijn gezicht en glimlachte bemoedigend. 'Het is heel makkelijk, lief. Instinctief. Maak je geen zorgen, ik doe het wel voor.' Toen ik niet bewoog lachte hij zijn scheve glimlach en trok zijn wenkbrauwen op. 'Ik dacht eerlijk gezegd dat je me altijd al eens had willen zien jagen.'

Ik schoot even in de lach (een deel van mijn hersenen luisterde nog altijd verwonderd naar het rinkelende klokgeluid) omdat ik door zijn woorden terug moest denken aan onze vage menselijke gesprekken. En toen nam ik een hele seconde de tijd om in gedachten heel snel die eerste dagen met Edward door te nemen – toen mijn leven pas echt begonnen was –, zodat ik ze nooit meer zou vergeten. Ik had niet verwacht dat het zo lastig zou zijn om je dingen te herinneren. Alsof je door modderig water probeerde te turen. Ik wist uit Rosalies ervaring dat als ik maar genoeg aan mijn menselijke herinneringen dacht, ik ze door de jaren heen niet meer kwijt zou raken. Ik wilde nog geen minuut van de tijd die ik met Edward had doorgebracht vergeten, zelfs nu niet, nu de eeuwigheid zich voor ons uitstrekte. Ik moest er op de een of andere manier voor zorgen dat die menselijke herinneringen stevig verankerd werden in mijn onfeilbare vampiergeest.

'Zullen we?' vroeg Edward. Zijn arm ging omhoog om de hand te pakken die nog steeds om mijn hals lag en zijn vingers gleden over mijn keel. 'Ik wil niet dat je pijn lijdt,' voegde hij er heel zacht aan toe. Dat zou ik vroeger niet gehoord hebben.

322

'Ik voel me prima,' zei ik, een menselijke gewoonte die was blijven hangen. 'Wacht. Eerst iets anders.'

Er was zoveel. Ik was nog helemaal niet aan mijn vragen toegekomen. Er waren veel belangrijker zaken dan de pijn.

Carlisle reageerde. 'Ja?'

'Ik wil haar zien. Renesmee.'

Het was opvallend moeilijk om haar naam uit te spreken. *Mijn dochter*: het was zelfs nog moeilijker om die woorden te denken. Het leek allemaal zo ver weg. Ik probeerde me te herinneren hoe ik me drie dagen geleden had gevoeld, en automatisch trok ik mijn handen los uit die van Edward en greep naar mijn buik.

Plat. Leeg. Ik trok aan de lichte zijden stof die mijn huid bedekte en raakte opnieuw in paniek terwijl een ondergeschikt deel van mijn hersenen opmerkte dat Alice me blijkbaar had aangekleed.

Ik wist dat er niets meer in mijn lijf zat, en ik kon me nog vaag de bloederige bevallingsscène herinneren, maar het viel desondanks niet mee om het lichamelijke bewijs te verwerken. Ik was eraan gewend om van het kleine schoppertje te houden dat ín me zat. Nu ze eruit was, kreeg ik het idee dat ik haar maar verzonnen had. Als een vervagende droom – een droom die voor de helft ook een nachtmerrie was.

Terwijl ik met mijn verwarring worstelde, zag ik Edward en Carlisle een aarzelende blik wisselen.

'Wat is er?' wilde ik weten.

'Bella,' zei Edward sussend. 'Dat is echt niet zo'n goed idee. Ze is half mens, lieveling. Haar hart klopt en er stroomt bloed door haar aderen. Als je je dorst nog niet volledig gelest hebt... Je wilt haar toch niet in gevaar brengen?'

Ik fronste mijn wenkbrauwen. Natuurlijk wilde ik dat niet.

Had ik mezelf niet in bedwang? Ik was in de war, dat was waar. En makkelijk afgeleid, dat ook. Maar gevaarlijk? Voor haar? Voor mijn dochter?

Ik kon niet met zekerheid zeggen dat het antwoord 'nee' was, dus ik zou geduld moeten hebben. Dat leek me geen gemakkelijke opgave. Want zolang ik haar niet zag, zou ze ook niet echt zijn, maar slechts een vage droom... een onbekende...

'Waar is ze?' Ik spitste mijn oren en hoorde een kloppend hart op de benedenverdieping. Ik hoorde ook meer dan één iemand ademen – heel zacht, alsof diegene ook aan het luisteren was. Er klonk ook een fladderend geluid, een soort geroffel dat ik niet kon thuisbrengen...

En het geluid van dat kloppende hart klonk zo sappig en aanlokkelijk dat het water me in de mond liep.

323

Goed, ik moest dus blijkbaar echt leren jagen voor ik haar kon zien. Mijn on-bekende baby.

'Is Rosalie bij haar?'

'Ja,' antwoordde Edward afgemeten en ik zag dat hij ergens boos over was. Ik had in de veronderstelling verkeerd dat Rosalie en hij het hadden bijgelegd. Was de vijandigheid opnieuw opgelaaid? Voor ik het kon vragen haalde hij mijn han-den weg van mijn platte buik en trok me voorzichtig weer mee.

'Wacht,' protesteerde ik nogmaals, en ik deed mijn best me te concentreren. 'Hoe is het met Jacob? En met Charlie? Ik wil alles horen wat ik heb gemist. Hoe lang ben ik... bewusteloos geweest?'

Edward leek mijn aarzeling niet op te merken, maar wisselde opnieuw een behoedzame blik met Carlisle.

'Is er iets mis?' fluisterde ik.

'Nee, er is niets mís,' zei Carlisle tegen me, met een vreemde nadruk op het laatste woord. 'Er is eigenlijk niet zo heel veel veranderd – je bent maar twee da-gen buiten bewustzijn geweest. Het is eigenlijk heel snel gegaan. Edward heeft het fantastisch gedaan. Heel vindingrijk – het was zijn idee om het gif recht-streeks in je hart te injecteren.' Hij zweeg even om zijn zoon een trotse glimlach toe te werpen en slaakte toen een zucht. 'Jacob is nog hier, en Charlie denkt nog steeds dat je ziek bent. Hij denkt dat je momenteel onderzocht wordt in Atlanta, in een nationaal gezondheidscentrum. We hebben hem het verkeerde nummer gegeven en hij is ontzettend gefrustreerd. Hij heeft vooral veel met Esmé ge-sproken.'

'Ik moet hem bellen...' mompelde ik tegen mezelf, maar toen ik mijn eigen stem weer hoorde, begreep ik dat dat wel eens lastig zou kunnen worden. Hij zou deze stem niet herkennen. Een telefoongesprek zou hem niet geruststellen. En toen drong de eerste verrassing tot me door. 'Wacht even – is Jácob hier nog?'

Weer zo'n blik tussen Edward en Carlisle.

'Bella,' zei Edward vlug. 'We hebben veel te bespreken, maar we moeten nu eerst aan jou denken. Je hebt vast heel veel pijn...'

Door die opmerking werd mijn aandacht weer naar mijn brandende keel ge-trokken en ik slikte krampachtig. 'Maar Jacob...'

'We hebben alle tijd van de wereld om dingen uit te leggen, mijn lief,' hielp hij me voorzichtig herinneren.

Natuurlijk. Het antwoord kon best nog even wachten; ik zou me ook veel beter kunnen concentreren als de felle pijn van de vurige dorst me niet meer de hele tijd zou afleiden. 'Goed dan.'

'Wacht, wacht, wacht,' jubelde Alice vanuit de deuropening. Ze danste gracieus en elegant de kamer door. Net als bij Edward en Carlisle was ik een beetje geschokt toen ik haar gezicht zag. Wat was ze mooi. 'Je hebt beloofd dat ik er de eerste keer bij mocht zijn! Stel dat jullie langs iets weerspiegelends komen?'

'Alice...' protesteerde Edward.

'Het duurt maar heel even!' En met die woorden schoot Alice de kamer weer uit.

Edward slaakte een zucht.

'Waar heeft ze het over?'

Maar Alice was alweer terug, met in haar handen de enorme vergulde spiegel uit Rosalies kamer waar ze zowel in de hoogte als in de breedte meerdere keren in paste.

Jasper had zich zo stil en onbeweeglijk gehouden dat ik niet meer op hem had gelet nadat hij achter Carlisle aan was gelopen. Nu kwam hij weer in actie om beschermend bij Alice te gaan staan, zijn ogen strak op mijn blik gericht. Want ík was het gevaar hier.

Ik wist dat hij ook mijn stemming aftastte, dus hij moet mijn geschrokken reactie gevoeld hebben toen ik naar zijn gezicht keek en het voor het eerst echt goed bestudeerde.

Voor mijn blinde mensenogen waren de littekens die hij in zijn vorige leven bij de nieuwelingenlegers in het Zuiden had opgelopen grotendeels onzichtbaar geweest. Alleen in het felle licht, zodat hun enigszins bobbelige structuur naar voren kwam, had ik er wel eens een glimp van opgevangen.

Nu ik kon zien, bleken de littekens Jaspers opvallendste uiterlijke kenmerk te zijn. Ik kon mijn ogen nauwelijks van zijn geschonden hals en kaaklijn afhouden – het was bijna onvoorstelbaar dat iemand al die tanden overleefd had die zich in zijn keel hadden vastgebeten, zelfs al was het een vampier.

Instinctief spande ik mijn spieren om me te verdedigen. Elke vampier zou dezelfde reactie hebben bij het zien van Jasper. De littekens waren een soort knipperend uithangbord. *Gevaarlijk*, schreeuwden ze. Hoeveel vampiers hadden geprobeerd om Jasper te doden? Honderden? Duizenden? En evenzoveel vampiers hadden die poging niet overleefd.

Jasper zag en voelde mijn behoedzaamheid toen ik hem opnam, en hij glimlachte wrang.

'Edward heeft me er behoorlijk van langs gegeven omdat ik je voor de bruiloft niet in de spiegel heb laten kijken,' zei Alice, zodat ik werd afgeleid van haar angstaanjagende geliefde. 'Ik weiger me nog een keer te laten uitkafferen.'

'Uitkafferen?' vroeg Edward sceptisch terwijl een van zijn wenkbrauwen omhoogkrulde.

'Misschien overdrijf ik een beetje,' mompelde ze afwezig terwijl ze de spiegel naar me toe draaide.

'En misschien heeft dit wel alleen te maken met jouw eigen voyeuristische behoeften,' kaatste hij terug.

Alice gaf hem een knipoog.

Ik was me alleen met een klein deel van mijn concentratie bewust van hun woordenwisseling. Het overgrote deel werd volledig in beslag genomen door de vrouw in de spiegel.

Mijn eerste reactie was er onwillekeurig een van vreugde. Het onbekende wezen aan de andere kant was zonder enige twijfel beeldschoon, minstens zo mooi als Alice en Esmé. Ze was soepel, zelfs als ze stilstond, en haar perfecte gezicht was zo bleek als de maan, omlijst door vol, donker haar. Haar ledematen waren glad en sterk, haar huid glinsterde subtiel en glansde als parelmoer.

Mijn tweede reactie was afschuw.

Wie wás dat? In eerste instantie kon ik nergens mijn gezicht ontdekken in haar gladde, volmaakte gelaatstrekken.

En dan haar ogen! Ik was erop voorbereid, maar toch joegen haar ogen me de stuipen op het lijf.

En al die tijd dat ik haar bekeek en reageerde op wat ik zag bleef haar gezicht perfect in de plooi, een standbeeld van een godin, dat niets van de beroering liet merken die door mijn binnenste kolkte. En toen bewoog ze haar volle lippen.

'De ogen?' fluisterde ik – het lukte me niet om 'mijn ogen' te zeggen. 'Hoe lang?'

326   'Over een paar maanden zijn ze al donkerder,' zei Edward op een zachte, troostende toon. 'Door dierenbloed zwakt de kleur sneller af dan als je mensenbloed drinkt. Ze worden eerst amberkleurig en daarna goud.'

Dus er zouden nog máánden woeste, vuurrode vlammen in mijn ogen branden?

'Maanden?' Mijn stem was hoger, paniekerig. In de spiegel gingen de volmaakte wenkbrauwen ongelovig omhoog boven die gloeiende karmijnen ogen, feller dan alle ogen die ik ooit had gezien.

Jasper schrok van mijn plotselinge angst en deed een stap naar voren. Hij kende het gedrag van jonge vampiers maar al te goed – betekende mijn reactie dat ik elk moment kon doorslaan?

Niemand gaf antwoord op mijn vraag. Ik keek opzij naar Edward en Alice. Hun ogen stonden een beetje wazig doordat ze allebei reageerden op Jaspers ongerustheid. De een luisterde naar het waarom, de ander keek naar de nabije toekomst.

Ik haalde nog een keer diep adem, ook al had ik de zuurstof niet nodig.

'Echt, het gaat prima,' verzekerde ik hun. Mijn ogen schoten naar de onbekende vrouw in de spiegel en weer terug. 'Het is gewoon... een beetje veel in één keer.'

Jasper fronste zijn voorhoofd, zodat de twee littekens boven zijn linkeroog extra opvielen.

'Ik weet het niet,' mompelde Edward.

De vrouw in de spiegel trok haar wenkbrauwen op. 'Heb ik iets gemist?'

Edward grijnsde. 'Jasper vraagt zich af hoe je het voor elkaar krijgt.'

'Hoe ik wat voor elkaar krijg?'

'Hoe je je emoties zo goed onder controle houdt, Bella,' antwoordde Jasper. 'Ik heb nog nooit een nieuweling op die manier zijn emoties zien afkappen. Je was van streek, maar toen je besefte dat wij daarvan schrokken, bond je in en kreeg je je zelfbeheersing terug. Ik stond klaar om je te helpen, maar je had mijn hulp helemaal niet nodig.'

'Is dat slecht?' vroeg ik. Mijn lichaam verstijfde automatisch terwijl ik zijn oordeel afwachtte.

'Nee,' zei hij, maar zijn stem klonk weifelend.

Edward liet zijn hand over mijn arm glijden, alsof hij wilde zeggen dat ik me moest ontspannen. 'Het is heel erg indrukwekkend, Bella, maar we begrijpen het niet. We weten niet hoe lang je dit kunt volhouden.'

Daar dacht ik een fractie van een seconde over na. Zou ik echt elk moment door het lint kunnen gaan en in een monster veranderen?

Ik voelde het niet aankomen in elk geval... Misschien kon je zoiets niet voorspellen.

'Maar wat vind je ervan?' vroeg Alice terwijl ze een beetje ongeduldig naar de spiegel gebaarde.

'Ik weet het niet,' zei ik ontwijkend, omdat ik niet wilde toegeven hoe eng ik het eigenlijk vond.

Ik keek naar de prachtige vrouw met de angstaanjagende ogen en zocht naar iets van mezelf. Daar, in de vorm van haar lippen – als je verder kon kijken dan haar duizelingwekkende schoonheid, zag je inderdaad dat haar bovenlip een beetje afweek en net iets te vol was voor haar onderlip. Ik voelde me een piepklein beetje beter toen ik dat vertrouwde foutje had ontdekt. Misschien zat de rest van mij dan ook nog wel ergens verstopt.

Ik tilde bij wijze van experiment mijn hand op, en de vrouw in de spiegel deed precies hetzelfde en raakte net als ik haar gezicht aan. Haar bloedrode ogen keken me argwanend aan.

Edward zuchtte.

Ik wendde me van haar af om naar hem te kijken en trok een wenkbrauw op.

'Teleurgesteld?' vroeg ik onbewogen met mijn melodieuze stem.

Hij schoot in de lach. 'Nogal,' gaf hij toe.

Ik voelde hoe mijn uitgestreken gezicht onmiddellijk betrok van schrik, en daarna van verdriet.

Alice gromde. Jasper boog zijn lichaam weer naar voren, bang dat ik zou aanvallen.

Maar Edward lette er niet op, sloeg zijn armen stevig om mijn alweer verstarde lichaam en drukte zijn lippen tegen mijn wang. 'Ik had eigenlijk gehoopt dat ik je gedachten zou kunnen lezen, nu die meer op de mijne lijken,' prevelde hij. 'Maar daar sta ik dan, net zo gefrustreerd als altijd, terwijl ik me afvraag wat er in hemelsnaam in jouw hoofd omgaat.'

Ik voelde me meteen beter.

'Ach ja,' zei ik luchtig, blij dat ik mijn gedachten nog steeds met niemand hoefde te delen. 'Met mijn hersenen zal het wel nooit meer goed komen. Maar ik ben in elk geval wel mooi.'

Nu ik wat meer begon te wennen werd het steeds makkelijker om grapjes met hem te maken, om logisch na te denken.

Edward gromde in mijn oor. 'Bella, jij bent nooit gewoon "mooi" geweest.'

Toen trok hij zijn gezicht weg bij het mijne en zuchtte. 'Oké, goed dan,' zei hij tegen iemand.

'Wat is er?' vroeg ik.

'Jasper wordt met de seconde onrustiger van je. Misschien ontspant hij een beetje als je gejaagd hebt.'

Ik keek naar Jaspers bezorgde uitdrukking en knikte. Ik wilde niet hier in mijn huis mijn zelfbeheersing verliezen, als dat er inderdaad aan zat te komen. Dan kon ik maar beter omringd zijn door bomen dan door mijn familie.

'Goed dan. We gaan jagen,' zei ik, en ik kreeg meteen zenuwachtige kriebels in mijn buik. Ik maakte me los uit Edwards armen, pakte zijn hand en keerde de vreemde, beeldschone vrouw in de spiegel de rug toe.

21. Eerste jacht

'Het raam?' vroeg ik terwijl ik vanaf de tweede verdieping naar beneden keek.

Ik had op zich nooit echt last gehad van hoogtevrees, maar het idee werd een stuk minder aanlokkelijk als je alle details zo haarscherp kon zien. De hoekige rotsen onder me waren een stuk scherper dan ik had gedacht.

Edward glimlachte. 'Het is de makkelijkste uitgang. Ik wil je wel dragen hoor, als je bang bent.'

'We hebben de eeuwigheid tot onze beschikking, en jij maakt je druk over de tijd die het zou kosten om naar de achterdeur te lopen?'

Hij fronste licht. 'Renesmee en Jacob zijn beneden...'

'O.'

Juist. Nu was ík het monster. Ik moest uit de buurt blijven van geuren die het beest in me naar boven zouden kunnen halen. En dan vooral uit de buurt van de mensen van wie ik hield. Ook degenen die ik eigenlijk nog nauwelijks kende.

'Gaat het wel... goed met Renesmee... met Jacob erbij?' fluisterde ik. Ik besefte nu pas dat het Jacobs hart geweest moest zijn dat ik beneden had horen kloppen. Ik luisterde nog een keer ingespannen, maar ik hoorde alleen die ene regelmatige hartslag. 'Hij heeft een hekel aan haar.'

Edwards lippen knepen op een vreemde manier samen. 'Ze is zo veilig als ze maar zijn kan, echt waar. Ik weet precies wat Jacob denkt.'

'Uiteraard,' mompelde ik, en toen keek ik weer naar de grond.

'Ben je tijd aan het rekken?' zei hij uitdagend.

'Een beetje. Ik weet niet hoe ik...'

330   En ik was me maar al te bewust van mijn familieleden achter me, die in stilte toekeken. Of grotendeels in stilte. Emmett had al een keer zachtjes gegrinnikt. Eén foutje en hij zou over de grond rollen van het lachen. En daarna kregen we natuurlijk een eindeloze stroom grappen over de enige klunzige vampier ter wereld...

En bovendien zou ik deze jurk – die Alice me blijkbaar op een gegeven mo-

ment had aangetrokken toen ik te fel in brand stond om er iets van te merken –
persoonlijk niet zo gauw hebben uitgekozen om in te springen of te jagen. Strakke, ijsblauwe zijde? Wat dacht ze dat ik ging doen? Was er straks nog een cock-
tailparty of zo?

'Ik doe het voor,' zei Edward. En toen stapte hij heel ontspannen het hoge,
open raam uit en viel naar beneden.

Ik lette heel goed op en keek hoe diep hij precies door zijn knieën ging om de
klap op te vangen. Hij maakte nauwelijks geluid toen hij neerkwam – een gedempte bons die net zo goed veroorzaakt had kunnen worden door een deur die
zachtjes werd gesloten, of een boek dat voorzichtig op tafel werd gelegd.

Het léék niet zo moeilijk.

Met opeengeklemde kiezen van de concentratie probeerde ik zijn nonchalante stap in het luchtledige na te doen.

Ha! De grond leek zo langzaam naar me toe te bewegen dat het me geen enkele moeite kostte om mijn voeten – had Alice me nou naaldhakken aangetrokken? Ze was gek geworden – om die belachelijke schoenen precies goed neer te
zetten, zodat de landing niets voorstelde. Het was alsof ik gewoon een stap naar
voren deed op een platte ondergrond.

Ik ving de klap op met de bal van mijn voeten omdat ik de dunne hakken niet
wilde breken. Volgens mij was ik net zo geruisloos neergekomen als hij. Ik
grijnsde naar hem.

'Je hebt gelijk. Eitje.'

Hij lachte terug. 'Bella?'

'Ja?'

'Dat was behoorlijk gracieus – zelfs voor een vampier.'

Dat liet ik even op me inwerken en toen begon ik te stralen. Als hij het niet
echt meende zou Emmett gelachen hebben. Maar niemand leek zijn opmerking
grappig te vinden, dus het moest wel waar zijn. Ik was nog nooit gracieus genoemd door iemand; dit was de eerste keer in mijn leven... of nou ja, in mijn bestaan dan.

'Dank je wel,' zei ik tegen hem.

En toen trok ik de zilverkleurige satijnen schoenen een voor een van mijn
voeten en gooide ze samen terug door het open raam. Iets te hard misschien,
maar ik hoorde hoe iemand ze opving voor ze de lambrisering konden beschadi-
gen.

331

'Haar evenwicht is een stuk beter, maar haar gevoel voor mode is nog steeds even beroerd,' gromde Alice.

Edward pakte mijn hand – ik bleef me verbazen over zijn gladde huid en de prettige temperatuur ervan – en rende door de achtertuin naar de rivieroever. Ik hield hem moeiteloos bij.

Alle fysieke dingen leken heel erg makkelijk.

'Gaan we zwemmen?' vroeg ik toen we aan de waterkant bleven staan.

'En die mooie jurk van je verpesten? Kom zeg. We gaan springen.'

Ik tuitte peinzend mijn lippen. De rivier was hier zo'n vijfenveertig meter breed.

'Jij eerst,' zei ik.

Hij raakte mijn wang even aan, deed twee snelle passen achteruit, rende toen weer naar voren en zette zich af tegen een platte steen die stevig op de oever lag. Ik keek naar de flitsende beweging terwijl hij een boog over het water beschreef die eindigde in een salto, net voor hij tussen de dichte bomen aan de andere kant van de rivier verdween.

'Uitslover,' mompelde ik en ik hoorde zijn onzichtbare lach.

Ik deed vijf stappen achteruit, voor het geval dat, en haalde diep adem.

Opeens werd ik weer bang. Niet dat ik zou vallen of gewond zou raken – ik maakte me eerder zorgen dat het bos gewond zou raken.

Hij was langzaam opgekomen, maar nu voelde ik hem maar al te goed – de rauwe, enorme kracht die door mijn ledematen stroomde. Plotseling wist ik zeker dat als ik een tunnel onder de rivier door zou willen graven, ik me razendsnel klauwend en slaand een weg door de bodem zou kunnen banen. De dingen om me heen – de bomen, de struiken, de rotsen... het huis – zagen er opeens allemaal erg breekbaar uit.

Ik hoopte vurig dat Esmé geen lievelingsbomen aan de overkant had staan en begon aan mijn eerste pas. Om vervolgens meteen weer te blijven staan toen het strakke satijn vijftien centimeter inscheurde richting mijn bovenbeen. Alice!

Maar aangezien Alice kleren altijd behandelde alsof het wegwerpartikelen waren die maar één keer gedragen behoorden te worden, vond ze dit vast ook niet erg. Ik boog me voorover, pakte voorzichtig de zoom van de ongeschonden rechterkant beet en scheurde de jurk met zo min mogelijk kracht open tot boven aan mijn dij. Toen nam ik de andere kant onder handen zodat de splitten even hoog waren.

Veel beter.

Ik hoorde gedempt gelach vanuit het huis, en zelfs het geluid van iemand die met haar tanden knarste. Het gelach kwam van boven en beneden, en ik herkende moeiteloos het heel anders klinkende, hese, diepe gegrinnik vanaf de begane grond.

Dus Jacob stond ook te kijken? Ik had geen flauw idee wat hij nu dacht, of waarom hij hier nog was. Ik had me zo voorgesteld dat we elkaar pas in de verre toekomst – als hij me ooit zou kunnen vergeven – weer zouden zien, als ik stabieler was en de tijd de wonden had geheeld die ik zijn hart had toegebracht.

Ik draaide me niet om om naar hem te kijken, bang voor mijn stemmingswisselingen. Het zou niet verstandig zijn om één bepaalde emotie de overhand te laten krijgen in mijn hoofd. Door Jaspers bezorgdheid was ik zelf ook gespannen. Voor ik me met andere dingen ging bezighouden, moest ik eerst jagen. Ik probeerde alles om me heen te vergeten zodat ik me eindelijk eens kon concentreren.

'Bella?' riep Edward vanuit het bos, en zijn stem kwam dichterbij. 'Zal ik het nog een keer voordoen?'

Maar ik wist natuurlijk nog precies hoe het moest, en ik had geen zin om uitgelachen te worden door Emmett. Dit was iets fysieks, het zou instinctief goed moeten gaan. Ik haalde diep adem en rende naar de rivier.

Nu ik niet meer gehinderd werd door mijn jurk was ik al met één grote stap bij de waterkant. Het duurde nog geen achtenveertigste van een seconde, en toch had ik tijd zat – mijn ogen en geest gingen zo snel dat één pas genoeg was. Het was een fluitje van een cent om mijn rechtervoet op de platte steen te zetten en de juiste druk uit te oefenen om mijn lichaam door de lucht te laten vliegen. Ik besteedde meer aandacht aan wáár ik heen ging dan aan hoe hard ik ging, en ik vergiste me een beetje in de hoeveelheid kracht die ik moest zetten, maar gelukkig niet in de zin dat ik een nat pak zou halen. Die vijfenveertig meter was juist iets te makkelijk overbrugd...

Het was een vreemd, duizelingwekkend, opwindend gevoel, maar het duurde maar heel even. Binnen een seconde was ik al aan de overkant. 333

Ik had verwacht dat de dicht op elkaar staande bomen een probleem zouden vormen, maar ze kwamen juist heel goed van pas. Terwijl ik diep in het bos weer naar de aarde viel, hoefde ik alleen maar een hand uit te steken en een stevige tak te pakken, waarna ik soepel verder zwaaide en uiteindelijk op mijn tenen op een dikke tak van een spar landde, nog altijd vijf meter boven de grond.

Dit was fantastisch.

Boven mijn jubelende, opgetogen lach uit hoorde ik hoe Edward naar me toe kwam sprinten. Ik was twee keer zo ver gesprongen als hij. Toen hij bij mijn boom was, keek hij met grote ogen omhoog. Behendig sprong ik van mijn tak en kwam opnieuw geruisloos op de bal van mijn voeten naast hem neer.

'Kon dat er een beetje mee door?' vroeg ik, nog nahijgend van de opwinding.

'Het was geweldig.' Hij glimlachte goedkeurend, maar zijn nonchalante toon paste niet bij de verbaasde blik in zijn ogen.

'Zullen we het nog een keer doen?'

'Concentreer je, Bella – we zijn op jacht.'

'O ja.' Ik knikte. 'Jacht.'

'Kom maar mee... Als je me bij kunt houden.' Hij grijnsde plotseling uitdagend en begon te rennen.

Hij bewoog sneller dan ik. Ik snapte niet hoe hij zijn benen zo verschrikkelijk vlug kon verplaatsen, want mij lukte het niet. Maar ik was sterker, en één stap van mij stond gelijk aan drie van de zijne. En zo vlogen we samen door het levende groene web, naast elkaar; ik hield hem met gemak bij. Tijdens het rennen moest ik de hele tijd zachtjes lachen, gewoon omdat het zo geweldig was, maar het remde me niet af en verstoorde ook mijn concentratie niet.

Eindelijk begreep ik waarom Edward nooit tegen bomen op rende, iets wat me altijd een raadsel was geweest. Het was een aparte gewaarwording, deze balans tussen snelheid en scherpte. Want terwijl ik als een raket over, onder en door de dichte, bleekgroene doolhof schoot, zo snel dat alles om me heen een groene waas zou moeten worden, zag ik elk klein blaadje aan alle dunne takjes van elke onbeduidende struik waar ik langskwam.

De snelheid liet mijn haar en mijn gescheurde jurk achter me aan wapperen en de wind voelde warm aan op mijn huid, ook al wist ik dat dat eigenlijk onmogelijk was. Net zoals de ruwe bosgrond onder mijn blote voetzolen eigenlijk niet fluweelzacht hoorde aan te voelen, en de takken die tegen mijn huid sloegen geen strelende veertjes zouden moeten zijn.

Er huisde veel meer leven in het bos dan ik ooit had geweten – de bladeren om me heen krioelden van de kleine beestjes waarvan ik het bestaan nooit had vermoed. Ze werden allemaal stil als we langskwamen en hun ademhaling versnelde van angst. De dieren reageerden veel verstandiger op onze geur dan mensen

334

kennelijk deden. Op mij had hij in elk geval het tegenovergestelde effect gehad.

Ik bleef maar wachten tot ik buiten adem zou raken, maar ik hijgde niet eens. Ik wachtte tot mijn spieren zouden gaan branden, maar nu ik gewend raakte aan het rennen leek mijn kracht alleen maar toe te nemen. Mijn passen werden langer, en algauw moest hij zijn best doen om mij bij te houden. Ik begon triomfantelijk te lachen toen ik hoorde dat hij achterbleef. Mijn blote voeten raakten de grond nog maar zo sporadisch dat het meer op vliegen dan op rennen leek.

'Bella,' riep hij droogjes, bijna loom, zonder zijn stem te verheffen. Dat was het enige wat ik nog hoorde: hij stond stil.

Even dacht ik erover om vals te spelen en er snel vandoor te gaan.

Maar toen draaide ik me met een zucht om en sprong lichtvoetig honderd meter terug om weer naast hem te gaan staan. Ik keek hem verwachtingsvol aan. Hij glimlachte naar me en trok zijn wenkbrauw op. Hij was zo mooi dat ik alleen maar kon staren.

'Was je van plan om in het land blijven?' vroeg hij geamuseerd. 'Of wilde je liever naar Canada vanmiddag?'

'Hier is het prima,' zei ik instemmend, maar ik was meer bezig met de hypnotiserende manier waarop zijn lippen bewogen dan met wat hij zei. Het was lastig om niet afgeleid te worden nu ik alles voor het eerst zag met mijn sterke nieuwe ogen. 'Waar jagen we op?'

'Op edelherten. Ik dacht dat we voor je eerste keer maar iets makkelijks moesten nemen...' Hij zweeg toen mijn ogen zich vernauwden bij 'iets makkelijks'.

Maar ik ging er niet tegen in: ik had veel te veel dorst. Zodra ik weer aan mijn droge, brandende keel dacht was dat ook meteen het énige waar ik nog aan kon denken. Het werd echt steeds erger. Mijn mond voelde aan als Death Valley, ergens in juni om vier uur 's middags.

'Waar dan?' vroeg ik terwijl ik ongeduldig de bomen afzocht. Nu ik mijn aandacht op mijn dorst gericht had, leek hij al mijn andere gedachten te besmetten; hij sijpelde door tot in de veel fijnere gedachten over rennen en Edwards lippen en zoenen en... verzengende dorst. Ik kon het niet van me afzetten.

'Blijf eens even stilstaan,' zei hij terwijl hij zijn handen lichtjes op mijn schouders legde. Mijn dorst werd iets minder dwingend toen ik zijn aanraking voelde.

'Ogen dicht,' mompelde hij. Toen ik hem gehoorzaamde ging hij met zijn handen naar mijn gezicht en streelde mijn jukbeenderen. Ik voelde mijn adem-

335

haling versnellen en wachtte opnieuw heel even op de blos die niet kwam.

'Luister,' beval Edward. 'Wat hoor je?'

Álles, had ik kunnen zeggen: zijn perfecte stem, zijn ademhaling, zijn lippen die elkaar raakten tijdens het praten, het ruisen van de vogels die hoog in de bomen hun veren gladstreken, hun roffelende hartjes, de esdoornbladeren die langs elkaar schuurden, het zachte geklik van de mieren die achter elkaar in een lange rij een boomstam in de buurt op marcheerden. Maar ik wist dat hij iets specifieks bedoelde, dus ik liet mijn oren verder reiken, op zoek naar iets anders dan het zachte gedruis van al het leven om me heen. Er was een open plek even verderop – de wind klonk anders boven het onbeschutte gras – en een klein beekje met een rotsachtige bedding. En daar, vlak bij het geluid van het water, hoorde ik het gespetter van slobberende tongen, het harde gebons van grote harten die dikke stralen bloed rondpompten...

Ik had het gevoel dat mijn keel werd dichtgezogen.

'Bij het beekje, naar het noordoosten?' vroeg ik, mijn ogen nog steeds gesloten.

'Juist.' Zijn stem klonk goedkeurend. 'Goed... Wacht op de wind en... Wat ruik je nu?'

Hem, voornamelijk – die vreemde geur van honing, seringen en zon. Maar ook het rijke, aardachtige aroma van rotting en mos, de hars in de dennenbomen en de warme, bijna nootachtige geur van de kleine knaagdieren die zich onder de boomwortels hadden verstopt. En, toen ik weer verder weg rook, ook de zuivere geur van water, die ik opvallend genoeg helemaal niet lekker vond, ondanks mijn dorst. Ik richtte me op het water en vond de geur die blijkbaar bij het geslobber en de bonkende harten hoorde. Weer zo'n warme lucht, krachtig en scherp, sterker dan de andere geuren. En toch bijna net zo onaanlokkelijk als het beekje. Ik trok mijn neus op.

Hij grinnikte. 'Ik weet het – je moet er even aan wennen.'

'Drie?' gokte ik.

'Vijf. Tussen de bomen staan er ook nog twee.'

'En wat nu?'

Zijn stem klonk alsof hij glimlachte. 'Wat zou je willen doen?'

Daar dacht ik even over na, en ik hield mijn ogen dicht terwijl ik luisterde en de geur opsnoof. Mijn bewustzijn werd opnieuw verstoord door een verse aanval van die verschroeiende dorst, en plotseling leek de warme, pittige lucht helemaal niet zo afstotelijk meer. Ik zou in elk geval iets warms en nats in mijn uitge-

336

droogde mond hebben. Mijn ogen vlogen open.

'Je moet er niet over nadenken,' merkte hij op terwijl hij zijn handen van mijn gezicht haalde en een stap achteruit deed. 'Volg gewoon je instinct.'

Ik liet me meevoeren door de geur en was me nauwelijks bewust van mijn bewegingen terwijl ik de helling af sloop naar de smalle strook gras waar de beek doorheen stroomde. Mijn lichaam dook automatisch in elkaar terwijl ik tussen de varens aan de rand van de bomen bleef staan. Ik zag een grote hertenbok bij de rand van de beek, met een gewei dat aan beide kanten in minstens tien punten uitliep, en de door de schaduw bespikkelde lijven van de vier andere die op hun gemak in oostelijke richting het bos weer in sjokten.

Ik concentreerde me op de geur van het mannetje, op de hete plek in zijn ruige nek waar de warmte het hardst bonkte. Er zat maar dertig meter tussen ons – een of twee sprongen. Ik zette me schrap voor de aanval.

Maar terwijl mijn spieren zich spanden, klaar om toe te slaan, draaide de wind, die nu opeens een stuk krachtiger uit het zuiden kwam. Zonder er ook maar een seconde over na te denken stormde ik tussen de bomen door, precies de andere kant op dan ik oorspronkelijk van plan was geweest. De herten vluchtten geschrokken het bos in terwijl ik achter een nieuwe geur aan rende die zo heerlijk was dat ik geen andere keus had. Ik moest wel.

De geur had me volledig in zijn greep. Ik kon maar aan één ding denken terwijl ik erachteraan ging, en ik was me alleen maar bewust van de dorst en de geur die beloofde hem te zullen lessen. De dorst werd erger; hij deed nu zo veel pijn dat al mijn andere gedachten wazig werden en ik het idee kreeg dat het brandende gif weer door mijn aderen stroomde.

Het enige wat mijn concentratie nog zou kunnen verstoren was een diepgeworteld oerinstinct dat nog sterker was dan de behoefte om het vuur te blussen – het instinct om mezelf tegen gevaar te beschermen. Zelfbehoud.

Opeens kreeg ik in de gaten dat ik achtervolgd werd. De aantrekkingskracht van de onweerstaanbare geur streed om voorrang met de aandrang om me om te draaien en me te verdedigen. Er borrelde een geluid op in mijn borstkas en mijn lippen trokken zich als vanzelf op om mijn tanden waarschuwend te ontbloten. Mijn voeten vertraagden hun pas; ik wilde mezelf beschermen maar worstelde met het onbedwingbare verlangen om mijn dorst te lessen.

Toen hoorde ik dat mijn achtervolger terrein won en het verdedigingsinstinct nam de overhand. Terwijl ik me omdraaide barstte het opkomende geluid uit mijn keel.

337

De dierlijke grom die uit mijn eigen mond kwam was zo onverwacht dat ik een ogenblik met stomheid geslagen was. Ik raakte ervan in de war en mijn hoofd werd heel even helder – de waas trok op, hoewel de dorst bleef branden.

De wind draaide weer, blies de geur van natte aarde en naderende regen in mijn gezicht en bevrijdde me nog verder uit de vurige greep van die andere geur – zo heerlijk dat hij alleen maar van een mens afkomstig kon zijn.

Edward bleef een paar meter verderop aarzelend staan, met opgeheven armen alsof hij me wilde omhelzen, of tegenhouden. Hij had een gespannen, behoedzame blik op zijn gezicht terwijl ik vol afschuw verstarde.

Ik besefte dat ik op het punt had gestaan om hem aan te vallen. Met een woeste ruk kwam ik omhoog uit mijn verdedigende positie. Ik hield mijn adem in terwijl ik mijn gedachten probeerde te ordenen, bang voor de krachtige geur die vanuit het zuiden werd aangevoerd.

Hij zag aan mijn gezicht dat ik weer voor rede vatbaar was en deed een stap naar voren terwijl hij zijn armen liet zakken.

'Ik moet hier weg,' beet ik hem toe met de lucht die ik nog in mijn longen had.

Hij keek geschokt. 'Kún je dat dan?'

Ik had geen tijd om te vragen wat hij daarmee bedoelde. Ik wist dat ik alleen maar helder kon blijven nadenken als ik mezelf ervan kon weerhouden om niet aan die...

Ik begon weer te rennen, zo hard mogelijk naar het noorden dit keer, en concentreerde me volledig op het onprettige feit dat mijn zintuigen zich leken af te sluiten, het enige effect dat het gebrek aan zuurstof op mijn lichaam scheen te hebben. Mijn enige doel was om zo ver weg te rennen dat ik de geur achter me met geen mogelijkheid meer zou kunnen ruiken, en dus ook niet meer zou kunnen vinden, zelfs niet als ik van gedachten zou veranderen...

Opnieuw merkte ik dat ik werd gevolgd, maar dit keer was ik volledig bij mijn positieven. Ik verzette me tegen de instinctieve aandrang om adem te halen en te ruiken of het echt Edward was. Gelukkig duurde het niet lang – hoewel ik harder rende dan ooit tevoren en pijlsnel in een zo recht mogelijke lijn door het bos vloog, had Edward me binnen een minuut al ingehaald.

Toen bedacht ik me opeens iets waardoor ik stokstijf bleef staan. Ik was ervan overtuigd dat het hier veilig was, maar ik hield voor de zekerheid toch maar mijn adem in.

Edward werd verrast doordat ik zo abrupt stilstond en schoot me voorbij. Hij draaide zich vliegensvlug om en kwam onmiddellijk naast me staan. Hij legde zijn handen op mijn schouders en keek me onthutst en indringend aan.

'Hoe deed je dat?' wilde hij weten.

'Je hebt me daarnet gewoon laten winnen, hè?' vroeg ik op mijn beurt terwijl ik zijn vraag negeerde. En ik maar denken dat ik zo goed was!

Toen ik mijn mond opendeed, proefde ik de lucht – hij was weer zuiver, zonder ook maar een spoor van het dwingende aroma dat mijn dorst zo had laten opvlammen. Ik haalde voorzichtig adem.

Hij haalde zijn schouders op en schudde zijn hoofd om aan te geven dat hij zich niet van de wijs liet brengen. 'Bella, hoe deed je dat?'

'Dat wegrennen? Door mijn adem in te houden.'

'Maar hoe ben je gestopt met jagen?'

'Toen jij achter me aankwam... Het spijt me heel erg.'

'Waarom bied je míj nou je excuses aan? Ík ben juist verschrikkelijk onoplettend geweest. Ik was ervan uitgegaan dat we hier niemand zouden tegenkomen, maar ik had het eerst moeten controleren. Wat een ongelooflijk stomme fout! Jíj hoeft je nergens voor te verontschuldigen.'

'Maar ik heb naar je gegromd!' Ik was nog steeds diep geschokt dat ik fysiek in staat was tot zulke heiligschennis.

'Uiteraard. Dat is heel natuurlijk. Maar ik kan er gewoon niet bij dat je zomaar bent weggerend.'

'Wat moest ik anders?' vroeg ik. Ik raakte er een beetje van in de war – wat had hij dán gewild? 'Misschien was het wel iemand die ik kende!'

Hij liet me schrikken door plotseling in lachen uit te barsten; hij gooide zijn hoofd in zijn nek en liet het geluid door de bomen galmen.

'Waarom lach je me nou uit?!' riep ik.

Hij hield meteen op en ik zag dat hij weer waakzaam was geworden.

Rustig, zei ik tegen mezelf. Ik moest mijn opvliegendheid onder controle houden. Alsof ik een jonge weerwolf was in plaats van een vampier.

'Ik lach je niet uit, Bella. Ik lach omdat ik zo verbaasd ben. Ik sta gewoon hele- 339 maal perplex.'

'Hoezo?'

'Je hoort dit helemaal niet te kunnen. Je hoort niet zo... zo rationeel te zijn. Je hoort dit nu niet zo kalm en rustig met mij te kunnen bespreken. En bovenal zou je zéker niet in staat moeten zijn om halverwege de jacht om te keren met de geur van mensenbloed in de lucht. Zelfs volwassen vampiers hebben daar moeite mee – we letten altijd heel goed op waar we jagen om onszelf niet in de verleiding te brengen. Je gedraagt je alsof je al tientallen jaren oud bent in plaats van een paar dagen, Bella.'

'O.' Maar ik had van tevoren geweten dat het moeilijk zou zijn. Daarom was ik zo op mijn hoede geweest. Ik had verwacht dat het lastig zou worden.

Hij legde zijn handen weer op mijn gezicht, en zijn ogen stonden vol verwondering. 'Ik zou er heel wat voor overhebben om nu heel even in je hoofd te kunnen kijken.'

Al die overweldigende emoties. Ik was voorbereid geweest op de dorst, maar daarop niet. Ik had zo zeker geweten dat het niet meer hetzelfde zou zijn als hij me aanraakte. En eerlijk gezegd was het dat ook niet.

Het was nog heviger.

Ik liet mijn hand over zijn gelaatstrekken glijden. Mijn vingers bleven hangen bij zijn lippen.

'Ik dacht dat ik me heel lang niet zo zou voelen?' De onzekerheid liet mijn zin eindigen in een vraagteken. 'Maar ik wíl je nog steeds.'

Hij knipperde geschokt met zijn ogen. 'Hoe kun je daar nu in hemelsnaam aan denken? Heb je niet ondraaglijk veel dorst?'

Ja, nu natuurlijk wel, nu hij er weer over begon!

Ik probeerde te slikken en deed met een zucht mijn ogen weer dicht om me beter te kunnen concentreren. Ik liet mijn zintuigen alle kanten op reiken, nogal gespannen dit keer voor het geval er weer zo'n nieuwe aanval zou komen van die verrukkelijke, verboden geur.

Edward liet zijn handen zakken en hield zijn adem in terwijl ik het doolhof vol groen leven steeds verder aftastte. Ik doorzocht de geuren en geluiden naar iets wat niet al te weerzinwekkend zou smaken. Ik ving iets onbekends op, ergens heel zwak in het oosten...

Mijn ogen vlogen open, maar ik bleef me op mijn scherpere zintuigen richten terwijl ik me omdraaide en geruisloos naar het oosten sprintte. De grond liep vrijwel meteen steil omhoog en ik rende in elkaar gedoken, dicht bij de grond, soms sprong ik zelfs even in de bomen als dat makkelijker was. Ik voelde Edward meer dan dat ik hem hoorde; hij zigzagde zachtjes door het bos en liet mij voorop gaan.

De begroeiing werd minder dicht naarmate we hoger kwamen en de geur van dennennaalden en hars werd sterker, net als het spoor dat ik volgde. Het was een warme geur, scherper dan de geur van het edelhert en ook lekkerder. Na nog een paar seconden hoorde ik het gedempte geluid van grote poten, veel subtieler dan het geknerp van de hoeven. Het geluid kwam van boven, vanuit de takken, niet vanaf de grond. Meteen sprong ik zelf ook de bomen weer in en ik klom omhoog naar een strategische positie boven het geluid, ergens halverwege een reusachtige zilverspar.

De zachte poten liepen vlak onder me en de zware geur kwam nu heel dichtbij. Mijn ogen richtten zich op de beweging die bij het geluid hoorde en ik zag de geelbruine vacht van de poema die aan mijn linkerhand over de brede tak van een den sloop. Hij was groot, met gemak vier keer zo zwaar als ik. Zijn ogen tuurden ingespannen naar de grond onder hem: hij was zelf ook op jacht. Ik ving de geur op van een kleiner dier dat zich in de struiken onder de boom verstopt had, een flauwe lucht vergeleken met het aroma van mijn prooi. De staart van de poema zwiepte onregelmatig heen en weer terwijl hij zich klaarmaakte om toe te slaan.

Met een soepele sprong vloog ik door de lucht en landde op de tak van de poema. Hij voelde het hout trillen en draaide zich met een verraste, verdedigende krijs om. Met vuurspuwende ogen klauwde hij door de lucht tussen ons in. Ik negeerde zijn ontblote tanden en puntige nagels en stortte me gek van de dorst op zijn lijf, waardoor we samen op de bosgrond terechtkwamen.

Je kon het nauwelijks een gevecht noemen.

Zijn krabbende klauwen gleden als strelende vingers over mijn huid. Zijn tanden kregen geen vat op mijn schouders en hals. Zijn gewicht stelde niets voor. Mijn tanden vonden blindelings hun weg naar zijn keel en mijn kracht maakte korte metten met zijn instinctieve, jammerlijk zwakke verzet. Mijn kaken sloten zich met gemak rond het precieze punt waar de hitte het sterkst was.

Het ging moeiteloos, alsof ik in boter beet. Mijn tanden waren stalen scheermessen die door vacht en vet en zenuwen sneden alsof ze er niet waren.

Het was niet echt lekker, maar het bloed was heet en nat en verzachtte de 341 schurende, jeukende dorst terwijl ik het beest gulzig leegdronk. De kat stribbelde steeds minder tegen en zijn gekrijs eindigde in een gorgelend geluid. De hitte van zijn bloed verspreidde zich door mijn hele lichaam en verwarmde zelfs mijn vingertoppen en tenen.

De poema was veel te snel leeg. Toen ik alles had opgedronken laaide de dorst opnieuw op en ik schoof het kadaver vol afschuw van me af. Hoe kon ik na al dat bloed nog steeds dorst hebben?

Met een snelle beweging duwde ik mezelf overeind, maar zodra ik stond besefte ik dat ik er een behoorlijke troep van had gemaakt. Ik veegde mijn gezicht af aan mijn arm en probeerde de jurk te fatsoeneren. Het dunne satijn was een stuk minder ongeschonden uit de strijd met de scherpe klauwen gekomen dan mijn huid.

'Hmm,' zei Edward. Ik keek op en zag dat hij nonchalant tegen een boomstam geleund stond en me bedachtzaam bestudeerde.

'Dat had geloof ik wel iets beter gekund.' Ik zat onder de modder, mijn haar was één grote klit en mijn met bloed bevlekte jurk hing in flarden langs mijn lijf. Zo zag Edward er nooit uit als hij op jacht was geweest.

'Je hebt het geweldig gedaan,' stelde hij me gerust. 'Ik kon er alleen nauwelijks naar kijken.'

Ik trok verbaasd mijn wenkbrauwen op.

'Het druist tegen al mijn instincten in om jou zomaar met poema's te laten worstelen,' legde hij uit. 'Ik had één lange paniekaanval.'

'Mafkees.'

'Ik weet het. Dat krijg je er maar moeilijk uit, vrees ik. Maar ik vind je jurk wel een stuk mooier zo.'

Als ik had kunnen blozen, had ik het gedaan. Ik veranderde van onderwerp. 'Waarom heb ik nog steeds dorst?'

'Omdat je jong bent.'

Ik zuchtte. 'En er zijn zeker geen andere poema's meer in de buurt?'

'Maar wel heel veel herten.'

Ik trok een vies gezicht. 'Die ruiken niet zo lekker.'

'Herbivoren. De vleeseters ruiken meer naar mensen,' legde hij uit.

'Niet echt, hoor,' zei ik terwijl ik mijn uiterste best deed om niet aan die ene geur te denken.

342 'We kunnen natuurlijk teruggaan,' zei hij ernstig, maar met een plagerige schittering in zijn ogen. 'Ik weet niet wie het was, maar als het een man is vindtie het vast niet erg om dood te gaan, als jij degene bent die hem vermoordt.' Zijn blik gleed nog een keer over mijn gescheurde jurk. 'Waarschijnlijk denkt hij zelfs dat hij al lang en breed in de hemel zit als hij jou ziet.'

Ik rolde met mijn ogen en snoof. 'Laten we maar een stel stinkende herbivoren gaan vangen.'

Onderweg naar huis kwamen we een grote roedel muildierherten tegen. Ik wist nu hoe het moest, dus dit keer joegen we samen. Ik ving een grote bok en maakte er bijna net zo'n zooitje van als met de poema. Edward had er al twee achter zijn kiezen toen ik nog bezig was met de eerste – zijn kapsel zat nog perfect en op zijn witte overhemd was geen vlekje te bekennen. We gingen achter de uiteengedreven en doodsbange herten aan, maar in plaats van nog meer te drinken lette ik dit keer heel goed op om te zien hoe hij het voor elkaar kreeg om zo netjes te jagen.

Al die keren dat ik had gewenst dat Edward me niet thuis zou hoeven laten als hij op jacht ging, was ik stiekem ook een beetje opgelucht geweest. Ik was er namelijk van overtuigd dat het een eng gezicht zou zijn. Afgrijselijk. Dat ik eindelijk zou beseffen dat hij echt een vampier was als ik hem zag jagen.

Het was natuurlijk wel heel anders vanuit dit perspectief, nu ik zelf een vampier was. Maar ik wist vrij zeker dat zelfs mijn mensenogen de schoonheid ervan zouden hebben ingezien.

Het was een opvallend sensuele ervaring om te kijken hoe Edward joeg. Zijn soepele sprong was als de sidderende slag van een slang, zijn handen waren zo zeker, zo sterk, zo volstrekt onontkoombaar, en zijn volle lippen waren volmaakt terwijl ze gracieus uiteenweken om zijn glanzende tanden te laten zien. Hij was schitterend. Plotseling werd ik overspoeld door zowel trots als verlangen. Hij was van míj. Niets kon ons ooit nog uit elkaar halen. Ik was te sterk om van zijn zijde getrokken te worden.

Hij was heel snel. Hij draaide zich om en keek vragend naar mijn wellustige blik.

'Heb je geen dorst meer?' vroeg hij.

Ik haalde mijn schouders op. 'Je leidde me af. Jij kunt het veel beter dan ik.'

'Ik heb eeuwen kunnen oefenen.' Hij glimlachte. Zijn ogen hadden nu een verontrustend mooie, gouden honingkleur.

'Eentje maar,' verbeterde ik hem.

Hij lachte. 'Heb je genoeg gehad voor vandaag? Of wil je nog even doorgaan?' 343

'Genoeg, denk ik.' Ik was heel erg vol, bijna een beetje klotserig. Ik wist niet of mijn lichaam nog wel meer vloeistof aan zou kunnen, hoewel het brandende gevoel in mijn keel slechts een klein beetje afgezwakt was. Maar goed, ik had geweten dat dorst nu eenmaal een onvermijdelijk deel van dit leven vormde.

En het was het waard.

Ik had het idee dat ik alles onder controle had. Misschien was het een vals gevoel van zekerheid, maar ik was er heel trots op dat ik vandaag niemand vermoord had. En als ik volslagen onbekende mensen kon weerstaan, dan kon ik de weerwolf en een half vampier, half mensenkind van wie ik hield toch zeker ook wel aan?

'Ik wil Renesmee zien,' zei ik. Nu de dorst wat gelest was (maar beslist niet verdwenen), kon ik mijn eerdere zorgen nog maar moeilijk uit mijn hoofd zetten. Ik wilde het onbekende kind dat mijn dochter was verenigen met het wezen waar ik drie dagen geleden nog zo van gehouden had. Het was zo raar, zo fout dat ze niet meer in mijn buik zat. Meteen voelde ik me leeg en ongerust.

Hij stak zijn hand naar me uit. Toen ik hem pakte voelde zijn huid warmer dan eerst. Hij had een lichte blos op zijn wangen en de kringen onder zijn ogen waren bijna verdwenen.

Ik kon het niet laten om zijn gezicht nog een keer te strelen. En nog een keer.

Ik vergat bijna dat ik stond te wachten tot hij op mijn verzoek zou reageren terwijl ik in zijn fonkelende gouden ogen keek.

Het was bijna net zo moeilijk als het was geweest om bij de geur van mensenbloed vandaan te rennen, maar toch lukte het me om tegen mezelf te zeggen dat ik voorzichtig moest zijn terwijl ik op mijn tenen ging staan en mijn armen om hem heen sloeg. Heel zachtjes.

Zijn bewegingen waren een stuk minder aarzelend, en hij pakte me stevig bij mijn middel en trok me dicht tegen hem aan. Zijn lippen drukten hard op de mijne, maar ze voelden zacht. Mijn lippen pasten zich niet langer aan de zijne aan, maar behielden hun eigen vorm.

Ook nu was het weer alsof de aanraking van zijn huid, zijn lippen en zijn handen recht door mijn gladde, harde huid mijn nieuwe botten in gleed. Helemaal tot in mijn binnenste. Ik had nooit gedacht dat ik nog meer van hem zou kunnen houden dan ik al deed.

Mijn oude geest was simpelweg niet in staat geweest om zo veel liefde te bevatten. Mijn oude hart was niet sterk genoeg geweest om het aan te kunnen.

Misschien was dit de eigenschap die in mijn nieuwe leven versterkt zou worden. Zoals Carlisles barmhartigheid en Esmés toewijding. Ik zou waarschijnlijk nooit iets bijzonders of interessants kunnen, zoals Edward, Alice en Jasper. Misschien zou ik gewoon meer van Edward houden dan iemand ooit in de geschiedenis van de mensheid van iemand anders had gehouden.

Daar kon ik best mee leven.

Sommige dingen kon ik me nog herinneren – hoe ik mijn vingers door zijn haar vlocht, met mijn handen over zijn borst gleed –, maar andere dingen waren helemaal nieuw. Hij was nieuw. Het was een totaal andere ervaring nu Edward me zo zonder angst en zo krachtig kuste. Zijn heftige reactie sleepte me mee, en toen vielen we plotseling op de grond.

'Oeps,' zei ik met hem lachend onder me. 'Sorry, het was niet de bedoeling om je te tackelen. Gaat het?'

Hij streelde mijn gezicht. 'Het gaat zelfs heel goed.' En toen kreeg hij een verwarde uitdrukking op zijn gezicht. 'Renesmee?' vroeg hij onzeker, want hij wist niet goed wat ik op dit moment echt het allerliefst wilde. Het was een ontzettend moeilijke vraag, want ik wilde een heleboel dingen tegelijk.

Ik kon wel merken dat hij het niet heel erg zou vinden om onze terugreis nog even uit te stellen, en het viel niet mee om aan iets anders te denken dan aan zijn huid op de mijne – er was echt nog maar heel weinig over van die jurk. Maar mijn herinneringen aan Renesmee, voor en na haar geboorte, begonnen steeds meer op een soort onwaarschijnlijke droom te lijken. Al mijn herinneringen aan haar waren menselijke herinneringen, en er hing een waas van onechtheid omheen. Alles wat ik niet met deze ogen had gezien, met deze handen had aangeraakt, leek onwerkelijk.

Dat kleine, onbekende meisje werd met de minuut minder echt.

'Renesmee,' beaamde ik spijtig, en ik trok hem mee terwijl ik overeind sprong.

22. Beloofd

Door de gedachte aan Renesmee stond ze opeens weer in het middelpunt van mijn vreemde, nieuwe en ruime maar snel afgeleide geest. Ik had zo veel vragen.

'Vertel eens over haar,' droeg ik hem op terwijl hij mijn hand pakte. We werden nauwelijks afgeremd door het feit dat we elkaar vasthielden.

'Ze is volstrekt uniek,' zei hij, en opnieuw hoorde ik die bijna religieuze aanbidding in zijn stem.

Heel even werd ik ontzettend jaloers. Hij kende haar wel en ik niet. Het was niet eerlijk.

'Lijkt ze veel op jou? Of op mij? Op wie ik was, dan.'

'Volgens mij is het aardig eerlijk verdeeld.'

'Ze is warmbloedig,' kon ik me herinneren.

'Ja. Ze heeft een hartslag, hoewel die iets sneller is dan die van een mens. Ze is ook iets warmer dan gewone mensen. En ze slaapt.'

'Echt?'

'Heel goed zelfs, voor een baby. De enige ouders ter wereld die geen slaap nodig hebben, en ons kind slaapt al de hele nacht door.' Hij grinnikte.

Ik vond het fijn hoe hij 'ons kind' zei. Ze werd echter door die woorden.

'Ze heeft precies dezelfde kleur ogen als jij – dus die is uiteindelijk toch niet verloren gegaan.' Hij glimlachte naar me. 'Ze zijn verschrikkelijk mooi.'

'En haar vampierkenmerken?' vroeg ik.

'Haar huid lijkt net zo ondoordringbaar als de onze. Niet dat het bij iemand in zijn hoofd zou opkomen om dat te onderzoeken.'

Ik knipperde met mijn ogen en keek hem een beetje verschrikt aan.

'Natuurlijk niet,' zei hij geruststellend. 'En ze eet... Nou ja, ze drinkt het liefst bloed. Carlisle probeert haar de hele tijd over te halen om ook wat flesvoeding te drinken, maar dat is ze altijd erg snel zat. Ik kan het haar niet kwalijk nemen – het ruikt afschuwelijk, zelfs voor menseneten.'

Ik staarde hem nu met open mond aan. Hij deed het voorkomen alsof ze gesprekken met haar voerden. 'Hij probeert haar over te halen?'

'Ze is angstaanjagend intelligent, en ze gaat verschrikkelijk snel vooruit. Ze praat nog niet, maar ze kan zich al heel doeltreffend uitdrukken.'

'Ze. Praat. Nog. Niet.'

Hij ging wat langzamer lopen zodat ik dit even kon verwerken.

'Wat bedoel je met "ze kan zich al heel doeltreffend uitdrukken"?' wilde ik weten.

'Ik denk dat het makkelijker is als je dat... met eigen ogen ziet. Het is nogal moeilijk te beschrijven.'

Daar dacht ik even over na. Ik wist dat er veel was wat ik met eigen ogen moest zien voor het echt werd. Ik wist niet zeker hoeveel ik op dit moment nog zou kunnen verwerken, dus ik veranderde van onderwerp.

'Waarom is Jacob er nog?' vroeg ik. 'Hoe houdt hij het vol? Dat hoeft toch ook helemaal niet?' Mijn zangerige stem trilde een beetje. 'Waarom zou hij nog langer lijden?'

'Jacob lijdt niet,' zei hij op een vreemde, andere toon. 'Hoewel ik het niet erg zou vinden om daar iets aan te doen,' siste hij erachteraan.

'Edward!' stootte ik uit terwijl ik hem met een ruk stil liet staan (en het stiekem best een beetje leuk vond dat ik dat kon). 'Hoe kun je dat nou zeggen? Jacob heeft álles opgegeven om ons te beschermen! Wat hij niet allemaal voor mij heeft moeten doorstaan...' Ik kromp ineen bij de vage herinneringen aan schaamte en schuldgevoel. Het voelde nu heel raar dat ik hem toen zo nodig had gehad. Dat lege gevoel dat ik had als hij niet in de buurt was, was verdwenen – het zou wel een menselijke zwakte geweest zijn.

'Je merkt nog wel hoe ik dat kan zeggen,' mopperde Edward. 'Ik heb hem beloofd dat hij het zelf mocht uitleggen, maar ik denk eerlijk gezegd dat je het wel met me eens zult zijn. Maar goed, ik zit er natuurlijk wel vaker naast wat jouw gedachten betreft.' Hij tuitte zijn lippen en keek me aan.

'Wat moet hij uitleggen?'

Edward schudde zijn hoofd. 'Ik heb het beloofd. Hoewel ik niet zeker weet of ik hem nog wel iets verschuldigd ben...' Hij knarste met zijn tanden.

'Edward, ik begrijp het niet.' Mijn hoofd barstte uit elkaar van frustratie en verontwaardiging.

Hij streelde mijn wang en glimlachte liefdevol toen de rimpels uit mijn ge-

347

zicht verdwenen doordat mijn begeerte het even overnam van mijn irritatie. 'Ik weet dat het moeilijker is dan jij het doet voorkomen. Ik kan het me nog heel goed herinneren.'

'Ik vind het niet prettig om in de war te zijn.'

'Dat weet ik. En daarom gaan we nu gauw naar huis, zodat je alles met eigen ogen kunt zien.' Zijn ogen gleden over de resten van mijn jurk toen hij het over thuis had, en hij fronste zijn wenkbrauwen. 'Hmm.' Hij dacht een halve seconde na, knoopte toen zijn witte overhemd los en hield het voor me open zodat ik mijn armen erdoor kon steken.

'Is het zo erg?'

Hij grijnsde.

Ik liet mijn armen door de mouwen glijden en knoopte het hemd snel dicht over het haveloze lijfje van de jurk. Maar dat betekende natuurlijk wel dat hij nu géén overhemd meer aanhad, en het was ondoenlijk om me daar niet door te laten afleiden.

'Zullen we een wedstrijdje doen?' vroeg ik, en toen voegde ik er waarschuwend aan toe: 'En niet expres verliezen dit keer!'

Hij liet mijn hand los en grijnsde. 'Op uw plaatsen...'

Het leek wel alsof ik gewoon door mijn oude straat liep, zo makkelijk was het om de weg naar mijn nieuwe huis te vinden. Onze geur had een duidelijk en goed te volgen spoor achtergelaten, zelfs als ik op topsnelheid rende.

Edward bleef me voor tot we bij de rivier kwamen. Ik besloot een risico te nemen en sprong vroeg, met een extra harde afzet, in de hoop hem op die manier te verslaan.

'Ha!' juichte ik toen ik mijn voeten als eerste het gras hoorde raken.

Terwijl ik mijn oren spitste en wachtte tot hij neer zou komen, hoorde ik iets wat ik niet had verwacht. Hard en veel te dichtbij. Een bonzend hart.

Edward stond al naast me en klemde mijn schouders vast.

'Niet ademhalen,' waarschuwde hij dringend.

348   Ik probeerde niet in paniek te raken terwijl ik midden in een ademhaling verstijfde. Het enige wat bewoog waren mijn ogen, die instinctief naar de bron van het geluid zochten.

Jacob stond op de grens van het bos en het gazon van de Cullens, met op elkaar geklemde kaken en zijn armen over elkaar geslagen. Nu hoorde ik ook nog twee grotere harten, onzichtbaar in het bos achter hem, en het zachte geritsel van varens onder grote, heen en weer lopende poten.

'Voorzichtig, Jacob,' zei Edward. De grom die uit het bos kwam klonk net zo ongerust als hij. 'Misschien is dit niet de beste manier...'

'Denk je dat het veiliger is om haar meteen bij de baby in de buurt te laten?' onderbrak Jacob hem. 'We kunnen beter eerst kijken hoe Bella zich bij mij gedraagt. Ik genees snel.'

Dus dit was een test? Om te kijken of het me zou lukken om Jacob niet te vermoorden voor ik ging proberen om Renesmee niet te vermoorden? Ik werd op een vreemde manier misselijk – het had niets te maken met mijn buik, alleen met mijn hoofd. Was dit Edwards idee?

Angstig keek ik naar zijn gezicht. Edward leek even na te denken, en toen veranderde zijn bezorgde uitdrukking. Hij haalde zijn schouders op en zijn stem had een vijandige ondertoon toen hij zei: 'Tja, het is jouw leven.'

Weer gegrom uit het bos, woedend dit keer; ik wist zeker dat het Leah was.

Wat was er met Edward aan de hand? Kon hij mijn beste vriend na alles wat we hadden meegemaakt nou echt niet iets vriendelijker behandelen? Ik had gedacht – naïef, misschien – dat Edward inmiddels óók een soort vriend van Jacob was geworden. Blijkbaar had ik hen verkeerd ingeschat.

Maar waar was Jacob mee bezig? Waarom zou hij zichzelf als proefkonijn aanbieden om Renesmee te beschermen?

Ik begreep er niets van. Zélfs als onze vriendschap het overleefd had...

En toen ik Jacob in de ogen keek, dacht ik dat dat misschien wel het geval was. Hij zag er nog steeds uit als mijn beste vriend. Maar híj was niet degene die veranderd was. Hoe zag ík er voor hem uit?

Toen glimlachte hij zijn vertrouwde glimlach, de glimlach van een geestverwant, en op dat moment wist ik zeker dat onze vriendschap niet verloren was gegaan. Het was net als eerst, toen we samen rondhingen in zijn zelfgebouwde garage, gewoon twee vrienden die een beetje zaten te niksen. Ongedwongen, heel normáál. Weer viel het me op dat dat vreemde, smachtende gevoel van voor de verandering helemaal verdwenen was. Hij was gewoon mijn vriend, zoals het hoorde.

Maar ik snapte nog steeds niet wat hij aan het doen was. Was hij echt zo onbaatzuchtig dat hij bereid was zijn eigen leven op het spel te zetten om te voorkomen dat ik in een onbeheerste fractie van een seconde iets zou doen waar ik zo veel spijt van zou krijgen dat ik mezelf er eeuwig mee zou kwellen? Dat ging veel verder dan simpelweg accepteren dat ik een vampier was geworden, of er op wonderbaarlijke wijze in proberen te slagen mijn vriend te blijven. Jacob was geweldig, maar dit leek te veel om van iemand te kunnen aannemen.

Zijn grijns werd breder en hij huiverde lichtjes. 'Ik moet het toch even kwijt, Bells. Je kunt zo in een freakshow.'

Ik grijnsde terug en schakelde moeiteloos over op onze vertrouwde manier van doen. Zo kende ik hem weer.

Edward gromde. 'Denk eraan, hond.'

Ik had de wind in de rug en ik zoog gauw mijn longen vol veilige lucht zodat ik iets kon zeggen. 'Nee, hij heeft gelijk. Vooral die ogen zijn heftig, hè?'

'Doodeng. Maar niet zo erg als ik had gedacht.'

'Wauw, dat is nog eens een mooi compliment!'

Hij rolde met zijn ogen. 'Je begrijpt best wat ik bedoel. Je lijkt nog steeds op jou, op een bepaalde manier dan. Misschien gaat het niet zozeer om het uiterlijk, maar meer om het feit dat je Bella bént. Ik had niet gedacht dat je nog zo jezelf zou zijn.' Hij glimlachte weer, zonder een spoor van verbittering of wrok op zijn gezicht. Toen grinnikte hij en zei: 'Maar goed, aan die ogen ben ik vast ook heel gauw gewend.'

'Is dat zo?' vroeg ik verbluft. Het was heel fijn dat we nog vrienden waren, maar zoveel zouden we elkaar nou ook weer niet kunnen zien.

Er kwam een raadselachtige uitdrukking op zijn gezicht die de glimlach wegvaagde. Het leek wel alsof hij zich... schuldig voelde? Toen richtte hij zijn ogen op Edward.

'Bedankt,' zei hij. 'Ik wist niet of het je zou lukken om niets tegen haar te zeggen, ook al had je het beloofd. Meestal geef je haar alles wat ze wil.'

'Misschien hoop ik wel dat ze zo pissig wordt dat ze je hoofd eraf rukt,' opperde Edward.

Jacob snoof.

'Wat is er aan de hand? Waarom doen jullie zo geheimzinnig?' vroeg ik verbaasd.

'Ik leg het later wel uit,' zei Jacob ongemakkelijk, alsof hij dat eigenlijk niet van plan was. Toen begon hij over iets anders. 'Laten we nu eerst maar eens beginnen.' Zijn grijns werd uitdagend terwijl hij langzaam naar voren liep.

Er klonk een protesterend gejank achter hem en Leahs grijze lijf glipte tussen de bomen vandaan. De langere, zandkleurige Seth volgde haar op de voet.

350

'Kappen, jongens,' zei Jacob. 'Bemoei je er niet mee.'

Ik was blij dat ze niet naar hem luisterden en alleen iets langzamer achter hem aan liepen.

De wind was gaan liggen, dus zijn geur werd niet meer bij mij vandaan geblazen.

Hij was nu zo dichtbij dat ik de hitte van zijn lijf tussen ons in voelde hangen. Mijn keel begon te branden.

'Vooruit, Bells. Kom maar op.'

Leah siste.

Ik wilde niet ademhalen. Ik mocht Jacob niet op zo'n gevaarlijke manier gebruiken, zelfs niet als hij het zelf aanbood. Maar ik kon niet onder zijn logica uit. Hoe kon ik anders zeker weten dat ik Renesmee niets aan zou doen?

'Ik sta hier oud te worden, Bella,' hoonde Jacob. 'Nou ja, technisch gezien niet inderdaad, maar het gaat om het idee. Hup, snuiven maar.'

'Hou me vast,' zei ik tegen Edward terwijl ik mijn rug tegen zijn borst aan drukte.

Zijn handen klemden om mijn armen.

Ik spande al mijn spieren aan in de hoop dat ik stokstijf kon blijven staan. Ik nam me voor om het minstens zo goed te doen als tijdens de jacht. In het ergste geval zou ik mijn adem inhouden en wegrennen. Zenuwachtig snoof ik door mijn neus een heel klein beetje lucht op en zette me schrap.

Het deed wel wat pijn, maar ik had toch al een dof brandend gevoel in mijn keel. Jacob rook eigenlijk niet veel menselijker dan die poema. Er zat een dierlijk aroma in zijn bloed waar ik meteen van walgde. Het harde, vochtige geluid van zijn hart klonk wel erg appetijtelijk, maar door de geur die erbij hoorde trok ik automatisch mijn neus op. Die geur maakte het zelfs mákkelijker om niet op het geluid en de hitte van Jacobs stromende bloed te reageren.

Ik haalde nog een keer adem en ontspande me. 'Nou. Ik begrijp nu waar iedereen het de hele tijd over had. Je stinkt, Jacob.'

Edward barstte in lachen uit; zijn handen gleden van mijn schouders en sloten zich om mijn middel. Seth liet ook een zacht, grinnikend geblaf horen en kwam iets dichterbij terwijl Leah juist een paar stappen achteruit deed. En toen merkte ik dat we nog meer publiek hadden, want opeens hoorde ik Emmetts diepe, kenmerkende gebulder, enigszins gedempt door de glazen wand tussen ons in.

'Hoor wie het zegt,' zei Jacob terwijl hij met een overdreven gebaar zijn neus dichtkneep. Zijn gezicht betrok geen moment toen Edward me omhelsde, zelfs niet toen Edward weer een beetje tot bedaren kwam en 'ik hou van je' in mijn oor fluisterde. Jacob bleef gewoon grijnzen. Misschien zou het nu dan echt weer goed komen tussen ons, zoals het al zo lang niet geweest was. Ik hoopte dat ik eindelijk een echte vriendin voor hem zou kunnen zijn, nu hij fysiek gezien zo van me walgde dat hij niet meer verliefd op me kon zijn. Misschien was er echt niet meer voor nodig.

'Goed, volgens mij ben ik geslaagd, toch?' zei ik. 'Gaan jullie me nu dan vertellen wat jullie grote geheim is?'

Jacob kreeg een zenuwachtige uitdrukking op zijn gezicht. 'Het is niet iets waar je je op dit moment druk om hoeft te maken...'

Ik hoorde Emmett weer grinniken, alsof hij zich alvast over iets stond te verkneukelen.

Normaal gesproken zou ik doorgedramd hebben, maar toen ik naar Emmett luisterde hoorde ik ook andere geluiden. Mensen die ademhaalden. Twee longen die sneller gingen dan de andere. En maar één hart, licht en snel, fladderend als vogelvleugeltjes.

Ik werd helemaal afgeleid. Mijn dochter bevond zich aan de andere kant van die dunne glazen muur. Ik kon haar niet zien, want de ramen weerkaatsten het licht als een spiegel. Ik zag alleen mezelf, en ik zag er heel vreemd uit, heel wit en stil vergeleken met Jacob. Of precies goed, vergeleken met Edward.

'Renesmee,' fluisterde ik. Ik was opeens zo gespannen dat ik weer in een standbeeld veranderde. Renesmee zou niet naar een dier ruiken. Zou ik haar in gevaar brengen?

'Kom maar mee,' fluisterde Edward. 'Ik weet zeker dat je het aankunt.'

'Je helpt me toch wel?' fluisterde ik met onbeweeglijke lippen.

'Natuurlijk.'

'En Emmett en Jasper zijn er ook, hè? Voor het geval dat?'

352 'We zullen goed op je letten, Bella. Maak je maar geen zorgen, wij zijn er klaar voor. Niemand van ons wil Renesmee in gevaar brengen. Het zal je verbazen hoezeer ze ons allemaal al om haar kleine vingertjes gewonden heeft. Er zal haar niets overkomen, wat er ook gebeurt.'

Ik verlangde er zo naar om haar te zien, om de eerbied in zijn stem te begrijpen, dat ik weer kon bewegen. Ik deed een stap naar voren.

En toen stond Jacob opeens voor me met een doodongeruste uitdrukking op zijn gezicht.

'Weet je het zéker, bloedzuiger?' vroeg hij bijna smekend aan Edward. Ik had hem nog nooit zo tegen Edward horen praten. 'Ik vind het maar niks. Misschien moet ze wachten tot...'

'Je hebt je test gedaan, Jacob.'

Was het Jacobs test?

'Maar...' begon Jacob.

'Geen gemaar,' zei Edward plotseling geërgerd. 'Bella wil ónze dochter zien. Aan de kant, jij.'

Jacob wierp me een vreemde, verwilderde blik toe, draaide zich om en liep toen bijna rennend voor ons uit door de achterdeur het huis in.

Edward gromde.

Ik begreep niets van hun geruzie, en ik kon me er ook niet op concentreren. Ik kon alleen maar aan het wazige kind uit mijn herinnering denken en deed mijn uiterste best om door de mist te turen en haar gezicht weer precies voor me te zien.

'Zullen we?' vroeg Edward, en zijn stem klonk weer liefdevol.

Ik knikte zenuwachtig.

Hij pakte mijn hand stevig vast en trok me mee naar het huis.

Ze stonden op me te wachten in een glimlachende rij die me welkom heette en me tegelijkertijd de weg versperde. Rosalie stond een paar meter achter de anderen, vlak bij de voordeur. Ze stond daar in haar eentje, tot Jacob erbij kwam en voor haar ging staan, dichter bij haar dan anders. Ze voelden zich er duidelijk niet prettig bij en leken allebei een beetje terug te deinzen voor de ander.

Rosalie had een heel klein meisje in haar armen dat zich naar voren boog en om Jacob heen gluurde. Ze had onmiddellijk mijn onverdeelde aandacht, beheerste al mijn gedachten, zoals niets ze tot nu toe beheerst had sinds ik mijn ogen open had gedaan.

'Ben ik maar twee dagen buiten bewustzijn geweest?' zei ik ongelovig naar 353 adem happend.

Het onbekende kind in Rosalies armen moest minstens weken, zo niet maanden oud zijn. Ze was twee keer zo groot als de baby in mijn vage herinnering, en ze leek haar eigen lijfje al te ondersteunen terwijl ze zich naar me uitstrekte. Haar glanzende, bronskleurige haar viel in lange krullen over haar schouders. Haar chocoladebruine ogen bekeken me op een geïnteresseerde manier die helemaal niet bij een kind paste: oplettend en intelligent, als een volwassene. Ze tilde een hand op, stak hem even naar me uit en boog zich toen weer achterover om Rosalies keel aan te raken.

Als haar gezicht niet zo verbijsterend mooi en volmaakt was geweest, had ik niet geloofd dat het hetzelfde kind was. Mijn kind.

Maar haar gelaatstrekken leken inderdaad op die van Edward, en van mij had ze de kleur van haar ogen en wangen. Zelfs Charlie was vertegenwoordigd in haar dikke krullen, hoewel die de kleur van Edwards haar hadden. Ze moest wel van ons zijn. Onvoorstelbaar, maar waar.

Maar nu ik dit meisje zag, dat zo anders was dan ik me had voorgesteld, werd ze er niet echter op. Integendeel, ze leek alleen maar onwerkelijker.

Rosalie klopte op het handje in haar hals en mompelde: 'Ja, dat is ze.'

Renesmee bleef me strak aankijken. En toen glimlachte ze naar me, net zoals ze een paar seconden na haar heftige geboorte al had gedaan, met een schitterende rij piepkleine, stralend witte tandjes.

Helemaal duizelig deed ik een aarzelende stap in haar richting.

Iedereen kwam onmiddellijk in actie.

Emmett en Jasper stonden schouder aan schouder voor me, met hun handen klaar om me op te vangen. Edward greep me van achteren beet en klauwde zijn vingers weer om mijn schouders. Zelfs Carlisle en Esmé gingen naast Emmett en Jasper staan terwijl Rosalie haar armen stevig om Renesmee sloeg en achteruitliep naar de deur. Jacob bewoog in zijn verdedigende houding met hen mee.

Alice was de enige die bleef staan.

'O, kom op zeg,' zei ze bestraffend. 'Ze was helemaal niets van plan. Jullie zouden haar ook van dichtbij willen bekijken.'

Alice had gelijk. Ik had mezelf onder controle. Ik was op alles voorbereid geweest, op een lucht die net zo verschrikkelijk doordringend was als de mensengeur in het bos. Maar dit was lang niet zo verleidelijk. Renesmees geur was volmaakt in evenwicht, een perfecte balans tussen het heerlijkste parfum en het allerlekkerste eten. De zoete vampiergeur was sterk genoeg om het menselijke deel niet te laten overheersen.

Ik kon het aan. Ik wist het zeker.

'Het gaat goed,' beloofde ik terwijl ik Edwards hand een klopje gaf. Aarzelend zei ik erachteraan: 'Als je maar wel in de buurt blijft, voor het geval dat.'

354

Jaspers ogen waren ingespannen spleetjes. Ik wist dat hij mijn emoties aftastte en ik deed mijn best om heel rustig te blijven. Ik voelde dat Edward mijn armen losliet toen hij hoorde wat Jasper ervan vond. Maar Jasper zelf leek minder
overtuigd, terwijl hij toch zelf merkte hoe kalm ik was.

Toen het veel te opmerkzame kind mijn stem hoorde, begon ze te spartelen in
Rosalies armen en stak ze haar handjes naar me uit. Op de een of andere manier
wist haar gezichtje ongeduld uit te drukken.

'Jazz, Em, laat ons erlangs. Bella heeft het onder controle.'

'Edward, het risico...' zei Jasper.

'Is nihil. Moet je horen, Jasper – tijdens het jagen ving ze de lucht op van een
stel wandelaars die op het verkeerde moment op de verkeerde plek waren...'

Ik hoorde hoe Carlisle geschrokken zijn adem inhield. Esmés gezicht stond
plotseling vol bezorgdheid, vermengd met mededogen. Jaspers ogen werden
groot, maar hij gaf een heel klein knikje, alsof Edward antwoord had gegeven
op een of andere vraag in zijn hoofd. Jacobs mond vertrok tot een walgende
grimas. Emmett haalde zijn schouders op. Rosalie leek er nog minder mee te
zitten dan Emmett en deed haar best het worstelende kind vast te houden.

Aan Alice' uitdrukking kon ik zien dat zij zich niet voor de gek liet houden.
Haar samengeknepen ogen richtten zich met een gloeiende, intense blik op
mijn geleende overhemd en leken zich vooral druk te maken over wat ik met
mijn jurk had gedaan.

'Edward!' zei Carlisle berispend. 'Hoe kón je zo onverantwoordelijk zijn?'

'Ik weet het, Carlisle, ik weet het. Het was gewoon oerstom. Ik had de tijd
moeten nemen om de omgeving te controleren voor ik haar liet gaan.'

'Edward,' mompelde ik, want ik geneerde me dood door de manier waarop ze
me aan stonden te staren. Alsof ze allemaal hun best deden om een feller rood in
mijn ogen te ontdekken.

'Hij heeft groot gelijk dat hij me op de vingers tikt, Bella,' zei Edward grijnzend. 'Ik heb een grote fout gemaakt. Het feit dat jij sterker bent dan iedereen die
ik ooit heb gekend doet daar niets aan af.'

Alice rolde met haar ogen. 'Erg smaakvolle grap, Edward.'

'Het was geen grap. Ik probeerde aan Jasper uit te leggen hoe ik weet dat Bella
dit aankan. Ik kan er ook niets aan doen dat iedereen meteen overhaaste conclusies trekt.'

'Wacht eens even,' stootte Jasper uit. 'Is ze niet achter die mensen aan gegaan
dan?'

'In eerste instantie wel,' zei Edward, duidelijk geamuseerd. Ik knarste met mijn tanden. 'Al haar aandacht was op de jacht gericht.'

'Wat is er gebeurd?' kwam Carlisle tussenbeide. Zijn ogen begonnen plotseling te schitteren en er kwam een verbaasde glimlach om zijn lippen. Het deed me denken aan het moment waarop hij tot in de details met me had willen bespreken hoe ik mijn transformatie had ervaren. Vol opwinding door alle nieuwe informatie.

Edward boog zich geanimeerd naar hem toe. 'Ze hoorde mij achter zich aan komen en draaide zich om om zich te verdedigen. Zodra mijn achtervolging haar concentratie verstoorde, kwam ze weer bij zinnen. Ik heb nog nooit zoiets meegemaakt. Ze besefte onmiddellijk wat er aan de hand was, en toen... *toen hield ze haar adem in en rende weg.*'

'Wauw,' mompelde Emmett. 'Echt?'

'Hij vertelt het helemaal niet goed,' mompelde ik ontzettend opgelaten. 'Hij heeft niet gezegd dat ik tegen hem heb gegromd.'

'Heb je hem een paar flinke meppen verkocht?' vroeg Emmett gretig.

'Nee, natuurlijk niet!'

'Echt niet? Heb je hem niet aangevallen?'

'Emmett!' protesteerde ik.

'Ah, wat zonde,' kreunde Emmett. 'En jij bent nou net de enige die hem aan zou kunnen, want bij jou kan hij niet vals spelen door in je hoofd te kijken. En dan had je ook nog eens het perfecte excuus.' Hij zuchtte. 'Ik ben zó benieuwd hoe hij het doet als hij zonder trucjes moet vechten.'

Ik keek hem ijskoud aan. 'Ik zou hem nooit aanvallen.'

Mijn blik viel op Jaspers frons: hij keek nog ongeruster dan eerst.

Edward deed net of hij Jasper een stomp wilde geven en sloeg toen zachtjes met zijn vuist tegen zijn schouder. 'Zie je nou wat ik bedoel?'

'Het is onnatuurlijk,' mompelde Jasper.

'Ze had je wel aan kunnen vallen – ze is nog maar een paar uur oud!' zei Esmé vermanend met haar hand op haar hart. 'O, we hadden met je mee moeten gaan.'

356

Ik lette niet meer zo goed op nu Edward klaar was met zijn grap. Ik staarde naar het beeldschone kind bij de deur, dat ook nog steeds naar mij staarde. Ze stak haar kleine mollige handjes naar me uit alsof ze precies wist wie ik was. Mijn eigen handen deden automatisch hetzelfde.

'Edward,' zei ik terwijl ik me om Jasper heen boog om haar beter te kunnen zien. 'Mag het?'

Jasper klemde zijn kiezen op elkaar en bleef staan waar hij stond.

'Jazz, dit is anders dan anders,' zei Alice zacht. 'Geloof me nou maar.'

Ze keken elkaar heel even aan en toen knikte Jasper. Hij ging opzij, maar legde een hand op mijn schouder en kwam met me mee terwijl ik langzaam naar voren liep.

Ik dacht na over elke stap die ik zette en onderzocht hoe ik me voelde, hoe mijn keel brandde, hoe de anderen om me heen stonden. Hoe sterk was ik en hoe goed zouden zij me in bedwang kunnen houden? We kwamen maar langzaam vooruit.

En toen begon het kind in Rosalies armen, dat de hele tijd bleef worstelen en haar armpjes uitstak terwijl haar uitdrukking steeds geïrriteerder werd, hoog en doordringend te huilen. Iedereen reageerde alsof ze – net als ik – nog nooit haar stem gehoord hadden.

Binnen een mum van tijd stonden ze allemaal om haar heen en lieten mij in mijn eentje verstijfd staan. Het geluid van Renesmees gehuil doorboorde me, nagelde me aan de grond. Mijn ogen begonnen heel raar te prikken, alsof ze wilden tranen.

Het leek wel alsof iedereen haar aanraakte en geruststellende klopjes gaf. Iedereen behalve ik.

'Wat is er? Is ze gewond? Is er iets gebeurd?'

Jacobs stem was het hardst en klonk ongerust boven de anderen uit. Ik keek geschokt toe hoe hij zijn armen naar Renesmee uitstak en zag toen vol afgrijzen hoe Rosalie haar zonder tegenstribbelen aan hem gaf.

'Nee, niets aan de hand,' stelde Rosalie hem gerust.

Rosalie die Jacob geruststelde?

Renesmee liet zich gewillig door Jacob beetpakken, duwde haar kleine handje tegen zijn wang en draaide zich toen kronkelend om om haar armpjes weer naar mij uit te kunnen steken.

'Zie je wel?' zei Rosalie tegen hem. 'Ze wil gewoon naar Bella toe.'

'Wil ze naar mij toe?' fluisterde ik.

Renesmees ogen – mijn ogen – keken me ongeduldig aan.

Edward kwam vlug weer naast me staan. Hij legde zijn handen lichtjes op mijn armen en duwde me naar voren.

'Ze wacht al bijna drie dagen op je,' zei hij tegen me.

We waren nu nog maar een meter bij haar vandaan. Haar lijfje leek korte, trillende hittegolven naar me uit te zenden.

Of misschien was het Jacob die stond te trillen. Ik zag zijn handen beven toen ik dichterbij kwam. Maar ondanks zijn overduidelijke ongerustheid stond zijn gezicht vrediger dan ik in tijden had gezien.

'Jake – het gaat prima,' zei ik tegen hem. Ik werd een beetje paniekerig bij de aanblik van Renesmee in zijn sidderende handen, maar ik deed mijn best om mijn zelfbeheersing te bewaren.

Hij keek me met samengeknepen ogen fronsend aan, alsof hij het net zo'n verontrustende gedachte vond dat ik Renesmee in míjn armen zou houden.

Renesmee jammerde gretig en strekte zich naar me uit terwijl ze haar kleine handjes telkens tot vuistjes kneep.

En op dat moment viel er iets in mijn binnenste op zijn plek. Het geluid van haar kreetjes, haar vertrouwde ogen, het feit dat zij nog meer dan ik naar onze hereniging leek te verlangen – al die dingen kwamen als vanzelfsprekend samen terwijl zij naar de lucht tussen ons in greep. Plotseling was ze maar al te echt, en natúúrlijk kende ik haar. Het was de normaalste zaak van de wereld dat ik die laatste stap zette, mijn armen naar haar uitstak en mijn handen precies daar plaatste waar ze het best pasten terwijl ik haar voorzichtig naar me toe trok.

Jacob stak zijn lange armen uit zodat ik haar tegen mijn borst kon drukken, maar hij liet haar niet los. Hij huiverde even toen ik hem aanraakte. Zijn huid, die toch altijd al zo warm had aangevoeld, leek nu wel een brandende vlam. Renesmees lijfje was bijna net zo heet, misschien een paar graden koeler.

Renesmee leek zich niets aan te trekken van mijn koude huid; ze was er kennelijk al aan gewend.

Ze keek naar me op en glimlachte weer zodat ik haar vierkante tandjes en de kuiltjes in haar wangen zag. Toen legde ze heel doelbewust haar handje op mijn gezicht.

Alle handen die me vasthielden verkrampten in afwachting van mijn reactie. Ik had het nauwelijks in de gaten.

Ik hapte naar adem, verbijsterd en bang door het vreemde, verontrustende beeld dat opeens op mijn netvlies stond. Het voelde als een heel levendige herinnering – ik zag het in mijn hoofd, en tegelijkertijd kon ik ook nog steeds om me heen kijken naar wat er in de kamer gebeurde –, maar het was volslagen nieuw voor me. Door het plaatje heen zag ik Renesmee verwachtingsvol naar me opkijken, en ik deed mijn uiterste best om kalm te blijven terwijl ik probeerde te bevatten wat er aan de hand was.

Ik schrok niet alleen van het onbekende beeld, er leek ook iets mis mee te zijn. Ik herkende er bijna mijn eigen gezicht in, mijn oude gezicht, maar het klopte niet, het was verkeerd om. Al snel had ik door dat ik naar mijn gezicht keek zoals anderen het zagen, in plaats van in spiegelbeeld.

In deze herinnering was mijn gezicht verwrongen, kapot, bedekt met zweet en bloed. Maar desondanks kreeg ik in het visioen een liefdevolle glimlach om mijn lippen; mijn bruine ogen straalden boven de blauwe kringen. Het beeld werd groter, mijn gezicht kwam dichter bij de onzichtbare kijker, en was toen plotseling verdwenen.

Renesmees hand was van mijn wang gezakt. Ze glimlachte breed en liet haar kuiltjes weer zien.

Het was doodstil in de kamer, op de hartslagen na. Alleen Jacob en Renesmee haalden nog adem. De stilte duurde voort, en ik kreeg het idee dat ze stonden te wachten tot ik iets zou zeggen.

'Wat... Wat wás dat?' wist ik uit te brengen.

'Wat heb je gezien?' vroeg Rosalie nieuwsgierig terwijl ze zich om Jacob heen boog, die momenteel vooral heel erg in de weg stond en hier helemaal niet thuis leek te horen. 'Wat heeft ze je laten zien?'

'Liet zíj me dat zien?' fluisterde ik.

'Ik zei toch dat het moeilijk uit te leggen viel,' prevelde Edward in mijn oor. 'Maar een doeltreffender communicatiemiddel bestaat bijna niet.'

'Wat zag je?' vroeg Jacob.

Ik knipperde een paar keer snel met mijn ogen. 'Eh. Mij. Geloof ik. Maar ik zag er niet uit.'

'Het is de enige herinnering die ze aan je heeft,' legde Edward uit. Het was duidelijk dat hij had kunnen zien welke gedachte ze me net getoond had. Hij stond nog steeds een beetje in elkaar gekrompen en zijn stem klonk schor door de herinnering die hij net weer had beleefd. 'Ze wil je laten weten dat ze het verband heeft gelegd, dat ze weet wie je bent.'

'Maar hoe doet ze dat?'

Renesmee leek zich niet druk te maken over mijn uitpuilende ogen. Ze glimlachte een beetje en trok aan een pluk van mijn haar.

'Hoe kan ik gedachten lezen? Hoe kan Alice in de toekomst kijken?' vroeg Edward retorisch, en toen haalde hij zijn schouders op. 'Het is een gave.'

'Het is een interessante omkering,' zei Carlisle tegen Edward. 'Alsof ze precies het tegenovergestelde doet van wat jij doet.'

'Heel interessant,' beaamde Edward. 'Ik vraag me af of...'

Ik wist dat ze nu een eind in de rondte gingen speculeren, maar het kon me niet schelen. Ik keek naar het mooiste gezicht ter wereld. Ze voelde heet aan in mijn armen, en het deed me denken aan het moment waarop de duisternis het bijna van me gewonnen had, toen ik niets meer had om me aan vast te klampen en er niets sterk genoeg meer was om me uit het verpletterende zwarte gat te trekken. Het moment waarop ik aan Renesmee had gedacht en iets vond wat ik nooit meer los zou laten.

'Ik kan me jou ook nog herinneren,' zei ik zachtjes tegen haar.

Het voelde heel natuurlijk om mijn hoofd naar haar toe te buigen en mijn lippen tegen haar voorhoofd te drukken. Ze rook heerlijk. De geur van haar huid zette mijn keel weer in vuur en vlam, maar het was makkelijk om daar niet aan te denken. Het verpestte het moment niet. Renesmee was echt en ik kende haar. Ze was nog steeds hetzelfde kind voor wie ik van begin af aan had gevochten. Mijn kleine schopper, die vanuit mijn buik ook al van mij had gehouden. Voor de helft Edward, volmaakt en beeldschoon. En voor de helft mij, wat haar opvallend genoeg eerder mooier dan lelijker maakte.

Ik had al die tijd gelijk gehad. Ze was het waard geweest om voor te vechten.

'Ze doet het prima,' mompelde Alice, waarschijnlijk tegen Jasper. Ik voelde hoe ze gespannen om me heen bleven hangen omdat ze me nog steeds niet vertrouwden.

'Nu hebben we toch wel weer genoeg experimenten uitgevoerd voor vandaag?' zei Jacob en zijn stem schoot een beetje omhoog van de stress. 'Bella doet het hartstikke goed hoor, maar we hoeven het niet te overdrijven.'

360 Ik keek hem boos en oprecht geïrriteerd aan. Ik voelde Jasper naast me ongemakkelijk een stap opzij doen. We stonden allemaal zo dicht op elkaar dat de minste of geringste beweging meteen heel groot werd.

'Wat héb je toch, Jacob?' vroeg ik verontwaardigd. Ik probeerde Renesmee zachtjes los te trekken uit zijn armen, maar hij deed alleen maar een stap dichter naar me toe. Hij stond nu vlak voor me, onze borstkassen raakten Renesmee.

Edward siste naar hem. 'Dat ik het begrijp wil nog niet zeggen dat ik je niet de deur uit zal schoppen, Jacob. Bella doet het meer dan goed. Verpest het nou niet voor haar.'

'Ik help hem graag, hond,' beloofde Rosalie ziedend van woede. 'Je hebt nog een flinke trap van me tegoed.' De band tussen die twee was in elk geval nog precies hetzelfde, tenzij hij verslechterd was.

Ik keek naar Jacobs bange, bozige uitdrukking. Zijn ogen waren strak op Renesmees gezicht gericht. Nu iedereen om ons heen dromde, stond hij momenteel waarschijnlijk tegen minstens zes verschillende vampiers aan, en hij leek er niet eens mee te zitten.

Zou hij zichzelf dit echt allemaal alleen aandoen om mij tegen mezelf te beschermen? Wat kon er gebeurd zijn tijdens mijn transformatie – waarbij ik veranderde in iets wat hij haatte – dat hij er opeens zoveel positiever tegenover stond?

Ik bleef erover peinzen terwijl ik keek hoe hij naar mijn dochter staarde. Hij staarde naar haar als... als een blinde die voor het eerst de zon zag.

'*Nee!*' stootte ik happend naar adem uit.

Jaspers tanden klapten op elkaar en Edwards armen klemden zich als twee wurgslangen om mijn borst. Op hetzelfde ogenblik trok Jacob Renesmee uit mijn armen en ik liet haar meteen los. Want ik voelde het moment aankomen waar iedereen op had gewacht: het moment waarop ik door het lint zou gaan.

'Rose,' zei ik met opeengeklemde kiezen, heel langzaam en duidelijk. 'Pak Renesmee.'

Rosalie stak haar armen uit, en Jacob gaf haar onmiddellijk mijn dochter aan. Ze deinsden allebei achteruit, weg van mij.

'Edward, ik wil je geen pijn doen, dus laat me alsjeblieft los.'

Hij aarzelde.

'Ga maar voor Renesmee staan,' stelde ik voor.

Hij dacht even na en liet me toen los.

Ik nam een aanvalshouding aan en deed twee langzame stappen naar Jacob toe.   361

'Het is niet waar,' grauwde ik naar hem.

Hij liep met opgeheven handen achteruit en probeerde zich te verdedigen. 'Je weet dat we er geen controle over hebben.'

'*Stomme hond!* Hoe dúrf je? Met míjn baby!'

Hij liep nu achterwaarts de voordeur uit en struikelde bijna rennend de verandatrap af terwijl ik achter hem aankwam. 'Ik heb het niet verzonnen, Bella!'

'Ik heb haar nog maar één keer vastgehouden, en jij denkt dat je nu al een of andere debiele wolvenaanspraak op haar kunt maken? Ze is van míj.'

'We kunnen haar toch delen?' zei hij smekend terwijl hij rugwaarts het gazon over liep.

'Betalen maar,' hoorde ik Emmett achter me zeggen. Een klein deel van mijn hersenen vroeg zich af wie erop had gewed dat het níét zo zou aflopen, maar ik verspilde er niet al te veel aandacht aan. Ik was te woedend.

'Hoe durf je met mijn baby in te prenten? Ben je gek geworden?'

'Het was niet expres!' hield hij vol terwijl hij zich terugtrok tussen de bomen.

Toen was hij niet alleen meer. De twee enorme wolven kwamen weer tevoorschijn en gingen links en rechts van hem staan. Leah hapte naar me.

Als antwoord liet ik een angstaanjagend gegrom horen. Ik schrok er een beetje van, maar niet genoeg om te blijven staan.

'Bella, wil je alsjeblieft heel even naar me proberen te luisteren? Alsjeblieft?' smeekte Jacob. 'Leah, kappen,' zei hij erachteraan.

Leah trok haar bovenlip naar me op en bleef staan waar ze stond.

'Waarom zou ik naar jou luisteren?' siste ik. Mijn hoofd zat vol woede. Er was geen plek meer voor iets anders.

'Omdat jij degene bent die dit tegen me heeft gezegd. Weet je nog? Jij zei dat we in elkaars leven hoorden, toch? Dat we familie waren. Jij zei dat het voorbestemd was. En nu... nu zijn we dus familie. Je wilde het zelf.'

Ik keek hem woest aan. Ik kon me inderdaad vaag herinneren dat ik zoiets had gezegd. Maar mijn nieuwe, snelle hersenen waren al twee stappen verder dan zijn gebazel.

'Jij denkt dat je als mijn schóónzoon bij mijn familie zult horen!' krijste ik. Mijn melodieuze stem schoot twee octaven omhoog en klonk toch nog als muziek.

Emmett lachte.

'Hou haar tegen, Edward,' mompelde Esmé. 'Ze krijgt er spijt van als ze hem iets aandoet.'

Maar ik hoorde niemand achter me aankomen.

'Nee!' zei Jacob ondertussen fel. 'Zo moet je het helemaal niet bekijken! Ze is nog maar een baby, verdorie!'

'Dat bedoel ik!' gilde ik.

'Je weet best dat ik niet op die manier aan haar denk! Dacht je dat Edward me had laten leven als ik dat soort gedachten had gehad? Ik wil alleen maar dat ze veilig en gelukkig is – is dat zo erg? Dat wil jij toch ook?' Hij schreeuwde nu ook.

Ik had geen woorden meer en stootte een schel gegrom uit.

'Goed is ze, hè?' hoorde ik Edward mompelen.

'Ze heeft hem nog niet een keer aangevallen,' beaamde Carlisle, en hij klonk stomverbaasd.

'Best, deze keer win jij,' zei Emmett mokkend.

'Je blijft bij haar uit de buurt,' siste ik tegen Jacob.

'Dat kan ik niet!'

Knarsetandend: 'Je doet je best maar! De tijd gaat nú in.'

'Het is onmogelijk. Weet je nog hoe graag je me drie dagen geleden nog in de buurt wilde hebben? Hoe moeilijk het voor ons allebei was om niet bij elkaar te zijn? Jij hebt dat gevoel nu niet meer, hè?'

Ik keek hem kwaad aan en begreep niet goed wat hij daarmee wilde zeggen.

'Het kwam door haar,' zei hij tegen me. 'Vanaf het eerste moment. We móésten samen zijn, toen al.'

Ik wist het nog en nu begreep ik het ook, en ergens was ik opgelucht dat dat mysterieuze gevoel verklaard was. Maar de opluchting maakte me om de een of andere reden alleen maar bozer. Verwachtte hij soms dat dat genoeg zou zijn? Dat ik het door één korte uitleg opeens allemaal prima zou vinden?

'Ik zou maar gauw wegrennen als ik jou was – nu kan het nog,' zei ik dreigend.

'Toe nou, Bells! Nessie vindt mij ook aardig,' hield hij vol.

Ik verstarde. Mijn ademhaling stopte. Achter me hoorde ik de doodse stilte van hun angstige reactie.

'Hóé... noemde je haar?'

Jacob deed nog een stap achteruit en kreeg het voor elkaar om er heel schaapachtig uit te zien. 'Nou ja,' mompelde hij, 'die naam die jij verzonnen hebt is wel een beetje lang, en...'   363

'Heb je mijn dochter de bijnaam gegeven van het *monster van Loch Ness?*' krijste ik.

En toen sprong ik op hem af.

23. Herinneringen

'Het spijt me zo, Seth. Ik had dichterbij moeten zijn.'

Edward was zich nog stééds aan het verontschuldigen, wat in mijn ogen ontzettend oneerlijk én ongepast was. Édward was immers niet degene die volkomen en onvergeeflijk door het lint was gegaan. Édward had niet geprobeerd Jacobs hoofd van zijn lijf te rukken – Jacob, die niet eens van gedaante wisselde om zichzelf te beschermen – om vervolgens per ongeluk Seths schouder en sleutelbeen te breken toen hij ertussen sprong. Édward had niet bijna zijn beste vriend vermoord.

Die beste vriend had natuurlijk ook wel het een en ander op zijn geweten, maar het was duidelijk dat Jacob niets had kunnen doen om me tot bedaren te brengen.

Dus dan zou ík toch degene moeten zijn die zijn excuses aanbood? Ik deed een nieuwe poging.

'Seth, ik...'

'Maak je maar geen zorgen, Bella, het gaat prima met me,' zei Seth op hetzelfde moment dat Edward zei: 'Bella, lieveling, niemand neemt jou iets kwalijk. Je doet het vreselijk goed.'

Ze hadden me nog niet een keer mijn zin laten afmaken.

En het feit dat Edward erg veel moeite had om niet de hele tijd te grijnzen maakte het alleen nog maar moeilijker. Ik wist dat Jacob mijn overdreven reactie niet verdiend had, maar Edward leek er wel erg veel voldoening uit te putten. Misschien zou hij stiekem gewoon ook graag willen dat hij een nieuweling was, zodat hij dat als excuus kon gebruiken om zijn irritatie jegens Jacob fysiek op hem uit te kunnen leven.

Ik probeerde de woede geheel uit mijn systeem te bannen, maar dat viel niet mee nu ik wist dat Jacob op dit moment buiten was met Renesmee. Om haar veilig bij mij, de wilde nieuweling, vandaan te houden.

Carlisle bevestigde de spalk nog wat steviger aan Seths arm en Seth jankte even.

364

'Sorry, sorry!' mompelde ik, in de wetenschap dat ik nooit de kans zou krijgen om mijn excuses in een volzin aan te bieden.

'Maak je niet druk, Bella,' zei Seth, en hij gaf met zijn goede hand een klopje op mijn knie terwijl Edward aan de andere kant over mijn arm wreef.

Seth leek het helemaal niet erg te vinden dat ik naast hem op de bank zat terwijl Carlisle hem behandelde. 'Binnen een halfuur ben ik weer de oude,' ging hij verder, terwijl hij maar op mijn knie bleef kloppen alsof hij helemaal niet voelde hoe koud en hard die was. 'Iedereen zou zo gereageerd hebben, met Jacob en Ness...' Hij hield abrupt op en begon gauw over iets anders. 'Ik bedoel, je hebt me in elk geval niet gebeten of zo. Dat zou pas echt irritant geweest zijn.'

Ik begroef mijn gezicht in mijn handen en huiverde bij die gedachte, bij die maar al te reële mogelijkheid. Het had makkelijk kunnen gebeuren. En weerwolven reageerden anders op vampiergif dan mensen, had ik net gehoord. Voor hen was het echt vergif, waar ze dood aan gingen.

'Ik ben een slecht mens.'

'Nee, natuurlijk niet. Ik had...' begon Edward.

'Hou daar nou eens mee op,' zuchtte ik. Ik wilde niet dat hij de schuld op zich nam, zoals hij altijd bij alles deed.

'Nog een geluk dat Ness... Renesmee geen gif heeft,' zei Seth na een korte, ongemakkelijke stilte. 'Ze bijt Jacob namelijk de hele tijd.'

Ik liet mijn handen zakken. 'Echt?'

'Ja, echt. Elke keer dat hij en Rose haar niet snel genoeg te eten geven. Rose ligt telkens helemaal in een deuk.'

Ik staarde hem geschokt aan, en voelde me ook een beetje schuldig omdat ik moest toegeven dat ik het stiekem heel kinderachtig ook wel een ietsepietsie grappig vond.

Zelf wist ik natuurlijk al dat Renesmee geen gif in haar lijf had. Ik was de eerste die ze had gebeten. Maar dat zei ik niet hardop, omdat ik nog steeds deed alsof ik me niets van die recente gebeurtenissen kon herinneren.

'Nou, Seth,' zei Carlisle terwijl hij overeind kwam en een stap achteruit deed. 'Meer kan ik volgens mij niet doen. Probeer maar een paar, eh, uur niet te bewegen.' Carlisle grinnikte. 'Ik wou dat ik bij mensen ook altijd meteen zo'n bevredigend resultaat had.' Hij liet zijn hand even op Seths zwarte haar rusten. 'Stilzitten dus,' beval hij, waarna hij naar boven verdween. Ik hoorde de deur van zijn werkkamer dichtgaan, en ik vroeg me af of ze de sporen van mijn verblijf daar al hadden opgeruimd.

'Ik kan denk ik nog wel een tijdje stil blijven zitten,' zei Seth instemmend toen Carlisle al weg was, en hij gaapte uitgebreid. Zonder zijn schouder te draaien legde hij heel voorzichtig zijn hoofd tegen de rugleuning van de bank en deed zijn ogen dicht. Binnen een paar seconden zakte zijn mond open.

Ik bleef nog even fronsend naar zijn ontspannen gezicht zitten kijken. Net als Jacob leek Seth gezegend met het talent om overal wanneer hij maar wilde in slaap te kunnen vallen. Ik wist dat ik voorlopig even geen kans meer zou krijgen om mijn verontschuldigingen aan te bieden, dus ik stond op, zonder de bank ook maar een millimeter te laten bewegen. Alle fysieke dingen waren een fluitje van een cent. Maar de rest...

Edward liep met me mee naar de achterramen en pakte mijn hand.

Leah beende heen en weer langs de rivieroever en stond af en toe even stil om naar het huis te kijken. Je zag meteen wanneer ze naar haar broer keek en wanneer ze naar mij keek. De ene keer had ze een bezorgde blik, de andere een moordlustige.

Buiten op de verandatrap hoorde ik Jacob en Rosalie zachtjes kibbelen over wiens beurt het was om Renesmee te voeden. Die twee waren nog steeds als water en vuur, en het enige waar ze het nu over eens waren, was dat ik uit de buurt van mijn baby gehouden diende te worden tot ik voor de volle honderd procent hersteld was van mijn woedeaanval. Edward was er tegenin gegaan, maar ik had me er niet mee bemoeid. Ik wilde het ook zeker weten. Ik was alleen een beetje bang dat mijn honderd procent en hún honderd procent wel eens mijlenver uit elkaar zouden kunnen liggen.

Op hun gebakkelei, Seths rustige ademhaling en Leahs geïrriteerde gehijg na was het heel stil. Emmett, Alice en Esmé waren aan het jagen. Jasper was achtergebleven om op mij te letten. Hij stond nu zo onopvallend mogelijk achter de trap en deed zijn best om niet al te nadrukkelijk aanwezig te zijn.

366   Ik maakte gebruik van de rust om na te denken over alles wat Edward en Seth me verteld hadden toen Carlisle Seths arm aan het spalken was. Ik had een heleboel gemist terwijl ik lag te branden, en ze hadden nu eigenlijk pas voor het eerst de gelegenheid gekregen om me bij te praten.

Het voornaamste was dat de vete met Sams roedel was bijgelegd – daarom kon iedereen ook weer komen en gaan wanneer hij daar zin in had. Het verdrag was sterker dan ooit tevoren. Of bindender, afhankelijk van hoe je het bekeek waarschijnlijk.

Bindend, omdat de belangrijkste aller roedelwetten was dat een wolf nooit ofte nimmer de persoon mocht vermoorden met wie een andere wolf was ingeprent. Die pijn zou voor de hele roedel onverdraaglijk zijn. Zo'n misstap, of hij nu bewust of per ongeluk was begaan, zou nooit vergeven worden, en de wolven die erbij betrokken waren moesten vechten tot de dood erop volgde – een andere mogelijkheid was er niet. Het was heel lang geleden wel eens voorgekomen, vertelde Seth, maar alleen per ongeluk. Geen enkele wolf zou ooit doelbewust op die manier een broeder kapotmaken.

Renesmee was dus onaantastbaar door Jacobs gevoelens voor haar. Ik probeerde me te concentreren op de opluchting die dat met zich meebracht en niet op de irritatie, maar dat viel nog niet mee. Er was genoeg ruimte in mijn hoofd om beide emoties tegelijkertijd in alle hevigheid te voelen.

En Sam kon ook niets inbrengen tegen mijn transformatie, omdat Jacob als de rechtmatige alfa zijn toestemming had gegeven. Het stak dat ik de hele tijd besefte hoeveel ik aan Jacob te danken had terwijl ik alleen maar boos op hem wilde zijn.

Ik richtte mijn gedachten expres ergens anders op om mijn emoties onder controle te houden. Ik dacht na over een ander interessant verschijnsel: hoewel er nog steeds geen contact was tussen de twee verschillende roedels, hadden Jacob en Sam ontdekt dat alfa's wel met elkaar konden praten in hun wolvengedaante. Het was anders dan vroeger, ze konden niet zoals voor de breuk elke gedachte horen. Het leek meer op hardop praten, had Seth gezegd. Sam kon alleen de gedachten horen die Jacob met hem wilde delen, en andersom. Nu ze weer met elkaar spraken, hadden ze gemerkt dat ze op die manier ook op afstand met elkaar konden communiceren.

Ze waren daar allemaal pas achter gekomen toen Jacob in zijn eentje – ondanks de protesten van Seth en Leah – naar Sam toe was gegaan om hem over Renesmee te vertellen. Dat was de enige keer dat hij Renesmee alleen had gelaten sinds hij haar voor het eerst had gezien. 367

Zodra Sam besefte dat dit de situatie drastisch veranderde, kwam hij met Jacob mee terug om met Carlisle te praten. Ze hadden als mensen met elkaar gepraat (Edward had geweigerd mij alleen te laten om te vertalen) en het verdrag nieuw leven ingeblazen. Maar de vriendschappelijke band tussen de vampiers en de weerwolven zou misschien wel nooit meer helemaal hersteld worden.

Weer een grote zorg minder.

Maar er was een andere zorg die nog dringender aan me knaagde, hoewel hij fysiek gezien een stuk minder bedreigend was dan een boze roedel wolven.

Charlie.

Eerder die ochtend had hij al met Esmé gesproken, maar dat had hem er niet van weerhouden om een paar minuten geleden, toen Carlisle Seth aan het behandelen was, nog twee keer te bellen. Carlisle en Edward hadden niet opgenomen.

Wat moest ik tegen hem zeggen? Hadden de Cullens gelijk? Was het het beste, het menselijkst om te zeggen dat ik was overleden? Zou ik in staat zijn om onbeweeglijk in een doodskist te liggen terwijl hij en mijn moeder om me rouwden?

Ik vond het een verschrikkelijk idee. Maar het was natuurlijk ook geen optie om Charlie of Renée in gevaar te brengen door de obsessieve geheimhoudingsplicht van de Volturi.

Dan had je nog mijn idee, dat Charlie mij zou mogen zien als ik er klaar voor was, zodat hij zijn eigen, verkeerde conclusies kon trekken. Technisch gezien werden de vampierwetten dan niet overtreden. Zou het niet beter zijn voor Charlie als hij wist dat ik nog – een soort van – leefde en gelukkig was? Zelfs al was ik vreemd en anders en vond hij me waarschijnlijk doodeng?

Vooral mijn ogen waren nu nog veel te angstaanjagend. Hoe lang zou het nog duren voor mijn zelfbeheersing en oogkleur klaar waren voor Charlie?

'Wat is er, Bella?' vroeg Jasper zacht toen hij mijn onrust voelde toenemen. 'Niemand is boos op je.' Een diep gegrom vanaf de rivieroever zei iets anders, maar dat negeerde hij. 'En we zijn ook helemaal niet verbaasd. Of nou ja, eigenlijk zijn we wél verbaasd. Het verbaast ons dat je jezelf zo snel wist te herstellen. Je hebt het heel goed gedaan. Je overtreft alle verwachtingen.'

Terwijl hij dat zei, werd de sfeer in de kamer heel rustig. Seths ademhaling ging over in een zacht gesnurk. Ik voelde me ontspannen, maar de zorgen bleven door mijn hoofd spoken.

'Ik was eigenlijk over Charlie aan het piekeren.'

Het gekibbel bij de voordeur hield abrupt op.

'Aha,' mompelde Jasper.

'We moeten echt weg, hè?' vroeg ik. 'Een tijdje in elk geval. En dan zeggen dat we in Alaska zijn of zo.'

Ik voelde Edwards blik op mijn gezicht, maar ik bleef naar Jasper kijken. Hij was ook degene die me op een sombere toon antwoord gaf.

'Ja. Het is de enige manier om je vader te beschermen.'

Ik liet het even bezinken. 'Ik zal hem zo missen. Ik zal iedereen hier missen.'

Jacob, dacht ik onwillekeurig. Ook al was dat vreemde verlangen nu verdwenen en verklaard (en daar was ik heel erg blij om), hij was nog steeds mijn vriend. Iemand die me kende en accepteerde zoals ik was. Zelfs als monster.

Ik dacht na over wat Jacob zo smekend had gezegd voor ik hem had aangevallen. *Jij zei dat we in elkaars leven hoorden, toch? Dat we familie waren. Jij zei dat het voorbestemd was. En nu... nu zijn we dus familie. Je wilde het zelf.*

Maar nu had ik niet meer het gevoel dat ik dit zelf gewild had. Niet op deze manier. Ik dacht nog verder terug, aan de vage, zwakke herinneringen van mijn mensenleven. Aan de allermoeilijkste periode om aan terug te denken – de tijd zonder Edward, die zo donker was dat ik geprobeerd had hem in mijn hoofd te begraven. Ik kon niet meer op de precieze bewoordingen komen, ik kon me alleen nog herinneren hoe ik toen hevig wenste dat Jacob mijn broer was zodat we zonder enige verwarring of pijn van elkaar zouden kunnen houden. Als familie. Maar ik had er nooit rekening mee gehouden dat daar een dochter bij zou komen kijken.

Ik wist nog hoe ik me een tijd later – een van de vele keren waarop ik afscheid van Jacob had genomen – hardop had afgevraagd bij wie hij terecht zou komen, wie hem gelukkig zou maken na alles wat ik hem had aangedaan. Ik had iets gezegd over dat ze nooit goed genoeg voor hem zou zijn, wie het ook zou worden.

Ik snoof, en Edward trok vragend een wenkbrauw op. Ik schudde alleen mijn hoofd.

Maar ik wist dat er een groter probleem was, hoezeer ik mijn vriend misschien ook zou missen. Hadden Sam, Jared of Quil ooit een hele dag doorgebracht zonder het onderwerp van hun fixatie te zien, zonder Emily, Kim en Claire? Kónden ze dat überhaupt? Welke gevolgen zou het voor Jacob hebben als hij van Renesmee werd gescheiden? Zou het hem pijn doen?   369

Ik had nog steeds genoeg kleinzielige woede in me om dat een prettig idee te vinden, niet dat hij pijn zou lijden, maar dat Renesmee bij hem uit de buurt zou zijn. Ik wist niet hoe ik om moest gaan met het feit dat ze bij Jacob hoorde terwijl ze nog maar net bij mij leek te horen.

Mijn gedachten werden onderbroken door een geluid vanaf de veranda. Ik hoorde hen opstaan, en meteen daarna waren ze al binnen. Op precies hetzelfde moment kwam Carlisle de trap af met zijn handen vol vreemde dingen, waaronder een meetlint en een weegschaal. Jasper stond in een flits naast me. Het leek wel alsof ik een of ander teken had gemist, want zelfs Leah ging zitten en staarde door het raam naar binnen met een blik alsof ze iets verwachtte wat ze al veel vaker had gezien en wat bovendien totaal niet interessant was.

'Zes uur, zeker,' zei Edward.

'Pardon?' vroeg ik terwijl ik naar Rosalie, Jacob en Renesmee bleef kijken. Ze stonden in de deuropening; Rosalie had Renesmee in haar armen. Rose keek argwanend. Jacob keek bezorgd. Renesmee was mooi en ongeduldig.

'Tijd om Ness... eh, Renesmee op te meten,' legde Carlisle uit.

'O. Doen jullie dat elke dag?'

'Vier keer per dag,' verbeterde Carlisle me afwezig terwijl hij de anderen naar de bank wenkte. Volgens mij zag ik Renesmee zuchten.

'Vier keer? Per dag? Waarom in vredesnaam?'

'Ze groeit nog steeds erg snel,' mompelde Edward met een zachte, gespannen stem tegen me. Hij kneep in mijn hand en sloeg zijn andere arm stevig om mijn middel; het leek haast wel of hij steun zocht.

Ik kon mijn ogen niet van Renesmee losscheuren om zijn uitdrukking te zien.

Ze zag er zo volmaakt en ongelooflijk gezond uit. Haar huid glansde als zacht verlicht albast, waartegen haar roze wangen als rozenblaadjes afstaken. Met zo veel stralende schoonheid kon niets mis zijn. De enige van wie dit kind iets te vrezen kon hebben was haar moeder. Toch?

Het verschil tussen het kind dat ik had gebaard en het kind dat ik een uur geleden weer had gezien zou iedereen opvallen. Het verschil tussen de Renesmee van een uur geleden en de Renesmee van nu was een stuk subtieler. Mensenogen zouden het nooit opmerken. Maar het was er wel.

Haar lijfje was iets langer. Net iets dunner. Haar gezicht was niet zo rond meer, maar een tikkeltje ovaler. Haar krullen hingen anderhalve centimeter lager op haar schouders. Ze strekte zich gedienstig uit in Rosalies armen terwijl Carlisle haar lengte opnam en de omtrek van haar hoofd mat. Hij schreef niets op – hij had een absoluut geheugen.

Het viel me op dat Jacob zijn armen net zo strak over elkaar had geslagen als die van Edward om mijn middel voelden. Zijn zware wenkbrauwen raak-

370

ten elkaar in een frons boven zijn diepliggende ogen.

Ze was binnen een paar weken tijd van een enkel celletje uitgegroeid tot een baby van normale afmetingen. Een paar dagen na haar geboorte zag ze er al bijna uit als een peuter. Als ze zo snel bleef groeien...

Mijn vampiergeest had geen enkele moeite met die optelsom.

'Wat moeten we doen?' fluisterde ik doodsbang.

Edward sloeg zijn armen nog strakker om me heen. Hij begreep precies wat ik bedoelde. 'Ik weet het niet.'

'Het gaat al minder hard,' mompelde Jacob met opeengeklemde kaken.

'We moeten nog een paar dagen blijven meten om te zien of die trend zich doorzet, Jacob. Ik kan niets beloven.'

'Gisteren is ze vijf centimeter gegroeid. Vandaag is het minder.'

'Zeven millimeter minder, als mijn metingen kloppen,' zei Carlisle zacht.

'Ik mag hópen dat ze kloppen, dokter,' zei Jacob, en het klonk bijna als een dreigement. Rosalie verstijfde.

'Je weet dat ik mijn best doe,' zei Carlisle sussend.

Jacob zuchtte. 'Meer kan ik niet vragen, vrees ik.'

Ik voelde mijn irritatie weer oplaaien omdat Jacob de hele tijd zei wat ík wilde zeggen, maar dan op precies de verkeerde toon.

Renesmee leek zich ook te ergeren. Ze begon te kronkelen en stak toen gebiedend haar handje uit naar Rosalie. Rosalie boog zich naar voren zodat Renesmee haar gezicht kon aanraken. Even later slaakte Rosalie een zucht.

'Wat wil ze?' vroeg Jacob op hoge toon – weer wat ik wilde vragen.

'Bella natuurlijk,' zei Rosalie tegen hem, en er ging een warm gevoel door me heen. Toen keek ze naar mij. 'Hoe gaat het?'

'Ik maak me zorgen,' gaf ik toe, en Edward kneep in mijn hand.

'We maken ons allemaal zorgen. Maar dat bedoelde ik niet,' antwoordde Rosalie.

'Alles onder controle,' beloofde ik. De dorst stond momenteel ergens helemaal onder aan het lijstje. Bovendien rook Renesmee lekker op een oneetbaar-achtige manier.   371

Jacob beet op zijn lip maar deed niets om Rosalie tegen te houden toen ze mij Renesmee aangaf. Jasper en Edward bleven waakzaam naast me staan maar lieten het wel toe. Ik zag hoe gespannen Rose was, en ik vroeg me af hoe de sfeer in de kamer op dit moment voor Jasper aanvoelde. Of concentreerde hij zich zo erg op mij dat de anderen niet tot hem doordrongen?

Renesmee stak met een verblindende glimlach haar armpjes naar me uit, en ik nam haar van Rose over. Ze paste zo goed in mijn armen dat het leek alsof die speciaal voor haar gevormd waren. Ze legde ogenblikkelijk haar kleine hete handje tegen mijn wang.

Hoewel ik erop voorbereid was, was het toch weer een schok om haar herinnering als een visioen voor me te zien. Zo helder en kleurig en toch ook helemaal doorzichtig.

Ze herinnerde zich hoe ik Jacob aanviel op het gazon en hoe Seth tussen ons in was gesprongen. Ze had alles tot in detail gezien en gehoord. Maar het gracieuze roofdier dat als een pijl uit een boog op haar prooi af sprong leek helemaal niet op mij. Het moest iemand anders zijn. Daardoor voelde ik me net iets minder schuldig toen ik zag hoe Jacob weerloos met zijn handen in de lucht bleef staan. Zijn handen trilden niet.

Edward keek samen met mij naar Renesmees gedachten en grinnikte. En toen hoorden we de botten van Seth kraken en krompen we allebei in elkaar.

Renesmee lachte haar stralende glimlach, en de ogen uit haar geheugen bleven in alle chaos die volgde constant op Jacob gericht. De herinnering kreeg een nieuw randje – niet echt beschermend, meer bezitterig – terwijl ze naar Jacob keek. Ik kreeg heel stellig de indruk dat ze blíj was dat Seth mijn aanval had opgevangen. Ze wilde niet dat Jacob iets overkwam. Hij was van háár.

'O, geweldig,' kreunde ik. 'Fantastisch.'

'Het komt alleen doordat hij lekkerder smaakt dan wij,' stelde Edward me gerust, maar zijn stem stond bol van ergernis.

'Ik zei toch dat ze mij ook aardig vond,' zei Jacob plagerig vanaf de andere kant van de kamer terwijl hij naar Renesmee keek. Zijn grap klonk niet helemaal overtuigend; de diepe rimpel tussen zijn wenkbrauwen was nog niet verdwenen.

Renesmee klopte ongeduldig op mijn gezicht, ze wilde aandacht. Nog een 372 herinnering: Rosalie die voorzichtig een borstel door haar krullen haalde. Het voelde fijn.

Carlisle en zijn meetlint: ze wist dat ze zich uit moest rekken en niet mocht bewegen. Ze vond het niet interessant.

'Ik geloof dat ze je uitgebreid verslag doet van wat je allemaal gemist hebt,' merkte Edward op in mijn oor.

Toen ze de volgende herinnering op me afvuurde trok ik mijn neus op. De geur die uit een vreemde metalen beker opsteeg – een beker die zo hard was dat ze hem niet meteen doormidden zou bijten – zette mijn keel in vuur en vlam. Au.

En toen had ik Renesmee niet meer in mijn armen, die nu achter mijn rug werden vastgehouden. Ik verzette me niet tegen Jasper, ik keek alleen naar Edwards angstige gezicht.

'Deed ik iets niet goed?'

Edward keek naar Jasper achter me en toen weer naar mij.

'Maar ze herinnerde zich dat ze dorst had,' mompelde Edward terwijl er rimpels in zijn voorhoofd verschenen. 'Ze dacht aan de smaak van mensenbloed.'

Jaspers armen trokken de mijne nog strakker naar achteren. Een deel van mijn hersenen merkte op dat dat niet echt vervelend was en al helemaal geen pijn deed, wat het bij een mens wel gedaan zou hebben. Het was gewoon irritant. Ik wist zeker dat ik me los zou kunnen rukken, maar ik stribbelde niet tegen.

'Dat is waar,' beaamde ik. 'En wat dan nog?'

Edward keek me nog even fronsend aan en toen ontspande zijn gezicht. Hij lachte kort. 'En dan niets, blijkbaar. Dit keer ben ik degene die overdreven reageert. Laat haar maar los, Jazz.'

Jaspers sterke handen verdwenen en zodra ik weer kon bewegen stak ik mijn armen uit naar Renesmee. Edward gaf me haar zonder enige aarzeling aan.

'Ik begrijp het niet,' zei Jasper. 'Ik kan hier niet tegen.'

Ik keek verbaasd toe hoe Jasper de achterdeur uit beende. Leah ging opzij om hem de ruimte te geven terwijl hij naar de rivier liep en met één grote sprong de overkant bereikte.

Renesmee raakte mijn nek aan en speelde de scène van zijn vertrek direct nog een keer af. Ik voelde hetzelfde vraagteken in haar gedachte als in de mijne.

Ik was al over de schok van haar vreemde gave heen. Het leek een heel natuurlijke eigenschap, bijna alsof we het hadden kunnen verwachten. Misschien was ik, nu ik zelf ook tot de bovennatuurlijke wereld behoorde, voorgoed scepticus af.

Maar waarom deed Jasper zo raar?

'Hij komt wel weer terug,' zei Edward, tegen mij of tegen Renesmee, dat wist ik niet. 'Hij heeft alleen even tijd nodig om te accepteren dat hij voortaan anders naar het leven zal moeten kijken.' Een grijns dreigde zijn mondhoeken omhoog te trekken.

Nog een menselijke herinnering – Edward die tegen me zei dat Jasper zich beter zou voelen als ik het 'in het begin ook moeilijk zou hebben' als jonge vampier. Dat naar aanleiding van een discussie over hoeveel mensen ik in mijn eerste jaar zou vermoorden.

'Is hij boos op me?' vroeg ik zacht.

Edwards ogen werden groot. 'Nee. Waarom zou hij boos op je zijn?'

'Wat is er dan met hem aan de hand?'

'Hij is kwaad op zichzelf, niet op jou, Bella. Hij is bang dat... dat het misschien niet altijd hoeft te gaan zoals wij verwachten.'

'Hoe bedoel je?' vroeg Carlisle voor ik dat kon doen.

'Hij vraagt zich af of het losgeslagen gedrag van de nieuwelingen echt zo moeilijk in te dammen is als wij altijd gedacht hebben, of dat iedereen het met de juiste instelling en voorbereiding net zo goed zou kunnen doen als Bella. Hij worstelt nog steeds met zijn zelfbeheersing, maar misschien komt dat wel alleen doordat hij gelooft dat het natuurlijk en onvermijdelijk is. Als hij meer van zichzelf zou verwachten, zou hij wellicht ook aan die verwachtingen kunnen voldoen. Je brengt hem aan het twijfelen over een heleboel diepgewortelde veronderstellingen, Bella.'

'Maar dat is niet eerlijk,' zei Carlisle. 'Iedereen is anders, iedereen loopt tegen andere moeilijkheden aan. Wie weet gedraagt Bella zich juist wel ónnatuurlijk. Misschien is dit haar gave wel, om het zo maar te zeggen.'

Ik verstijfde van verbazing. Renesmee voelde de verandering en raakte me aan. Ze dacht aan de seconde die net verstreken was en vroeg wat er aan de hand was.

'Een interessante theorie, en best aannemelijk,' zei Edward.

Heel even was ik teleurgesteld. Pardon? Geen magische visioenen, geen ontzagwekkende aanvallende krachten als, nou ja, bliksemflitsen uit mijn ogen of zo? Niks cools, niks waar je tenminste nog iets aan had?

En toen besefte ik wat dat zou kunnen betekenen, als mijn 'superkracht' bestond uit buitengewone zelfbeheersing.

Ten eerste had ik dan in elk geval een gave. Ik had ook met lege handen kunnen staan.

Maar, veel belangrijker nog, als Edward gelijk had, dan zou ik het hele stuk kunnen overslaan waar ik juist zo bang voor was geweest.

Stel dat ik geen nieuweling hoefde te zijn? Niet op de doorgedraaide, moord-

374

lustige-robotmanier in elk geval. Stel dat ik vanaf mijn eerste dag al een volwaardig lid van de familie Cullen zou kunnen zijn? Stel dat we ons niet minstens een jaar lang ergens ver weg hoefden te verschuilen terwijl ik 'volwassen' werd? Stel dat ik net als Carlisle nooit iemand zou vermoorden? Stel dat ik van begin af aan een goede vampier kon zijn?

Dan zou ik Charlie kunnen zien.

Ik zuchtte zodra de werkelijkheid door de hoop begon te schemeren. Ik kon Charlie nog niet meteen zien. De ogen, de stem, het volmaakt geworden gezicht. Wat moest ik in vredesnaam tegen hem zeggen, waar zou ik moeten beginnen? Stiekem was ik blij dat ik een excuus had om het nog een tijdje uit te stellen: ik wilde dolgraag een manier vinden om Charlie in mijn leven te houden, maar ik was ook doodsbang voor die eerste ontmoeting. Voor zijn ogen die uit hun kassen zouden puilen als hij mijn nieuwe gezicht zou zien, mijn nieuwe huid. Ik wist dat hij me eng zou vinden en ik had geen idee welke duistere verklaring er in zijn hoofd zou opkomen.

Ik was schijterig genoeg om nog een jaar te wachten en mijn ogen minder vurig te laten worden. En ik had nog wel gedacht dat ik zo onverschrokken zou zijn als ik eenmaal onverwoestbaar was.

'Heb je ooit eerder meegemaakt dat iemand werkelijk een talent voor extreme zelfbeheersing had?' vroeg Edward aan Carlisle. 'Denk je echt dat het een gave is, of zou het slechts een gevolg zijn van het feit dat ze er zo grondig op voorbereid was?'

Carlisle haalde zijn schouders op. 'Het lijkt een beetje op wat Siobhan kan, hoewel zij dat geen gave zou noemen.'

'Siobhan, dat is toch die vriendin van jou in die Ierse clan?' vroeg Rosalie. 'Ik wist niet dat zij iets speciaals kon. Ik dacht dat Maggie de enige begaafde was van dat stel.'

'Ja, dat denkt Siobhan ook. Maar zij lijkt in staat om te bepalen wat er moet gebeuren en het dan haast... puur door wilskracht werkelijkheid te laten worden. Zij vindt dat ze gewoon goed kan plannen, maar ik heb me altijd afgevraagd of er niet meer aan de hand is. Zoals toen ze Maggie erbij haalde bijvoorbeeld. Liam zei dat hij geen behoefte had aan indringers, maar Siobhan wilde dat het goed zou komen en dat kwam het ook.'

Edward, Carlisle en Rosalie gingen zitten terwijl ze hun gesprek voortzetten. Jacob liet zich met een verveelde blik voorzichtig naast Seth op de bank zakken.

375

Hij begon te knikkebollen en ik zag dat hij elk moment in slaap kon vallen.

Ik luisterde, maar mijn aandacht was op verschillende dingen gericht. Renesmee was me nog steeds over haar dag aan het vertellen. Ik stond met haar bij de glazen wand en mijn armen wiegden haar automatisch heen en weer terwijl we elkaar in de ogen keken.

Ik besefte dat het voor de anderen niet nodig was om te gaan zitten. Ik merkte dat ik het zelf ook geen enkel probleem vond om te blijven staan. Het was net zo rustgevend als wanneer ik op een bed zou liggen. Ik wist dat ik een hele week zo zou kunnen blijven staan zonder me te bewegen en me dan na zeven dagen nog steeds zo ontspannen zou voelen als aan het begin.

Ze gingen waarschijnlijk zitten uit gewoonte. Mensen zouden het merken als iemand urenlang bleef staan zonder ook maar van houding te veranderen. Zelfs nu zag ik hoe Rosalie haar vingers door haar haar haalde en Carlisle zijn benen over elkaar sloeg. Kleine beweginkjes om niet te stil te zitten, om niet te veel vampier te zijn. Ik moest goed opletten wat ze deden en gaan oefenen.

Ik verplaatste mijn gewicht naar mijn linkerbeen. Het voelde een beetje suf.

Misschien probeerden ze me gewoon de kans te geven om even alleen te zijn met mijn kind – zo alleen als veilig was.

Renesmee vertelde uitgebreid over wat er van minuut tot minuut gebeurd was vandaag, en uit de strekking van haar verhaaltjes maakte ik op dat zij net als ik niets liever wilde dan dat ik haar door en door leerde kennen. Ze maakte zich zorgen omdat ik dingen had gemist – de mussen bijvoorbeeld die steeds dichterbij waren gehupt toen Jacob haar had vastgehouden en ze samen heel stil naast een van de grote Canadese dennen hadden gestaan, terwijl de vogels niet in de buurt van Rosalie durfden te komen. Of het belachelijk smerige witte spul – flesvoeding – dat Carlisle in haar beker had gedaan en dat naar zure modder rook. Of het liedje dat Edward voor haar had gezongen en dat zo mooi was dat Renesmee het me twee keer liet horen. Tot mijn verbazing was ik zelf ook te zien op de achtergrond van die herinnering; ik lag doodstil maar zag er behoorlijk gehavend uit. Ik huiverde en dacht aan dat moment vanuit mijn eigen gezichtspunt. Het afschuwelijke vuur...

376 Na bijna een uur – de anderen waren nog steeds verwikkeld in hun discussie en Seth en Jacob lagen in koor te snurken op de bank – werden de verhalen uit Renesmees herinnering trager. Ze kregen wazige randjes en werden onscherp voor ze afgelopen waren. Ik stond op het punt om Edward paniekerig te onder-

breken en te vragen of er iets met haar aan de hand was, toen haar oogleden knipperend dichtvielen. Ze gaapte, waarbij haar volle roze lippen een ronde o vormden, en deed haar ogen niet meer open.

Haar handje zakte van mijn gezicht terwijl ze in slaap viel. Haar oogleden hadden die bleke, lichtpaarse kleur van sluierbewolking net voor de zon opkomt. Heel voorzichtig, om haar niet wakker te maken, zette ik haar handje weer tegen mijn huid en hield het daar nieuwsgierig vast. Eerst zag ik niets, maar na een paar minuten flitsten er allerlei kleuren langs, alsof haar gedachten een handvol vlinders uitstrooiden.

Gehypnotiseerd keek ik naar haar dromen. Er zat geen logica in. Het waren slechts kleuren, vormen, gezichten. Ik was blij dat mijn gezicht – zowel in mijn lelijke menselijke als in mijn schitterende onsterfelijke vorm – zo vaak voorbijkwam in haar onderbewustzijn. Vaker dan Edward of Rosalie. Het was een nek-aan-nekrace met Jacob, maar daar probeerde ik me niets van aan te trekken.

Voor het eerst snapte ik hoe Edward de ene saaie nacht na de andere had kunnen kijken hoe ik lag te slapen, alleen om me in mijn slaap te horen praten. Ik zou eindeloos naar Renesmees dromen kunnen kijken.

Mijn aandacht werd getrokken door de verandering in Edwards stem toen hij 'eindelijk' zei en zijn blik op het raam richtte. Buiten was de donkere, dieppaarse nacht gevallen, maar ik kon nog net zo ver kijken als overdag. De duisternis verborg niets, maar gaf de dingen alleen een andere kleur.

Leah, die nog steeds boos keek, stond op en gleed het struikgewas in toen Alice aan de overkant van de rivier tevoorschijn kwam. Alice zwaaide als een trapezeartiest heen en weer aan een tak en haar tenen raakten haar handen voor ze haar lichaam met een gracieuze salto over de rivier liet vliegen. Esmé nam een wat traditionelere sprong, terwijl Emmett recht door het water stormde en het water zo ver liet opspatten dat er druppels tegen de achterramen sloegen. Tot mijn verbazing kwam Jasper achter hen aan, met een efficiënte, onopvallende sprong die bijna ingehouden leek na de anderen.

De grote grijns op Alice' gezicht kwam me op een vage, vreemde manier bekend voor. Iedereen stond plotseling naar me te glimlachen – Esmé lief, Emmett opgewonden, Rosalie een beetje uit de hoogte, Carlisle vriendelijk en Edward afwachtend. 377

Alice sprong als eerste de kamer in. Ze had haar hand voor zich uitgestoken en ik kon haar ongeduld bijna om haar heen in de lucht zien hangen. Op haar handpalm lag een heel gewone, koperen sleutel met een enorme roze satijnen strik erom.

Ze stak de sleutel naar me uit en ik pakte Renesmee automatisch steviger beet met mijn rechterarm zodat ik mijn linkerarm vrij had. Alice liet de sleutel in mijn hand vallen.

'Gefeliciteerd!' jubelde ze.

Ik rolde met mijn ogen. 'Niemand telt vanaf de geboortedag,' hielp ik haar herinneren. 'Je eerste verjaardag is pas na een jaar, Alice.'

Haar grijns werd zelfgenoegzaam. 'We vieren je vampierverjaardag ook helemaal niet. Nog niet. Het is dertien september, Bella. Gefeliciteerd met je negentiende verjaardag!'

24. Verrassing

'Nee. Echt niet!' Ik schudde verwoed mijn hoofd en wierp toen een snelle blik op de zelfingenomen glimlach van mijn zeventienjarige echtgenoot. 'Nee, dit telt niet. Ik word sinds drie dagen niet ouder meer. Ik blijf voor altijd achttien.'

'Best, hoor,' zei Alice terwijl ze mijn verweer met een snelle schouderophaal terzijde schoof. 'We vieren het toch, dus je zult het ermee moeten doen.'

Ik zuchtte. Het had maar zelden zin om tegen Alice in te gaan.

Haar grijns werd zo mogelijk nog breder toen ze de berusting in mijn ogen zag.

'Ben je klaar voor je cadeautje?' zong ze.

'Cadeautjes,' corrigeerde Edward, en hij haalde ook een sleutel – langer, zilverkleurig en met een minder protserige, blauwe strik erom – uit zijn zak.

Ik deed mijn best om niet met mijn ogen te rollen, want ik wist meteen waar deze sleutel van was: van mijn 'na'-auto. Ik vroeg me af of ik blij zou moeten zijn. Ik had niet het idee dat ik na mijn transformatie nou opeens ontzettend veel interesse in snelle auto's had gekregen.

'Dat van mij eerst,' zei Alice en ze stak haar tong uit omdat ze al wist wat hij wilde zeggen.

'Dat van mij is dichterbij.'

'Maar kijk nou toch eens wat ze áánheeft.' Alice kreunde bijna. 'Ik zit er me al de hele dag over op te vreten. Dat is nu duidelijk het belangrijkste.'

Mijn wenkbrauwen trokken samen terwijl ik me afvroeg hoe een sleutel me aan nieuwe kleren zou moeten helpen. Had ze een hele kast vol gekocht?

'Ik weet het goed gemaakt – we spelen erom,' stelde Alice voor. 'Steen, papier, schaar.'

Jasper grinnikte en Edward zuchtte.

'Waarom zeg je niet gewoon wie er wint?' vroeg Edward zuur.

Alice straalde. 'Ik. Mooi zo.'

'Ik kan waarschijnlijk ook maar beter tot morgenochtend wachten.' Edward

379

schonk me zijn scheve glimlach en knikte toen naar Jacob en Seth, die eruitzagen alsof ze de hele nacht zouden blijven pitten. Ik vroeg me af hoe lang ze dit keer wakker waren gebleven. 'Volgens mij is het leuker als Jacob ook bij de grote onthulling is, denk je niet? Dan is er in elk geval iemand bij die enthousiast reageert.'

Ik grijnsde terug. Wat kende hij me toch goed.

'Hoera,' juichte Alice. 'Bella, geef Ness... Renesmee eens aan Rosalie.'

'Waar slaapt ze normaal gesproken?'

Alice haalde haar schouders op. 'In de armen van Rose. Of van Jacob. Of Esmé. Je snapt het al: ze is nog nooit van haar leven in een bedje gelegd. Ze wordt de meest verwende halfvampier die er bestaat.'

Edward lachte terwijl Rosalie Renesmee geroutineerd van me overnam. 'Ze is ook de mínst verwende halfvampier die er bestaat,' zei Rosalie. 'Dat is het mooie van enig in je soort zijn.'

Rosalie grijnsde naar me, en het deed me genoegen dat ik onze nieuwe vriendschap nog steeds terugzag in haar glimlach. Ik was er niet helemaal van overtuigd geweest dat hij stand zou houden als Renesmees leven niet langer met het mijne verbonden was. Maar misschien hadden we lang genoeg aan dezelfde kant gestreden om voor altijd vrienden te blijven. Ik had eindelijk de keuze gemaakt die zij ook gemaakt zou hebben als ze in mijn schoenen had gestaan. Dat leek haar weerstand voor al mijn andere keuzes weggenomen te hebben.

Alice duwde de versierde sleutel nog wat steviger in mijn hand, pakte me bij mijn elleboog en trok me mee naar de achterdeur. 'Kom nou,' jubelde ze.

'Is het buiten?'

'Een soort van,' zei Alice terwijl ze me meesleurde.

'Veel plezier met je cadeau,' zei Rosalie. 'Het is van ons allemaal. Vooral van Esmé.'

'Komen jullie niet mee?' Ik besefte dat niemand aanstalten maakte om de deur uit te gaan.

'We geven je de kans om er even alleen van te genieten,' zei Rosalie. 'Vertel ons er... later maar over.'

Emmett bulderde van het lachen. Ik kreeg bijna het idee dat ik zou moeten blozen, maar ik wist niet goed waarom.

Ik besefte dat een heleboel van mijn karaktertrekken – zoals dat ik echt een vreselijke hekel aan verrassingen had, en cadeaus in het algemeen bijna net zo

380

erg vond – geen spat veranderd waren. Het was een opluchting en een openbaring om erachter te komen dat er zo veel essentiële eigenschappen met me mee waren verhuisd naar dit nieuwe lichaam.

Ik had niet verwacht dat ik mezelf zou blijven. Ik grijnsde breed.

Alice trok aan mijn elleboog en ik kreeg de glimlach niet van mijn gezicht toen ik achter haar aan de donkerpaarse nacht in liep. Alleen Edward kwam met ons mee.

'Dat zie ik graag, zo veel enthousiasme,' mompelde Alice goedkeurend. Toen liet ze mijn arm los, deed twee snelle passen en sprong de rivier over.

'Kom nou, Bella,' riep ze vanaf de overkant.

Edward sprong tegelijk met mij, en het was nog net zo leuk als het vanmiddag was geweest. Misschien nog wel iets leuker doordat de nacht alles een andere, diepere kleur gaf.

Alice rende richting het noorden, met ons op haar hielen. Het was makkelijker om het geluid van haar voeten die over de grond fluisterden en haar verse geurspoor te volgen dan om haar door de dichte begroeiing met mijn ogen in de gaten te houden.

Op een voor mij volslagen willekeurig moment draaide ze zich om en sprintte terug naar de plek waar ik was blijven staan.

'Niet aanvallen,' zei ze waarschuwend terwijl ze op me af sprong.

'Wat doe je?' vroeg ik verontwaardigd terwijl ze op mijn rug klom en haar handen voor mijn gezicht sloeg. Ik voelde een sterke aandrang om haar eraf te gooien, maar ik hield me in.

'Ik zorg ervoor dat je niets kunt zien.'

'Dat kan ik zonder al dat gedoe ook wel voor je doen,' bood Edward aan.

'Jij laat haar vast vals spelen. Pak haar hand en neem haar mee.'

'Alice, ik...'

'Doe geen moeite, Bella. We doen het op mijn manier.'

Ik voelde Edwards vingers door de mijne glijden. 'Nog een paar seconden, Bella. Dan mag ze iemand anders gaan irriteren.' Hij trok me mee. Ik kon hem makkelijk bijhouden. Ik was niet bang om tegen een boom op te lopen – de boom zou de enige zijn die daar schade van zou ondervinden. 381

'Je zou me best iets dankbaarder mogen zijn,' zei Alice afkeurend. 'Dit is net zo goed voor jou als voor haar.'

'Dat is waar. Nogmaals bedankt, Alice.'

'Ja, ja. Goed.' Alice' stem schoot plotseling omhoog van opwinding. 'Blijf staan. En nu draai je haar een heel klein stukje naar rechts. Ja, zo. Oké. Ben je er klaar voor?' piepte ze.

'Ik ben er klaar voor.' Ik rook nieuwe geuren hier die mijn interesse opwekten en mijn nieuwsgierigheid prikkelden. Geuren die niet diep in het bos thuishoorden. Kamperfoelie. Rook. Rozen. Zaagsel? En ook iets ijzerachtigs. De zware geur van omgewoelde zwarte aarde. Ik leunde naar voren, naar het raadsel toe.

Alice sprong van mijn rug en haalde haar handen van mijn ogen.

Ik staarde het paarsblauwe donker in. Daar, op een smalle open plek in het bos, stond een klein stenen huisje, lavendelgrijs in het licht van de sterren.

Het paste hier zo goed dat het leek alsof het uit een rotsblok gegroeid was, als een natuurlijke formatie. Eén muur was volledig begroeid met kamperfoelie, die helemaal tot aan en over de dikke houten dakspanen omhoogkronkelde. In het postzegelgrote tuintje bloeiden late zomerrozen onder de donkere, diepliggende ramen. Een klein paadje van platte stenen die violet oplichtten in de nacht leidde naar de schilderachtige, ronde deur.

Geschokt kromde ik mijn hand om de sleutel die ik nog steeds vasthield.

'Wat vind je ervan?' Alice stem was zacht geworden en paste bij de volmaakte rust van het prentenboekenplaatje.

Ik deed mijn mond open, maar er kwam niets uit.

'Esmé dacht dat we het misschien wel fijn zouden vinden om even iets voor onszelf te hebben, maar ze wilde ons wel in de buurt houden,' prevelde Edward. 'En ze grijpt elk excuus aan om dingen op te knappen. Dit huisje stond hier al minstens honderd jaar af te brokkelen.'

Ik bleef met open mond als een vis op het droge staan staren.

'Vind je het niet mooi?' Alice' gezicht betrok. 'Ik bedoel, we kunnen er nog van alles aan veranderen, hoor, als je wilt. Emmett vond dat we er nog een paar honderd vierkante meter tegenaan moesten gooien, met een bovenverdieping en zuilen en een toren, maar Esmé dacht dat jij het zo het mooist zou vinden, zoals het oorspronkelijk bedoeld was.' Haar stem werd hoger en ging steeds sneller. 'Maar als dat niet zo is, gaan we gewoon weer aan de slag. We kunnen zo...'

'Ssst!' wist ik uit te brengen.

Ze kneep haar lippen op elkaar en wachtte af. Het duurde even voor ik was bijgekomen.

'Geven jullie me een huis voor mijn verjaardag?' fluisterde ik.

'Ons,' verbeterde Edward me. 'En het is maar een bungalowtje, hoor. Bij het woord "huis" denk ik toch aan iets meer beenruimte.'

'Geen kwaad woord over mijn huis,' fluisterde ik tegen hem.

Alice straalde. 'Je vindt het mooi.'

Ik schudde mijn hoofd.

'Prachtig?'

Ik knikte.

'Dat moet ik aan Esmé vertellen!'

'Waarom is ze niet meegekomen?'

Alice' glimlach verflauwde een beetje, vertrok, alsof ik een lastige vraag had gesteld. 'Ach, nou ja... Ze weten allemaal hoe je op cadeaus reageert. Ze wilden je niet te veel onder druk zetten om het mooi te vinden.'

'Maar natuurlijk vind ik het geweldig. Hoe zou ik het niet geweldig kunnen vinden?'

'Dat zullen ze fijn vinden.' Ze gaf me een klopje op mijn arm. 'Maar goed, je kast hangt vol. Maak er goed gebruik van. En... dat is het denk ik wel.'

'Kom je niet mee naar binnen?'

Ze deed een paar nonchalante passen achteruit. 'Edward weet de weg wel. Ik kom... later nog wel eens langs. Bel me als je geen passende kledingcombinaties kunt maken.' Ze wierp me een bedenkelijke blik toe en glimlachte toen. 'Jazz wil jagen. Dag.'

Ze schoot als een gracieuze kogel het bos in.

'Dat was ook raar,' zei ik toen het geluid van haar voetstappen volledig was weggestorven. 'Ben ik echt zó erg? Ze hoefden toch niet weg te blijven... Nu voel ik me schuldig. Ik heb haar niet eens echt bedankt. We moeten terug en tegen Esmé zeggen dat...'

'Bella, stel je niet zo aan. Niemand denkt dat je echt zo onredelijk bent.'

'Maar wat...'

'Hun andere cadeau is tijd voor ons tweeën. Alice probeerde het subtiel te 383 brengen.'

'O.'

Op dat moment verdween het huis. We hadden overal kunnen zijn. Ik zag de bomen, de stenen of de sterren niet meer. Alleen Edward was er nog.

'Ik zal je laten zien wat ze allemaal hebben gedaan,' zei hij terwijl hij me aan mijn hand meetrok. Had hij niet in de gaten dat er een elektrische stroom door mijn lijf bonkte als bloed tjokvol adrenaline?

Opnieuw voelde ik me vreemd uit mijn evenwicht gebracht omdat ik verwachtte dat mijn lichaam zou reageren op een manier die het niet meer kon. Mijn hart zou moeten voortdenderen als een locomotief die ons elk moment kon overrijden. Oorverdovend. Mijn wangen zouden felrood moeten zijn.

En ik zou trouwens ook uitgeput moeten zijn. Dit was de langste dag van mijn leven geweest.

Ik lachte hardop – een zacht, kort, geschokt lachje – toen ik besefte dat deze dag nooit meer zou ophouden.

'Ga je mij de grap ook nog vertellen?'

'Hij is niet heel leuk, hoor,' zei ik tegen hem terwijl hij vooropging naar de kleine, gewelfde deur. 'Ik bedacht alleen net dat vandaag de eerste en de laatste dag van de eeuwigheid is. Dat is best moeilijk te bevatten. Zelfs met al die extra ruimte in mijn hoofd om dingen mee te bevatten.' Ik lachte weer.

Hij grinnikte met me mee. Hij gebaarde met zijn hand naar de deurknop en wachtte tot ik mijn ererol zou vervullen. Ik stak de sleutel in het slot en draaide hem om.

'Je doet het zo goed, Bella, dat ik de hele tijd vergeet hoe raar dit allemaal voor je moet zijn. Ik wou dat ik het kon hóren.' Hij zakte door zijn knieën en tilde me zo snel op dat ik het niet zag aankomen – en dat wilde heel wat zeggen.

'Hé!'

'Drempels horen bij mijn taakomschrijving,' hielp hij me herinneren. 'Maar ik ben wel heel benieuwd. Waar denk je nu aan?'

Hij deed de deur open, die met een nauwelijks hoorbaar gekraak naar achteren zwaaide, en stapte de kleine stenen woonkamer in.

'Aan alles,' zei ik tegen hem. 'Aan alles tegelijk. Fijne dingen en dingen waar ik me zorgen over maak en dingen die nieuw voor me zijn. Aan dat ik te veel in superlatieven denk. Op dit moment denk ik dat Esmé een wonder heeft verricht. Het is perfect!'

384

De kamer van het huisje kwam rechtstreeks uit een sprookje. De vloer was een wilde lappendeken van gladde, platte stenen. Langs het lage plafond liepen lange balken waar iemand van Jacobs lengte beslist zijn hoofd tegen zou stoten. De muren waren op de ene plek bedekt met warm hout en op de andere met een mozaïek van stenen. In de ronde open haard in de hoek lagen de laatste resten van een loom flakkerend vuurtje. Het brandde op drijfhout: de lage vlammen waren blauw en groen van het zout.

De meubels waren allemaal verschillend, ze pasten niet bij elkaar en vormden toch een harmonieus geheel. Eén stoel oogde haast een beetje middeleeuws, terwijl het lage voetenbankje bij de haard weer een stuk moderner was en de volle boekenkast bij het achterraam me deed denken aan films die zich in Italië afspeelden. Op de een of andere manier paste elk meubelstuk als in een grote driedimensionale puzzel bij de andere. Aan de muur hing een aantal schilderijen die ik herkende – een paar van mijn lievelingswerken uit het grote huis. Ongetwijfeld onbetaalbare originelen, maar ook die pasten hier helemaal, net als de rest.

Dit was een plek waar iedereen in magie zou kunnen geloven. Een plek waar je elk moment Sneeuwwitje zou verwachten die met een appel in haar hand naar binnen kwam lopen, of een eenhoorn die zou blijven staan om aan de rozenstruiken te knabbelen.

Edward had altijd gedacht dat hij thuishoorde in de wereld van de griezelverhalen. Ik had natuurlijk altijd al geweten dat hij er faliekant naast zat. Het was overduidelijk dat hij híér thuishoorde. In een sprookje.

En nu zat ik met hem in dat verhaal.

Ik wilde net gebruik gaan maken van het feit dat hij me nog niet op de grond had teruggezet en zijn hoofd-op-hol-brengend mooie gezicht op slechts een paar centimeter afstand van het mijne was, toen hij zei: 'Wat een geluk dat Esmé eraan gedacht heeft om er een extra kamer bij te bouwen. Niemand had op Ness... Renesmee gerekend.'

Ik keek hem fronsend aan en mijn gedachten namen een stuk minder plezierige wending.

'Niet jij ook al,' klaagde ik.

'Sorry, lieverd. Ik hoor het de hele tijd in hun gedachten, vandaar. Ik neem het automatisch over.'

Ik zuchtte. Mijn kind, het zeemonster. Misschien was er niets meer aan te 385 doen. Nou, ík weigerde overstag te gaan.

'Ik weet zeker dat je staat te popelen om je kast te zien. Of dat zal ik in elk geval tegen Alice zeggen, is zij ook weer blij.'

'Moet ik bang worden?'

'Doodsbenauwd.'

Hij droeg me door een smalle stenen gang met piepkleine boogjes in het plafond, alsof het ons eigen minikasteel was.

'Dat wordt Renesmees kamer,' zei hij met een knikje naar een lege kamer met een lichte houten vloer. 'Ze hebben er nog niet veel aan kunnen doen, met al die boze weerwolven en zo...'

Ik lachte zachtjes en bedacht verwonderd hoe snel alles goed was gekomen, terwijl het een week geleden nog één grote nachtmerrie had geleken.

Beetje jammer alleen dat Jacob het nou net op déze manier zo perfect had moeten oplossen.

'Dit is onze kamer. Esmé heeft geprobeerd om het gevoel van haar eiland over te brengen. Ze dacht dat we er wel aan gehecht geraakt zouden zijn.'

Het hemelbed was groot en wit, met wolken van tule die van bovenaf naar de grond zweefden. De lichte houten vloer paste bij de andere kamer, en nu zag ik dat het precies de kleur was van een ongerept strand. De muren hadden die lichtblauwe, bijna witte kleur van een stralende zomerdag, en in de achterste muur zaten grote glazen deuren met een verborgen tuintje erachter, vol klimrozen en een kleine, ronde, spiegelgladde vijver met glanzende stenen eromheen. Onze eigen, kalme miniatuurzee.

'O,' was het enige wat ik kon zeggen.

'Ik weet het,' fluisterde hij.

We bleven een tijdje in gedachten verzonken staan. Mijn mensenherinneringen aan het eiland waren wazig, maar ze vulden mijn hele hoofd.

Hij wierp me een brede, stralende glimlach toe en begon toen hardop te lachen. 'De kast is achter die dubbele deuren daar. Ik waarschuw je vast – hij is groter dan deze kamer.'

Ik kéék niet eens naar de deuren. De wereld verdween weer en hij was het enige wat nog bestond – zijn armen onder me, zijn zoete adem op mijn gezicht, zijn lippen op slechts een paar centimeter van de mijne – en er was niets wat me nog zou kunnen afleiden, jonge vampier of niet.

386 'We zeggen wel tegen Alice dat ik recht op de kleding afstormde,' fluisterde ik terwijl ik mijn vingers door zijn haar vlocht en zijn gezicht dichter naar me toe trok. 'We zeggen dat ik uren in de kast heb gestaan en alles heb gepast, als een klein meisje met een verkleedkist. We líégen gewoon.'

Hij paste zich onmiddellijk aan mijn stemming aan, of misschien had hij allang hetzelfde gevoel en deed hij gewoon als een echte heer zijn best om me van mijn verjaardagscadeau te laten genieten. Onverwacht fel trok hij mijn gezicht naar het zijne toe en kreunde zacht. Door dat geluid begon de elektriciteit die door mijn lichaam stroomde nog feller te gonzen, alsof ik niet snel genoeg zo dicht mogelijk bij hem in de buurt kon komen.

Ik hoorde de stof scheuren onder onze handen en ik was blij dat míjn kleren in elk geval al aan flarden hingen. Voor de zijne was het te laat. Het voelde bijna onbeleefd om het mooie witte bed niet te gebruiken, maar we haalden het gewoonweg niet.

Onze tweede huwelijksnacht was anders dan de eerste.

Ons verblijf op het eiland was het hoogtepunt van mijn menselijke bestaan geweest. De tijd van mijn leven. Ik had het helemaal niet erg gevonden om mijn tijd als mens nog even te rekken en dat wat wij samen hadden nog iets langer vast te houden. Het fysieke gedeelte zou immers nooit meer hetzelfde worden.

Na een dag als vandaag had ik toch moeten weten dat het alleen maar beter zou worden.

Ik kon hem nu eindelijk pas echt goed bewonderen – nu, met mijn nieuwe ogen, kon ik elke prachtige trek van zijn volmaakte gezicht en zijn lange, perfecte lichaam, elk vlak, elke ronding, pas echt goed zien. Ik proefde zijn zuivere, intense geur op mijn tong en voelde zijn onvoorstelbaar zijdezachte marmeren huid onder mijn gevoelige vingertoppen.

En mijn huid was ook o zo gevoelig onder zíjn handen.

Hij was helemaal nieuw, een ander persoon terwijl onze lichamen zich gracieus met elkaar verstrengelden op de zandkleurige vloer. We hoefden niet voorzichtig meer te zijn of ons in te houden. En het allerbelangrijkste: we hoefden niet bang meer te zijn. We konden sámen liefhebben, allebei actief meedoen. Eindelijk waren we gelijken.

Net als onze kussen was elke aanraking veel heftiger dan ik was gewend. Hij had nog maar zo weinig van zichzelf gegeven. Toen was dat nodig, maar ik kon gewoon niet geloven hoeveel ik al die tijd gemist had.

Ik probeerde eraan te blijven denken dat ik sterker was dan hij, maar ik kon 387 me nauwelijks concentreren met al die intense gevoelens die mijn aandacht per seconde naar miljoenen verschillende plekken van mijn lijf trokken. Ik weet niet of ik hem pijn deed, maar hij zei er niets over.

Een heel, heel klein gedeelte van mijn hersenen hield zich bezig met de interessante vraag die deze situatie opwierp. Ik zou nooit moe worden, en hij ook niet. We hoefden niet op adem te komen, uit te rusten, te eten of zelfs maar naar het toilet te gaan; van dat soort alledaagse, menselijke behoeften hadden wij geen last meer. Hij had het allermooiste, allerbeste lijf ter wereld en ik had hem helemaal voor mezelf, en ik had niet het gevoel dat ik ooit op een punt zou komen waarop ik zou denken: nu heb ik wel weer even genoeg gehad voor vandaag. Ik zou altijd meer blijven willen. De vraag was dus: hoe zouden we in zo'n situatie ooit kunnen stoppen?

Ik zat er absoluut niet mee dat ik daar geen antwoord op had.

Ergens merkte ik dat het buiten lichter werd. De miniatuurzee veranderde van zwart in grijs, en vlak bij het huis begon een leeuwerik te zingen; misschien had ze een nest in de rozen.

'Mis je het?' vroeg ik toen haar lied was afgelopen.

Het was niet het eerste wat ik zei die nacht, maar we waren ook niet bepaald een gesprek aan het voeren.

'Wat?' mompelde hij.

'Alles – de warmte, de zachte huid, de lekkere geur... Ik heb niets hoeven opgeven, en ik vroeg me af of jij er niet ongelukkig van wordt dat jij dat wel hebt moeten doen.'

Hij begon zacht en teder te lachen. 'Het wordt echt heel moeilijk om op dit moment iemand te vinden die gelukkiger is dan ik. Onmogelijk, zou ik zeggen. Er zijn maar weinig mensen die alles krijgen wat ze willen, en dan ook nog alles waar ze niet eens om gevraagd hadden, en dat allemaal op dezelfde dag.'

'Ontwijk je mijn vraag?'

Hij duwde zijn hand tegen mijn gezicht. 'Je bént warm,' zei hij.

Dat was ook zo, op een bepaalde manier. Voor mij voelde zijn huid warm aan. Het was anders dan Jacobs gloeiend hete huid, maar veel prettiger. Natuurlijker.

Toen liet hij zijn vingers heel langzaam over mijn gezicht glijden; hij trok een spoor van mijn kaak naar mijn keel en toen helemaal door naar mijn middel. Mijn ogen draaiden een beetje weg.

'Je bént zacht.'

Zijn vingers voelden als satijn op mijn huid, dus ik begreep wat hij bedoelde.

'En de geur, tja, ik kan niet zeggen dat ik die mis. Kun je je de geur van die wandelaars tijdens het jagen nog herinneren?'

'Ik doe mijn uiterste best om die te vergeten.'

'Stel je eens voor dat je die geur moest zoenen.'

De vlammen in mijn keel laaiden op alsof ik de gasbrander van een heteluchtballon opentrok.

'Ó.'

'Juist. Dus het antwoord is: nee. Ik ben echt volslagen gelukkig, want ik mis níéts. Niemand heeft meer dan ik op dit moment.'

Ik stond op het punt hem te vertellen dat er één uitzondering was, maar mijn lippen hadden het plotseling heel erg druk.

Toen de kleine vijver een parelmoerkleur kreeg door de opkomende zon, dacht ik aan een andere vraag die ik hem nog wilde stellen.

'Hoe lang gaat dit zo door? Ik bedoel, Carlisle en Esmé, Em en Rose, Alice en Jasper – die sluiten zich ook niet de hele dag op in hun kamer. Ze zijn de hele tijd met al hun kleren aan onder de mensen. Wordt dit... verlángen ooit minder?' Ik drukte mezelf nog steviger tegen hem aan – best een prestatie eigenlijk – om duidelijk te maken wat ik bedoelde.

'Moeilijk te zeggen. Iedereen is anders, en tot nu toe verschil jij het meest van iedereen. De gemiddelde jonge vampier is zo geobsedeerd door zijn dorst dat hij een tijdlang nergens anders aan kan denken. Dat geldt kennelijk niet voor jou. Maar bij de gemiddelde vampier komen na dat eerste jaar ook andere behoeften boven. De dorst verdwijnt nooit helemaal, evenmin als andere verlangens. Je moet er simpelweg mee om leren gaan, prioriteiten stellen, je beheersen...'

'Hoe lang?'

Hij glimlachte en trok zijn neus een beetje op. 'Rosalie en Emmett waren het ergst. Het heeft een heel decennium geduurd voor ik dichter dan acht kilometer bij ze in de buurt kon zijn. Zelfs Carlisle en Esmé hadden er moeite mee. Uiteindelijk hebben ze de tortelduifjes zelfs het huis uit gezet. Esmé heeft voor hen ook een optrekje gebouwd. Iets grootser dan het onze, maar Esmé weet nou eenmaal waar Rose van houdt, net zoals ze weet waar jij van houdt.'

'Dus na tien jaar?' Ik was ervan overtuigd dat Rosalie en Emmett geen partij voor ons waren, maar het zou misschien een beetje arrogant klinken als ik meer dan tien jaar zou zeggen. 'En toen was iedereen weer normaal? Zoals ze nu zijn?' 389

Edward glimlachte weer. 'Tja, ik weet niet precies wat jouw definitie van normaal is. Jij ziet mijn familie altijd op een tamelijk menselijke manier door het leven gaan, maar 's nachts sliep je natuurlijk altijd.' Hij knipoogde naar me. 'Je hebt een ontzaglijke hoeveelheid tijd over als je niet hoeft te slapen. Dat maakt het een stuk makkelijker om je... interesses in evenwicht te houden. Waarom denk je dat ik de beste muzikant ben van de familie, naast Carlisle de meeste boeken heb gelezen, de meeste studies heb gedaan, de meeste talen heb geleerd? Emmett zou vast zeggen dat ik zoveel weet doordat ik gedachten kan lezen, maar het komt erop neer dat ik gewoon héél veel vrije tijd gehad heb.'

We lachten samen, en de bewegingen die dat veroorzaakte had interessante gevolgen voor de manier waarop onze lichamen tegen elkaar aan lagen, wat onmiddellijk een einde aan ons gesprek maakte.

25. Dienst

Niet veel later herinnerde Edward me aan een van mijn prioriteiten.

Hij had er maar één woord voor nodig.

'Renesmee...'

Ik zuchtte. Het zou niet lang meer duren voor ze wakker werd; het was vast al bijna zeven uur 's ochtends. Zou ze me zoeken? Plotseling verstarde mijn lichaam door iets wat verdacht veel op paniek leek. Hoe zou ze er vandaag uitzien?

Edward voelde dat ik overmand werd door zorgen. 'Maak je geen zorgen, liefste. Kleed je aan, over twee seconden zijn we weer thuis.'

Ik zag er vast uit als een stripfiguur, zoals ik opsprong, naar hem keek – zijn diamanten lichaam glinsterde zwakjes in het vage licht –, toen naar het westen, waar Renesmee op me wachtte, toen weer naar hem, toen weer naar haar... Mijn hoofd zwiepte binnen een seconde minstens zes keer heen en weer. Edward glimlachte, maar hij lachte me niet uit. Die jongen had een ijzeren zelfbeheersing.

'Het gaat om het evenwicht, lieverd. Je bent hier zo goed in dat ik me niet kan voorstellen dat het lang zal duren voor je alles kunt relativeren.'

'En we hebben de hele nacht, toch?'

Hij grijnsde breed. 'Dacht je dat ik zou kunnen toekijken hoe jij je aankleedt als dat niet zo was?'

Dat moest maar genoeg zijn om me door de dag heen te slepen. Ik zou dit overweldigende, hartstochtelijke verlangen relativeren zodat ik een goede... Ik kon het woord nauwelijks denken. Hoewel Renesmee heel erg echt en aanwezig was in mijn leven, was het nog steeds moeilijk om mezelf als móéder te zien. 391 Maar ik nam aan dat dat voor iedereen zou gelden die niet negen maanden de tijd had gehad om aan het idee te wennen. Met een kind dat per uur veranderde.

Bij de gedachte aan Renesmees voortrazende leven schoot ik meteen weer in de stress. Ik bleef niet eens even bij de met houtsnijwerk versierde dubbele deuren staan om rustig adem te halen voor ik ging kijken wat Alice voor me in petto had. Ik stormde er gewoon doorheen met het idee dat ik de eerste de beste kleren aan zou trekken die ik tegenkwam. Ik had moeten weten dat dat niet zo makkelijk zou gaan.

'Welke zijn van mij?' siste ik. De kast was, zoals beloofd, inderdaad groter dan onze slaapkamer. Misschien was hij zelfs wel groter dan de rest van ons huis bij elkaar, maar dat zou ik na moeten meten. Ik kreeg een beeld in mijn hoofd van Alice die Esmé probeerde over te halen om alle traditionele verhoudingen overboord te gooien en toestemming te geven voor dit gedrocht. Ik vroeg me af hoe ze Esmé zover had gekregen.

Alle kleding zat in smetteloos witte hoezen, de ene rij na de andere, het ging maar door.

'Voor zover ik weet is alles behalve dit rek hier,' hij legde zijn hand op een stang die langs de korte muur links van de deur hing, 'van jou.'

'Alles?'

Hij haalde zijn schouders op.

'Alice,' zeiden we in koor. Hij sprak het uit als een verklaring, ik als een verwensing.

'Best,' mopperde ik terwijl ik de dichtstbijzijnde hoes openritste. Ik gromde zacht toen ik de enkellange jurk zag die erin zat – hij was zachtroze.

Het zou de hele dag duren voor ik iets normaals had gevonden om aan te trekken!

'Ik help je wel,' bood Edward aan. Hij snuffelde geconcentreerd en volgde toen een of andere geur naar het eind van de langgerekte ruimte, waar zich een ingebouwde ladekast bevond. Hij snuffelde nog eens en trok toen een la open. Met een triomfantelijke grijns hield hij een zorgvuldig gebleekte blauwe spijkerbroek omhoog.

Ik stond meteen naast hem. 'Hoe deed je dat?'

'Spijkerstof heeft zijn eigen geur, net als alle andere dingen. En nu... tricot?'

Hij volgde zijn neus naar een laag rek en haalde een wit T-shirt met lange mouwen uit een van de hoezen, dat hij vervolgens naar me toe gooide.

'Dank je wel,' zei ik uit de grond van mijn hart. Ik rook goed aan alle stoffen en sloeg de geuren op in mijn geheugen voor als ik nog eens iets zou moeten zoeken in dit gekkenhuis. Ik lette extra goed op bij zijde en satijn zodat ik die voortaan kon mijden.

Binnen een paar seconden had hij zijn eigen kleding gevonden – als ik hem nog nooit naakt zou hebben gezien, had ik gezworen dat er niets mooiers bestond dan Edward in zijn kakibroek en beige trui – en toen pakte hij mijn hand. We renden door het verborgen tuintje, sprongen soepel over de stenen muur en sjeesden in volle vaart door het bos. Ik trok mijn hand los zodat we een wedstrijdje naar huis konden doen. Hij won dit keer.

Renesmee was wakker en zat onder het toeziend oog van Rose en Emmett rechtop op de vloer met een bergje kromgebogen zilverwerk te spelen. Ze had een mishandelde lepel in haar rechterhand. Zodra ze me door het raam zag aankomen, gooide ze de lepel op de grond, waar hij een stuk uit de houten planken schraapte, en stak een gebiedende vinger naar me uit. Haar publiek lachte: Alice, Jasper, Esmé en Carlisle zaten op de bank naar haar te kijken alsof ze een ontzettend boeiende film was.

Op hetzelfde moment beende ik al met grote passen door de kamer en tilde haar in een vloeiende beweging van de grond. We keken elkaar stralend aan.

Ze was veranderd, maar niet heel erg. Ze was weer iets langer geworden en haar verhoudingen verschoven langzaam van baby naar kind. Haar haar was een halve centimeter gegroeid; haar krullen sprongen als veren op en neer. Mijn verbeelding was op de terugweg met me op de loop gegaan en ik had het me veel erger voorgesteld. Dankzij mijn overdreven angst waren deze kleine veranderingen bijna een opluchting. Zelfs zonder Carlisles metingen wist ik dat ze minder hard gegroeid was dan gisteren.

Renesmee klopte op mijn wang. Ik kromp in elkaar. Ze had weer honger.

'Hoe lang is ze al wakker?' vroeg ik terwijl Edward naar de keuken liep. Ik wist zeker dat hij haar gedachte van zo-even net zo duidelijk had gezien als ik, en dat hij nu ontbijt voor haar ging halen. Ik vroeg me af of haar vreemde eigenschap hem ooit opgevallen zou zijn als hij de enige was die haar had gekend. Voor hem was het natuurlijk de normaalste zaak van de wereld om iemands gedachten te horen.

'Een paar minuten nog maar,' zei Rose. 'We stonden op het punt je te bellen. Ze vroeg de hele tijd naar je – ze eiste dat je kwam, om precies te zijn. Esmé heeft 393 haar op een na mooiste zilverwerk opgeofferd om het kleine monster bezig te houden.' Rose glimlachte zo liefdevol naar Renesmee dat haar vermanende woorden volstrekt ongeloofwaardig klonken. 'We wilden jullie niet... eh, storen.'

Rosalie beet op haar lip en wendde haar blik af om niet te lachen. Ik voelde Emmetts geluidloze gebulder achter me – het hele huis schudde ervan.

Ik trok me er niets van aan. 'We gaan jouw kamer straks ook inrichten,' zei ik tegen Renesmee. 'Je vindt het vast een mooi huis. Het is een sprookje.' Ik keek naar Esmé. 'Dank je wel, Esmé. Wat een geweldig cadeau. Het is echt perfect.'

Voor Esmé kon antwoorden begon Emmett weer te lachen, en dit keer niet geluidloos.

'Dus het staat nog overeind?' wist hij tussen twee snikken door uit te brengen. 'Ik had gedacht dat jullie het onderhand wel afgebroken zouden hebben. Waar waren jullie mee bezig vannacht? Hebben jullie de staatsschuld besproken?' Hij gierde het uit.

Ik knarste met mijn tanden en wees mezelf op de vervelende gevolgen die het had gehad toen ik mijn boosheid gisteren de overhand had laten krijgen. Maar Emmett was natuurlijk lang niet zo kwetsbaar als Seth...

Dat deed me ergens aan denken. 'Waar zijn de wolven gebleven?' Ik keek door de glazen wand naar buiten, maar Leah was nergens te bekennen geweest toen wij aankwamen.

'Jacob is vanochtend in alle vroegte vertrokken,' zei Rosalie met een kleine rimpel in haar voorhoofd. 'En Seth is met hem meegegaan.'

'Wat zat hem zo dwars?' vroeg Edward toen hij de kamer weer in kwam met Renesmees beker. Blijkbaar gingen Rosalies herinneringen verder dan haar gezicht liet zien.

Met ingehouden adem gaf ik Renesmee aan Rosalie. Ik mocht dan over een soort superzelfbeheersing beschikken, maar voeden zat er echt niet in. Nog niet.

'Geen idee – en het kan me niet schelen ook,' gromde Rosalie, maar daarna gaf ze toch uitgebreider antwoord op Edwards vraag. 'Hij zat weer eens met open mond te kijken hoe Nessie sliep, de sukkel, en toen sprong hij opeens zonder aanleiding – ik zag niets, in elk geval – overeind en stormde naar buiten. Ik was blij dat hij weg was. Hoe vaker hij hier is, hoe kleiner de kans wordt dat we die stank er ooit nog uit krijgen.'

'Rose,' zei Esmé een beetje bestraffend.

Rosalie haalde haar hand door haar haar. 'Het maakt waarschijnlijk toch niet echt uit. Zo lang zijn we hier niet meer.'

'Ik vind nog steeds dat we rechtstreeks naar New Hampshire moeten gaan om ons daar te vestigen,' zei Emmett, duidelijk voortbordurend op een eerder gesprek. 'Bella staat al ingeschreven aan Dartmouth. Zo te zien zal het niet lang meer duren voor ze naar college kan.' Hij draaide zich om en keek me met een

394

plagerige grijns aan. 'Ik weet zeker dat je overal tienen voor zult halen... Je hebt 's nachts blijkbaar toch niets interessants te doen, dus dan kun je lekker veel studeren.'

Rosalie giechelde.

Hou je in, hou je in, zei ik bezwerend tegen mezelf, en ik was trots op mezelf dat ik niet boos werd.

Ik was dan ook behoorlijk verbaasd toen Edward dat wél werd.

Zijn gezicht stond op onweer en hij gromde vol duistere woede – een griezelig, raspend geluid.

Voor iemand kon reageren, kwam Alice overeind.

'Waar is hij mee bézig? Waar is die hond mee bezig dat mijn hele dagschema opeens verdwenen is? Ik zie níéts meer! Nee!' Ze wierp me een gekwelde blik toe. 'Kijk nou toch eens hoe je eruitziet! Ik zal je wel eens even uitleggen hoe je die kast moet gebruiken.'

Heel even was ik Jacob dankbaar dat hij blijkbaar iets aan het uitspoken was.

Maar toen balde Edward zijn handen tot vuisten en grauwde: 'Hij heeft met Charlie gepraat. Hij denkt dat Charlie achter hem aan komt. Hiernaartoe. Vandaag.'

Alice zei een woord dat helemaal niet bij haar melodieuze, meisjesachtige stem paste en verdween toen in een wazige streep door de achterdeur.

'Heeft hij het aan Charlie verteld?' stootte ik uit. 'Maar... Snapt hij het dan niet? Hoe heeft hij dat kunnen doen?' Charlie mócht niet weten wat ik was! Hij mocht niet weten dat er vampiers zijn! Dan kwam hij op een zwarte lijst te staan waar zelfs de Cullens hem niet meer vanaf zouden kunnen halen. 'Nee!'

Met opeengeklemde kaken zei Edward: 'Jacob komt er nu aan.'

Verder naar het oosten was het kennelijk gaan regenen. Jacob kwam binnen en schudde als een hond zijn haar uit; de druppels vlogen over het tapijt en de bank en veroorzaakten kleine grijze vlekjes op het wit. Zijn tanden glinsterden tegen zijn donkere lippen, zijn ogen straalden opgewonden. Zijn bewegingen waren gejaagd, alsof hij helemaal liep te stuiteren door het feit dat hij mijn vaders leven ging verwoesten. 395

'Hé, allemaal,' begroette hij ons grijnzend.

Het bleef doodstil.

Leah en Seth kwamen in hun mensengedaante achter hem aan – nog wel tenminste, want hun handen trilden door de spanning die in de kamer hing.

'Rose,' zei ik met uitgestoken armen. Zwijgend gaf Rosalie me Renesmee aan. Ik drukte haar dicht tegen mijn roerloze hart, als een talisman die me tegen ondoordacht gedrag moest beschermen. Ik zou haar vasthouden tot ik zeker wist dat mijn besluit om Jacob te doden met mijn volle verstand genomen zou zijn en niet in een vlaag van woede.

Ze hield zich heel stil en keek en luisterde alleen maar. Hoeveel begreep ze al?

'Charlie komt er zo aan,' zei Jacob achteloos tegen me. 'Ik zeg het maar vast. Ik neem aan dat Alice wel een zonnebril voor je heeft of zo?'

'Jij neemt veel te veel aan,' beet ik hem toe. 'Wat. Heb. Je. Gedaan?'

Jacobs glimlach leek even onzeker te worden, maar hij was nog veel te opgefokt om serieus antwoord te geven. 'Ik werd vanochtend wakker van Blondie en Emmett die maar door bleven ouwehoeren over dat jullie aan de andere kant van het land zouden gaan wonen. Alsof ik jullie zou kunnen laten gaan. Charlie was toch het grootste probleem? Nou, probleem opgelost.'

'Beséf je eigenlijk wel wat je hebt gedaan? Hoe erg je hem in gevaar hebt gebracht?'

Hij snoof. 'Ik heb hem helemaal niet in gevaar gebracht. Ja, jij bent misschien gevaarlijk. Maar jij hebt toch een soort bovennatuurlijke zelfbeheersing? Een stuk minder cool dan gedachtelezen, als je het mij vraagt. Lang niet zo spannend.'

Op dat moment kwam Edward in beweging en hij schoot door de kamer om recht voor Jacobs neus te gaan staan. Hoewel hij een halve kop kleiner was dan Jacob, deinsde Jacob toch achteruit voor zijn allesoverheersende woede, alsof Edward boven hem uittorende.

'Dat is nog niet bewézen, vieze hond,' gromde hij. 'Vind je dat we Chárlie als proefpersoon moeten gebruiken? Heb je ook maar één seconde stilgestaan bij de fysieke pijn die je Bella laat lijden, zelfs als ze zich kan inhouden? Of bij de emotionele pijn als haar dat níét lukt? Het doet er voor jou zeker niet meer toe wat er allemaal met Bella gebeurt!' beet hij hem vuurspuwend toe.

396 Renesmee drukte haar vingertjes bang tegen mijn wang, en de herhaling in haar hoofd werd gekleurd door angst.

Edwards woorden wisten eindelijk door Jacobs vreemde, nerveuze stemming heen te breken. Zijn mondhoeken trokken omlaag. 'Zal het Bella pijn doen?'

'Alsof je een gloeiend hete pook in haar keel duwt!'

Ik dacht aan de geur van zuiver mensenbloed en kromp in elkaar.

'Dat wist ik niet,' fluisterde Jacob.

'Misschien had je het eerst even moeten vragen,' grauwde Edward.

'Dan had je me tegengehouden.'

'En terecht, want...'

'Dit gaat niet om mij,' onderbrak ik hen. Ik bleef heel stil staan en klampte me uit alle macht aan Renesmee en mijn gezond verstand vast. 'Dit gaat om Charlie, Jacob. Hoe kun je hem op deze manier in gevaar brengen? Besef je dan niet dat hij nu moet kiezen tussen de dood of een leven als vampier?' Mijn stem trilde van de tranen die mijn ogen niet meer konden laten.

Jacob was nog steeds van slag door Edwards beschuldigingen, maar die van mij leken hem niet te deren. 'Rustig maar, Bella. Ik heb hem niets verteld wat jij hem ook niet wilde vertellen.'

'Maar hij komt hierheen!'

'Dat is wel het idee, ja. Het was toch jouw eigen plan om hem "de verkeerde conclusies te laten trekken"? Ik heb volgens mij voor een prachtige afleidings-manoeuvre gezorgd, al zeg ik het zelf.'

Mijn vingers strekten zich uit, weg van Renesmee. Ik krulde ze weer stevig te-rug. 'Praat er niet zo omheen, Jacob. Hier heb ik echt het geduld niet voor.'

'Ik heb hem niets over jou verteld, Bella. Niet echt. Ik heb hem over míj ver-teld. Of misschien is "laten zien" een betere omschrijving.'

'Hij is voor de ogen van Charlie van gedaante veranderd,' siste Edward.

Ik fluisterde: 'Wát heb je gedaan?'

'Hij is dapper. Net zo dapper als jij. Hij viel niet flauw of zo, hoefde ook niet over te geven. Ik was behoorlijk onder de indruk, moet ik zeggen. Maar je had zijn gezicht eens moeten zien toen ik me uit begon te kleden. Hilarisch,' gniffel-de Jacob.

'Ongelooflijke randdebiel! Hij had wel een hartaanval kunnen krijgen!'

'Het gaat prima met hem. Het is een taaie. Als jullie dit nou gewoon even een minuutje op zijn beloop laten, zul je zien dat ik jullie een dienst heb bewezen.' 397

'Je krijgt de helft, Jacob.' Mijn stem was koud en toonloos. 'Je hebt dertig se-conden om me alles te vertellen voor ik Renesmee aan Rosalie geef en dat rot-hoofd van je romp trek. En dit keer kan Seth me niet tegenhouden.'

'Jemig, Bells. Vroeger reageerde je nooit zo overtrokken. Is dat een vampier-ding of zo?'

'Zesentwintig seconden.'

Jacob rolde met zijn ogen en plofte in de dichtstbijzijnde stoel. Zijn kleine roedel ging aan weerszijden van hem staan, lang niet zo ontspannen als hij zelf leek. Leah keek naar mij, haar tanden enigszins ontbloot.

'Nou, vanochtend klopte ik dus bij Charlie aan om te vragen of hij zin had om even een ommetje met me te maken. Hij was een beetje verbaasd, maar toen ik zei dat het over jou ging en jij weer terug was, liep hij met me mee naar het bos. Ik zei dat je niet ziek meer was, en dat het allemaal een beetje vreemd was, maar wel oké. Hij wilde meteen naar je toe, maar ik zei dat ik hem eerst iets wilde laten zien. En toen ben ik dus in een wolf veranderd.' Jacob haalde zijn schouders op.

Ik had het gevoel dat mijn kiezen door een bankschroef op elkaar werden geperst. 'Ik wil elk woord horen, monster.'

'Nou, je zei zelf dat ik maar dertig seconden had – oké, oké.' Hij zag kennelijk wel aan mijn gezicht dat ik niet in de stemming was voor dit soort grappen. 'Effe kijken... Ik veranderde weer terug, kleedde me aan, en toen hij weer een beetje op adem was gekomen zei ik iets als: "Charlie, de wereld waarin je leeft is niet zoals je dacht. Het goede nieuws is dat er niets veranderd is, behalve dan dat je het nu weet. Het leven gaat straks gewoon weer zijn oude gangetje. Je kunt net doen alsof je hier allemaal niets van gelooft."

Het duurde even voor hij weer was bijgekomen, en toen wilde hij weten wat er echt met jou aan de hand was, met al dat zeldzame-ziektegedoe. Ik zei dat je écht ziek was geweest, maar dat je nu weer beter was – je was alleen een beetje veranderd tijdens het genezingsproces. Hij wilde weten wat ik met "veranderd" bedoelde, en ik zei dat je nu een stuk meer op Esmé leek dan op Renée.'

Edward siste terwijl ik Jacob vol verbijstering aanstaarde; dit ging een heel gevaarlijke kant op.

'Na een paar minuten vroeg hij heel timide of jij ook in een dier kon veranderen. Toen zei ik: "Nee, zo stoer is ze niet, dat mocht ze willen!"' Jacob grinnikte.

Rosalie maakte een afkeurend geluid.

398 'Ik wilde hem wat meer over de weerwolven vertellen, maar hij liet me het woord niet eens uitspreken – hij zei dat hij "liever geen details wilde horen". Toen vroeg hij of jij had geweten waar je aan begon toen je met Edward trouwde en ik zei: "Tuurlijk, Bella weet dit allemaal al jaren, al sinds ze weer in Forks woont." Dat vond hij minder leuk. Ik heb hem even uit laten razen, en toen hij weer rustig was geworden wilde hij maar twee dingen. Hij wilde jou zien, en ik

zei dat het beter was als ik vooruitging om het een en ander uit te leggen.'

Ik haalde diep adem. 'En wat wilde hij nog meer?'

Jacob glimlachte. 'Dit vind je vast fijn. Zijn voornaamste verzoek is dat hij over dit hele gedoe zo min mogelijk te horen krijgt. Als hij het niet per se hoeft te weten, moet je het hem niet vertellen. Hij wil alleen horen wat hij echt moet weten.'

Voor het eerst sinds Jacob was binnengekomen voelde ik me opgelucht. 'Dat gaat wel lukken.'

'En verder wil hij graag net doen alsof alles gewoon normaal is.' Jacobs glimlach kreeg een zelfgenoegzaam trekje – hij vermoedde waarschijnlijk dat ik op dit punt de eerste vage tekenen van dankbaarheid begon te voelen.

'Wat heb je hem over Renesmee verteld?' Ik deed mijn best om mijn vlijmscherpe toon te behouden en me te verzetten tegen de erkenning die ik onwillekeurig toch begon te voelen. Het was nog te vroeg. Er was nog steeds van alles mis aan deze situatie. Zelfs als Jacobs bemoeienis een betere reactie bij Charlie teweeg had gebracht dan ik ooit had durven hopen...

'O ja. Ik heb tegen hem gezegd dat jij en Edward een kleine erfenis hebben gekregen, een extra mondje om te voeden.' Hij wierp een snelle blik op Edward. 'Ze is jullie wees geworden beschermelinge – net als Bruce Wayne en Dick Grayson, zeg maar.' Jacob snoof. 'Ik dacht dat jullie een klein leugentje wat dat betreft vast niet erg zouden vinden. Het hoort er allemaal bij, nietwaar?' Edward reageerde niet, dus Jacob ging verder. 'Charlie was toen al te murw om nog ergens van op te kijken, maar hij vroeg wel of jullie haar gingen adopteren. "Als een dochter? Dus dan ben ik zeg maar een soort opa?" vroeg hij letterlijk. Ik heb ja gezegd. "Gefeliciteerd, ouwe," en dat soort dingen. Hij glimlachte zelfs een beetje.'

Mijn ogen begonnen weer te prikken, maar niet van angst of bezorgdheid dit keer. Dus Charlie moest glimlachen bij het idee dat hij opa werd? En hij ging Renesmee ontmoeten?

'Maar ze verandert zo snel,' fluisterde ik.

'Ik heb tegen hem gezegd dat zij specialer was dan wij allemaal bij elkaar,' zei Jacob op een liefdevolle toon. Hij stond op en liep naar me toe, terwijl hij Leah en Seth wegwuifde die achter hem aan wilden komen. Renesmee stak haar armpjes naar hem uit, maar ik drukte haar steviger tegen me aan. 'Ik zei tegen hem: "Geloof me nou maar, dit wil je niet weten. Maar als je alle rare dingen buiten be-

schouwing kunt laten, zal ze je versteld doen staan. Je hebt nog nooit zo'n bijzonder kind ontmoet." En toen zei ik tegen hem dat jullie nog wel een tijdje konden blijven als hij het aankon, zodat hij de kans zou krijgen om haar te leren kennen. Maar dat jullie zouden vertrekken als het te veel voor hem was. Hij zei dat
hij er wel mee om zou kunnen gaan, zolang hij maar geen informatie opgedron-
gen kreeg.'

Jacob keek me met een flauwe glimlach afwachtend aan.

'Ik ga je niet bedanken,' zei ik tegen hem. 'Je brengt Charlie ondanks alles in
groot gevaar.'

'Het spijt me echt dat een ontmoeting jou fysiek pijn zal doen. Ik wist niet dat
het zo werkte. Bella, het is niet meer hetzelfde tussen ons, maar je zult altijd
mijn beste vriendin blijven, en ik zal altijd van je houden. Maar nu houd ik op de
juiste manier van je. Het is eindelijk in evenwicht. Nu hebben we allebéí iemand
zonder wie we niet kunnen leven.'

Hij lachte zijn aller-Jacobachtigste glimlach. 'Zijn we nog vrienden?'

Ik verzette me tot het uiterste, maar ik moest teruglachen. Een piepklein
glimlachje maar.

Hij stak zijn hand uit: een verzoenend gebaar.

Ik haalde diep adem en verplaatste Renesmees gewicht naar mijn rechterarm. Ik legde mijn linkerhand in de zijne – hij gaf geen krimp toen hij mijn koude huid voelde. 'Als ik Charlie niet vermoord straks, zal ik er nog eens over nadenken of ik je kan vergeven.'

'Natuurlijk ga jij Charlie niet vermoorden straks, en dan sta je dik bij me in
het krijt.'

Ik rolde geërgerd met mijn ogen.

Hij stak zijn andere hand uit naar Renesmee: een verzoek dit keer. 'Mag ik?'

'Ik houd haar juist vast zodat ik mijn handen niet vrij heb om jou te vermoorden, Jacob. Straks misschien.'

Hij zuchtte maar drong niet verder aan. Heel verstandig van 'm.

Op dat moment kwam Alice weer binnengesjeesd met haar handen vol en
een moordlustige blik in haar ogen.

'Jij, jij en jij,' snauwde ze tegen de weerwolven. 'Als jullie per se moeten blijven, wil ik dat jullie nú in de hoek gaan staan en daar voorlopig niet meer uit komen. Ik wil iets kunnen zíén. Bella, geef hem de baby ook maar. Je moet je armen vrij hebben.'

Jacob grijnsde triomfantelijk.

Pure angst golfde door mijn buik toen de volle omvang van wat ik zo ging doen tot me doordrong. Ik ging de gok wagen met mijn wankele zelfbeheersing en mijn geheel menselijke vader als proefkonijn. Edwards eerdere woorden dreunden weer door mijn oren.

Heb je ook maar één seconde stilgestaan bij de fysieke pijn die je Bella laat lijden, zelfs als ze zich kan inhouden? Of bij de emotionele pijn als haar dat niét lukt?

Ik kon me niet voorstellen hoeveel pijn het zou doen als ik zou falen. Mijn ademhaling kwam in horten en stoten.

'Hier,' fluisterde ik terwijl ik Renesmee in Jacobs armen liet glijden.

Hij knikte met zorgelijke rimpels in zijn voorhoofd. Hij gebaarde naar de anderen en ze liepen allemaal naar de verste hoek van de kamer. Seth en Jacob zakten onmiddellijk op de grond in elkaar, maar Leah schudde haar hoofd en tuitte haar lippen.

'Mag ik weg?' vroeg ze chagrijnig. Ze leek zich niet op haar gemak te voelen in haar mensengedaante. Ze droeg hetzelfde vuile T-shirt en de katoenen korte broek die ze laatst ook gedragen had toen ze mij uit kwam schelden en haar korte haar stond in ongelijke pieken overeind. Haar handen trilden nog steeds.

'Tuurlijk,' zei Jacob.

'Wel in het oosten blijven, anders kom je Charlie misschien tegen,' voegde Alice daaraan toe.

Leah keurde Alice geen blik waardig, beende de achterdeur uit en stampte naar de struiken om te veranderen.

Edward was weer naast me komen staan en streelde mijn gezicht. 'Je kunt het. Dat weet ik zeker. Ik zal je helpen – we zullen je allemaal helpen.'

Ik keek hem aan met een gezicht dat het bijna uitschreeuwde van paniek. Was hij sterk genoeg om me tegen te houden als ik iets verkeerds zou doen?

'Als ik zou denken dat je het niet aankon, zouden we vandaag nog vertrekken. Nu. Maar je kunt het wél aan. En je zult gelukkiger zijn als je Charlie niet uit je leven hoeft te bannen.'

Ik probeerde rustiger adem te halen.

Alice stak haar hand uit. Er lag een klein wit doosje op haar handpalm. 'Je ogen gaan ervan prikken – ze doen geen pijn, maar ze vertroebelen wel je zicht, heel vervelend. En ze hebben ook niet je oude kleur, maar alles is beter dan felrood, nietwaar?'

401

Ze wierp het lenzendoosje door de lucht en ik ving het op.

'Wanneer heb je die...'

'Voor je op huwelijksreis ging. Ik was op diverse toekomstperspectieven voorbereid.'

Ik knikte en maakte het doosje open. Ik had nog nooit contactlenzen gedragen, maar dat kon vast niet heel moeilijk zijn. Ik pakte het kleine bruine rondje en duwde het met de holle kant naar binnen tegen mijn oog.

Ik knipperde en er kwam onmiddellijk een vlies over alles wat ik zag. Ik kon er natuurlijk wel doorheen kijken, maar ik zag ook de textuur van het dunne materiaal en mijn ogen richtten zich de hele tijd op de piepkleine krasjes en vlekjes.

'Juist ja,' mompelde ik terwijl ik de andere indeed en mijn best deed om dit keer niet te knipperen. Mijn oog wilde het vreemde voorwerp onmiddellijk afstoten.

'Hoe zie ik eruit?'

Edward glimlachte. 'Oogverblindend. Maar jij...'

'Ja ja, Bella ziet er natuurlijk altijd oogverblindend uit,' vulde Alice ongeduldig aan. 'Het is beter dan rood, maar iets positievers kan ik er niet over zeggen. Fletsbruin. Jouw bruin was veel mooier. Denk eraan dat ze niet eeuwig blijven zitten, want door het gif in je ogen lossen ze binnen een paar uur op. Dus als Charlie langer blijft, moet je even weg om nieuwe in te doen. Wat sowieso een goed idee is, want mensen moeten nou eenmaal af en toe naar het toilet.' Ze schudde haar hoofd. 'Esmé, geef jij haar eens wat tips over hoe ze menselijker overkomt, dan leg ik even een voorraad lenzen op de dames-wc.'

'Hoe lang heb ik nog?'

'Charlie is er over vijf minuten. Hou het simpel.'

Esmé knikte kort, liep naar me toe en pakte mijn hand. 'Het belangrijkste is om niet te stil te zitten of te snel te bewegen,' zei ze tegen me.

'Ga zitten als hij ook gaat zitten,' zei Emmett ertussendoor. 'Mensen vinden het niet prettig om te blijven staan.'

402   'Laat je ogen om de dertig seconden even door de kamer glijden,' deed Jasper een duit in het zakje. 'Mensen staren nooit heel lang naar hetzelfde voorwerp.'

'Je kunt het best je benen over elkaar slaan als je gaat zitten, en dan kruis je na vijf minuten je enkels en blijf je zo weer vijf minuten zitten,' zei Rosalie.

Ik knikte kort bij elke tip. Ik had hen gisteren al een paar van dit soort dingen zien doen. Volgens mij zou dat me wel lukken.

'En minstens drie keer per minuut met je ogen knipperen,' zei Emmett. Hij fronste zijn wenkbrauwen en schoot toen naar het bijzettafeltje waar de afstandsbediening van de televisie op lag. Hij zette een footballwedstrijd op en knikte tegen zichzelf.

'En vergeet ook niet je handen te bewegen. Haal je hand door je haar of doe alsof je ergens aan krabt,' zei Jasper.

'Ik zei *Esmé*,' klaagde Alice toen ze terugkwam. 'Jullie overstelpen haar.'

'Nee, volgens mij is het wel duidelijk,' zei ik. 'Zitten, rondkijken, knipperen, friemelen.'

'Zo is dat,' zei Esmé goedkeurend terwijl ze een arm om me heen sloeg.

Jasper fronste zijn wenkbrauwen. 'Je zult natuurlijk zoveel mogelijk je adem inhouden, maar je moet wel je schouders een beetje bewegen zodat het er toch uitziet alsof je ademhaalt.'

Ik ademde in en knikte weer.

Edward sloeg van de andere kant ook een arm om me heen. 'Je kunt het,' herhaalde hij zachtjes en bemoedigend in mijn oor.

'Nog twee minuten,' zei Alice. 'Misschien moet je vast op de bank gaan zitten. Je bent wel ziek geweest tenslotte. Dan hoef je ook niet meteen je best te doen om goed te bewegen.'

Ze trok me mee naar de bank. Ik probeerde langzaam te lopen en mijn ledematen onhandiger te laten lijken. Ze rolde met haar ogen, dus ik bracht het er blijkbaar niet al te best van af.

'Jacob, ik heb Renesmee nodig,' zei ik.

Jacob fronste en bleef zitten waar hij zat.

Alice schudde haar hoofd. 'Bella, dat is slecht voor mijn zicht.'

'Maar ik heb haar nódig. Zij houdt me rustig.' De panische ondertoon in mijn stem was overduidelijk.

'Goed dan,' kreunde Alice. 'Probeer haar zo min mogelijk te laten bewegen, dan zal ik mijn best doen om om haar heen te kijken.' Ze slaakte een vermoeide zucht, alsof iemand had gevraagd of ze op een feestdag kon overwerken. Jacob zuchtte ook, maar bracht Renesmee toen naar me toe en maakte zich vervolgens snel uit de voeten voor Alice' boze blik.

Edward ging naast me zitten en sloeg zijn armen om mij en Renesmee heen. Hij boog zich naar voren en keek Renesmee heel serieus aan.

'Renesmee, er komt een heel speciaal iemand langs voor jou en je moeder,'

403

zei hij ernstig, alsof hij verwachtte dat ze elk woord begreep. Was dat ook zo? Ze keek met een heldere, plechtige blik terug. 'Maar hij is anders dan wij, en ook anders dan Jacob. We moeten heel voorzichtig met hem zijn. Je mag hem geen dingen vertellen zoals je dat bij ons doet.'

Renesmee raakte zijn gezicht aan.

'Precies,' zei hij. 'En je zult heel erge dorst van hem krijgen. Maar je mag hem niet bijten. Hij geneest anders dan Jacob.'

'Begrijpt ze je?' fluisterde ik.

'Ja. Je zult heel voorzichtig zijn, hè Renesmee? Je gaat heel erg je best doen, toch?'

Renesmee raakte hem weer aan.

'Ja, Jacob mag je best bijten. Dat kan me niets schelen.'

Jacob grinnikte.

'Misschien kun je beter weggaan, Jacob,' zei Edward koud met een boze blik naar de hoek. Edward had Jacob nog niet vergeven, want hij wist dat ik hoe dan ook pijn zou lijden, wat er ook gebeurde. Maar ik nam de vlammen in mijn keel graag voor lief als dat het ergste was wat me vanavond zou overkomen.

'Ik heb tegen Charlie gezegd dat ik erbij zou zijn,' zei Jacob. 'Hij heeft behoefte aan morele steun.'

'Morele steun,' hoonde Edward. 'Charlie weet niet beter of jij bent het weerzinwekkendste monster van ons allemaal.'

'Weerzinwekkend?' protesteerde Jacob, en toen lachte hij zachtjes in zichzelf.

Ik hoorde de autobanden vanaf de snelweg het geruisloze, vochtige bospad van de Cullens op rijden, en mijn ademhaling werd weer gejaagder. Mijn hart had als een razende moeten bonken. Ik werd er zenuwachtig van dat mijn lijf niet op de goede manier reageerde.

Ik concentreerde me op het regelmatige gebons van Renesmees hart om rustig te worden. Het hielp heel snel.

'Goed zo, Bella,' fluisterde Jasper bemoedigend.

404 Edward sloeg zijn arm nog strakker om mijn schouders.

'Weet je het zeker?' vroeg ik hem.

'Heel zeker. Jij kunt álles.' Hij glimlachte en gaf me een zoen.

Het was niet bepaald een klein kusje op de mond, en weer werd ik overvallen door mijn onbeheerste vampierreacties. Edwards lippen waren net een shot van een of andere verslavende substantie die rechtstreeks mijn zenuwstelsel in werd gespoten. Ik verlangde ogenblikkelijk naar meer. Ik moest me tot het uiterste concentreren om mezelf eraan te herinneren dat ik een baby in mijn armen had.

Jasper voelde mijn stemming veranderen. 'Eh, Edward, misschien kun je haar nu beter niet zo afleiden. Ze moet zich kunnen concentreren.'

Edward trok zich los. 'Oeps,' zei hij.

Ik lachte. Dat was altijd míjn tekst geweest, vanaf het allereerste begin, de allereerste kus.

'Straks,' zei ik, en mijn buik begon al te kriebelen bij het vooruitzicht.

'Concentreer je, Bella,' zei Jasper dwingend.

'Juist.' Ik duwde de vlinders weg. Het ging nu om Charlie. Charlie mocht geen gevaar lopen. We hadden de hele nacht nog...

'Bella.'

'Sorry, Jasper.'

Emmett lachte.

Het geluid van Charlies politieauto klonk steeds harder. Het luchtige ogenblik was weer voorbij en iedereen zweeg. Ik sloeg mijn benen over elkaar en oefende vast met knipperen.

De auto stopte voor het huis en bleef nog even met draaiende motor staan. Ik vroeg me af of Charlie net zo zenuwachtig was als ik. Toen werd de motor uitgezet en ging er een portier open en dicht. Drie passen over het gras, en toen acht dreunende stappen op de houten traptreden. Nog vier dreunende voetstappen over de veranda. Stilte. Charlie haalde twee keer diep adem.

Klop, klop, klop.

Ik ademde voor misschien wel de laatste keer in. Renesmee nestelde zich nog wat dieper in mijn armen en verborg haar gezicht in mijn haar.

Carlisle deed de deur open. Zijn gespannen uitdrukking maakte onmiddellijk plaats voor een vriendelijk gezicht, alsof er naar een andere zender werd gezapt.

'Hallo, Charlie,' zei hij met een gepast beschaamde blik. We zaten immers zogenaamd nog steeds in een onderzoekscentrum in Atlanta. Charlie wist dat hij was voorgelogen.

'Carlisle,' begroette Charlie hem nors. 'Waar is Bella?'

'Hier, pap.'

Bah! Mijn stem klonk helemaal verkeerd. Bovendien had ik wat van mijn zuurstof verbruikt. Ik zoog gauw een nieuwe hap lucht naar binnen en was blij dat de kamer nog niet doordrongen was van Charlies geur.

Aan Charlies wezenloze blik kon ik meteen zien hoe vreemd mijn stem klonk. Hij keek me aan en zijn ogen werden groot.

Ik zag de emoties over zijn gezicht glijden.

Schrik. Ongeloof. Pijn. Verdriet. Angst. Woede. Wantrouwen. Nog meer pijn.

Ik beet op mijn lip. Het voelde raar. Mijn nieuwe tanden voelden hard aan op mijn granieten huid, scherper dan mijn mensentanden op mijn zachte mensenlippen hadden gevoeld.

'Ben jij dat, Bella?' fluisterde hij.

'Jazeker.' Ik kromp in elkaar bij het horen van mijn belletjesstem. 'Hoi, pap.' Hij haalde diep adem om zichzelf te kalmeren.

'Hé, Charlie,' zei Jacob vanuit de hoek. 'Hoe gaat-ie?'

Charlie wierp hem een boze blik toe, huiverde even bij de herinnering en keek toen weer naar mij.

Langzaam liep hij door de kamer tot hij ongeveer een meter voor me stond. Zijn ogen schoten even beschuldigend naar Edward en toen weer terug naar mij. De warmte van zijn lichaam hakte met elke hartslag op me in.

'Bella?' vroeg hij weer.

Ik probeerde mijn stem lager te laten klinken, minder tinkelend. 'Ik ben het echt.'

Zijn kaken klapten op elkaar.

'Het spijt me, papa.'

'Is alles goed met je?' wilde hij weten.

'Echt heel erg goed,' verzekerde ik hem. 'Ik ben zo gezond als een vis.'

Daar ging mijn laatste zuurstof.

'Jake zei dat dit... nodig was. Dat je op sterven lag.' Hij zei het alsof hij er zelf geen woord van geloofde.

Ik zette me schrap, concentreerde me op Renesmees warme lijf, zocht steun bij Edward en haalde diep adem.

406 Charlies geur was als een handvol vlammen die rechtstreeks mijn keel in geprop werden. Maar ik voelde veel meer dan alleen pijn. Er ging ook een gloeiend hete steek van verlangen door me heen. Charlie rook lekkerder dan ik me ooit had kunnen voorstellen. De anonieme wandelaars tijdens de jacht waren al zo aanlokkelijk geweest, maar Charlie bracht me nog veel sterker in de verleiding. En hij stond ook nog eens vlak voor me terwijl dat verrukkelijke,

warme, vochtige aroma zich door de droge lucht verspreidde.

Maar ik was niet op jacht. En dit was mijn vader.

Edward gaf me een meelevend kneepje in mijn schouders en Jacob wierp me vanaf de andere kant van de kamer een verontschuldigende blik toe.

Ik probeerde me te vermannen en de pijn en het dorstige verlangen te negeren. Charlie stond op mijn antwoord te wachten.

'Jacob heeft niet gelogen.'

'Dan is hij wel de enige,' gromde Charlie.

Ik hoopte dat Charlie door de veranderingen in mijn nieuwe gezicht heen kon kijken en zag hoe erg ik het vond.

Ik hoorde Renesmee snuffelen onder mijn haar toen zij Charlies geur ook opving en pakte haar nog steviger beet.

Charlie zag hoe ik angstig naar beneden keek en volgde mijn blik. 'O,' zei hij, en alle woede verdween in één keer van zijn gezicht, zodat er alleen nog ontsteltenis overbleef. 'Dus dat is 'r. Het weesje dat jullie volgens Jacob gaan adopteren.'

'Mijn nichtje,' loog Edward gladjes. Hij had waarschijnlijk geconcludeerd dat de gelijkenis tussen hem en Renesmee te sterk was om zomaar als toeval af te doen. Dan konden we maar beter meteen zeggen dat ze familie waren.

'Ik dacht dat jij geen familie meer had,' zei Charlie, en zijn toon werd weer beschuldigend.

'Mijn ouders zijn overleden. Mijn oudste broer is net als ik geadopteerd. Ik heb hem daarna nooit meer gezien. Maar hij en zijn vrouw zijn onlangs omgekomen bij een auto-ongeluk, en de rechtbank heeft me opgespoord omdat ze verder geen familieleden hadden en hun enige kind alleen was overgebleven.'

Edward was hier vreselijk goed in. Zijn stem trilde niet en had precies de juiste, enigszins onschuldige toon. Ik moest echt gaan oefenen, want ik wilde dat ook kunnen.

Renesmee gluurde onder mijn haar uit en snuffelde weer. Ze keek verlegen naar Charlie vanonder haar lange wimpers en verstopte zich toen weer. 407

'Ze... Ze... Nou, het is wel een schoonheid.'

'Dat is zo,' beaamde Edward.

'Maar dat is me wel even een verantwoordelijkheid. Jullie zijn nog maar net getrouwd.'

'Wat moesten we anders?' Edward aaide zachtjes over haar wang. Ik zag dat hij heel even een vinger op haar lippen legde – ter herinnering. 'Zou jij haar afgewezen hebben?'

'Hmpf. Tja.' Hij schudde afwezig zijn hoofd. 'Jake zei dat jullie haar Nessie noemen?'

'Nee, dat is niet waar,' zei ik, en mijn snerpende stem klonk veel te schel. 'Ze heet Renesmee.'

Charlie richtte zijn aandacht weer op mij. 'Wat vind jij hiervan? Misschien zouden Carlisle en Esmé...'

'Ze is van mij,' onderbrak ik hem. 'Ik wíl haar.'

Charlie fronste. 'Maak je nu al een opa van me?'

Edward glimlachte. 'Carlisle is ook grootvader geworden.'

Charlie keek met een ongelovige blik naar Carlisle, die nog steeds bij de voordeur stond en eruitzag als het jongere, knappere broertje van Zeus.

Charlie snoof en schoot toen in de lach. 'Nou, ik voel me meteen een heel stuk beter.' Zijn ogen dwaalden weer af naar Renesmee. 'Het is wel een plaatje, zeg.' Zijn warme adem zweefde door de lucht naar ons toe.

Renesmee boog zich voorover naar de geur; ze schudde mijn haar uit haar gezicht en keek hem voor het eerst recht aan. Charlie hapte naar adem.

Ik wist wat hij zag. Mijn ogen – zijn ogen – die als twee exacte kopieën in haar perfecte gezicht waren gezet.

Charlie begon te hyperventileren. Zijn lippen trilden en ik zag de getallen die hij prevelde. Hij telde terug en probeerde negen maanden in één te proppen. Hij probeerde het te begrijpen, maar het lukte hem niet om er ook maar enige logica in te ontdekken, terwijl hij het bewijs recht voor zich zag zitten.

Jacob stond op en liep naar Charlie toe om hem op zijn rug te kloppen. Hij boog zich voorover en fluisterde iets in Charlies oor, alleen wist Charlie natuurlijk niet dat we dat allemaal konden horen.

'Alleen wat je écht moet weten, Charlie. Het komt goed. Ik beloof het.'

Charlie slikte en knikte. En toen deed hij met ziedende ogen en gebalde vuisten een stap richting Edward.

'Ik hoef niet alles te weten, maar ik heb het gehad met al die leugens!'

'Het spijt me,' zei Edward rustig, 'maar jij hebt meer aan het verhaal dat we naar buiten brengen dan aan de waarheid. Als je bij dit geheim betrokken wilt worden, dan is het verhaal waarmee we naar buiten treden het belangrijkst. Om Bella en Renesmee en ons allemaal te beschermen. Denk je dat je het spel kunt meespelen, voor hen?'

De kamer stond vol standbeelden. Ik kruiste mijn enkels.

Charlie maakte een verontwaardigd geluid en richtte zijn boze blik toen op mij. 'Je had me wel eens mogen waarschuwen, meisje.'

'Zou dat het echt makkelijker gemaakt hebben?'

Hij fronste zijn wenkbrauwen en zakte toen op zijn knieën voor me op de grond. Ik zag het bloed in zijn nek bewegen onder zijn huid. Ik voelde de warme trillingen ervan.

En Renesmee ook. Ze glimlachte en stak een roze handje naar hem uit. Ik hield haar tegen. Ze duwde haar andere handje tegen mijn hals en haar gedachten bestonden uit dorst, nieuwsgierigheid en Charlies gezicht. Er zat een subtiele ondertoon in haar boodschap die me het idee gaf dat ze Edwards woorden heel goed begrepen had: ze gaf toe dat ze dorst had, maar schoof dat in dezelfde gedachte weer terzijde.

'Zo,' stootte Charlie uit toen hij haar volmaakte tanden zag. 'Hoe oud is ze?'

'Eh...'

'Drie maanden,' zei Edward, en toen voegde hij er langzaam aan toe: 'Of liever gezegd, ze heeft de afmetingen van een drie maanden oude baby, om en nabij. Op sommige punten is ze jonger, op andere ouder.'

Renesmee begon heel bewust naar hem te zwaaien.

Charlie knipperde spastisch met zijn ogen.

Jacob gaf hem een por. 'Ik zei toch dat ze bijzonder was?'

Charlie kromp ineen bij de aanraking.

'O, toe nou, Charlie,' kreunde Jacob. 'Ik ben nog steeds dezelfde jongen als altijd. Doe maar gewoon alsof dat van vanmiddag nooit gebeurd is.'

Charlies lippen werden wit bij de herinnering, maar hij gaf een stijf knikje. 'Wat is jouw aandeel eigenlijk in dit alles, Jake?' vroeg hij. 'Wat weet Billy allemaal? Wat doe je hier?' Hij keek naar Jacobs gezicht, dat helemaal straalde omdat hij naar Renesmee keek.

'Nou, ik zou je er natuurlijk uitgebreid over kunnen vertellen – en Billy is trouwens overal van op de hoogte – maar er komen een heleboel weerwo...' 409

'Aah!' protesteerde Charlie terwijl hij zijn handen over zijn oren sloeg. 'Laat maar zitten.'

Jacob grijnsde. 'Het komt helemaal goed, Charlie. Je moet gewoon proberen om niets te geloven van wat je om je heen ziet gebeuren.'

Mijn vader mompelde iets onverstaanbaars.

'Jaaa!' baste Emmett opeens met zijn lage stem. 'Hup, Gators!'

Jacob en Charlie maakten een sprongetje van schrik. Alle anderen verstijfden.

Charlie vermande zich en keek over zijn schouder naar Emmett. 'Staat Florida voor?'

'Ze hebben net hun eerste touchdown gescoord,' bevestigde Emmett. Hij keek even mijn kant op en wiebelde als een schurk uit een ouderwets toneelstuk met zijn wenkbrauwen. 'Het werd ook wel tijd dat hier eindelijk eens door iemand gescoord werd.'

Ik onderdrukte met moeite de neiging om tegen hem te sissen. Waar Charlie bij was? Dat ging echt te ver.

Maar Charlie was allang niet meer in staat om schunnige toespelingen op te pikken. Hij haalde nog een keer diep adem en zoog de lucht naar binnen alsof hij zijn tenen probeerde te vullen. Ik was jaloers op hem. Hij kwam overeind, liep om Jacob heen en plofte wankelend in een lege stoel. 'Nou,' zuchtte hij. 'Dan moeten we maar eens kijken of ze die voorsprong kunnen behouden.'

26. Schitteren

'Ik weet niet of we dit wel aan Renée moeten vertellen,' zei Charlie aarzelend met één voet buiten de deur. Hij rekte zich uit en zijn maag knorde.

Ik knikte. 'Je hebt gelijk. Ik ben bang dat ik haar de stuipen op het lijf jaag. We kunnen haar beter beschermen. Dit is niet voor de bangeriken onder ons.'

Hij trok een spijtige grimas. 'Ik zou ook geprobeerd hebben om jou te beschermen, als ik had geweten hoe. Maar jij bent ook nooit een bangerik geweest, hè?'

Ik glimlachte terug en zoog een verschroeiende ademteug naar binnen door mijn tanden.

Charlie klopte afwezig op zijn buik. 'Ik bedenk wel iets. We hebben nog tijd genoeg om het erover te hebben, toch?'

'Zeker,' beloofde ik.

Ergens was het een heel lange dag geweest, en tegelijkertijd was de tijd ontzettend snel gegaan. Charlie was te laat voor het eten – Billy en hij waren bij Sue Clearwater uitgenodigd. Dat zou een behoorlijk ongemakkelijke avond voor hen worden, maar hij kreeg in elk geval wel een fatsoenlijke maaltijd. Ik was blij dat iemand ervoor zorgde dat hij niet verhongerde, want zelf kreeg hij nog steeds niets voor elkaar in de keuken.

Door de spanning waren de minuten voorbijgekropen; Charlie had zijn verkrampte schouders geen moment laten ontspannen. Maar hij had ook geen haast gehad om weg te gaan. Hij had twee hele wedstrijden uitgezeten – godzijdank was hij zo in gedachten verzonken geweest dat hij niets gemerkt had van Emmetts insinuerende opmerkingen die steeds nadrukkelijker werden en steeds minder met football te maken hadden –, toen de nabeschouwingen en toen het journaal, en hij was pas weer in beweging gekomen toen Seth hem op de tijd gewezen had.

'Je laat mijn moeder en Billy toch niet met het eten zitten hè, Charlie? Kom, tijd om aan tafel te gaan. Vooruit. Bella en Nessie zijn hier morgen ook nog wel.'

Aan Charlies ogen was duidelijk te zien geweest dat hij daar nog niet zo zeker van was, maar hij was toch achter Seth aan naar de deur gelopen. Daar was hij blijven staan en ik kon zien dat hij nog steeds twijfelde. Het weer klaarde op, het regende niet meer. Misschien zou de zon zelfs nog wel even tevoorschijn komen voor hij onderging.

'Jake zei dat jullie zomaar weg wilden gaan,' mompelde hij tegen me.

'Dat zou ik alleen gedaan hebben als het echt niet anders kon. Daarom zijn we er nog.'

'Hij zei dat jullie nog wel een tijdje konden blijven, maar alleen als ik stalen zenuwen had en mijn mond kon houden.'

'Dat is ook zo... Maar ik kan niet beloven dat we nooit zullen vertrekken, papa. Het is nogal ingewikkeld...'

'Alleen wat ik echt moet weten,' hielp hij me herinneren.

'Juist.'

'Maar je komt toch nog wel op bezoek, als jullie weg moeten?'

'Dat beloof ik, pap. Nu weet je nét genoeg, en volgens mij moet het zo gaan lukken. We kunnen elkaar net zo vaak zien als jij wilt.'

Hij kauwde even op zijn onderlip, boog zich toen langzaam naar me toe en spreidde behoedzaam zijn armen. Ik verschoof Renesmee, die nu lag te slapen, naar mijn linkerarm, beet op mijn kiezen, hield mijn adem in en sloeg mijn rechterarm toen heel lichtjes om zijn warme, zachte middel.

'Vaak, Bells,' mompelde hij. 'Ik wil je niet kwijt.'

'Ik hou van je, papa,' fluisterde ik met opeengeklemde kiezen.

Hij huiverde en trok zich los. Ik liet mijn arm zakken.

'Ik ook van jou, meisje. Wat er ook allemaal veranderd is, dát niet.' Hij streek met één vinger over Renesmees roze wangetje. 'Ze lijkt echt heel erg op jou.'

Ik probeerde achteloos te blijven kijken, ook al voelde ik me helemaal niet zo. 'Meer op Edward, vind ik.' Ik aarzelde even en zei toen: 'Ze heeft jouw krullen.'

Charlie schrok even en snoof toen. 'Hmm. Geloof het ook. Hmm. Opa.' Hij schudde bedenkelijk zijn hoofd. 'En wanneer mag ik haar nou eens vasthouden?'

Ik knipperde geschokt met mijn ogen en riep mezelf vlug tot de orde. Ik dacht er een halve seconde over na, keek nog eens goed naar Renesmee, die echt als een roosje leek te slapen, en besloot mijn geluk toen maar tot het uiterste op de proef te stellen, aangezien het toch al de hele dag zo goed ging...

'Hier,' zei ik terwijl ik haar naar hem uitstak. Hij vormde automatisch een on-handig wiegje met zijn armen en ik legde Renesmee erin. Zijn huid was niet zo heet als de hare, maar mijn keel begon te kriebelen toen ik de warmte voelde die onder het dunne vel door stroomde. Op de plek waar mijn witte huid de zijne raakte kreeg hij kippenvel. Ik wist niet zeker of dat een reactie was op mijn nieu-we lichaamstemperatuur of dat het alleen maar tussen zijn oren zat.

Charlie bromde zacht toen hij voelde hoe zwaar ze was. 'Stevige meid, hoor.'

Ik fronste mijn wenkbrauwen. Ik vond haar altijd zo licht als een veertje. Mis-schien kon ik het niet goed beoordelen.

'Stevig is goed,' zei Charlie toen hij mijn blik zag. Toen mompelde hij binnens-monds: 'Ze kan maar beter sterk zijn, met al die gekte om haar heen.' Hij liet haar een beetje veren en wiegde haar heen en weer. 'Mooiste baby die ik ooit heb gezien. Ze is zelfs nog mooier dan jij was, meisje. Het spijt me, maar zo is het wel.'

'Dat weet ik.'

'Mooi baby'tje,' zei hij opnieuw, maar het klonk bijna kirrend dit keer.

Ik zag aan zijn gezicht hoe hij voor de bijl ging. Charlie stond net zo machte-loos tegenover haar toverkunsten als wij allemaal. Ze lag twee seconden in zijn armen en ze had hem nu al volledig in haar macht.

'Mag ik morgen terugkomen?'

'Tuurlijk, pap. Uiteraard. We zijn gewoon thuis.'

'Dat is je geraden ook,' zei hij streng, maar zijn ogen, die nog steeds naar Renesmee staarden, waren mild. 'Tot morgen, Nessie.'

'Niet jij ook al!'

'Hè?'

'Ze heet *Renesmee*. Renée en Esmé, en dan samen. Geen afkortingen.' Ik deed mijn best om dit keer te kalmeren zonder diep adem te halen. 'Wil je weten wat haar tweede naam is?'

'Nou?'

'Carlie. Met een c. Carlisle en Charlie, en dan samen.'

Ik was verrast toen Charlies gezicht oplichtte door een grijns die zijn ogen deed rimpelen. 'Dank je wel, Bells.'

'Jíj bedankt, pap. Er is zoveel veranderd in zo'n korte tijd. Het duizelt me nog steeds. Als ik jou niet zou hebben, zou ik niet weten hoe ik mijn greep op... op de werkelijkheid zou moeten behouden.' Ik had bijna 'mijn greep op wie ik was' ge-

413

zegd. Dat was waarschijnlijk iets te veel van het goede geweest.

Charlies maag knorde weer.

'Ga maar eten, papa. We blijven echt.' Ik wist nog hoe dat was, die eerste ongemakkelijke keer dat je opeens in een sprookjeswereld beland bleek te zijn, en je het gevoel had dat alles in het licht van de opkomende zon zou verdwijnen.

Charlie knikte en gaf Renesmee toen met tegenzin aan me terug. Hij staarde over mijn schouder het huis in en keek met een enigszins verwilderde blik nog even de grote, helder verlichte kamer rond. Iedereen was er nog, behalve Jacob, die ik in de keuken de koelkast hoorde plunderen. Alice zat ontspannen op de onderste tree van de trap met Jaspers hoofd op haar schoot, Carlisle had zich over een dik boek gebogen, Esmé neuriede in zichzelf en maakte schetsen op een tekenblok, Rosalie en Emmett hadden onder de trap de funderingen voor een monumentaal kaartenhuis gelegd en Edward had zich teruggetrokken bij de piano en speelde zachtjes wat voor zich uit. Niets wees erop dat de dag ten einde liep, dat het tijd was om te gaan eten of iets anders te gaan doen ter voorbereiding op de avond. Er was iets ongrijpbaars veranderd in de sfeer die er in huis hing. De Cullens deden niet zo hun best als anders – er waren minuscule barstjes in de menselijke façade gekomen, net genoeg om Charlie het verschil te laten voelen.

Hij huiverde, schudde zijn hoofd en slaakte een zucht. 'Tot morgen, Bella.' Hij fronste zijn wenkbrauwen en zei toen: 'Je ziet... Je ziet er goed uit, hoor. Ik wen er wel aan.'

'Bedankt, pap.'

Charlie knikte en liep peinzend naar zijn auto. Ik keek hem na toen hij wegreed, en pas toen ik zijn banden de snelweg op hoorde draaien besefte ik dat het me gelukt was. Ik was de hele dag doorgekomen zonder Charlie iets aan te doen. Helemaal in mijn eentje. Dat móést wel een gave zijn!

Het leek te mooi om waar te zijn. Zou ik echt bij mijn nieuwe familie kunnen zijn en ook nog een deel van mijn oude leven kunnen behouden? En ik had gisteren al zo'n volmaakte dag gevonden.

'Wauw,' fluisterde ik. Ik knipperde met mijn ogen en voelde het derde paar lenzen uiteenvallen.

Het pianospel hield op. Edward sloeg zijn armen om mijn middel en legde zijn kin op mijn schouders.

'Je haalt me het woord uit de mond.'

'Edward, het is me gelukt!'

'Inderdaad. Je was ongelooflijk. Al die zorgen over de nieuwelingenfase, en dan sla je hem gewoon over.' Hij lachte zachtjes.

'Ik weet niet eens zeker of ze wel een vampier is, laat staan een nieuweling,' riep Emmett vanonder de trap. 'Ze is zo tám.'

Opeens hoorde ik alle gênante opmerkingen weer die hij had gemaakt, waar mijn vader bij was geweest nota bene, en het was waarschijnlijk maar goed dat ik Renesmee vasthield. Ik kon mijn reactie echter niet helemaal onderdrukken en gromde zachtjes.

'Oeoeoe, eng hoor,' lachte Emmett.

Ik siste en Renesmee bewoog in mijn armen. Ze knipperde een paar keer met haar ogen en keek toen verbaasd om zich heen. Ze snuffelde en bracht haar handje naar mijn gezicht.

'Charlie is er morgen weer,' stelde ik haar gerust.

'Te gek,' zei Emmett. Dit keer lachte Rosalie met hem mee.

'Niet zo slim, Emmett,' zei Edward smalend terwijl hij zijn handen uitstak om Renesmee van me over te nemen. Toen ik aarzelde gaf hij me een knipoog, dus ik gaf haar een beetje verward aan.

'Hoe bedoel je?' wilde Emmett weten.

'Vind je het zelf ook niet een beetje dom om de sterkste vampier van het huis tegen je in het harnas te jagen?'

Emmett gooide zijn hoofd in zijn nek en snoof. 'Alsjeblieft, zeg!'

'Bella,' mompelde Edward terwijl Emmett zijn oren spitste, 'weet je nog dat ik een paar maanden geleden vroeg of je me een lol wilde doen als je eenmaal onsterfelijk was geworden?'

Dat deed ergens vaag een belletje rinkelen. In gedachten doorzocht ik mijn wazige menselijke herinneringen. Na een tijdje wist ik het weer en ik riep: 'O!'

Alice liet een lange, jubelende lach horen. Jacob stak met een mond vol eten zijn hoofd om de hoek.

'Wat dan?' gromde Emmett.

'Echt?' vroeg ik aan Edward.

'Echt,' antwoordde hij.

Ik haalde diep adem. 'Emmett, heb je zin in een weddenschapje?'

Hij stond meteen overeind. 'Altijd. Kom maar op.'

Ik beet even op mijn lip. Hij was zo gróót.

'Of durf je soms niet?' opperde Emmett.

Ik rechtte mijn schouders. 'Jij en ik. Armdrukken. Eettafel. Nu.'

Emmetts grijns werd breder.

'Eh, Bella,' zei Alice vlug. 'Ik geloof dat Esmé erg op die tafel gesteld is. Hij is antiek.'

'Bedankt,' mimede Esmé tegen haar.

'Geen probleem,' zei Emmett met een stralende glimlach. 'Deze kant op, Bella.'

Ik liep met hem mee door de achterdeur, richting de garage, en ik hoorde de anderen achter ons aankomen. Vlak bij de rivier lag een groot granieten rotsblok, omringd door een berg kleinere keien, en daar was Emmett duidelijk naar op weg. Het grote blok liep enigszins rond en was niet helemaal gelijkmatig, maar het was goed genoeg.

Emmett zette zijn elleboog op de rots en wenkte me naar voren.

Ik werd meteen weer zenuwachtig toen ik de dikke spieren in Emmetts arm zag opbollen, maar ik liet niets merken. Edward had beloofd dat ik een tijdlang sterker zou zijn dan wie dan ook. Daar leek hij absoluut van overtuigd, en ik vóélde me ook sterk. Zó sterk? vroeg ik me af terwijl ik naar Emmetts biceps keek. Maar ik was nog geen twee dagen oud, en dat moest toch ook wat waard zijn. Tenzij bij mij niets normaal ging. Misschien was ik wel niet zo sterk als een gewone nieuweling. Misschien kon ik mezelf daarom zo goed beheersen.

Ik probeerde een heel onbekommerd gezicht te trekken terwijl ik mijn elleboog op de steen zette.

'Goed, Emmett. Als ik win, mag je nooit meer een woord over mijn seksleven zeggen, zelfs niet tegen Rose. Geen toespelingen, geen insinuerende opmerkingen – niets.'

Hij kneep zijn ogen tot spleetjes. 'Deal. Als ik win, wordt het nog veel en veel erger.'

Hij hoorde dat ik mijn adem inhield en grijnsde kwaadaardig. Er was geen spoortje bluf te zien in zijn ogen.

'Je krabbelt toch niet terug, zusje van me?' vroeg Emmett pesterig. 'Jij bent niet zo'n wilde, hè? Ik durf te wedden dat er nog geen krasje te zien is in dat huisje van jullie.' Hij lachte. 'Heeft Edward al verteld hoeveel huizen Rose en ik hebben afgebroken?'

Ik klemde mijn kiezen op elkaar en greep zijn grote hand vast. 'Eén, twee...'

416

'Drie,' gromde hij, en hij begon tegen mijn hand te duwen.

Er gebeurde niets.

O, ik voelde heus wel dat hij kracht zette. Mijn nieuwe hersenen leken erg goed in het maken van allerlei berekeningen, en daarom wist ik zeker dat als zijn hand geen weerstand zou ondervinden, hij zonder moeite recht door de rots zou gaan. De druk nam toe, en ik vroeg me onwillekeurig af of een vrachtwagen vol beton die met vijfenzestig kilometer per uur een steile helling af reed net zo veel impact zou hebben. Tachtig kilometer per uur? Vijfennegentig? Meer nog, waarschijnlijk.

Het was niet genoeg om mij in beweging te krijgen. Zijn hand duwde met een verpletterende kracht tegen de mijne, maar het voelde niet vervelend. Het voelde op een rare manier eigenlijk best goed. Ik was zo voorzichtig geweest sinds ik voor het laatst wakker was geworden, had zo mijn best gedaan om niets kapot te maken, dat het een vreemde opluchting was om eindelijk mijn spieren te kunnen gebruiken. Om de kracht te laten stromen in plaats van mijn uiterste best te moeten doen om hem in te dammen.

Emmett kreunde, er kwamen rimpels in zijn voorhoofd en zijn hele lijf spande zich in één stijve rechte lijn aan in de richting van mijn onbeweeglijke hand. Ik liet hem een tijdje zweten – bij wijze van spreken dan – terwijl ik genoot van het gevoel van de ongelooflijke kracht die door mijn arm liep.

Maar na een paar seconden begon ik me te vervelen. Ik spande mijn spieren aan en Emmetts hand verschoof twee centimeter.

Ik lachte. Emmett gromde hard door zijn tanden.

'En nou wil ik er niks meer over horen,' zei ik tegen hem, en toen duwde ik zijn hand hard tegen het rotsblok. Een oorverdovend gekraak weerkaatste tussen de bomen. De rots trilde en er brak een groot stuk af langs een onzichtbare breuklijn, ongeveer een achtste van het geheel. Het stuk kwam op Emmetts voet terecht en ik gniffelde. Ik hoorde Jacob en Edward gesmoord lachen.

Emmett schopte het rotsblok de rivier over. Het hakte een jonge esdoorn doormidden en kwam vervolgens met een dreun neer aan de voet van een grote spar, die even wiebelde en toen tegen een andere boom aan viel.

'Revanche. Morgen.'

'Zo snel gaat het niet over, hoor,' zei ik tegen hem. 'Misschien kun je beter nog even een maandje wachten.'

Emmett gromde en liet zijn tanden zien. 'Morgen.'

417

'Joh, als jij daar gelukkig van wordt, grote broer van me.'

Emmett draaide zich om en wilde boos weglopen, maar gaf eerst nog een harde dreun op het graniet zodat er een regen van rotssplinters en gruis naar beneden viel. Misschien een beetje kinderachtig, maar ik vond het stiekem best leuk dat hij zo op mijn overwinning reageerde.

Gefascineerd door het onomstotelijke bewijs dat ik sterker was dan de sterkste vampier die ik ooit had gekend, legde ik mijn hand met gespreide vingers op de rots. Toen duwde ik mijn vingers langzaam naar beneden, zonder veel druk te zetten: ik verbrijzelde de steen gewoon. De textuur deed me een beetje denken aan harde kaas. Even later had ik een handvol puin vast.

'Vet,' mompelde ik.

Met een brede grijns op mijn gezicht draaide ik snel om mijn as en deelde met de zijkant van mijn hand een soort karatemep uit aan de steen. De steen knarste en kraakte en brak in een grote stofwolk doormidden.

Ik begon te giechelen.

Ik lette nauwelijks op het gegrinnik achter me terwijl ik de rest van het blok aan stukken stompte en schopte. Ik vond het veel te leuk en kon niet ophouden met gniffelen. Pas toen ik een ander soort gegiechel hoorde, als hoge, tinkelende belletjes, hield ik op met mijn flauwe spelletje.

'Lachte ze nou net?'

Iedereen stond naar Renesmee te staren met dezelfde stomverbaasde blik die ik ongetwijfeld ook op mijn gezicht had.

'Ja,' zei Edward.

'Het was ook wel tamelijk lachwekkend,' mompelde Jake terwijl hij met zijn ogen rolde.

'Jij hebt je vast ook wel even laten gaan toen je voor het eerst door het bos rende, hond,' zei Edward plagerig, maar zonder een spoor van vijandigheid in zijn stem.

'Dat was anders,' zei Jacob, en ik keek verbluft toe hoe hij Edward een goedmoedige klap tegen zijn schouder gaf. 'Bella is zogenaamd volwassen. Een getrouwde moeder en zo. Dat vraagt toch om wat meer waardigheid, of niet soms?'

Renesmee fronste haar voorhoofd en raakte Edwards gezicht aan.

'Wat wil ze?' vroeg ik.

'Minder waardigheid,' zei Edward grijnzend. 'Ze vond het haast net zo leuk als ik om te zien hoeveel lol je had.'

418

'Ben ik grappig?' vroeg ik aan Renesmee, terwijl ik naar haar toe rende en we tegelijkertijd onze armen naar elkaar uitstaken. Ik nam haar over van Edward en gaf haar de rotssplinter die ik in mijn hand had.

Ze glimlachte haar betoverende glimlach en pakte de steen met beide handen vast. Ze kneep, en er kwam een klein deukje tussen haar wenkbrauwen van concentratie.

Er klonk een heel zacht schurend geluidje en er viel een piepklein beetje gruis naar beneden. Ze fronste en gaf de splinter terug aan mij.

'Ik snap het al,' zei ik terwijl ik de steen tot zand verpulverde.

Ze klapte lachend in haar handjes, en dat klonk zo verrukkelijk dat we allemaal meededen.

Plotseling brak de zon door de wolken en wierp lange, gouden en robijnrode stralen over ons groepje van tien. Ik was meteen helemaal van mijn stuk gebracht toen ik zag hoe mooi mijn huid was in het licht van de ondergaande zon.

Renesmee aaide over de gladde, diamanten facetten en legde haar arm toen naast de mijne. Haar huid had slechts een lichte glans, heel subtiel en geheimzinnig. Niet iets waardoor ze op een zonnige dag binnen zou moeten blijven, zoals ik met mijn glinsterende gefonkel. Ze raakte mijn gezicht aan en dacht een beetje misnoegd aan het verschil.

'Jij bent de allermooiste,' stelde ik haar gerust.

'Ik weet niet zeker of ik het daar wel mee eens ben,' zei Edward, maar toen ik me naar hem omdraaide om antwoord te geven, kon ik door het zonlicht op zijn gezicht geen woord meer uitbrengen.

Jacob hield zijn hand voor zijn gezicht en deed alsof hij zijn ogen beschermde tegen het felle licht. 'Freaky Bella,' zei hij.

'Ze is werkelijk wonderbaarlijk,' mompelde Edward bijna instemmend, alsof Jacobs opmerking als compliment bedoeld was. Hij was tegelijkertijd verblindend en verblind.

Het voelde vreemd – en dat was waarschijnlijk ook wel logisch, aangezien alles momenteel vreemd voelde – om ergens zo goed in te zijn. Als mens was ik nooit ergens de beste in geweest. Ik had heel aardig voor Renée gezorgd, maar een heleboel mensen hadden het vast stukken beter gedaan; Phil leek het ook prima aan te kunnen. Ik was een goede leerling, maar nooit de beste van de klas. Over alles wat met sport te maken had hoefden we het natuurlijk niet eens te hebben. Ik was niet kunstzinnig of muzikaal, had geen bijzondere talenten om

419

over op te scheppen. Er werden nooit prijzen uitgereikt voor boeken lezen. Na achttien jaar middelmatigheid was ik er eigenlijk wel aan gewend dat ik maar heel gewoontjes was. Nu besefte ik dat ik al lang geleden alle ambitie om ergens in uit te blinken had opgegeven. Ik maakte er gewoon het beste van en bleef altijd een beetje een buitenbeentje.

Dit was wel even wat anders. Opeens liet ik iedereen – mezelf én anderen – versteld staan. Ik was een geboren vampier. Daar moest ik bijna om lachen, maar ik ging er ook bijna van zingen. Ik had mijn ware plek in de wereld gevonden, de plek waar ik thuishoorde, waar ik schitterde.

27. Reisplannen

Ik nam mythologie een stuk serieuzer sinds ik een vampier was geworden.

Terugkijkend op mijn eerste drie maanden als onsterfelijke probeerde ik me voor te stellen hoe mijn levensdraad eruitzag in het weefgetouw van de schikgodinnen – wie zou durven beweren dat dat niet echt bestond? Ik wist zeker dat mijn draad van kleur was veranderd. Eerst had hij vast een heel degelijke kleur gehad, beige of zo, iets waar je alle kanten mee op kon en wat niet te veel opviel, mooi voor op de achtergrond. Nu had ik het gevoel dat hij felrood was geworden, of misschien wel glinsterend goud.

De schitterende, harmonieuze kleuren van mijn familie en vrienden kwamen allemaal samen in het prachtige, stralende wandkleed dat om me heen geweven werd.

Het verbaasde me dat ik sommige draadjes in mijn leven had kunnen houden. Zo had ik de weerwolven, met hun diepe boskleuren, er bijvoorbeeld niet in verwacht, op Jacob en Seth na natuurlijk. Maar mijn oude vrienden Quil en Embry werden ook onderdeel van het weefsel toen ze zich bij Jacobs roedel voegden, en zelfs Sam en Emily waren aardig tegen ons. De spanningen tussen onze families namen af, voornamelijk dankzij Renesmee. Iedereen hield van haar.

Sue en Leah Clearwater werden ook in ons leven gevlochten – nog twee mensen op wie ik niet meer gerekend had.

Sue leek zichzelf tot taak gesteld te hebben om Charlies overgang naar onze sprookjeswereld zo soepel mogelijk te laten verlopen. Ze kwam meestal met hem mee naar de Cullens, hoewel ze zich daar niet zo op haar gemak leek te voelen als haar zoon en de andere leden van Jacobs roedel. Ze zei nooit veel, maar bleef altijd beschermend dicht bij Charlie in de buurt. Zij was telkens de eerste naar wie hij keek als Renesmee weer eens iets deed wat ze eigenlijk nog helemaal niet hoorde te kunnen – en dat was nogal vaak. Sue wierp dan een veelbetekenende blik op Seth alsof ze tegen Charlie wilde zeggen: o, praat me er niet van.

Leah voelde zich nog minder op haar gemak in ons huis dan Sue en was het enige lid van onze pas uitgebreide familie dat openlijk vijandig tegenover de sa-mensmelting stond. Maar door haar nieuwe vriendschap met Jacob werd ze ge-dwongen om ook met ons om te gaan. Ik vroeg hem er een keer naar, een beetje aarzelend omdat ik me er eigenlijk niet mee wilde bemoeien, maar hun band was zo anders dan vroeger dat ik er toch wel erg benieuwd naar was. Hij haalde zijn schouders op en zei dat het door de roedel kwam. Leah was nu zijn onderbe-velhebber, zijn 'bèta', zoals ik het ooit had genoemd.

'Ik dacht, als ik dan toch een echte alfa word, kan ik het maar beter officieel aanpakken,' had Jacob uitgelegd.

Door haar nieuwe verantwoordelijkheden had Leah het gevoel dat ze regel-matig moest komen kijken hoe het met hem ging, en aangezien hij altijd bij Renesmee was...

Leah vond het niet fijn bij ons, maar zij was de enige. Geluk was het hoofdbe-standdeel van mijn leven geworden, het overheersende patroon van het wand-kleed. Het had er zelfs voor gezorgd dat mijn band met Jasper veel sterker was geworden dan ik ooit had verwacht.

In eerste instantie had ik me vooral aan hem geërgerd.

'Sjonge!' had ik op een avond tegen Edward geklaagd nadat we Renesmee in haar smeedijzeren bedje hadden gelegd. 'Het mag toch hoop ik wel duidelijk zijn dat ik Charlie en Sue echt niet meer ga vermoorden. Ik wou dat Jasper niet de hele tijd bij me in de buurt bleef rondhangen!'

'Niemand twijfelt aan jou, Bella, nog geen seconde,' stelde hij me gerust. 'Je kent Jasper toch – hij voelt zich goed bij mensen die een positieve gemoeds-toestand hebben. Jij bent zo gelukkig dat hij zonder erbij na te denken naar je toe trekt, liefste.'

En toen omhelsde Edward me heel stevig, omdat hij zelf ook zo ontzettend gelukkig werd van de overweldigende vreugde die ik in mijn nieuwe leven er-voer.

En ik was bijna altijd euforisch. De dagen waren niet lang genoeg om mijn dochter te aanbidden, de nachten hadden niet genoeg uren om mijn honger naar Edward te stillen.

Maar het geluk kende ook een keerzijde. Ik stelde me voor dat als je het kleed van onze levens zou omdraaien, de achterkant geweven zou zijn in de sombere grijstinten van twijfel en angst.

Renesmee zei haar eerste woordje toen ze precies een week oud was. Het woord was 'mama', en normaal gesproken zou ik daarmee in de zevende hemel zijn geweest, ware het niet dat haar voortgang me zo beangstigde dat ik met moeite een glimlach op mijn bevroren gezicht tevoorschijn kon toveren. Het feit dat ze na haar eerste woordje in één adem doorging met haar eerste zin maakte het er niet echt beter op. 'Mama, waar is opa?' vroeg ze met een heldere, hoge sopraanstem. Ze nam alleen de moeite om te praten omdat ik aan de andere kant van de kamer zat. Ze had het al aan Rosalie gevraagd op haar normale (of volstrekt abnormale, als je het anders bekeek) manier van communiceren. Rosalie had het niet geweten, dus had Renesmee zich tot mij gewend.

Toen ze nog geen drie weken later haar eerste stapjes zette, ging het net zo. Ze zat gewoon eerst een tijd aandachtig te kijken hoe haar tante Alice boeketten schikte in de vazen die overal in de kamer stonden en met haar armen vol bloemen heen en weer danste. Opeens kwam Renesmee zonder ook maar te wankelen overeind en liep bijna net zo gracieus door de kamer.

Jacob begon te klappen, want dat was duidelijk de reactie waar Renesmee op uit was. Door zijn band met haar kwamen zijn eigen reacties op de tweede plaats; in eerste instantie gaf hij Renesmee zonder erbij na te denken altijd haar zin. Maar toen keken we elkaar aan en zag ik alle paniek die ik zelf voelde terug in zijn ogen. Ik dwong mijn handen ook op elkaar en probeerde haar niet te laten merken hoe bang ik was. Naast me had ook Edward zachtjes geapplaudisseerd en we hoefden het niet hardop uit te spreken om te weten dat we precies hetzelfde dachten.

Edward en Carlisle stortten zich op een uitgebreid onderzoek, in de hoop antwoorden te vinden en erachter te komen wat we konden verwachten. Maar ze vonden maar weinig, en het was nooit op waarheid te controleren.

Alice en Rosalie begonnen de dag meestal met een modeshow. Renesmee droeg nooit twee keer dezelfde kleren, deels omdat ze er vrijwel onmiddellijk uit groeide en deels omdat Alice en Rosalie een fotoalbum probeerden samen te stellen dat jaren en geen weken besloeg. Ze maakten duizenden foto's en legden elke fase van haar versnelde kindertijd vast.

Na drie maanden kon Renesmee doorgaan voor een groot kind van één, of een klein kind van twee. Ze had een andere bouw dan de gemiddelde peuter; ze was langer en gracieuzer en haar verhoudingen waren gelijkmatiger, als van een volwassene. Haar bronskleurige haar kwam tot op haar middel: ik kon het niet over mijn hart verkrijgen om het af te knippen, zelfs niet als het had gemogen

423

van Alice. Renesmee kon heel goed praten en haar grammatica en woordge-bruik waren foutloos, maar meestal deed ze geen moeite omdat ze er de voor-keur aan gaf mensen gewoon te laten zíén wat ze wilde. Ze kon niet alleen lopen, maar ook rennen en dansen. Ze kon zelfs lezen.

Op een avond had ik haar een gedicht van Tennyson voorgelezen, omdat ze rustig leek te worden van de klanken en het ritme van zijn poëzie. (Ik moest con-stant op zoek naar nieuwe voorleesboeken. Renesmee wilde niet zoals andere kinderen telkens hetzelfde horen, en voor prentenboeken had ze het geduld niet.) Ze stak haar handje uit om mijn wang aan te raken en liet me een beeld zien van ons tweeën waarbij zíj het boek vasthield.

'"Hier daalt lieflijke muziek,"' las ze zonder aarzelen, '"zachter dan rozen-blaadjes op het gras, of nachtdauw op water dat stilstaat achter granieten muren in een glanzende pas..."'

Ik stak als een robot mijn hand uit en pakte haar het boek weer af.

'Als je leest val je toch nooit in slaap?' vroeg ik met een stem die zijn uiterste best deed om niet te trillen.

Volgens Carlisles berekeningen groeide haar lichaam steeds langzamer, maar haar geest ging nog altijd enorm snel vooruit. Zelfs als het in dit tragere tempo zou doorgaan, zou ze alsnog binnen vier jaar volwassen zijn.

Vier jaar. En een oude vrouw op haar vijftiende.

Slechts vijftien jaar te leven.

Maar ze was zo gezónd. Levendig, opgewekt, stralend en gelukkig. Doordat het zo ontzettend goed met haar ging, was het makkelijk om met haar van het hier en nu te genieten en zorgen over de toekomst voor morgen te bewaren.

Carlisle en Edward bespraken op zachte toon alle mogelijke toekomstscena-rio's waar ik niet naar probeerde te luisteren. Ze hadden het er nooit over waar Jacob bij was, want er wás natuurlijk een manier om haar niet ouder te laten wor-den, en de kans was klein dat Jacob daar enthousiast over zou zijn. Ik ook niet. *Te gevaarlijk!* schreeuwde mijn intuïtie. Jacob en Renesmee leken op allerlei pun-ten heel veel overeenkomsten te hebben, ze waren allebei een beetje van het een en een beetje van het ander, twee dingen tegelijk. En alle weerwolfoverlevering was er heel stellig in: vampiergif betekende de dood in plaats van een manier om onsterfelijk te worden...

Carlisle en Edward hadden alles nageplozen wat ze vanuit hier konden vin-den, en nu waren we van plan om de oude legendes bij de bron te onderzoeken.

424

Om te beginnen gingen we terug naar Brazilië. De Ticuna-indianen hadden legendes over kinderen als Renesmee... Als er ooit andere kinderen zoals zij hadden bestaan, was er misschien nog een verhaal over de levensduur van halfsterfelijke kinderen blijven hangen...

De vraag was alleen wanneer we precies zouden vertrekken.

Ik was degene die voor het oponthoud zorgde. Dat kwam deels doordat ik tijdens de feestdagen in de buurt van Forks wilde zijn, voor Charlie. Maar het kwam vooral doordat er een andere reis was die overduidelijk voorging, een reis die ik in mijn eentje zou moeten maken.

Dat was de enige ruzie die Edward en ik hadden gehad sinds ik een vampier was geworden. Het meningsverschil richtte zich met name op dat 'in mijn eentje'. Maar de situatie was zoals hij was, en mijn plan was de enige verstandige oplossing. Ik moest naar de Volturi, en ik moest helemaal alleen.

Zelfs nu ik geen last meer had van mijn oude nachtmerries en überhaupt nooit meer droomde, kon ik de Volturi niet vergeten. En daar zorgden ze zelf ook wel voor.

Tot op de dag dat Aro's cadeau werd afgeleverd had ik niet geweten dat Alice een huwelijksaankondiging naar de Volturileiders had gestuurd. Toen wij ver weg op Esmés eiland hadden gezeten, had zij een visioen gehad over een aantal Volturisoldaten, onder wie ook Jane en Alec, de verwoestend sterke tweeling. Caius was van plan een delegatie te sturen om te zien of ik tegen hun verordening in nog mens was (ik was immers op de hoogte van het bestaan van de geheime vampierwereld, en als ik niet zou toetreden, zouden ze me voor altijd het zwijgen opleggen). Daarom had Alice hun de aankondiging gestuurd, in de wetenschap dat de Volturi zouden begrijpen wat de achterliggende reden van het huwelijk was, zodat ze hun reis nog een tijdje zouden uitstellen. Maar uiteindelijk zouden ze komen. Dat stond vast.

Het cadeau zelf was geen openlijk dreigement. Het was extravagant, dat zeker, en juist door die extravagantie al bijna angstaanjagend. De dreiging lag verscholen in de laatste zin van Aro's begeleidende felicitatiebrief, die in zijn eigen handschrift met zwarte inkt op een vierkant stuk dik, wit papier was geschreven: **425**

Ik kijk er toch zo naar uit om de nieuwe mevrouw Cullen in hoogsteigen persoon te ontmoeten.

Het cadeau lag in een antieke houten doos van barok snijwerk, ingelegd met goud en parelmoer en versierd met een regenboog van edelstenen. Alice zei dat de doos alleen al van onschatbare waarde was, mooier dan vrijwel elk sieraad, behalve dan het juweel dat erin lag.

'Ik heb me altijd al afgevraagd wat er met de kroonjuwelen was gebeurd nadat Jan zonder Land ze in de dertiende eeuw verpand had,' zei Carlisle. 'Het verbaast me eigenlijk niets dat de Volturi een deel ervan te pakken hebben gekregen.'

De halsketting was eenvoudig – een dik, van goud gevlochten snoer dat geschubd aandeed, als een gladde slang die zich strak om de keel zou winden. Er hing één edelsteen aan de streng: een witte diamant zo groot als een golfbal.

De weinig subtiele herinnering in Aro's briefje was wat mij betreft belangrijker dan het sieraad. De Volturi moesten zien dat ik onsterfelijk was geworden, dat de Cullens de bevelen van de Volturi hadden opgevolgd, en snel ook. Ze mochten niet naar Forks komen. Er was maar één manier om ons leven hier veilig te stellen.

'Je gaat niet alleen,' had Edward knarsetandend en met gebalde vuisten volgehouden.

'Ze zullen me niets doen,' zei ik zo geruststellend mogelijk, en ik dwong mijn stem om overtuigend te klinken. 'Waarom zouden ze? Ik ben een vampier. Klaar.'

'Nee, nee en nog eens nee.'

'Edward, het is de enige manier om haar te beschermen.'

En daar had hij niets meer tegen in kunnen brengen. Mijn redenatie was waterdicht.

Ik had Aro maar heel even ontmoet, maar zelfs in die korte tijd had ik al beseft dat hij een verzamelaar was – en zijn grootste schatten waren zijn lévende stukken. Hij gaf meer om mooie, begaafde en bijzondere onsterfelijke volgelingen dan om alle juwelen in zijn kluizen bij elkaar. Helaas had hij zijn zinnen ook op de gaven van Alice en Edward gezet. Ik wilde hem niet nog een reden geven om 426 jaloers te worden op Carlisle en zijn gezin. Renesmee was beeldschoon, getalenteerd en enig in haar soort – volstrekt uniek. Hij mocht haar niet zien, ook niet in andermans gedachten.

En mijn gedachten waren de enige die hij niet kon horen. Het sprak vanzelf dat ik alleen zou gaan.

Alice voorzag geen problemen tijdens mijn reis, maar ze maakte zich wel zorgen over de slechte kwaliteit van haar visioenen. Ze zei dat ze soms zo wazig werden als factoren van buitenaf, waar nog geen definitieve beslissingen over genomen waren, misschien nog roet in het eten konden gooien. Door die onzekerheid was Edward, die toch al zijn bedenkingen had, nog feller gekant tegen wat ik moest gaan doen. Hij wilde met me meereizen tot mijn overstap in Londen, maar ik wilde Renesmee niet zonder haar beide ouders achterlaten. In plaats daarvan zou Carlisle nu meegaan. Het idee dat Carlisle zich op slechts een paar uur afstand van me zou bevinden, stelde zowel Edward als mij enigszins gerust.

Alice bleef de toekomst afspeuren, maar de dingen die ze tegenkwam hadden niets te maken met waarnaar ze op zoek was. Een nieuwe trend op de effectenbeurs, Irina die misschien op bezoek zou komen om haar excuses aan te bieden, hoewel haar besluit nog niet vaststond, een sneeuwstorm die pas over zes weken zou woeden, Renée die zou bellen. (Ik oefende al op mijn 'schorre' stem, die met de dag overtuigender ging klinken; Renée dacht dat ik nog steeds ziek, maar wel aan de beterende hand was.)

De dag nadat Renesmee drie maanden oud was geworden schaften we de tickets naar Italië aan. Ik was van plan er een bliksembezoek van te maken, dus ik had er niets over tegen Charlie gezegd. Jacob wist er wel van, en hij was het met Edward eens. Vandaag ging de ruzie echter over Brazilië. Jacob was vastbesloten met ons mee te gaan.

We waren met z'n drieën aan het jagen, Jacob, Renesmee en ik. Dierenbloed was niet bepaald Renesmees lievelingskostje, en daarom mocht Jacob mee. Hij maakte er altijd een wedstrijdje van met haar, zodat ze veel minder tegenstribbelde.

Renesmee deelde onze mening dat het niet goed was om op mensen te jagen, maar ze vond ook dat donorbloed een mooie tussenweg was. Van menseneten raakte ze ook verzadigd en haar lichaam leek het prima te verteren, maar alle varianten van vast voedsel riepen bij haar dezelfde gekwelde reacties op als bloemkool en limabonen ooit bij mij hadden gedaan. Dan was dierenbloed in elk geval 427 nog beter. Ze was van nature nogal competitief ingesteld, en door Jacobs uitdaging vond ze het leuk om te jagen.

'Jacob,' zei ik in een zoveelste poging hem te overtuigen, terwijl Renesmee voor ons uit over de langwerpige open plek danste, op zoek naar een geur die haar beviel. 'Je hebt verplichtingen hier. Seth, Leah...'

Hij snoof. 'Mijn roedel heeft geen kinderoppas nodig. Ze hebben sowieso genoeg te doen in La Push.'

'En jij dan? Ben je nu officieel met school gestopt? Als je Renesmee bij wilt houden, zul je een stuk beter je best moeten gaan doen.'

'Ik heb gewoon een tijdje vrij genomen. Ik ga weer beginnen als... als het allemaal wat rustiger wordt.'

Toen hij dat zei kon ik mijn aandacht niet meer bij ons gesprek houden en keken we allebei automatisch naar Renesmee. Ze staarde naar de sneeuwvlokken die hoog boven haar hoofd dwarrelden en smolten voor ze aan het vergeelde gras van het langwerpige, driehoekige veld konden blijven plakken. Haar ivoorkleurige jurk met ruches was net iets donkerder dan de sneeuw, en haar roodbruine krullen glansden zelfs, ook al had de zon zich diep achter de wolken verscholen.

We zagen hoe ze even door haar knieën zakte om vervolgens vijf meter de lucht in te springen. Haar kleine handjes gristen een sneeuwvlok mee en ze kwam soepel weer op de grond terecht.

Ze draaide zich met haar oogverblindende glimlach naar ons om – echt, daar wende je gewoon nooit aan – en vouwde haar handen open om ons het volmaakte, achtpuntige ijssterretje te laten zien voor het smolt.

'Heel mooi,' zei Jacob bewonderend tegen haar. 'Maar volgens mij probeer je tijd te rekken, Nessie.'

Ze rende terug naar Jacob en hij spreidde zijn armen op precies hetzelfde moment dat zij erin sprong, een beweging die ze samen ondertussen perfect beheersten. Zo deed ze het altijd als ze iets wilde zeggen, want dat vond ze nog steeds prettiger dan hardop praten.

Renesmee raakte zijn gezicht aan en trok een heel schattig boos gezicht terwijl we allemaal luisterden naar een kleine roedel edelherten die dieper het bos in trok.

'Túúúúúúrlijk heb je geen dorst, Nessie,' antwoordde Jacob een beetje sarcastisch, maar bovenal toegeeflijk. 'Je bent gewoon bang dat ik weer de grootste te pakken krijg!'

Ze sprong met een achterwaartse salto uit Jacobs armen, kwam soepel op haar voeten terecht en rolde met haar ogen – ze leek ontzettend op Edward als ze dat deed. Toen rende ze als een speer richting de bomen.

'Ik ga al,' zei Jacob toen ik een beweging maakte alsof ik haar achterna wilde gaan. Hij rukte zijn shirt uit terwijl hij trillend en al achter haar aan het bos in rende. 'Als je vals speelt, telt het niet,' riep hij tegen Renesmee.

Ik glimlachte hoofdschuddend terwijl ik naar de bladeren keek die achter hen opdwarrelden. Jacob leek soms meer op een kind dan Renesmee.

Ik bleef even staan om mijn jagers een voorsprong van een paar minuten te geven. Het zou me geen enkele moeite kosten om hen te vinden, en Renesmee vond het altijd geweldig om me te laten zien wat een grote prooi ze had gevangen. Ik glimlachte weer.

Het smalle weiland was heel stil en heel verlaten. Het was bijna opgehouden met sneeuwen, er dwarrelden steeds minder vlokken naar beneden. Alice had gezien dat het nog weken zou duren voor het echt zou blijven liggen.

Meestal gingen Edward en ik samen op jacht. Maar Edward was vandaag bij Carlisle gebleven om de reis naar Rio voor te bereiden en achter Jacobs rug om het een en ander te bespreken... Ik fronste mijn wenkbrauwen. Als ik terugkwam, zou ik Jacobs kant kiezen. Het was goed als hij met ons meekwam. Er stond voor hem net zoveel op het spel als voor ons allemaal – zijn hele léven stond op het spel, net als het mijne.

Terwijl ik in gedachten bij de nabije toekomst was, gleden mijn ogen haast als vanzelf langs de bergen, op zoek naar eten en gevaar. Ik dacht er niet eens bij na, het was een automatische handeling.

Of misschien was er toch een reden om de omgeving af te speuren, een piepkleine aanleiding die mijn vlijmscherpe zintuigen al hadden opgepikt maar die nog niet tot mijn bewustzijn doorgedrongen was.

Terwijl mijn ogen langs de rand van een verre, blauwgrijze klif schoten die scherp afstak tegen het groenzwarte bos, werd mijn aandacht getrokken door een zilveren – of was het een gouden? – fonkeling.

Mijn blik richtte zich op de kleur die daar niet zou moeten zijn, zo ver weg in de nevel dat een arend hem niet had kunnen waarnemen. Ik staarde ingespannen.

Zij staarde terug.

Het stond buiten kijf dat het een vampier was. Haar huid was wit als marmer, en vele malen gladder dan mensenhuid. Zelfs onder het wolkendek had hij een subtiele glinstering. En als haar huid haar niet verraden zou hebben, had haar roerloze houding dat wel gedaan. Alleen vampiers en standbeelden konden zo stil staan.

Haar haar was licht, heel blond, bijna zilverkleurig. Dat was de schittering die ik had gezien. Het hing heel steil naar beneden tot haar kin, waar het recht was afgeknipt, met een strakke scheiding in het midden.

Ik kende haar niet. Ik wist honderd procent zeker dat ik haar nog nooit had gezien, zelfs niet als mens. Geen enkel gezicht in mijn wazige geheugen kwam overeen met dat van haar. Maar ik herkende haar onmiddellijk aan haar donkere, goudkleurige ogen.

Irina had toch besloten om te komen.

Heel even staarde ik naar haar, en zij naar mij. Ik vroeg me af of zij ook meteen zou beseffen wie ik was. Mijn hand ging al omhoog om naar haar te zwaaien, maar toen trok ze haar lip een heel klein beetje op en kreeg ze plotseling een vijandige uitdrukking over zich.

Ik hoorde Renesmees triomfantelijke kreten uit het bos, hoorde Jacobs galmende gejank, en zag Irina's gezicht met een ruk opzijschieten naar het geluid toen het haar een paar seconden later bereikte. Haar blik gleed enigszins naar rechts, en ik wist wat ze zag. Een enorme roodbruine wolf, misschien wel dezelfde wolf die haar Laurent had gedood. Hoe lang stond ze al naar ons te kijken? Lang genoeg om ons liefdevolle onderonsje van zo-even gezien te hebben, dat wist ik zeker.

Haar gezicht vertrok van pijn.

Ik spreidde instinctief mijn handen in een verontschuldigend gebaar. Ze draaide zich weer naar mij toe en ontblootte haar tanden. Haar kaken kwamen van elkaar toen ze gromde.

Toen het zwakke geluid bij mij was aangekomen, had ze zich al omgedraaid en was ze in het bos verdwenen.

'O nee!' kreunde ik.

Ik rende door het bos naar Renesmee en Jacob toe, die ik nu niet alleen wilde laten. Ik wist niet welke kant Irina op was gegaan, of hoe boos ze op dit moment precies was. Vampiers werden wel vaker verteerd door wraak, een obsessief gevoel dat niet makkelijk te onderdrukken was.

430   Op volle snelheid was ik binnen twee seconden bij hen.

'Die van mij is groter,' hoorde ik Renesmee volhouden terwijl ik door de dichte doornstruiken de kleine open plek op stormde.

Jacob drukte zijn oren plat langs zijn kop toen hij mijn uitdrukking zag, hij dook in elkaar en liet zijn tanden zien; zijn muil zat onder het bloed van zijn prooi. Zijn ogen schoten door het bos. Ik hoorde een grauw opkomen in zijn keel.

Renesmee was net zo op haar hoede als Jacob. Ze liet de dode hertenbok aan haar voeten voor wat hij was, sprong in mijn armen en drukte haar nieuwsgierige handjes tegen mijn wangen.

'Ik reageer een beetje overdreven,' zei ik snel. 'Niets aan de hand, geloof ik. Wacht even.'

Ik haalde mijn mobiel tevoorschijn en drukte op de sneltoets. Edward nam direct op. Jacob en Renesmee luisterden ingespannen mee terwijl ik Edward op de hoogte bracht.

'Kom hierheen en neem Carlisle mee,' zei ik zo snel dat ik me afvroeg of Jacob het wel zou kunnen volgen. 'Ik heb Irina gezien, en zij mij ook, maar toen zag ze Jacob en werd ze boos en is ze weggerend, dénk ik. Ze is niet naar ons toe gekomen – nog niet in elk geval – maar ze leek behoorlijk overstuur, dus misschien doet ze dat nog wel. En anders moeten jij en Carlisle haar zoeken om met haar te praten. Ik voel me heel rot.'

Jacob gromde.

'We zijn er over dertig seconden,' stelde Edward me gerust, en ik hoorde de wind langssuizen terwijl hij rende.

We gingen gauw terug naar het langwerpige weiland en wachtten in stilte af terwijl Jacob en ik met gespitste oren luisterden of er iemand aankwam die we niet kenden.

Maar het geluid dat we hoorden klonk maar al te vertrouwd. En toen stond Edward naast me; Carlisle volgde een paar seconden later. Tot mijn verrassing hoorde ik ook de zware tred van grote poten die achter Carlisle aan liepen, maar misschien had dat me niet moeten verbazen. Het was natuurlijk logisch dat Jacob bij het minste of geringste gevaar voor Renesmee zijn hulptroepen erbij riep.

'Ze stond op die richel daar,' zei ik meteen, wijzend naar de rots. Als Irina op de vlucht was geslagen, had ze al een flinke voorsprong. Zou ze blijven staan om naar Carlisle te luisteren? Door de manier waarop ze net had gekeken was ik bang van niet. 'Misschien moeten jullie Emmett en Jasper bellen en vragen of ze 431 meegaan. Ze leek echt... heel erg overstuur. Ze gromde naar me.'

'Wat?' vroeg Edward boos.

Carlisle legde een hand op zijn arm. 'Ze is erg verdrietig. Ik ga haar zoeken.'

'Ik ga met je mee,' zei Edward beslist.

Ze keken elkaar lang aan – misschien overwoog Carlisle of hij Edward beter hier kon laten omdat hij boos was op Irina, of juist mee moest nemen omdat hij gedachten kon lezen, wat goed van pas zou kunnen komen. Uiteindelijk knikte Carlisle en vertrokken ze samen om haar spoor te zoeken, zonder Jasper of Emmett nog te bellen.

Jacob snoof ongeduldig en duwde met zijn snuit tegen mijn rug. Hij wilde Renesmee waarschijnlijk weer veilig naar huis brengen, voor het geval dat. Daar was ik het wel mee eens en we renden terug, geflankeerd door Seth en Leah.

Renesmee lag zelfvoldaan in mijn armen met één hand nog steeds op mijn gezicht. Nu de jachtpartij was onderbroken zou ze het met donorbloed moeten doen, en dat vond ze helemaal niet erg.

28. De toekomst

Carlisle en Edward hadden Irina niet meer ingehaald voor haar spoor in de baai was verdwenen. Ze waren naar de overkant gezwommen om te zien of het daar weer verderging en hadden de oostelijke oever naar beide kanten kilometerslang afgezocht, maar zonder resultaat.

Het was allemaal mijn schuld. Alice had immers gezien dat ze was gekomen om het bij te leggen met de Cullens, maar door mijn vriendschappelijke omgang met Jacob was ze nu alleen maar bozer geworden. Ik wou dat ik haar eerder had opgemerkt, voor Jacob van gedaante was veranderd. Ik wou dat we ergens anders waren gaan jagen.

We konden er verder niet veel aan doen. Carlisle had Tanya opgebeld om haar het teleurstellende nieuws mee te delen. Tanya en Kate hadden Irina niet meer gezien sinds ze besloten hadden om naar mijn bruiloft te gaan, en ze vonden het heel erg dat Irina zo dicht in de buurt was geweest en toch niet naar huis was gekomen. Ze hadden het erg moeilijk zonder hun zus, ook al was de scheiding waarschijnlijk maar van tijdelijke aard. Ik vroeg me af of het akelige herinneringen opriep aan het verlies van hun moeder zo veel eeuwen geleden.

Alice kreeg een paar flarden van Irina's nabije toekomst door, maar niets concreets. Voor zover zij kon zien ging Irina niet terug naar Denali. Het beeld was wazig. Het enige wat Alice wist te melden was dat Irina zichtbaar overstuur was en met een gekweld gezicht door een dicht besneeuwd landschap zwierf – in het noorden? Het oosten? In haar richtingloze verdriet had ze nog geen beslissingen over een nieuwe bestemming genomen.

De dagen verstreken en hoewel ik natuurlijk niets vergat, raakten Irina en haar leed steeds meer op de achtergrond. Ik had belangrijker zaken aan mijn hoofd. Over een paar dagen ging ik al naar Italië. Als ik terugkwam, zouden we met z'n allen naar Zuid-Amerika vertrekken.

We hadden alle details al honderden keren doorgesproken. We zouden beginnen bij de Ticuna's en hun legendes zo goed mogelijk vanaf de bron natrekken.

Nu iedereen had geaccepteerd dat Jacob met ons mee zou gaan, speelde hij een grote rol in onze plannen, want de kans was vrij klein dat de mensen die in vampiers geloofden hun verhalen aan een van óns zouden willen vertellen. Als we bij de Ticuna's niets zouden vinden, waren er heel veel soortgelijke stammen in de buurt waar we onderzoek konden doen. Er woonden een stel oude vriendinnen van Carlisle in het Amazonegebied, en als we hen konden vinden, zouden zij wellicht ook nog informatie voor ons hebben. Of misschien in elk geval een tip waar we nog verder konden zoeken. Het was niet waarschijnlijk dat de drie Amazonevampiers zelf iets te maken hadden met de legendes over halfvampiers, aangezien het alle drie vrouwen waren. Het was niet te voorspellen hoe lang onze zoektocht zou gaan duren.

Ik had Charlie ook nog niet over deze langere reis verteld, en ik zat te piekeren over wat ik tegen hem moest zeggen terwijl Edward en Carlisle verder overlegden. Hoe kon ik het hem het best vertellen?

Ik staarde naar Renesmee terwijl ik alle mogelijkheden overwoog. Ze lag rustig ademend diep in slaap op de bank met haar warrige krullen woest rond haar gezicht. Meestal brachten Edward en ik haar terug naar ons huisje als het bedtijd was, maar deze avond bleven we in het grote huis omdat hij en Carlisle nog zoveel te bespreken hadden.

Ondertussen bespraken Emmett en Jasper vol enthousiasme de jachtmogelijkheden. Het Amazoneregenwoud had heel ander wild te bieden dan wat er gewoonlijk bij ons op het menu stond. Jaguars en panters, om maar eens wat te noemen. Emmett had het in zijn hoofd gekregen dat hij met een anaconda wilde worstelen. Esmé en Rosalie overlegden wat ze allemaal mee moesten nemen. Jacob was op pad met Sams roedel om alles gereed te maken voor zijn afwezigheid.

Alice liep – voor haar doen – langzaam door de grote kamer en probeerde de toch al onberispelijke kamer nog verder op te ruimen en Esmés perfect opgehangen guirlandes recht te trekken. Nu verschoof ze Esmés vazen op het televisiemeubel heen en weer. Aan de manier waarop haar uitdrukking veranderde – helder, wezenloos en dan weer helder – kon ik zien dat ze de toekomst afspeurde. Ik ging ervan uit dat ze door de blinde vlekken heen probeerde te kijken die Jacob en Renesmee in haar visioenen veroorzaakten, om te zien wat ons in Zuid-Amerika te wachten stond, tot Jasper zei: 'Laat nou zitten, Alice, ze is onze zorg niet,' en er geruisloos en onzichtbaar een kalmerende deken over de kamer neerdaal-

434

de. Alice maakte zich kennelijk nog steeds zorgen om Irina.

Ze stak haar tong uit naar Jasper, pakte een kristallen vaas vol witte en rode rozen en draaide zich om naar de keuken. Er zat maar één bloem tussen die een heel klein beetje begon te verleppen, maar Alice leek alles per se perfect te willen hebben om haar af te leiden van haar slechte zicht.

Omdat ik mijn blik weer op Renesmee had gericht zag ik niet dat de vaas uit Alice' handen glipte. Ik hoorde alleen het suizen van de lucht langs het kristal en toen schoten mijn ogen net op tijd omhoog om de vaas op de drempel van de marmeren keukenvloer in duizenden diamanten scherven kapot te zien vallen.

We bleven allemaal roerloos zitten terwijl het versplinterde kristal met een akelig gerinkel alle kanten op sprong, en staarden naar Alice' rug.

Mijn eerste, onlogische gedachte was dat Alice een of andere grap met ons uithaalde. Want het was onmogelijk dat Alice de vaas per óngeluk had laten vallen. Ik zou tijd genoeg gehad hebben om door de kamer te schieten om het ding op te vangen als ik had gedacht dat ze dat zelf niet zou doen. En hoe had hij überhaupt uit haar vingers kunnen glijden? Haar altijd zo zekere vingers...

Ik had een vampier nog nooit per ongeluk iets zien laten vallen. Nog nooit.

En toen keek Alice ons aan; ze had zich zo snel omgedraaid dat de beweging schijnbaar nooit had plaatsgevonden.

Haar ogen waren voor de helft hier en voor de helft op de toekomst gericht, ze stonden groot en starend in haar smalle gezicht, alsof ze er elk moment uit konden barsten. Het was alsof je een graf vanbinnen zag als je in die ogen keek; ik werd begraven onder de angst en de wanhoop en de pijn in haar blik.

Ik hoorde Edward naar adem snakken, een gebroken, gesmoord geluid.

'Wat ís er?' gromde Jasper terwijl hij in een flits naast haar ging staan en het gebroken kristal verbrijzelde onder zijn voeten. Hij greep haar bij haar schouders en schudde haar fel door elkaar. Ze leek geluidloos te rammelen in zijn handen. *'Alice, wat is er?'*

Vanuit mijn ooghoeken zag ik hoe Emmett zijn tanden ontblootte en naar het raam keek alsof hij een aanval verwachtte.

Esmé, Carlisle en Rose stonden net als ik aan de grond genageld en konden geen woord uitbrengen.

Jasper schudde Alice weer door elkaar. 'Wat ís er?'

'Ze komen naar ons toe,' fluisterden Alice en Edward in koor. 'Allemaal.'

Stilte.

Voor deze ene keer was ik de eerste die het begreep, omdat iets in hun woorden visoenen bij míj opriep. Het was niet meer dan de vage herinnering aan een droom – wazig, ongrijpbaar, onduidelijk, alsof ik door een dicht gaas moest turen... In gedachten zag ik een rij zwarte figuren op me afkomen, het spookbeeld uit mijn bijna vergeten menselijke nachtmerrie. Ik kon hun bloedrode ogen niet zien glinsteren in de duisternis, zag hun scherpe vochtige tanden niet glanzen, maar ik wist waar de schittering hoorde te zitten...

Sterker dan de herinnering aan het beeld was de herinnering aan het gevóél – de hartverscheurende behoefte om het kind achter me te beschermen.

Ik wilde Renesmee van de bank grissen, haar achter mijn huid en haar verstoppen, haar onzichtbaar maken. Maar ik kon me niet eens omdraaien om naar haar te kijken. Ik was niet van steen, maar van ijs. Voor het eerst sinds ik een vampier was geworden had ik het ijskoud.

Ik hoorde nauwelijks hoe mijn angsten bevestigd werden. Ik hoefde het niet te horen. Ik wist het al.

'De Volturi,' kreunde Alice.

'Allemaal,' gromde Edward tegelijkertijd.

'Waarom?' fluisterde Alice tegen zichzelf. 'Hoe?'

'Wanneer?' fluisterde Edward.

'Waarom?' herhaalde Esmé.

'Wannéér?' vroeg Jasper op een toon als versplinterend ijs.

Alice' ogen knipperden niet, maar er leek een sluier overheen te glijden en haar blik werd starend. Alleen haar mond behield haar doodsbange uitdrukking.

'Binnenkort,' zeiden Edward en zij samen. Toen ging ze alleen verder. 'Er ligt sneeuw in het bos, in de stad. Over iets meer dan een maand.'

'Waarom?' vroeg Carlisle dit keer.

Esmé gaf antwoord. 'Ze moeten een reden hebben. Misschien willen ze zien of...'

436 'Dit gaat niet om Bella,' zei Alice dof. 'Ze komen allemaal – Aro, Caius, Marcus, alle leden van de wacht, zelfs de vrouwen.'

'De vrouwen komen nooit uit de toren,' sprak Jasper haar op vlakke toon tegen. 'Nooit. Niet tijdens de opstand in het Zuiden. Niet toen de Roemenen hen van de troon probeerden te stoten. Zelfs niet tijdens de jacht op de onsterfelijke kinderen. Nooit.'

'Nu wel,' fluisterde Edward.

'Maar waaróm?' vroeg Carlisle opnieuw. 'We hebben niets gedaan! En dan nog, wat hadden we in vredesnaam moeten doen om dít over ons af te roepen?'

'We zijn met zoveel,' antwoordde Edward mat. 'Ze willen blijkbaar zeker weten dat...' Hij maakte zijn zin niet af.

'Dat is nog geen antwoord op de vraag! Waarom?'

Ik had het gevoel dat ik wist wat het antwoord op Carlisles vraag was, en toch ook weer niet. Het ging om Renesmee, dat wist ik zeker. Op de een of andere manier had ik van het begin af aan geweten dat ze haar zouden komen halen. Mijn onderbewustzijn had me al gewaarschuwd voor ik überhaupt wist dat ik zwanger was. En nu kwam het vreemd genoeg niet meer als een verrassing. Alsof ik ergens altijd geweten had dat de Volturi me mijn geluk zouden komen afnemen.

Maar dat was alsnog geen antwoord op de vraag.

'Ga terug, Alice,' smeekte Jasper. 'Zoek de aanleiding. Kijk goed.'

Alice schudde langzaam haar hoofd en liet haar schouders hangen. 'Het kwam uit het niets, Jazz. Ik keek helemaal niet naar hun toekomst, zelfs niet naar de onze. Ik was alleen op zoek naar Irina. Ze was niet waar ik had gedacht...' Alice zweeg en haar ogen werden weer wazig. Ze staarde een tijdje in het niets.

En toen keek ze met een ruk op. Haar blik was keihard. Ik hoorde Edward zijn adem inhouden.

'Ze heeft besloten naar hen toe te gaan,' zei Alice. 'Irina heeft besloten om naar de Volturi te gaan. En dan zullen zij besluiten... Het lijkt wel alsof ze op haar zitten te wachten. Alsof ze hun besluit al genomen hebben, en ze alleen nog op haar wachten...'

Het werd weer stil terwijl we dit verwerkten. Wat zou Irina tegen de Volturi zeggen dat tot Alice' afschuwelijke visioen zou leiden?

'Kunnen we haar tegenhouden?' vroeg Jasper.

'Absoluut niet. Ze is er al bijna.'

'Wat doet ze?' vroeg Carlisle, maar ik lette niet meer op hun gesprek. Al mijn 437 aandacht was op de puzzelstukken gericht die in mijn hoofd opeens akelig duidelijk op hun plek vielen.

Ik dacht aan Irina die op de berg naar ons had staan kijken. Wat had ze gezien? Een vampier en een weerwolf die de beste maatjes waren. Op dat beeld had ik me geconcentreerd, want dat gaf immers een perfecte verklaring voor haar reactie. Maar dat was niet het enige wat ze had gezien.

Ze had ook een kind gezien. Een beeldschoon kind dat trucjes deed in de sneeuw, bovenmenselijk, dat kon niet anders...

Irina... De wees geworden zussen... Carlisle had gezegd dat Tanya, Kate en Irina sinds de Volturi hun moeder ter dood hadden veroordeeld de wet tot op de letter volgden.

Nog geen halve minuut geleden had Jasper het zelf gezegd: *Zelfs niet tijdens de jacht op de onsterfelijke kinderen...* De onsterfelijke kinderen – de last waar niemand over sprak, het afschuwelijke taboe...

Met zo'n verleden als het hare kon Irina wat ze die dag in het smalle weiland had gezien maar op één manier interpreteren. Ze had te ver weg gestaan om Renesmees hart te kunnen horen, om de hitte te voelen die haar lichaam uitstraalde. Misschien had ze zelfs wel gedacht dat we Renesmee expres rozige wangetjes hadden gegeven om anderen te misleiden.

De Cullens werkten immers samen met weerwolven. Voor Irina zou dat best een teken kunnen zijn dat we nergens voor terugdeinsden...

Irina die handenwringend door de besneeuwde wildernis liep – ze rouwde helemaal niet om Laurent, maar wist dat het haar plicht was om de Cullens aan te geven, en ze wist ook wat er met hen zou gebeuren als ze dat deed. Blijkbaar had haar geweten het gewonnen van de eeuwenlange vriendschap.

En de reactie van de Volturi op een overtreding als deze was zo voorspelbaar dat hij al vaststond.

Ik draaide me om en boog me over Renesmees lichaam heen, ik bedekte haar met mijn haar en begroef mijn gezicht in haar krullen.

'Denk eens aan wat ze die middag heeft gezien,' zei ik zacht, dwars door Emmett heen die net zijn mond opendeed. 'Hoe denk je dat Renesmee eruitziet voor iemand wier moeder vermoord is om de onsterfelijke kinderen?'

Het werd weer stil terwijl tot de anderen doordrong wat ik al wist.

'Een onsterfelijk kind,' fluisterde Carlisle.

438 Ik voelde hoe Edward naast me knielde en zijn armen om ons beiden heen sloeg.

'Maar ze vergist zich,' vervolgde ik. 'Renesmee is niet zoals die andere kinderen. Zij veranderden niet, maar Renesmee groeit elke dag. Zij waren losgeslagen, maar Renesmee doet Charlie en Sue nooit pijn, ze laat hun zelfs nooit dingen zien waar ze overstuur van zouden kunnen raken. Zij kan zich wél beheersen. Ze is nu al slimmer dan de meeste volwassenen. Er is geen reden...'

Ik ratelde door en wachtte tot iemand opgelucht zou ademhalen, tot de ijzige sfeer zou ontdooien omdat ze beseften dat ik gelijk had. Maar het leek alleen maar kouder te worden in de kamer. Uiteindelijk stierf mijn onzekere stem weg.

We waren allemaal heel lang stil.

Toen fluisterde Edward in mijn haar: 'Het is niet het soort misdaad waarvoor ze eerst een proces houden, lieveling,' zei hij zacht. 'Aro zal Irina's bewijs zíén in haar gedachten. Ze komen om te doden, niet om naar onze argumenten te luisteren.'

'Maar ze vergissen zich,' zei ik koppig.

'Ze zullen ons niet de kans geven hen daarvan te overtuigen.'

Zijn stem was nog steeds rustig, liefdevol, fluweelzacht... en toch waren de pijn en het verdriet onmiskenbaar. Zijn stem klonk zoals Alice' ogen er net nog uit hadden gezien – als de binnenkant van een graf.

'Wat kunnen we doen?' wilde ik weten.

Renesmee lag zo volmaakt en warm en vredig in mijn armen te slapen. Ik had me zo veel zorgen gemaakt omdat Renesmee zo snel ouder werd en ik bang was dat ze misschien maar tien jaar te leven zou hebben... Die angst leek nu opeens ironisch.

Nog iets meer dan een maand...

Had ik nu dan de grens bereikt? Ik had meer geluk gehad dan de meeste mensen ooit mochten ervaren. Was er een of andere natuurwet die stelde dat geluk en ellende evenredig verdeeld moesten worden in de wereld? Was mijn vreugde te veel van het goede geweest? Was vier maanden het maximum?

Emmett was uiteindelijk degene die antwoord gaf op mijn retorische vraag.

'We vechten,' zei hij kalm.

'Dat winnen we nooit,' gromde Jasper. Ik kon me voorstellen hoe zijn gezicht eruitzag, hoe hij zijn lichaam beschermend om dat van Alice had gebogen.

'Nou, we kunnen ook niet vluchten. Niet met Demetri erbij.' Emmett maakte een minachtend geluid, en ik wist instinctief dat dat niet sloeg op de Volturi- 439 jager, maar op het idee dat we zouden vluchten. 'En ik weet nog niet zo zeker of we niet kunnen winnen,' zei hij. 'We hebben een aantal opties. We hoeven niet alléén te vechten.'

Ik keek met een ruk op. 'Het is niet nodig om de Quileutes ook de dood in te jagen, Emmett!'

'Effe rustig, Bella.' Hij keek alsof we bespraken hoe hij dat gevecht met die anaconda precies ging aanpakken. Zelfs onze dreigende ondergang kon Emmett niet van zijn stuk brengen, met zijn talent om elke uitdaging aan te gaan. 'Ik had het niet over de roedel. Maar laten we wel wezen – denk je dat Jacob of Sam zo'n invasie over hun kant zouden laten gaan? Zelfs als het niets met Nessie te maken zou hebben? Om nog maar te zwijgen van het feit dat Aro nu dankzij Irina ook op de hoogte is van ons bondgenootschap met de roedel. Maar ik dacht eigenlijk meer aan onze andere vrienden.'

Fluisterend herhaalde Carlisle mijn eerdere woorden: 'Andere vrienden die we ook niet de dood in willen jagen.'

'Nou zeg, dat laten we ze toch zeker zelf beslissen,' zei Emmett sussend. 'Ik zeg niet dat we ze moeten dwingen om te vechten.' Ik zag dat het plan tijdens het praten steeds vastere vormen aannam in zijn hoofd. 'Ze hoeven ons alleen maar bij te staan, net lang genoeg om de Volturi aan het twijfelen te brengen. Bella heeft tenslotte wel gelijk. We moeten proberen hen tegen te houden en naar ons te laten luisteren. Hoewel we dan misschien niet meer hoeven te vechten...'

Er speelde nu zelfs een glimlach om Emmetts lippen. Het verbaasde me dat niemand hem nog geslagen had. Daar had ik in elk geval erg veel zin in.

'Ja,' zei Esmé gretig. 'Dat is een goed plan, Emmett. We hoeven er alleen maar voor te zorgen dat de Volturi heel even aarzelen. Lang genoeg om te horen wat wij te zeggen hebben.'

'Daar zullen we dan heel wat getuigen voor nodig hebben,' zei Rosalie op kille toon.

Esmé knikte instemmend, alsof ze het sarcasme in Rosalies stem niet had opgemerkt. 'Dat kunnen we toch wel van onze vrienden vragen? Alleen of ze willen getuigen.'

'Zouden wij ook voor hen doen,' zei Emmett.

'We moeten het op precies de juiste toon vragen,' mompelde Alice. Ik zag dat haar ogen weer zwarte gaten waren geworden. 'We moeten het ze heel voorzichtig laten zien.'

'Laten zien?' vroeg Jasper.

Alice en Edward keken allebei naar Renesmee. Toen werden Alice' ogen weer uitdrukkingsloos.

'Tanya's familie,' zei ze. 'De clan van Siobhan. Die van Amun. Een paar van de nomaden – sowieso Garrett en Mary. Alistair misschien.'

'En Peter en Charlotte?' vroeg Jasper een beetje angstig, alsof hij hoopte dat het antwoord nee zou zijn en zijn oude vriend de aankomende slachting bespaard zou blijven.

'Misschien.'

'De Amazonevampiers?' vroeg Carlisle. 'Kachiri, Zafrina en Senna?'

Alice leek in eerste instantie te zeer verdiept in haar visioen om antwoord te kunnen geven, maar na een tijdje huiverde ze en kwam ze weer terug in het hier en nu. Ze keek Carlisle een fractie van een seconde aan en sloeg toen haar ogen neer.

'Dat kan ik niet zien.'

'Wat was dat?' vroeg Edward op een dringende fluistertoon. 'Dat stuk in de jungle. Gaan we ze halen?'

'Ik kan het niet zien,' herhaalde Alice en ze ontweek zijn blik. Edward kreeg heel even een verwarde uitdrukking op zijn gezicht. 'We moeten ons opsplitsen en opschieten – voor de sneeuw blijft liggen. We moeten zoveel mogelijk mensen verzamelen en hiernaartoe brengen om het ze te laten zien.' Ze staarde even in de verte. 'Vraag het aan Eleazar. Dit gaat om meer dan alleen een onsterfelijk kind.'

Er hing een lange, dreigende stilte terwijl Alice in trance was. Toen het voorbij was knipperde ze langzaam met haar ogen, die opvallend mat waren, ondanks het feit dat ze overduidelijk weer in het heden was.

'Er is zoveel te doen. We moeten opschieten,' fluisterde ze.

'Alice?' vroeg Edward. 'Dat ging te vlug, ik begreep het niet. Wat was...'

'Ik kan het niet zien!' viel ze uit. 'Jacob komt er zo aan!'

Rosalie deed een stap naar de voordeur. 'Ik stuur hem wel...'

'Nee, laat hem binnenkomen,' zei Alice snel. Haar gespannen stem werd steeds hoger. Ze pakte Jaspers hand en sleurde hem mee naar de achterdeur. 'Ik zie het beter als ik niet meer bij Nessie in de buurt ben. Ik moet weg. Ik moet me echt goed kunnen concentreren. Ik moet zoveel mogelijk te weten zien te komen. Ik moet echt weg. Kom nou, Jasper, we hebben geen tijd te verliezen!'   441

We hoorden Jacob de veranda op stappen. Alice trok ongeduldig aan Jaspers hand. Hij liep snel met haar mee en keek net zo verward als Edward. Ze renden door de deur de zilveren nacht in.

'Schiet op!' riep ze ons over haar schouder toe. 'Jullie moeten ze allemaal vinden!'

'Wat moeten jullie vinden?' vroeg Jacob terwijl hij de deur achter zich dichttrok. 'Waar ging Alice heen?'

Niemand gaf antwoord, we konden hem alleen maar aanstaren.

Jacob schudde de druppels uit zijn haar en keek naar Renesmee terwijl hij zijn armen door de mouwen van zijn T-shirt stak. 'Hé, Bells! Ik had gedacht dat jullie ondertussen wel naar het huisje gegaan zouden zijn...'

Toen pas keek hij naar mij en knipperde verdwaasd met zijn ogen. Ik zag hoe zijn uitdrukking veranderde toen de sfeer in de kamer eindelijk tot hem doordrong. Met grote ogen staarde hij naar de natte plek op de grond, de rozen die overal verspreid lagen, de scherven kristal. Zijn vingers trilden.

'Wat?' vroeg hij vlak. 'Wat is er gebeurd?'

Ik wist niet waar ik moest beginnen, en de anderen kregen ook geen woord over hun lippen.

Jacob liep met drie grote passen de kamer door en zakte naast mij en Renesmee op zijn knieën. Ik voelde de hitte van zijn lichaam terwijl de sidderingen door zijn armen naar zijn bevende handen rolden.

'Is er iets met haar?' wilde hij weten terwijl hij haar voorhoofd aanraakte en zijn hoofd schuin hield om naar haar hart te luisteren. 'Eerlijk zeggen, Bella, alsjeblieft!'

'Met Renesmee is niets aan de hand,' stootte ik uit, en mijn stem stokte op vreemde plekken.

'Met wie dan wel?'

'Met ons allemaal, Jacob,' fluisterde ik. Het zat ook in mijn stem – die klank van de binnenkant van een graf. 'Het is voorbij. We zijn allemaal ter dood veroordeeld.'

29. Afvallig

We bleven de hele nacht zitten, standbeelden van afgrijzen en verdriet, en Alice kwam niet meer terug.

We hadden allemaal onze grens bereikt, konden ons van paniek niet eens meer bewegen. Carlisle had nauwelijks zijn lippen van elkaar kunnen krijgen om het aan Jacob uit te leggen. Het werd alleen maar erger toen we het verhaal nog een keer moesten aanhoren, en zelfs Emmett bleef vanaf dat moment stil en zwijgend staan.

Pas toen de zon opkwam en ik wist dat Renesmee straks wakker zou worden in mijn armen, vroeg ik me af waar Alice eigenlijk bleef. Ik had gehoopt dat ik meer zou weten voor ik met mijn dochters nieuwsgierigheid geconfronteerd zou worden. Dat ik een paar antwoorden zou hebben. Een heel klein minisprankje hoop zodat ik kon glimlachen en haar niet ook de stuipen op het lijf zou hoeven jagen met de waarheid.

Mijn gelaatstrekken leken vast te zitten in de strakke uitdrukking die ik al de hele nacht op mijn gezicht had. Ik wist niet zeker of ik nog wel zou kunnen glimlachen.

Jacob lag als een wollige berg in de hoek te snurken en bewoog af en toe angstig in zijn slaap. Sam was al helemaal op de hoogte en de wolven maakten zich klaar voor wat er komen ging. Niet dat die voorbereidingen hun iets zouden opleveren, behalve dat ze samen met de rest van mijn familie vermoord zouden worden.

Het zonlicht stroomde door de ramen aan de achterkant en liet Edwards huid glinsteren. Ik had mijn ogen niet bewogen sinds Alice' vertrek. We hadden de 443 hele nacht naar elkaar gestaard, naar datgene waar we niet zonder zouden kunnen leven als we het kwijtraakten: de ander. Ik zag mijn fonkelende spiegelbeeld in zijn gekwelde ogen toen de zon mijn eigen huid bereikte.

Eerst bewogen zijn wenkbrauwen een millimeter, en toen zijn lippen.

'Alice,' zei hij.

Zijn stem klonk als het gekraak van smeltend ijs. We braken allemaal een beetje, ontspanden een beetje. Bewogen weer.

'Ze blijft wel erg lang weg,' mompelde Rosalie verbaasd.

'Waar zou ze zijn?' vroeg Emmett zich af terwijl hij een stap naar de deur deed.

Esmé legde een hand op zijn arm. 'We moeten haar niet storen...'

'Ze heeft er nog nooit zo lang over gedaan,' zei Edward. Nieuwe zorgen verscheurden het strakke masker waar zijn gezicht in was veranderd. Plotseling kwam hij weer tot leven, met grote ogen van oplaaiende angst, nog meer paniek. 'Carlisle, je denkt toch niet... dat ze... Misschien als voorzorgsmaatregel? Zouden ze iemand vooruit gestuurd hebben om haar te grazen te nemen? Zou ze dat op tijd gezien hebben?'

Ik zag Aro's doorschijnende gelaat voor me. Aro, die in alle hoeken van Alice' geest had gekeken, die wist wat ze allemaal kon...

Emmett vloekte zo hard dat Jacob grommend overeind sprong. Zijn grauw werd beantwoord door zijn roedel in de tuin. Mijn familie was al als een wervelwind in beweging gekomen.

'Blijf bij Renesmee!' gilde ik naar Jacob terwijl ik naar buiten rende.

Ik was nog altijd sterker dan de anderen, en ik gebruikte mijn kracht om mezelf vooruit te stuwen. Met een paar passen haalde ik Esmé in, en vervolgens Rosalie. Ik vloog door het dichte bos tot ik bij Edward en Carlisle was.

'Zouden ze haar verrast kunnen hebben?' vroeg Carlisle met vaste stem, alsof hij gewoon ergens stond in plaats van op volle snelheid aan het rennen was.

'Ik zou niet weten hoe,' antwoordde Edward. 'Maar Aro kent haar beter dan wie dan ook. Beter dan ik.'

'Is het een valstrik?' riep Emmett achter ons.

'Zou kunnen,' zei Edward. 'Ik ruik alleen Alice en Jasper. Waar gingen ze heen?'

Het spoor van Alice en Jasper beschreef een wijde boog; het liep eerst een tijd naar het oosten, ging toen aan de overkant van de rivier naar het noorden en vervolgens na een paar kilometer weer terug naar het westen. We sprongen alle zes binnen één seconde de rivier weer over. Edward rende tot het uiterste geconcentreerd voorop.

'Rook je dat?' riep Esmé naar voren, vlak nadat we de rivier voor de tweede keer waren overgestoken. Ze liep helemaal achteraan, helemaal aan de linkerbuitenkant van de groep. Ze gebaarde naar het zuidoosten.

'Niet afbuigen – we zijn bijna bij de Quileutegrens,' commandeerde Edward gespannen. 'Blijf bij elkaar. Kijk of ze naar het noorden of het zuiden zijn gegaan.'

Ik was niet zo goed op de hoogte van de grens als de rest, maar ik ving een vleugje wolf op in de wind die uit het oosten waaide. Edward en Carlisle gingen automatisch langzamer lopen en ik zag hun hoofden van links naar rechts schieten, op zoek naar de plek waar het spoor zou afbuigen.

Toen werd de wolvengeur sterker en Edward keek met een ruk op. Hij stond meteen stil en wij verstijfden ook.

'Sam?' vroeg Edward op vlakke toon. 'Wat krijgen we nou?'

Sam kwam een paar honderd meter verderop tussen de bomen vandaan en liep in zijn mensengedaante snel naar ons toe, geflankeerd door twee grote wolven: Paul en Jared. Het duurde even voor hij bij ons was; ik werd ongeduldig van zijn slome mensentempo. Ik wilde in beweging blijven, iets doen. Ik wilde mijn armen om Alice heen slaan en absoluut zeker weten dat er niets met haar aan de hand was.

Ik zag Edwards gezicht nog witter wegtrekken toen hij Sams gedachten las. Sam negeerde hem en keek naar Carlisle terwijl hij bleef staan en begon te praten.

'Alice en Jasper kwamen hier vlak na middernacht aan en vroegen toestemming om over ons land naar de zee te gaan. Ik heb ze die gegeven en ze persoonlijk naar de kust begeleid. Ze zijn meteen in het water gesprongen en niet meer teruggekomen. Tijdens onze tocht zei Alice dat het van het grootste belang was dat ik niets tegen Jacob zou zeggen over dat ik haar had gezien tot ik jullie had gesproken. Ik moest hier wachten tot jullie haar zouden komen zoeken en jullie dan dit briefje geven. Ze zei dat ik haar moest gehoorzamen alsof al onze levens ervan afhingen.'

Sam overhandigde ons met een bars gezicht een dubbelgevouwen vel papier met allerlei zwarte lettertjes erop. Het was een bladzijde uit een boek; mijn scherpe ogen lazen de gedrukte woorden toen Carlisle het openvouwde om te kijken wat er op de andere kant stond. De kant die ik zag was de colofonpagina van *De koopman van Venetië*. Er kwam een zweem van mijn eigen geur vanaf toen Carlisle het papier gladstreek en ik besefte dat de bladzijde uit een van mijn boeken was gescheurd. Ik had een paar dingen uit Charlies huis naar onze bungalow overge- 445

bracht – wat normale kleren, alle brieven van mijn moeder en mijn lievelingsboe-
ken. Mijn stukgelezen verzameling Shakespearepaperbacks had gisteravond nog
op de boekenplank in de kleine woonkamer van ons huisje gestaan...

'Alice heeft besloten ons te verlaten,' fluisterde Carlisle.

'Hè?' riep Rosalie.

Carlisle draaide het vel om zodat we het allemaal konden lezen.

Kom ons niet achterna. Er is geen tijd te verliezen.
Denk eraan: Tanya, Siobhan, Amun, Alistair, alle nomaden die
jullie kunnen vinden. Wij zullen onderweg Peter en Charlotte
opzoeken. Het spijt ons heel erg dat we jullie op deze manier
moeten verlaten, zonder afscheid of uitleg. Het is voor ons
de enige manier.
We houden van jullie.

We bleven weer als aan de grond genageld staan, het was doodstil, op het geluid
van de hartslag en ademhaling van de wolven na. Hun gedachten moeten ook
hard geklonken hebben. Edward was de eerste die zich weer bewoog en reageerde op wat hij in Sams hoofd hoorde.

'Ja, zo gevaarlijk is de situatie inderdaad.'

'Zo gevaarlijk dat je je familie ervoor in de steek zou laten?' vroeg Sam hardop
op afkeurende toon. Het was duidelijk dat hij het briefje niet gelezen had voor hij
het aan Carlisle gaf. Nu leek hij van streek, alsof hij spijt had dat hij naar Alice
had geluisterd.

Edward had een starre uitdrukking op zijn gezicht, die op Sam waarschijnlijk
overkwam als boos of arrogant, maar ik zag de pijn in zijn harde trekken.

'We weten niet wat ze heeft gezien,' zei Edward. 'Alice is niet gevoelloos en
ook geen lafaard. Ze weet alleen meer dan wij.'

'Wíj zouden nooit...' begon Sam.

446 'Jullie zijn op een andere manier met elkaar verbonden,' snauwde Edward.
'Wíj hebben allemaal onze vrije wil nog.'

Sams kin schoot omhoog en zijn ogen werden plotseling heel donker.

'Maar jullie kunnen de waarschuwing maar beter ter harte nemen,' ging Edward verder. 'Hier willen jullie niets mee te maken hebben. Jullie kunnen nog
ontsnappen aan wat Alice heeft gezien.'

Sam glimlachte grimmig. 'Wíj vluchten niet.' Achter hem liet Paul een minachtend geluid horen.

'Laat je familie alsjeblieft niet uit trots afslachten,' wierp Carlisle zachtjes tegen.

Sams blik werd milder toen hij Carlisle aankeek. 'Wij hebben inderdaad niet dezelfde mate van vrijheid als jullie, zoals Edward al opmerkte. Renesmee hoort net zozeer bij onze familie als bij die van jullie. Jacob kan haar niet in de steek laten, en wij kunnen hém niet in de steek laten.' Zijn ogen schoten even naar het briefje van Alice en zijn lippen werden een dunne streep.

'Jij kent haar niet,' zei Edward.

'Jij wel?' vroeg Sam bot.

Carlisle legde een hand op Edwards schouder. 'We hebben nog heel veel te doen, zoon. Het zou dom zijn om Alice' advies nu in de wind te slaan, wat haar besluit ook is. Kom, we gaan naar huis: we moeten aan de slag.'

Edward knikte, zijn gezicht was nog steeds helemaal verstard van de pijn. Achter me hoorde ik Esmé zachtjes snikken zonder tranen.

Ik wist niet hoe ik met dit lijf moest huilen; ik kon alleen maar staren. Ik voelde nog niets. Alles was onwerkelijk, alsof ik na al die maanden opeens weer droomde. Een nachtmerrie had.

'Bedankt, Sam,' zei Carlisle.

'Het spijt me,' antwoordde Sam. 'We hadden haar moeten tegenhouden.'

'Je hoeft je niet te verontschuldigen,' zei Carlisle. 'Alice is vrij om te doen en laten wat ze wil. Ik zou haar die vrijheid nooit ontzeggen.'

In mijn gedachten waren de Cullens altijd samen geweest, een ondeelbaar geheel. Ineens besefte ik weer dat het niet altijd zo geweest was. Carlisle had Edward, Esmé, Rosalie en Emmett geschapen, en Edward mij. Wij waren fysiek verbonden door bloed en gif. Ik had Alice en Jasper nooit als buitenstaanders beschouwd – als geadopteerde kinderen. Maar in wezen had Alice de Cullens gewoon uitgezocht. Ze had opeens op de stoep gestaan met haar verleden dat niets met hen te maken had, samen met Jasper en zíjn verleden, en had een plekje 447 voor zichzelf gecreëerd in een gezin dat al bestond. Zij en Jasper hadden allebei een ander leven gehad vóór de Cullens. Had ze er nu echt voor gekozen om weer een nieuw bestaan op te bouwen toen ze had gezien dat haar leven bij de Cullens voorbij was?

Dan waren we dus echt ten dode opgeschreven. Er was geen enkele hoop meer. Geen sprankje, geen enkel lichtpuntje dat Alice het idee had kunnen geven dat ze aan onze kant nog een kans maakte.

De heldere ochtend leek ineens dikker, zwarter, alsof mijn wanhoop hem letterlijk verduisterde.

'Ík zal in elk geval vechtend ten onder gaan,' gromde Emmett zachtjes. 'Alice heeft gezegd wat we moeten doen. Kom op dan.'

De anderen knikten met verbeten gezichten, en ik besefte dat ze op de kans rekenden die Alice ons op deze manier kennelijk gegeven had. Dat ze zich niet aan de uitzichtloze situatie zouden overgeven om lijdzaam af te wachten tot ze zouden sterven.

Ja, we zouden allemaal vechten. Wat moesten we anders? En blijkbaar zouden we daar ook anderen bij betrekken, omdat Alice dat gezegd had voor ze ons verliet. We konden haar laatste waarschuwing niet negeren. En ook de wolven zouden met ons meevechten voor Renesmee.

Wij zouden vechten, zij zouden vechten, en we zouden allemaal sterven.

Ik voelde me niet zo vastberaden als de anderen zich leken te voelen. Alice wist hoe de zaken ervoor stonden. Ze gaf ons de enige kans die ze nog zag voor ons, maar zij vond hem zo klein dat ze het risico niet durfde te nemen.

Ik had het gevoel dat we nu al verslagen waren toen ik Sams kritische blik de rug toekeerde en achter Carlisle aan naar huis rende.

We liepen op de automatische piloot, niet met de paniekerige haast van hiervoor. Toen we bij de rivier kwamen keek Esmé op.

'Daar was dat andere spoor. Het was nog vers.'

Ze knikte naar voren, naar de plek waar ze Edward op de heenweg geroepen had. Toen we nog zo hard mogelijk renden om Alice te rédden...

'Dat moet van gisteravond zijn. Het was alleen Alice, zonder Jasper,' zei Edward toonloos.

Esmés gezicht betrok en ze knikte.

Ik dwaalde een beetje af naar rechts en liet de anderen voorgaan. Ik wist zeker
448 dat Edward gelijk had, maar aan de andere kant... Hoe was Alice' boodschap op een pagina uit mijn boek terechtgekomen?

'Bella?' vroeg Edward emotieloos toen ik aarzelde.

'Ik wil dat spoor volgen,' zei ik tegen hem, en ik snoof de lichte geur op die Alice had achtergelaten op het pad dat haaks op haar latere vluchtroute stond. Ik was hier nog niet zo ervaren in, maar ik vond hem precies hetzelfde ruiken, alleen dan zonder Jaspers geur.

Edwards gouden ogen stonden doods. 'Het leidt waarschijnlijk gewoon terug naar het huis.'

'Dan zie ik jullie daar.'

Eerst dacht ik dat hij me alleen zou laten gaan, maar toen ik een paar stappen de andere kant op deed, kwamen zijn ogen weer tot leven.

'Ik ga met je mee,' zei hij zacht. 'We zien jullie thuis, Carlisle.'

Carlisle knikte en vertrok met de anderen. Ik wachtte tot ze uit het zicht waren en keek toen vragend naar Edward.

'Ik kon je niet zomaar weg laten lopen,' legde hij fluisterend uit. 'Het deed al pijn als ik er alleen maar aan dacht.'

Ik begreep precies wat hij bedoelde. Ik stelde me voor dat ik nu van hem gescheiden zou worden en besefte dat ik dezelfde pijn zou voelen, ook al zouden we maar heel even bij elkaar vandaan zijn.

We hadden nog maar zo weinig tijd om samen te zijn.

Ik stak mijn hand naar hem uit en hij pakte hem vast.

'We moeten opschieten,' zei hij. 'Renesmee wordt zo wakker.'

Ik knikte en we begonnen weer te rennen.

Het was waarschijnlijk helemaal niet slim om tijd die we met Renesmee konden doorbrengen puur uit nieuwsgierigheid te verspillen. Maar dat briefje zat me dwars. Alice had haar boodschap desnoods in een rots of een boomstam kunnen kerven als ze geen schrijfgerei bij zich had gehad. Ze had zo'n geel notitieblokje kunnen jatten bij een van de huizen langs de snelweg. Waarom mijn boek? En wanneer had ze dat gehaald?

En inderdaad, het spoor leidde langs een omslachtige route die ver uit de buurt bleef van het huis van de Cullens en de wolven in het naastgelegen stuk bos naar ons huisje. Edward fronste verbaasd zijn wenkbrauwen toen duidelijk werd waar het spoor heen liep.

Hij probeerde er een verklaring voor te bedenken. 'Heeft ze Jasper laten wachten en is ze toen hierheen gegaan?'

We waren nu bijna bij het huisje en ik voelde me niet op mijn gemak. Ik was 449 blij dat Edwards hand in de mijne lag, maar ik had ook het gevoel dat ik hier eigenlijk alleen zou moeten zijn. Het was zo'n rare actie voor Alice om die bladzijde uit het boek te scheuren en dan weer terug naar Jasper te gaan. Ik had het gevoel dat er in de handeling zelf ook een boodschap besloten lag – ook al had ik geen idee welke. Maar het was mijn boek, dus de boodschap móést wel voor mij bedoeld zijn. Als ze Edward iets had willen laten weten, had ze toch zeker wel een bladzijde uit een van zíjn boeken gehaald?

'Wacht even,' zei ik toen ik we bij de deur waren, en ik trok mijn hand los.

Zijn voorhoofd rimpelde. 'Bella?'

'Alsjeblieft? Dertig seconden.'

Ik wachtte zijn antwoord niet af maar rende naar binnen en deed de deur achter me dicht. Ik liep rechtstreeks naar de boekenplank. Alice' geur was vers, nog geen dag oud. Er brandde een laag maar heet vuurtje in de open haard, een vuurtje dat ik niet had gestookt. Ik rukte *De koopman van Venetië* van de plank en sloeg hem open op de titelpagina.

Daar, naast de gekartelde rand die de uitgescheurde bladzijde had achtergelaten, onder de woorden 'De koopman van Venetië door William Shakespeare', stond een boodschap.

Vernietig dit.

Daaronder stonden een naam en adres in Seattle.

Toen Edward dertien, en geen dertig, seconden later naar binnen kwam, stond ik te kijken hoe het boek in de open haard verbrandde.

'Wat is er aan de hand, Bella?'

'Ze is hier geweest. Ze heeft een bladzijde uit mijn boek gescheurd om haar boodschap op te schrijven.'

'Waarom?'

'Dat weet ik niet.'

'Waarom verbrand je het?'

'Ik... Ik...' Ik fronste mijn wenkbrauwen en liet al mijn frustratie en verdriet zien op mijn gezicht. Ik wist niet wat Alice me probeerde te vertellen, alleen dat ze heel veel moeite had gedaan om het voor iedereen verborgen te houden, behalve voor mij. De enige van wie Edward de gedachten niet kon lezen. Ze wilde hem er kennelijk buiten laten, en daar had ze waarschijnlijk een goede reden voor. 'Dat leek me wel toepasselijk.'

'We weten niet wat ze aan het doen is,' zei hij zacht.

Ik staarde in de vlammen. Ik was de enige persoon op deze aardbol die tegen Edward kon liegen. Was dat wat Alice van me wilde? Haar laatste verzoek?

'Toen we in het vliegtuig naar Italië zaten,' fluisterde ik – en dit was geen leu-

450

gen, alleen misschien een beetje uit zijn verband gerukt –, 'onderweg naar jou, om jou te redden... toen loog ze tegen Jasper zodat hij ons niet achterna zou komen. Ze wist dat hij zou sterven als hij het tegen de Volturi zou opnemen. Ze was bereid om zelf te sterven, als hij maar geen gevaar zou lopen. Ze was zelfs bereid om mij daarvoor te laten sterven. En jou.'

Edward gaf geen antwoord.

'Sommige dingen gaan bij haar voor alles,' zei ik. Met pijn in mijn roerloze hart besefte ik dat mijn verklaring op geen enkele manier als een leugen aanvoelde.

'Ik geloof er niets van,' zei Edward. Hij zei het niet alsof hij met me in discussie wilde – hij zei het alsof hij met zichzelf in discussie was. 'Misschien liep alleen Jasper gevaar. Misschien zou haar plan voor ons wel gewerkt hebben, maar zou hij het niet overleefd hebben als hij was gebleven. Misschien...'

'Dat had ze toch gewoon tegen ons kunnen zeggen. En dan had ze hem daarna weg kunnen sturen.'

'Maar zou Jasper gegaan zijn? Misschien liegt ze nu weer tegen hem.'

'Misschien,' zei ik zogenaamd instemmend. 'We moeten naar huis. We hebben geen tijd meer.'

Edward pakte mijn hand en we renden weer weg.

Ik kreeg geen hoop van Alice' boodschap. Als de komende slachtpartij op enigerlei wijze voorkomen had kunnen worden, dan zou Alice gebleven zijn. Ik zag geen andere mogelijkheid. Blijkbaar gaf ze me dus iets anders. Geen vluchtweg. Maar wat dacht ze dan dat ik wilde? Misschien een manier om in elk geval íéts in veiligheid te brengen? Was er nog iets wat ik kon redden?

Carlisle en de anderen hadden ondertussen niet stilgezeten. We waren maar een minuut of vijf weg geweest, en ze stonden nu al klaar om te vertrekken. In de hoek zaten Jacob in zijn mensengedaante en Renesmee op zijn schoot met grote ogen naar ons te kijken.

Rosalie had haar zijden wikkeljurk verruild voor een stevig uitziende spijkerbroek, hardloopschoenen en zo'n dikke fleecetrui die trekkers altijd droegen op lange wandeltochten. Esmé had iets soortgelijks aan. Er stond een wereldbol op de salontafel, die ze al uitgebreid hadden bestudeerd – ze wachtten nu alleen nog op ons.

De stemming was optimistischer geworden; het gaf hun een goed gevoel om iets te doen. Ze hadden al hun hoop op Alice' instructies gevestigd.

451

Ik keek naar de wereldbol en vroeg me af waar we als eerste heen zouden gaan.

'Moeten wij hier blijven?' vroeg Edward aan Carlisle. Hij klonk niet blij.

'Alice zei dat we Renesmee aan mensen moesten laten zien, en ook dat we daar heel voorzichtig in moesten zijn,' zei Carlisle. 'We sturen iedereen die we kunnen vinden terug naar jullie, en aan jou de lastige opgave om hun uit te leggen wat er aan de hand is, Edward.'

Edward knikte kort, nog steeds niet erg gelukkig met de situatie. 'Het wordt nog een flinke zoektocht.'

'We splitsen ons op,' antwoordde Emmett. 'Rose en ik gaan op jacht naar de nomaden.'

'Jullie zullen je handen vol hebben hier,' zei Carlisle. 'Tanya's familie staat hier morgenochtend op de stoep, en ze hebben nog geen idee waarom. Eerst moet je hen ervan overtuigen dat ze niet op dezelfde manier reageren als Irina. En dan moet je uitzoeken wat Alice met haar opmerking over Eleazar bedoelde. En dáárna moet je vragen of ze voor ons willen getuigen. Zodra de anderen komen begint het liedje weer van voren af aan – als het ons überhaupt lukt om mensen zover te krijgen.' Carlisle zuchtte. 'Jij hebt misschien wel de zwaarste taak. We komen zo snel mogelijk terug om je te helpen.'

Carlisle legde zijn hand even op Edwards schouder en gaf mij een kus op mijn voorhoofd. Esmé omhelsde ons en Emmett gaf ons een stomp tegen onze arm. Rosalie wist er een wrange glimlach uit te persen voor ons, blies Renesmee een handkusje toe en trok een afscheidsgrimas naar Jacob.

'Succes,' zei Edward tegen hen.

'Jullie ook,' zei Carlisle. 'We zullen het allemaal hard nodig hebben.'

Ik keek hen na, en ik wilde dat ik dezelfde hoop kon voelen die hen op de been scheen te houden, én dat ik een paar seconden alleen met de computer kon zijn. Ik moest erachter zien te komen wie die J. Jenks was en waarom Alice zo veel moeite had gedaan om zijn naam alleen aan mij door te geven.

452   Renesmee draaide zich om in Jacobs armen en raakte zijn wang aan.

'Ik weet niet of de vrienden van Carlisle zullen komen. Ik hoop het wel. Nu zijn we zo te horen een ietsepietsie in de minderheid,' mompelde Jacob tegen haar.

Dus ze wist het al. Renesmee begreep maar al te goed wat er aan de hand was. Dat hele 'ingeprente weerwolf geeft degene met wie hij is ingeprent alles wat ze wil'-idee begon me behoorlijk de keel uit te hangen. Was het niet veel beter om haar te beschermen dan om al haar vragen te beantwoorden?

Ik keek onderzoekend naar haar gezichtje. Ze leek niet bang, alleen een beetje bezorgd en heel serieus terwijl ze op haar stilzwijgende manier met Jacob praatte.

'Nee, we kunnen niet helpen, wij moeten hier blijven,' ging hij verder. 'Die mensen komen hierheen om jóú te zien, niet om de omgeving te bewonderen.'

Renesmee keek hem fronsend aan.

'Nee, ik hoef nergens heen,' zei hij tegen haar. Toen keek hij verbijsterd naar Edward omdat het tot hem doordrong dat hij wel eens ongelijk zou kunnen hebben. 'Of wel soms?'

Edward aarzelde.

'Gooi het er maar uit,' zei Jacob, en zijn stem klonk rauw van de spanning. Hij had zijn grens bijna bereikt, net als wij allemaal.

'De vampiers die ons komen helpen zijn anders dan wij,' zei Edward. 'Tanya's familie is de enige naast de onze met respect voor het menselijk leven, en zelfs zij hebben het niet zo op weerwolven. Ik denk dat het veiliger is...'

'Ik kan prima voor mezelf zorgen,' onderbrak Jacob hem.

'Dat het veiliger is voor Renesmee,' vervolgde Edward, 'als de keuze om ons verhaal over haar te geloven niet negatief beïnvloed wordt doordat er een weerwolf in de buurt is.'

'Lekkere vrienden hebben jullie. Zouden ze jullie echt in de steek laten om de mensen met wie je omgaat?'

'Ik denk dat ze normaal gesproken heel ruimdenkend zouden reageren. Maar je moet goed begrijpen dat het voor hen allemaal niet makkelijk zal zijn om Nessie te accepteren. Waarom zouden we het ze ook maar een fractie moeilijker maken?'

Carlisle had Jacob gisteravond verteld over de wetten rond de onsterfelijke kinderen. 'Waren die kinderen echt zo erg?' vroeg hij.

'Je kunt je niet voorstellen wat een diepe littekens ze in het collectieve vampiergeheugen hebben achtergelaten.'

'Edward...' Het was nog steeds raar om Jacob Edwards naam zonder verbittering te horen uitspreken.

'Ik weet het, Jake. Ik weet hoe moeilijk het is om bij haar vandaan te zijn. We zullen op ons gevoel afgaan en eerst kijken hoe ze op haar reageren. Nessie zal de komende weken hoe dan ook regelmatig een tijdje uit het zicht moeten blijven. Ze moet in het huisje wachten tot we een goed moment hebben gevonden om haar te laten zien. Zolang je op veilige afstand van dit huis kunt blijven...'

'Dat lukt wel. Dus morgenochtend krijgen jullie bezoek?'

'Ja. Onze beste vrienden. In dit geval is het waarschijnlijk beter als we zo snel mogelijk alle feiten op tafel leggen. Blijf dan maar hier. Tanya kent jou al. Ze heeft Seth zelfs al ontmoet.'

'Oké.'

'Misschien moet je Sam vertellen wat er aan de hand is. De kans is groot dat er binnenkort onbekenden door het bos zullen lopen.'

'Goed punt. Hoewel hij eigenlijk wel even een radiostilte verdient na gisteravond.'

'Meestal is het heel verstandig om te doen wat Alice zegt.'

Jacob knarste met zijn tanden en ik zag dat hij het net als Sam onvergeeflijk vond wat Alice en Jasper hadden gedaan.

Ik was tijdens hun gesprek naar het achterraam gelopen en probeerde afwezig en ongerust te kijken. Geen al te moeilijke opgave. Ik leunde met mijn hoofd tegen de muur die vanaf de woonkamer in een boog naar de eetkamer liep, precies naast een van de computers. Ik liet mijn vingers over de toetsen glijden terwijl ik het bos in staarde en deed mijn best om het er gedachteloos uit te laten zien. Deden vampiers wel eens iets gedachteloos? Ik had niet het idee dat er iemand op me lette, maar ik draaide me niet om om het te controleren. De monitor sprong aan. Mijn vingers tikten weer over het toetsenbord. Toen roffelde ik heel zachtjes op het houten bureaublad, om het een willekeurige handeling te laten lijken. Nog een paar tikken op de toetsen.

Vanuit mijn ooghoeken loerde ik naar het scherm.

De enige J. Jenks die ik vond was een Jason Jenks. Een advocaat. Ik streelde het toetsenbord en probeerde een soort afwezig ritme aan te houden, net zoals je soms de bijna vergeten kat op je schoot aait terwijl je met je hoofd heel ergens anders bent. Het kantoor van Jason Jenks had een flitsende website, maar het adres op de homepage klopte niet. Het was wel in Seattle, maar in een andere wijk. Ik leerde het telefoonnummer uit mijn hoofd en bleef ritmisch over het toetsenbord gaan. Dit keer typte ik het adres in dat Alice me had gegeven, maar dat leverde niets op, alsof het helemaal niet bestond. Ik wilde op een kaart kijken, maar besloot dat dat misschien te veel van het goede zou zijn. Nog één tik om de geschiedenis te wissen...

Ik bleef uit het raam staren en aaide nog een paar keer over het hout. Ik hoorde lichte voetstappen op me afkomen, en ik draaide me om met naar ik hoopte nog steeds dezelfde uitdrukking op mijn gezicht.

Renesmee stak haar handen naar me uit en ik spreidde mijn armen. Ze sprong erin en vlijde haar hoofdje tegen mijn hals. Ze rook heel erg naar weerwolf.

Ik wist niet of ik dit wel kon volhouden. Ik vreesde voor mijn eigen leven, voor dat van Edward en de rest van mijn familie, maar het was niet dezelfde misselijkmakende doodsangst waarmee ik voor mijn dochter vreesde. Er moest een manier zijn om haar te redden, zelfs als dat het enige was wat ik kon doen.

Opeens wist ik dat dat het enige was wat ik echt wilde. Ik zou alles kunnen doorstaan als het moest, maar niet dat haar leven werd vernietigd. Dat niet.

Zij was de enige die ik gewoon móést redden.

Zou Alice geweten hebben hoe ik me zou voelen?

Renesmee raakte lichtjes mijn wang aan.

Ze liet me haar eigen gezicht zien, dat van Edward, Jacob, Rosalie, Esmé, Carlisle, Alice, Jasper; alle gezichten van al onze familieleden kwamen voorbij, steeds sneller. Seth en Leah. Charlie, Sue en Billy. Telkens weer. Ze maakte zich zorgen, net als wij allemaal. Maar ze maakte zich alleen maar zorgen. Voor zover ik begreep had Jake haar het ergste niet verteld. Het gedeelte over dat alle hoop vervlogen was, dat we over een maand allemaal zouden sterven.

Bij het gezicht van Alice bleef ze verlangend en vragend hangen. Waar was Alice?

'Ik weet het niet,' fluisterde ik. 'Maar het is Alice. Ze doet wat het beste is, zoals altijd.'

Wat het beste voor Alice was in elk geval. Ik vond het verschrikkelijk om op die manier over haar te denken, maar hoe moesten we de situatie anders verklaren?

Renesmee zuchtte en het verlangen werd sterker.

'Ik mis haar ook.'

Ik voelde mijn gezicht zwoegen, op zoek naar de blik die bij het verdriet paste 455 dat ik vanbinnen voelde. Mijn ogen voelden raar en droog, ze knipperden om het onprettige gevoel weg te krijgen. Ik beet op mijn lip. Toen ik inademde bleef de lucht in mijn keel steken, alsof ik erin stikte.

Renesmee leunde naar achteren om me aan te kunnen kijken, en ik zag mijn gezicht in haar gedachten en in haar ogen. Ik keek zoals Esmé vanochtend had gekeken.

Dus zo voelde het om te huilen.

Renesmees ogen glansden vochtig terwijl ze mijn gezicht bestudeerde. Ze aaide over mijn wang, niet om iets te laten zien, maar om me te troosten.

Ik had nooit gedacht dat onze moeder-dochterverhouding nog eens zou worden omgedraaid, zoals bij Renée en mij altijd het geval was geweest. Maar ik had dan ook nooit een duidelijk beeld van de toekomst gehad.

Er welde een traan op in Renesmees ooghoek. Ik veegde hem weg met een kus. Ze raakte stomverbaasd haar oog aan en keek naar haar natte vingertop.

'Niet huilen,' zei ik tegen haar. 'Alles komt goed. Je hoeft je nergens zorgen om te maken. Ik loods je hier wel doorheen.'

Ook als ik verder niets kon doen, zou ik hoe dan ook mijn Renesmee redden. Ik wist nu heel zeker dat dat was wat Alice me zou geven. Zij zou het weten. Zij had me vast de mogelijkheid geboden.

30. Onweerstaanbaar

Er waren zo veel dingen om over na te denken.

Waar moest ik de tijd vandaan halen om in mijn eentje J. Jenks op te sporen, en waarom wilde Alice dat ik van zijn bestaan wist?

Als Alice' aanwijzing niets met Renesmee te maken had, wat kon ik dan doen om mijn dochter te redden?

Hoe moesten Edward en ik de situatie morgen uitleggen aan Tanya's familie? Stel dat ze op dezelfde manier zouden reageren als Irina? Stel dat het op een gevecht zou uitdraaien?

Ik kon helemaal niet vechten. Hoe moest ik dat in een maand tijd leren? Was er überhaupt een kans dat ik het snel genoeg zou kunnen leren om wellicht een gevaar te vormen voor een van de Volturi? Of was ik gedoemd om volslagen nutteloos te zijn? Een van de vele nieuwelingen om even korte metten mee te maken?

Ik had een heleboel antwoorden nodig, maar ik kreeg de kans niet om mijn vragen te stellen.

Omdat ik wilde dat Renesmees leven zo normaal mogelijk zou blijven, stond ik erop dat ik haar rond bedtijd naar ons huisje zou brengen. Jacob voelde zich momenteel prettiger in zijn wolvengedaante, hij kon makkelijker met de stress omgaan als hij klaar was om te vechten. Ik wou dat ik me ook zo voelde, dat ik ook voorbereid was. Hij rende door het bos om de wacht te houden.

Toen ze in slaap was gevallen legde ik Renesmee in haar bedje en liep naar de voorkamer om mijn vragen aan Edward te stellen. De vragen die ik hem kón stellen in elk geval. Eigenlijk vond ik het het allermoeilijkst dat ik mijn best moest doen om iets voor hem verborgen te houden, zelfs met het voordeel van mijn onleesbare gedachten.

Hij stond met zijn rug naar me toe in het vuur te staren.

'Edward, ik...'

Hij draaide zich om en leek op hetzelfde moment aan de andere kant van de

457

kamer te zijn, alsof er helemaal geen tijd verstreken was. Ik ving nog net een glimp op van de felle blik in zijn ogen voor hij zijn lippen op de mijne drukte en zijn armen als ijzeren klemmen om me heen sloeg.

De rest van die nacht dacht ik niet meer aan mijn vragen. Binnen de kortste keren begreep ik waar zijn stemming door veroorzaakt werd, en bovendien voelde ik me precies hetzelfde.

Ik had gedacht dat het jaren zou gaan duren voor ik de overweldigende lichamelijke hartstocht die ik voor hem voelde enigszins in de hand zou hebben. En dat ik daarna nog eeuwen zou hebben om ervan te genieten. Als we nog maar een maand samen hadden... Tja, ik kon me niet voorstellen dat ik het zou kunnen verdragen als dit op zou houden. Op dit moment kon ik even alleen maar aan mezelf denken. Het enige wat ik wilde was hem zoveel mogelijk lief te hebben in de korte tijd die ons nog restte.

Het kostte veel moeite om mezelf van hem los te rukken toen de zon opkwam, maar we moesten onze opdracht uitvoeren, een opdracht die misschien nog wel moeilijker zou worden dan alle zoektochten van onze familieleden bij elkaar. Zodra ik begon na te denken over wat ons te wachten stond, werd ik één brok spanning. Het voelde alsof mijn zenuwen op een pijnbank werden uitgerekt en steeds dunner en dunner werden.

'Ik zou willen dat we er op de een of andere manier eerst achter konden komen wat Eleazar weet voor we ze over Nessie vertellen,' mompelde Edward terwijl we ons haastig aankleedden in de enorme kast die me nu veel meer dan me lief was aan Alice deed denken. 'Gewoon voor het geval dat.'

'Maar dan weet hij nog niet welke informatie hij moet geven,' antwoordde ik. 'Denk je dat ze ons de kans zullen geven om het uit te leggen?'

'Ik heb geen idee.'

Ik tilde Renesmee, die nog steeds lag te slapen, uit haar bedje en hield haar zo dicht tegen me aan dat haar krullen tegen mijn gezicht drukten. Haar zoete geur, zo dichtbij, verdrong alle andere geuren.

458 Ik mocht vandaag geen seconde verspillen. Ik had antwoorden nodig, en ik wist niet precies hoeveel tijd Edward en ik vandaag samen zouden hebben. Als alles goed verliep met Tanya's familie zouden we hopelijk voor langere tijd gezelschap hebben.

'Edward, wil je me leren vechten?' vroeg ik aan hem, en ik zette me schrap voor zijn antwoord terwijl hij de deur voor me openhield.

Hij reageerde precies zoals ik had verwacht. Hij verstijfde en toen gleden zijn ogen met een veelbetekenende blik over mijn lijf, alsof dit de eerste of de laatste keer was dat hij me zag. Zijn ogen bleven hangen bij onze dochter die in mijn armen lag te slapen.

'Als het op een gevecht aankomt zullen we geen van allen veel kunnen uitrichten,' zei hij ontwijkend.

Zonder mijn stem te verheffen vroeg ik: 'Maar je zou toch niet willen dat ik volslagen weerloos ben?'

Hij slikte moeizaam en de deur trilde met protesterende scharnieren toen hij zijn hand dichtkneep. Toen knikte hij. 'Als je het zo bekijkt... Dan kunnen we maar beter zo snel mogelijk aan de slag gaan.'

Ik knikte ook, en daarna gingen we op weg naar het grote huis. We haastten ons niet.

Ik vroeg me af of ik iets zou kunnen doen waarmee ik heel misschien nog van enige betekenis kon zijn. Ergens was ik natuurlijk een piepklein beetje bijzonder – als je een bovennatuurlijk dikke hersenpan echt als bijzonder kon zien. Zou ik daar op de een of andere manier gebruik van kunnen maken?

'Wat is volgens jou hun allersterkste punt? Hebben ze eigenlijk wel zwakheden?'

Edward begreep meteen dat ik de Volturi bedoelde.

'Alec en Jane zijn hun belangrijkste aanvallers,' zei hij emotieloos, alsof we het over een basketbalteam hadden. 'Hun verdedigers hoeven bijna nooit in actie te komen.'

'Omdat Jane je kan verschroeien waar je bij staat – mentaal dan. Wat doet Alec? Heb je niet een keer gezegd dat hij zelfs nog gevaarlijker was dan Jane?'

'Ja. Op een bepaalde manier doet hij het tegenovergestelde van Jane. Zij laat je de allerergste pijn voelen die je je maar kunt voorstellen. Maar Alec laat je juist níéts voelen. Helemaal niets. Soms, als de Volturi in een aardige bui zijn, laten ze iemand eerst door Alec verdoven voor ze hem terechtstellen. Als het slachtoffer zich heeft overgegeven of als ze om een andere reden tevreden over hem zijn.'

'Verdoven? Maar waarom is hij dan gevaarlijker dan Jane?'

'Omdat hij al je zintuigen blokkeert. Je voelt geen pijn meer, maar je ziet, hoort of ruikt ook niets meer. Je krijgt geen enkele zintuiglijke prikkel meer. Je bent helemaal alleen in het donker. Je voelt het niet eens als ze je verbranden.'

Ik huiverde. Was dat het beste waar we op konden hopen? Dat we de dood niet zouden zien of voelen als hij ons kwam halen?

'Daarmee zou hij in principe even gevaarlijk zijn als Jane,' ging Edward op diezelfde afstandelijke toon verder, 'omdat ze je allebei buitenspel kunnen zetten, je in een hulpeloze prooi kunnen veranderen. Maar het verschil tussen die twee is als het verschil tussen Aro en mij. Aro hoort slechts de gedachten van één persoon tegelijkertijd. Jane kan alleen degene pijn doen op wie ze haar blik richt. Ik hoor iedereen tegelijk.'

Ik werd koud toen ik begreep wat hij bedoelde. 'En Alec kan ons allemaal tegelijkertijd uitschakelen?' fluisterde ik.

'Ja,' zei hij. 'Als hij zijn gave op ons aanwendt staan we allemaal blind en doof te wachten tot ze zin hebben om ons te vermoorden – misschien verbranden ze ons wel gewoon, zonder eerst de moeite te nemen ons uit elkaar te scheuren. En we kunnen heus wel proberen terug te vechten, maar de kans is groter dat we elkaar iets aandoen dan een van hen.'

We liepen een paar seconden zwijgend verder.

Er kwam een idee in me op dat langzaam vaste vormen aannam. Het stelde niet veel voor, maar het was beter dan niets.

'Denk je dat Alec goed kan vechten?' vroeg ik. 'Als je even buiten beschouwing laat wat hij kan, bedoel ik. Stel dat hij zonder zijn gave zou moeten vechten. Ik vraag me af of hij het wel eens geprobeerd heeft...'

Edward keek me scherp aan. 'Waar zit je aan te denken?'

Ik keek strak voor me uit. 'Nou, hij zal bij mij waarschijnlijk weinig kunnen uithalen, denk je ook niet? Als het bij hem net zo werkt als bij Aro en Jane en jou. Stel je voor... als hij zichzelf nooit echt heeft hoeven verdedigen... en ik een paar trucjes zou leren...'

Edward onderbrak me. 'Hij is al eeuwen bij de Volturi,' zei hij, en zijn stem klonk plotseling bang. Waarschijnlijk zag hij hetzelfde beeld voor zich als ik: de Cullens die als weerloze, nietsvoelende pilaren op het slagveld stonden – behalve ik. Ik zou de enige zijn die nog zou kúnnen vechten. 'Ja, je zult ongetwijfeld immuun voor hem zijn, maar je bent nog zo jong, Bella. Ik kan je niet binnen een paar weken zo goed leren vechten. Hij heeft vast de nodige training gehad.'

'Wie weet. Maar dat is het enige wat alleen ík kan, en verder niemand. Zelfs al zou ik hem alleen maar een tijdje kunnen afleiden...' Zou ik het lang genoeg volhouden om de anderen een kans te geven?

'Bella, alsjeblieft,' siste Edward. 'Ik wil het er niet over hebben.'

'Wees nou even redelijk.'

'Ik zal mijn best doen om je zoveel mogelijk te leren, maar ik moet er niet aan denken dat jij jezelf opoffert als afleidingsmanoeuvre...' Zijn stem brak en hij zweeg.

Ik knikte. Dan hield ik mijn plannen wel voor me. Eerst Alec en daarna, als ik op wonderbaarlijke wijze van hem zou weten te winnen, Jane. Ik moest de balans een beetje gelijk zien te trekken en mijn best doen om de enorme aanvallende voorsprong van de Volturi weg te nemen. Misschien hadden we dan een kans... Mijn gedachten waren alweer verder. Stel dat ik hen inderdaad zou kunnen afleiden of misschien zelfs uitschakelen? Want zeg nou zelf, waarom zouden Jane of Alec ooit de moeite genomen hebben om te leren vechten? Ik kon me niet voorstellen dat die kribbige kleine Jane haar gave ooit een moment opzij zou zetten, zelfs niet om iets te leren.

Wat zou het een verschil maken als het me zou lukken om die twee te doden.

'Ik moet alles leren. Alles wat je de komende maand maar in mijn hoofd kunt stampen,' mompelde ik.

Hij deed net alsof ik niets gezegd had.

Goed, wie moest de volgende worden? Ik kon mijn plannen maar beter goed uitdenken, zodat ik, als ik de aanval op Alec overleefde, zonder aarzelen nog een keer zou kunnen toeslaan. Ik probeerde te bedenken in welke situaties mijn ondoordringbare schedel me nog meer van pas zou komen. Ik wist te weinig over wat de anderen konden. Tegen vechtersbazen als die enorme Felix kon ik uiteraard niets beginnen, maar ik kon wel mijn best doen om ervoor te zorgen dat Emmett een eerlijke kans kreeg tegen hem. Over de rest van de Volturiwacht wist ik bijna niets, behalve dan over Demetri...

Ik hield mijn gezicht strak in de plooi terwijl ik over Demetri nadacht. Hij kon vechten, dat moest wel. Anders was hij allang een keer gedood bij een van zijn vele aanvallen. Hij moest altijd voorop, want hij was hun spoorzoeker – ongetwijfeld de beste ter wereld. Als er een betere was geweest, zouden de Volturi hem wel ingeruild hebben. Aro duldde alleen de crème de la crème om zich heen.

Als Demetri er niet meer was, zouden we wél kunnen vluchten. Degenen die er dan nog over waren in elk geval. Mijn dochter die nu nog warm in mijn armen lag... Iemand zou met haar kunnen vluchten. Jacob, of Rosalie, afhankelijk van wie er nog leefde.

461

En... als Demetri er niet meer was, zouden Alice en Jasper voor altijd veilig zijn. Was dat wat Alice had gezien? Dat een deel van ons gezin zou kunnen blijven voortbestaan? In ieder geval zij tweeën, en misschien nog wel meer?

Hoe zou ik haar dat kunnen ontzeggen?

'Demetri...' zei ik.

'Demetri is voor mij,' zei Edward op een harde, barse toon. Ik keek even opzij en zag dat hij een agressieve blik in zijn ogen had gekregen.

'Hoezo?' fluisterde ik.

In eerste instantie gaf hij geen antwoord. We waren al bij de rivier toen hij eindelijk mompelde: 'Voor Alice. Dat is de enige manier waarop ik haar op dit moment voor de afgelopen vijftig jaar kan bedanken.'

Dus hij dacht er net zo over als ik.

Ik hoorde Jacobs zware poten over de bevroren grond bonzen. Binnen een paar seconden liep hij naast me met zijn donkere ogen op Renesmee gericht.

Ik begroette hem met een kort knikje en ging toen weer verder met mijn vragen. Er was nog maar zo weinig tijd.

'Edward, waarom zou Alice gezegd hebben dat we Eleazar naar de Volturi moeten vragen? Is hij onlangs nog in Italië geweest of zo? Wat zou hij kunnen weten?'

'Eleazar weet alles als het op de Volturi aankomt. Ik was vergeten dat je dat niet wist. Hij is ooit een van hen geweest.'

Ik siste onwillekeurig. Jacob gromde.

'Echt?' vroeg ik verontwaardigd terwijl ik de mooie, donkere man die op onze bruiloft was geweest opeens voor me zag in een lange, grauwe mantel.

Edwards gezicht ontspande en hij glimlachte licht. 'Eleazar is heel zachtaardig. Hij was niet erg gelukkig bij de Volturi, maar hij had eerbied voor de wet en besefte dat die gehandhaafd diende te worden. Hij had het gevoel dat hij bijdroeg aan een betere samenleving. Hij heeft geen spijt van zijn tijd bij hen. Maar toen hij Carmen tegenkwam, vond hij zijn plaats in de wereld. Ze lijken erg op elkaar; ze zijn voor een vampier allebei erg barmhartig.' Hij glimlachte weer. 'Toen ontmoetten ze Tanya en haar zussen en hebben ze het verleden achter zich gelaten. Deze levensstijl is hen op het lijf geschreven. Als ze Tanya nooit waren tegengekomen, vermoed ik dat ze uiteindelijk zelf ook wel een manier gevonden zouden hebben om zonder mensenbloed te leven.'

Ik kon de tegenstrijdige beelden in mijn hoofd niet verenigen. Een barmhartige Volturiwacht?

Edward keek even naar Jacob en gaf antwoord op een stilzwijgende vraag. 'Nee, hij hoorde niet bij hun soldaten, om het zo maar te zeggen. Hij heeft een gave die ze erg handig vonden.'

Jacob stelde kennelijk ook de voor de hand liggende vervolgvraag.

'Hij voelt intuïtief de gaven van anderen aan – de speciale talenten die sommige vampiers hebben,' zei Edward tegen hem. 'Hij hoefde alleen maar bij een willekeurige vampier in de buurt te zijn, en dan kon hij Aro een globale beschrijving geven van wat diegene ongeveer in zijn mars had. Dat kwam goed van pas als de Volturi moesten vechten. Hij kon ze waarschuwen als iemand van de tegenpartij een gave had die wel eens voor problemen zou kunnen zorgen. Dat kwam overigens maar zelden voor; er is heel wat voor nodig om de Volturi ook maar enig ongemak te bezorgen. Het gebeurde vaker dat Aro door zijn waarschuwing iemand kon redden die hij kon gebruiken. Eleazars gave werkt tot op zekere hoogte ook bij mensen. Hij moet zich dan alleen heel goed concentreren, omdat het bij hen nog heel onduidelijk is wat ze eventueel zouden kunnen. Hij moest potentiële nieuwe leden altijd testen van Aro om te zien of ze talent hadden.'

'En lieten ze hem zomaar gaan?' vroeg ik. 'Zonder slag of stoot?'

Edwards glimlach werd donkerder en zijn gezicht betrok een beetje. 'De Volturi worden over het algemeen niet als de slechteriken beschouwd, ook al komen ze op jou wel zo over. Ze staan aan de basis van onze vrede en beschaving. Elk lid van de wacht kiest ervoor om hen te dienen. Het is een hele eer; iedereen is trots om erbij horen, niemand wordt gedwongen.'

Ik sloeg boos mijn ogen neer.

'Alleen misdadigers vinden dat het kwaadaardige monsters zijn, Bella.'

'Wij zijn geen misdadigers.'

Jacob liet een instemmend gesnuif horen.

'Dat weten zij niet.'

'Denk je echt dat we ze misschien kunnen tegenhouden om ze naar ons verhaal te laten luisteren?'

Edward aarzelde een fractie van een seconde en haalde toen zijn schouders op. 'Als we genoeg vrienden kunnen vinden die ons bijstaan misschien wel.'

Áls. Opeens besefte ik hoe belangrijk deze dag was. Edward en ik versnelden onze pas en begonnen te rennen. Jacob kwam vlug achter ons aan.

'Tanya kan hier elk moment zijn,' zei Edward. 'We moeten ons voorbereiden.'

463

Maar hoe? We hadden alles uitgedacht en weer omgegooid, overwogen en heroverwogen. Renesmee in het volle zicht? Of verstopt? Jacob in de kamer? Of buiten? Hij had tegen zijn roedel gezegd dat ze in de buurt moesten blijven maar zich niet mochten laten zien. Moest hij hun voorbeeld volgen?

Uiteindelijk hadden we besloten dat Jacob (in zijn mensengedaante), Renesmee en ik om de hoek van de voordeur in de eetkamer zouden wachten, rond de grote, glanzende tafel. Ik mocht Renesmee vasthouden van Jacob, want hij wilde meteen kunnen veranderen als dat nodig mocht zijn.

Hoewel ik het fijn vond dat ze in mijn armen lag, kreeg ik er ook een nutteloos gevoel van. Het deed me weer beseffen dat ik in een gevecht met volwassen vampiers een makkelijk doelwit was; ik hoefde mijn handen niet eens vrij te hebben.

Ik dacht aan de bruiloft en probeerde me Tanya, Kate, Carmen en Eleazar weer voor de geest te halen. Hun gezichten waren wazig in mijn schimmige herinneringen. Ik wist alleen dat ze beeldschoon waren, twee blondines en twee donkerharige vampiers. Ik kon me niet herinneren of hun ogen enige warmte hadden uitgestraald.

Edward stond roerloos tegen het achterraam geleund en staarde naar de voordeur. Ik had niet het idee dat hij de kamer echt zag.

We luisterden naar de auto's die over de snelweg voorbijraasden en geen van alle afremden.

Renesmee nestelde zich tegen mijn hals. Haar handje lag op mijn wang, maar ik kreeg geen beelden in mijn hoofd. Ze had geen plaatjes voor wat ze nu voelde.

'Stel dat ze me niet aardig vinden?' fluisterde ze, en al onze ogen schoten naar haar gezicht.

'Natuurlijk vinden ze je wel...' begon Jacob, maar ik legde hem met een blik het zwijgen op.

'Ze begrijpen je niet, Renesmee, omdat ze nog nooit iemand zoals jij ontmoet hebben,' zei ik tegen haar, want ik wilde niet tegen haar liegen en dingen beloven die misschien niet zouden gebeuren. 'Daarom moeten we ervoor proberen te zorgen dat ze je wél begrijpen.'

Ze zuchtte en in mijn hoofd flitsten we allemaal achter elkaar voorbij. Vampier, mens, weerwolf. Ze hoorde nergens bij.

'Jij bent heel bijzonder, en dat is helemaal niet erg.'

Ze schudde haar hoofd. Ze dacht aan onze gespannen gezichten en zei: 'Dit is mijn schuld.'

464

'Nee,' zeiden Jacob, Edward en ik in koor, maar voor we er verder op in konden gaan hoorden we het geluid waar we op hadden zitten wachten: een motor die vaart minderde op de snelweg, banden die van asfalt op een bospad overgingen.

Edward vloog de hoek om en ging bij de deur staan wachten. Renesmee verstopte haar gezicht in mijn haar. Jacob en ik staarden elkaar boven de tafel met vertwijfelde gezichten aan.

De auto reed snel door het bos, sneller dan Charlie en Sue altijd reden. We hoorden hoe hij het gazon op draaide en vervolgens voor de veranda bleef staan. Vier portieren gingen open en dicht. Ze zeiden niets terwijl ze naar de deur liepen. Edward deed open voor ze konden kloppen.

'Edward!' zei een vrouwenstem dweperig.

'Hallo, Tanya. Kate, Eleazar, Carmen.'

Drie gemompelde begroetingen.

'Carlisle zei dat hij ons onmiddellijk moest spreken,' zei de eerste stem, Tanya. Ik hoorde dat ze allemaal nog steeds buiten stonden. Ik vermoedde dat Edward in de deuropening stond en hun de weg versperde. 'Wat is het probleem? Trammelant met de weerwolven?'

Jacob trok een geïrriteerde grimas.

'Nee,' zei Edward. 'Ons verbond met de weerwolven is sterker dan ooit.'

Een vrouwenstem grinnikte.

'Mogen we nog binnenkomen?' vroeg Tanya, en zonder op een antwoord te wachten vervolgde ze: 'Waar is Carlisle?'

'Carlisle moest weg.'

Het was even stil.

'Wat is er aan de hand, Edward?' wilde Tanya weten.

'Ik hoop dat jullie me een paar minuten het voordeel van de twijfel willen geven,' antwoordde hij. 'Ik moet iets lastigs uitleggen, en ik wil vragen of jullie onbevooroordeeld naar me willen luisteren tot het duidelijk is.'

'Gaat alles goed met Carlisle?' vroeg een mannenstem bezorgd. Eleazar.

'Het gaat met ons allemaal niet goed,' zei Edward, en toen gaf hij ergens een klopje op, Eleazars schouder waarschijnlijk. 'Maar lichamelijk gezien gaat het prima met Carlisle.'

'Lichamelijk?' vroeg Tanya scherp. 'Hoe bedoel je?'

'Ik bedoel dat mijn hele familie in groot gevaar is. Maar voor ik het uitleg moet ik vragen of jullie me iets willen beloven. Luister naar alles wat ik te zeggen heb voor jullie reageren. Laat me alsjeblieft uitpraten.'

Het bleef nog langer stil na zijn verzoek. Jacob en ik keken elkaar in de gespannen sfeer zwijgend aan. Zijn roodbruine lippen werden bleek.

'Zeg het maar,' zei Tanya uiteindelijk. 'We zullen je hele verhaal aanhoren voor we ons een mening vormen.'

'Dank je wel, Tanya,' zei Edward uit de grond van zijn hart. 'We zouden jullie hier niet bij betrokken hebben als we een andere mogelijkheid hadden gezien.'

Edward stapte opzij. We hoorden vier paar voeten door de deuropening komen.

Er snoof iemand. 'Ik wist wel dat die weerwolven er iets mee te maken hadden,' mopperde Tanya.

'Ja, en ze staan aan onze kant. Alweer.'

Die waarschuwing snoerde Tanya de mond.

'Waar is Bella?' vroeg een van de andere vrouwenstemmen. 'Hoe is het met haar?'

'Ze zal zich zo bij ons voegen. Het gaat goed met haar, dank je. De overgang naar de onsterfelijkheid gaat haar buitengewoon goed af.'

'Vertel eens waarom jullie in gevaar zijn,' zei Tanya zacht. 'We zullen luisteren, en we staan aan jullie kant, waar we horen.'

Edward haalde diep adem. 'Ik wil graag dat jullie eerst heel goed opletten. Luister – in de andere kamer. Wat horen jullie?'

Ze zwegen, en toen klonk er geschuifel.

'Eerst alleen luisteren, alsjeblieft,' zei Edward.

'Een weerwolf, neem ik aan. Ik hoor zijn hart,' zei Tanya.

'En wat nog meer?' vroeg Edward.

Het bleef even stil.

'Wat is dat voor gezoem?' vroeg Kate of Carmen. 'Is dat... een vogel of zo?'

'Nee, maar onthoud goed wat je hoort. Goed, wat ruiken jullie? Naast de weerwolf.'

'Zit er een mens in die kamer?' fluisterde Eleazar.

'Nee,' wierp Tanya tegen. 'Het is geen mens, maar... het lijkt meer op een mens dan de andere geuren hier. Wat is dat, Edward? Ik geloof niet dat ik die geur ooit eerder geroken heb.'

'Dat heb je ook niet, Tanya. Vergeet alsjeblíéft niet dat dit iets is wat jullie nog nooit eerder hebben meegemaakt. Zet al je vooroordelen opzij.'

'Ik heb beloofd dat ik zou luisteren, Edward.'

'Goed dan. Bella? Zou je alsjeblieft hiernaartoe willen komen met Renesmee?'

Ik had een raar, verdoofd gevoel in mijn benen, maar ik wist dat het tussen mijn oren zat. Ik dwong mezelf om overeind te komen en niet te sloffen terwijl ik de paar stappen naar de hoek zette. Jacob volgde me op de voet, de hitte van zijn lichaam vlamde achter me op.

Ik stapte de grotere kamer in en bleef toen stokstijf aan – het lukte me niet om nog verder te lopen. Renesmee haalde diep adem en gluurde toen met gespannen schoudertjes onder mijn haar vandaan, bang dat er iemand boos op haar zou worden.

Ik had gedacht dat ik voorbereid was op hun reactie. Op beschuldigingen, geschreeuw, de onbeweeglijkheid van hevige schrik.

Tanya's rossige krullen trilden terwijl ze vier passen achteruit schuifelde, als iemand die plotseling een giftige slang voor zich ziet. Kate maakte een enorme sprong terug naar de voordeur en zette zich daar schrap tegen de muur. Er kwam een geschokt gesis tussen haar tanden door. Eleazar ging in een verdedigende positie voor Carmen staan.

'O, alsjeblíéft zeg,' hoorde ik Jacob binnensmonds klagen.

Edward legde zijn arm om Renesmee en mij heen. 'Jullie hebben beloofd dat jullie zouden luisteren,' hielp hij hen herinneren.

'Sommige dingen mogen niet gehoord worden!' riep Tanya uit. 'Hoe heb je dit kunnen doen, Edward? Weet je dan niet wat dit betekent?'

'We moeten hier weg,' zei Kate bang met haar hand op de deurklink.

'Edward...' Eleazar leek met stomheid geslagen.

'Wacht nou even,' zei Edward op hardere toon. 'Denk aan wat je hoort, aan wat je ruikt. Renesmee is niet wat jullie denken.'

'Deze regel kent geen uitzonderingen, Edward,' snauwde Tanya tegen hem.

'Tanya,' zei Edward fel, 'je hoort haar hartslag toch! Denk nou eens even na 467 over wat dat betekent.'

'Haar hartslag?' fluisterde Carmen terwijl ze om Eleazars schouder heen gluurde.

'Ze is geen vol vampierkind,' antwoordde Edward, en hij richtte zijn aandacht op Carmens minder vijandige uitdrukking. 'Ze is half mens.'

De vier vampiers staarden hem aan alsof hij een voor hen volslagen onbekende taal sprak.

'Luister.' Edwards stem kreeg een fluweelzachte, overredende klank. 'Renesmee is enig in haar soort. Ik ben haar vader. Niet haar schepper, maar haar biologische vader.'

Tanya schudde haast onmerkbaar haar hoofd. Ze leek het zelf niet eens in de gaten te hebben.

'Edward, je kunt niet van ons verwachten dat we...' begon Eleazar.

'Geef maar eens een andere passende verklaring, Eleazar. Je voelt de warmte van haar lichaam in de lucht. Er stroomt bloed door haar aderen, Eleazar. Je kunt het ruiken.'

'Hoe kan dat?' fluisterde Kate.

'Bella is haar biologische moeder,' zei Edward tegen haar. 'Renesmee is verwekt en geboren toen Bella nog mens was. Het is bijna haar dood geworden. Ik heb ternauwernood genoeg gif in haar hart kunnen krijgen om haar te redden.'

'Zoiets heb ik nog nooit gehoord,' zei Eleazar. Zijn schouders waren nog steeds stijf en zijn ogen stonden kil.

'Lichamelijke relaties tussen vampiers en mensen zijn nu eenmaal vrij zeldzaam,' antwoordde Edward met zwarte humor in zijn toon. 'En het komt al helemaal niet vaak voor dat een mens zo'n rendez-vous overleeft, toch, nichtjes van me?'

Kate en Tanya keken hem allebei kwaad aan.

'Toe nou, Eleazar. Je ziet toch wel dat ze op ons lijkt?'

Het was Carmen die antwoord gaf. Ze kwam achter Eleazar vandaan, negeerde zijn halfgemompelde waarschuwing en kwam voorzichtig naar me toe. Ze boog zich een beetje voorover en keek Renesmee onderzoekend aan.

'Je lijkt de ogen van je moeder te hebben,' zei ze zacht en rustig, 'maar het gezicht van je vader.' En vervolgens, alsof ze er zelf ook niets aan kon doen, glimlachte ze naar haar.

468 Renesmee glimlachte oogverblindend terug. Zonder haar blik van Carmen af te wenden raakte ze mijn gezicht aan. Ze stelde zich voor dat ze Carmens gezicht aanraakte en vroeg zich af of dat mocht.

'Vind je het goed als Renesmee je iets over zichzelf vertelt?' vroeg ik aan Carmen. Ik kon nog steeds alleen maar fluisteren van de spanning. 'Ze kan dingen op een heel bijzondere manier uitleggen.'

Carmen glimlachte nog steeds naar Renesmee. 'Kun je praten, kleintje?'

'Ja,' antwoordde Renesmee met haar klingelende sopraanstem. Tanya's hele familie kromp in elkaar toen ze haar stem hoorden, behalve Carmen. 'Maar ik kan je meer laten zien dan dat ik je kan vertellen.'

Ze legde haar kleine, mollige handje op Carmens wang.

Carmen verstijfde alsof ze een elektrische schok kreeg. Eleazar stond in een oogwenk naast haar en legde zijn handen op haar schouders alsof hij haar weg wilde trekken.

'Wacht,' zei Carmen ademloos terwijl ze Renesmee strak bleef aankijken.

Renesmee liet Carmen heel lang haar uitleg 'zien'. Edward keek met een gespannen gezicht naar Carmen en ik wenste vurig dat ik zou kunnen horen wat híj nu hoorde. Achter me ging Jacob ongeduldig van de ene op de andere voet staan en ik wist dat hij hetzelfde dacht.

'Wat laat Nessie haar zien?' bromde hij binnensmonds.

'Alles,' prevelde Edward.

Er ging nog een minuut voorbij en toen haalde Renesmee haar hand van Carmens gezicht. Ze glimlachte innemend naar de verblufte vampier.

'Ze is echt jullie dochter, hè?' fluisterde Carmen, en haar grote topaaskleurige ogen schoten naar Edwards gezicht. 'Wat een levendige gave! Die kan ze alleen van een heel begaafde vader hebben gekregen.'

'Geloof je wat ze je heeft laten zien?' vroeg Edward met een gespannen uitdrukking.

'Absoluut,' zei Carmen kort en bondig.

Eleazars gezicht stond strak van ontzetting. 'Carmen!'

Carmen pakte zijn handen en gaf er een kneepje in. 'Het lijkt onmogelijk, maar Edward heeft geen woord gelogen. Het kind zal het je laten zien.'

Carmen duwde Eleazar naar ons toe en knikte toen naar Renesmee. 'Laat het hem maar zien, *mi querida*.'

Renesmee was duidelijk heel blij dat Carmen overtuigd was en legde grijnzend haar handje heel zachtjes op Eleazars voorhoofd.

'*Ay caray!*' riep hij uit terwijl hij zich losrukte.

'Wat deed ze?' wilde Tanya weten terwijl ze behoedzaam dichterbij kwam, en ook Kate sloop langzaam naar voren.

'Ze probeert je gewoon haar kant van het verhaal te laten zien,' zei Carmen sussend tegen hem.

469

Renesmee fronste ongeduldig haar wenkbrauwen. 'Kijk nou, alsjeblieft,' zei ze bevelend tegen Eleazar. Ze stak haar hand naar hem uit en hield haar vingers afwachtend een paar centimeter voor zijn gezicht.

Eleazar keek haar argwanend aan en wierp toen een hulpzoekende blik op Carmen. Die knikte bemoedigend. Eleazar haalde diep adem en strekte zijn nek tot zijn voorhoofd weer tegen haar hand aan kwam.

Hij huiverde toen het begon, maar hij bleef dit keer wel stilstaan, met gesloten ogen van de concentratie.

'Aah,' zuchtte hij toen hij ze een paar minuten later weer opendeed. 'Ik begrijp het.'

Renesmee glimlachte naar hem. Hij aarzelde even en lachte toen een beetje schoorvoetend terug.

'Eleazar?' vroeg Tanya.

'Het is allemaal waar, Tanya. Dit is geen onsterfelijk kind. Ze is half mens. Kom. Dan kun je het zelf zien.'

Tanya zweeg en kwam wantrouwig voor me staan, en daarna was Kate aan de beurt. Allebei keken ze geschokt toen Renesmee hen aanraakte en ze het eerste beeld doorkregen. Maar zodra het afgelopen was leken ze, net als Carmen en Eleazar, volledig overtuigd.

Ik wierp een blik op Edwards uitdrukkingsloze gezicht en vroeg me af of het echt zo makkelijk was. Zijn gouden ogen stonden helder, zonder reserves. Ze meenden het echt.

'Bedankt dat jullie naar me wilden luisteren,' zei hij zacht.

'Maar je zei dat jullie in groot gevaar waren,' zei Tanya. 'Van dit kind zelf hebben jullie niets te vrezen, begrijp ik, maar van de Volturi kennelijk wel. Hoe zijn ze achter haar bestaan gekomen? Wanneer komen ze?'

Het verbaasde me niet dat ze het zo snel doorhad. Alleen de Volturi konden immers een bedreiging vormen voor een familie die zo sterk was als de mijne.

'Toen Bella Irina laatst zag in de bergen,' legde Edward uit, 'had ze Renesmee bij zich.'

Kate siste en haar ogen werden spleetjes. 'Heeft Irína jullie dit aangedaan? Jou? En Carlisle? Irína?'

'Nee,' fluisterde Tanya. 'Het moet iemand anders geweest zijn...'

'Alice heeft gezien dat ze naar hen toe ging,' zei Edward. Ik vroeg me af of het de anderen ook opviel dat hij heel licht in elkaar kromp toen hij Alice' naam uitsprak.

'Hoe kon ze?' vroeg Eleazar aan niemand in het bijzonder.

'Stel je voor dat je Renesmee alleen van een afstandje had gezien. Dat je onze uitleg niet had afgewacht.'

Tanya kneep haar ogen samen. 'Het doet er niet toe wat ze dacht... Jullie zijn onze familie.'

'We kunnen nu niets meer aan Irina's keuze doen. Het is te laat. Volgens Alice hebben we nog een maand.'

Tanya en Eleazar hielden allebei hun hoofd schuin. Kate fronste haar voorhoofd.

'Zo lang?' vroeg Eleazar.

'Ze komen met z'n allen. Dat vereist blijkbaar de nodige voorbereidingen.'

Eleazar hapte naar adem. 'De hele wacht?'

'Niet alleen de wacht,' zei Edward met gespannen kaken. 'Aro, Caius, Marcus. Zelfs de vrouwen.'

Hun ogen kregen een geschokte blik.

'Ondenkbaar,' zei Eleazar wezenloos.

'Twee dagen geleden zou ik hetzelfde gezegd hebben,' zei Edward.

Eleazars gezicht betrok en zijn stem klonk bijna grommend. 'Maar dat slaat nergens op. Waarom zouden ze zichzelf en hun vrouwen in gevaar brengen?'

'Het slaat ook nergens op als je het zo bekijkt. Alice zei dat ze niet alleen komen om ons te straffen voor wat wij bij hun weten hebben gedaan. Ze dacht dat jij ons misschien meer zou kunnen vertellen.'

'Ze komen niet alleen om te straffen? Maar waarom dan nog meer?' Eleazar begon te ijsberen; hij beende naar de deur en weer terug alsof wij er niet waren en staarde met gefronste wenkbrauwen naar de grond.

'Waar zijn de anderen, Edward? Carlisle, Alice en de rest?' vroeg Tanya.

Edwards weifeling was nauwelijks merkbaar. Hij beantwoordde haar vraag slechts ten dele. 'Op zoek naar vrienden die ons misschien kunnen helpen.'

Tanya boog zich naar hem toe en stak haar handen uit. 'Edward, hoeveel vrienden jullie ook bij elkaar roepen, we kunnen jullie niet helpen wínnen. We kunnen alleen maar samen met jullie sterven. Dat begrijpen jullie toch ook wel? En misschien verdienen wij vieren dat ook na wat Irina heeft gedaan, en nadat we jullie in het verleden al eens in de steek hebben gelaten – ook al omwille van haar.'

Edward schudde vlug zijn hoofd. 'We vragen jullie niet om met ons te vechten

471

en te sterven, Tanya. Je weet dat Carlisle dat nooit zou vragen.'

'Wat vragen jullie dan wel, Edward?'

'We zijn alleen op zoek naar getuigen. Als we ze heel even kunnen tegenhouden, heel even maar... Als we het mogen uitleggen...' Hij raakte Renesmees wang aan; ze pakte zijn hand en drukte hem tegen haar huid. 'Het is haast onmogelijk om nog aan ons verhaal te twijfelen als je het zelf gezien hebt.'

Tanya knikte langzaam. 'Denk je dat ze haar verleden zo belangrijk zullen vinden?'

'Ja, omdat hij ook haar toekomst laat zien. Het verbod is opgelegd om ervoor te zorgen dat we niet ontmaskerd zouden worden, om ons te beschermen tegen de gewelddadigheden van de kinderen die niet in bedwang gehouden konden worden.'

'Ik ben helemaal niet gevaarlijk,' merkte Renesmee op. Ik luisterde met nieuwe oren naar haar hoge, heldere stem en stelde me voor hoe hij op anderen overkwam. 'Ik heb opa, Sue of Billy nog nooit pijn gedaan. Ik hou van mensen. En van wolfmensen zoals mijn Jacob.' Ze liet Edwards hand los en reikte naar achteren om Jacob een klopje op zijn arm te geven.

Tanya en Kate wisselden een vlugge blik.

'Als Irina niet zo snel gekomen was,' peinsde Edward, 'hadden we dit allemaal kunnen voorkomen. Renesmee groeit buitengewoon hard. Over een maand zal ze qua ontwikkeling alweer een halfjaar verder zijn.'

'Nou, daar kunnen we in elk geval een verklaring over afleggen,' zei Carmen vastbesloten. 'We kunnen zweren dat we haar met eigen ogen hebben zien groeien. Zulk bewijs kunnen de Volturi toch niet terzijde schuiven?'

'Dat zou je denken,' mompelde Eleazar, maar hij keek niet op en bleef heen en weer lopen alsof hij helemaal niet op ons lette.

'Ja, we kunnen voor jullie getuigen,' zei Tanya. 'Dat is wel het minste. We zullen nadenken over wat we nog meer kunnen doen.'

'Tanya,' protesteerde Edward, die in haar gedachten meer hoorde dan in haar 472 woorden. 'We verwachten niet dat jullie met ons meevechten.'

'Als de Volturi niet zullen wachten om onze getuigenis aan te horen, dan kunnen we niet zomaar aan de zijlijn blijven staan,' hield Tanya vol. 'Maar ik kan uiteraard alleen voor mezelf spreken.'

Kate snoof. 'Heb je echt zo weinig vertrouwen in me, zus?'

Tanya lachte breed naar haar. 'Het is wel een zelfmoordmissie, natuurlijk.'

Kate grijnsde terug en haalde toen achteloos haar schouders op. 'Ik doe mee.'

'Ook ik zal alles doen wat ik kan om dit kind te beschermen,' knikte Carmen. Toen, alsof ze de verleiding niet kon weerstaan, stak ze haar armen uit naar Renesmee. 'Mag ik je even vasthouden, *bebé linda*?'

Renesmee was dolgelukkig met haar nieuwe vriendin en strekte zich gretig naar Carmen uit. Carmen knuffelde haar stevig en prevelde Spaanse woordjes in haar oor.

Het ging net zoals het met Charlie was gegaan, en daarvoor met alle Cullens. Renesmee was onweerstaanbaar. Op de een of andere manier had ze iets waardoor iedereen voor haar viel en zelfs zijn leven wilde geven om haar te beschermen.

Heel even dacht ik dat onze poging echt kans van slagen had. Misschien kon Renesmee het onmogelijke doen en onze vijanden voor zich winnen, zoals ze ook met onze vrienden had gedaan.

En toen bedacht ik opeens weer dat Alice ons had verlaten, en mijn hoop vervloog net zo snel als hij gekomen was.

31. Talent

'En welke rol spelen de weerwolven hierin?' vroeg Tanya opeens met haar blik op Jacob.

Jacob deed zijn mond open voor Edward antwoord kon geven. 'Als de Volturi niet willen luisteren naar onze uitleg over Nessie, Renesmee bedoel ik,' verbeterde hij zichzelf toen hij besefte dat Tanya die stomme bijnaam niet zou begrijpen, 'dan houden wíj ze wel tegen.'

'Heel dapper van je, jochie, maar dat zou zelfs meer ervaren vechters niet lukken.'

'Jullie weten niet waar wij toe in staat zijn.'

Tanya haalde haar schouders op. 'Het is jullie leven, dus jullie mogen het verspillen zoals je wilt.'

Jacobs ogen schoten naar Renesmee – die nog steeds in Carmens armen lag, met Kate er vlak naast – en het verlangen in zijn blik was goed te zien.

'Ze is heel bijzonder, dat kleintje,' peinsde Tanya. 'Onweerstaanbaar.'

'Een zeer begaafde familie,' mompelde Eleazar al banjerend. Hij ging steeds sneller; hij vloog nu telkens in een seconde van de deur naar Carmen en weer terug. 'Haar vader kan gedachten lezen, haar moeder is een schild, en dan de magie waarmee dat buitengewone kind ons zelf betoverd heeft. Ik vraag me af of er een term bestaat voor wat zij doet, of dat het misschien normaal is voor een halfvampier. Alsof zoiets ooit als normaal beschouwd zou kunnen worden! Een halfvampier, nou vraag ik je!'

'Pardon?' zei Edward perplex. Hij stak zijn hand uit en pakte Eleazar bij zijn schouder toen die zich net weer naar de deur wilde omdraaien. 'Wat zei je nou over mijn vrouw?'

Eleazar keek Edward vragend aan en liet zijn manische heen-en-weergeloop even voor wat het was. 'Ik dénk dat ze een schild is. Ze blokkeert mij nu ook, dus ik weet het niet zeker.'

Ik staarde Eleazar aan en trok verbaasd mijn wenkbrauwen op. Schild? En hoezo blokkeerde ik hem? Ik stond gewoon naast hem en versperde hem op geen enkele wijze de weg.

'Een schild?' herhaalde Edward verbijsterd.

'Kom nou, Edward! Als ik haar niet kan peilen, kun jij dat vast ook niet. Kun jij op dit moment haar gedachten horen?' vroeg Eleazar.

'Nee,' mompelde Edward. 'Maar dat heb ik nooit gekund. Zelfs niet toen ze nog mens was.'

'Nooit?' vroeg Eleazar met toegeknepen ogen. 'Interessant. Dat zou wijzen op een heel krachtig sluimerend talent, als het zich zelfs voor de transformatie al zo duidelijk manifesteerde. Ik kan niet door haar schild heen voelen om haar echt goed in te schatten. Maar ze kan nog niet veel ervaring hebben – ze is nog maar een paar maanden oud.' Hij keek Edward nu haast geïrriteerd aan. 'En blijkbaar heeft ze er geen flauw benul van dat ze het doet. Volslagen onbewust. Hoe ironisch – ik moest van Aro de halve wereld afzoeken naar dit soort bijzondere gaven, en jullie lopen er gewoon per ongeluk tegenaan, zonder te beseffen wat je in handen hebt.' Eleazar schudde ongelovig zijn hoofd.

Ik fronste. 'Waar hebben jullie het over? Hoezo ben ik een "schild"? Wat is dat überhaupt?' Het enige wat ik voor me zag was zo'n belachelijke middeleeuwse ridderuitrusting.

Eleazar hield zijn hoofd schuin en keek me onderzoekend aan. 'Ik denk dat we het bij de wacht wellicht iets te officieel aanpakten, want in wezen is het categoriseren van talenten een vrij subjectieve, willekeurige zaak. Elk talent is immers uniek en komt nooit twee keer in precies dezelfde vorm voor. Maar jij, Bella, bent erg makkelijk in te delen. Talenten die puur verdedigend zijn, die een bepaald aspect van de drager beschermen, worden altijd "schilden" genoemd. Heb je ooit onderzocht wat je allemaal kunt? Heb je wel eens iemand anders geblokkeerd, behalve mij en je partner?'

Ondanks de snelheid van mijn nieuwe hersenen duurde het een paar seconden voor ik een samenhangend antwoord kon geven.

'Het werkt alleen bij bepaalde dingen,' zei ik tegen hem. 'Mijn hoofd is zeg maar... alleen van mij. Maar Jasper kan bijvoorbeeld gewoon mijn stemming beïnvloeden, en Alice kan mijn toekomst zien.'

'Een zuiver mentaal verdedigingsmechanisme dus.' Eleazar knikte tegen zichzelf. 'Beperkt, maar sterk.'

'Aro kon haar niet horen,' merkte Edward op. 'Ook al was ze nog mens toen hij haar zag.'

475

Eleazars ogen werden groot.

'Jane probeerde me pijn te doen, maar dat lukte ook niet,' zei ik. 'Edward denkt dat Demetri me niet kan vinden, en dat Alec ook geen invloed op me zal hebben. Is dat een goed teken?'

Eleazar knikte met open mond. 'Dat kun je wel zeggen.'

'Een schild!' zei Edward op een toon waar de voldoening vanaf droop. 'Zo had ik het nog nooit bekeken. Het enige schild dat ik ken is Renata, maar zij doet iets heel anders.'

Eleazar was weer een beetje bijgekomen. 'Ja, elk talent komt anders tot uiting, omdat niemand precies hetzelfde dénkt.'

'Wie is Renata? Wat doet zij?' vroeg ik. Renesmee was ook geïnteresseerd en boog zich van Carmen af zodat ze om Kate heen kon kijken.

'Renata is Aro's persoonlijke lijfwacht,' zei Eleazar tegen me. 'Een heel praktisch soort schild, en heel erg krachtig.'

Ik kon me vaag een klein groepje vampiers herinneren dat telkens vlak bij Aro bleef in zijn ijzingwekkende toren, een paar mannen en een paar vrouwen. Ik kon me de gezichten van de vrouwen in de pijnlijke, angstaanjagende herinnering niet meer voor de geest halen. Een van hen moest Renata geweest zijn.

'Ik vraag me af...' mijmerde Eleazar. 'Kijk, Renata vormt een heel sterk schild bij lichamelijke aanvallen. Als iemand naar haar toe komt – of naar Aro, aangezien ze in een vijandige situatie altijd bij hem in de buurt is – merkt hij dat hij zonder het te willen... afbuigt. Er hangt een haast onmerkbaar krachtveld om haar heen dat anderen afstoot. Zonder dat je het in de gaten had ben je opeens een andere kant op gegaan, en je kunt je ook niet meer herinneren waarom je in eerste instantie eigenlijk ergens anders heen wilde. Ze kan haar schild een paar meter om zich heen projecteren. Ze beschermt Caius en Marcus ook als dat nodig is, maar Aro is het belangrijkste.

Maar haar gave is niet lichamelijk. Net als het overgrote deel van dit soort krachten is ook deze volstrekt mentaal. Ik vraag me af wie er zou winnen als ze zou proberen om jóú tegen te houden...' Hij schudde zijn hoofd. 'Volgens mij is het nog nooit gebeurd dat iemand de krachten van Aro en Jane kon afweren.'

'Je bent bijzonder, mama,' zei Renesmee zonder een spoor van verbazing, alsof ze een opmerking maakte over de kleur van mijn kleren.

Ik was een beetje duizelig. Ik wist toch al wat mijn gave was? Ik had mijn superzelfbeheersing waarmee ik dat afschuwelijke nieuwelingenjaar in één klap had kunnen overslaan. Vampiers hadden toch nooit meer dan één gave, áls ze er al een hadden?

Of had Edward van het begin af aan gelijk gehad? Voordat Carlisle opperde dat mijn zelfbeheersing wel eens bovennatuurlijk zou kunnen zijn, had Edward immers gedacht dat het gewoon een gevolg was van mijn goede voorbereiding – het draaide allemaal om de juiste focus en de juiste instelling, had hij gezegd.

Wie had er gelijk? Kon ik nog méér? Was er een naam en een categorie voor wat ik was?

'Kun je ook projecteren?' vroeg Kate belangstellend.

'Projecteren?' vroeg ik.

'Dat je het uit jezelf duwt,' legde Kate uit. 'Om iemand anders te beschermen.'

'Dat weet ik niet. Ik heb het nog nooit geprobeerd. Ik wist niet dat ik dat zou moeten kunnen.'

'O, misschien kun je het ook wel helemaal niet,' zei Kate snel. 'Lieve hemel, ik ben er al eeuwen mee bezig en ik kan nog steeds alleen een elektrische stroom over mijn huid laten lopen.'

Ik staarde haar stomverbaasd aan.

'Kate heeft een aanvallende gave,' zei Edward. 'Een beetje Jane-achtig.'

Ik deinsde onwillekeurig achteruit en Kate schoot in de lach

'Ik ben er verder niet sadistisch in,' verzekerde ze me. 'Maar in een gevecht komt het wel goed van pas.'

Het drong nu pas echt tot me door wat Kate net had gezegd, en wat dat betekende. 'Om iemand anders te beschermen,' had ze gezegd. Alsof er een manier was om andere mensen van mijn rare, eigenzinnig stille hoofd te laten profiteren.

Ik dacht aan Edward die kronkelend van de pijn op de oude stenen vloer van de kasteeltoren van de Volturi lag. Hoewel dat een menselijke herinnering was, was hij scherper en pijnlijker dan de meeste andere – alsof hij in mijn hersenweefsel gebrand stond.

477

Stel dat ik kon voorkomen dat dat ooit nog een keer gebeurde? Stel dat ik hem kon beschermen? En Renesmee? Stel dat er een piepklein minikansje was dat ik hen ook kon afschermen met mijn schild?

'Je moet me leren wat ik moet doen!' zei ik dringend terwijl ik zonder erbij na te denken Kates arm beetpakte. 'Je moet me laten zien hoe het moet!'

Kate kromp in elkaar. 'Misschien – als je belooft dat je mijn spaakbeen heel laat.'

'Oeps! Sorry!'

'Je bent inderdaad een schild,' zei Kate. 'Anders had je zo'n schok gekregen dat je arm er zo ongeveer was afgevallen. Voelde je echt helemaal niets?'

'Dat was nergens voor nodig, Kate. Ze wilde je geen pijn doen,' mompelde Edward binnensmonds. Kate en ik negeerden hem.

'Nee, niets. Deed je dat elektriciteitsding?'

'Ja. Hmm. Ik ben nog nooit iemand tegengekomen die het niet voelde, onsterfelijk of niet.'

'En jij projecteerde het dus? Op je huid?'

Kate knikte. 'Eerst zat het alleen in mijn handpalmen. Net als bij Aro, zeg maar.'

'En Renesmee,' merkte Edward op.

'Maar na heel veel oefenen kan ik de stroom over mijn hele lichaam laten lopen. Het is een uitstekend verdedigingsmiddel. Iedereen die me probeert aan te raken gaat tegen de vlakte als een mens die een stroomstoot krijgt. Het duurt maar een seconde, maar dat is lang genoeg.'

Ik luisterde maar half naar Kate, want mijn gedachten tolden rond het idee dat ik mijn gezin misschien zou kunnen beschermen als ik maar snel genoeg zou kunnen leren hoe het moest. Ik hoopte vurig dat dat projecteren me ook goed af zou gaan, net zoals alle andere aspecten van het leven als vampier me op de een of andere geheimzinnige wijze goed afgingen. In mijn mensenleven waren dingen nooit zomaar vanzelf gegaan, en ik durfde er niet op te vertrouwen dat dit nieuwe talent zou voortduren.

Ik had het gevoel dat ik nog nooit iets zó graag gewild had als dit: in staat zijn om mijn dierbaren te beschermen.

Door mijn gepieker had ik niet in de gaten dat Edward en Eleazar een stilzwijgend gesprek voerden, tot ze hardop verdergingen.

478 'En je kunt je geen enkele uitzondering herinneren?' vroeg Edward.

Ik keek op omdat ik zijn opmerking niet begreep en ik besefte dat iedereen naar de twee mannen stond te staren. Ze hadden zich aandachtig naar elkaar toe gebogen; Edward strak en wantrouwig, Eleazar somber en terughoudend.

'Zo wil ik niet over ze denken,' siste Eleazar. De plotselinge omslag in de sfeer verbaasde me.

'Als je gelijk hebt...' begon Eleazar weer.

Edward onderbrak hem. 'Jíj dacht het, ik niet.'

'Als ík gelijk heb... Ik kan niet eens bevatten wat dat zou betekenen. De betekenis van de hele wereld die we hebben opgebouwd zou volkomen veranderen. De zin van mijn leven zou veranderen. Alles waar ik deel van heb uitgemaakt.'

'Jij hebt altijd alleen maar goede bedoelingen gehad, Eleazar.'

'Zou dat er nog toedoen? Wat heb ik gedaan? Hoeveel levens...'

Tanya legde een troostende hand op Eleazars schouder. 'Wat hebben we gemist, mijn vriend? Vertel het me, zodat ik die beweringen kan tegenspreken. Jij hebt nooit iets gedaan wat zulke zelfkastijding verdient.'

'O nee?' mompelde Eleazar. Toen schudde hij haar hand van zich af en begon weer te ijsberen, nog sneller dan eerst.

Tanya keek een halve seconde toe en richtte haar blik toen op Edward. 'Leg uit.'

Edward knikte en bleef Eleazar tijdens het praten met gespannen ogen volgen. 'Hij probeerde te begrijpen waarom er zo veel Volturi komen om ons te straffen. Dat is niets voor hen. Wij zijn natuurlijk de grootste groep volwassen vampiers waar ze ooit mee te maken hebben gehad, maar in het verleden hebben sommige families zich ook wel eens verenigd om zich te verdedigen, en die vormden ondanks hun grote aantallen nooit een echte uitdaging. Wij hebben een sterkere band, dat speelt wel mee, maar het is niet allesbepalend.

Eleazar dacht terug aan andere keren dat er families zijn gestraft, om welke reden dan ook, en opeens zag hij een patroon. Een patroon dat de rest van de wacht nooit opgevallen zal zijn, omdat Eleazar de gegevens die op die situatie betrekking hadden altijd hoogstpersoonlijk alleen aan Aro doorgaf. Een patroon dat zich waarschijnlijk niet vaker dan één keer per eeuw herhaalde.'

'Wat voor patroon dan?' vroeg Carmen, die net als Edward naar Eleazar keek.

'Aro komt maar zelden mee op een strafexpeditie,' zei Edward. 'Maar als Aro vroeger zijn zinnen ergens op gezet had, duurde het nooit lang voor er bewijs opdook dat deze of gene familie een onvergeeflijke misdaad had gepleegd. De oudsten besloten dan mee te gaan om te kijken hoe de wacht de straf uitvoerde. En als de groep dan bijna in zijn geheel was uitgeroeid, verleende Aro gratie aan één iemand wiens gedachten, volgens hem, van bijzonder veel berouw getuigden. Deze vampier bleek vervolgens altijd net die ene gave te bezitten die Aro zo bewonderde, en kreeg ook altijd een plek binnen de wacht aangeboden. De geta-

479

lenteerde vampiers stribbelden nooit tegen en waren altijd bijzonder dankbaar voor de eer. Er zijn geen uitzonderingen bekend.'

'Het is blijkbaar heel overweldigend als je wordt uitgekozen,' opperde Kate.

'Ha!' sneerde Eleazar tijdens het lopen.

'Er zit een vrouw in de wacht,' zei Edward om Eleazars boze reactie uit te leggen, 'Chelsea heet ze, die de emotionele banden tussen mensen kan beïnvloeden en die banden zowel sterker als zwakker kan maken. Ze kan ervoor zorgen dat iemand zich verbonden voelt met de Volturi, zodat hij erbij wil horen, ze graag een plezier wil doen...'

Eleazar bleef plotseling staan. 'We begrepen allemaal waarom Chelsea belangrijk was. Zo konden we bij een gevecht de banden verbreken tussen groepen die zich verenigd hadden, en ze veel makkelijker verslaan. Als we de onschuldige leden van een familie emotioneel gezien afstand konden laten nemen van de schuldige, konden we het recht zonder onnodige wreedheden laten zegevieren – de schuldigen konden ongehinderd bestraft worden, en de onschuldigen werden gespaard. Chelsea verbrak de banden die hen bij elkaar hielden, zodat ze niet meer als een groep zouden vechten. Ik heb het altijd beschouwd als een daad van barmhartigheid, een bewijs van Aro's mededogen. Ik vermoedde wel dat Chelsea onze eigen band extra sterk hield, maar ook dat was positief. We werden er efficiënter van. Het maakte het makkelijker om samen te leven.'

Dat verklaarde een aantal oude herinneringen die ik had. Ik had nooit begrepen waarom de wacht hun meesters zo graag met een haast devote toewijding gehoorzaamden.

'Hoe sterk is haar gave?' vroeg Tanya, en haar stem kreeg een scherp randje. Haar blik gleed snel over haar familieleden.

Eleazar haalde zijn schouders op. 'Ik kon samen met Carmen vertrekken.' En toen schudde hij zijn hoofd. 'Maar alle banden die zwakker zijn dan de band tussen twee geliefden lopen gevaar, binnen een normale vampiergroep in elk geval. Maar die zijn minder sterk met elkaar verbonden dan onze familie. Doordat wij geen mensenbloed drinken zijn we beschaafder geworden, en zijn onze banden gebaseerd op echte liefde. Ik denk niet dat ze ons uit elkaar kan drijven, Tanya.'

Tanya knikte en leek gerustgesteld, terwijl Eleazar verderging met zijn analyse.

'De enige reden die ik kan bedenken voor het feit dat Aro besloten heeft zelf mee te gaan, en zo veel mensen mee te nemen, is dat hij niet komt om te straffen, maar om te rekruteren,' zei Eleazar. 'Hij moet erbij zijn om ervoor te zorgen dat alles verloopt zoals hij dat wil. Maar hij heeft de hele wacht nodig om hem te beschermen tegen zo'n grote, getalenteerde groep. Dan zouden de andere oudsten echter onbeschermd in Volterra achterblijven. Dat risico wil hij niet lopen – misschien maakt iemand er wel misbruik van. En dus komen ze allemaal. Hoe kan hij er anders voor zorgen dat hij alle gaven krijgt die hij wil? Hij heeft er kennelijk echt al zijn zinnen op gezet,' peinsde Eleazar.

Edwards stem was zo zacht als een ademtocht. 'Toen ik vorig voorjaar zijn gedachten las, kreeg ik het idee dat Aro nog nooit iets zo graag gewild heeft als Alice.'

Ik voelde mijn mond openvallen en ik dacht aan de nachtmerrieachtige beelden die ik heel lang geleden voor me had gezien: Edward en Alice in zwarte mantels, met bloedrode ogen en kille, onvriendelijke gezichten, vlak bij elkaar, met Aro's handen op de hunne... Had Alice dat onlangs ook nog gezien? Had ze gezien dat Chelsea zou proberen om haar liefde voor ons weg te snijden zodat ze bij Aro, Caius en Marcus zou willen horen?

'Is Alice daarom weggegaan?' vroeg ik, en mijn stem sloeg over toen ik haar naam uitsprak.

Edward legde zijn hand op mijn wang. 'Ik denk het wel. Om ervoor te zorgen dat Aro niet zal krijgen wat hij het allerliefst wil. Zodat haar gave niet in zijn handen zal vallen.'

Ik hoorde Tanya en Kate verontrust met elkaar mompelen en besefte dat zij nog niet hadden geweten dat Alice was vertrokken.

'Hij wil jou ook,' fluisterde ik.

Edward haalde zijn schouders op en zijn gezicht stond plotseling net iets te glad. 'Lang niet zo graag. Ik kan hem eigenlijk niets geven wat hij nog niet heeft. En bovendien moet hij dan eerst een manier zien te vinden om mij te laten doen wat hij wil. Hij kent mij, en hij weet dat hem dat waarschijnlijk niet gaat lukken.' Hij trok spottend zijn wenkbrauw op.

Edwards nonchalante houding stond Eleazar niet aan. 'Hij kent ook je zwak- **481** heden,' merkte Eleazar op, en hij keek naar mij.

'We hoeven het hier nu niet over te hebben,' zei Edward vlug.

Eleazar negeerde de hint en vervolgde: 'De kans is groot dat hij je partner sowieso ook wil. Hij is ongetwijfeld geïntrigeerd door een talent dat hem als mens al kon weerstaan.'

Edward vond het geen prettig onderwerp. En ik ook niet. Als Aro iets van me wilde – wat dan ook – hoefde hij alleen Edward maar te bedreigen om het van me gedaan te krijgen. En andersom ook.

Misschien was de dood wel niet het ergste wat ons kon overkomen. Misschien moesten we eigenlijk vrezen voor gevangenschap.

Edward begon over iets anders. 'Volgens mij zaten de Volturi hier op te wachten – op een excuus. Ze wisten niet in welke vorm het zich zou aandienen, maar het plan lag al klaar voor wanneer het zover was. Daarom zag Alice hun besluit al voordat Irina de aanleiding had gegeven. Het besluit was al genomen, ze hadden alleen nog een reden nodig die hun komst zogenaamd zou rechtvaardigen.'

'Als de Volturi het vertrouwen schenden dat alle onsterfelijken in hen hebben...' prevelde Carmen.

'Maakt het iets uit?' vroeg Eleazar. 'Wie zou dat geloven? En zelfs als de anderen ervan overtuigd zouden kunnen worden dat de Volturi hun macht misbruiken, dan maakt dat nog geen verschil. Niemand kan iets tegen ze beginnen.'

'Hoewel sommigen van ons blijkbaar gek genoeg zijn om het te proberen,' mompelde Kate.

Edward schudde zijn hoofd. 'Jullie zijn hier alleen om te getuigen, Kate. Wat Aro ook wil, ik denk niet dat hij bereid is om de reputatie van de Volturi daarvoor door het slijk te laten halen. Als we zijn argumenten kunnen ontkrachten, zal hij gedwongen zijn om onverrichterzake weer naar huis te gaan en ons met rust te laten.'

'Natuurlijk,' mompelde Tanya.

Niemand leek erg overtuigd. Een paar eeuwigdurende minuten lang bleef iedereen stil.

Toen hoorde ik het geluid van banden die van de snelweg de onverharde oprijlaan van de Cullens op reden.

'O nee, Charlie,' kreunde ik. 'Misschien kunnen de Denali's zolang boven blijven terwijl ik...'

482   'Nee,' zei Edward op een afstandelijke toon. Hij had zijn blik op de deur gericht, maar zijn ogen staarden afwezig in de verte. 'Het is je vader niet.' Nu keek hij naar mij. 'Alice heeft toch Peter en Charlotte nog gestuurd. Tijd voor de tweede ronde.'

32. Gezelschap

Er verbleven zo veel gasten in het enorme huis van de Cullens dat niemand het normaal gesproken nog prettig gevonden zou hebben. Het ging alleen goed doordat geen van de bezoekers hoefde te slapen. Maar rond etenstijd werd het wel telkens even spannend. Ons gezelschap deed zijn best om zo goed mogelijk mee te werken. Ze gingen met een grote boog om Forks en La Push heen en joegen alleen buiten de staatsgrenzen. Edward was een hoffelijke gastheer en leende zonder morren zijn auto's uit wanneer dat nodig was. Ik voelde me bijzonder ongemakkelijk bij het compromis, hoewel ik mezelf voorhield dat ze anders ook wel ergens ter wereld aan het jagen zouden zijn geweest.

Jacob had het er zelfs nog moeilijker mee. De weerwolven waren er om ervoor te zorgen dat er geen mensenlevens verspild werden, en nu stond men toe dat er net buiten de grenzen van het roedelgebied lustig op los gemoord werd. Maar onder deze omstandigheden, nu Renesmee in zulk groot gevaar was, hield hij zijn mond en keek boos naar de grond in plaats van naar de vampiers.

Het verbaasde me dat onze logés Jacob zo makkelijk accepteerden: de problemen waar Edward voor gevreesd had werden geen werkelijkheid. Jacob leek min of meer onzichtbaar voor hen; ze zagen hem niet echt als volwaardige gesprekspartner maar ook niet als eten. Ze gingen met hem om op de manier waarop mensen die niet van dieren houden met de huisdieren van hun vrienden omgaan.

Leah, Seth, Quil en Embry hadden de opdracht gekregen om zich voorlopig even bij Sam te voegen. Jacob zou met plezier met hen meegegaan zijn, ware het niet dat hij het niet aankon om bij Renesmee vandaan te zijn, en Renesmee was nu eenmaal druk bezig om Carlisles bonte verzameling vrienden om haar vingertjes te winden.

We hadden de manier waarop we Renesmee aan de Denali's hadden voorgesteld nog zo'n zes keer herhaald. Eerst voor Peter en Charlotte, die door Alice en Jasper zonder enige uitleg onze kant op waren gestuurd, maar die, net als de

483

meeste mensen die Alice kenden, haar instructies ondanks het gebrek aan informatie blindelings hadden opgevolgd. Alice had hun niet verteld waar Jasper en zij naartoe gingen. Ze had niet gezegd of ze elkaar in de toekomst ooit nog terug zouden zien.

Peter en Charlotte hadden allebei nog nooit een onsterfelijk kind gezien. Ze kenden de wet, maar ze hadden niet zo heftig gereageerd als de Denalivampiers in eerste instantie hadden gedaan. Ze waren nieuwsgierig genoeg om Renesmees 'uitleg' te ondergaan. Meer was er niet voor nodig. Nu waren ze net zo vastbesloten om te getuigen als de familie van Tanya.

Carlisle had vrienden uit Ierland en Egypte gestuurd.

De Ierse clan was als eerste gearriveerd, en zij waren verrassend makkelijk overtuigd. Siobhan – een vrouw met een indrukwekkend voorkomen en een enorm, prachtig, soepel golvend lichaam waar ik mijn ogen nauwelijks van af kon houden – was hun leider, maar zij en haar partner Liam, een man met een hard gezicht, vertrouwden al sinds lange tijd volledig op het inzicht van hun nieuwste lid. Kleine Maggie was met haar springerige rode krullen fysiek gezien minder imposant dan de andere twee, maar ze had een bijzondere gave waarmee ze kon voelen of er tegen haar gelogen werd, en er werd nooit getwijfeld aan haar oordeel. Maggie had verklaard dat Edward de waarheid sprak, en zodoende geloofden Siobhan en Liam ons al nog voor ze Renesmee hadden aangeraakt.

Amun en de andere Egyptische vampiers waren een heel ander verhaal. Zelfs toen Renesmees uitleg de twee jongere leden van zijn clan, Benjamin en Tia, al overtuigd had, weigerde Amun haar aan te raken en gaf hij zijn groep de opdracht om te vertrekken. Benjamin – een opvallend vrolijke vampier die er heel jong uitzag en ontzettend zelfverzekerd en ontzettend zorgeloos overkwam – haalde Amun over om te blijven door een paar keer subtiel te dreigen dat hij anders uit de groep zou stappen. Amun bleef, maar hij wilde Renesmee nog steeds niet aanraken en zijn partner Kebi mocht dat ook niet van hem. Het was een opmerkelijk gezelschap, hoewel de Egyptenaren met hun ravenzwarte haar en olijfkleurige huid zo op elkaar leken dat ze makkelijk voor een echt gezin hadden kunnen doorgaan. Amun was de oudste en onmiskenbaar de leider. Kebi volgde hem als zijn schaduw en sprak geen woord. Tia, de partner van Benjamin, was ook een stille vrouw, maar wát ze zei was altijd heel serieus en scherpzinnig. Toch leek de hele groep uiteindelijk om Benjamin te draaien, alsof hij over een soort magnetische aantrekkingskracht beschikte die de anderen nodig hadden om in evenwicht te blijven. Ik zag Eleazar met grote ogen naar de jongen staren en vermoedde dat Benjamin een gave had waarmee hij de anderen naar zich toe trok.

'Dat is het niet,' zei Edward tegen me toen we die avond alleen waren. 'Zijn gave is zo uniek dat Amun als de dood is hem kwijt te raken. Net zoals wij Renesmees bestaan voor Aro verborgen hadden willen houden,' zuchtte hij, 'heeft Amun zijn uiterste best gedaan om Aro's aandacht niet op Benjamin te vestigen. Amun heeft Benjamin geschapen in de wetenschap dat hij heel bijzonder zou worden.'

'Wat kan hij dan?'

'Iets wat Eleazar nog nooit gezien heeft. Iets waar ik nog nooit van gehoord had. Iets waar zelfs jouw schild niets tegen zou kunnen beginnen.' Hij grijnsde zijn scheve glimlach naar me. 'Hij kan de elementen naar zijn hand zetten – aarde, wind, water en vuur. Hij kan ze écht manipuleren, het zijn dus geen geestelijke illusies. Benjamin is er nog mee aan het experimenteren, en Amun probeert hem tot een wapen te kneden. Maar je ziet hoe onafhankelijk Benjamin is. Hij laat zich niet gebruiken.'

'Jij mag hem wel,' hoorde ik aan zijn stem.

'Hij heeft heel duidelijke ideeën over goed en fout. Ik mag vooral zijn instelling wel.'

Dat was een heel andere instelling dan die van Amun, en Kebi en hij bemoeiden zich weinig met de rest, hoewel Benjamin en Tia hard op weg waren om vriendschap te sluiten met de Denali's en de Ierse clan. We hoopten dat met Carlisles terugkomst de spanningen rond Amun wat zouden afnemen.

Emmett en Rose stuurden mensen die niet bij een groep hoorden – alle nomadenvrienden van Carlisle die ze maar konden vinden.

Garrett was de eerste – een lange, pezige vampier met vurige rode ogen en lang rossig haar dat hij met een leren bandje in een paardenstaart had vastgebonden –, en het was meteen duidelijk dat hij een avonturier was. Ik had zo'n vermoeden dat hij elke uitdaging zou hebben aangenomen die we hem zouden 485 hebben voorgelegd, gewoon om zichzelf te testen. Hij kon het al snel goed vinden met de Denalizusjes en vroeg hun het hemd van het lijf over hun ongewone levensstijl. Ik vroeg me af of het vegetarisme ook een uitdaging was die hij ooit nog eens aan zou gaan, gewoon om te kijken of hij het kon.

Mary en Randall, die goed bevriend waren, ook al reisden ze niet samen, kwamen ook. Ze luisterden naar Renesmees verhaal en bleven om net als de anderen te getuigen. En net als de Denali's bespraken ze ook wat ze zouden doen als de Volturi onze uitleg niet zouden afwachten. De nomaden speelden alle drie met het idee om met ons mee te vechten.

Jacob werd natuurlijk steeds kribbiger naarmate er meer gasten kwamen. Hij hield zich zoveel mogelijk afzijdig, en wanneer dat niet mogelijk was mopperde hij tegen Renesmee dat iemand eens een keer een lijst voor hem moest maken als er echt van hem verwacht werd dat hij alle namen van die nieuwe bloedzuigers ging onthouden.*

Een week nadat ze waren vertrokken kwamen Carlisle en Esmé weer terug, en Emmett en Rosalie volgden slechts een paar dagen later. Iedereen voelde zich beter toen ze weer thuis waren. Carlisle had nog een laatste vriend meegebracht, hoewel 'vriend' misschien niet helemaal het juiste woord was. Alistair was een mensenhatende Engelse vampier die Carlisle als een zeer goede kennis beschouwde, hoewel hij één bezoek per eeuw al meer dan genoeg vond. Alistair trok het liefst in zijn eentje rond, en Carlisle had een zwaar beroep op hem gedaan om hem hierheen te krijgen. Hij ontweek iedereen en het was duidelijk dat hij geen fans had onder de verzamelde vampierclans.

De duistere, donkerharige vampier geloofde Carlisle op zijn woord wat Renesmee betrof en weigerde net als Amun haar aan te raken. Edward zei tegen Carlisle, Esmé en mij dat Alistair het eng vond om hier te zijn, maar vooral omdat hij niet wist hoe het zou aflopen. Hij stond zeer wantrouwig tegenover alles wat naar autoriteit riekte, en had dus ook geen enkel vertrouwen in de Volturi. De huidige gebeurtenissen leken al zijn angsten te bevestigen.

'Nu weten ze straks natuurlijk dat ik hier geweest ben,' hoorden we hem tegen zichzelf mopperen op zolder, de plek waar hij het liefst zat te mokken. 'Veel te laat om het nog voor Aro verborgen te houden. Dat wordt eeuwen op de vlucht, wat ik je brom. Iedereen met wie Carlisle de afgelopen tien jaar heeft gepraat komt op hun lijst te staan. Niet te geloven dat ik me in deze ellende heb laten meesleuren. Mooie manier om met je vrienden om te gaan.'

Maar als hij gelijk had en straks echt voor de Volturi zou moeten vluchten, stond hij er in elk geval beter voor dan wij. Alistair was een spoorzoeker, hoewel zijn gave lang niet zo nauwkeurig en doeltreffend was als die van Demetri. Alis-

* Zie blz.601

tair voelde alleen aan waar degene die hij zocht zich zo ongeveer bevond. Maar dat was voldoende om te weten welke kant hij op moest vluchten – ver bij Demetri vandaan.

En toen arriveerden er nog twee onverwachte vrienden: onverwacht omdat noch Carlisle, noch Rosalie de Amazonevampiers had weten te bereiken.

'Carlisle,' riep de langste van de twee lange, woest uitziende vrouwen toen ze aankwamen. Het leek wel of iemand hen had uitgerekt: ze hadden lange armen en benen, lange vingers, lange zwarte vlechten en lange gezichten met lange neuzen. Ze droegen kleren van dierenhuiden, een gilet en een strakke broek die aan de zijkanten met een leren koord was dichtgeregen. Het was niet alleen hun opvallende kleding waardoor ze zo primitief overkwamen maar hun hele uitstraling, van hun heen en weer flitsende, felrode ogen tot hun plotselinge, snelle bewegingen. Ik had nog nooit zulke 'onbeschaafde' vampiers gezien.

Maar ze waren gestuurd door Alice, en dat was op z'n zachtst gezegd interessant nieuws. Wat deed Alice in Zuid-Amerika? Was ze daar alleen omdat ze had gezien dat niemand anders de Amazonevampiers zou kunnen bereiken?

'Zafrina en Senna! Maar waar is Kachiri?' vroeg Carlisle. 'Ik heb jullie drieën nog nooit zonder elkaar gezien.'

'Alice zei dat we ons moesten opsplitsen,' zei Zafrina met een ruwe, lage stem die goed bij haar wilde uiterlijk paste. 'Het is niet prettig om uit elkaar te zijn, maar Alice wist ons ervan te overtuigen dat jullie ons hier nodig hadden, terwijl zij Kachiri heel dringend ergens anders nodig had. Meer wilde ze er niet over zeggen, behalve dat er heel veel haast bij was?' Zafrina's zin eindigde in een vraagteken en ik droeg Renesmee zenuwachtig naar hen toe, want het bleef spannend, ook al hadden we dit nu al een paar keer gedaan.

Ondanks hun ruige voorkomen luisterden ze heel rustig naar ons verhaal en stonden toe dat Renesmee het bevestigde. Ze werden net zo dol op Renesmee als de andere vampiers, maar ik maakte me onwillekeurig toch een beetje zorgen als ik hun korte, felle bewegingen zag zo dicht bij haar in de buurt. Senna bleef 487 altijd vlak bij Zafrina en zei nooit iets, maar hun verhouding was anders dan die van Amun en Kebi. Kebi gedroeg zich onderdanig, terwijl Senna en Zafrina meer twee ledematen van hetzelfde organisme leken, waarbij Zafrina toevallig de mond was.

Het nieuws over Alice was opvallend geruststellend. Het was duidelijk dat ze zelf ook op een of andere geheimzinnige missie was terwijl ze het lot dat Aro voor haar in petto had probeerde te vermijden.

Edward was heel blij dat de Amazones waren gekomen, want Zafrina bleek enorm getalenteerd: haar gave zou heel goed van pas kunnen komen bij een eventuele aanval. Niet dat Edward vroeg of Zafrina onze kant wilde kiezen tijdens het gevecht, maar als de Volturi niet zouden stoppen voor onze getuigen, zouden ze misschien wel blijven staan als ze opeens een heel ander tafereel voor zich zagen.

'Het is eigenlijk een ontzettend simpele illusie,' legde Edward uit toen bleek dat ik zoals gewoonlijk weer eens niets kon zien. Zafrina vond mijn immuniteit wel grappig en erg fascinerend – zoiets had ze nog nooit meegemaakt – en ze bleef rusteloos om ons heen hangen terwijl Edward beschreef wat ik miste. Zijn ogen werden een beetje wazig toen hij verderging. 'Ze kan de meeste mensen laten zien wat zij wil – alleen dat, en verder niets. Op dit moment lijk ik bijvoorbeeld helemaal alleen in een regenwoud te staan. Het is dat ik jou nog steeds in mijn armen voel, anders zou ik het bijna geloven, zo echt is het.'

Zafrina's lippen vormden een barse glimlach. Even later werden Edwards ogen weer helder en hij grijnsde naar haar.

'Indrukwekkend,' zei hij.

Renesmee had het gesprek met interesse gevolgd en stak onbevreesd haar handje naar Zafrina uit.

'Mag ik het ook zien?' vroeg ze.

'Wat zou je willen zien?' vroeg Zafrina.

'Wat je papa liet zien.'

Zafrina knikte en ik keek angstig toe hoe Renesmees ogen wezenloos in de verte staarden. Even later lichtte haar gezichtje op door haar oogverblindende glimlach.

'Meer,' beval ze.

Daarna was Renesmee haast niet meer weg te slaan van Zafrina en haar 'mooie plaatjes'. Ik maakte me een beetje zorgen omdat ik zeker wist dat Zafrina ook een stuk minder fraaie beelden kon oproepen. Maar via Renesmees gedachten kreeg ik Zafrina's visioenen zelf ook te zien – ze waren net zo duidelijk als Renesmees eigen herinneringen, alsof ze echt waren – en zo kon ik zelf bepalen of ik ze geschikt vond of niet.

Het was niet gemakkelijk om haar aan iemand anders toe te vertrouwen,

maar ik moest toegeven dat het wel handig was dat Zafrina Renesmee bezig-
hield. Ik had mijn handen nodig. Ik moest nog verschrikkelijk veel leren, zowel
lichamelijk als geestelijk, en we hadden nog maar heel weinig tijd.

Mijn eerste poging om te leren vechten verliep niet zo goed.

Edward had me binnen twee seconden al tegen de grond gedrukt. Maar in
plaats van dat hij bleef zitten zodat ik me los kon worstelen (wat me zeker weten
gelukt zou zijn), liet hij me los en sprong achteruit. Ik wist meteen dat er iets mis
was; hij stond zo stil als een standbeeld en staarde over het weiland waar we in
oefenden.

'Het spijt me, Bella,' zei hij.

'Niks aan de hand,' zei ik. 'Kom op, nog een keer.'

'Ik kan het niet.'

'Hoe bedoel je? We zijn nog maar net begonnen.'

Hij gaf geen antwoord.

'Hoor eens, ik weet dat ik er nog niets van bak, maar ik word niet beter als jij
me niet helpt.'

Hij zei niets en ik sprong voor de grap op hem af. Hij deed geen enkele poging
zich te verdedigen en we vielen samen op de grond. Hij bleef roerloos liggen terwijl ik mijn lippen tegen zijn hals drukte.

'Gewonnen,' verklaarde ik.

Zijn ogen werden spleetjes, maar hij zei niets.

'Edward? Wat is er nou? Waarom wil je het me niet leren?'

Er ging een volle minuut voorbij voor hij zijn mond opendeed.

'Ik... Ik kan het gewoon niet. Emmett en Rosalie weten net zoveel als ik. Tanya
en Eleazar weten waarschijnlijk nog meer. Vraag het maar aan iemand anders.'

'Dat is niet eerlijk! Jij bent hier heel goed in! Je hebt Jasper ook geholpen – met
hem heb je wel gevochten, en met alle anderen ook. Waarom wil je niet met mij
vechten? Wat doe ik verkeerd?'

Hij zuchtte vermoeid. Zijn ogen waren donker, met nauwelijks een sprankje
goud om het zwart te verlichten.

489

'Ik kan je niet op die manier bekijken en je als een potentieel slachtoffer analyseren. Ik wil niet zien op welke manieren ik je allemaal kan vermoorden...' Hij
kromp in elkaar. 'Het komt veel te dichtbij. We hebben zo weinig tijd dat het eigenlijk niet uitmaakt wie je trainer is. Iedereen kan je de basisprincipes leren.'

Ik keek hem chagrijnig aan.

Hij raakte mijn pruilende onderlip aan en glimlachte. 'Bovendien is het helemaal niet nodig. De Volturi zullen tot staan worden gebracht. Ze zullen gedwongen worden om het te begrijpen.'

'Maar stel nou dat ze het niet begrijpen! Ik móét dit leren.'

'Zoek maar een andere leraar.'

Dat was niet de laatste keer dat we het erover hadden, maar wat ik ook zei, hij hield voet bij stuk.

Emmett wilde maar al te graag helpen, hoewel ik wel een beetje het gevoel kreeg dat zijn lessen meer een soort wraakoefening waren voor alle verloren armdrukpartijtjes. Als ik nog bloeduitstortingen had kunnen krijgen, was ik nu van top tot teen bont en blauw geweest. Rose, Tanya en Eleazar waren allemaal geduldig en behulpzaam. Hun lessen deden me denken aan de vechttraining die Jasper afgelopen juni aan de anderen had gegeven, hoewel die herinneringen vaag en onduidelijk waren. Sommige gasten vonden het erg amusant om toe te kijken hoe ik werd onderricht, en een paar boden zelfs hun hulp aan. Garrett de nomade gaf ook een paar lessen en bleek een verrassend goede docent. Hij ging sowieso zo makkelijk met iedereen om dat ik me afvroeg waarom hij zich nooit bij een groep had aangesloten. Ik vocht zelfs een keer met Zafrina terwijl Renesmee in Jacobs armen toekeek. Ze leerde me een aantal goede technieken, maar toch vroeg ik haar daarna niet meer om hulp. Hoewel ik Zafrina heel erg aardig vond en ik wist dat ze me nooit pijn zou doen, was ik diep in mijn hart doodsbang voor de woeste vrouw.

Ik leerde heel veel van mijn docenten, maar ik bleef het gevoel houden dat ik alleen nog maar de allersimpelste basiskennis had. Ik had geen idee hoeveel seconden ik het tegen Alec of Jane zou uithouden. Ik kon alleen maar bidden dat het lang genoeg zou zijn om een verschil te kunnen maken.

Elke minuut waarin ik niet bij Renesmee was of leerde vechten bracht ik met Kate in de achtertuin door, waar ze me probeerde te leren hoe ik mijn innerlijke schild naar buiten moest duwen om iemand anders te beschermen. Edward moedigde deze trainingen erg aan. Ik wist dat hij hoopte dat ik een manier zou vinden om een voor mij bevredigende bijdrage aan de strijd te kunnen leveren die me tegelijkertijd uit de vuurlinie zou houden.

Het was gewoon zo ontzettend moeilijk. Ik kon me nergens aan vastklampen, had niets om me aan op te trekken. Ik had alleen mijn allesoverheersende verlangen om iets te kunnen doen, om Edward, Renesmee en zoveel mogelijk

490

andere familieleden veilig bij me te houden. Telkens weer probeerde ik het on-grijpbare schild uit mezelf te duwen, wat slechts heel af en toe een klein beetje lukte. Het voelde alsof ik mijn uiterste best deed om een onzichtbaar elastiek uit te rekken – een elastiek dat het ene moment nog echt en tastbaar leek en vervol-gens zomaar in ijle rook opging.

Edward was de enige die bereid was om als proefkonijn te fungeren en hij kreeg de ene schok na de andere van Kate te verduren terwijl ik stuntelig met mijn hersenen worstelde. We gingen uren achter elkaar door en ik had het ge-voel dat ik in het zweet zou moeten baden van de inspanning, maar mijn perfec-te lichaam liet natuurlijk niets merken. Mijn uitputting zat alleen in mijn hoofd.

Ik vond het verschrikkelijk dat Edward moest lijden en telkens in elkaar kromp onder Kates 'lage' stand terwijl ik er met mijn armen om hem heen nut-teloos bij stond. Ik probeerde uit alle macht mijn schild om ons allebei heen te duwen. Heel af en toe lukte het en dan ontglipte het me weer.

Ik had een hekel aan deze training en ik zou veel liever willen dat Zafrina ons hielp in plaats van Kate. Dan hoefde Edward alleen maar naar Zafrina's illusies te kijken tot het mij zou lukken om de beelden te blokkeren. Maar Kate was van me-ning dat ik beter gemotiveerd zou worden als ik zag hoe Edward pijn leed, omdat ik dat zo afschuwelijk vond. Ik begon zo langzamerhand te twijfelen aan haar ge-ruststellende opmerking die ze had gemaakt toen we elkaar ontmoet hadden – dat ze haar gave nooit sadistisch gebruikte. Ze leek het net iets te leuk te vinden.

'Hé,' zei Edward opgewekt, en hij probeerde geen enkel teken van pijn te la-ten doorklinken in zijn stem, bang dat ik er anders mee zou stoppen. 'Die voelde ik nauwelijks. Goed zo, Bella.'

Ik haalde diep adem en probeerde te analyseren wat ik goed had gedaan. Ik trok even aan het elastiek en deed mijn uiterste best om het zijn tastbare vorm te laten behouden terwijl ik het langzaam uitrekte.

'Nog een keer, Kate,' gromde ik tussen mijn op elkaar geklemde kiezen door.

Kate legde haar hand op Edwards schouders.

Hij zuchtte opgelucht. 'Niets.'

Ze trok een wenkbrauw op. 'En ik had 'm vol aangezet.'

'Mooi,' hijgde ik.

'Klaar?' vroeg ze aan mij terwijl ze haar hand weer naar Edward uitstak.

Dit keer ging er een siddering door hem heen en er ontsnapte een zacht gesis uit zijn mond.

491

'Sorry! Sorry! Sorry!' riep ik en ik beet op mijn lip. Waarom lukte het nou niet?

'Je doet het geweldig, Bella,' zei Edward terwijl hij me tegen zich aan trok. 'Je bent hier pas een paar dagen mee bezig en je kunt je schild nu al af en toe projecteren. Kate, zeg eens hoe goed ze het doet.'

Kate tuitte haar lippen. 'Ik weet het niet. Ze heeft duidelijk een enorm talent, en we hebben er nog maar heel weinig mee geoefend. Maar ik weet zeker dat ze beter kan. Ze heeft gewoon meer stimulans nodig.'

Ik staarde haar ongelovig aan en liet instinctief mijn tanden zien. Hoe durfde ze te beweren dat ik niet genoeg motivatie had terwijl zij Edward recht voor mijn neus onder stroom zette?

Ik hoorde gemompel uit het publiek dat tijdens mijn training gestaag gegroeid was – eerst hadden alleen Eleazar, Carmen en Tanya gekeken, maar toen was Garrett aan komen slenteren, vervolgens Benjamin en Tia, Siobhan en Maggie, en nu gluurde zelfs Alistair vanuit een raam op de tweede verdieping naar beneden. De toeschouwers waren het met Edward eens; ze vonden dat ik het al heel goed deed.

'Kate...' zei Edward waarschuwend toen ze een nieuwe inval kreeg, maar ze was al weg. Ze vloog langs de bocht in de rivier naar de plek waar Zafrina, Senna en Renesmee rustig aan het wandelen waren. Renesmee en Zafrina hielden elkaars hand vast en lieten elkaar om de beurt beelden zien. Jacob liep vlak achter hen aan.

'Nessie,' zei Kate (de nieuwkomers hadden haar vreselijke bijnaam binnen de kortste keren overgenomen), 'zou je het leuk vinden om je moeder te komen helpen?'

'Nee,' zei ik half grommend.

Edward sloeg in een geruststellend gebaar zijn armen om me heen. Ik schudde hem van me af terwijl Renesmee door de tuin op me af rende, op de voet gevolgd door Kate, Zafrina en Senna.

'Geen sprake van, Kate,' siste ik.

492 Renesmee stak haar armen naar me uit en ik spreidde automatisch de mijne. Ze kroop tegen me aan en drukte haar hoofd tegen het kuiltje onder mijn hals.

'Maar ik wíl helpen, mama,' zei ze vastberaden. Ze legde haar hand tegen mijn nek en onderstreepte haar wens met beelden van ons samen, als een team.

'Nee,' zei ik terwijl ik vlug achteruitdeinsde. Kate had heel bewust een stap naar me toe gedaan en stak haar hand uit.

'Blijf staan, Kate,' waarschuwde ik.

'Nee.' Ze kwam steeds dichterbij en glimlachte als een jager die zijn prooi in de hoek drijft.

Ik verschoof Renesmee tot ze op mijn rug zat en bleef achteruitlopen, net zo snel als Kate naar voren kwam. Nu had ik mijn handen vrij, en als Kate wilde dat háár handen aan haar polsen bleven zitten kon ze maar beter uit mijn buurt blijven.

Kate begreep het waarschijnlijk niet goed omdat ze zelf nooit de liefde van een moeder voor haar kind had ervaren. Ze besefte niet dat ze nu al veel verder dan te ver was gegaan. Ik was zo boos dat alles een vreemde rode tint kreeg, en mijn tong smaakte naar gloeiend metaal. De kracht die ik normaal gesproken altijd probeerde te onderdrukken stroomde door mijn spieren en ik wist dat ik in staat was haar tot keihard puin te vermorzelen als ze zo doorging.

Door de woede werd ik me veel bewuster van mezelf. Zelfs de elasticiteit van mijn schild werd duidelijker – ik voelde nu dat het niet echt een band was maar meer een laagje, een dun vlies dat me van top tot teen bedekte. Door de razernij die door mijn lijf golfde begreep ik het beter en had ik er meer grip op. Ik rekte het uit, trok het uit mezelf en sloeg het helemaal om Renesmee heen voor het geval Kate toch door mijn verdediging heen zou weten te breken.

Kate deed nog een doelbewuste stap naar voren en er kwam een woeste grom uit mijn keel die tussen mijn op elkaar geklemde kiezen door rolde.

'Kijk uit, Kate,' waarschuwde Edward.

Kate kwam nog dichterbij en maakte toen een fout die zelfs een beginneling als ik herkende. Ze keek weg terwijl ze vlak voor me stond en verplaatste haar aandacht van mij naar Edward.

Renesmee zat veilig op mijn rug en ik zakte door mijn knieën voor de aanval.

'Kun je Nessie nog horen?' vroeg Kate op een rustige, ontspannen toon aan Edward.

Edward ging vliegensvlug tussen mij en Kate in staan en versperde me de weg.

493

'Nee, ze is helemaal verdwenen,' antwoordde hij. 'En nu moet je Bella even de ruimte geven om te kalmeren, Kate. Je moet haar niet zo ophitsen. Ik weet dat ze ouder overkomt dan ze is, maar ze is nog maar een paar maanden oud.'

'We hebben geen tijd om dit voorzichtig aan te pakken, Edward. We moeten haar dwingen. We hebben nog maar een paar weken, en zij kan in principe...'

'Achteruit, Kate.'

Kate fronste maar nam Edwards waarschuwing serieuzer dan de mijne.

Renesmees hand lag op mijn nek, ze dacht aan Kates aanval en liet me zien dat het niet kwaad bedoeld was, dat papa erbij was...

Het bracht me niet tot bedaren. Er leek nog steeds een rode waas te liggen over alle kleuren die ik zag. Maar ik had mezelf wel beter in de hand, en ik zag in dat Kate gelijk had. De woede hielp. Ik zou sneller leren onder druk.

Maar dat betekende nog niet dat ik het leuk vond.

'Kate,' gromde ik. Ik legde mijn hand op de onderkant van Edwards rug. Ik voelde mijn schild nog steeds als een sterk, buigzaam vlies om mij en Renesmee heen liggen. Ik probeerde het nog verder weg te duwen, helemaal om Edward heen. De rekbare stof vertoonde geen zwakke plekken, geen gaten of scheuren. Ik was buiten adem van inspanning en ik klonk eerder hijgerig dan boos. 'Nog een keer,' zei ik tegen Kate. 'Alleen Edward.'

Ze rolde met haar ogen maar kwam meteen naar voren en drukte haar handpalm tegen Edwards schouder.

'Niets,' zei Edward. Ik hoorde de glimlach in zijn stem.

'En nu?' vroeg Kate.

'Nog steeds niets.'

'En nu?' Haar stem kreeg een gespannen ondertoon.

'Helemaal niets.'

Kate gromde en deed een stap naar achteren.

'Zie je dit?' vroeg Zafrina met haar lage, ruwe stem terwijl ze ons doordringend aankeek. Ze sprak met een vreemd accent dat haar woorden op onverwachte plaatsen omhoogtrok.

'Ik zie niets wat ik niet zou moeten zien,' zei Edward.

'En jij, Renesmee?' vroeg Zafrina.

Renesmee glimlachte naar Zafrina en schudde haar hoofd.

Mijn woede was nu bijna helemaal weggeëbd en ik beet nog harder op mijn
494 kiezen terwijl ik hijgend het elastische schild naar buiten bleef duwen. Ik had het gevoel dat het steeds zwaarder werd naarmate ik het langer vast probeerde te houden. Het trok zich terug, kroop weer naar binnen.

'Geen paniek,' zei Zafrina waarschuwend tegen het kleine groepje dat naar me stond te kijken. 'Ik wil kijken tot hoever ze kan komen.'

Iedereen – Eleazar, Carmen, Tanya, Garrett, Benjamin, Tia, Siobhan en Maggie – hapte geschokt naar adem, behalve Senna, die voorbereid leek op wat Zafrina dan ook aan het doen was. De rest staarde met wezenloze ogen en een ongeruste uitdrukking voor zich uit.

'Als je weer gewoon kunt zien steek je je hand op,' beval Zafrina. 'Goed, Bella. Kijk eens hoeveel mensen je kunt afschermen.'

Ik ademde puffend uit. Kate stond na Edward en Renesmee het dichtstbij, maar dat was alsnog drie meter verderop. Ik klemde mijn kaken op elkaar en begon te duwen, probeerde de onwillige, terugspringende beschermingslaag verder bij mezelf vandaan te tillen. Centimeter voor centimeter dwong ik hem richting Kate terwijl ik me uit alle macht verzette tegen de weerstand die het schild bood. Ik keek alleen naar Kates angstige gezicht terwijl ik verder zwoegde, en ik kreunde zachtjes van opluchting toen ze met haar ogen knipperde en haar blik weer helder werd. Ze stak haar hand omhoog.

'Fascinerend!' mompelde Edward binnensmonds. 'Het is net een doorkijkspiegel. Ik hoor alles wat ze denken, maar zij kunnen mij niets doen als ik eronder sta. En ik hoor Renesmee, terwijl ik haar niet hoorde toen ik nog aan de andere kant stond. Ik durf te wedden dat Kate me nu een schok kan geven, omdat zij ook onder het schild staat. Maar ik kan jou nog steeds niet horen... Hmm. Hoe werkt dat dan? Ik vraag me af of...'

Hij bleef in zichzelf mompelen, maar ik hoorde niet wat hij zei. Ik knarste met mijn tanden en deed mijn uiterste best om het schild naar Garrett te duwen, die het dichtst bij Kate stond. Zijn hand ging omhoog.

'Heel goed,' prees Zafrina. 'En nu...'

Maar ze had te vroeg gejuicht, want ik hapte naar adem en voelde hoe mijn schild terugsprong als een elastiekje dat losschoot en zijn oorspronkelijke vorm weer aannam. Renesmee, die nu ook de blindheid ervoer die Zafrina voor de anderen had opgeroepen, trilde tegen mijn rug. Ik verzette me vermoeid tegen de trekkracht en legde het schild weer over haar heen.

'Mag ik heel even bijkomen?' hijgde ik. Dit was de eerste keer sinds ik vampier was geworden dat ik behoefte had aan rust. Het was heel onwerkelijk om je zo uitgeput en tegelijkertijd zo sterk te voelen.

'Natuurlijk,' zei Zafrina, en de toeschouwers ontspanden zich toen ze hun hun zicht weer teruggaf.

'Kate,' riep Garrett terwijl de anderen mompelend achteruit schuifelden, van hun stuk gebracht door de tijdelijke blindheid. Vampiers waren het niet gewend

495

zich kwetsbaar te voelen. De lange, rossige vampier was de enige onsterfelijke zonder gave die mijn trainingssessies interessant leek te vinden. Ik vroeg me af wat de avonturier er zo leuk aan vond.

'Dat zou ik niet doen, Garrett,' riep Edward.

Ondanks zijn waarschuwing bleef Garrett op Kate af lopen en hij tuitte peinzend zijn lippen. 'Ze zeggen dat jij een vampier zo op zijn rug kunt leggen.'

'Dat klopt,' beaamde ze. Toen kreeg ze een sluwe glimlach op haar gezicht en wiebelde schalks met haar vingers naar hem. 'Nieuwsgierig?'

Garrett haalde zijn schouders op. 'Dat heb ik echt nog nooit meegemaakt. Klinkt me eerlijk gezegd een tikje overdreven in de oren...'

'Zou kunnen,' zei Kate, en haar gezicht stond plotseling weer ernstig. 'Misschien werkt het alleen bij zwakke of jonge vampiers. Ik weet het niet precies. Maar jij lijkt me wel een stevige kerel. Misschien ben jij wel sterk genoeg voor mijn gave.' Ze stak haar hand naar hem uit, met de handpalm omhoog – een uitnodiging, dat was duidelijk. Haar mondhoeken trilden, en ik wist vrij zeker dat ze hem met haar serieuze blik om de tuin probeerde te leiden.

Garrett nam de uitdaging grijnzend aan. Zelfverzekerd raakte hij met zijn wijsvinger haar handpalm aan.

Toen hapte hij naar adem, zakte door zijn knieën en viel steil achterover. Zijn hoofd kwam met een hard gekraak op een granieten rotsblok terecht. Het was een schokkend gezicht. Ik deinsde instinctief terug bij het zien van een onsterfelijke die zo hulpeloos op de grond lag, zo fout voelde het.

'Zie je wel,' mompelde Edward.

Garretts oogleden trilden even en toen sperde hij zijn ogen wijd open. Hij staarde omhoog naar de zelfgenoegzaam grijnzende Kate en kreeg een bewonderende glimlach op zijn gezicht.

'Wauw,' zei hij.

'Vond je dat leuk?' vroeg ze sceptisch.

'Ik ben niet gek,' lachte hij hoofdschuddend terwijl hij langzaam overeind kwam, 'maar dat was behoorlijk indrukwekkend!'

'Dat hoor ik wel vaker.'

Edward rolde met zijn ogen.

En toen klonk er een zacht rumoer vanuit de voortuin. Ik hoorde Carlisle boven een aantal verbaasde stemmen uit praten.

'Heeft Alice jullie gestuurd?' vroeg hij aan iemand, en zijn stem klonk onzeker en enigszins ongerust.

Nog een onverwachte gast?

Edward rende het huis in en de meeste anderen volgden zijn voorbeeld. Ik kwam langzaam achter hem aan, met Renesmee nog steeds op mijn rug. Ik wilde Carlisle even de tijd geven om de nieuwe gast in de juiste stemming te brengen en hem, haar of hen voor te bereiden op wat er komen ging.

Ik trok Renesmee in mijn armen terwijl ik onopvallend om het huis heen liep, door de keukendeur naar binnen ging en ondertussen luisterde naar wat ik niet kon zien.

'Wij zijn door niemand gestuurd,' antwoordde een zachte, rasperige stem op Carlisles vraag. Ik moest onmiddellijk denken aan de oude stemmen van Aro en Caius en bleef stokstijf staan op de drempel van de keuken.

Ik wist dat de woonkamer bomvol zat – bijna iedereen was naar binnen gegaan om te kijken wie onze nieuwste gasten waren – maar ik hoorde alleen een paar mensen heel zacht ademhalen. Verder was het doodstil.

Carlisles stem klonk behoedzaam. 'Waar hebben we jullie bezoek dan aan te danken?'

'Er deden geruchten de ronde,' antwoordde een andere stem, net zo ijl als de vorige. 'We hoorden berichten dat de Volturi naar jullie toe zouden komen. Er werd gefluisterd dat jullie niet alleen zouden staan. En de geruchten blijken waar. Dit is een imponerend gezelschap.'

'We willen de Volturi niet uitdagen,' antwoordde Carlisle op gespannen toon. 'Het berust allemaal op een misverstand, dat is alles. Een heel belangrijk misverstand, dat zeker, maar we hopen het gauw te kunnen ophelderen. De mensen die jullie hier zien zijn getuigen. De Volturi hoeven alleen maar te luisteren. We wilden niet...'

'Het kan ons niet schelen wat jullie volgens hen op je kerfstok hebben,' onderbrak de eerste stem hem. 'En het kan ons ook niet schelen of jullie een misdaad hebben gepleegd.'

'Hoe zwaar dan ook,' voegde de tweede stem daaraan toe.

'We zitten al anderhalf millennium te wachten tot iemand het eens tegen dat Italiaanse tuig opneemt,' zei de eerste. 'Als er ook maar de minste of geringste kans bestaat dat ze verslagen worden, zijn wij erbij om het mee te maken.'

'Of misschien zelfs wel om te helpen vechten,' vulde de tweede aan. Ze maakten elkaars zinnen soepel af, en hun stemmen leken zo op elkaar dat minder goede oren ervan uit zouden gaan dat het één spreker was. 'Als we denken dat jullie enige kans van slagen hebben.'

'Bella?' riep Edward kortaf. 'Wil je Renesmee even hiernaartoe brengen? We zullen eens zien of onze Roemeense gasten dan nog zo vastbesloten zijn.'

Gelukkig wist ik dat minstens de helft van de aanwezige vampiers Renesmee te hulp zou schieten als die Roemenen van haar zouden schrikken. De klank van hun stemmen en hun duistere, dreigende woorden bevielen me niet. Toen ik de kamer in liep, zag ik dat ik niet de enige was die daar zo over dacht. De meeste vampiers stonden hen met vijandige ogen roerloos aan te staren, en Carmen, Tanya, Zafrina en Senna gingen onopvallend beschermend tussen Renesmee en de nieuwkomers in staan.

De twee vampiers bij de deur waren allebei klein en tenger, de een donkerharig en de ander met zulk asblond haar dat het bijna bleekgrijs was. Hun huid zag er net zo poederig uit als die van de Volturi, hoewel ik het idee had dat het bij deze mannen minder opviel. Ik wist het niet zeker, want ik had de Volturi alleen nog maar door mensenogen gezien, dus ik kon hen niet echt goed vergelijken. Hun priemende, smalle ogen waren bordeauxrood, zonder een melkachtige waas eroverheen. Ze droegen eenvoudige zwarte kleren die voor modern door zouden kunnen gaan maar toch deden denken aan vroeger tijden.

De donkere grijnsde toen ik in beeld kwam. 'Zo zo, Carlisle. Dus je bent écht stout geweest.'

'Ze is niet wat je denkt, Stefan.'

'En het kan ons hoe dan ook niet schelen,' antwoordde de blonde. 'Zoals we net al zeiden.'

'Dan mogen jullie gerust blijven kijken, Vladimir, maar we zijn geenszins van plan om tegen de Volturi te vechten, zoals wíj net al zeiden.'

'Dan moeten we maar duimen,' begon Stefan.

'En hopen dat we geluk hebben,' besloot Vladimir.

498 Uiteindelijk hadden we zeventien getuigen bij elkaar weten te krijgen – de Ieren Siobhan, Liam en Maggie, de Egyptenaren Amun, Kebi, Benjamin en Tia, de Amazones Zafrina en Senna, de Roemenen Vladimir en Stefan, en de nomaden Charlotte en Peter, Garrett, Alistair, Mary en Randall – die ons elven zouden bijstaan. Tanya, Kate, Eleazar en Carmen stonden erop om tot onze familie gerekend te worden.

Op de Volturi na was het waarschijnlijk de grootste vriendschappelijke bijeenkomst van volwassen vampiers in de geschiedenis der onsterfelijken.

We begonnen allemaal een sprankje hoop te krijgen. Zelfs ik kon het niet tegenhouden bij mezelf. Renesmee had in zo'n korte tijd al zo veel mensen voor zich gewonnen. De Volturi hoefden maar heel even naar ons te luisteren...

De laatste twee nog levende Roemenen – die volledig in beslag genomen werden door hun bittere wrok jegens degenen die hun rijk vijftienhonderd jaar geleden ten val hadden gebracht – namen overal een kijkje. Ze wilden Renesmee niet aanraken, maar behandelden haar ook niet vijandig. Ze waren om onduidelijke redenen zeer verrukt over ons verbond met de weerwolven. Ze keken hoe ik met Zafrina en Kate met mijn schild oefende, keken hoe Edward onuitgesproken vragen beantwoordde, keken hoe Benjamin met zijn geest geisers van water uit de rivier liet opstijgen en vanuit het niets een felle wind liet opsteken, en in hun ogen gloeide de vurige hoop dat de Volturi eindelijk een stel waardige tegenstanders hadden getroffen.

We hoopten niet allemaal hetzelfde, maar we hoopten allemaal.

33. Vervalsingen

'Charlie, we hebben nog steeds dat bezoek waar jij verder niets over hoeft te weten. Ik weet dat je Renesmee al meer dan een week niet gezien hebt, maar het is gewoon niet zo'n goed idee om nu langs te komen. Zal ik met Renesmee naar jou toe komen?'

Charlie was zo lang stil dat ik me afvroeg of hij de spanning in mijn quasi-opgewekte toon had opgemerkt.

Maar toen mompelde hij: 'Bah, ik wíl het niet eens weten,' en ik besefte dat hij door zijn achterdocht voor het bovennatuurlijke gewoon een beetje langzaam reageerde.

'Goed dan,' zei Charlie. 'Kun je vanochtend nog komen? Sue komt straks lunch brengen. Ze vindt mijn kookkunsten net zo afschuwelijk als jij toen je hier voor het eerst kwam.' Hij lachte en zuchtte toen even om die goeie ouwe tijd.

'Vanochtend is perfect.' Hoe eerder hoe beter. Ik had dit al veel te lang uitgesteld.

'Komt Jake ook mee?'

Hoewel Charlie niets wist van inprentende weerwolven, kon de hechte band tussen Jacob en Renesmee niemand ontgaan.

'Waarschijnlijk wel.' Jake zou een middag met Renesmee en zonder bloedzuigers nooit vrijwillig aan zijn neus voorbij laten gaan.

'Misschien moet ik Billy ook uitnodigen,' zei Charlie peinzend. 'Maar... hmm. Een ander keertje misschien.'

Ik luisterde maar half naar Charlie – goed genoeg om de vreemde terughoudendheid in zijn stem op te merken toen hij het over Billy had, maar niet goed genoeg om me af te vragen waar dát nou weer over ging. Charlie en Billy waren volwassen mannen, en als ze problemen hadden konden ze die heus zelf wel oplossen. Ik had te veel belangrijker zaken aan mijn hoofd om me er zorgen over te maken.

'Tot zo,' zei ik voor ik ophing.

500

Dit uitje was niet alleen om mijn vader te beschermen tegen ons bonte gezelschap van zevenentwintig vampiers – die weliswaar allemaal gezworen hadden niemand te vermoorden binnen een straal van vijfhonderd kilometer, maar toch... Het sprak voor zich dat er geen mensen in de buurt van deze groep mochten komen. Dat was het smoesje dat ik aan Edward had opgehangen: ik ging met Renesmee naar Charlie zodat hij niet zou besluiten om hierheen te komen. Het was een goede reden om het huis te verlaten, maar absoluut niet mijn echte reden.

'Waarom gaan we niet met jouw Ferrari?' klaagde Jacob toen hij de garage in kwam. Ik zat met Renesmee al in Edwards Volvo.

Edward had eindelijk mijn 'na'-auto onthuld, en zoals hij al vermoed had, was ik niet in staat geweest om erg enthousiast te reageren. Tuurlijk, hij was hartstikke mooi en snel en zo, maar ik wilde veel liever rénnen.

'Veel te opvallend,' antwoordde ik. 'We zouden ook kunnen gaan lopen, maar dan zou Charlie helemaal flippen.'

Jacob bromde maar kwam toch naast me zitten. Renesmee klauterde van mijn schoot naar de zijne.

'Hoe gaat het met je?' vroeg ik terwijl ik de garage uit reed.

'Wat denk je?' vroeg Jacob chagrijnig. 'Ik ben al die meurende bloedzuigers spuugzat.' Hij zag mijn blik en ging verder voor ik iets kon zeggen. 'Ja, ik weet het, ik weet het. Dit zijn de goeien, ze zijn hier om te helpen, ze gaan ons allemaal redden. Enzovoort enzovoort. Je kunt zeggen wat je wilt, maar ik krijg nog steeds koude rillingen van Dracula Eén en Dracula Twee. Wat een griezels.'

Ik kon een glimlach niet onderdrukken. De Roemenen waren ook niet bepaald mijn lievelingsgasten. 'Daar moet ik je gelijk in geven.'

Renesmee schudde haar hoofd maar zei niets; in tegenstelling tot de anderen was zij helemaal in de ban van de Roemenen. Ze had zelfs de moeite genomen om hardop tegen hen te praten omdat ze hen niet aan mocht raken. Ze had een vraag gesteld over hun ongewone huid en hoewel ik bang was dat ze beledigd zouden zijn, vond ik het stiekem wel leuk dat ze ernaar had geïnformeerd. Ik 501 was eigenlijk ook wel benieuwd.

Ze leken haar interesse niet erg te vinden en reageerden hooguit een beetje spijtig.

'We hebben heel lang stilgezeten, kind,' had Vladimir geantwoord, en Stefan had geknikt maar niet zoals gebruikelijk Vladimirs zin afgemaakt. 'Mijmerend over onze goddelijkheid. Het was een bewijs van onze macht dat alles naar ons toe kwam. Eten, onderhandelaars, iedereen die bij ons in de gunst wilde komen. We zaten op onze troon en dachten dat we goden waren. We hadden heel lang niet in de gaten dat we veranderden – dat we bijna versteenden. De Volturi hebben ons waarschijnlijk een dienst bewezen door onze kastelen af te branden. Stefan en ik versteenden in elk geval niet nog verder. Nu zijn de ogen van de Volturi vertroebeld door een dof vlies, maar die van ons zijn helder. Ik stel me zo voor dat dat in ons voordeel zal werken als we die van hen uit hun kassen lepelen.'

Sindsdien probeerde ik Renesmee bij hen uit de buurt te houden.

'Hoe lang blijven we bij Charlie?' onderbrak Jacob mijn gepeins. Hij ontspande zichtbaar nu we bij het huis en al zijn nieuwe bewoners vandaan reden. Ik vond het fijn dat hij mij nog steeds niet echt tot de vampiers rekende. Ik was nog steeds gewoon Bella.

'Behoorlijk lang, eigenlijk.'

De manier waarop ik het zei deed hem opkijken.

'Gaan we alleen een bezoekje aan je vader brengen, of is er meer aan de hand?'

'Jake, jij kunt je gedachten toch altijd zo goed onder controle houden bij Edward in de buurt?'

Hij trok een van zijn dikke zwarte wenkbrauwen op. 'Hoezo?'

Ik knikte alleen en keek naar Renesmee. Ze staarde uit het raam en ik wist niet hoe interessant ze ons gesprek vond, maar ik besloot het zekere voor het onzekere te nemen en ging er niet op door.

Jacob wachtte tot ik verder zou praten, en toen dacht hij met uitgestoken onderlip na over de paar woorden die ik had gezegd.

Terwijl we zwijgend verder reden tuurde ik door de irritante lenzen de kille regen in; het was nog niet koud genoeg voor sneeuw. Mijn ogen waren niet meer zo demonisch als in het begin – ze waren nu eerder dof oranjerood dan fel karmozijn. Binnenkort zouden ze geelbruin genoeg geworden zijn om de lenzen 502 niet meer in te hoeven. Ik hoopte dat Charlie niet te erg zou schrikken van de verandering.

Jacob zat nog steeds over ons afgekapte gesprek te malen toen we bij Charlie aankwamen. We zeiden niets terwijl we in een rap mensentempo door de regen liepen. Mijn vader stond al op ons te wachten en deed de deur open voor ik kon kloppen.

'Hé, jongens! Het lijkt wel jaren geleden! Moet je jou nou toch zien, Nessie! Kom eens bij opa! Volgens mij ben je vijftien centimeter gegroeid. En je bent mager, Ness.' Hij keek me beschuldigend aan. 'Geven jullie haar daar soms geen eten?'

'Het komt gewoon door haar groeispurt,' mompelde ik. 'Hoi, Sue,' riep ik over zijn schouder. Er kwam een geur van kip, tomaat, knoflook en kaas uit de keuken – de anderen vonden het waarschijnlijk heerlijk ruiken. Ik rook ook verse dennennaalden en verpakkingsmateriaal.

Renesmee liet haar kuiltjes zien. Ze zei nooit iets waar Charlie bij was.

'Nou, kom gauw binnen, hier is het warm. Waar is mijn schoonzoon?'

'Die moest zijn vrienden bezighouden,' zei Jacob snuivend. 'Wees maar blij dat je er niet meer bij hoort, Charlie. Meer zal ik er niet over zeggen.'

Ik gaf Jacob een zachte stomp in zijn nieren terwijl Charlie in elkaar kromp.

'Au!' klaagde Jacob binnensmonds – tja, ik dácht dat het een zachte stomp was.

'Eh, Charlie, ik moet eigenlijk nog wat boodschappen doen.'

Jacob keek me scherp aan maar zei niets.

'Te laat met je kerstinkopen begonnen, Bells? Je hebt nog maar een paar dagen, hoor.'

'Ja, kerstinkopen,' zei ik zwakjes. Dus dat verklaarde het verpakkingsmateriaal. Charlie had de oude versieringen zeker weer opgehangen.

'Maak je geen zorgen, Nessie,' fluisterde hij in haar oor. 'Ik heb genoeg als je moeder er een potje van maakt.'

Ik keek hem quasigeërgerd aan, maar in werkelijkheid had ik nog geen moment aan de feestdagen gedacht.

'Het eten is klaar,' riep Sue vanuit de keuken. 'Komen jullie?'

'Tot straks, pap,' zei ik en ik wisselde een snelle blik met Jacob. Zelfs als hij hier per ongeluk toch aan zou denken waar Edward bij was, dan viel er nog weinig te verraden. Hij had geen idee waar ik heen ging.

Niet dat ik dat zelf nou zo goed wist, dacht ik bij mezelf terwijl ik in de auto 503 stapte.

De wegen waren glad en donker, maar ik vond autorijden niet eng meer. Mijn reflexen konden het prima aan en ik lette nauwelijks op de weg; ik moest alleen oppassen dat ik niet te snel reed als er andere auto's in de buurt waren. Ik wilde mijn missie van vandaag zo snel mogelijk achter de rug hebben en het raadsel

oplossen zodat ik me weer op die andere belangrijke taak kon storten: mijn training. Ik moest leren om sommige mensen te beschermen en andere te doden.

Ik had mijn schild steeds beter onder controle. Kate vond het niet eens meer
nodig om me te motiveren – er waren genoeg dingen waar ik me kwaad over kon
maken, nu ik wist dat ik dat nodig had – dus ik oefende vooral met Zafrina. Ze
was erg tevreden over mijn reikwijdte; ik kon nu een gebied van bijna drie meter
meer dan een minuut bedekken, hoewel ik er wel uitgeput van raakte. Vanochtend had ze geprobeerd te onderzoeken of ik het schild ook helemaal uit mijn lichaam kon duwen. Ik zag niet in wat dat voor nut zou kunnen hebben, maar Zafrina dacht dat ik er misschien sterker van zou worden, net zoals je ook buik- en
rugspieroefeningen deed in plaats van alleen maar je armen te trainen. Uiteindelijk kon je meer gewicht heffen als alle spieren sterker waren.

Ik was er niet zo goed in. Ik had slechts één keer een glimp opgevangen van de
junglerivier die ze me probeerde te laten zien.

Maar er waren nog andere manieren om me voor te bereiden op wat ons te
wachten stond, en met nog maar twee weken voor de boeg was ik bang dat ik het
allerbelangrijkste te lang had laten liggen. Vandaag ging ik die onachtzaamheid
rechtzetten.

Ik had de juiste kaarten uit mijn hoofd geleerd en ik vond zonder moeite de
weg naar het adres dat online niet bestond, het adres van J. Jenks. Hierna zou ik
naar Jason Jenks gaan, op het andere adres, dat Alice me niet gegeven had.

Het was niet bepaald een prettige buurt, om het maar even zacht uit te drukken. Zelfs de onopvallendste auto van de Cullens zou in deze straat nog een be-
zienswaardigheid zijn. Mijn oude Chevy had zich hier vast thuis gevoeld. Als ik
nog mens was geweest, had ik alle portieren op slot gedaan en was ik zo snel als
ik durfde weer weggereden. Ik moet zeggen dat het me nu wel intrigeerde. Ik
probeerde te bedenken wat Alice hier te zoeken kon hebben, en kon niets verzinnen.

De smalle panden, die allemaal drie verdiepingen hadden en licht naar voren
helden alsof ze gebukt gingen onder de striemende regen, waren voornamelijk
oude woonhuizen die in meerdere appartementen waren opgedeeld. Het was
moeilijk te zeggen welke kleur de afbladderende verf ooit had gehad. Alles was
vervaagd tot verschillende grijstinten. Hier en daar zaten ondernemingen op de
begane grond: een groezelig café met zwartgeverfde ruiten, een winkel van een
helderziende met woest knipperende neonhanden en tarotkaarten op de deur,

een tatoeagestudio en een crèche met een gebroken raam dat met breed plakband bij elkaar werd gehouden. Er brandden geen lampen in de kamers, hoewel het buiten zo donker was dat de mensen toch licht nodig zouden moeten hebben. In de verte hoorde ik zachte stemmen mompelen; het klonk als een televisie.

Er waren een paar mensen op straat: twee sloften in tegenovergestelde richting door de regen en een ander zat op de smalle veranda van een dichtgetimmerd, goedkoop advocatenkantoor fluitend een natte krant te lezen. Het geluid klonk veel te vrolijk voor deze omgeving.

Ik was zo verbaasd over de zorgeloze fluiter dat ik in eerste instantie niet doorhad dat het leegstaande pand precies op de plek stond waar het adres dat ik zocht zou moeten zijn. Er stonden geen huisnummers op het verwaarloosde gebouw, maar de tatoeagestudio ernaast zat maar twee nummers verderop.

Ik zette de auto langs de stoep en liet de motor nog even draaien. Ik moest op de een of andere manier die bouwval in zien te komen, maar hoe ging ik dat doen zonder dat de fluiter me zou zien? Ik kon de auto in een zijstraat zetten en dan achterlangs naar binnen gaan. Maar misschien waren daar ook wel mensen. Over het dak dan? Was het daar donker genoeg voor?

'Hé, mevrouw,' riep de fluiter naar me.

Ik liet het passagiersraampje zakken alsof ik hem niet verstaan had.

De man legde zijn krant opzij en zijn kleren verrasten me, nu ik ze kon zien. Onder zijn lange, haveloze stofjas was hij net iets te netjes gekleed. Er was geen briesje om het te kunnen ruiken, maar zijn glanzende, donkerrode overhemd leek van zijde. Zijn zwarte kroeshaar was woest en ongekamd, maar zijn donkere huid was glad en verzorgd en zijn tanden waren wit en recht. Vreemd.

'U kunt die auto daar beter niet neerzetten, mevrouw,' zei hij. 'Dan staat hij er misschien niet meer als u terugkomt.'

'Bedankt voor de waarschuwing,' zei ik.

Ik zette de motor af en stapte uit. Misschien kon mijn fluitende vriend mijn vragen wel beantwoorden, dan hoefde ik ook niet in te breken. Ik klapte mijn grote grijze paraplu open – niet dat ik mijn lange kasjmieren jurktrui per se mooi wilde houden, maar ik deed wat een mens nou eenmaal zou doen.

De man tuurde door de regen naar mijn gezicht en zijn ogen werden groot. Hij slikte en ik hoorde hoe zijn hart sneller begon te kloppen toen ik naar hem toe liep.

'Ik zoek iemand,' begon ik.

'Ik ben iemand,' zei hij glimlachend. 'Wat kan ik voor je doen, schoonheid?'

'Ben jij J. Jenks?' vroeg ik.

'O,' zei hij, en zijn verwachtingsvolle blik betrok. Hij stond op en keek me met samengeknepen ogen onderzoekend aan. 'Waarom zoek je J.?'

'Dat zijn mijn zaken.' En bovendien had ik geen flauw idee. 'Ben jij J.?'

'Nee.'

We keken elkaar een tijd aan terwijl zijn priemende ogen langs de strakke, parelgrijze jurk gleden die ik droeg. Uiteindelijk bereikten ze mijn gezicht. 'Je ziet er niet uit als zijn normale klanten.'

'Ik ben waarschijnlijk ook geen normale klant,' gaf ik toe. 'Maar ik moet hem zo snel mogelijk spreken.'

'Ik weet niet zo goed wat ik moet doen,' bekende hij.

'Als je nou eens zei hoe je heette?'

Hij grijnsde. 'Ik heet Max.'

'Aangenaam kennis te maken, Max. En vertel eens, wat doe je voor "normale klanten"?'

Zijn grijns veranderde in een frons. 'Nou, de meeste cliënten van J. die híér komen zien er niet zo uit als jij. Jouw soort wil niets te maken hebben met het stadskantoor hier. Jullie gaan allemaal rechtstreeks naar zijn chique kantoor in de wolkenkrabber.'

Ik noemde het andere adres dat ik had gevonden en sprak de cijfers een beetje vragend uit.

'Precies,' zei hij, en hij klonk weer achterdochtig. 'Waarom ben je daar niet heen gegaan?'

'Ik heb dit adres opgekregen – van een bijzonder betrouwbare bron.'

'De mensen die hier komen hebben over het algemeen niet veel goeds in de zin.'

Ik tuitte mijn lippen. Bluffen was nooit mijn sterkste kant geweest, maar Alice liet me weinig keus. 'Misschien heb ik ook wel niet veel goeds in de zin.'

Max kreeg een verontschuldigende uitdrukking op zijn gezicht. 'Luister eens, mevrouw...'

'Bella.'

'Juist. Bella. Luister, ik heb dit baantje hard nodig. Ik hoef hier eigenlijk alleen maar de hele dag een beetje rond te hangen en J. betaalt me er goed voor. Ik wil je

best helpen, echt, maar – en dit is allemaal puur hypothetisch, hè, of vertrouwe-
lijk, of hoe je het ook wilt noemen –, maar als ik iemand binnenlaat die hem in
moeilijkheden brengt, dan heb ik geen werk meer. Snap je mijn probleem?'

Ik dacht even na en kauwde op mijn lip. 'Heb je hier nog nooit iemand gezien
die op mij leek? Of nou ja, een beetje dan. Mijn zus is een stuk kleiner dan ik, en
ze heeft zwart piekhaar.'

'Kent J. jouw zus?'

'Ik denk het wel.'

Max aarzelde. Ik glimlachte naar hem en zijn ademhaling stokte. 'Ik weet het
goed gemaakt. Ik bel J. op en vertel hoe je eruitziet. Dan kan-ie zelf beslissen.'

Hoeveel wist J. Jenks? Zou mijn uiterlijk hem iets zeggen? Dat was een verontrustende gedachte.

'Mijn achternaam is Cullen,' zei ik tegen Max terwijl ik me afvroeg of dat te
veel informatie was. Ik begon behoorlijk pissig te worden op Alice. Was het nou
echt nodig om me zo in het duister te laten tasten? Ze had me toch nog wel één
of twee hints kunnen geven...

'Cullen, oké.'

Ik keek toe hoe hij het nummer opzocht en kon de cijfers makkelijk lezen.
Goed, dan kon ik J. Jenks altijd zelf nog bellen als dit niets werd.

'Hé, J., met Max. Ik weet dat ik je alleen in noodgevallen op dit nummer mag
bellen...'

Is dit een noodgeval? hoorde ik zacht aan de andere kant van de lijn.

'Nou, niet echt. Er is een meisje dat jou wil spreken...'

*Dat klinkt nou niet bepaald als een noodgeval. Waarom heb je het niet gewoon vol-
gens de regels afgehandeld?*

'Ik heb het niet volgens de regels afgehandeld omdat ze er niet uitziet als je
normale...'

Is het een smeris?!

'Nee...'

Hoe weet je dat zo zeker? Lijkt ze op een van Kubarevs...   507

'Nee... Laat me nou even uitpraten. Ze zegt dat je haar zus kent of zo.'

Kan ik me niet voorstellen. Hoe ziet ze eruit?

'Ze ziet eruit als...' Zijn ogen gleden waarderend van mijn gezicht naar mijn
schoenen. 'Nou, ze ziet er verdomme uit als een supermodel, dat kan ik je wel
vertellen.' Ik glimlachte en hij knipoogde naar me voor hij verderging. 'Een ge-

weldig lijf, spierwit, donkerbruin haar tot net boven haar middel, kan wel wat slaap gebruiken... Komt je dat bekend voor?'

Nee, absoluut niet. Ik vind het bijzonder vervelend dat jouw zwak voor mooie vrouwen mij van mijn werk...

'Tja, ik hou nou eenmaal van mooie dames, wat is daar mis mee? Sorry dat ik je gestoord heb, hoor. Laat maar zitten.'

'Naam,' fluisterde ik.

'O ja. Nog één ding,' zei Max. 'Ze zegt dat ze Bella Cullen heet. Kun je daar nog iets mee?'

Heel even was het doodstil, en toen begon de stem aan de andere kant van de lijn plotseling te schreeuwen, waarbij hij een hoop woorden bezigde die je over het algemeen alleen in een truckerscafé hoort. Max' hele uitdrukking veranderde: alle spot verdween en zijn lippen werden bleek.

'Omdat jij het niet vroeg!' schreeuwde Max vertwijfeld terug.

Het was weer even stil terwijl J. zijn zelfbeheersing terug probeerde te krijgen.

Mooi en bleek? vroeg J. ietsje rustiger.

'Dat zei ik toch?'

Mooi en bleek? Wat wist deze man over vampiers? Was hij er zelf een? Daar was ik niet op voorbereid. Ik knarste met mijn tanden. Waar had Alice me heen gestuurd?

Max zweeg een tijd terwijl hij nog een lading beledigingen en instructies over zich heen kreeg en keek toen met bijna bange ogen naar me op. 'Maar je ontvangt stadsclënten altijd alleen op donderdag... Oké, oké! Komt voor mekaar.' Hij klapte zijn telefoon dicht.

'Wil hij me spreken?' vroeg ik opgewekt.

Max keek me nors aan. 'Je had wel eens mogen zeggen dat je belangrijk was.'

'Ik wist niet dat ik dat was.'

'Ik dacht dat je misschien een smeris was,' gaf hij toe. 'Niet dat je eruitziet als een smeris. Maar je gedraagt je wel een beetje raar, schoonheid.'

508   Ik haalde mijn schouders op.

'Drugskartel?' gokte hij.

'Wie, ik?' vroeg ik.

'Ja. Of je vriendje of zo.'

'Nee, sorry. Ik heb het niet zo op drugs, en mijn man ook niet. Gewoon niet aan beginnen en zo.'

Max vloekte binnensmonds. 'Getrouwd. Het zal ook eens niet.'

Ik glimlachte.

'Maffia?'

'Nee.'

'Diamantsmokkel?'

'Alsjeblieft zeg! Zijn dat de mensen met wie je normaal gesproken te maken hebt, Max? Misschien wordt het eens tijd voor een nieuwe baan.'

Ik moest toegeven dat ik dit stiekem best leuk vond. Op Charlie en Sue na had ik nauwelijks contact met mensen. Het was grappig om hem te zien stumperen. En ik was ook blij dat het zo makkelijk was om hem niet te doden.

'Je moet wel met iets groots bezig zijn. Iets groots en slechts,' peinsde hij.

'Dit is anders.'

'Ja, dat zeggen ze allemaal. Maar waarom zou je dan papieren nodig hebben? En hoe zou je dan J.'s prijs kunnen betalen, niet te vergeten. Maar goed, het zijn mijn zaken natuurlijk niet,' zei hij, waarna hij nog een keer het woord 'getrouwd' mompelde.

Hij gaf me een heel nieuw adres met een globale routebeschrijving en keek me toen met argwanende, spijtige ogen na terwijl ik wegreed.

Ik was ondertussen op vrijwel alles voorbereid – ik verwachtte eigenlijk zo'n supersonische schuilplaats van een of andere James Bond-achtige slechterik. Daarom dacht ik eerst dat Max me het verkeerde adres had gegeven, als een soort test of zo. Of misschien was het een ondergrondse grot, onder deze heel gewone rij winkels hier aan de voet van een beboste heuvel in een keurige, kindvriendelijke woonwijk.

Ik zette de auto op een parkeerplaats en keek naar het smaakvolle, bescheiden bordje waar JASON SCOTT, ADVOCAAT op stond.

Het interieur van het kantoor was beige met bleekgroene accenten, netjes en onopvallend. Ik ontspande enigszins toen ik geen vampiergeur rook, alleen maar onbekende mensen. In de muur was een aquarium ingebouwd en achter de balie zat een mooie maar onopvallende blonde receptioniste.

509

'Hallo,' zei ze. 'Kan ik u ergens mee van dienst zijn?'

'Ik kom voor meneer Scott.'

'Hebt u een afspraak?'

'Niet echt.'

Ze keek een beetje meesmuilend. 'Dan kan het wel even gaan duren. Als u wilt kunt u daar plaatsnemen terwijl ik...'

April! snerpte een bevelende mannenstem uit de telefoon op haar bureau. *Ik verwacht bezoek van een mevrouw Cullen.*

Ik glimlachte en wees naar mezelf.

Stuur haar onmiddellijk door. Heb je dat begrepen? Het kan me niet schelen waar het tussendoor komt.

Ik hoorde nog iets anders in zijn stem behalve ongeduld. Stress. Zenuwen.

'Ze is net binnengekomen,' zei April zodra ze de kans kreeg.

Wat? Stuur haar door! Waar wacht je nog op?

'Ze komt eraan, meneer Scott!' Ze stond op en leidde me met zenuwachtige handgebaren door een korte gang terwijl ze me ondertussen koffie, thee of waar ik dan ook zin in had aanbood.

'Hier is het,' zei ze, terwijl ze een deur opendeed en voor me uit een patserig kantoor in liep, compleet met massief houten bureau en een muur vol diploma's en getuigschriften.

'Doe de deur achter je dicht,' beval een schorre tenorstem.

Ik bekeek de man achter het bureau terwijl April zich haastig uit de voeten maakte. Hij was klein en kalend, een jaar of vijfenvijftig, met een flinke buik. Hij droeg een rode zijden stropdas met een blauw-wit gestreept overhemd, en over de rugleuning van zijn stoel hing een marineblauw colbert. Hij trilde en op zijn wit weggetrokken, wasachtige voorhoofd parelden zweetdruppels. Ik had zo'n vermoeden dat er onder die zwemband een flinke maagzweer aan hem zat te knauwen.

J. herstelde zich en kwam wankel overeind. Hij stak zijn hand uit over het bureau.

'Mevrouw Cullen. Het is me een waar genoegen.'

Ik liep naar hem toe en schudde hem kort de hand. Hij huiverde even toen hij mijn koude huid voelde, maar leek niet echt verrast.

'Meneer Jenks. Of hebt u liever dat ik Scott zeg?'

Hij kromp weer in elkaar. 'Wat u wilt, uiteraard.'

510   'Als u mij nu eens Bella noemt, en ik u J.?'

'Als oude vrienden,' zei hij instemmend terwijl hij een zijden zakdoek over zijn voorhoofd haalde. Hij gebaarde dat ik moest gaan zitten en deed dat zelf ook. 'Sorry dat ik het vraag, maar ontmoet ik nu dan eindelijk de prachtige vrouw van meneer Jasper?'

Dat liet ik even bezinken. Dus deze man kende Alice niet, hij kende Jasper.

Hij kende hem en was zo te zien ook behoorlijk bang voor hem. 'Nee, zijn schoonzus.'

Hij tuitte zijn lippen, alsof hij net zo wanhopig zijn best deed om hier iets van te begrijpen als ik.

'Ik hoop dat meneer Jasper in goede gezondheid verkeert?' vroeg hij voorzichtig.

'Ik weet zeker dat hij in uitstekende gezondheid verkeert. Hij is momenteel voor onbepaalde tijd op vakantie.'

Dat leek een deel van J.'s verwarring weg te nemen. Hij knikte in zichzelf en zette zijn vingertoppen tegen elkaar. 'Juist. Je had beter naar het hoofdkantoor kunnen gaan. Dan hadden mijn medewerkers je rechtstreeks naar mij doorverwezen – het was niet nodig om de minder gastvrije route te nemen.'

Ik knikte zwijgend. Ik begreep niet goed waarom Alice me dat gettoadres had gegeven.

'Maar goed, je bent er. Wat kan ik voor je doen?'

'Papieren,' zei ik, en ik probeerde te klinken alsof ik wist waar ik het over had.

'Uiteraard,' beaamde J. onmiddellijk. 'En hebben we het dan over geboorteakten, overlijdensakten, rijbewijzen, paspoorten, verzekeringspasjes...?'

Ik haalde diep adem en glimlachte. Ik was Max innig dankbaar.

En toen verflauwde mijn lach. Alice had me hier niet zomaar heen gestuurd, en ik wist zeker dat het was om Renesmee te beschermen. Haar laatste geschenk aan mij. Dat was het enige wat ik nog wilde, en dat wist ze.

De enige reden waarom Renesmee valse papieren nodig zou hebben was als ze zou vluchten. En de enige reden waarom Renesmee zou moeten vluchten was als we zouden verliezen.

Als Edward en ik met haar mee zouden vluchten, zou ze die documenten niet meteen nodig hebben. Ik wist zeker dat Edward zelf wel aan identiteitsbewijzen zou kunnen komen of ze zelf kon maken, en ik wist ook zeker dat hij manieren wist om zonder paspoort het land uit te komen. We konden duizenden kilometers rennen met haar. We konden een oceaan over zwemmen.

Als wij er nog waren om haar te redden.

En dan al dat geheimzinnige gedoe om dit voor Edward verborgen te houden. Omdat de kans groot was dat Aro alles te weten zou komen wat Edward wist. Als we zouden verliezen, zou Aro er ongetwijfeld voor zorgen dat hij alle informatie kreeg die hij wilde hebben voor hij Edward vermoordde.

511

Het was precies zoals ik al had gedacht. We konden niet winnen. Maar het zou ons hoogstwaarschijnlijk wel lukken om Demetri uit te schakelen, zodat Renesmee kon vluchten.

Mijn bewegingloze hart lag als een verpletterend zwaar rotsblok in mijn borstkas. Al mijn hoop verdween als sneeuw voor de zon. Mijn ogen prikten.

Aan wie kon ik deze taak toevertrouwen? Aan Charlie? Charlie was maar een mens, volkomen weerloos. En hoe moest ik Renesmee bij hem krijgen? Hij zou ver uit de buurt van dat gevecht zijn. Dan bleef er maar één iemand over. Het kon ook eigenlijk niemand anders zijn.

Ik had dit allemaal zo snel bedacht dat J. mijn aarzeling niet eens had gezien.

'Twee geboorteakten, twee paspoorten en één rijbewijs,' zei ik op zachte, gespannen toon.

Als mijn veranderde uitdrukking hem al was opgevallen dan liet hij daar niets van merken.

'Op welke namen?'

'Jacob... Wolfe. En... Vanessa Wolfe.' Nessie leek me wel een goede bijnaam voor Vanessa. En Jacob zou dat 'Wolfe' vast heel cool vinden.

Zijn pen kraste snel over een notitieblok. 'Tweede namen?'

'Doe maar iets algemeens.'

'Wat je wilt. Leeftijd?'

'De man zevenentwintig, het meisje vijf.' Jacob kon best voor een twintiger doorgaan. Hij was gigantisch. En gezien de snelheid waarmee Renesmee groeide kon ik haar maar beter wat ouder maken. Hij kon haar stiefvader zijn...

'Als ik de documenten voor je moet afmaken heb ik pasfoto's nodig,' zei J. dwars door mijn gepeins heen. 'Meneer Jasper wilde ze meestal liever zelf afmaken.'

Aha, dat verklaarde dus waarom J. niet wist hoe Alice eruitzag.

'Wacht even,' zei ik.

Dit was pure mazzel. Ik had een paar familiekiekjes in mijn portemonnee, en de beste – Jacob die met Renesmee in zijn armen op de verandatrap stond – was nog geen maand geleden genomen. Alice had hem aan me gegeven, een paar dagen voor ze... O. Misschien had het toch niet zoveel met mazzel te maken. Alice wist dat ik deze foto had. Misschien had ze zelfs een vaag vermoeden gehad dat ik hem nodig zou hebben voor ze hem aan me gaf.

'Alsjeblieft.'

J. bestudeerde de foto even. 'Je dochter lijkt erg op jou.'

Ik verstijfde. 'Ze lijkt meer op haar vader.'

'En dat is niet deze man.' Hij wees naar Jacobs gezicht.

Mijn ogen vernauwden zich en er verschenen verse zweetdruppels op J.'s glimmende voorhoofd.

'Nee. Dat is een zeer goede vriend van de familie.'

'Mijn excuses,' mompelde hij terwijl de pen weer begon te krassen. 'Hoe snel heb je de papieren nodig?'

'Kan het binnen een week?'

'Dan wordt het een spoedopdracht. Die zijn twee keer zo duur als... pardon. Ik vergat even wie ik voor me had.'

Hij kende Jasper, dat was duidelijk.

'Zeg maar hoeveel.'

Hij leek het liever niet hardop uit te willen spreken, hoewel hij na zijn ervaringen met Jasper ongetwijfeld wist dat de prijs er niet toe deed. Zelfs als je de uitpuilende rekeningen buiten beschouwing liet die overal ter wereld op naam van de diverse Cullens stonden, slingerde er nog genoeg contant geld door het huis om een klein land tien jaar van te kunnen onderhouden. Het deed me altijd denken aan Charlies huis, waar je geen la kon opentrekken zonder honderd vishaakjes tegen te komen. Ik betwijfelde zelfs of iemand de flinke voorraad die ik voor vandaag had meegenomen zou missen.

J. schreef de prijs onder aan zijn blocnote.

Ik knikte rustig. Ik had meer dan genoeg bij me. Ik klapte mijn tas weer open en telde het juiste bedrag uit; ik had er met paperclips stapeltjes van vijfduizend dollar van gemaakt, dus het was zo gebeurd.

'Kijk eens aan.'

'Eh, Bella, je hoeft me echt niet nu alles al te geven. Het is gebruikelijk dat je de helft bewaart tot je je papieren daadwerkelijk hebt ontvangen.'

Ik glimlachte vermoeid naar de zenuwachtige man. 'Maar ik vertrouw je, J. En ik zal je een bonus geven – nog een keer hetzelfde bedrag als ik de papieren 513 krijg.'

'Dat is echt niet nodig.'

'Maak je er maar geen zorgen over.' Ik had er zelf toch niets meer aan. 'Dan zien we elkaar hier volgende week, zelfde tijd?'

Hij keek me een beetje ongerust aan. 'Ik doe dat soort transacties eigenlijk liever op plaatsen die niet met mijn kantoren in verband worden gebracht.'

'Maar natuurlijk. Ik doe dit vast anders dan je verwacht.'

'Ik weet onderhand dat ik bij de familie Cullen maar beter geen verwachtingen kan hebben.' Hij trok een grimas en herstelde zich toen snel. 'Zullen we over precies een week om acht uur in The Pacifico afspreken? Dat is in Union Lake, en het eten is er werkelijk voortreffelijk.'

'Perfect.' Niet dat ik met hem zou dineren. Hij zou het waarschijnlijk niet waarderen als ik dat wél deed.

Ik stond op en schudde hem nogmaals de hand. Dit keer rilde hij niet. Maar hij leek wel ergens anders mee te zitten. Hij trok een zuinig mondje en zijn rug was gespannen.

'Is die deadline een probleem?' vroeg ik.

'Wat?' Hij keek op, mijn vraag overviel hem. 'De deadline? O, nee hoor. Geen zorgen. Die papieren zijn op tijd klaar, echt.'

Het zou fijn zijn geweest als Edward hier was, zodat ik zou weten waar J. zich zorgen over maakte. Ik zuchtte. Het was al moeilijk genoeg om dingen geheim te moeten houden voor Edward; het was bijna ondraaglijk om ook nog bij hem vandaan te zijn.

'Dan zie ik je volgende week.'

34. Stellingname

Ik hoorde de muziek al voor ik was uitgestapt. Edward had de piano niet meer aangeraakt sinds de avond dat Alice was vertrokken. Maar toen ik het portier dichtsloeg, ging het lied via een bruggetje over in mijn slaapliedje. Edwards manier om me welkom thuis te heten.

Voorzichtig tilde ik Renesmee uit de auto. Ze lag te slapen; we waren de hele dag weg geweest. Jacob was nog bij Charlie en had gezegd dat hij wel met Sue mee terug zou rijden. Ik vroeg me af of hij zijn hoofd momenteel vol met nutteloze feitjes probeerde te proppen om het beeld van mijn gezicht toen ik weer bij Charlie terugkwam uit zijn gedachten te verdringen.

Terwijl ik langzaam naar het huis van de Cullens liep, besefte ik dat ik vanochtend ook nog in de hoopvolle, vastberaden stemming was geweest die haast tastbaar rond het grote witte huis hing. Nu deed dat gevoel me helemaal niets meer.

Ik voelde weer de aandrang om te huilen toen ik Edward voor me hoorde spelen. Maar ik vermande mezelf. Ik wilde niet dat hij argwaan zou koesteren. Ik zou er alles aan doen om ervoor te zorgen dat Aro geen aanwijzingen zou vinden in zijn gedachten.

Edward keek op en glimlachte naar me toen ik binnenkwam, maar speelde gewoon door.

'Welkom thuis,' zei hij, alsof het een heel gewone dag was. Alsof er niet nog twaalf andere vampiers in de kamer zaten die zich met van alles en nog wat bezighielden, terwijl er ook nog een stuk of twaalf ergens in de buurt moesten rondhangen. 'Heb je het leuk gehad bij Charlie?'

'Ja. Sorry dat ik zolang weg geweest ben. Ik heb nog wat kerstinkopen gedaan voor Renesmee. Ik weet dat we het niet uitgebreid gaan vieren, maar...' Ik haalde mijn schouders op.

Edwards gezicht betrok. Hij hield op met spelen en draaide zich om op het bankje zodat zijn hele lichaam naar me toe gekeerd was. Hij legde een hand op mijn middel en trok me tegen zich aan. 'Ik had er eigenlijk nog helemaal niet over nagedacht. Als jij het wél uitgebreid wilt vieren...'

'Nee,' onderbrak ik hem. Inwendig kromp ik in elkaar bij de gedachte dat ik nog meer enthousiasme zou moeten veinzen dan strikt noodzakelijk was. 'Ik wilde het gewoon niet voorbij laten gaan zonder haar iets te geven.'

'Mag ik het zien?'

'Als je wilt. Het is maar een kleinigheidje.'

Renesmee was helemaal van de wereld en snurkte zachtjes tegen mijn hals. Ik benijdde haar. Het zou fijn zijn om even aan de werkelijkheid te kunnen ontsnappen, al was het maar een paar uur.

Voorzichtig trok ik mijn tas een beetje open en viste het kleine fluwelen sieradenzakje eruit, zonder Edward het geld te laten zien dat ik nog steeds bij me had.

'Het lag in de etalage van een antiekzaak en mijn oog viel erop toen ik erlangs reed.'

Ik schudde het kleine gouden medaillon op zijn handpalm. Het was rond, en in de buitenste rand was een dunne wijnrank gegraveerd. Edward maakte het kleine slotje los en klapte het open. Er was ruimte voor een kleine foto en aan de andere kant stond een Franstalige inscriptie.

'Weet je wat dat betekent?' vroeg hij, en zijn stem klonk anders, een beetje gesmoord.

'De man in de winkel zei dat er zoiets staat als "meer dan van mijn eigen leven". Klopt dat?'

'Ja, hij had gelijk.'

Hij keek op en staarde me met zijn topaaskleurige ogen doordringend aan. Ik beantwoordde zijn blik en deed toen net alsof ik werd afgeleid door de televisie.

'Ik hoop dat ze het mooi vindt,' mompelde ik.

'Dat weet ik wel zeker,' zei hij luchtig, achteloos, en ik wist zeker dat híj wist dat ik iets voor hem achterhield. Ik wist ook zeker dat hij geen idee had wat.

'Kom, dan brengen we haar naar huis,' stelde hij voor terwijl hij opstond en zijn arm om mijn schouders legde.

516   Ik aarzelde.

'Wat is er?' vroeg hij.

'Ik wilde eigenlijk nog even met Emmett oefenen...' Ik was de hele dag kwijt geweest aan mijn belangrijke boodschap, en nu had ik het gevoel dat ik achterliep.

Emmett zat met Rose op de bank en had uiteraard de afstandsbediening in zijn hand. Hij keek op en grijnsde verheugd. 'Te gek. Het bos moet nodig een beetje uitgedund.'

Edward keek fronsend van Emmett naar mij.

'Daar is morgen nog genoeg tijd voor,' zei hij.

'Doe niet zo belachelijk,' mopperde ik. 'Natuurlijk is er niet "nog genoeg tijd". Dat hele idee bestaat niet meer. Ik moet nog zoveel leren en...'

Hij snoerde me de mond. 'Morgen.'

En hij keek zo boos dat zelfs Emmett er niets tegen in durfde te brengen.

Het verbaasde me hoe moeilijk ik het vond om weer terug te keren naar mijn dagelijkse routine, die immers nog helemaal nieuw was. Maar nu zelfs het kleine sprankje hoop dat ik had gekoesterd was gedoofd, leek alles een onmogelijke opgave.

Ik probeerde me op de positieve punten te concentreren. Er was een grote kans dat mijn dochter het gevaar dat ons te wachten stond zou overleven, samen met Jacob. Als er voor hen een toekomst was weggelegd, dan was dat toch een soort overwinning? Als Jacob en Renesmee in staat zouden zijn om te vluchten, zou ons gezelschap blijkbaar niet zonder slag of stoot ten onder gaan. Ja, Alice' tactiek zou alleen werken als we eerst een flinke strijd zouden leveren. Dat was dus ook een soort overwinning, als je bedacht dat de Volturi al millennialang geen echte tegenstand meer hadden gehad.

Het was niet het einde van de wereld. Alleen het einde van de Cullens. Het einde van Edward, het einde van mij.

Dat laatste was maar beter ook. Ik zou niet meer zonder Edward kunnen leven; als hij deze wereld verliet, dan ging ik met hem mee.

Af en toe vroeg ik me vruchteloos af of er iets aan de andere kant zou zijn voor ons. Ik wist dat Edward daar niet in geloofde, maar Carlisle wel. Zelf kon ik me er niets bij voorstellen. Maar ik kon me ook niet voorstellen dat Edward niet op de een of andere manier ergens zou blijven voortbestaan. Als we ergens samen konden zijn, waar dan ook, dan was dat voor mij een goede afloop.

En zo gleden mijn dagen voorbij, een stuk zwaarder dan eerst.

Op eerste kerstdag gingen Edward, Renesmee, Jacob en ik bij Charlie op bezoek. Jacobs voltallige roedel was er, samen met Sam, Emily en Sue. Het was een grote steun dat ze er allemaal waren, in Charlies krappe kamer, met hun enorme, warme lijven in alle hoeken en gaten rondom zijn karig versierde boom ge-

517

propt (je kon precies zien waar hij was opgehouden toen hij geen zin meer had gehad) terwijl ze alle meubels in beslag namen. De weerwolven waren altijd enthousiast als er een gevecht aan zat te komen, of het nu gelijkstond aan zelfmoord of niet. Hun bruisende opwinding bepaalde de sfeer, zodat mijn lusteloosheid gelukkig nauwelijks opviel. Edward speelde zoals altijd veel beter toneel dan ik.

Renesmee droeg het medaillon dat ik haar bij zonsopgang had gegeven, en in haar jaszak zat de mp3-speler die ze van Edward had gekregen – een piepklein ding waar vijfduizend nummers op konden en dat nu al vol stond met Edwards favorieten. Om haar pols hing een kunstig gevlochten Quileuteversie van een belofte-ring. Edward had dat knarsetandend aangezien, maar ik vond het geen probleem. Binnenkort, veel te snel al, zou ik haar aan Jacobs hoede toevertrouwen. Waarom zou ik me ergeren aan een symbool van hun verbondenheid terwijl ik daar al mijn hoop op had gevestigd?

Edward had gelukkig op het nippertje nog een cadeau voor Charlie besteld. Het was gisteren bezorgd – spoedlevering binnen één werkdag – en Charlie was al de hele ochtend verdiept in de dikke gebruiksaanwijzing van zijn nieuwe vissonar.

Aan het geschrok van de weerwolven te zien had Sue een overheerlijke lunch klaargemaakt. Ik vroeg me af hoe ons gezelschap er voor een buitenstaander uit zou zien. Speelden we onze rollen goed genoeg? Zou een vreemde denken dat we een vrolijke groep vrienden waren die ontspannen en opgewekt samen kerstfeest vierden?

Volgens mij waren Edward en Jacob net zo opgelucht als ik toen het tijd was om op te stappen. Het voelde niet goed om onze energie te verspillen aan zo'n toneelstuk terwijl we nog zo veel belangrijker zaken te doen hadden. Ik kon me slecht concentreren. Tegelijkertijd was dit waarschijnlijk de laatste keer dat ik Charlie zou zien. Misschien was het maar goed dat ik te verdoofd was om dat echt te beseffen.

518 Ik had mijn moeder sinds de bruiloft niet meer gezien, maar ik merkte nu dat ik alleen maar blij was dat ons contact de afgelopen twee jaar langzaam een beetje verwaterd was. Ze was te kwetsbaar voor mijn wereld. Ik wilde niet dat ze hier iets mee te maken zou krijgen. Charlie was sterker.

Misschien was hij zelfs wel sterk genoeg om nu afscheid te kunnen nemen, maar ik niet.

Het was heel stil in de auto. De miezerregen buiten was bijna mist, ergens op het randje tussen water en ijs. Renesmee zat op mijn schoot met haar medaillon te spelen en klapte het telkens open en dicht. Ik keek naar haar en dacht aan de dingen die ik nu tegen Jacob zou zeggen als ik mijn woorden niet uit Edwards hoofd zou hoeven houden.

Als het ooit weer veilig is moet je haar meenemen naar Charlie. Ooit moet je hem alles vertellen. Zeg hoeveel ik van hem hield, dat ik hem niet in de steek kon laten, zelfs niet toen mijn mensenleven voorbij was. Zeg tegen hem dat hij de allerbeste vader van de hele wereld was. Zeg dat hij ook tegen Renée moet zeggen dat ik van haar hield en dat ik hoop dat ze gelukkig en gezond is...

Ik moest Jacob de papieren geven voor het te laat was. Ik zou hem ook een briefje voor Charlie meegeven. En een lange brief aan Renesmee. Iets wat ze kon lezen als ik niet meer tegen haar kon zeggen dat ik van haar hield.

Van buitenaf was er niets bijzonders te zien aan het huis van de Cullens toen we het gazon op reden, maar binnen had iets voor opschudding gezorgd. Ik hoorde allerlei zachte stemmen mopperen en grommen. Het klonk gespannen, alsof er ruzie werd gemaakt. Ik hoorde Carlisles stem en die van Amun vaker dan de andere.

Edward reed niet door naar de garage en parkeerde de auto voor het huis. We keken elkaar even ongerust aan voor we uitstapten.

Jacobs houding veranderde en zijn gezicht werd ernstig en oplettend. Nu was hij een echte alfa. Er was duidelijk iets gebeurd en hij ging uitzoeken wat, zodat hij en Sam daarop in konden spelen.

'Alistair is weg,' mompelde Edward terwijl we de veranda op renden.

Eenmaal binnen zagen we meteen wie er bij de confrontatie betrokken waren. De toeschouwers stonden in een kring langs de muren van de woonkamer: alle vampiers die naar ons toe waren gekomen, behalve Alistair en de drie ruziemakers. Esmé, Kebi en Tia stonden het dichtst bij de vampiers in het midden, waar Amun tegen Carlisle en Benjamin stond te sissen.

Edwards kaak verstrakte en hij ging vlug naast Esmé staan terwijl hij mij aan mijn hand meetrok. Ik drukte Renesmee stevig tegen mijn borst. 519

'Amun, niemand dwingt je om te blijven,' zei Carlisle kalm.

'Je steelt mijn halve clan, Carlisle!' riep Amun en hij wees naar Benjamin. 'Heb je me daarom hierheen laten komen? Om van me te stélen?'

Carlisle zuchtte en Benjamin sloeg geërgerd zijn ogen op.

'Ja, Carlisle heeft ruzie gezocht met de Volturi en zijn hele familie in gevaar gebracht om mij hier de dood in te kunnen jagen,' zei Benjamin sarcastisch. 'Wees nou eens redelijk, Amun. Ik wil me graag inzetten voor de goede zaak hier – ik wil helemaal niet naar een andere familie. Maar jij mag natuurlijk doen wat je wilt, zoals Carlisle ook al zei.'

'Dit gaat slecht aflopen,' gromde Amun. 'Alistair was de enige met nog een greintje gezond verstand. We zouden allemaal moeten vluchten.'

'Het is maar wat je gezond verstand noemt,' mompelde Tia zachtjes voor zich uit.

'We worden allemaal afgeslacht!'

'Het zal niet tot een gevecht komen,' zei Carlisle stellig.

'Dat zeg jij!'

'En als het wel op vechten uitdraait, kun je altijd nog overlopen, Amun. Ik weet zeker dat de Volturi je hulp zeer op prijs zullen stellen.'

'Misschien is dat inderdaad wel het beste,' sneerde Amun.

Carlisles antwoord was zacht en oprecht. 'Ik zou het je niet kwalijk nemen, Amun. We zijn al heel lang vrienden, maar ik zou je nooit vragen om voor mij te sterven.'

Ook Amuns stem was nu rustiger. 'Maar je sleept mijn Benjamin wel mee in je val.'

Carlisle legde zijn hand op Amuns schouder, maar Amun schudde hem eraf.

'Ik blijf, Carlisle, maar ik weet niet of dat uiteindelijk gunstig zal uitpakken voor je. Ik zal niet aarzelen om me bij de Volturi te voegen als dat nodig is om te overleven. Jullie zijn gek als je denkt dat je een kans maakt tegen hen.' Hij keek boos de kring rond, zuchtte, wierp een korte blik op Renesmee en mij en zei toen vermoeid: 'Ik zal getuigen dat het kind is gegroeid. Dat is niets dan de waarheid. Iedereen kan het zien.'

'Dat is het enige wat we ooit gevraagd hebben.'

Amun trok een grimas. 'Maar kennelijk niet het enige wat je zult krijgen.' Hij wendde zich tot Benjamin. 'Ik heb je het eeuwige leven gegeven. Je verspilt het.'

520

Benjamins gezicht stond killer dan ik tot nu toe had gezien; de uitdrukking vormde een vreemd contrast met zijn jongensachtige trekken. 'Jammer dat je mijn wil tijdens de transformatie niet door de jouwe hebt kunnen vervangen. Misschien was je dan wel tevreden over me geweest.'

Amun kneep zijn ogen tot spleetjes. Hij maakte een kort gebaar naar Kebi en ze liepen kwaad weg, de voordeur uit.

'Hij blijft wel,' zei Edward zacht tegen me, 'maar hij zal zich van nu af aan nog afzijdiger houden. Hij blufte niet toen hij zei dat hij zich misschien wel bij de Volturi zal voegen.'

'Waarom is Alistair weggegaan?' fluisterde ik.

'Dat weet niemand precies, hij heeft geen briefje achtergelaten. Uit zijn gemompel bleek duidelijk dat hij een gevecht onvermijdelijk acht. Je zou het misschien niet zeggen, maar ondanks zijn chagrijnige houding mag hij Carlisle veel te graag om naar de Volturi over te lopen. Ik denk dat hij het te gevaarlijk vond worden.' Edward haalde zijn schouders op.

Hoewel het duidelijk was dat we alleen met elkaar praatten, kon de hele kamer ons gesprek natuurlijk volgen. Eleazar gaf antwoord op Edwards opmerking alsof die aan iedereen gericht was geweest.

'Naar zijn gemopper te oordelen was er wel iets meer aan de hand. We hebben het nog niet echt over de beweegredenen van de Volturi gehad, maar Alistair was bang dat ze niet zullen luisteren, zelfs niet als we onomstotelijk kunnen bewijzen dat jullie onschuldig zijn. Hij denkt dat ze hoe dan ook een excuus zullen vinden om te doen waarvoor ze gekomen zijn.'

De vampiers wisselden ongemakkelijke blikken met elkaar. Het idee dat de Volturi hun eigen heilige wet zouden misbruiken om er zelf beter van te worden werd lang niet door iedereen geaccepteerd. Alleen de Roemenen keken met ironische glimlachjes rustig om zich heen. Ze leken het wel grappig te vinden dat de anderen hun aartsvijanden zo graag op een voetstuk wilden blijven plaatsen.

Er barstten allerlei zachte discussies los, maar ik luisterde vooral naar de Roemenen. Misschien omdat de blonde Vladimir telkens mijn kant op keek.

'Ik hoop toch zo dat Alistair gelijk had,' mompelde Stefan tegen Vladimir. 'Het maakt eigenlijk niet eens uit hoe het afloopt: iedereen zal ervan horen. Het wordt tijd dat de wereld de ware aard van de Volturi ziet. Ze zullen nooit verslagen worden als iedereen die onzin blijft geloven over dat ze onze manier van leven beschermen.'

'Toen wij aan de macht waren kwamen we tenminste eerlijk voor onze bedoelingen uit,' antwoordde Vladimir.

Stefan knikte. 'Wij hebben nooit een witte hoed opgezet en gezegd dat we heilig waren.'

'Volgens mij is de tijd rijp voor een gevecht,' zei Vladimir. 'Ik kan me niet voorstellen dat we ooit nog zo'n sterke groep bij elkaar zullen krijgen. Deze kans krijgen we nooit meer.'

'Alles kan. Misschien dat we op een dag...'

'We wachten al *vijftienhonderd jaar*, Stefan. En zij zijn in al die jaren alleen maar sterker geworden.' Vladimir zweeg even en keek weer naar mij. Hij leek niet verbaasd toen hij zag dat ik terugstaarde. 'Als de Volturi deze strijd winnen, gaan ze machtiger weg dan ze gekomen zijn. Met elke overwinning breiden ze hun leger uit. Alleen die nieuwelinge zou al goud waard zijn in hun wacht,' en hij gebaarde met zijn kin naar mij. 'En zij weet nog niet eens wat ze allemaal in haar mars heeft. En dan die jongen die de aarde kan laten bewegen.' Vladimir knikte naar Benjamin, die verstarde. Iedereen leek nu net als ik naar de Roemenen te luisteren. 'Met die heksentweeling van ze hebben ze de illusionist en de stroomvrouw niet nodig.' Zijn ogen gleden eerst naar Zafrina en toen naar Kate.

Stefan keek naar Edward. 'En die gedachtelezer is eigenlijk ook overbodig. Maar ik begrijp wat je bedoelt. Ze zullen inderdaad nog groter worden als ze winnen.'

'Veel te groot, vind je ook niet?'

Stefan zuchtte. 'Ik moet je helaas gelijk geven. En dat betekent...'

'Dat we het tegen hen op moeten nemen nu er nog hoop is.'

'We hoeven ze alleen maar te verzwakken, te ontmaskeren...'

'Dan maken anderen het karwei ooit wel af.'

'En dan zullen wij onze bloedwraak genomen hebben. Eindelijk.'

Ze keken elkaar even aan en mompelden toen in koor: 'Het lijkt de enige manier.'

'Dan gaan we dus vechten,' zei Stefan.

Hoewel ik kon zien dat ze in dubio stonden terwijl zelfbehoud en wraakzucht om voorrang streden, glimlachten ze elkaar uiteindelijk vol verwachting toe.

'We vechten,' beaamde Vladimir.

522 Dit leek me op zich geen slechte ontwikkeling: net als Alistair was ik ervan overtuigd dat een gevecht onvermijdelijk was en in dat geval konden we twee extra vampiers goed gebruiken. Maar toch deed de beslissing van de Roemenen me huiveren.

'Wij zullen ook vechten,' zei Tia, en haar toch al zo ernstige stem klonk nog plechtiger dan anders. 'Wij denken dat de Volturi hun boekje te buiten zullen gaan. We willen niet bij hen horen.' Haar ogen bleven hangen bij haar partner.

Benjamin grijnsde en wierp een kwajongensachtige blik op de Roemenen. 'Ik ben blijkbaar erg gewild. Ik geloof dat ik voor mijn vrijheid zal moeten strijden.'

'Dit zal niet de eerste keer zijn dat ik moet vechten om onder de heerschappij van een koning uit te komen,' zei Garrett spottend. Hij liep naar Benjamin toe en gaf hem een klap op zijn rug. 'Tegen onderdrukking en voor de vrijheid.'

'Wij staan achter Carlisle,' zei Tanya. 'En we vechten met hem mee.'

De anderen leken door de verklaring van de Roemenen het idee gekregen te hebben dat zij zich ook moesten uitspreken.

'Wij zijn er nog niet uit,' zei Peter. Hij keek omlaag naar zijn kleine metgezel. Charlotte had een ontevreden trek om haar mond; zo te zien had zij daar andere ideeën over. Ik vroeg me af wat ze had besloten.

'Ik ook niet,' zei Randall.

'En ik ook niet,' meldde Mary.

'De roedel zal met de Cullens meevechten,' zei Jacob plotseling. 'Wij zijn niet bang voor vampiers,' voegde hij er besmuikt aan toe.

'Kinderen,' bromde Peter.

'Kleuters,' verbeterde Randall.

Jacob grijnsde uitdagend.

'Nou, ik ben ook van de partij,' zei Maggie terwijl ze Siobhans dwingende hand van zich af schudde. 'Ik weet dat Carlisle de waarheid spreekt. Daar kan ik mijn ogen niet voor sluiten.'

Siobhan keek het jongste lid van haar clan bezorgd aan. 'Carlisle,' zei ze alsof ze alleen waren, zonder zich iets van de plotseling nogal plechtige sfeer en de onverwachte stortvloed aan verklaringen aan te trekken, 'ik wil niet dat dit op een gevecht uitdraait.'

'Ik ook niet, Siobhan. Jij weet ook wel dat ik er alles aan zal doen om het niet zover te laten komen.' Hij glimlachte flauwtjes. 'Misschien kun jij je best doen om de lieve vrede te bewaren.'

'Je weet dat dat niet zal helpen,' zei ze.

Ik dacht aan het gesprek tussen Rose en Carlisle over de Ierse vampierleidster. Carlisle dacht dat Siobhan over de subtiele maar krachtige gave beschikte om dingen naar haar hand te kunnen zetten, maar Siobhan zelf geloofde er niet in.

523

'Baat het niet dan schaadt het ook niet,' zei Carlisle.

Siobhan rolde met haar ogen. 'Zal ik me concentreren op de afloop die ik zou willen zien?' vroeg ze sarcastisch.

Carlisle grijnsde nu echt. 'Graag.'

'Dan hoeft mijn familie zich natuurlijk ook niet uit te spreken,' kaatste ze terug, 'aangezien er dan toch niet gevochten zal worden.' Ze legde haar hand weer op Maggies schouders en trok het meisje dichter naar zich toe. Siobhans partner Liam bleef zwijgend en uitdrukkingsloos naast haar staan.

Bijna niemand leek te begrijpen waar de grap van Carlisle en Siobhan over ging, maar ze legden het niet uit.

En daarmee was er een einde gekomen aan de beladen toespraken van die avond. De groep viel langzaam uiteen; sommigen gingen jagen, anderen verdreven de tijd met Carlisles boeken, de televisie of de computer.

Edward, Renesmee en ik gingen jagen. Jacob kwam met ons mee.

'Stomme bloedzuigers,' mompelde hij tegen zichzelf toen we buiten waren. 'Vinden zichzelf allemaal zo fantastisch.' Hij snoof.

'Wat zullen ze opkijken als de kléúters hun fantastische leventjes komen redden, hè?' zei Edward.

Jake glimlachte en gaf hem een mep tegen zijn schouder. 'Zo is dat.'

Dit was niet de laatste keer dat we op jacht gingen. We zouden allemaal nog een keer jagen tegen de tijd dat we de Volturi verwachtten. Omdat de datum niet vaststond, waren we van plan om een paar nachten op de grote honkbalweide door te brengen die Alice had gezien, gewoon voor het geval dat. We wisten alleen dat ze zouden komen op de dag dat de sneeuw bleef liggen. We wilden de Volturi uit de buurt van de stad houden, en Demetri zou hen naar ons toe brengen. Ik vroeg me af op wie hij zich zou richten, en ik nam aan dat het Edward was, aangezien hij mij niet zou kunnen vinden.

Tijdens het jagen dacht ik na over Demetri, en ik lette nauwelijks op mijn prooi en de dwarrelende sneeuwvlokjes die nu eindelijk vielen maar al smolten voor ze de harde aarde bereikten. Zou Demetri beseffen dat hij mij niet zag? Wat zou hij daaruit opmaken? En Aro? Of had Edward het mis? Ik kon immers niet alles afweren, er waren een paar kleine uitzonderingen, manieren om mijn schild te omzeilen. Alles buiten mijn geest was kwetsbaar, vatbaar voor de dingen die Jasper, Alice en Benjamin konden doen. Misschien werkte Demetri's gave ook net een beetje anders.

Opeens bedacht ik iets waardoor ik stokstijf bleef staan. Het half leeggezogen edelhert viel uit mijn handen op de steenachtige grond. Een paar centimeter boven zijn warme lichaam losten de sneeuwvlokken met zachte sisgeluidjes op. Ik staarde wezenloos naar mijn bloederige handen.

Edward zag wat er gebeurde, liet zijn eigen hert onaangeroerd liggen en rende naar me toe.

'Wat is er?' vroeg hij zacht, en zijn ogen gleden langs de bomen om ons heen, op zoek naar datgene wat mijn vreemde reactie had veroorzaakt.

'Renesmee,' stootte ik uit.

'Ze is daar verderop,' zei hij geruststellend. 'Ik hoor haar gedachten en die van Jacob ook. Niets aan de hand.'

'Dat bedoelde ik niet,' zei ik. 'Ik dacht aan mijn schild – jij denkt echt dat we er iets aan zullen hebben, dat het ons zal helpen. Ik weet dat de anderen hopen dat ik Zafrina en Benjamin zal kunnen afschermen, ook al kan ik het misschien maar een paar seconden per keer omhooghouden. Stel nou dat we ons vergissen? Stel dat we zullen verliezen doordat jullie helemaal op mij vertrouwen?'

Mijn stem werd langzaam hysterisch, hoewel ik me nog genoeg kon beheersen om zachtjes te blijven praten. Ik wilde Renesmee niet bang maken.

'Bella, hoe kom je hier nou ineens bij? Natuurlijk is het geweldig dat je jezelf kunt beschermen, maar je bent niet verantwoordelijk voor al onze levens. Je moet jezelf niet zo nodeloos kwellen.'

'Maar stel dat ik niemand kan beschermen?' fluisterde ik met horten en stoten. 'Die zogenaamde gave van mij is veel te grillig, hij werkt niet altijd! Er valt geen patroon in te ontdekken. Misschien helpt hij wel helemaal niet tegen Alec.'

'Sst,' suste hij. 'Rustig maar. En je hoeft je geen zorgen te maken over Alec. Hij doet precies hetzelfde als Jane en Zafrina. Het is een illusie – jouw hoofd is voor hem net zo ontoegankelijk als voor mij.'

'Maar voor Renesmee is het níét ontoegankelijk!' siste ik woest. 'Het leek zo natuurlijk, ik had er nog nooit bij stilgestaan. Het hoort gewoon bij wie ze is. Maar zij kan haar gedachten gewoon aan mij laten zien. Edward, er zitten gaten in mijn schild!'

525

Ik staarde hem vertwijfeld aan en wachtte tot hij mijn verschrikkelijke ontdekking zou beamen. Hij tuitte zijn lippen alsof hij probeerde te bedenken hoe hij zijn antwoord zou formuleren. Zijn uitdrukking was volkomen ontspannen.

'Jij hebt dat al heel lang geleden bedacht, hè?' vroeg ik verontwaardigd, en ik voelde me oerstom dat ik maandenlang zoiets opvallends over het hoofd had gezien.

Hij knikte, en zijn mondhoek trok een beetje omhoog. 'De eerste keer dat ze je aanraakte al.'

Ik zuchtte om mijn eigen domheid, maar zijn rust had me enigszins gekalmeerd. 'En jij zit daar verder niet mee? Maak jij je daar geen zorgen over?'

'Ik heb twee theorieën. De ene is iets aannemelijker dan de andere.'

'Ik wil eerst de minst aannemelijke horen.'

'Nou, het is natuurlijk je dochter,' merkte hij op. 'Genetisch gezien is ze voor de helft jou. Ik zei toch altijd voor de grap dat jouw gedachten op een andere frequentie zitten dan die van ons? Misschien zit zij wel op de jouwe.'

Daar geloofde ik niets van. 'Maar jij hoort haar gedachten prima. Iederéén hoort haar gedachten. En stel dat Alec ook op een andere frequentie zit? Stel dat...'

Hij legde zijn vinger op mijn lippen. 'Dat had ik ook al bedacht. En daarom is mijn tweede theorie volgens mij veel aannemelijker.'

Ik beet op mijn kiezen en wachtte af.

'Weet je nog wat Carlisle over haar zei tegen mij, vlak nadat ze jou die eerste herinnering had laten zien?'

Natuurlijk wist ik dat nog. 'Hij zei: "Het is een interessante omkering. Alsof ze precies het tegenovergestelde doet van wat jij doet."'

'Precies. Dus ik zat te denken – misschien heeft ze jouw talent ook, maar dan óók omgedraaid.'

Daar dacht ik even over na.

'Jij houdt iedereen buiten,' begon hij.

'En niemand houdt háár buiten?' vulde ik aarzelend aan.

'Dat denk ik,' zei hij. 'En als ze in jouw hoofd kan komen, dan is er volgens mij geen schild ter wereld dat haar buiten kan sluiten. Dat is mooi. Tot nu toe lijkt niemand nog aan de waarheid van haar gedachten te twijfelen als ze ze eenmaal heeft mogen laten zien. En volgens mij kan niemand die gedachten tegenhouden, als ze de ander maar kan aanraken. Als Aro haar toestemming geeft om het uit te leggen...'

Ik huiverde bij het idee dat Renesmee zo dicht bij Aro's begerige, melkachtige ogen zou komen.

'Tja,' zei hij terwijl hij over mijn gespannen schouders wreef. 'Er is in elk geval niets wat haar ervan kan weerhouden om hem de waarheid te laten zien.'

'Maar zal hij zich laten weerhouden door de waarheid?' mompelde ik.

En daar had Edward geen antwoord op.

35. Deadline

'Ga je weg?' vroeg Edward achteloos. Zijn kalme uitdrukking had iets geforceerds. Hij drukte Renesmee nog wat dichter tegen zich aan.

'Ja, een paar laatste dingetjes...' antwoordde ik net zo terloops.

Hij glimlachte mijn lievelingslach. 'Gauw terugkomen, hoor.'

'Altijd.'

Ik ging weer met zijn Volvo en vroeg me af of hij na mijn laatste rit op de kilometerteller had gekeken. Wat wist hij ondertussen al? Dat ik een geheim had, dat sowieso. Zou hij beredeneerd hebben waarom ik hem niet in vertrouwen nam? Vermoedde hij ook dat Aro binnenkort alles zou weten wat hij wist? Het zou me niets verbazen als Edward tot die conclusie was gekomen, wat verklaarde waarom hij niet om uitleg had gevraagd. Ik had het idee dat hij niet te veel probeerde te speculeren, niet probeerde na te denken over wat ik aan het doen was. Had hij door dat het iets te maken had met mijn vreemde gedrag die ochtend nadat Alice was vertrokken, toen ik mijn boek had verbrand? Ik wist niet of hij dat verband had kunnen leggen.

Het was een sombere, donkere middag. Ik scheurde door de schemering en keek naar het dichte wolkendek. Zou het vannacht gaan sneeuwen? Hard genoeg om de grond te bedekken en het tafereel uit Alice' visioen werkelijkheid te laten worden? Volgens Edwards schatting hadden we nog twee dagen. Dan zouden we ons op de open plek posteren om de Volturi naar de door ons uitgekozen plaats te leiden.

Terwijl ik door het duistere bos reed dacht ik na over mijn laatste bezoek aan Seattle. Ik meende nu te begrijpen waarom Alice me naar het bouwvallige gebouw had gestuurd waar J. Jenks zijn louchere klanten naartoe verwees. Als ik naar een van zijn andere, nettere kantoren was gegaan, had ik nooit geweten wat ik aan hem had moeten vragen. Als ik hem had ontmoet als Jason Jenks of Jason Scott, advocaat, was ik waarschijnlijk nooit achter het bestaan gekomen van J. Jenks, leverancier van valse papieren. Ik moest de route volgen die duidelijk maakte dat ik iets illegaals ging doen. Dat was mijn aanwijzing.

Het was pikdonker toen ik een paar minuten te vroeg de parkeerplaats van het restaurant op reed en de gretige bediendes bij de ingang negeerde die mijn auto voor me weg wilden zetten. Ik deed mijn lenzen in en ging naar binnen om in het restaurant op J. te wachten. Ik wilde deze deprimerende, noodzakelijke transactie het liefst zo snel mogelijk achter de rug hebben zodat ik terug naar mijn gezin kon, maar J. leek erg zijn best te doen om zijn reputatie niet te laten bezoedelen door zijn minder frisse praktijken en ik was bang dat hij beledigd zou zijn als ik zou voorstellen om dit even snel op een donkere parkeerplaats af te handelen.

Bij de entree noemde ik de naam Jenks, waarna ik door de slaafse gastheer een trap op werd geleid naar een kleine, aparte ruimte met een knapperend vuurtje in een stenen haard. Hij nam de ivoorkleurige, kuitlange trenchcoat aan die ik had aangetrokken om thuis te verhullen dat ik een in Alice' ogen ongetwijfeld gepaste outfit droeg, en hapte even naar adem bij het zien van mijn witsatijnen cocktailjurk. Ik voelde me onwillekeurig een beetje gevleid; ik was er nog steeds niet aan gewend dat Edward niet meer de enige was die me beeldschoon vond. De gastheer stamelde een paar haperende complimenten en liep wankelend de kamer uit.

Ik liep naar de open haard en hield mijn vingers dicht bij de vlammen om ze een beetje op te warmen voor de onvermijdelijke handdruk. Niet dat J. niet allang doorhad dat er iets vreemds aan de hand was met de Cullens, maar het was hoe dan ook goed om mezelf dit soort gewoonten aan te leren.

Heel even vroeg ik me af hoe het zou voelen als ik mijn hand in het vuur zou steken. Hoe het zou voelen als ik brandde...

De binnenkomst van J. onderbrak mijn morbide gedachten. De gastheer nam ook zijn jas aan, en het was duidelijk dat ik niet de enige was die zich flink had opgedoft voor deze afspraak.

'Sorry dat ik te laat ben,' zei J. zodra we alleen waren.

'Nee hoor, je bent precies op tijd.'

Hij stak zijn hand uit, en toen ik hem schudde voelde ik dat zijn vingers nog steeds merkbaar warmer waren dan de mijne. Het leek hem niet te deren.

'U ziet er adembenemend uit, als ik zo vrij mag zijn, mevrouw Cullen.'

'Dank je, J. Zeg toch alsjeblieft gewoon Bella.'

'Ik moet zeggen dat het heel anders is om met jou zaken te doen dan met meneer Jasper. Lang niet zo... enerverend.' Hij glimlachte weifelachtig.

'Echt? Ik vind Jasper juist altijd zo'n rustige uitstraling hebben.'

Zijn wenkbrauwen trokken samen. 'Werkelijk?' mompelde hij beleefd, en het was duidelijk dat hij daar anders over dacht. Wat vreemd. Wat had Jasper met deze man gedaan?

'Ken je Jasper al lang?'

Hij zuchtte en keek ongemakkelijk. 'Ik werk al meer dan twintig jaar met meneer Jasper, en mijn vroegere compagnon kende hem daarvoor ook al vijftien jaar... Hij verandert nooit.' J. huiverde licht.

'Ja, Jasper is nogal bijzonder in dat opzicht.'

J. schudde zijn hoofd, alsof hij zijn verontrustende gedachten van zich af wilde zetten. 'Ga toch zitten, Bella.'

'Nou, ik heb eigenlijk een beetje haast. Ik heb nog een lange terugrit voor de boeg.' Ondertussen haalde ik de dikke witte envelop met zijn bonus uit mijn tas en gaf die aan hem.

'O,' zei hij, en zijn stem stokte even van teleurstelling. Hij stopte de envelop in een van de binnenzakken van zijn colbert zonder de moeite te nemen het bedrag te controleren. 'Ik had eigenlijk gehoopt dat we nog even konden praten.'

'Waarover?' vroeg ik nieuwsgierig.

'Ik zal je eerst je bestelling geven. Ik wil zeker weten dat je tevreden bent.'

Hij draaide zich om, legde zijn koffertje op tafel, schoof de sloten open en haalde er een grote envelop van stevig geel papier uit.

Hoewel ik geen idee had waar ik op zou moeten letten, maakte ik de envelop open en wierp een vluchtige blik op de inhoud. J. had Jacobs foto gespiegeld en de kleuren veranderd zodat het niet meteen opviel dat zijn paspoort en rijbewijs dezelfde foto hadden. Ik vond ze er allebei heel echt uitzien, maar dat zei niet zoveel. Ik keek ook een fractie van een seconde naar de foto in het paspoort van Vanessa Wolfe en sloeg toen met een brok in mijn keel snel mijn ogen neer.

'Bedankt,' zei ik tegen hem.

530   Hij kneep zijn ogen een beetje samen en ik merkte dat hij teleurgesteld was dat ik de papieren niet grondiger had bestudeerd. 'Ik kan je verzekeren dat elk document perfect is. Zelfs een deskundige die ze uitgebreid onderzoekt zal niets kunnen vinden.'

'Dat geloof ik graag. Ik wil je ontzettend bedanken voor al het werk dat je voor me hebt verricht, J.'

'Graag gedaan, Bella. Aarzel niet om me in de toekomst nog eens te benaderen als de familie Cullen iets nodig heeft.' Hij zei het niet met zo veel woorden, maar het klonk alsof hij me uitnodigde om Jaspers rol als contactpersoon over te nemen.

'Maar je wilde nog iets bespreken?'

'Eh, ja. Het ligt een beetje gevoelig...' Hij gebaarde met een vragend gezicht naar de stenen haard. Ik nam plaats op de rand en hij kwam naast me zitten. Het zweet stond alweer op zijn voorhoofd, dus hij haalde een blauwe zijden zakdoek tevoorschijn en begon te deppen.

'Ben jij de zus van de vrouw van meneer Jasper? Of getrouwd met zijn broer?'

'Getrouwd met zijn broer,' verklaarde ik terwijl ik me afvroeg waar hij naartoe wilde.

'Dan ben jij dus de echtgenote van meneer Edward?'

'Inderdaad.'

Hij glimlachte verontschuldigend. 'Ik heb alle namen al heel vaak voorbij zien komen, vandaar. Alsnog van harte gefeliciteerd. Fijn dat meneer Edward na al die tijd zo'n prachtige vrouw gevonden heeft.'

'Dank je wel.'

Hij zweeg even en bette zijn voorhoofd. 'Je kunt je misschien wel voorstellen dat ik door de jaren heen bijzonder veel respect heb gekregen voor meneer Jasper en de rest van de familie.'

Ik knikte behoedzaam.

Hij haalde diep adem en blies de lucht toen zonder iets te zeggen weer uit.

'J., zeg nou gewoon wat je wilt zeggen.'

Hij haalde weer adem en mompelde toen heel snel, bijna onverstaanbaar: 'Ik zou gewoon heel wat beter slapen vannacht als ik zeker wist dat je niet van plan bent dat meisje te ontvoeren en bij haar vader weg te halen.'

'O,' zei ik verbluft. Het duurde even voor ik begreep hoe hij tot deze onjuiste conclusie was gekomen. 'O nee. Zo zit het helemaal niet.' Ik glimlachte zwakjes in een poging hem gerust te stellen. 'Ik stel alleen haar toekomst veilig voor het geval er iets met mij en mijn man gebeurt.' 531

Zijn ogen vernauwden zich. 'Verwacht je dan dat er iets met jullie zal gebeuren?' Hij werd rood en verontschuldigde zich. 'Niet dat mij dat iets aangaat.'

Ik keek hoe de rode blos zich verspreidde achter zijn dunne laagje huid en was blij – zoals zo vaak – dat ik anders was dan de gemiddelde jonge vampier.

J. leek me een aardige vent, zijn criminele activiteiten daargelaten, en het zou zonde zijn om hem te vermoorden.

'Je weet het maar nooit,' zuchtte ik.

Hij fronste zijn wenkbrauwen. 'Dan wil ik je graag alle geluk van de wereld wensen. En ik hoop dat je het niet vervelend vindt dat ik dit vraag, Bella, maar... stel dat meneer Jasper langskomt en vraagt welke namen ik op die documenten heb gezet?'

'Dan moet je hem dat uiteraard meteen vertellen. Ik zou het alleen maar fijn vinden als meneer Jasper van de hele transactie op de hoogte was.'

Hij leek iets te ontspannen door mijn oprechte openheid.

'Uitstekend,' zei hij. 'En ik kan je niet overhalen om te blijven eten?'

'Het spijt me, J. Ik zit erg krap in de tijd momenteel.'

'Dan wens ik je nogmaals het allerbeste, Bella. En schroom niet om me te bellen als de familie Cullen iets nodig heeft, wat dan ook.'

'Bedankt, J.'

Ik pakte mijn valse papieren en liep de kamer uit. Toen ik achterom keek zag ik dat J. me met een mengeling van bezorgdheid en spijt op zijn gezicht nastaarde.

De terugreis verliep vlotter dan de heenreis. De nacht was aardedonker, dus ik zette de koplampen uit en gaf plankgas. Toen ik terugkwam waren de meeste auto's, ook Alice' Porsche en mijn Ferrari, verdwenen. De niet-vegetarische vampiers probeerden hun dorst zo ver mogelijk uit de buurt te lessen. Ik probeerde niet aan hun nachtelijke jachtpartijen te denken en kromp in elkaar toen ik hun slachtoffers voor me zag.

In de woonkamer trof ik alleen Kate en Garrett aan, die een plagerige discussie voerden over de voedingswaarde van dierenbloed. Ik meende eruit op te kunnen maken dat Garrett een vegetarische jachtpoging had ondernomen en dat hem dat niet erg goed was bevallen.

Edward was Renesmee waarschijnlijk naar bed aan het brengen. Jacob was 532 ongetwijfeld ergens in het bos rond ons huisje. De rest van de familie was zeker ook aan het jagen. Misschien waren ze samen met de andere Denali's op pad.

Dat betekende dat ik het huis praktisch voor mezelf had, en daar maakte ik snel gebruik van.

Ik kon ruiken dat er heel lang niemand meer in de kamer van Alice en Jasper was geweest; misschien was ik wel de eerste sinds ze vertrokken waren. Ik rommelde geruisloos door hun enorme kast tot ik een goede tas had gevonden. Hij was vast van Alice geweest: een leren rugzakje, meer een soort handtasje, zo klein dat zelfs Renesmee hem zou kunnen dragen zonder dat het er raar uit zou zien. Toen plunderde ik hun geldvoorraad en pakte ongeveer twee keer het jaarinkomen van een gemiddeld Amerikaans gezin. Ik ging ervan uit dat het minder zou opvallen als ik hier geld stal dan ergens anders in huis, omdat iedereen zo verdrietig werd van deze kamer dat niemand er kwam. De envelop met de valse paspoorten en persoonsbewijzen ging ook in de tas, boven op het geld. Toen ging ik op de rand van hun bed zitten en keek naar het erbarmelijk nietige rugzakje, het enige wat ik mijn dochter en mijn beste vriend kon meegeven in een poging hun leven te redden. Met een machteloos gevoel zakte ik tegen het voeteneind in elkaar.

Maar wat kon ik anders?

Ik bleef een paar minuten met gebogen hoofd zitten, tot ik plotseling een ingeving kreeg.

Stel...

Stel dat ik ervan uitging dat Jacob en Renesmee zouden ontsnappen, dan betekende dat ook dat ik ervan uitging dat Demetri zou sterven. Dat gaf alle overlevenden weer wat ruimte, ook Alice en Jasper.

Dus dan zouden Alice en Jasper Jacob en Renesmee toch kunnen helpen? Als ze elkaar zouden terugvinden, zou Renesmee de best mogelijke bescherming hebben. En ik zag geen reden waarom dat niet zou kunnen gebeuren, behalve dan misschien het feit dat Alice Jake en Renesmee allebei niet kon zien. Hoe zou ze weten waar ze moest zoeken?

Ik dacht even na, stond op en liep naar de suite van Carlisle en Esmé aan de andere kant van de gang. Zoals gewoonlijk lag Esmés bureau vol met plattegronden en blauwdrukken, allemaal keurig geordend in hoge stapels. Boven het bureaublad hing een kast met allemaal postvakjes, en in een daarvan lag een doos briefpapier. Ik pakte een leeg vel en een pen.

Vervolgens staarde ik minstens vijf minuten naar het onbeschreven, ivoorkleurige blad en concentreerde me op mijn besluit. Alice kon Jacob en Renesmee niet zien, maar mij wel. In gedachten stelde ik me voor dat ze dit moment zag, en ik hoopte vurig dat ze niet te druk met iets anders bezig was om het te merken. 533

Heel langzaam en weloverwogen schreef ik met grote blokletters de woorden RIO DE JANEIRO op het blad.

Rio leek me de beste plek om hen heen te sturen: het was hier ver vandaan, Alice en Jasper zaten volgens de laatste berichten al in Zuid-Amerika, en bovendien waren onze eerdere problemen niet opeens opgelost omdat we ons nu met dringender zaken moesten bezighouden. We wisten nog steeds niet hoe Renesmees toekomst eruitzag, moesten nog steeds vrezen voor haar voortrazende verouderingsproces. We waren toch al van plan geweest om naar het zuiden te gaan. Nu zou het Jacobs en hopelijk ook Alice' taak worden om de legendes te onderzoeken.

Ik boog mijn hoofd weer om de plotselinge aandrang om in snikken uit te barsten te onderdrukken en klemde mijn kiezen op elkaar. Het was beter dat Renesmee zonder mij verderging. Maar ik miste haar nu al zo erg dat ik het nauwelijks volhield.

Ik haalde diep adem en legde het vel onder in de rugzak, waar Jacob het snel genoeg zou vinden.

Ik duimde dat Jacob – aangezien het me niet waarschijnlijk leek dat er op zijn middelbare school Portugees gegeven werd – toch in elk geval Spaans als keuzevak had genomen.

Daarna konden we alleen nog maar wachten.

Edward en Carlisle bleven twee dagen op de open plek waar Alice de Volturi had zien aankomen. Het was hetzelfde slachtveld waar Victoria's nieuwelingen afgelopen zomer de aanval hadden ingezet. Ik vroeg me af of het voor Carlisle als een déjà vu voelde, omdat hij dit al eens eerder had meegemaakt. Voor mij was het helemaal nieuw. Dit keer zouden Edward en ik meevechten met onze familie.

We gingen ervan uit dat de Volturi zich op Edward of Carlisle zouden richten om ons te vinden. Ik vroeg me af of het ze verbaasde dat hun slachtoffers niet op de vlucht sloegen. Zouden ze daardoor op hun hoede zijn? Ik kon me niet indenken dat de Volturi ooit het gevoel hadden dat ze voorzichtig moesten zijn.

534 Hoewel Demetri mij – hopelijk – niet kon zien, bleef ik bij Edward. Uiteraard. We hadden nog maar een paar uur om samen te zijn.

Edward en ik hadden niet met een laatste grote scène afscheid van elkaar genomen en ik was ook niet van plan dat nog te doen. Als we het hardop zouden uitspreken zou het definitief worden. Het zou net zoiets zijn als wanneer je EINDE op de laatste pagina van een manuscript typte. Daarom zeiden we er niets over, maar we bleven heel dicht bij elkaar en lieten elkaar geen moment los. Hoe het ook afliep, we zouden samen zijn.

Een paar meter verderop, in de beschutting van het bos, hadden we een tent opgezet voor Renesmee, en toen kreeg ík een déjà vu omdat we nu alweer met Jacob in de kou kampeerden. Het was haast niet te bevatten dat alles zo veranderd was sinds afgelopen juni. Zeven maanden geleden had onze driehoeksverhouding nog onmogelijk geleken, drie verschillende soorten hartzeer die niet voorkomen konden worden. Nu was alles volmaakt in evenwicht. Hoe afschuwelijk ironisch dat de puzzelstukjes juist nu op hun plek waren gevallen, vlak voor ze allemaal vernietigd zouden worden.

De avond voor oudejaarsdag begon het weer te sneeuwen, en dit keer losten de vlokjes niet op in de harde grond van de open plek. Terwijl Renesmee en Jacob sliepen – Jacob snurkte zo hard dat ik niet snapte dat Renesmee er niet wakker van werd – legde de sneeuw een dun laagje glazuur over de aarde dat vervolgens steeds dikker werd. Toen de zon opkwam zag de omgeving er precies zo uit als in Alice' visioen. Edward en ik keken hand in hand uit over het glinsterend witte veld en zeiden niets.

In de loop van de vroege ochtend kwamen ook de anderen aan, en we zagen het stilzwijgende bewijs van hun voorbereidingen aan hun ogen: sommige waren lichtgoud, andere felrood. Vlak nadat iedereen was gearriveerd hoorden we de wolven door het bos lopen. Jacob kwam de tent uit om zich bij hen te voegen; Renesmee lag nog te slapen.

Edward en Carlisle zetten de anderen in een ruime opstelling, met onze getuigen langs de zijkant.

Ik keek van een afstandje toe en wachtte bij de tent tot Renesmee wakker zou worden. Vervolgens hielp ik haar bij het aantrekken van de kleren die ik twee dagen daarvoor heel zorgvuldig had uitgezocht. Meisjesachtige kleren vol tierelantijntjes die echter niet snel zouden verslijten – zelfs niet als ze gedragen zouden worden door iemand die op de rug van een gigantische weerwolf meerdere staten doorkruiste. Toen ze haar jas aanhad deed ik haar het zwarte leren rugzakje om, met daarin de papieren, het geld, de aanwijzing en mijn afscheidsbrieven aan haar, Jacob, Charlie en Renée. Ze was sterk genoeg om het zonder problemen te kunnen dragen.

Met grote ogen keek ze naar mijn van pijn vertrokken gezicht. Maar ze had zo haar vermoedens en vroeg niet waar ik mee bezig was.

535

'Ik hou van je,' zei ik tegen haar. 'Meer dan van wie dan ook.'

'Ik hou ook van jou, mama,' antwoordde ze. Ze voelde even aan het medaillon om haar nek waar nu een heel klein fotootje van haar, Edward en mij in zat. 'We blijven altijd samen.'

'In ons hart blijven we altijd samen,' verbeterde ik haar op een heel zachte fluistertoon. 'Maar als het vandaag zover is, moet je zonder mij vertrekken.'

Haar ogen werden nog groter en ze legde haar hand op mijn wang. Het zwijgende *nee* klonk harder dan als ze het had uitgeschreeuwd.

Ik deed mijn best om te slikken, mijn keel zat dicht. 'Beloof je dat je het zult doen? Voor mij? Alsjeblieft?'

Ze duwde haar vingers harder tegen mijn gezicht. *Waarom?*

'Dat kan ik niet zeggen,' fluisterde ik. 'Maar over een tijdje zul je het begrijpen. Ik beloof het.'

Ik zag Jacobs gezicht voor me.

Ik knikte en haalde haar vingers van mijn wang. 'Niet aan denken,' fluisterde ik in haar oor. 'Niets tegen Jacob zeggen tot ik zeg dat je moet gaan, goed?'

Dat begreep ze en zij knikte ook.

Ik haalde nog één laatste detail uit mijn zak.

Toen ik Renesmees spullen aan het inpakken was, was mijn aandacht getrokken door een onverwachte schittering. Een zonnestraal was toevallig precies door het dakraam op de edelstenen van het antieke, kostbare kistje gevallen dat ergens hoog in een vergeten hoekje op een plank stond. Ik had er even over nagedacht en toen mijn schouders opgehaald. Na alle aanwijzingen van Alice had ik geen hoop meer dat de komende confrontatie vreedzaam zou worden opgelost. Maar waarom zou ik niet mijn best doen om in elk geval op zo goed mogelijke voet te beginnen? Dat kon toch geen kwaad? Blijkbaar had ik ergens toch nog wat hoop gehad – blinde, onzinnige hoop –, want ik was naar de plank geklauterd en had Aro's huwelijksgeschenk bij me gestoken.

Nu maakte ik het dikke gouden snoer vast rond mijn nek en voelde het gewicht van de enorme diamant in het kuiltje onder mijn keel.

'Mooi,' fluisterde Renesmee. Toen klemde ze haar armen als een bankschroef om mijn hals. Ik drukte haar tegen mijn borst en droeg haar in deze omhelzing de tent uit om haar naar de open plek te brengen.

Edward trok even een wenkbrauw op toen ik er aankwam, maar zei verder niets over onze opvallende accessoires. Hij legde alleen zijn armen even heel stevig om ons heen en liet ons vervolgens met een diepe zucht weer los. Ik zag geen afscheid in zijn ogen. Misschien had hij toch meer hoop op een leven na de dood dan hij had laten doorschemeren.

We gingen op onze plek staan en Renesmee klom behendig naar mijn rug zodat ik mijn handen vrij had. Ik stond een paar meter achter de frontlinie, die werd gevormd door Carlisle, Edward, Emmett, Rosalie, Tanya, Kate en Eleazar. Benjamin en Zafrina stonden vlak bij mij, en het was mijn taak om hen zo lang mogelijk te beschermen. Zij waren onze beste aanvalswapens. Als de Volturi niets konden zien, ook al was het maar voor even, zou dat de hele situatie veranderen.

Zafrina zag er fel en onbuigzaam uit, met Senna haast als haar spiegelbeeld aan haar zijde. Benjamin zat op de grond met zijn handpalmen tegen de aarde gedrukt en mompelde iets over breuklijnen. De vorige avond had hij aan de achterkant van het veld overal grote, natuurlijk uitziende stapels rotsblokken neergelegd, die nu bedekt waren met een laag sneeuw. Ze zouden een vampier niet kunnen verwonden, maar hopelijk wel kunnen afleiden.

De getuigen hadden zich links en rechts van ons gegroepeerd, sommige iets verder weg dan andere; de vampiers die openlijk hun steun hadden uitgesproken stonden het dichtstbij. Ik zag dat Siobhan met gesloten ogen geconcentreerd over haar slapen wreef – deed ze wat Carlisle had gevraagd? Probeerde ze een diplomatieke oplossing te bewerkstelligen?

In het bos achter ons stonden de wolven roerloos klaar, we hoorden alleen hun zware gehijg en kloppende harten.

De bewolking nam toe en verstrooide het licht zodat het net zo goed middag als ochtend had kunnen zijn. Edward tuurde met toegeknepen ogen om zich heen en ik wist zeker dat hij dit tafereel voor de tweede keer zag – de eerste keer was in Alice' visioen geweest. Zo zou het eruitzien als de Volturi kwamen. We hadden nog maar een paar minuten, misschien slechts seconden.

Al onze familieleden en bondgenoten zetten zich schrap.

De grote, roodbruine alfawolf kwam het bos uit en ging naast me staan; het was kennelijk te moeilijk voor hem om bij Renesmee vandaan te zijn nu er zulk groot gevaar dreigde.

Renesmee stak haar hand uit om haar vingers door de vacht van zijn brede schouder te vlechten en ontspande iets. Ze was rustiger met Jacob in de buurt. Ik voelde me ook een heel klein beetje beter. Zolang Jacob bij Renesmee was kwam het allemaal goed.

537

Zonder een blik achterom te wagen stak Edward zijn hand naar achteren. Ik strekte mijn arm zodat ik hem kon pakken. Hij kneep in mijn vingers.

Er ging nog een minuut voorbij en ik merkte dat ik met gespitste oren luisterde of ik al iemand aan hoorde komen.

En toen verstarde Edward terwijl er een zacht gesis over zijn lippen kwam. Zijn ogen richtten zich op het bos aan de noordkant van het veld.

We staarden naar dezelfde plek en wachtten terwijl de laatste seconden voorbij tikten.

36. Bloeddorst

Hun aankomst was vol vertoon, bijna mooi.

Ze bewogen zich in een stijve, formele opstelling. Ze liepen in de pas, maar ze marcheerden niet; ze gleden perfect synchroon tussen de bomen door – een donkere, ononderbroken vorm die een paar centimeter boven de witte sneeuw leek te zweven, zo soepel kwamen ze op ons af.

De buitenrand was grijs en de kleur werd met elke rij lichamen donkerder tot aan de inktzwarte kern van de formatie. Elk gezicht was door een kap in schaduwen gehuld. Het zachte geschuifel van hun voeten was zo regelmatig dat het haast muziek leek, een ingewikkeld ritme dat geen moment haperde.

Op een teken dat ik niet kon zien – of misschien was het geen teken maar slechts duizenden jaren oefening – spreidde de groep zich uit. De verandering was te strak en te stram om op een opengaande bloem te lijken, hoewel de kleur daar wel aan deed denken. Het was eerder een waaier die werd opengeklapt: gracieus maar hoekig. De in het grijs gehulde figuren stroomden naar de flanken terwijl de zwartere gestalten met tot in de puntjes beheerste bewegingen naar voren kwamen.

Ze naderden langzaam maar doelbewust, zonder haast, zonder spanning, zonder angst. De tred van de onoverwinnelijken.

Het was bijna letterlijk mijn oude nachtmerrie. Het enige wat ontbrak was het wellustige verlangen dat ik in mijn droom in hun ogen had gezien, hun grijnzen vol wraakzuchtig plezier. Tot nu toe waren de Volturi veel te goed getraind om enige emotie te tonen. Ze leken ook niet verbaasd of bang bij het zien van de verzameling vampiers die op hen stond te wachten – een verzameling die er in vergelijking opeens heel wanordelijk en geïmproviseerd uitzag. Ze keken zelfs niet verbaasd naar de gigantische wolf die tussen ons in stond.

Ik kon het niet laten om hen te tellen. Het waren er tweeëndertig. Zelfs als je de twee schuifelende, in het zwart gehulde figuren die helemaal achteraan kwamen niet meerekende – de vrouwen, nam ik aan, wier beschermde positie buiten de groep suggereerde dat ze niet aan de aanval zouden deelnemen –, waren we nog steeds in de minderheid. Wij hadden maar negentien mensen die zouden vechten, en dan nog zeven om toe te kijken hoe we vermorzeld werden. Zelfs met de tien wolven erbij waren zij nog sterker.

'Daar komen de roodrokken, daar komen de roodrokken,' mompelde Garrett raadselachtig tegen zichzelf, en hij grinnikte kort. Hij ging een stap dichter bij Kate staan.

'Ze zijn er echt,' fluisterde Vladimir tegen Stefan.

'De vrouwen,' siste Stefan terug. 'De voltallige wacht. Allemaal. Het is maar goed dat we nooit geprobeerd hebben Volterra aan te vallen.'

En toen, alsof het er nog niet genoeg waren, kwamen er achter de langzaam, majesteitelijk voortschrijdende Volturi nog meer vampiers de open plek op.

De gezichten van deze schijnbaar eindeloze stroom vampiers vormden een lijnrecht contrast met de uitdrukkingsloze discipline van de Volturi – er was een heel scala aan emoties op te zien. Eerst kwam de schrik en soms zelfs de angst toen ze de onverwachte groep zagen die hen stond op te wachten. Maar die bezorgdheid verdween snel: ze voelden zich veilig door hun overweldigende aantal, door hun beschermde positie achter het onstuitbare Volturileger. Toen de verrassing wegebde keerde hun eerdere uitdrukking weer terug.

Het was niet moeilijk te raden wat ze dachten, zo uitgesproken was hun blik. Dit was een woedende, opgehitste menigte die met het schuim op de mond gerechtigheid eiste. Pas toen ik deze gezichten zag, besefte ik ten volle welke impact de onsterfelijke kinderen op de vampierwereld hadden gehad.

Het was duidelijk dat de Volturi met deze ongeregelde, ongeorganiseerde bende – meer dan veertig vampiers bij elkaar – hun eigen getuigen hadden opgeroepen. Als wij dood waren, zouden zij overal rondvertellen dat er korte metten was gemaakt met de misdadigers, dat de Volturi volstrekt onpartijdig hadden gehandeld. De meesten zagen eruit alsof ze hoopten dat ze meer mochten doen dan alleen getuigen – ze wilden meehelpen ons te verscheuren, te verbranden.

540 den.

We hadden geen schijn van kans. Zelfs als we de sterkste vampiers van de Volturi op de een of andere manier konden uitschakelen, dan was de groep nog te groot om van te kunnen winnen. Zelfs als we Demetri konden doden, dan zou Jacob hun nooit te snel af zijn.

Ik voelde hoe iedereen om me heen tot dezelfde conclusie kwam. De lucht was doordrongen van wanhoop en drukte nog zwaarder op me neer dan eerst.

Eén vampier in de groep tegenover ons leek bij geen van beide partijen te horen. Ik herkende Irina terwijl ze aarzelend tussen de twee kampen in bleef staan, met een uitdrukking die anders was dan die van alle anderen. Doodsbang staarde ze naar Tanya op de voorste rij. Edward gromde zacht maar indringend.

'Alistair had gelijk,' mompelde hij tegen Carlisle.

Ik zag hoe Carlisle Edward een vragende blik toewierp.

'Had Alistair gelijk?' fluisterde Tanya.

'Ze – Caius en Aro – zijn gekomen om te doden en te rekruteren,' fluisterde Edward bijna geluidloos terug, zodat alleen wij het konden horen. 'Ze zijn overal op voorbereid en hebben een hele reeks strategieën uitgedacht. Als Irina's beschuldiging vals zou blijken, hadden ze hoe dan ook een andere reden gezocht om ons te straffen. Maar nu ze Renesmee zien, hebben ze het volste vertrouwen in hun oorspronkelijke plan. We kunnen alsnog proberen om ons tegen hun andere, vergezochte aanklachten te verdedigen, maar dan moeten ze eerst bereid zijn om de waarheid over Renesmee aan te horen.' En toen zei hij nog zachter: 'En dat zijn ze geenszins van plan.'

Jacob maakte een vreemd, hijgend geluidje.

En toen kwam de stoet twee seconden later geheel onverwacht tóch tot stilstand. De zachte muziek van hun volmaakt synchrone bewegingen verstomde, maar ook dit ging perfect beheerst: de Volturi bleven allemaal tegelijk stokstijf staan. Ze waren ons tot op ongeveer honderd meter genaderd.

Naast me, aan de zijkanten, hoorde ik grote harten kloppen, dichterbij dan eerst. Ik gluurde vanuit mijn ooghoeken naar links en rechts om te zien wat de Volturi tot staan had gebracht.

De wolven hadden zich bij ons gevoegd.

Ze hadden zich aan beide kanten van onze ongelijke formatie in een lange, dichte rij opgesteld. In een fractie van een seconde merkte ik op dat er meer dan tien wolven waren, wolven die ik kende en wolven die ik nog nooit had gezien. Het waren er zestien, zeventien in totaal met Jacob erbij, die op gelijke afstand 541 van elkaar om ons heen stonden. Aan hun afmetingen en veel te grote poten was duidelijk te zien dat de nieuwkomers nog maar piepjong waren. Ik had het ook eigenlijk wel kunnen verwachten: met al die vampiers die in de buurt bivakkeerden was een explosieve bevolkingsgroei onder de weerwolven onvermijdelijk.

Nog meer kinderen die zouden sterven. Ik vroeg me af waarom Sam hiermee ingestemd had, en toen besefte ik dat hij geen andere keuze had gehad. Als een van de wolven zich aan onze kant schaarde, zouden de Volturi de andere ongetwijfeld ook opsporen. Ze hadden hun hele soort op het spel gezet met hun stellingname.

En we zouden verliezen.

Plotseling werd ik woedend. Meer dan woedend – ik voelde een bloeddorstige razernij. Mijn machteloze wanhoop was geheel verdwenen. De donkere gestalten voor me werden verlicht door een vage rode gloed, en op dat moment wilde ik niets liever dan mijn tanden in hun lichamen zetten, hun ledematen van hun romp scheuren, op een hoop gooien en in de hens steken. Ik was zo des duivels dat ik rond de brandstapel had kunnen dansen terwijl ze levend geroosterd werden, ik zou gelachen hebben boven hun nasmeulende as. Zonder erbij na te denken ontblootte ik mijn tanden en vanuit mijn binnenste kwam een diepe, felle grom omhoog die mijn keel verscheurde. Ik besefte dat mijn mondhoeken zich tot een glimlach hadden gekruld.

Naast me lieten Zafrina en Senna eenzelfde onderdrukt gegrauw horen. Edward, die nog steeds mijn hand vasthield, gaf me een waarschuwend kneepje.

De schimmige gezichten van de Volturi stonden nog steeds grotendeels uitdrukkingsloos. Slechts twee paar ogen verrieden enige emotie. Aro en Caius waren in het midden met de handen tegen elkaar blijven staan om het strijdtoneel te overzien, en het hele leger wachtte nu op het bevel om toe te slaan. De twee mannen keken elkaar niet aan, maar het was duidelijk dat ze overlegden. Marcus leek niet deel te nemen aan hun gesprek, maar hij raakte wel Aro's andere hand aan. Zijn blik was niet zo leeg als die van de soldaten, maar het scheelde niet veel. Net als de eerste keer dat ik hem had gezien keek hij vooral verschrikkelijk verveeld.

De getuigen van de Volturi leunden naar voren en keken met ziedende ogen naar mij en Renesmee, maar ze bleven bij de rand van het bos, op flinke afstand van de Volturiwacht. Alleen Irina stond vlak achter de Volturi, een paar passen bij de oude vrouwen vandaan – beiden met blond haar, een poederachtige huid en een wit vlies over hun ogen – en hun twee kolossale lijfwachten.

Recht achter Aro stond een vrouw in een donkergrijze mantel. Ik kon het niet goed zien, maar het leek haast alsof ze zijn rug aanraakte. Was zij dat andere schild, Renata? Ik vroeg me net als Eleazar af of ze ook in staat zou zijn om míj af te weren.

542

Maar ik zou mijn leven niet vergooien in een poging Caius of Aro te grazen te nemen. Zij waren niet het belangrijkst.

Ik speurde de rij af en vond zonder enige moeite de twee kleine, donkergrijze mantels in het hart van de groep. Alec en Jane, verreweg de kleinste leden van de wacht, stonden naast Marcus, met Demetri aan de andere kant. Hun mantels waren het donkerst van kleur, op de inktzwarte mantels van de oudsten na, en er viel niets af te lezen van hun vlakke, engelachtige gezichten. 'De heksentweeling' had Vladimir hen genoemd. Hun krachtige gaven waren de voornaamste aanvalswapens van de Volturi. De parels van Aro's verzameling.

Mijn spieren spanden zich aan en mijn mond vulde zich met gif.

Aro en Caius lieten hun troebele rode ogen langs onze rij gaan en ik zag de teleurstelling in Aro's blik terwijl hij zoekend rondkeek naar dat ene gezicht dat ontbrak. Hij kneep zijn lippen samen van ergernis.

Op dat moment was ik alleen maar blij dat Alice was gevlucht.

Er gebeurde nog steeds niets en ik hoorde Edwards ademhaling versnellen.

'Edward?' vroeg Carlisle zacht en ongerust.

'Ze weten niet precies hoe het nu verder moet. Ze bekijken de mogelijkheden, kiezen de mensen op wie ze zich zullen richten – op mij natuurlijk, op jou, en op Eleazar en Tanya. Marcus leest hoe sterk onze onderlinge banden zijn en zoekt de zwakke plekken. Het irriteert hen dat de Roemenen er zijn. Ze maken zich zorgen over de gezichten die ze niet kennen, met name over Zafrina en Senna, en over de wolven natuurlijk. Ze zijn nog nooit eerder in de minderheid geweest. Daarom zijn ze blijven staan.'

'In de minderheid?' fluisterde Tanya ongelovig.

'Hun getuigen tellen niet mee,' zei Edward heel zacht. 'Die doen er niet toe, ook niet voor de wacht. Aro vindt het gewoon leuk om publiek te hebben.'

'Moet ik iets zeggen?' vroeg Carlisle.

Edward aarzelde kort en knikte toen. 'Dit is de enige kans die je zult krijgen.'

Carlisle rechtte zijn schouders en liep een paar passen naar voren, de rij uit. Ik vond het verschrikkelijk om hem daar zo alleen en onbeschermd te zien 543 staan.

Hij spreidde zijn armen en stak zijn handpalmen omhoog alsof hij hen begroette. 'Aro, oude vriend. Dat is eeuwen geleden.'

Even was het doodstil op de besneeuwde open plek. Ik voelde de spanning van Edward af golven terwijl hij luisterde hoe Aro op Carlisles woorden reageerde. Onze angst nam toe terwijl de seconden verstreken.

En toen stapte Aro uit het midden van de Volturiopstelling. Het schild, Renata, liep met hem mee alsof haar vingertoppen aan zijn mantel waren genaaid. Voor het eerst kwam er een reactie uit de Volturigelederen. Een mompelend gegrom rolde door de rij, wenkbrauwen werden woedend gefronst, tanden ontbloot. Een paar leden van de wacht bogen zich aanvallend naar voren.

Aro stak zijn hand naar hen op. 'Rustig.'

Hij deed nog een paar passen naar voren en hield toen zijn hoofd schuin. Zijn melkachtige ogen glinsterden nieuwsgierig.

'Mooie woorden, Carlisle,' zei hij met zijn dunne, fluisterende stem. 'Ze klinken een beetje misplaatst, gezien het leger dat je hebt opgeroepen om mij en mijn dierbaren te vermoorden.'

Carlisle schudde zijn hoofd en stak zijn rechterhand uit alsof ze niet nog steeds bijna honderd meter uit elkaar stonden. 'Je hoeft mijn hand maar aan te raken om te weten dat ik dat nooit van plan ben geweest.'

Aro's sluwe ogen werden spleetjes. 'Maar het doet er toch zeker niet toe wat je van plan was, Carlisle, nu we zien wat je hebt gedaan?' Hij fronste zijn wenkbrauwen en er trok een zweem van verdriet over zijn gezicht – ik had geen idee of hij oprecht was of niet.

'Ik heb de misdaad waar jullie me voor komen straffen niet gepleegd.'

'Laat ons er dan alsjeblieft langs zodat wij de ware schuldigen kunnen straffen. Echt, Carlisle, het zou me dolgelukkig maken als ik jouw leven vandaag kon sparen.'

'Niemand heeft hier de wet overtreden, Aro. Laat het me alsjeblieft uitleggen.' Opnieuw stak Carlisle zijn hand naar hem uit.

Voor Aro kon antwoorden schreed Caius naar voren tot hij naast Aro stond.

'Jullie hebben zo veel nutteloze regels, zo veel overbodige wetten voor jezelf opgesteld, Carlisle,' siste de witharige, oude vampier. 'Hoe kun je het dan in hemelsnaam goedkeuren dat er een wet wordt geschonden die er werkelijk toe doet?'

544

'De wet is niet geschonden. Als jullie heel even naar ons zouden luisteren...'

'We zien het kind toch, Carlisle,' snauwde Caius. 'Doe nou niet alsof we gek zijn.'

'Het is geen onsterfelijk kind. Het is geen vampier. Ik kan het makkelijk bewijzen als jullie me een paar...'

Caius snoerde hem de mond. 'Als het geen verboden kind is, waarom hebben jullie dan een heel leger bijeengebracht om haar te beschermen?'

'Getuigen, Caius, net zoals jullie die hebben meegenomen.' Carlisle gebaarde naar de woedende menigte bij de bosrand, waarop sommigen begonnen te grommen. 'Al onze vrienden kunnen je de waarheid over het kind vertellen. Maar je zou ook gewoon eens goed naar haar kunnen kijken, Caius. Zodat je de rode blos van mensenbloed op haar wangen zou zien.'

'Bedrog!' beet Caius hem toe. 'Waar is onze tipgeefster? Breng haar naar voren!' Hij strekte zijn hals uit tot hij Irina in het oog kreeg, die nog steeds aarzelend achter de vrouwen stond. 'Jij daar! Kom hier!'

Irina keek hem niet-begrijpend aan, met het gezicht van iemand die na een afschuwelijke nachtmerrie nog steeds niet helemaal wakker is. Caius knipte ongeduldig in zijn vingers. Een van de enorme lijfwachten van de vrouwen deed een pas opzij en gaf haar een harde duw in haar rug. Irina knipperde even met haar ogen en liep toen als in trance langzaam naar Caius toe. Ze bleef een paar meter achter hem staan en keek nog steeds naar haar zussen.

Caius stapte op haar af en gaf haar een klap in haar gezicht.

Het kon onmogelijk pijn gedaan hebben, maar het was op een bepaalde manier ontzettend vernederend. Alsof je iemand een hond zag schoppen. Tanya en Kate begonnen tegelijkertijd te sissen.

Irina's lichaam verstijfde en haar ogen richtten zich eindelijk op Caius. Hij wees met een puntige vinger naar Renesmee, die zich aan mijn rug vastklampte met haar vingers nog steeds in Jacobs vacht. Mijn ziedende blik kleurde Caius helemaal rood. Uit Jacobs borstkas steeg een zacht gegrom op.

'Is dat het kind dat je hebt gezien?' vroeg Caius op hoge toon. 'Het kind dat overduidelijk niet menselijk was?'

Irina gluurde onze kant op en keek voor het eerst sinds ze de open plek op was gekomen naar Renesmee. Ze hield haar hoofd schuin en kreeg een verwarde uitdrukking over zich.

'Nou?' grauwde Caius.

545

'Ik... Ik weet het niet zeker,' zei ze verbijsterd.

Caius' hand trilde alsof hij haar nog een klap wilde geven. 'Hoe bedoel je?' fluisterde hij ijskoud.

'Ze ziet er anders uit, maar volgens mij is het wel hetzelfde kind. Ik bedoel eigenlijk dat ze is veranderd. Dit kind is groter dan het kind dat ik heb gezien, maar...'

Caius ontblootte zijn tanden en zijn adem stokte van woede, en Irina zweeg zonder haar zin af te maken. Aro liep snel naar Caius toe en legde zijn hand op zijn schouder om hem te kalmeren.

'Houd je in, broer. We hebben tijd genoeg om dit tot op de bodem uit te zoeken. Niet zo haastig, dat is nergens voor nodig.'

Met een norse blik keerde Caius Irina de rug toe.

'Goed, liefje,' zei Aro op een warme, suikerzoete toon. 'Laat me maar eens zien wat je wilde zeggen,' en hij stak zijn hand uit naar de verblufte vampier.

Onzeker reikte Irina hem de hare. Hij hield hem slechts vijf seconden vast.

'Zie je nou wel, Caius?' zei hij. 'Het is helemaal niet moeilijk om te krijgen wat we willen.'

Caius gaf geen antwoord. Aro keek even kort vanuit zijn ooghoek naar zijn publiek, zijn menigte, en wendde zich toen weer tot Carlisle.

'Het is allemaal erg raadselachtig. Het lijkt erop dat het kind is gegroeid. Maar in Irina's eerste herinnering zien we duidelijk een onsterfelijk kind. Heel merkwaardig.'

'Dat probeer ik nu juist uit te leggen,' zei Carlisle, en aan de verandering in zijn stem te horen was hij erg opgelucht. Dit was de onderbreking waar we allemaal ons laatste sprankje hoop op hadden gevestigd.

Ik was niet opgelucht. Ik wachtte haast verdoofd van woede op de uitgedachte strategieën die Edward voorspeld had.

Carlisle stak nog een keer zijn hand uit.

Aro aarzelde even. 'Ik zou liever de verklaring horen van iemand die wat dichter bij de bron staat, mijn vriend. Heb ik gelijk als ik zeg dat jij niets met deze overtreding te maken had?'

'Er heeft geen overtreding plaatsgevonden.'

'Dat kan wel zijn, maar ik wil hoe dan ook alle facetten van de waarheid horen.' Aro's vederlichte stem kreeg een scherpe ondertoon. 'En daarom krijg ik het bewijs graag rechtstreeks van jouw begaafde zoon.' Hij knikte naar Edward.

546 'Uit de manier waarop het kind zich aan zijn jonge vrouw vastklampt, maak ik op dat Edward hierbij betrokken is.'

Natuurlijk wilde hij Edward. Zodra hij in Edwards hoofd keek, zou hij al onze gedachten kennen. Behalve de mijne.

Edward draaide zich om en gaf mij en Renesmee zonder ons aan te kijken een snelle kus op ons voorhoofd. Toen beende hij over het besneeuwde veld en gaf

Carlisle in het voorbijgaan een klap op zijn schouder. Ik hoorde een zacht gejammer achter me – Esmé kon haar angst niet langer bedwingen.

De rode waas die ik rond het Volturileger zag werd nog feller. Ik vond het verschrikkelijk om toe te moeten kijken hoe Edward het kale witte stuk in zijn eentje overstak – maar ik wilde Renesmee ook geen stap dichter in de buurt van onze tegenstanders hebben. Ik werd verscheurd door tegenstrijdige verlangens, en mijn lichaam was zo star dat ik het gevoel had dat mijn botten elk moment verbrijzeld konden worden door de druk.

Ik zag Jane glimlachen toen Edward meer dan de helft van de afstand had overbrugd en hij dichter bij hen was dan bij ons.

Dat geniepige glimlachje was de druppel. Mijn woede bereikte een hoogtepunt, oversteeg zelfs de razende moordlust die ik had gevoeld toen de wolven zich in dit bij voorbaat verloren gevecht achter ons hadden geschaard. Ik proefde de haat op mijn tong – voelde hoe hij als een golf pure kracht door me heen stroomde. Mijn spieren spanden zich aan en ik kwam zonder erbij na te denken in actie. Zo hard ik kon gooide ik met mijn geest mijn schild weg, ik wierp het als een speer over het uitgestrekte veld – tien keer verder dan ik het ooit had gegooid. Ik ademde met een harde stoot uit van inspanning.

Het schild bolde uit me op als een bel pure energie, een paddenstoelwolk van vloeibaar staal. Het pulseerde, alsof het leefde – ik vóélde het, van de top tot aan de randen.

De elastische stof probeerde niet meer terug te springen, en in dat ene ogenblik van brute kracht besefte ik dat ik de tegendruk die ik eerder had gevoeld zelf veroorzaakt had – ik had me uit een soort zelfverdediging vastgeklemd aan dat onzichtbare deel van mijn geest omdat ik het onbewust niet los wilde laten. Nu had ik het laten gaan en blies mijn schild zich moeiteloos tot vijftig meter op terwijl ik me er nauwelijks op hoefde te concentreren. Ik voelde het als een willekeurige spier samentrekken, volledig ondergeschikt aan mijn wil. Ik duwde ertegenaan en maakte er een lange, puntige ovaal van. Alles onder het buigzame, ijzersterke schild werd plotseling een deel van mij; ik voelde de levenskracht van alles waar het overheen lag, gloeiende hittebronnen die me als fonkelende, oogverblindende lichtjes omringden. Ik gooide het schild nog verder over het veld en ademde opgelucht uit toen ik voelde hoe Edwards felle licht binnen mijn bescherming kwam. Ik hield het vast en spande de nieuwe spier aan tot hij strak om Edward heen lag, een dun maar ondoordringbaar laagje tussen zijn lichaam en onze vijanden.

547

Er was nauwelijks een seconde verstreken. Edward liep nog steeds naar Aro toe. De hele situatie was volkomen veranderd, maar ik was de enige die iets van de uitbarsting had gemerkt. Er kwam een geschokt gelach over mijn lippen. Ik voelde de blikken van de anderen en zag Jacobs grote zwarte oog naar me staren alsof ik gek geworden was.

Edward bleef een paar passen voor Aro staan en ik besefte een beetje geïrriteerd dat ik deze gedachtewisseling niet mocht tegenhouden, ook al zou ik het makkelijk kunnen. Hier was het ons allemaal om te doen geweest: we wílden Aro onze kant van het verhaal laten horen. Het deed bijna fysiek pijn, maar ik trok mijn schild onwillig terug zodat Edward weer open en bloot op het veld stond. Mijn vrolijke stemming was verdwenen. Ik concentreerde me volledig op Edward, klaar om hem onmiddellijk weer af te schermen als er iets misging.

Edward stak hooghartig zijn kin in de lucht en reikte Aro de hand alsof hij hem een enorme eer verleende. Aro leek zijn houding alleen maar vreselijk leuk te vinden, maar die mening werd niet door iedereen gedeeld. Renata's handen fladderden zenuwachtig achter Aro's rug. Caius' boze frons was zo diep dat het leek alsof de rimpels voorgoed in zijn papierachtige, doorzichtige huid zouden blijven staan. Kleine Jane liet haar tanden zien en naast haar kneep Alec geconcentreerd zijn ogen samen. Ik vermoedde dat hij net als ik klaar was om elk moment in actie te komen.

Aro liep zonder aarzelen naar Edward toe, en wat had hij ook te vrezen? De kolossale silhouetten van de lichtgrijze mantels – de gespierde vechters als Felix – stonden slechts een paar meter verderop. Jane kon Edward met haar brandende gave over de grond laten kronkelen van de pijn. Alec kon hem blind en doof maken voor hij nog een stap kon verzetten. Niemand wist dat ik hen tegen kon houden, zelfs Edward niet.

Met een kalme glimlach pakte Aro Edwards hand vast. Hij sloot onmiddellijk zijn ogen en keek met gebogen schouders naar de enorme hoeveelheid informatie die op hem afkwam.

548

Alle geheime gedachten, alle strategieën, alle heldere invallen – alles wat Edward de afgelopen maand in de gedachten om hem heen had gehoord – waren nu van Aro. En nog verder terug – alle visioenen van Alice, alle fijne momenten met onze familie, alle beelden in Renesmees hoofd, elke kus, elke aanraking van Edward en mij... Ook dat was nu allemaal van Aro.

Ik siste van frustratie en het schild rolde mee met mijn irritatie, het veranderde van vorm en sloot zich steviger om onze groep.

'Rustig, Bella,' fluisterde Zafrina.

Ik klemde mijn kiezen op elkaar.

Aro bleef Edwards herinneringen bestuderen. Edward boog zijn hoofd ook
en zijn nekspieren spanden zich aan terwijl hij op zijn beurt las wat Aro allemaal
van hem overnam en hoe hij daarop reageerde.

Het wederzijdse maar ongelijkwaardige gesprek ging zo lang door dat zelfs
de wacht onrustig werd. Er ging een zacht gemompel door de rij tot Caius blafte
dat ze hun mond moesten houden. Jane schuifelde langzaam naar voren alsof
ze zichzelf nauwelijks meer in de hand had en Renata's gezicht was verstijfd van
de spanning. Ik keek even onderzoekend naar het krachtige schild dat zo paniekerig en zwak overkwam. Aro kon haar goed gebruiken, maar ik kon zien dat het
geen vechter was: ze moest hem echt alleen beschermen. Ze straalde geen
bloeddorst uit. Ik mocht dan onervaren zijn, maar als wij tegenover elkaar zouden komen te staan zou ik haar vermorzelen, dat wist ik zeker.

Toen Aro rechtop ging staan concentreerde ik me weer. Zijn ogen gingen
open en hij leek onder de indruk en op zijn hoede. Hij liet Edwards hand niet los.

Edwards spieren ontspanden zich een heel klein beetje.

'Zie je nou wel?' vroeg Edward, en zijn fluwelen stem klonk rustig.

'Ja, ik heb het inderdaad gezien,' beaamde Aro, en tot mijn grote verbazing
leek hij het bijna grappig te vinden. 'Ik vraag me af of er ooit twee goden of ster-
velingen geweest zijn die beter konden zien dan wij.'

De strakke gezichten van de leden van de wacht straalden hetzelfde ongeloof
uit dat ik voelde.

'Je hebt me veel stof tot nadenken gegeven, jonge vriend,' vervolgde Aro. 'Veel
meer dan ik had verwacht.' Toch bleef hij nog altijd Edwards hand vasthouden,
en uit diens gespannen houding maakte ik op dat Edward stond te luisteren.

Edward gaf geen antwoord.

'Mag ik haar ontmoeten?' vroeg Aro plotseling geestdriftig – hij smeekte het
bijna. 'In al die eeuwen had ik nooit gedacht dat er zo'n wezen zou kunnen bestaan. Wat een verrijking van onze geschiedenis!'

'Waar gaat dit allemaal over, Aro?' snauwde Caius voor Edward antwoord kon
geven. De vraag van Aro was voor mij al genoeg geweest om Renesmee in mijn
armen te trekken en haar beschermend tegen mijn borst te drukken.

549

'Iets wat je in je stoutste dromen niet voor mogelijk had gehouden, nuchtere vriend. Denk maar eens even goed na, want het vonnis dat we wilden voltrekken is niet langer van toepassing.'

Caius siste verbaasd.

'Rustig, broer,' suste Aro vermanend.

Dit had goed nieuws moeten zijn; dit waren de woorden waarop we gehoopt hadden, het uitstel dat we eigenlijk nooit echt voor mogelijk hadden gehouden. Aro had naar de waarheid geluisterd. Aro had toegegeven dat de wet niet geschonden was.

Maar ik had mijn ogen nog steeds strak op Edward gericht, en ik zag zijn rugspieren verstrakken. In gedachten herhaalde ik hoe Aro tegen Caius had gezegd dat hij goed moest nadenken, en ik hoorde de dubbele boodschap.

'Zou je me aan je dochter willen voorstellen?' vroeg Aro nogmaals aan Edward.

Caius was niet de enige die siste bij het horen van deze nieuwe wending.

Edward knikte met tegenzin. Maar Renesmee had al zo veel harten gestolen... En Aro kwam altijd over als de leider van de oudsten. Als hij aan haar kant stond, zouden de anderen ons dan nog aanvallen?

Aro had Edwards hand nog steeds stevig beet en gaf antwoord op een vraag die wij niet hadden gehoord.

'Ik denk dat een compromis wat dat betreft inderdaad acceptabel is, gezien de omstandigheden. We zullen elkaar halverwege ontmoeten.'

Aro liet zijn hand los. Edward draaide zich naar ons om en Aro deed hetzelfde, terwijl hij zijn arm nonchalant over Edwards schouders legde alsof ze de beste vrienden waren – maar ondertussen bleef hij Edwards huid aanraken. Ze maakten aanstalten om over het veld naar ons toe te lopen.

De gehele wacht kwam achter hen aan. Aro stak zonder om te kijken een achteloze hand omhoog.

'Blijf daar, lievelingen van me. Echt, ze hebben niets kwaads in de zin, als wij ook rustig blijven.'

De leden van de wacht reageerden openlijker op zijn woorden dan zonet en lieten een protesterend gegrauw en gesis horen, maar bleven wel op hun plek. Renata, die heel dicht achter Aro aan liep, jammerde angstig.

'Meester,' fluisterde ze.

'Geen paniek, liefste,' antwoordde hij. 'Niets aan de hand.'

'Misschien moet je een paar leden van je wacht meenemen,' opperde Edward. 'Dan voelen ze zich veiliger.'

Aro knikte alsof dat een heel goed idee was en hij dat eigenlijk zelf had moeten bedenken. Hij knipte twee keer in zijn vingers. 'Felix, Demetri.'

De twee vampiers stonden onmiddellijk naast hem; ze zagen er nog precies zo uit als de laatste keer dat ik hen had gezien. Het waren allebei lange, donkerharige mannen: Demetri was slank en pezig als de kling van een zwaard, Felix was breed en dreigend als een knuppel vol ijzeren punten.

Midden op het besneeuwde veld bleef het groepje van vijf staan.

'Bella,' riep Edward. 'Breng Renesmee maar hierheen... en ook een paar vrienden.'

Ik haalde diep adem. Mijn lichaam verzette zich uit alle macht tegen het idee dat ik Renesmee naar het hart van de confrontatie moest brengen. Maar ik vertrouwde Edward. Hij zou het meteen weten als Aro iets verraderlijks van plan was.

Aro had drie beschermers bij zich, dus ik moest nog twee van onze mensen meenemen. Ik hoefde er niet lang over na te denken.

'Jacob? Emmett?' vroeg ik zacht. Emmett omdat hij natuurlijk stond te trappelen. En Jacob omdat hij het niet aan zou kunnen om achter te blijven.

Ze knikten allebei. Emmett grijnsde.

We staken het veld over, ik in het midden. Ik hoorde nog meer gemopper vanuit de wacht toen ze zagen wie ik had gekozen; het was duidelijk dat ze de weerwolf niet vertrouwden. Aro hief wederom zijn hand om hun bezwaren weg te wuiven.

'Interessante vrienden heb je,' mompelde Demetri tegen Edward.

Edward gaf geen antwoord, maar er kwam een zacht gegrom uit Jacobs keel.

Een paar meter voor Aro bleven we staan. Edward dook onder Aro's arm vandaan en voegde zich bij ons terwijl hij mijn hand pakte.

Heel even keken we elkaar zwijgend aan. Toen zei Felix terloops tegen mij: 'Hé, Bella.' Hij grijnsde brutaal terwijl hij vanuit zijn ooghoeken Jacob scherp in de gaten bleef houden. 551

Ik glimlachte zuur naar de reusachtige vampier. 'Hallo, Felix.'

Felix grinnikte. 'Staat je goed, dat onsterfelijke. Je bent er niet lelijker op geworden.'

'Dank je.'

'Niets te danken. Jammer dat...'

Hij liet zijn opmerking wegsterven, maar ik had Edwards gave niet nodig om hem af te maken. *Jammer dat we je zo gaan vermoorden.*

'Ja, jammer hè?' mompelde ik.

Felix gaf me een knipoog.

Aro besteedde geen aandacht aan ons gesprek en hield gefascineerd zijn hoofd schuin. 'Ik hoor haar vreemde hart,' prevelde hij bijna zangerig. 'Ik ruik haar vreemde geur.' Toen richtte hij zijn mistige ogen op mij. 'Het is waar, jonge Bella, dat het onsterfelijke leven opmerkelijk goed bij je lijkt te passen,' zei hij. 'Alsof je hiervoor gemaakt bent.'

Ik gaf hem een kort knikje om hem te bedanken voor zijn vleiende woorden.

'Vond je mijn cadeau mooi?' vroeg hij met een blik op de hanger die ik om-had.

'Het is prachtig. Werkelijk ontzettend aardig van u om zo'n groot cadeau te geven. Dank u wel. Ik had eigenlijk even een briefje moeten sturen.'

Aro lachte opgetogen. 'Gewoon iets wat ik nog had liggen. Ik dacht dat het wel bij je nieuwe gezicht zou passen, en dat is ook zo.'

Ik hoorde een zacht gesis vanuit het midden van de Volturiopstelling. Ik gluurde over Aro's schouder.

Hmm. Jane vond het blijkbaar niet zo leuk dat ik een cadeau van Aro had ge-kregen.

Aro schraapte zijn keel om mijn aandacht weer terug te krijgen. 'Zou ik je dochter mogen begroeten, mooie Bella?' vroeg hij innemend.

Hier hebben we op gehoopt, hield ik mezelf voor. Ik onderdrukte de neiging om er heel hard met Renesmee vandoor te gaan en deed twee langzame passen naar voren. Mijn schild golfde als een cape achter me aan, zodat de rest van mijn familie niets kon overkomen maar Renesmee volledig onbeschermd was. Het voelde afschuwelijk en verkeerd.

Aro kwam met een stralende glimlach op ons af.

552   'Ze is beeldschoon,' mompelde hij. 'En wat lijkt ze op jou en Edward.' Toen zei hij harder: 'Hallo, Renesmee.'

Renesmee keek even vlug naar mij. Ik knikte.

'Hallo, Aro,' antwoordde ze plechtig met haar hoge, melodieuze stem.

Aro's ogen stonden vol verbazing.

'Wat is het?' siste Caius van achter hem. Hij leek woedend dat hij het über-haupt moest vragen.

'Half sterveling, half onsterfelijke,' verkondigde Aro tegen hem en de rest van de wacht zonder zijn verrukte blik van Renesmee af te wenden. 'Deze nieuwelinge is in verwachting geraakt van haar toen ze nog mens was.'

'Onmogelijk,' zei Caius spottend.

'Denk je dan dat ze mij om de tuin hebben geleid, broer?' Aro keek heel geamuseerd, maar Caius kromp in elkaar. 'Is de hartslag die je hoort ook een truc?'

Caius keek boos en geïrriteerd, alsof Aro's goedmoedige vragen heel hard aankwamen.

'Rustig en beheerst, broer,' waarschuwde Aro terwijl hij glimlachend naar Renesmee bleef kijken. 'Ik weet hoe dol je bent op je rechtssysteem, maar het is niet rechtvaardig om dit unieke kleintje te straffen voor haar geboorte. En er valt nog zo verschrikkelijk veel te leren! Ik weet dat je mijn passie voor het verzamelen van verhalen niet deelt, maar heb geduld met me, broer, terwijl ik een hoofdstuk toevoeg dat me versteld doet staan in al zijn onwaarschijnlijkheid. We kwamen hier met slechts rechtvaardigheid en jammerlijk onbetrouwbare vrienden in het vooruitzicht, maar kijk nu toch eens wat we daarvoor in de plaats krijgen! Nieuwe, fantastische inzichten in onszelf en in wat we allemaal kunnen.'

Hij stak zijn hand uitnodigend naar Renesmee uit. Maar zij wilde iets anders. Ze boog zich van me af en strekte zich uit om haar vingertoppen tegen Aro's gezicht te leggen.

Aro vertoonde niet dezelfde schrik waarmee bijna iedereen op dit kunstje van Renesmee had gereageerd; net als Edward was hij gewend aan de stroom gedachten en herinneringen van anderen.

Zijn glimlach werd breder en hij zuchtte vergenoegd. 'Magnifiek,' fluisterde hij.

Renesmee ontspande zich weer in mijn armen met een ernstige uitdrukking op haar gezichtje.

'Alstublieft?' vroeg ze.

Zijn glimlach werd liefdevol. 'Natuurlijk ben ik niet van plan om jouw dierbaren iets aan te doen, lieve Renesmee.'

553

Aro's stem klonk zo warm en geruststellend dat ik er bijna intrapte. Maar toen hoorde ik Edward knarsetanden en ver achter ons begon Maggie woest te sissen bij het horen van zijn leugen.

'Wat ik me afvraag...' zei Aro bedachtzaam, zich schijnbaar niet bewust van de reactie die zijn woorden hadden opgeroepen. Zijn ogen gleden onverwacht naar Jacob, en in plaats van de walging waarmee de andere Volturi de kolossale wolf aanschouwden, zag ik bij hem een groot verlangen dat ik niet begreep.

'Zo werkt het niet,' zei Edward scherp, en zijn zorgvuldige, neutrale toon was plotseling verdwenen.

'Zomaar een ingeving,' zei Aro terwijl hij Jacob openlijk opnam, en toen gingen zijn ogen langzaam over de twee rijen weerwolven achter ons. Renesmee had hem kennelijk iets laten zien waardoor hij de wolven opeens heel interessant vond.

'Ze "zijn" niet van ons, Aro. Ze volgen geen bevelen van ons op. Ze zijn hier uit vrije wil.'

Jacob gromde dreigend.

'Ze lijken anders behoorlijk op jou gesteld,' zei Aro. 'En op je jonge vrouw en je... familie. Zo tróúw.' Hij sprak het woord liefkozend uit.

'Ze willen het menselijk leven beschermen, Aro. Daarom kunnen wij wel naast elkaar bestaan, maar zou dat met jullie nooit lukken. Tenzij jullie een nieuwe levensstijl overwegen.'

Aro lachte vrolijk. 'Zomaar een ingeving,' herhaalde hij. 'Je kent het wel. Niemand kan zijn onbewuste verlangens ooit helemaal onderdrukken.'

Edward trok een grimas. 'Ik ken het inderdaad. En ik ken ook het verschil tussen zo'n soort gedachte en een weloverwogen, doelbewuste gedachte. Het zou nooit werken, Aro.'

Jacob had zijn grote kop naar Edward toe gedraaid en er kwam een zacht gejank over zijn lippen.

'Hij is gefascineerd door het idee van... waakhonden,' fluisterde Edward tegen hem.

Heel even was het doodstil, en toen barstte de hele roedel uit in een woedend gegrom dat over de enorme open plek galmde.

Er klonk een fel, bevelend geblaf – van Sam, nam ik aan, hoewel ik niet achteromkeek – en het protest eindigde abrupt in een onheilspellende stilte.

554 'En daarmee is die vraag ook weer beantwoord, lijkt me zo,' zei Aro en hij lachte weer. 'Zíj hebben in elk geval partij gekozen.'

Edward siste en boog zich naar voren. Ik greep zijn arm beet en vroeg me af waar Aro aan dacht dat hij zo agressief reageerde, terwijl Felix en Demetri tegelijkertijd een aanvalspositie aannamen. Aro maande hen met een handgebaar tot kalmte en iedereen, ook Edward, ging weer rechtop staan.

'We hebben veel te bespreken,' zei Aro, en plotseling klonk hij als een drukbezette zakenman. 'En veel knopen door te hakken. Als jullie en je harige beschermer mij even zouden willen excuseren, mijn dierbare Cullens: ik moet met mijn broers overleggen.'

37. List en bedrog

Aro ging niet terug naar zijn wacht, die ongerust aan de noordkant van het veld op hem stond te wachten, maar gebaarde dat zij naar voren moesten komen.

Edward deinsde onmiddellijk achteruit en trok mij en Emmett aan onze arm mee. We liepen haastig terug, zonder onze ogen van het naderende gevaar af te wenden. Jacob liep het langzaamst en liet Aro met zijn nekharen rechtovereind zijn scherpe tanden zien. Renesmee greep hem bij zijn staart terwijl we achteruitliepen en hield hem vast alsof ze hem aan de lijn had, zodat hij gedwongen was met ons mee te komen. Op hetzelfde moment dat Aro weer omringd werd door de donkere mantels, waren wij weer terug bij onze familie.

Nu zat er nog maar vijftig meter tussen ons – een afstand die we allemaal in een fractie van een seconde konden overbruggen.

Caius begon onmiddellijk tegen Aro te tieren.

'Hoe kun je deze schande tolereren? Waarom kijken we lijdzaam toe terwijl we met eigen ogen zien dat er een grove misdaad is gepleegd die met bespottelijke foefjes wordt verdoezeld?' Hij hield zijn armen star langs zijn zij en zijn handen waren kromme klauwen geworden. Ik vroeg me af waarom hij Aro niet gewoon aanraakte om hem te laten weten hoe hij erover dacht. Ontstond er nu al verdeeldheid binnen hun gelederen? Hadden we echt zo veel geluk?

'Omdat het allemaal waar is,' zei Aro kalmpjes tegen hem. 'Er is geen woord van gelogen. Kijk toch eens hoeveel getuigen er klaar staan om te verklaren dat ze gezien hebben hoe dit wonderbaarlijke kind in de korte tijd dat ze haar nu kennen gegroeid en ouder geworden is. Dat ze het warme bloed gevoeld hebben dat door haar aderen stroomt.' Met een weids handgebaar duidde Aro de hele rij aan, van Amun aan de ene kant tot Siobhan aan de andere.

Caius reageerde vreemd op Aro's sussende woorden en leek heel even te schrikken van het woord 'getuigen'. Zijn boosheid ebde weg en maakte plaats voor koele berekening. Toen keek hij bijna nerveus naar de Volturigetuigen.

Ik volgde zijn blik naar de woedende menigte en zag meteen dat die omschrijving niet meer van toepassing was. De roep om wraak was verstomd en er werd driftig gefluisterd door de verwarde vampiers die probeerden te begrijpen wat er aan de hand was.

Caius fronste zijn wenkbrauwen en dacht heel diep na. Zijn mijmerende blik wakkerde mijn nasmeulende woede weer aan, maar baarde me ook zorgen. Stel dat de wacht opnieuw op een of ander onzichtbaar teken in actie zou komen, net als ze bij hun aankomst hadden gedaan? Angstig controleerde ik mijn schild, maar het voelde nog even ondoordringbaar als net. Ik boog het om tot het als een lage, brede koepel over ons gezelschap lag.

Ik voelde de felle lichtjes op de plekken waar mijn familie en vrienden stonden; ze hadden allemaal een eigen karakter waardoor ik hen na wat oefenen volgens mij goed uit elkaar zou kunnen houden. Die van Edward kende ik al: hij was het helderst van iedereen. Ik zat wel een beetje met de ruimte rond de stralende punten, want het schild zelf lag open en bloot op het veld, en als een van de begaafde Volturi eronder zou weten te komen, was ik de enige die nog beschermd zou zijn. Mijn voorhoofd rimpelde terwijl ik de soepele bepantsering voorzichtig naar ons toe trok. Carlisle stond het verst vooraan en ik zoog het schild centimeter voor centimeter naar binnen in een poging het precies op hem aan te laten sluiten.

Mijn schild leek erg meegaand. Het vormde zich naar Carlisles lichaam en toen hij een stap opzij deed richting Tanya rekte het elastiek zich uit, aangetrokken door zijn vonk.

Geïntrigeerd trok ik nog meer draden van de stof naar binnen en omhulde alle glinsterende gestalten van mijn vrienden en bondgenoten. Het schild bleef bereidwillig hangen en bewoog met iedereen mee.

Er was nog geen seconde voorbijgegaan en Caius stond nog steeds te peinzen.

'De weerwolven,' mompelde hij uiteindelijk.

Opeens besefte ik in paniek dat de meeste weerwolven onbeschermd waren. Ik stond op het punt ook hen te bedekken toen ik merkte dat ik hun lichtjes vreemd genoeg nog steeds voelde. Nieuwsgierig haalde ik het schild wat verder 557 in tot Amun en Kebi, die aan de rand van onze groep stonden, er ook buiten vielen. Zodra ze eronder vandaan waren, verdwenen hun lichtjes. Mijn nieuwe zintuig voelde hen niet meer. Maar een deel van de wolven vlamde nog steeds fel op. Hmm... Ik liet het schild weer vooruitkruipen en zodra Sam eronder stond, werden alle wolven weer heldere vonken.

Ze waren geestelijk blijkbaar sterker met elkaar verbonden dan ik had gedacht. Als de alfa onder mijn schild stond, waren de anderen net zo veilig als hij.

'Ach, broer...' zei Aro met een gekwelde blik bij het horen van Caius' opmerking.

'Wil je dat bondgenootschap nu ook al verdedigen, Aro?' vroeg Caius op hoge toon. 'De Kinderen van de Maan zijn al sinds mensenheugenis onze grootste vijanden. We hebben net zolang op ze gejaagd tot ze bijna uitgestorven waren in Europa en Azië. En toch doet Carlisle zijn best om een vriendschappelijke band met deze immense plaagdieren te onderhouden – omdat hij van plan is ons van de troon te stoten natuurlijk. Alles om die absurde levensstijl van hem te beschermen.'

Edward schraapte luidruchtig zijn keel en Caius keek hem woest aan. Aro legde een magere, broze hand over zijn eigen gezicht, alsof hij zich schaamde voor de andere oudste.

'Caius, het is klaarlichte dag,' merkte Edward op. Hij gebaarde naar Jacob. 'Dit zijn duidelijk geen Kinderen van de Maan. Ze hebben niets gemeen met jullie vijanden aan de andere kant van de wereld.'

'Jullie fokken mutanten,' beet Caius hem toe.

Edwards kaak verstrakte even, maar toen antwoordde hij kalm: 'Het zijn niet eens weerwolven. Aro kan je er alles over vertellen als je me niet gelooft.'

Geen weerwolven? Ik keek Jacob verbaasd aan. Hij trok zijn enorme schouders op en liet ze toen weer zakken om aan te geven dat hij ook niet wist waar Edward het over had.

'Mijn beste Caius, als je me je gedachten had laten zien, had ik je kunnen waarschuwen dat je dit niet op de spits moest drijven,' mompelde Aro. 'Deze wezens beschouwen zichzelf weliswaar als weerwolven, maar ze zijn het niet. "Gedaanteverwisselaars" zou eigenlijk een betere benaming zijn. Het is puur toeval dat er voor een wolvenvorm is gekozen. Het had de allereerste keer ook een beer, een havik of een panter kunnen zijn. Deze wezens hebben werkelijk niets te maken met de Kinderen van de Maan. Hun vaders hebben hun deze eigenschap doorgegeven: het is genetisch, ze houden hun soort niet in stand door anderen te besmetten, zoals echte weerwolven doen.'

Caius keek Aro geïrriteerd aan en leek hem ook stilzwijgend van verraad te beschuldigen, aan de blik in zijn ogen te zien.

'Ze weten van ons bestaan,' zei hij vlak.

Edward stond op het punt om antwoord te geven, maar Aro was hem voor. 'Ze behoren tot onze bovennatuurlijke wereld, broer. Geheimhouding is voor hen misschien nog wel belangrijker dan voor ons, dus ze kunnen ons moeilijk ontmaskeren. Pas op, Caius. Met misleidende aantijgingen komen we nergens.'

Caius haalde diep adem en knikte toen. Ze wisselden een lange, veelbetekende blik.

Ik meende te begrijpen wat Aro met zijn zorgvuldig gekozen woorden probeerde te zeggen. Valse beschuldigingen zouden de getuigen die aan beide kanten toekeken alleen maar achterdochtig maken. Aro liet Caius subtiel weten dat hij op de volgende strategie moest overgaan. Ik vroeg me af of de ogenschijnlijke spanning tussen de twee oudsten – Caius wilde Aro immers niet aanraken om hem zijn gedachten te laten lezen – veroorzaakt werd door het feit dat Caius zich veel minder om de schone schijn bekommerde dan Aro, en de aankomende moordpartij veel belangrijker vond dan een ongeschonden reputatie.

'Ik wil de tipgeefster spreken,' kondigde Caius plotseling aan terwijl hij dreigend naar Irina keek.

Irina had niet naar het gesprek tussen Caius en Aro geluisterd en staarde met een van pijn vertrokken gezicht naar haar ten dode opgeschreven zussen. Ze besefte nu maar al te goed dat haar beschuldiging geheel ongegrond was geweest.

'Irina,' blafte Caius, geïrriteerd dat hij haar moest roepen.

Ze keek verschrikt op en werd meteen bang.

Caius knipte in zijn vingers.

Aarzelend liep ze vanaf de buitenste rand van de Volturiformatie weer naar Caius toe.

'Goed, jij hebt dus kennelijk een valse beschuldiging geuit,' begon Caius.

Tanya en Kate bogen zich gespannen naar voren.

'Het spijt me zo,' fluisterde Irina. 'Ik had moeten controleren of ik het wel goed gezien had. Maar ik had geen idee dat...' Ze gebaarde hulpeloos naar onze groep.

'Mijn beste Caius, we mogen toch niet van haar verwachten dat ze meteen aan 559 zo'n ongewone en onwaarschijnlijke mogelijkheid dacht?' vroeg Aro. 'We zouden allemaal dezelfde conclusie getrokken hebben.'

Caius legde hem met een knip van zijn vingers het zwijgen op.

'We weten allemaal dat je je vergist hebt,' zei hij bars. 'Ik wilde het over je beweegredenen hebben.'

Irina wachtte zenuwachtig tot hij verder zou gaan, en herhaalde toen: 'Mijn beweegredenen?'

'Ja, om de Cullens überhaupt te bespioneren.'

Irina kromp in elkaar bij het woord 'bespioneren'.

'Je was boos op ze, hè?'

Ze richtte haar ongelukkige blik op Carlisles gezicht. 'Dat klopt,' bekende ze.

'Omdat...?' drong Caius aan.

'Omdat de weerwolven mijn vriend hadden gedood,' fluisterde ze. 'En de Cullens weigerden mee te werken toen ik wraak wilde nemen.'

'De gedaanteverwisselaars,' verbeterde Aro zachtjes.

'Dus de Cullens kozen partij voor de "gedaanteverwisselaars", tegen onze eigen soort – tegen de vriend van een vriendin, nota bene,' vatte Caius samen.

Ik hoorde dat Edward heel zacht zijn afschuw liet blijken. Caius werkte gewoon zijn lijstje af, op zoek naar een beschuldiging die stand zou houden.

Irina's schouders verstijfden. 'Zo zag ik het op dat moment.'

Caius wachtte even en zei toen dringend: 'Als je een officiële klacht wilt indienen tegen de gedaanteverwisselaars – en tegen de Cullens omdat die hen hebben gesteund – is dit het juiste moment.' Met een klein, wreed glimlachje wachtte hij tot Irina hem een nieuw excuus zou geven om ons aan te vallen.

Misschien had Caius geen verstand van echte families, en begreep hij niet dat sommige mensen door liefde verbonden worden, en niet alleen door hun liefde voor macht. Misschien overschatte hij de aantrekkingskracht van wraak.

Irina's kin ging de lucht in en ze rechtte haar schouders.

'Nee, ik wil geen klacht indienen tegen de wolven en ook niet tegen de Cullens. Jullie zijn hierheen gekomen om een onsterfelijk kind te doden, maar er blijkt geen onsterfelijk kind te zijn. Dit is mijn fout, en ik neem alle verantwoordelijkheid op me. Maar de Cullens zijn onschuldig, en jullie hebben geen reden om hier nog langer te blijven. Het spijt me echt heel erg,' zei ze tegen ons, en toen wendde ze zich tot de Volturigetuigen. 'Er is geen misdaad gepleegd. Jullie kunnen weer gaan.'

Terwijl ze dat zei hief Caius zijn hand, met daarin een vreemd, metalen, sierlijk gegraveerd voorwerp.

Het was een teken. Er werd zo snel op gereageerd dat we allemaal verdwaasd en ongelovig toekeken. Voor we tijd hadden om in actie te komen was het alweer voorbij.

Er sprongen drie Volturisoldaten naar voren en Irina werd aan het oog onttrokken door hun grijze mantels. Op hetzelfde moment klonk er een afschuwelijk, snerpend geknars over de open plek. Caius gleed naar het midden van het grijze strijdgewoel en het weerzinwekkende, gierende geluid explodeerde in een onverwachte fontein van vonken en vlammen. De soldaten sprongen bij het plotseling oplaaiende vuur vandaan en namen onmiddellijk hun posities in de kaarsrechte rij van de wacht weer in.

Caius stond in zijn eentje naast Irina's brandende overblijfselen terwijl het metalen voorwerp in zijn hand nog steeds een felle steekvlam richting de brandstapel wierp.

Er klonk een korte klik en het vuur dat uit Caius' hand schoot hield op. De groep getuigen achter de Volturi hapte verschrikt naar adem.

Wij waren te ontzet om geluid te kunnen maken. We hadden geweten dat de onvermijdelijke dood in razende vaart op ons af kwam, maar het was heel iets anders om te moeten toezien hoe het gebeurde.

Caius glimlachte kil. 'Nu heeft ze écht de verantwoordelijkheid voor haar daden op zich genomen.'

Zijn ogen flitsten naar onze voorste rij en gleden kort over de aan de grond genagelde gestalten van Tanya en Kate.

Op dat moment begreep ik dat Caius de banden van een echte familie helemaal niet onderschat had. Dít was zijn list. Het was nooit de bedoeling geweest dat Irina een klacht zou indienen, hij wilde juist dat ze zich tegen hem verzette. Daardoor had hij een excuus gehad om haar te vermoorden, om het geweld te gebruiken dat nu als een dichte, ontvlambare mist in de lucht hing. Hij had de boel tot ontploffing gebracht.

Het geforceerd vreedzame karakter van deze bijeenkomst wankelde toch al gevaarlijker dan een koorddansende olifant. Als het gevecht eenmaal losbarstte, zou er geen houden meer aan zijn. Het zou alleen maar erger worden, tot een van beide kanten met de grond gelijk gemaakt was. Onze kant. Caius wist dat.

561

En Edward ook.

'Hou ze tegen!' schreeuwde Edward, en hij sprong naar voren om Tanya bij de arm te grijpen toen ze zich met een woeste kreet van pure woede op de glimlachende Caius wilde storten. Voor ze Edward van zich af kon schudden had Carlisle zijn armen al strak om haar middel geslagen.

'Je kunt niets meer voor haar doen,' zei hij overredend toen ze zich bleef verzetten. 'Zo geef je hem zijn zin!'

Kate was moeilijker in bedwang te houden. Krijsend begon ze aan de aanval die zou eindigen met ons aller dood. Rosalie stond het dichtst bij haar, maar voor Rose haar in de houdgreep kon nemen gaf Kate haar zo'n hevige schok dat Rose in elkaar zakte. Emmett kreeg Kates arm te pakken en gooide haar op de grond, maar wankelde achteruit toen zijn knieën het begaven. Kate rolde overeind en het leek erop dat niemand haar zou kunnen tegenhouden.

Garrett stortte zich op haar en wierp haar weer tegen de grond. Hij sloeg zijn armen om haar heen en pakte zijn eigen polsen vast. Ik zag zijn lichaam stuiptrekken toen ze hem een stroomstoot gaf. Zijn ogen rolden omhoog in hun kassen, maar hij liet niet los.

'Zafrina!' schreeuwde Edward.

Kates ogen werden wazig en haar geschreeuw ging over in gekreun. Tanya hield op met spartelen.

'Geef me mijn zicht terug!' siste Tanya.

Ten einde raad, maar zo voorzichtig als ik maar kon, trok ik mijn schild nog dichter tegen mijn lichtgevende vrienden aan. Ik haalde het behoedzaam van Kate af maar probeerde het wel om Garrett heen te houden, zodat het als een dun laagje tussen hen in hing.

En toen had Garrett de controle over zijn lichaam weer terug en kon hij Kate zonder moeite tegen de sneeuw drukken.

'Als ik je loslaat, geef je me dan weer een schok, Katie?' fluisterde hij.

Ze gromde en bleef nietsziend in het rond kronkelen.

'Tanya, Kate, luister nou,' zei Carlisle op een zachte maar dringende fluistertoon. 'Wraak lost niets op. Irina zou niet willen dat jullie je leven op deze manier vergooien. Denk na. Als jullie hen aanvallen, gaan we allemaal dood.'

Tanya boog verdrietig haar schouders en zocht steun bij Carlisle. Kate bleef eindelijk liggen. Carlisle en Garrett bleven de vrouwen sussend toespreken, maar hun woorden klonken te gespannen om echt troost te bieden.

Ik concentreerde me weer op de priemende blikken waarmee ons kortstondige moment van chaos gespannen werd gadegeslagen. Vanuit mijn ooghoeken zag ik dat ook Edward en alle anderen weer op hun hoede waren, op Carlisle en Garrett na.

Caius staarde vol razende verbijstering naar Kate en Garrett in de sneeuw.

Ook Aro keek naar de twee vampiers, en hij leek vooral ongeloof te voelen. Hij wist hoe sterk Kate was, hij had haar kracht gezien in Edwards herinneringen.

Begreep hij wat er gebeurde, zag hij in dat mijn schild veel sterker en verfijnder was geworden dan Edward wist? Of dacht hij dat het Garrett op de een of andere manier gelukt was om zelf onkwetsbaar te worden?

De Volturisoldaten stonden niet meer stram in het gelid maar waren door hun knieën gezakt, klaar om onmiddellijk terug te slaan als wij zouden aanvallen.

Achter hen keken drieënveertig getuigen toe met heel andere uitdrukkingen op hun gezicht dan toen ze het veld op waren gekomen. Verwarring was omgeslagen in achterdocht. Ze waren allemaal geschrokken van de bliksemsnelle executie van Irina. Wat had ze misdaan?

Nu Caius' overhaaste daad niet zoals gehoopt tot een tegenaanval had geleid, vroegen de Volturigetuigen zich af wat hier eigenlijk aan de hand was. Ik zag Aro een snelle blik over zijn schouder werpen en hij verried zichzelf toen zijn gezicht heel even vertrok van ergernis. Zijn plan om een publiek mee te nemen had zich opeens tegen hem gekeerd.

Ik hoorde Stefan en Vladimir opgetogen met elkaar fluisteren bij het zien van Aro's onbehagen.

Aro was er duidelijk op gebrand zijn witte hoed op te houden, om met de woorden van de Roemenen te spreken. Maar ik dacht niet dat de Volturi ons zomaar met rust zouden laten om hun reputatie te redden. Als ze met ons hadden afgerekend zouden ze daarna ook gewoon hun getuigen afslachten. Ik kreeg opeens een vreemd soort medelijden met de grote groep onbekenden die de Volturi hadden meegenomen om ons te zien sterven. Demetri zou hen net zolang opjagen tot ook zij allemaal waren uitgeroeid.

Demetri moest sterven, voor Jacob en Renesmee, voor Alice en Jasper, voor Alistair, en voor deze onbekenden die geen enkel vermoeden hadden gehad van de prijs die ze voor vandaag zouden moeten betalen.

Aro raakte Caius' schouder even aan. 'Irina is gestraft omdat ze een valse getuigenis heeft afgelegd over het kind.' Dus dat was hun excuus. Hij ging verder. 'Misschien moeten we ons weer even met de hoofdzaak bezighouden.'

Caius ging met een harde, ondoorgrondelijke blik rechtop staan en staarde voor zich uit in de verte. Zijn gezicht deed me gek genoeg denken aan iemand die net te horen heeft gekregen dat hij gedegradeerd is.

Aro schreed naar voren en Renata, Felix en Demetri liepen automatisch met hem mee.

'Ik wil graag het zekere voor het onzekere nemen,' zei hij, 'en een paar van jullie getuigen spreken. Gewoon voor de vorm, hoor.' Hij maakte een luchthartig handgebaar.

Er gebeurden twee dingen tegelijkertijd. Caius' ogen richtten zich op Aro en zijn kleine wrede glimlachje kwam weer terug. En Edward siste en balde zijn handen tot zulke strakke vuisten dat het leek alsof de botten van zijn knokkels door zijn staalharde huid zouden scheuren.

Ik wilde ontzettend graag weten wat er aan de hand was, maar Aro stond zo dichtbij dat hij zelfs de zachtste ademtocht kon horen. Ik zag Carlisle bezorgd naar Edwards gezicht kijken en toen verstrakten zijn eigen gelaatstrekken ook.

Terwijl Caius de ene flater na de andere had geslagen met vruchteloze beschuldigingen en ondoordachte pogingen om een gevecht uit te lokken, had Aro blijkbaar een doeltreffender strategie uitgedacht.

Aro schuifelde door de sneeuw naar het westelijke uiteinde van onze rij en bleef op zo'n tien meter van Amun en Kebi staan. De wolven in de buurt zetten dreigend hun nekharen overeind maar bleven op hun plek.

'Ach, Amun, mijn buurman uit het zuiden!' zei Aro warm. 'Je bent al zo lang niet meer op bezoek geweest.'

Amun bleef roerloos van angst staan, met Kebi als een standbeeld naast hem. 'De tijd is niet belangrijk – ik heb nooit in de gaten dat hij verstrijkt,' zei Amun zonder zijn lippen te bewegen.

'Helemaal waar,' beaamde Aro. 'Maar misschien had je wel een andere reden om weg te blijven?'

Amun zei niets.

'Het kan soms zo ontzettend veel tijd kosten als je nieuwkomers in een groep moet inwerken. Dat weet ik maar al te goed! Ik ben blij dat ik anderen heb om dat soort vervelende klusjes voor me op te knappen. En het doet me goed dat jouw nieuwe aanwinsten zich zo uitstekend hebben aangepast. Jammer dat je ze nog nooit aan me hebt voorgesteld. Maar ik weet zeker dat je van plan was me snel op te komen zoeken.'

'Uiteraard,' zei Amun, op zo'n vlakke toon dat ik niet kon horen of hij bang was of het misschien sarcastisch bedoelde.

'Ach, wat doet het er ook toe, we zijn nu allemaal bij elkaar! Is dat niet geweldig?'

Amun knikte wezenloos.

'Maar de reden voor je aanwezigheid is helaas minder plezierig. Heeft Carlisle je gevraagd te getuigen?'

'Ja.'

'En waar ben je getuige van geweest?'

Amun gaf nog steeds volkomen emotieloos antwoord. 'Ik heb het kind in kwestie bestudeerd. Het was haast meteen duidelijk dat het geen onsterfelijk kind was...'

'Misschien moeten we, nu het ernaar uitziet dat er nieuwe categorieën zijn ontstaan,' onderbrak Aro hem, 'even duidelijk stellen waar we het over hebben. Met een onsterfelijk kind bedoel je natuurlijk een mensenkind dat gebeten is door een vampier en er daardoor zelf een geworden is.'

'Ja, dat bedoelde ik.'

'Wat is je nog meer opgevallen aan het kind?'

'Dezelfde dingen die je ongetwijfeld ook al in Edwards gedachten hebt gezien. Dat hij de biologische vader van het kind is. Dat ze groeit. Dat ze leert.'

'Ja ja,' zei Aro met iets van ongeduld in zijn verder zo vriendelijke toon. 'Maar in de paar weken dat je hier bent geweest, wat is je toen vooral opgevallen?'

Amun fronste zijn wenkbrauwen. 'Dat ze... heel snel groeit.'

Aro glimlachte. 'En vind jij dat ze mag blijven leven?'

Ik begon te sissen, en ik was niet de enige. De helft van de vampiers in onze groep protesteerde ook, en het geluid bleef als een woedend geknetter in de lucht hangen. Aan de andere kant van het veld reageerden een paar Volturigetuigen op dezelfde manier. Edward deed een stap naar achteren en pakte mijn pols vast om me in bedwang te houden.

Aro draaide zich niet om, maar Amun keek bezorgd om zich heen.

'Ik ben hier niet om een oordeel te vellen,' zei hij ontwijkend.

Aro lachte luchtig. 'Ik vraag alleen om je mening.'

Amun stak zijn kin omhoog. 'Ik zie geen gevaar in het kind. Ze leert nog sneller dan ze groeit.'

Aro knikte peinzend. Na een tijdje maakte hij aanstalten om weg te lopen.

'Aro?' riep Amun.

Aro draaide zich vliegensvlug om. 'Ja, vriend?'

'Ik heb mijn getuigenis afgelegd. Ik heb hier niets meer te zoeken. Mijn vrouw en ik willen nu graag gaan.'

565

Aro glimlachte beminnelijk. 'Maar natuurlijk. Ik ben zo blij dat we even hebben kunnen bijkletsen. En ik weet zeker dat we elkaar snel weer zullen zien.'

Amuns lippen vormden een dunne streep en hij boog zijn hoofd kort om te laten zien dat hij de nauwelijks verholen dreiging had begrepen. Hij pakte Kebi's arm en samen renden ze haastig naar de zuidelijke rand van het veld, waar ze tussen de bomen verdwenen. Ik wist zeker dat ze nog heel lang zouden blijven rennen.

Aro schreed terug naar de oostkant van onze formatie, met zijn bewakers gespannen in zijn kielzog. Bij Siobhans omvangrijke gestalte bleef hij staan.

'Hallo, mijn beste Siobhan. Je bent nog even mooi als altijd.'

Siobhan gaf hem een knikje en wachtte af.

'En jij?' vroeg hij. 'Zou jij dezelfde antwoorden op mijn vragen geven als Amun?'

'Jazeker,' zei Siobhan. 'Maar ik zou er nog iets aan toe willen voegen. Renesmee is zich bewust van de regels. Ze vormt geen gevaar voor mensen – ze valt minder op dan wij. We hoeven niet te vrezen voor ontdekking.'

'Echt niet?' vroeg Aro rustig.

Edward liet een laag, rommelend gegrom horen.

Caius' troebele rode ogen klaarden op.

Renata stak beschermend haar hand uit naar haar meester.

En Garrett liet Kate los zodat hij zelf een stap naar voren kon doen, zonder aandacht te schenken aan Kate, die dit keer hém probeerde tegen te houden.

Siobhan gaf langzaam antwoord. 'Ik begrijp niet helemaal wat je bedoelt.'

Aro liep achteloos een stukje naar achteren, richting de rest van zijn wacht. Renata, Felix en Demetri volgden hem als zijn schaduw.

'De wet is niet geschonden,' zei Aro sussend, maar iedereen hoorde dat er een 'maar' aankwam. Ik deed mijn best om de woede te onderdrukken die zich een weg door mijn keel probeerde te klauwen en grauwend mijn verzet wilde laten horen. Ik gooide mijn razernij in mijn schild, maakte het dikker, zodat ik zeker wist dat iedereen beschermd was.

566

'De wet is niet geschonden,' herhaalde Aro. 'Maar betekent dat dan ook dat er geen gevaar dreigt? Nee.' Kalm schudde hij zijn hoofd. 'Dat is een heel andere kwestie.'

We reageerden alleen door onze toch al strak staande spieren nog verder aan te spannen, en aan de rand van onze groep vechters schudde Maggie langzaam haar hoofd van boosheid.

Aro liep bedachtzaam op en neer; het leek wel of hij zweefde en zijn voeten de grond helemaal niet raakten. Ik zag dat elke pas hem dichter naar zijn beschermende wacht bracht.

'Ze is uniek... Volstrekt en onvoorstelbaar uniek. Het zou vreselijk zonde zijn om zoiets moois te vernietigen. Vooral omdat we zoveel van haar zouden kunnen leren...' Hij zuchtte, alsof het hem moeite kostte om verder te gaan. 'Maar ze vormt wél een gevaar, een gevaar dat niet zomaar terzijde geschoven kan worden.'

Niemand zei iets. Het was doodstil terwijl hij verderging met een monoloog die klonk alsof hij hem alleen tegen zichzelf hield.

'Wat is het toch ironisch dat terwijl de mensen zich steeds verder ontwikkelen, en hun geloof in de wetenschap groeit en hun wereld beheerst, wij steeds minder bang hoeven te zijn om ontdekt te worden. Maar, hoewel we ons steeds vrijer kunnen bewegen doordat zij niet meer in het bovennatuurlijke geloven, zijn ze technologisch gezien zo sterk geworden dat ze, als ze zouden willen, een reële bedreiging voor ons zouden kunnen vormen, en sommigen van ons zelfs zouden kunnen doden.

Duizenden jaren lang hebben we ons bestaan vooral geheimgehouden omdat dat makkelijker, praktischer was, en niet zozeer om onze veiligheid te garanderen. Maar de afgelopen wrede, boze eeuw heeft zulke krachtige wapens voortgebracht dat ze zelfs voor ons onsterfelijken een gevaar vormen. Nu beschermt het idee dat wij slechts een mythe zijn ons pas écht tegen die zwakke wezens waarop we jagen.

Dit wonderbaarlijke kind...' Hij tilde zijn hand op, met de handpalm naar beneden alsof hij hem op Renesmee wilde leggen, hoewel hij veertig meter bij haar vandaan was en ondertussen weer bijna tussen de Volturigelederen stond. 'Wisten we maar hoe ze zich zal ontwikkelen – wisten we maar hónderd procent zeker dat haar bestaan onze geheime wereld nooit zal verraden. Maar we hebben geen idee wat er van haar zal worden! Zelfs haar eigen ouders zijn doodsbang voor wat de toekomst zal brengen. We kúnnen niet weten hoe ze zal opgroeien.' Hij zweeg even, keek eerst naar onze getuigen en toen, met een veelbetekenende blik, naar de zijne. Hij was er heel aardig in geslaagd om net te klinken alsof hij zelf echt door zijn woorden werd verscheurd.

Met zijn ogen nog steeds op zijn eigen getuigen gericht ging hij verder. 'Alleen het bekende is veilig. Alleen het bekende is toelaatbaar. Het onbekende is... een zwakke plek.'

Caius' boosaardige grijns werd breder.

'Je zoekt spijkers op laag water, Aro,' zei Carlisle kil.

'Rustig, mijn vriend.' Aro glimlachte; zijn gezicht was nog net zo aardig en zijn stem nog net zo vriendelijk als net. 'We moeten dit niet overhaasten. We moeten dit van alle kanten bekijken.'

'Zou ik dan misschien ook mijn kant van het verhaal mogen vertellen?' vroeg Garrett op neutrale toon terwijl hij nog een stap naar voren deed.

'Nomade,' zei Aro en hij gaf een toestemmend knikje.

Garrett rechtte zijn rug. Hij richtte zijn blik op de menigte aan de rand van het veld en sprak rechtstreeks tegen de Volturigetuigen.

'Ik ben hier net als de anderen op Carlisles verzoek naartoe gekomen om te getuigen,' zei hij. 'Dat is nu in elk geval niet meer nodig, wat het kind betreft. We hebben allemaal gezien wat ze is.

Ik ben gebleven om een andere getuigenis af te leggen. Aan jullie.' Hij wees met een priemende vinger naar de argwanende vampiers. 'Twee van jullie ken ik – Makenna, Charles – en ik kan zien dat er nog veel meer zwervers onder jullie zijn, die net als ik rondtrekken en aan niemand verantwoording hoeven af te leggen. Denk goed na over wat ik jullie ga vertellen.

Deze oudsten zijn hier níét gekomen om het recht te laten zegevieren, zoals ze jullie hebben wijsgemaakt. Wij hadden al zo'n vermoeden, en nu is het bewezen. Ze hadden een geldige reden voor hun komst, maar die bleek op een misverstand te berusten. Zie hoe ze nu met slechte uitvluchten komen om hun ware missie te kunnen voortzetten. Zie hoe ze zich in allerlei bochten wringen om te rechtvaardigen wat ze hier eigenlijk komen doen: deze familie vernietigen.' Hij gebaarde naar Carlisle en Tanya.

'De Volturi zijn hierheen gekomen om deze clan, die zij als hun tegenstanders beschouwen, te doden. Misschien kijken jullie wel net als ik vol verbazing naar hun gouden ogen. Ze zijn anders dan wij, dat is waar. Maar de oudsten kijken ook en zien nog iets anders dan hun opvallende levensstijl. Zij zien mácht.

568 Ik heb de onderlinge verbanden binnen deze familie gezien – en neem maar van mij aan dat dit een echte familie is. Deze vreemde mensen met hun gouden ogen verzetten zich tegen hun eigen natuur. Maar het lijkt erop dat ze in ruil daarvoor iets gevonden hebben wat misschien nog wel meer waard is dan slechts het bevredigen van een behoefte. Ik heb ze in de tijd dat ik hier was vrij goed geobserveerd, en ik heb het idee dat deze bijzonder sterke familiebanden

voortkomen uit en zelfs alleen mogelijk zijn door het vredige karakter van dit leven vol onthouding. Er is hier geen agressie zoals we die allemaal bij de zuidelijke clans hebben gezien, die steeds groter werden en razendsnel ten onder gingen aan hun verwoestende vetes. Hier hunkert niemand naar macht. En Aro weet dat beter dan ik.'

Ik keek naar Aro terwijl Garrett zijn beschuldigende woorden uitsprak en wachtte gespannen af hoe hij zou reageren. Maar Aro had slechts een beleefde en licht geamuseerde uitdrukking op zijn gezicht, alsof hij naar een kind met een driftbui keek en wachtte tot het door zou krijgen dat er niemand op zijn aanstellerij lette.

'Toen Carlisle vertelde wat ons te wachten stond, heeft hij ons op het hart gedrukt dat hij ons niet had laten komen om te vechten.' Garrett wees naar Siobhan en Liam. 'Deze getuigen beloofden een verklaring af te leggen, om de Volturi met hun aanwezigheid een halt toe te roepen zodat Carlisle de kans zou krijgen om zijn verhaal te doen.

Maar sommigen van ons,' en zijn ogen schoten even naar Eleazar, 'vroegen zich af of het feit dat Carlisle de waarheid aan zijn kant had wel afdoende zou zijn om deze zogenaamde gerechtigheid tegen te houden. Zijn de Volturi hier om ervoor te zorgen dat ons bestaan geheim blijft, of om ervoor te zorgen dat ze hun macht behouden? Zijn ze gekomen om een verboden wezen te vernietigen, of een manier van leven? Zouden ze er genoegen mee nemen als bleek dat het zogenaamde gevaar slechts op een misverstand berustte? Of zouden ze hun zin ook zonder legitieme reden proberen door te drukken?

We weten wat het antwoord is op al deze vragen. We hebben het gehoord in Aro's leugenachtige woorden – een van ons heeft een gave waardoor we zeker weten dat hij loog – en we zien het nu in Caius' begerige glimlach. Hun wacht is slechts een hersenloos wapen, een middel dat hun meesters gebruiken in hun zoektocht naar macht.

Dit roept andere vragen op, vragen waar júllie antwoord op moeten geven. Wie is jullie baas, nomaden? Doen jullie wat anderen willen, of alleen wat jullie zélf willen? Zijn jullie vrij om je eigen pad te kiezen, of bepalen de Volturi hoe jullie levens eruitzien? 569

Ik ben gekomen om te getuigen. Ik blijf om te vechten. De dood van het kind interesseert de Volturi niets. Het gaat hun alleen om de dood van onze vrije wil.'

Hij liet zijn blik nog een laatste keer over de Volturigetuigen gaan en keek hen stuk voor stuk indringend aan. Aan hun gezichten was duidelijk te zien dat zijn woorden indruk hadden gemaakt. 'Misschien willen jullie je wel bij ons aansluiten. Als jullie denken dat de Volturi jullie zullen laten leven om dít na te vertellen, dan heb je het mis. Misschien gaan we allemaal dood,' hij haalde zijn schouders op, 'maar misschien ook wel niet. Misschien staan we wel op gelijkere voet dan zij denken. Misschien hebben de Volturi eindelijk een waardige tegenstander getroffen. Maar ik kan jullie één ding beloven: als wij gaan, dan gaan jullie ook.'

Hij sloot zijn verhitte betoog af door weer naast Kate te gaan staan, en nam toen een vechthouding aan.

Aro glimlachte. 'Een erg mooie toespraak, mijn revolutionaire vriend.'

Garrett was nog steeds klaar voor de aanval. 'Revolutionair?' gromde hij. 'En tegen wie kom ik dan in opstand, als ik vragen mag? Ben jij mijn koning? Moet ik jou ook "meester" noemen, net als die vleierige soldaten van je?'

'Rustig, Garrett,' zei Aro inschikkelijk. 'Ik refereerde slechts aan de tijd waarin je geboren bent. Nog steeds een echte patriot, merk ik.'

Garrett keek hem woedend aan.

'We zullen het eens aan onze getuigen vragen,' stelde Aro voor. 'Ik wil horen hoe zij erover denken voor we ons besluit nemen.' Hij keerde ons nonchalant de rug toe en liep nog een paar meter verder naar de groep zenuwachtige toeschouwers die zich nu nog dichter tegen de bosrand aan drukten. 'Vertel eens, vrienden. Wat vinden jullie er nu van? Ik kan jullie verzekeren dat het kind niet is wat we hadden gevreesd. Nemen we het risico en laten we het kind in leven? Laten we deze familie ongemoeid, en zetten we daarmee onze eigen wereld op het spel? Of heeft onze vurige Garrett gelijk? Willen jullie het samen met hem tegen ons opnemen nu wij opeens naar de wereldheerschappij schijnen te streven?'

De getuigen staarden hem behoedzaam aan. Een kleine, zwartharige vrouw keek even opzij naar de donkerblonde man die naast haar stond.

570 'Zijn dat onze enige opties?' vroeg ze plotseling en haar ogen schoten weer terug naar Aro. 'We scharen ons achter jullie of we vechten tegen jullie?'

'Maar natuurlijk niet, mijn allerliefste Makenna,' zei Aro, en hij deed net alsof hij het verschrikkelijk vond dat iemand tot die conclusie zou kunnen komen. 'Jullie zijn uiteraard net als Amun vrij om te gaan, zelfs als jullie het niet eens zijn met het besluit van de raad.'

Makenna keek nog een keer naar haar partner, en hij gaf een haast onzichtbaar knikje.

'We zijn hier niet naartoe gekomen om te vechten.' Ze zweeg even, ademde uit en zei toen: 'We zijn hiernaartoe gekomen om te getuigen. En wij willen hierbij verklaren dat deze veroordeelde familie onschuldig is. Garrett heeft volkomen gelijk.'

'Ach,' zei Aro verdrietig. 'Wat jammer dat je zo over ons denkt. Maar onze taak roept bij sommigen nu eenmaal weerstand op.'

'Ik denk het niet, ik voel het,' zei Makenna's partner met het strogele haar op een hoge, zenuwachtige toon. Hij keek even naar Garrett. 'Garrett zei dat zij weten wanneer iemand liegt. Ook ik weet wanneer ik de waarheid hoor en wanneer niet.' Met angstige ogen schuifelde hij in afwachting van Aro's reactie dichter naar zijn vrouw toe.

'Charles, mijn vriend, je hoeft niet bang voor ons te zijn. De patriot is ongetwijfeld oprecht overtuigd van wat hij zegt.' Aro grinnikte zachtjes en Charles kneep zijn ogen samen.

'Dat was onze getuigenverklaring,' zei Makenna. 'We gaan nu weg.'

Charles en zij liepen langzaam achteruit en draaiden zich pas om toen ze door de bomen aan het zicht werden onttrokken. Een andere onbekende trok zich op dezelfde manier terug, waarna er nog drie getuigen achter hem aan renden.

Ik bestudeerde de zevenendertig overgebleven vampiers. Een aantal leek zo in de war dat ze gewoon niet in staat waren om een besluit te nemen. Maar de meerderheid was zich volgens mij maar al te bewust van de kant die de confrontatie op ging. Ik vermoedde dat ze liever wilden weten wie er precies achter hen aan zouden komen dan dat ze nu vast een voorsprong namen.

Ik wist zeker dat Aro hetzelfde zag als ik. Hij draaide zich om en liep rustig terug naar zijn wacht. Hij ging voor hen staan en sprak hen met heldere stem toe.

'We zijn in de minderheid, mijn lievelingen,' zei hij. 'We kunnen geen hulp van anderen verwachten. Moeten we deze kwestie laten voor wat hij is om ons- 571 zelf te redden?'

'Nee, meester,' fluisterden ze in koor.

'En zijn we wellicht bereid om een aantal mensen te verliezen om onze wereld te beschermen?'

'Ja,' fluisterden ze. 'We zijn niet bang.'

Aro glimlachte en wendde zich tot zijn in het zwart geklede partners.

'Broeders,' zei hij ernstig. 'We hebben veel te bespreken.'

'Tijd voor overleg,' zei Caius geestdriftig.

'Tijd voor overleg,' herhaalde Marcus ongeïnteresseerd.

Aro keerde ons weer de rug toe en ging tegenover de andere oudsten staan. Ze gaven elkaar de hand en vormden een driehoek van zwarte mantels.

Zodra Aro zijn aandacht bij het zwijgende overleg had, glipten er nog twee getuigen stilletjes het bos in. Ik hoopte voor hen dat ze hard konden rennen.

Dit was het dan. Voorzichtig haakte ik Renesmees armen los, die ze nog steeds om mijn nek geslagen had.

'Weet je nog wat ik tegen je gezegd heb?'

Er kwamen tranen in haar ogen, maar ze knikte. 'Ik hou van jou,' fluisterde ze.

Edward stond ons met grote gouden ogen aan te kijken. Jacob gluurde naar ons vanuit een grote donkere ooghoek.

'Ik hou ook van jou,' zei ik en toen raakte ik haar medaillon even aan. 'Meer dan van mijn eigen leven.' Ik gaf haar een kus op haar voorhoofd.

Jacob jankte ongerust.

Ik ging op mijn tenen staan en fluisterde in zijn oor: 'Wacht tot ze echt helemaal afgeleid zijn en ga er dan met haar vandoor. Vlucht zo ver mogelijk hier vandaan. Als je te voet niet meer verder kunt, heeft zij alles bij zich wat jullie nodig hebben voor het vliegtuig.'

Edward en Jacob hadden bijna precies dezelfde ontzette blik op hun gezicht, ondanks het feit dat een van hen een dier was.

Renesmee stak haar handjes uit naar Edward en hij tilde haar op. Ze hielden elkaar heel stevig vast.

'Is dit wat je voor me verborgen hebt gehouden?' fluisterde hij over haar hoofd heen.

'Voor Aro,' zei ik bijna geluidloos.

572 'Alice?'

Ik knikte.

Zijn gezicht vertrok van verdriet nu hij het begreep. Had ik ook zo gekeken toen ik eindelijk doorkreeg wat Alice' aanwijzingen betekenden?

Jacob gromde zacht, een diep, schor geluid, zo gelijkmatig en ononderbroken dat hij bijna leek te spinnen. Zijn nekharen stonden rechtovereind en hij liet zijn tanden zien.

Edward kuste Renesmee op haar voorhoofd en beide wangen en zette haar toen op Jacobs schouders. Ze klauterde soepel op zijn rug en trok zich op aan zijn vacht tot ze stevig in de kuil tussen zijn enorme schouderbladen zat.

Jacob draaide zijn kop naar me toe. Zijn ogen stonden intens verdrietig en het rommelende gebrom schuurde nog steeds door zijn borstkas.

'Jij bent de enige aan wie we haar ooit zouden kunnen toevertrouwen,' prevelde ik tegen hem. 'Als jij niet zoveel van haar zou houden, zou ik dit nooit over mijn hart kunnen verkrijgen. Ik weet dat jij haar kunt beschermen, Jacob.'

Hij jankte weer en boog zijn kop om me een duwtje tegen mijn schouder te geven.

'Ik weet het,' fluisterde ik. 'Ik hou ook van jou, Jake. Je zult altijd mijn beste vriend blijven.'

Er rolde een traan zo groot als een honkbal in de roodbruine vacht onder zijn oog.

Edward legde zijn hoofd tegen de schouder waar hij ook Renesmee op had gezet. 'Vaarwel, Jacob, mijn broer... mijn zoon.'

Ons afscheid ontging de anderen niet. Ze bleven strak naar de zwijgende zwarte driehoek kijken, maar ik wist dat ze meeluisterden.

'Is er dan helemaal geen hoop meer?' fluisterde Carlisle. Hij klonk niet bang, maar vastberaden en berustend.

'Er is zeker nog hoop,' mompelde ik terug. *Het zou kunnen*, zei ik tegen mezelf. 'Ik ken alleen mijn eigen lot.'

Edward pakte mijn hand. Hij wist dat hij daar ook bij hoorde: het sprak voor zich dat ik met 'mijn lot' ons tweeën bedoelde. We vormden allebei de helft van het geheel.

Ik hoorde Esmés gejaagde ademhaling achter me. Ze liep ons voorbij terwijl ze onze gezichten even aanraakte, ging naast Carlisle staan en pakte zijn hand.

Plotseling werden we omringd door gemompelde afscheidswoorden en liefdesbetuigingen.

'Als we dit overleven,' fluisterde Garrett tegen Kate, 'dan ga ik overal met je 573 mee naartoe.'

'Daar komt-ie nu mee,' mopperde ze.

Rosalie en Emmett gaven elkaar een korte maar gepassioneerde kus.

Tia streelde Benjamins gezicht. Hij glimlachte opgewekt terug, pakte haar hand en drukte hem tegen zijn wang.

Daarna zag ik niet meer hoe iedereen zijn liefde en verdriet uitte, want ik werd plotseling afgeleid door een onverwachte, trillende druk tegen de rand van mijn schild. Ik kon niet goed zien waar hij vandaan kwam, maar het voelde alsof hij op de randen van onze groep gericht was, en dan met name op Siobhan en Liam. De druk richtte geen schade aan en verdween weer.

De zwijgende gestalten van de beraadslagende oudsten hadden zich niet verroerd. Maar misschien hadden we een of ander teken gemist.

'Ga klaarstaan,' fluisterde ik tegen de anderen. 'Het gaat beginnen.'

38. Macht

'Chelsea probeert onze banden te verbreken,' fluisterde Edward, 'maar ze kan ze niet vinden. Ze kan ons hier niet voelen...' Hij keek naar mij. 'Doe jij dat?'

Ik glimlachte grimmig naar hem. 'Ik heb dit hélemaal onder controle.'

Plotseling sprong Edward opzij en stak zijn arm uit naar Carlisle. Op hetzelfde moment voelde ik een scherpe steek op de plek waar het schild zich beschermend om Carlisles lichtje had geslagen. Het deed geen pijn, maar het was ook niet erg prettig.

'Carlisle? Gaat het?' hijgde Edward.

'Ja. Hoezo?'

'Jane,' antwoordde Edward.

Op het moment dat hij haar naam uitsprak kregen we heel snel achter elkaar twaalf felle aanvallen te verduren, die mijn elastische schild probeerden te doorboren. Elke aanval was op een ander lichtpunt gericht. Ik spande mijn schild aan en controleerde of het nog heel was. Zo te zien had Jane geen schade aangericht. Ik keek snel om me heen, maar iedereen stond nog gewoon overeind.

'Ongelooflijk,' zei Edward.

'Waarom wachten ze niet tot de oudsten een besluit hebben genomen?' siste Tanya.

'Zo gaat het altijd,' antwoordde Edward kortaf. 'Ze schakelen de verdachten altijd uit zodat ze niet kunnen ontsnappen.'

Ik keek over het veld naar Jane, die vol woedend ongeloof naar onze groep staarde. Ik wist bijna zeker dat er nog nooit iemand haar vlammende aanval had weerstaan, behalve ik dan. 575

Het was waarschijnlijk wel een beetje kinderachtig. Maar ik ging ervan uit dat Aro binnen een halve seconde zou raden dat mijn schild sterker was dan Edward had geweten, als hij het niet allang doorhad. Ik had toch al een schietschijf op mijn voorhoofd staan en het had eigenlijk geen zin om te proberen mijn krach-

tige gave nog verborgen te houden. En dus grijnsde ik Jane breed en zelfgenoegzaam toe.

Ze kneep haar ogen samen en ik voelde weer een harde prik, dit keer richting
mezelf.

Mijn lippen gingen nog verder van elkaar en ik liet haar mijn tanden zien.

Jane stootte een hoog, krijsend gegrom uit. Iedereen schrok, zelfs de afge-
richte leden van de wacht. Alleen de oudsten keken niet eens op uit hun overleg.
Haar tweelingbroer pakte haar arm toen ze in elkaar dook voor de aanval.

De Roemenen begonnen vol duistere voorpret te grinniken.

'Ik zei toch dat dit ons moment zou worden,' zei Vladimir tegen Stefan.

'Moet je dat gezicht van die heks nou eens zien,' gnuifde Stefan.

Alec gaf zijn zus een kalmerend schouderklopje en sloeg zijn arm om haar
heen. Vervolgens keek hij ons met een uitgestreken, engelachtig gezicht aan.

Ik wachtte op de druk, een teken van zijn aanval, maar ik voelde niets. Hij
bleef onze kant op staren, zijn mooie gezicht strak in de plooi. Viel hij aan? Wist
hij door mijn schild heen te dringen? Was ik de enige die hem nog steeds kon
zien? Ik kneep in Edwards hand.

'Alles goed?' stootte ik uit.

'Ja,' fluisterde hij.

'Valt Alec ons aan?'

Edward knikte. 'Zijn gave werkt langzamer dan die van Jane. Hij kruipt vooruit. Over een paar seconden is hij hier.'

Toen ik eenmaal wist waar ik naar moest zoeken, zag ik het ook.

Er trok een vreemde, doorzichtige mist over de sneeuw, bijna onzichtbaar tegen het wit. Het deed me denken aan een luchtspiegeling, een flauwe flikkering
die het beeld net iets verstoorde. Ik duwde mijn schild verder bij Carlisle en de
voorste rij vandaan, want ik was bang dat de geniepige mist te dicht bij hen in de
buurt zou komen als hij het schild raakte. Stel dat hij recht door mijn onzichtbare bescherming heen zou sluipen? Moesten we vast op de vlucht slaan?

576 Er ging een diep gerommel door de grond onder onze voeten, en een onverwachte windstoot veroorzaakte wilde sneeuwvlagen tussen ons en de Volturi.
Benjamin had de naderende dreiging ook gezien en probeerde de mist weg te
blazen. Door de opwaaiende sneeuw was goed te zien waar hij de wind heen
stuurde, maar de mist trok zich er niets van aan. De windvlaag was als lucht die
zonder schade aan te richten door een schaduw blies – de schaduw was onaantastbaar.

De driehoeksformatie van de oudsten viel eindelijk uiteen toen er met een oorverdovend gekraak een diepe, smalle kloof ontstond die in een lange zigzag door het midden van het veld liep. De grond onder mijn voeten schudde even. De sneeuwhopen stortten meteen in het gat, maar de mist gleed er gewoon overheen; de zwaartekracht deed hem net zo weinig als de wind.

Aro en Caius keken met grote ogen naar de opensplijtende aarde. Marcus keek uitdrukkingsloos in dezelfde richting.

Ze zeiden niets en wachtten net als wij tot de mist ons zou bereiken. De wind gierde harder, maar kon hem niet wegblazen. Nu was het Jane die stond te lachen.

En toen botste de mist tegen een muur op.

Ik proefde hem op mijn tong zodra hij mijn schild raakte; hij had een dikke, zoete, weeïge smaak. Het deed me vaag denken aan een verdoving bij de tandarts.

De mist krulde omhoog, op zoek naar een scheur, een zwakke plek. Hij vond niets. Flarden rondtastende nevel kropen omhoog en opzij terwijl ze een ingang probeerden te vinden, en lieten daarbij ondertussen goed zien hoe verbazingwekkend groot het beschermende schild eigenlijk was.

Aan beide kanten van Benjamins kloof werd naar adem gesnakt.

'Goed zo, Bella!' juichte Benjamin zachtjes.

Mijn glimlach kwam weer terug.

Ik keek naar Alecs samengeknepen ogen en zag voor het eerst twijfel op zijn gezicht, nu de mist ongevaarlijk rond de randen van mijn schild kolkte.

En toen wist ik dat ik het kon. Ik zou duidelijk hun voornaamste doelwit zijn, de eerste die moest sterven, maar zolang ik standhield waren we simpelweg sterker dan de Volturi. Wij hadden Benjamin en Zafrina nog; zij hadden geen enkele bovennatuurlijke hulpmiddelen meer. Zolang ik maar standhield.

'Ik moet me concentreren,' fluisterde ik tegen Edward. 'Als het gevecht straks begint zal het lastiger worden om de juiste mensen af te schermen.'

'Ik bescherm je wel.'

577

'Nee. Jij móét achter Demetri aan. Zafrina houdt ze wel bij me uit de buurt.'

Zafrina knikte plechtig. 'Niemand zal dit jonkie een haar krenken,' beloofde ze Edward.

'Ik zou zelf Jane en Alec wel te grazen willen nemen, maar hier hebben jullie meer aan me,' zei ik.

'Jane is voor mij,' siste Kate. 'Ik zal haar eens een koekje van eigen deeg geven.'

'En Alec is mij heel veel levens verschuldigd, maar ik zal genoegen nemen met het zijne,' gromde Vladimir aan de andere kant. 'Die is voor mij.'

'Ik hoef alleen Caius maar,' zei Tanya vlak.

De anderen begonnen nu ook de tegenstanders te verdelen, maar werden al snel onderbroken.

Aro staarde kalmpjes naar Alecs mist die geen enkel effect had, en deed toen eindelijk zijn mond open.

'Voor we stemmen...' begon hij.

Boos schudde ik mijn hoofd. Ik was deze hele poppenkast spuugzat. Mijn bloeddorst laaide weer op en ik vond het eigenlijk jammer dat ik de anderen meer hielp door hier te blijven staan. Ik wílde vechten.

'...wil ik graag nog eens duidelijk stellen,' ging Aro verder, 'dat het niet op geweld hoeft uit te lopen, wat de raad ook besluit.'

Edward stootte een dreigende, grommende lach uit.

Aro keek hem bedroefd aan. 'Het zou hoe dan ook een zeer betreurenswaardig verlies zijn voor onze soort als een van jullie zou sterven. Maar dat geldt zeker voor jou, jonge Edward, en je pasgeboren partner. De Volturi zouden velen van jullie met plezier in de gelederen verwelkomen. Bella, Benjamin, Zafrina, Kate. Jullie kunnen nog alle kanten op. Denk er maar eens goed over na.'

Chelsea duwde machteloos tegen mijn schild in haar poging ons aan het wankelen te brengen. Aro liet zijn blik over onze onverzettelijke ogen glijden om te zien of hij ergens een teken van aarzeling kon bespeuren. Aan zijn uitdrukking te zien was dat niet zo.

Ik wist dat hij Edward en mij dolgraag in leven wilde houden om ons gevangen te nemen zoals hij Alice ook had willen inlijven. Maar dit gevecht werd te groot. Als ik bleef leven zou hij nooit winnen. Ik voelde een felle trots dat ik zo krachtig was dat het geen optie was om me níét te vermoorden.

578   'Dan zullen we nu stemmen,' zei hij met duidelijke tegenzin.

Caius begon geestdriftig te ratelen. 'We weten niets over dit kind. Ze vormt een veel te groot risico om te kunnen blijven leven. Ze moet gedood worden, samen met iedereen die haar beschermt.' Hij glimlachte bij het vooruitzicht.

Ik onderdrukte de neiging om met een uitdagende kreet op zijn wrede lachje te reageren.

Marcus sloeg zijn onverschillige ogen op en leek dwars door ons heen te kijken terwijl hij zijn stem uitbracht.

'Ik zie geen direct gevaar. Het kind is hier voorlopig veilig. We kunnen de situatie later altijd nog opnieuw beoordelen. Ik stel voor dat we vertrekken.' Zijn stem klonk nog zwakker dan het tere gezucht van zijn broers.

Ondanks zijn afwijkende mening bleven alle soldaten gespannen in hun aanvalshouding staan, en Caius' verwachtingsvolle grijns verflauwde niet. Het leek wel alsof Marcus niets gezegd had.

'Dan moet ik kennelijk de doorslaggevende stem uitbrengen,' peinsde Aro.

Plotseling voelde ik Edward naast me verstijven. 'Ja!' siste hij.

Ik keek even snel opzij. Hij had een opgetogen blik in zijn fonkelende ogen die ik niet begreep – het was de blik waarmee een engel der wrake zou toekijken hoe de wereld brandde. Adembenemend en angstaanjagend tegelijk.

De wacht reageerde met een zacht, onbehaaglijk geroezemoes.

'Aro?' vroeg Edward, hij schreeuwde het bijna, met onverholen triomf in zijn stem.

Aro aarzelde even en nam Edwards juichende blik argwanend in zich op voor hij antwoord gaf. 'Ja, Edward? Wilde je nog iets anders inbrengen?'

'Misschien,' zei Edward vriendelijk terwijl hij zijn onverklaarde opwinding probeerde te onderdrukken. 'Ik wil eerst graag iets ophelderen, als dat mag.'

'Jazeker,' zei Aro met opgetrokken wenkbrauwen op een beleefde, geïnteresseerde toon. Ik knarste met mijn tanden: als Aro zo hoffelijk was, was hij op zijn allergevaarlijkst.

'Je bent toch alleen bang dat mijn dochter een gevaar zal vormen omdat we niet kunnen voorspellen hoe ze zich zal ontwikkelen? Dat is toch de kern van het probleem?'

'Dat klopt, vriend Edward,' beaamde Aro. 'Als we het zeker wisten... Als we erop konden vertrouwen dat ze als ze groter wordt nog steeds voor de mensenwereld verborgen gehouden kan worden, en de veiligheid van ons geheime bestaan niet in gevaar zal brengen...'

579

'Dus als we zeker zouden weten hoe ze later wordt,' opperde Edward, 'dan zou er helemaal geen reden meer zijn voor deze bijeenkomst?'

'Als we het op de een of andere manier volstrékt zeker zouden kunnen weten,' knikte Aro, en zijn hese stem klonk iets schriller. Hij wist niet waar Edward heen wilde. Ik ook niet. 'Dan zou de discussie inderdaad gesloten zijn.'

'En dan zouden we in goede harmonie als vrienden uit elkaar gaan?' vroeg Edward met een licht ironische ondertoon.

Nog schriller. 'Maar natuurlijk, mijn jonge vriend. Ik zou niets liever willen.'

Edward grinnikte verheugd. 'Dan heb ik inderdaad nog iets in te brengen.'

Aro's ogen vernauwden zich. 'Ze is volstrekt uniek. We kunnen alleen maar gissen naar haar toekomst.'

'Niet volstrekt uniek,' wierp Edward tegen. 'Zeldzaam, dat zeker, maar niet enig in haar soort.'

Ik vocht tegen de schrik, tegen de hoop die onverwacht oplaaide, want ik werd er te veel door afgeleid. De bleke mist wervelde nog steeds langs de rand van mijn schild. En terwijl ik mijn uiterste best deed om me te concentreren, voelde ik opnieuw een scherpe, stekende druk tegen onze beschermlaag.

'Aro, zou je alsjeblieft aan Jane kunnen vragen of ze niet de hele tijd mijn vrouw wil aanvallen?' vroeg Edward beleefd. 'We zijn nog steeds het bewijsmateriaal aan het bespreken.'

Aro stak zijn hand op. 'Rustig, mijn lievelingen. We zullen horen wat hij te zeggen heeft.'

De druk verdween. Jane liet haar tanden zien en ik grijnsde naar haar, ik kon het niet laten.

'Waarom kom je er niet even bij, Alice?' riep Edward luid.

'Alice,' fluisterde Esmé geschokt.

Alice!

Alice, Alice, Alice!

'Alice!' 'Alice!' mompelden allerlei stemmen om me heen.

'Alice,' prevelde Aro.

Ik werd overspoeld door opluchting en blijdschap en ik had al mijn wilskracht nodig om het schild op zijn plek te houden. Alecs mist was nog steeds op zoek naar zwakke plekken, en daardoor zou Jane het meteen zien als ik ergens een gat liet vallen.

580   En toen hoorde ik hen door het bos rennen, ze vlogen tussen de bomen door om de afstand zo snel mogelijk te overbruggen, zonder zich om de herrie te bekommeren die ze daarbij maakten.

Beide partijen wachtten roerloos af. De Volturigetuigen fronsten hun wenkbrauwen door deze nieuwe, verwarrende ontwikkeling.

En toen danste Alice vanuit het zuidwesten de open plek op, en het was zo heerlijk om haar gezicht weer te zien dat ik bang was dat ik zou vallen. Jasper volgde haar op de voet, met felle, priemende ogen. En vlak achter hen renden drie onbekenden: eerst een lange, gespierde vrouw met woest donker haar – dat moest Kachiri zijn. Ze had dezelfde lange ledematen en gelaatstrekken als de andere Amazones; bij haar waren ze zelfs nog opvallender.

Daarna volgde een kleine vrouwelijke vampier met een olijfkleurige huid en een lange zwarte vlecht die op haar rug stuiterde. Haar bordeauxrode ogen schoten zenuwachtig over het tafereel voor haar.

En ten slotte kwam er een jonge man, die een stuk minder snel en soepel rende. Zijn huid had een heel warme, donkerbruine kleur. Zijn argwanende ogen gleden langs de verzamelde vampiers en hadden de kleur van teakhout. Zijn haar was zwart en hij droeg het net als de vrouw in een vlecht, maar dan minder lang. Hij was prachtig.

Toen hij dichterbij kwam hoorden we een nieuw geluid dat een schokgolf door de toeschouwers liet gaan: een tweede hartslag, bonkend van de inspanning.

Alice sprong lenig over de laatste resten mist die nog aan mijn schild likten en kwam soepel naast Edward tot stilstand. Ik stak mijn hand uit om haar arm aan te raken, net als Edward, Esmé en Carlisle. Er was geen tijd voor een uitgebreidere begroeting. Jasper en de anderen kwamen achter haar aan door het schild heen.

De hele wacht keek aandachtig toe hoe de laatkomers zonder moeite langs de onzichtbare afscheiding kwamen. Felix en een aantal andere gespierde jongens richtten hun ogen plotseling hoopvol op mij. Ze hadden niet geweten wat mijn schild allemaal afweerde, maar nu was het duidelijk dat het een fysieke aanval niet kon tegenhouden. Zodra Aro het bevel gaf zouden ze een razendsnelle aanval uitvoeren die puur en alleen op mij gericht was. Ik vroeg me af hoeveel vampiers Zafrina zou kunnen verblinden, en hoe lang dat hen zou afremmen. Zouden Kate en Vladimir genoeg tijd hebben om Jane en Alec uit te schakelen? Dat was het enige waar ik op kon hopen.

581

Edward ging helemaal op in de meesterzet die hij in goede banen probeerde te leiden, maar verstarde desondanks woedend toen hij hun gedachten hoorde. Hij vermande zich en richtte zich weer tot Aro.

'Alice heeft de afgelopen weken haar eigen getuigen bij elkaar gezocht,' zei hij tegen de oude vampier. 'En ze komt niet met lege handen terug. Alice, wil je de getuigen die je hebt meegenomen eens aan ons voorstellen?'

Caius gromde. 'Het moment van de getuigenverklaringen is al geweest! Breng je stem uit, Aro!'

Aro stak een vinger in de lucht om zijn broer het zwijgen op te leggen. Hij leek zijn ogen niet van Alice' gezicht af te kunnen houden.

Alice stapte luchtig naar voren en stelde de onbekenden voor. 'Dit is Huilen en dat is haar neef Nahuel.'

Ik hoorde haar stem... en het was alsof ze nooit weg was geweest.

Caius kneep zijn ogen samen toen Alice de familieband tussen de nieuwkomers noemde. De Volturigetuigen sisten zacht. De vampierwereld stond voor een grote verandering, en iedereen kon het voelen.

'Zeg het maar, Huilen,' beval Aro. 'Geef ons de getuigenverklaring waarvoor je hiernaartoe bent gebracht.'

De tengere vrouw keek zenuwachtig naar Alice. Alice knikte haar bemoedigend toe en Kachiri legde haar lange hand op de schouder van de kleine vampier.

'Ik ben Huilen,' zei de vrouw goed verstaanbaar maar met een opvallend accent. Toen ze verderging werd duidelijk dat ze haar verhaal had voorbereid, dat ze had geoefend. Het klonk een beetje als een ritmisch kinderrijmpje. 'Anderhalve eeuw geleden woonde ik bij mijn volk, de Mapuche. Mijn zus heette Pire. Onze ouders hadden haar naar de sneeuw op de bergen vernoemd vanwege haar lichte huid. En ze was heel erg mooi – te mooi. Op een dag kwam ze stiekem naar me toe en vertelde me over de engel die ze in het bos was tegengekomen en die 's nachts bij haar langskwam. Ik waarschuwde haar.' Huilen schudde verdrietig haar hoofd. 'Maar de blauwe plekken op haar lichaam zeiden eigenlijk al genoeg. Ik wist dat het de Libishomen uit onze legendes was, maar ze wilde niet luisteren. Ze was behekst.

Ze kwam naar me toe toen ze zeker wist dat er een kind van de duistere engel in haar buik groeide. Ik probeerde haar niet op andere gedachten te brengen toen ze zei dat ze wilde vluchten – ik wist dat zelfs onze vader en moeder zouden vinden dat het kind gedood moest worden, samen met Pire. Ik ging met haar mee, heel diep het bos in. Ze zocht haar duivelse engel overal, maar ze kon hem niet vinden. Ik zorgde voor haar en joeg voor haar toen ze steeds zwakker werd. Ze at de dieren rauw, ze dronk hun bloed. Nu wist ik zeker wat ze in haar buik droeg. Ik hoopte dat ik haar leven kon redden voor ik het monster zou doden.

Maar ze hield van haar ongeboren kind. Toen hij steeds sterker werd en haar

582

botten brak noemde ze hem Nahuel, naar de junglepanter – en ze bleef van hem houden.

Ik kon haar niet redden. Het kind scheurde haar buik open en ze stierf snel, smekend dat ik voor haar Nahuel zou zorgen. Het was haar laatste wens – en ik beloofde het.

Hij beet me toen ik hem op wilde tillen. Ik kroop weg in het oerwoud om te sterven. Ik kwam niet ver – het deed te veel pijn. Maar hij vond me terug: het pasgeboren kind wurmde zich door het struikgewas en bleef naast me zitten wachten. Toen de pijn over was, lag hij opgekruld tegen mijn zij te slapen.

Ik zorgde voor hem tot hij zelf kon jagen. We joegen in de dorpen rond het woud en bemoeiden ons niet met anderen. We zijn nog nooit zo ver van huis geweest, maar Nahuel wilde het kind zien.'

Huilen boog haar hoofd toen ze uitgesproken was en deed een paar stappen achteruit tot ze deels door Kachiri aan het zicht onttrokken werd.

Aro staarde met getuite lippen naar de donkere jongen.

'Nahuel, ben jij honderdvijftig jaar oud?' vroeg hij.

'Zo ongeveer,' antwoordde hij met een schitterende, gloedvolle stem. Zijn accent was nauwelijks te horen. 'Misschien een jaar of tien meer of minder. We houden het niet zo bij.'

'En op welke leeftijd was je volwassen?'

'Zo'n zeven jaar na mijn geboorte was ik volgroeid.'

'En sinds die tijd ben je niet meer veranderd?'

Nahuel haalde zijn schouders op. 'Niet dat ik weet.'

Ik voelde een siddering door Jacobs lijf gaan. Ik wilde hier nog niet over nadenken. Ik zou wachten tot het gevaar geweken was en ik me op andere dingen kon concentreren.

'En waar leef je van?' vroeg Aro verder; hij leek onwillekeurig toch geïnteresseerd.

'Vooral van bloed, maar ook wel van gewoon menseneten. Mijn lichaam kan het allebei aan.'

'En jij hebt een onsterfelijke geschapen?' Terwijl Aro naar Huilen gebaarde kreeg zijn stem plotseling een gespannen ondertoon. Ik richtte mijn aandacht weer op mijn schild: misschien zocht hij een nieuw excuus.

'Ja, maar de anderen kunnen dat niet.'

Er ging een geschokt gemompel door de drie groepen.

Aro's wenkbrauwen schoten omhoog. 'De anderen?'

'Mijn zussen.' Nahuel haalde zijn schouders weer op.

Aro staarde hem even verbijsterd aan voor hij zichzelf weer onder controle had.

'Misschien kun jij ons de rest van het verhaal vertellen, want ik geloof dat we nog niet alles gehoord hebben.'

Nahuel fronste.

'Mijn vader kwam me een paar jaar na mijn moeders dood opzoeken.' Zijn knappe gezicht betrok een beetje. 'Hij was blij dat hij me had gevonden.' Aan Nahuels toon te horen was dat gevoel niet wederzijds. 'Hij had twee dochters, maar geen zonen. Hij verwachtte dat ik met hem mee zou gaan, net als mijn zussen hadden gedaan.

Hij was verbaasd toen hij hoorde dat ik niet alleen was. Mijn zussen zijn niet giftig, maar niemand weet of dat een verschil tussen mannen en vrouwen is, of dat het gewoon puur toeval was. Ik vormde al een familie met Huilen, en ik had niet de behóéfte,' hij wrong het woord eruit, 'om daar verandering in te brengen. Ik zie hem af en toe. Ik heb nog een zusje erbij gekregen; zij is ongeveer tien jaar geleden volwassen geworden.'

'En jouw vader heet?' vroeg Caius tandenknarsend.

'Joham,' antwoordde Nahuel. 'Hij beschouwt zichzelf als een wetenschapper. Hij denkt dat hij een nieuw superras aan het scheppen is.' Hij deed geen poging om de walging in zijn toon te verhullen.

Caius keek me aan. 'Jouw dochter, is die giftig?' vroeg hij op barse toon.

'Nee,' antwoordde ik. Nahuel keek met een ruk op toen hij de vraag van Caius hoorde, en zijn donkerbruine ogen staarden me doordringend aan.

Caius keek naar Aro voor bevestiging, maar Aro was in gedachten verzonken. Hij tuitte zijn lippen en staarde eerst naar Carlisle, toen naar Edward en uiteindelijk bleven zijn ogen op mij rusten.

Caius gromde. 'Laten we eerst korte metten maken met die afwijking hier, dan gaan we daarna naar het zuiden,' zei hij nadrukkelijk tegen Aro.

Aro keek me heel lang aan; de spanning was om te snijden. Ik had geen idee wat hij zocht, of wat hij vond, maar nadat hij me zo had opgenomen veranderde er iets in zijn gezicht, een subtiele verandering in de trekken rond zijn mond en ogen, en ik wist dat Aro een beslissing had genomen.

'Broer,' zei hij zacht tegen Caius, 'ik geloof niet dat er gevaar dreigt. Dit is een

584

ongewone ontwikkeling, maar ik voorzie geen problemen. Deze halfvampier-kinderen lijken erg op ons, volgens mij.'

'Is dat de stem die je uitbrengt?' wilde Caius weten.

'Ja.'

Caius keek boos. 'En die Joham dan? Die onsterfelijke die er maar op los experimenteert?'

'Misschien moesten we hem inderdaad maar eens een bezoekje brengen,' zei Aro instemmend.

'Maak gerust een eind aan Johams praktijken,' zei Nahuel vlak. 'Maar laat mijn zussen met rust. Zij hebben niets misdaan.'

Aro knikte ernstig. En toen wendde hij zich met een warme glimlach tot zijn wacht.

'Lievelingen,' zei hij. 'Er wordt vandaag niet gevochten.'

De soldaten knikten en gingen weer op de plaats rust staan. De mist verdween snel, maar ik hield mijn schild op zijn plek. Misschien was dit wel wéér een nieuwe list.

Ik bestudeerde hun gezichten toen Aro zich weer naar ons omdraaide. Zijn gezicht stond net zo minzaam als altijd, maar in tegenstelling tot hiervoor voelde ik nu een vreemde leegte achter de façade. Alsof hij klaar was met zijn gekonkel. Caius was duidelijk ontstemd, maar hij had zich erbij neergelegd en hield zijn woede binnen. Marcus keek... verveeld – ik had er echt geen ander woord voor. De wacht stond weer onverstoorbaar in het gelid en bestond niet meer uit individuen maar vormde één geheel. Ze waren klaar om te vertrekken. De Volturigetuigen waren nog steeds op hun hoede en de een na de ander spurtte links en rechts het bos in. Het werden er steeds minder en ze gingen er steeds sneller vandoor. Algauw waren ze allemaal verdwenen.

Aro stak bijna verontschuldigend zijn handen naar ons uit. Achter hem was het grootste deel van zijn wacht al bezig zich in een onberispelijke formatie terug te trekken, samen met Caius, Marcus en de geheimzinnige, zwijgende vrouwen. Alleen zijn drie persoonlijke lijfwachten stonden nog bij hem in de buurt.

'Ik ben toch zo blij dat we dit zonder geweld hebben kunnen oplossen,' zei hij beminnelijk. 'Carlisle, mijn vriend – wat ben ik blij dat ik je weer mijn vriend kan noemen! Ik hoop dat je het ons niet kwalijk neemt. Ik weet zeker dat je begrijpt dat we ons nu eenmaal strikt aan de zware taak moeten houden die op onze schouders rust.'

585

'Ga in vrede, Aro,' zei Carlisle stijfjes. 'En vergeet niet dat onze anonimiteit hier nog altijd gewaarborgd moet blijven, dus laat je soldaten alsjeblieft niet in deze regio jagen.'

'Natuurlijk niet, Carlisle,' stelde Aro hem gerust. 'Ik vind het heel vervelend dat je zo slecht over me denkt, mijn beste vriend. Misschien zul je me ooit kunnen vergeven.'

'Misschien, ooit, als jij je weer als onze vriend zult kunnen gedragen.'

Aro boog zijn hoofd, een toonbeeld van berouw, en deed een paar stappen achteruit voor hij zich omdraaide. We keken zwijgend toe hoe de laatste vier Volturi tussen de bomen verdwenen.

Het was heel stil. Ik liet mijn schild niet zakken.

'Is het echt voorbij?' fluisterde ik tegen Edward.

Hij glimlachte breed. 'Ja. Ze hebben het opgegeven. Onder al die bravoure zijn het stiekem gewoon een stel bangeriken, net als alle pestkoppen eigenlijk.' Hij grinnikte.

Alice lachte met hem mee. 'Hij heeft gelijk hoor, jongens. Ze komen niet terug. We hoeven niet bang meer te zijn.'

Het bleef stil.

'Dat hebben wij weer,' mompelde Stefan.

En toen drong het eindelijk tot ons door.

Gejuich barstte los. Oorverdovend gejank schalde over het veld. Maggie sloeg Siobhan op haar rug. Rosalie en Emmett zoenden elkaar weer – langer en hartstochtelijker dan zonet. Benjamin en Tia omhelsden elkaar, net als Carmen en Eleazar. Esmé had haar armen stevig om Alice en Jasper heen geslagen. Carlisle vertelde de Zuid-Amerikaanse nieuwkomers die ons allemaal hadden gered hoe vreselijk dankbaar we hun waren. Kachiri, Zafrina en Senna stonden heel dicht bij elkaar, hun vingers ineengestrengeld. Garrett tilde Kate op en zwierde haar in het rond.

Stefan spuugde in de sneeuw. Vladimir stond met een zuur gezicht te tandenknarsen.

En ik klom zo ongeveer op de gigantische roodbruine wolf om mijn dochter van zijn rug te grissen en haar tegen mijn borst plat te drukken. Op hetzelfde moment sloeg Edward zijn armen om ons heen.

'Nessie, Nessie, Nessie,' zong ik zachtjes.

Jacob lachte zijn bulderende, blaffende lach en gaf me met zijn snuit een duw tegen mijn achterhoofd.

'Hou je mond,' mompelde ik.

'Mag ik bij jullie blijven?' wilde Nessie weten.

'Voor altijd,' beloofde ik.

We hadden de eeuwigheid. En Nessie zou gewoon doorleven en gezond en sterk worden. Net als de halfmenselijke Nahuel zou ze over honderdvijftig jaar nog steeds jong zijn. En wij zouden allemaal samen zijn.

Ik barstte bijna uit elkaar van geluk – het was zo'n heftig, krachtig gevoel dat ik niet zeker wist of ik het wel zou overleven.

'Voor altijd,' herhaalde Edward in mijn oor.

Ik kon niet meer praten. Ik keek hem aan en kuste hem zo vurig dat het bos er wel eens in brand van had kunnen vliegen.

Ik zou het niet gemerkt hebben.

39. En we leefden nog lang en gelukkig

'Dus eigenlijk was het een combinatie van dingen, maar uiteindelijk kwam het allemaal neer op... Bella,' legde Edward uit. Onze familie en onze twee laatst overgebleven gasten zaten in de woonkamer van de Cullens terwijl het bos achter de hoge ramen langzaam zwart werd.

Vladimir en Stefan waren al verdwenen voor we uitgejuicht waren. Ze waren vreselijk teleurgesteld dat het met zo'n sisser was afgelopen, maar volgens Edward hadden ze zich zo verkneukeld over de lafheid van de Volturi dat dat hun frustratie weer enigszins compenseerde.

Benjamin en Tia wilden snel naar Amun en Kebi toe om hun te laten weten hoe het was gegaan, maar ik wist zeker dat we hen nog wel eens terug zouden zien – Benjamin en Tia in elk geval. De nomaden bleven geen van allen hangen. Peter en Charlotte hadden een kort gesprek met Jasper en stapten toen eveneens op.

De herenigde Amazones wilden ook graag naar huis – het viel hun zwaar om zo ver bij hun geliefde regenwoud vandaan te zijn –, hoewel zij meer moeite met het afscheid hadden dan sommige anderen.

'Je móét op bezoek komen met het kind,' had Zafrina geëist. 'Beloof het, jonkie.'

Nessie had smekend haar handje tegen mijn nek gelegd.

'Natuurlijk, Zafrina,' had ik haar verzekerd.

'Wij worden heel goede vrienden, lieve Nessie,' had de woeste vrouw verklaard voor ze met haar zussen vertrok.

588   De volgenden in de uittocht waren de leden van de Ierse clan.

'Goed gedaan, Siobhan,' prees Carlisle bij het afscheid.

'Ach ja, de kracht van wishful thinking,' antwoordde ze sarcastisch terwijl ze met haar ogen rolde. En toen werd ze serieus. 'Dit krijgt natuurlijk nog wel een staartje. De Volturi zullen jullie dit niet snel vergeven.'

Edward gaf antwoord. 'Ze zijn behoorlijk van slag; hun zelfvertrouwen is fi-

naal de bodem in geslagen. Maar inderdaad, op een dag zullen ze de klap ongetwijfeld weer te boven komen. En dan...' Hij kneep zijn ogen samen. 'Ik denk dat
ze ons dan een voor een zullen aanvallen.'

'Alice waarschuwt ons wel als ze iets van plan zijn,' zei Siobhan zelfverzekerd. 'En dan komen we weer bij elkaar. Misschien komt er ooit nog wel een moment waarop onze wereld klaar is om zich voor eens en altijd van de Volturi te
verlossen.'

'Misschien wel,' antwoordde Carlisle. 'Maar als het zover komt zullen we samen vechten.'

'Zo is dat, mijn vriend,' beaamde Siobhan. 'En hoe zouden we kunnen verliezen als ík wil dat we winnen?' Ze liet een galmende lach horen.

'Precies,' zei Carlisle. Hij omhelsde Siobhan en schudde Liam de hand. 'Willen jullie Alistair zoeken en hem vertellen wat er is gebeurd? Ik zou het heel erg
vinden als hij uit angst de komende tien jaar ergens onder een steen blijft zitten.'

Siobhan lachte weer. Maggie gaf Nessie en mij een knuffel, en toen was de
Ierse clan vertrokken.

De Denali's waren de laatsten die gingen, samen met Garrett, die zijn plek
volgens mij wel gevonden had. De feestelijke stemming werd Tanya en Kate te
veel. Ze hadden tijd nodig om om hun verloren zus te treuren.

Huilen en Nahuel bleven, hoewel ik had verwacht dat zij samen met de Amazones terug zouden gaan. Carlisle ging helemaal op in zijn geanimeerde gesprek met Huilen terwijl Nahuel vlak bij haar zat en luisterde hoe Edward ons
een uitgebreid verslag van de confrontatie gaf zoals alleen hij die had meegemaakt.

'Alice gaf Aro het excuus dat hij nodig had om onder het gevecht uit te komen.
Als hij niet zo verschrikkelijk bang voor Bella was geweest, had hij waarschijnlijk hun oorspronkelijke plan doorgezet.'

'Bang?' vroeg ik sceptisch. 'Voor míj?'

Hij glimlachte naar me met een blik die ik niet goed kende – liefdevol, maar
ook vol ontzag en zelfs een beetje geërgerd. 'Wanneer leer je nu eens echt goed 589
naar jezelf te kijken?' zei hij zacht. Toen zei hij op luidere toon, zowel tegen mij
als tegen de anderen: 'De Volturi hebben de afgelopen vijfentwintighonderd
jaar nog geen enkele keer eerlijk gevochten. En ze hebben nog nooit gevochten
als ze in het nadeel waren. Sinds ze Jane en Alec hebben ingelijfd ondervinden
ze al helemaal geen tegenstand meer tijdens hun moordpartijen.'

Je had eens moeten zien hoe we op hen overkwamen! Meestal blokkeert Alec alle gevoelens en zintuigen van hun slachtoffers terwijl ze hun nepoverleg houden. Dan kan niemand ervandoor gaan als het vonnis wordt uitgesproken. Maar wij stonden daar te wachten, in de meerderheid, klaar voor de aanval, met krachtige gaven terwijl zijzelf dankzij Bella niets meer tegen ons konden beginnen. Nu wij Zafrina aan onze kant hadden, wist Aro dat zíj dit keer verblind zouden worden als het gevecht zou beginnen. Ik weet zeker dat we behoorlijk zware verliezen geleden zouden hebben, maar zij wisten zeker dat dat bij hen óók het geval zou zijn. Er was zelfs een reële kans dat ze zouden verliezen. Dat was hun nog nooit overkomen, en vandaag is gebleken dat ze er volstrekt niet mee om konden gaan.'

'Het is ook lastig om zelfverzekerd te blijven als je omringd wordt door wolven zo groot als paarden,' lachte Emmett terwijl hij Jacob een por tegen zijn arm gaf.

Jacob grijnsde naar hem.

'Ze werden in eerste instantie ook tot staan gebracht door de wolven,' zei ik.

'Zo is dat,' beaamde Jacob.

'Zeker weten,' knikte Edward. 'Nog zoiets wat ze nog nooit hadden gezien. De echte Kinderen van de Maan vormen bijna nooit roedels en hebben zichzelf ook nauwelijks onder controle. Zestien enorme, strak georganiseerde wolven waren een verrassing waar ze niet op gerekend hadden. Caius is zelfs doodsbang voor weerwolven. Hij heeft een paar duizend jaar geleden een keer bijna een gevecht van een weerwolf verloren en daar is hij nooit overheen gekomen.'

'Dus er bestaan ook échte weerwolven?' vroeg ik. 'Met volle maan en zilveren kogels en dat soort dingen?'

Jacob snoof. 'Échte weerwolven. Ben ik soms denkbeeldig of zo?'

'Je snapt heus wel wat ik bedoel.'

'Volle maan: ja,' zei Edward. 'Zilveren kogels: nee. Dat was gewoon weer een van die mythen om mensen het gevoel te geven dat ze nog een schijn van kans hadden. Er zijn er niet veel meer over. Caius heeft ze praktisch uitgeroeid.'

'En jij hebt dat nooit gezegd omdat...?'

'Omdat het nooit ter sprake kwam.'

Ik rolde met mijn ogen, en Alice boog zich lachend naar voren – zij zat onder Edwards andere arm – om me een knipoog te geven.

Ik keek haar boos aan.

Tuurlijk, ik hield echt waanzinnig veel van Alice. Maar nu het tot me doorgedrongen was dat ze echt weer thuis was, dat haar afvalligheid alleen maar een list was geweest omdat Edward moest geloven dat ze ons echt in de steek gelaten had, begon ik behoorlijk boos op haar te worden. Alice had heel wat uit te leggen.

Alice zuchtte. 'Gooi het er maar uit, Bella.'

'Hoe kon je me dat aandoen, Alice?'

'Het moest.'

'Het moest!' barstte ik uit. 'Ik was er volkomen van overtuigd dat we allemaal dood zouden gaan! Ik heb wekenlang als een soort zombie rondgelopen.'

'Het hád zo kunnen aflopen,' zei ze kalm. 'En in dat geval moest jij voorbereidingen getroffen hebben om Nessie te redden.'

Instinctief trok ik Nessie, die op mijn schoot lag te slapen, dichter tegen me aan.

'Maar jij wist dat er ook nog andere mogelijkheden waren,' zei ik beschuldigend. 'Je wist dat er nog hoop was. Is het nooit bij je opgekomen dat je mij alles had kunnen vertellen? Ik weet dat Edward moest denken dat het slecht zou aflopen, vanwege Aro, maar je had het tegen míj toch wel kunnen zeggen.'

Ze keek me even peinzend aan. 'Ik denk het niet,' zei ze. 'Je kunt gewoon niet zo goed toneelspelen.'

'Dus het ging alleen maar om mijn actéértalent?'

'Je hoeft niet zo te gillen, Bella. Weet je wel hoe lastig het was om dit allemaal te plannen? Ik wist niet eens zeker of er wel iemand als Nahuel bestond – ik wist alleen dat ik iemand moest zoeken die ik niet kon zien! Moet je je voorstellen hoe dat is, zoeken naar een blinde vlek: ik heb wel eens makkelijker dingen gedaan. Daarnaast moesten we de belangrijkste getuigen naar jullie toe sturen, alsof we nog niet genoeg haast hadden. En dan moest ik ook nog de hele tijd opletten voor het geval jij zou besluiten om me met nog meer instructies te bestoken. Je moet me toch eens vertellen wat er nou precies in Rio te doen is. En daarvóór moest ik proberen om alle trucs te zien waar de Volturi misschien mee aan zouden komen, en jou die paar aanwijzingen geven die ik had, zodat jij op hun tactiek voorbereid zou zijn, en ik had maar een paar uur om alle mogelijke scenario's uit te denken. Bovendien moest ik ervoor zorgen dat jullie allemaal zouden geloven dat ik jullie echt in de steek had gelaten, want Aro moest zeker weten dat jullie geen verrassingen voor hem in petto hadden, anders hadden jullie hem nooit zo in het nauw kunnen drijven. En als jij denkt dat ik me niet vreselijk lullig voelde...'

591

'Oké, oké!' zei ik. 'Sorry! Ik weet dat het voor jou ook lastig was. Maar... Nou ja, ik heb je gewoon verschrikkelijk gemist, Alice. Dit mag je me nooit meer aandoen.'

Alice' jubelende lach rinkelde door de kamer, en we glimlachten allemaal toen we die muziek weer hoorden. 'Ik heb jou ook gemist, Bella. Dus je moet me maar vergeven, en gewoon blij proberen te zijn dat je de superheld van de dag bent.'

Nu schoot iedereen in de lach, en ik verborg mijn gezicht opgelaten in Nessies haar.

Edward ging verder met zijn analyse van elk moment waarop de plannen en de macht op het veld vandaag verschoven waren, en verklaarde dat het mijn schild was waardoor de Volturi uiteindelijk met de staart tussen de benen waren gevlucht. Ik werd verlegen van de manier waarop iedereen, zelfs Edward, naar me keek. Het leek wel alsof ik in de loop van de ochtend dertig meter langer was geworden. Ik probeerde niet op de geïmponeerde blikken te letten en hield mijn ogen vooral op Nessies slapende gezicht en Jacobs onveranderde uitdrukking gericht. Voor hem zou ik altijd gewoon Bella blijven, en dat was een hele opluchting.

De starende blik die ik het moeilijkst te negeren vond, was tegelijkertijd ook de vreemdste.

De anderen hadden een bepaald beeld van mij, maar Nahuel, de jongen die half mens, half vampier was, kende me helemaal niet. Wist hij veel, misschien joeg ik elke dag wel aanvallende vampierlegers op de vlucht en was wat er op het veld was gebeurd voor mij de normaalste zaak van de wereld. Maar de jongen kon zijn ogen niet van me afhouden. Of misschien keek hij wel naar Nessie. Daar werd ik ook zenuwachtig van.

Het kon hem niet ontgaan zijn dat Nessie de enige vrouw in zijn soort was die niet zijn halfzus was.

Ik had niet het idee dat Jacob dat ook al had bedacht, en ik hoopte eigenlijk dat dat ook niet zou gebeuren. Ik had wel weer even genoeg van al dat vechten.

Na een tijdje hadden de anderen geen vragen meer voor Edward en de conversatie viel uiteen in een aantal kleinere gesprekken.

Ik was opvallend moe. Niet slaperig natuurlijk, maar gewoon alsof het wel mooi geweest was voor vandaag. Ik wilde rust, een normale omgeving. Ik wilde dat Nessie in haar eigen bedje zou slapen, ik wilde de muren van mijn eigen kleine huisje om me heen.

Ik keek naar Edward en had heel even het gevoel dat ik in zíjn hoofd kon kijken. Ik zag gewoon dat hij precies hetzelfde dacht. Klaar voor wat rust.

'Zullen we Nessie...'

'Dat lijkt me een goed idee,' beaamde hij vlug. 'Ik weet zeker dat ze vannacht niet goed geslapen heeft, met al dat gesnurk de hele tijd.'

Hij grijnsde naar Jacob.

Jacob rolde met zijn ogen en gaapte. 'Het is alweer een tijdje geleden dat ik in een echt bed heb geslapen. Ik durf te wedden dat mijn pa het geweldig vindt als ik hem weer eens met een bezoekje kom vereren.'

Ik raakte even zijn wang aan. 'Dank je wel, Jacob.'

'Graag gedaan, Bella. Maar dat wist je al.'

Hij stond op, rekte zich uit, gaf Nessie een kus op haar kruin en mij toen ook. Ten slotte gaf hij Edward een mep tegen zijn schouder. 'Tot morgen allemaal. Het zal vanaf nu wel een saaie boel worden, hè?'

'Ik hoop het van harte,' zei Edward.

Toen hij weg was stonden we op; ik verplaatste mijn gewicht voorzichtig zodat Nessie niet door elkaar werd geschud. Ik vond het heel fijn om te zien dat ze zo diep lag te slapen. Er had zo'n grote last op haar kleine schoudertjes gelegen. Het werd tijd dat ze weer kind kon zijn, veilig en beschermd. Ze had nog een paar jeugdjaren voor de boeg.

Door dat idee van rust en veiligheid moest ik opeens denken aan iemand die zich niet altijd zo voelde.

'O, Jasper?' vroeg ik voor we naar de deur liepen.

Jasper zat ingeklemd tussen Alice en Esmé op de bank; op de een of andere manier leek hij meer betrokken bij het familieplaatje dan anders. 'Ja, Bella?'

'Ik vroeg me af waarom J. Jenks zich alleen bij het horen van je naam al wezenloos schrikt.'

Jasper grinnikte. 'Ik heb gewoon geleerd dat bij bepaalde zakenrelaties angst motiverender werkt dan geldelijk gewin.'

Ik fronste en nam mezelf voor dat ik die zakenrelatie van nu af aan op me zou nemen, zodat ik J. kon redden van de hartaanval die er ongetwijfeld voor hem in het verschiet lag. 593

We werden gekust en geknuffeld en wensten onze familie welterusten. Alleen Nahuel gedroeg zich weer zo vreemd en keek ons indringend na, alsof hij het liefst met ons mee zou komen.

Zodra we aan de overkant van de rivier waren liepen we nauwelijks sneller dan op een normaal mensentempo, zonder haast, hand in hand. Ik was het zat om constant een tijdsdruk te voelen en wilde gewoon rustig aan doen. Edward dacht er blijkbaar hetzelfde over.

'Ik moet zeggen dat ik diep onder de indruk ben van Jacob,' zei Edward.

'De wolven waren een hele verrassing, hè?'

'Dat bedoel ik niet. Hij heeft er vandaag geen moment aan gedacht dat Nessie volgens Nahuel over zesenhalf jaar al volledig volgroeid zal zijn.'

Daar dacht ik even over na. 'Zo kijkt hij helemaal niet naar haar. Van hem hoeft ze helemaal niet heel snel volwassen te worden. Hij wil gewoon dat ze gelukkig is.'

'Ik weet het. Erg indrukwekkend, zoals ik al zei. Ik krijg het bijna niet over mijn lippen, maar ze had het slechter kunnen treffen.'

Ik fronste mijn wenkbrauwen. 'Daar ga ik de komende zesenhalf jaar niet meer over nadenken.'

Edward lachte en zuchtte toen. 'Al zal hij tegen die tijd natuurlijk wel wat concurrentie hebben om zich zorgen over te maken.'

Mijn frons werd dieper. 'Dat viel mij ook op, ja. Ik ben Nahuel heel erg dankbaar voor zijn komst, maar al dat gestaar was wel een beetje raar. Het kan me niets schelen dat zij de enige halfvampier is die geen familie van hem is.'

'O, maar hij staarde niet naar haar – hij staarde naar jou.'

Dat vermoedde ik al... maar dat sloeg nergens op. 'Waarom zou hij dat doen?'

'Omdat je leeft,' zei hij zacht.

'Pardon?'

'Zijn hele leven...' legde hij uit, '...en hij is vijftig jaar ouder dan ik...'

'Stokoud,' zei ik.

Dat negeerde hij. 'Hij heeft zichzelf altijd als een slecht wezen beschouwd, als een geboren moordenaar. Zijn zussen hebben hun moeders ook allemaal gedood, maar die hebben daar nooit mee gezeten. Joham voedt hen op met het idee dat mensen beesten zijn, en zijzelf goden. Maar Nahuel is opgevoed door Huilen, en Huilen hield meer van haar zus dan van wie dan ook. Dat heeft zijn hele wereldbeeld bepaald. En ergens haatte hij zichzelf echt.'

'Wat zielig,' mompelde ik.

'Maar toen hij ons drieën zag, besefte hij voor het eerst dat het feit dat hij halfvampier is niet automatisch betekent dat hij slecht is. Als hij naar mij kijkt ziet hij... hoe zijn vader had moeten zijn.'

'Jij bént natuurlijk ook op alle fronten perfect,' beaamde ik.

Hij snoof en werd toen weer serieus. 'Als hij naar jou kijkt ziet hij het leven dat zijn moeder had moeten leiden.'

'Arme Nahuel,' mompelde ik, en toen zuchtte ik omdat ik wist dat ik nu nooit meer boos op hem zou kunnen worden, hoe lastig ik zijn starende blik ook vond.

'Je hoeft je niet schuldig te voelen. Hij is gelukkig. Vandaag heeft hij eindelijk de eerste stap gezet om zichzelf te vergeven.'

Ik glimlachte om Nahuels geluk en bedacht toen dat deze hele dag in het teken van geluk stond. Hoewel Irina's offer voor een duistere schaduw zorgde waardoor het moment nooit volmaakt zou worden, kon ik niet ontkennen hoe blij ik was. Het leven waarvoor ik gevochten had was veiliggesteld. Mijn familie was herenigd. Mijn dochter had een eindeloze, prachtige toekomst voor zich liggen. Morgen zou ik mijn vader opzoeken en dan zou hij zien dat de angst in mijn ogen plaatsgemaakt had voor vreugde, en dan zou hij ook gelukkig zijn. Plotseling wist ik zeker dat ik hem niet alleen zou aantreffen. Ik was de afgelopen weken niet zo opmerkzaam geweest als anders, maar nu had ik het gevoel dat ik het al die tijd al geweten had. Sue zou bij Charlie zijn – de moeder van de weerwolf met de vader van de vampier – en hij zou niet meer alleen zijn. Dat besef zorgde voor een brede glimlach op mijn gezicht.

Maar het allerbelangrijkst in deze enorme golf van geluk was het feit waar ik nooit aan zou hoeven twijfelen: ik was bij Edward. Voor altijd.

Niet dat ik de afgelopen weken graag nog een keer over zou willen doen, maar ik moest toegeven dat ik door alle gebeurtenissen alleen nog maar dankbaarder was voor alles wat ik had.

Het huisje lag stil en vredig in de zilverblauwe nacht. We droegen Nessie naar bed en stopten haar voorzichtig in. Ze glimlachte in haar slaap.

Ik deed Aro's cadeau af en gooide het luchtig in een hoek van haar kamer. Ze mocht ermee spelen als ze wilde; ze was dol op glinsterende dingen.

Edward en ik liepen langzaam naar onze kamer en lieten onze ineengestrengelde handen tussen ons in op en neer zwaaien.

595

'Een nacht om feest te vieren,' mompelde hij, en hij legde zijn hand onder mijn kin om mijn lippen naar de zijne te brengen.

'Wacht,' zei ik aarzelend terwijl ik me lostrok.

Hij keek me verward aan. Ik trok me bijna nooit los. Of nou ja, eigenlijk trok ik me nooit los. Dit was de eerste keer.

'Ik wil iets proberen,' zei ik tegen hem en ik moest een beetje lachen om zijn verbijsterde blik.

Ik legde mijn handen om zijn gezicht en deed mijn ogen dicht om me te kunnen concentreren.

Ik was hier niet zo goed in geweest toen Zafrina het me geprobeerd had te leren, maar ik kende mijn schild nu beter. Ik begreep het deel dat zich verzette, het onbewuste instinct dat zelfbehoud boven alles stelde en me niet los wilde laten.

Het was nog steeds lang niet zo makkelijk als het afschermen van mensen met mij erbij. Ik voelde hoe het elastiek weer terugsprong terwijl mijn schild zijn uiterste best deed om me te blijven beschermen. Ik moest me heel erg inspannen om het helemaal van me af te duwen, al mijn aandacht was erop gericht.

'Bella!' fluisterde Edward geschokt.

Toen wist ik dat het werkte, dus ik concentreerde me nog harder en haalde de herinneringen op die ik speciaal voor dit moment had bewaard, ik liet ze mijn gedachten overnemen, en die van hem hopelijk ook.

Sommige herinneringen waren niet zo duidelijk – wazige mensenherinneringen, gezien met zwakke ogen en gehoord met slechte oren: de eerste keer dat ik zijn gezicht had gezien... Hoe het voelde toen hij me in het weiland had vastgehouden... Het geluid van zijn stem in de duisternis van mijn haperende bewustzijn toen hij me uit de handen van James had gered... Zijn gezicht toen hij onder een bloemenboog op me stond te wachten om met me te trouwen... Alle dierbare momenten van het eiland... Zijn koude handen die door mijn huid onze baby aanraakten...

En de scherpe herinneringen, die ik me nog perfect voor de geest kon halen: zijn gezicht toen ik mijn ogen opendeed in mijn nieuwe leven, in het eindeloze morgenrood van de onsterfelijkheid... Die eerste kus... Die eerste nacht...

Ik werd uit mijn concentratie gebracht door zijn lippen, die plotseling vol passie op de mijne drukten.

Ik hapte naar adem en verloor mijn greep op het tegenstribbelende gewicht dat ik weg probeerde te duwen. Het knalde terug als een uitgerekt elastiekje en mijn gedachten werden weer afgeschermd.

'O, nou ben ik het kwijt!' zuchtte ik.

'Ik hóórde je,' hijgde hij. 'Hoe kan dat? Hoe deed je dat?'

596

'Het was Zafrina's idee. We hebben het een paar keer geoefend.'

Hij was helemaal verbouwereerd. Hij knipperde twee keer met zijn ogen en schudde zijn hoofd.

'Nu weet je het,' zei ik luchtig terwijl ik mijn schouders ophaalde. 'Niemand heeft ooit zoveel van iemand gehouden als ik van jou.'

'Je hebt bijna gelijk.' Hij glimlachte, en zijn ogen waren nog steeds iets groter dan normaal. 'Ik ken één uitzondering.'

'Leugenaar.'

Hij begon me weer te zoenen, maar hield toen plotseling op.

'Denk je dat je het nog een keer kunt?' vroeg hij zich af.

Ik trok een grimas. 'Het is heel moeilijk.'

Hij wachtte met een verlangende blik af.

'Als ik ook maar een heel klein beetje word afgeleid houd ik het niet vol,' waarschuwde ik.

'Ik zal heel braaf zijn,' beloofde hij.

Ik tuitte mijn lippen en kneep mijn ogen samen. Toen glimlachte ik.

Ik legde mijn handen weer om zijn gezicht, trok het schild in één keer van mijn gedachten en ging verder waar ik was gebleven: bij de glasheldere herinnering aan de eerste nacht van mijn nieuwe leven... en ik besteedde extra veel aandacht aan de details.

Ik lachte ademloos toen zijn dwingende kus me weer onderbrak.

'Verdorie,' gromde hij terwijl hij zijn mond hongerig langs de rand van mijn kaak liet gaan.

'We hebben nog tijd genoeg om eraan te werken,' hielp ik hem herinneren.

'Voor altijd en eeuwig,' mompelde hij.

'Dat klinkt precies goed.'

En toen gingen we volmaakt gelukkig verder met dit kleine maar perfecte stukje van onze eeuwigheid.

einde

Vampierindex

Op alfabet per groep

* vampier heeft een meetbare bovennatuurlijke gave
– liefdespaar (oudste partner eerst)
~~doorgehaald~~ overleden voor het begin van dit boek

De Amazones
Kachiri
Senna
Zafrina*

De Cullens
Carlisle – Esmé
Edward* – Bella*
Jasper* – Alice*
Renesmee*
Rosalie – Emmett

De Denali's
Eleazar* – Carmen
Irina – ~~Laurent~~
Kate*
~~Sasha~~
Tanya
~~Vasilii~~

De Egyptenaren
Amun – Kebi
Benjamin* – Tia

De Ieren
Maggie*
Siobhan* – Liam

De Roemenen
Stefan
Vladimir

De Volturi
Aro* – Sulpicia
Caius – Athenodora
Marcus* – ~~Didyme~~*

De Volturiwacht (gedeeltelijk)
Alec*
Chelsea* – Afton*
Corin*
Demetri*
Felix
Heidi*
Jane*
Renata*
Santiago*

De Amerikaanse nomaden (gedeeltelijk)
Garrett
~~James~~* – ~~Victoria~~*
Mary
Peter – Charlotte
Randall

602

De Europese nomaden (gedeeltelijk)
Alistair*
Charles* – Makenna

Woord van dank

Zoals altijd een zee van dank aan:

Mijn fantastische familie, voor hun weergaloze liefde en steun.

Elizabeth Eulberg, mijn getalenteerde, übercoole publiciteitsagent, omdat ze STEPHENIE MEYER heeft opgetrokken uit de homp klei die ooit nog gewoon een muizige Steph was.

Het hele team van Little, Brown Books for Young Readers voor jullie enthousiasme, vertrouwen, steun en verschrikkelijk harde werken, vijf jaar lang.

Alle waanzinnige websitebouwers en beheerders van de *Twilight Saga*-fansites: ik sla er gewoon steil van achterover, zo cool zijn jullie.

Mijn geweldige, prachtige fans, met jullie onwaarschijnlijk goede smaak wat boeken, muziek en films betreft, omdat jullie nog steeds veel meer van me houden dan ik verdien.

De boekwinkels die deze serie populair hebben gemaakt door haar aan te bevelen; alle schrijvers staan bij jullie in het krijt voor jullie liefde en passie voor literatuur.

De vele bands en muzikanten waardoor ik gemotiveerd blijf – had ik Muse al genoemd? Ja? Jammer dan. Muse, Muse, Muse...

Nieuwe dank aan:

De beste band-die-nooit-bestaan-heeft: Nic and the Jens, featuring Shelly C. (Nicole Driggs, Jennifer Hancock, Jennifer Longman en Shelly Colvin). Bedankt dat jullie me onder jullie gezamenlijke hoede hebben genomen, dames. Zonder jullie was ik een kluizenaar geworden.

Mijn verre vrienden en bronnen der gezond verstand, Cool Meghan Hibbett en Kimberly 'Shazzer' Suchy.

Mijn collega-schrijfster Shannon Hale, omdat ze álles begrijpt en omdat ik door haar nog meer van zombiehumor ben gaan houden.

Makenna Jewell Lewis omdat ik haar naam mocht gebruiken, en haar moeder Heather omdat ze het Arizona Ballet steunt.

De nieuwkomers op mijn 'schrijfinspiratie'-afspeellijst: Interpol, Motion City Soundtrack en Spoon.